KOORDINATENSYSTEME ARKON-TERRA

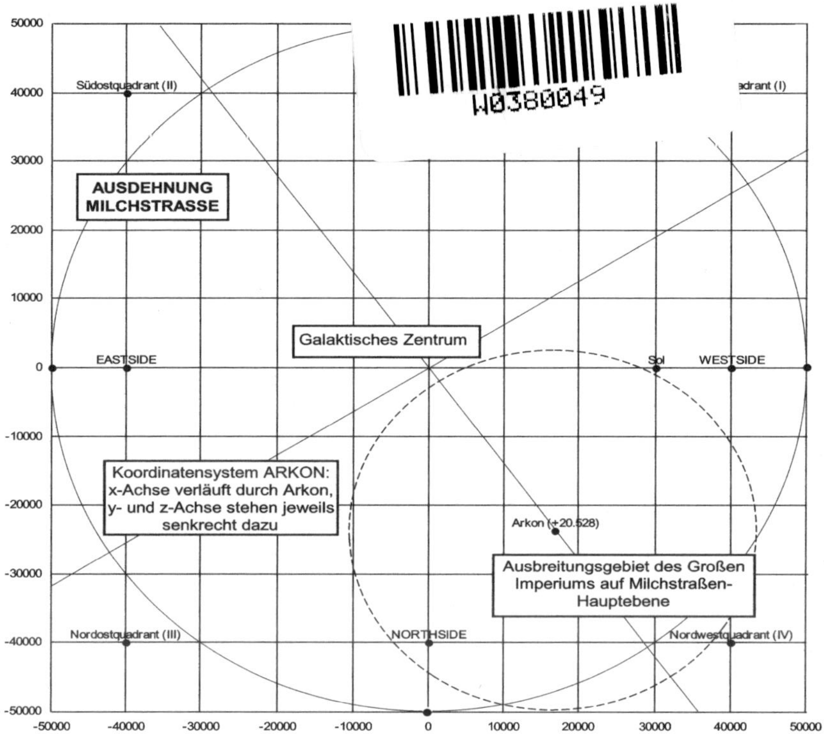

ARKON

Koordinaten (SOL):	x = +16.728 , y = -23.632 , z = +20.528
Koordinaten (ARKON):	x = +35.492 , y = 0 , z = 0
Entfernung zum Galaktischen Zentrum:	35.492 LJ
Entfernung zu SOL:	34.000,238 LJ

SOL

Koordinaten (SOL):	x = +30.000 , y = 0 , z = 0
Koordinaten (ARKON):	x = +14.139 , y = +24.486 , z = -10.025
Entfernung zum Galaktischen Zentrum:	30.000 LJ
Entfernung zu ARKON:	34.000,238 LJ

Atlan

DER KRISTALLPRINZ

Perry Rhodan

Atlan

DER KRISTALLPRINZ

MOEWIG

www.moewig.de
Redaktion: Sabine Bretzinger/Klaus N. Frick
Titelillustration: Johnny Bruck
Druck und Bindung: Ebner Ulm
Printed in Germany 2000
www.perry-rhodan.net
ISBN 3-8118-1516-4

Vorwort

Das 17. Buch der »ATLAN-Bücher« beginnt einen neuen Abschnitt, der uns, sofern nichts Unerwartetes dazwischenkommt, viele Jahre beschäftigen wird: Mit *Der Kristallprinz* begleiten wir Atlan in seine Jugendzeit und schlagen somit ein Kapitel seiner schillernden Lebensgeschichte auf, das schon an anderer Stelle veröffentlicht wurde und nun im Gewand der »Blaubände« hoffentlich wieder viele alte und noch mehr neue Anhänger finden wird.

Im Rahmen der insgesamt 850 Romane umfassenden ATLAN-Heftserie erschienen zwischen 1973 und 1977 unter dem Titel *ATLAN-exklusiv – Der Held von Arkon* zunächst im vierwöchentlichen (Bände 88 bis 126), dann im zweiwöchentlichen Wechsel mit den Abenteuern *Im Auftrag der Menschheit* (Bände 128 bis 176), danach im normalen wöchentlichen Rhythmus (Bände 177 bis 299) insgesamt 160 Romane. Die meisten davon waren im Ich-Erzählstil aus Atlans Sicht geschrieben.

Handlungszeitraum waren die Jahre 8024 bis 8020 vor Christus (in Arkonzeitrechnung ausgedrückt: 10.496 bis 10.500 da Ark), in denen Atlan zunächst von seiner wahren Herkunft als Kristallprinz und der Ermordung seines Vaters Imperator Gonozal VII. durch dessen Bruder Orbanaschol erfuhr und daran ging, den Kampf gegen den Brudermörder aufzunehmen. Diese Hauptthematik prägte zwar sämtliche »Jugendabenteuer«, trat jedoch im Verlauf diverser Unterzyklen mitunter in den Hintergrund – vor allem beim Themenkreis rings um die »Goldene Göttin« Ischtar und ihr aus dem Mikrokosmos stammendes Volk der Varganen (Bände 150 bis 216) sowie dem um Akon-Akon (Bände 232 bis 253).

Erst ab Band 254 konzentrierte sich die Handlung wieder mehr auf die Hauptthematik des Kampfes gegen Imperator Orbanaschol III.; hierbei gab es jedoch auch wiederholte Schauplatzwechsel und andere Hauptprotagonisten – unter anderem Lebo Axton alias Sinclair Marout Kennon, den Magnortöter Klinsanthor und Algonkin-Yatta, den Kosmischen Kundschafter –, die die zuvor fast ausschließlich aus Atlans Sicht geschilderten Abenteuer ergänzten. Besonders deutlich wurde dies bei den letzten rund zwanzig Romanen und ganz extrem in den abschließenden fünf, in denen Atlan selbst eher eine Randfigur war.

Inwieweit dies bei der jetzigen Bearbeitung so beibehalten wird, muß sich herausstellen. Das mit der Redaktion abgestimmte Konzept für die Jugendabenteuer sieht zunächst jedenfalls vor, *alle* ursprünglichen Heftromane in die Buchfassungen aufzunehmen und den Originalen und ihrem Flair recht nahe zu kommen. Dennoch bleibt es unvermeidbar, daß viele Passagen bearbeitet, manches gekürzt und Überleitungen hinzugefügt werden, um aus fünf Einzelheften jeweils einen geschlossenen Roman zu machen.

Für Buch 17 wurden, ungeachtet dieser notwendigen, möglichst sanften Eingriffe, folgende Romane zusammengestellt: Band 88 *In der Spinnenwüste* von Ernst Vlcek, Band 92 *Flucht aus dem Tarkihl* von Clark Darlton, Band 96 *Hetzjagd durch das Blasse Land* von Hans Kneifel, Band 100 *Der Kristallprinz* von Karl-Herbert Scheer sowie Band 179 *Die Verschwörer von Arkon* von Harvey Patton – letzterer deshalb an diese Stelle vorgezogen, weil in ihm die ursprünglich in Band 100 nur kurz erwähnten Ereignisse geschildert werden, die Atlans Vorgeschichte ausmachen, nämlich seine wahre Herkunft als Kristallprinz des Großen Imperiums und die Ermordung seines Vaters.

Für mich als Bearbeiter der Heftromane war und ist es faszinierend, in die Handlung einzusteigen, die ich damals als »Nur-Fan« verfolgte, mit Atlan mitfieberte und nicht im Traum daran dachte, diese Geschichten einmal zu einem schön gebundenen Buch zusammenstellen zu dürfen. Es macht mich stolz und dankbar, diesen »Job« zu übernehmen, der viel mehr als »nur« Job ist.

Dankbar bin ich, wie schon bei den Büchern der Arkon-Trilogie, auch für die emsige Mitarbeit der Heinzelmänneken im Hintergrund, auf deren unersetzliche Hilfe ich keineswegs verzichten möchte, da sie mit Kritik und Anregungen das Entstehen begleiteten. Dank also an Heiko »Mr. Jahrmillionenchronik« Langhans, Kurt Kobler, Michael Beck und – selbstverständlich! – Michael »Mr. Zeitraffer« Thiesen.

Und ebenfalls Dank an »KNF«, der sich intensiv dafür eingesetzt hat, daß es überhaupt zur Umsetzung der Jugendabenteuer kommen konnte.

Viel Spaß mit *Der Kristallprinz* Ad Astra!

Rainer Castor

Prolog

Aus: Vorwort der von Professor Dr. hist. Dr. phil. Cyr Abaelard Aescunnar erstellten und herausgegebenen (in vielen Bereichen noch lückenhaften) *Biographie Atlans*; Gäa, Provcon-Faust, 3565

Etliche Dinge trafen zufällig zusammen; zur rechten Zeit. Der Auftrag, ein verbindliches, vorläufig endgültiges Geschichtsbild Terras und der Menschheit zu schaffen, erging schon vor einigen Jahren an die Chmorl-Universität von Sol City. Seit dieser Zeit wurden die besten und präzisesten Geschichtsdaten mehrfach überprüft und komplettiert, verifiziert und mit den neuesten Bildern und Holographien ausgestattet, zusammengefügt. Korrekturen und Ergänzungen, die sich seit August 3561 durch Atlans Erzählungen ergaben, wurden an den richtigen Stellen eingearbeitet, textlich abgesetzt und flossen in die ANNALEN DER MENSCHHEIT ebenso ein wie nun auch in seine Biographie.

Unendlicher Dank gebührt meinen Studenten, zahlreichen anderen Mitarbeitern, den Lektoren, Korrektoren, Designern, Lexikografen und vielen anderen, vor allem jenen, die diverse Sekundärliteratur beisteuerten: USO-Historisches Korps mit vielen Geheimakten, Marginalien und Unterlagen, die Redaktion der ENZYCLOPAEDIA TERRANIA, der Administrations-Fundus, verschiedene Verlage als Rechtsnachfolger ihrer mit Terra verschollenen Vorgänger.

Längst hat Prätendent Atlan, vollständig geheilt und ohne weiteren Erinnerungsdruck, wieder die Regierungsgeschäfte des Neuen Einsteinschen Imperiums übernommen. Die Möglichkeit, hinsichtlich unklarer Punkte seiner Berichte und damit zusammenhängender Sekundärerscheinungen nachzuhaken, sind leider nur in beschränktem Umfang gegeben; aus verständlichen Gründen ist Atlan nicht bereit, erneut in den Sprechzwang seiner Erinnerungen zu verfallen.

In einem Punkt jedoch ließ er sich zu einer bemerkenswerten Richtigstellung bewegen: Im weiter unten zitierten Abschnitt von Cunnard Rezkladides' »Zahlen, Zenturien, Ziele und Zeugnisse« wurde als Datum der Begegnung Atlans mit Ottac alias Fartuloon das Jahr 2098 erwähnt – tatsächlich aber, so der Arkonide mit einem ironischen Lächeln, habe diese schon fünfzig Jahre früher stattgefunden, sei durch Vermittlung des Imperialen Archivars und Historikers Hemmar Ta-Khalloup zustande gekommen und habe ihn, Atlan, fast in die berüchtigte Erzähltrance seines photographischen Gedächtnisses fallen lassen; wörtlich sagte er weiter:

»Irgend jemand muß mich falsch verstanden haben, deshalb wurde aus 2048 eben 2098. Auf die Hintergründe der Entstehung des von Ihnen, Professor, so geschätzten Werkes namens AUFSTIEG UND NIEDERGANG DES ARKONIDISCHEN IMPERIUMS werde ich nicht eingehen. Um aber Ihre berechtigte Neugier zu befriedigen, überreiche ich Ihnen eine mit einer Reihe von Anmerkungen und Zusatzinformationen versehene Speicherkopie des damals von meinem bemerkenswerten Lehrmeister erstellten OMIRGOS-Kristalls. Er befreite mich vom Druck der Erinnerungen, ehe ich mich in einen endlos plappernden Zombie verwandeln konnte, genau wie er es kurz vor seinem rätselhaften Verschwinden in meiner Jugend tat, um mich ›Dinge vergessen oder in einem anderen Licht sehen zu lassen‹. Dem begehrlichen Glitzern in Hemmars Augen konnte ich damals nichts entgegenhalten; er erhielt eine der wenigen Speicherkopien und hat sich auch lange – vermutlich bei viel Rotwein und delikatem Essen – mit Fartuloon unterhalten. Beiden muß es großes Vergnügen bereitet haben, meinen Erinnerungen die eine oder ander Fußnote anzufügen. Und Ihnen, Professor, wünsche ich ebenfalls viel Spaß: Nun können Sie sich nach den als ›Zeitabenteuer‹ bekannt gewordenen Geschichten in jene vertiefen, die wohl als ›Jugendabenteuer‹ zu umschreiben wären …«

Cunnard Rezkladides: *Zahlen, Zenturien, Ziele und Zeugnisse – aus der Arbeit des USO-Historischen Korps*; Sonderdruck Pounder City, Mars 3435

… Als ein USO-Spezialist, der auf seine Namensnennung keinen Wert legte, zum erstenmal auf die Erwähnung der Schrift oder des Textes jenes epochalen Buches mit dem zurückhaltenden Titel: AUFSTIEG UND NIEDERGANG DES ARKONIDISCHEN IMPERIUMS stieß, riskierten wir es, unseren Chef während einer seiner Gute-Laune-Phasen näher zu befragen. Folgende Einzelheiten waren zu erfahren, wobei auch der Leichtestgläubige sich stets vor Augen halten sollte, daß Lordadmiral Atlan in solchen Fällen mit der reinen Wahrheit behutsam umgeht. Tatsache ist: Das Buch erschien um 2100 in geringer Auflage, wurde etwa 14 Jahre später aus dem Arkonidischen übersetzt und in einer Auflage von 1000 numerierten Exemplaren gedruckt. Wer aber verbirgt sich hinter Wof Marl Starco? Wer war Riarne Riv-Lenk?

Die Antwort könnte wie folgt lauten: Um 2098, Atlan ist auf Arkon der Imperator Gonozal Acht und hat Schwierigkeiten mit den entschlußunfähigen Arkoniden, erschien während einer Audienz im Kristallpalast ein

Mann, dessen Auftreten und Aussehen sich wohltuend vom übrigen Schranzen- und Bittstellergehabe abhob. Atlan – dies ergab auch eine Erwähnung im Jahr 2840 – widmete diesem Besucher eine mehrstündige Privataudienz. Dabei trat ein, was mir aus »gewöhnlich gut unterrichteten Kreisen« zugetragen wurde, aber: Man beachte die zeitlichen Abstände. Der Besucher sei Ottac der Calurier *gewesen. Dies sei eine Körpermaske* Fartuloon des Bauchaufschneiders, *erfuhr ich. Bei der privaten Lang-Audienz seien Atlans blockierte Jugenderinnerungen frei geworden. Ottac-Fartuloon habe deshalb mit einem weiteren OMIRGOS-Kristall die Blockade wiederholt oder verstärkt, dabei habe der Kristall Atlans Erinnerungen gespeichert und sei in die Hände Starcos und Riv-Lenks gefallen.*

Aber: Aus »gewöhnlich besser unterrichteten Quellen« erfuhr ich, daß höchstwahrscheinlich Fartuloon jener Starco und Atlan selbst der andere Verfasser, Lenk, gewesen wären, die aus einer famosen Laune heraus beschlossen, jene arkonidische Chronik zu schreiben und selbst uralt-arkonidische Speicherinhalte einzuarbeiten. Und auch die mit Obigem verbundenen Mutmaßungen, Fartuloon, der Alterslose, sei ein Werkzeug von ES, gebe ich mit aller Vorsicht weiter. Ein weiteres Faszinosum ist, daß alle Exemplare der Übersetzung aus dem Arkonidischen vergriffen und verschollen sind …

Die in diesem Text auf das Jahr 2840 datierte Erwähnung konnte gefunden werden; sie gehört zum Datenfundus des USO-Historischen Korps und wird nachfolgend ebenfalls zitiert.

Sean Nell Feyk: *Marginalien zu den Annalen des USO-Historischen Korps;* A-IADM/50, USO-Archiv, Quinto-Center, 2845

*… wurde Lordadmiral Atlan der Einsatzbericht »Baikular« am 15. November 2840 überreicht. Von besonderem Interesse für dieses Marginalien-Kapitel ist jene Person, die den verdeckt arbeitenden USO-Spezialisten Tekener und Kennon im Verlauf ihres Baikular-Aufenthaltes begegnete und ihnen bei seinem Auftritt auf dem von Gualapa Runda ausgerichteten Fest als »*Ottac der Calurier*« vorgestellt wurde; Zitat Tekener:*

… Ein großer, hagerer, gebeugt gehender Mann, der mit seinen fast zwei Metern die meisten anderen überragte. Blondes, kurzgeschnittenes Haar stand ihm wirr vom Kopf ab. Aus seinem faltigen, wie zerknittert wirkenden Gesicht stach eine imposante Hakennase hervor. Hellblaue Augen mit verschmitztem Blick. Kleidung von unbestimmter Herkunft: weite Pluderhosen, die unterhalb der Knie in abgetragenen Stiefeln steckten, waren speckig und vielfach geflickt. Die Bluse ausgebleicht und von schmutziggrauer Farbe.

Obwohl Ottac den Eindruck eines Tramps machte, belegte er die High Society von Baikular sofort mit Beschlag; er wurde als Freund, Vertrauter und willkommener Gast behandelt. Nachfragen lieferten Aussagen wie die folgenden: »Er ist ein phantastischer Geschichtenerzähler. Er besitzt Charme und Witz, ist ein geistreicher Unterhalter. – Er besitzt kein Geld, keinen Besitz, aber er versteht es, sich allein mit Hilfe seiner Erzählkunst durchs Leben zu schlagen. Er ist ein Schnorrer, ein liebenswerter Schnorrer. – Man nennt ihn auch den ›Sternenwanderer‹. Er kennt alle Welten dieser Galaxis. Und alle Persönlichkeiten dieser Galaxis kennen ihn. Jedermann rechnet es sich als Ehre an, Ottac als Gast zu haben. Auch Runda wird es zu schätzen wissen, daß er ihn besucht.«

Als ich zufällig mit ihm allein bei einem Zierteich zusammentraf, antwortete er auf meine Bemerkung, daß er sich undurchschaubar und geheimnisvoll gebe, mit einem schlichten »Ich bin Calurier« – ohne jedoch auf meine Nachfrage, wo dieses Calurien liege, einzugehen …

… sagte er bei der Verabschiedung: »Grüßen Sie Atlan von mir, Oberst Tekener. Es hat mich sehr gefreut, Sie und Oberstleutnant Kennon in der neuen Rolle wiederzusehen. Nochmals, grüßen Sie Atlan von mir.«

Mit diesen Worten überreichte er mir ein Farbfoto, das einen jungen Mann zeigte, der eine entfernte Ähnlichkeit mit ihm besaß. Wichtig: *Wie kann ein dahergelaufener Sternenwanderer eines der bestgehüteten Geheimnisse der USO kennen? Woher kennt Ottac unsere wahre Identität? …*

Eher als Fußnote überliefert wurde Lordadmiral Atlans erstaunliche Reaktion auf den Bericht und das Foto: Er sah es lange an, runzelte die Stirn, doch plötzlich lächelte er.

»Ach, der ist das«, murmelte er, und an seinen Adjutanten gewandt fügte er hinzu: »Es ist alles in Ordnung. Richten Sie das Tekener aus.«

1.
Der Bauchaufschneider Fartuloon:

Gortavor, der zweite Planet von Gortavors Stern, war eine wilde Welt am Rand des Großen Imperiums, auf der die arkonidische Zivilisation und die ungezähmte Natur eine Art Symbiose eingegangen waren; nicht umsonst wurde der Planet nach seinem in der Spinnenwüste umgekommenen Entdecker »Kampf Tavors« genannt. Da von seiten der Arkoniden kein Interesse bestand, den Planeten zu kultivieren und systematisch zu besiedeln, gab es nur in einem weiten Umkreis um den Raumhafen des Kontinents Taigor eine bescheidene Industrie und die nötigsten technischen Anlagen. Die übrige Landkarte Gortavors wies dagegen viele große weiße Flächen auf, die jene Landstriche bezeichneten, die noch von keinem Arkoniden betreten worden waren. Vor allem betraf dies den Kontinent Bargak auf der Süd- und den Inselkontinent Byshlurag auf der Nordhemisphäre.

Obwohl die Zivilisation hier kaum Fuß gefaßt hatte – oder gerade deswegen –, erfreute sich der Planet eines regen Zustroms von Zuwanderern, die den verschiedensten Völkern entstammten und aus allen Teilen des Großen Imperiums und aus fernen, unbekannten Regionen der Galaxis kamen, die bei den Arkoniden »Öde Insel« genannt wurde. Es handelte sich durchwegs um Abenteurer, gescheiterte Existenzen und andere zwielichtige Gestalten. Sie waren es, die das Gesamtbild von Gortavor prägten – sie machten aus dem Planeten einen Warenumschlagplatz für Schmuggler und Hehler, ein Paradies für Diebe und Betrüger, ein Asyl für Mörder, Verfemte und alle Gejagten.

Daß Gortavor in der Randzone des Tai Ark'Tussan lag, 25.753 Lichtjahre vom Arkonsystem entfernt, war einer der Gründe dafür, warum sich Fartuloon hier niedergelassen hatte. Der Arm Orbanaschols III., des Imperators des arkonidischen Reiches, war lang, aber bis hierher reichte er offenbar nicht. Zumindest war Fartuloon bisher vor seinem Zugriff sicher gewesen. Als Leibarzt Armanck Declanters genoß er großes Ansehen und eine gewisse Immunität. Der Tato, wie der offizielle Titel des arkonidischen Planetenverwalters lautete, schirmte ihn vor allen Gefahren ab.

Vor uns breitete sich, von silbrigem Netzwerk überspannt, die schier endlose Spinnenwüste aus. Ich saß angespannt hinter dem Steuer des Drifters. Den Platz neben mir hatte Fartuloon eingenommen. Mein

Lehrmeister und Ziehvater starrte aus der Klarsichtkanzel. Ich hätte zu gerne gewußt, was in seinem haarlosen Schädel vorging. Als ich ihm von der Seite einen Blick zuwarf, richtete er kurz seine gelben Augen auf mich. Aber sie waren ausdruckslos.

Nur um etwas zu sagen, fragte ich: »Beschäftigt dich der Notruf?«

»Ich denke nur daran, daß Leute in Not geraten sind, denen wir helfen müssen.«

Ich versuchte nicht, tiefer in ihn zu dringen. Mir machte das Schweigen nichts aus. Ganz im Gegenteil, ich war sogar froh, mich auf die Fahrt konzentrieren zu können. Das Tarkihl, das mich immer an einen klobigen Tafelberg erinnerte, war längst hinter dem Horizont verschwunden. Es ragte am Rand der Spinnenwüste auf; nicht besonders hoch, aber doch gigantisch. Der Grundriß hatte die Form eines stumpfen Dreiecks, war zehn Kilometer lang und sechs Kilometer breit. Es galt als eine uralte Festung, aber niemand wußte, wer sie einst erbaut hatte. Das Material glich äußerlich Bronze und wirkte unbearbeitet. Zahlreiche Vorsprünge, Erhebungen und Kuppeln unterbrachen den Verlauf der Mauern.

Fartuloon hatte mir erklärt, daß der größte Teil des Gebäudes unter der Oberfläche verborgen war und wahrscheinlich noch niemals betreten wurde. Wenn er mich nicht immer wieder ermahnt hätte, wäre ich sicherlich öfter einem der vielen Geheimgänge gefolgt. Ich kannte das Tarkihl bis auf seinen subplanetarischen Teil recht gut. Hier hatte ich meine Jugend zugebracht und mit der Tochter des Tato gespielt. Dabei war es nicht ausgeblieben, daß Farnathia und ich stets neue Gänge und Geheimtüren entdeckt hatten. Wir versuchten uns vorstellen, wie die unbekannten Erbauer der riesigen Bauwerke hier einst gehaust hatten, wie sie sich gegenseitig belauerten und durch geheime Verstecke beobachteten ...

Ich schob die Gedanken zur Seite und konzentrierte mich. Einen Drifter zu steuern, galt als Kinderspiel. Das Raupenfahrzeug war knapp mannshoch, ebenso breit und dreimal so lang, hatte eine gute Bodenhaftung und konnte praktisch jedes Hindernis überwinden. Für die Fahrt durch Wüstensand war der Drifter besonders geeignet. Und dennoch war es ein gewisses Wagnis, damit über die Randbereiche hinweg tiefer in die Spinnenwüste von Taigor, den Kontinent des »Großen Kampfes«, vorzustoßen.

Denn außer unzähligen unbekannten Gefahren gab es hier die ständige Bedrohung, die der Wüste den Namen gegeben hatte: Zwei Meter über dem Boden spannte sich zwischen unregelmäßig verteilten Pfeilern über das gesamte Gebiet ein Netz aus armdicken Silbersträngen.

Niemand wußte, wer dieses Netz erschaffen und welchem Zweck es ursprünglich gedient hatte. Man vermutete aber, daß die Erbauer jene Wesen gewesen waren, die auch das Tarkihl errichtet hatten. In den ersten paar hundert Kilometern der Spinnenwüste verliefen die Silberstränge meist in großen Abständen von mitunter Hunderten Metern, zum Zentrum der Wüste hin wurde das Netz dagegen immer dichter.

Unzählige Glücksritter waren ausgezogen, um seine Rätsel zu lösen, die wenigsten von ihnen waren lebend zurückgekehrt. Auch Tavor, der das Sonnensystem 9326 da Ark katalogisiert hatte, war hier gestorben. Die Silberstränge behielten ihr Geheimnis für sich.

Ich wußte nur, daß das endlos wirkende, anscheinend in sich geschlossene Netz manchmal zu vibrieren und zu summen begann. Die Vibrationen und der gespenstische Klang schlugen alle Lebewesen in den Bann und verursachten bei ihnen Halluzinationen, an denen schon unzählige Wüstenwanderer zerbrochen waren. Ich selbst hatte das Vibrieren und Summen des Spinnennetzes noch nie erlebt und konnte mir auch nicht vorstellen, daß man ihm verfiel, wenn man sich mit der nötigen Willensanstrengung dagegen wehrte.

»Es sind schon ganz andere als du schwach geworden, Atlan«, hatte Fartuloon gemeint, als ich ihm meine Überlegungen mitgeteilt hatte. Das ärgerte mich, denn es ließ mich vermuten, daß Fartuloon meine Fähigkeiten unterschätzte. Diese Äußerung hatte er aber schon vor einiger Zeit getan. Inzwischen schien er seine Meinung über mich geändert zu haben; nun, in wenigen Perioden wurde ich schließlich achtzehn Arkonjahre alt. Manchmal erschien es mir, daß er mich als gleichwertig anerkannte.

So wie an diesem Morgen, dem 7. Prago der Coroma 10.496 da Ark, als der Notruf aus der Wüste im Tarkihl eingegangen war. Fartuloon hatte zugestimmt, daß ich das Steuer des Drifters übernahm. Das wertete ich als stille Anerkennung, und es erfüllte mich mit Stolz. Ich nahm mir vor, Fartuloons Vertrauen nicht zu enttäuschen und den Drifter sicher ans Ziel zu bringen, *Marauthans Ruinen*, die knapp vierhundert Kilometer vom Tarkihl entfernt waren.

»Es ist heiß«, sagte Eiskralle hinter mir. »Bei dieser Hitze werde ich noch zerfließen.«

Ich mußte unwillkürlich grinsen. Die Furcht des Chretkors vor extremer Hitze und zu großer Kälte war schon krankhaft. Aber ich tat ihm den Gefallen und erhöhte die Leistung der Klimaanlage. Gleich nach unserem Start hatte er sich über die niedrige Temperatur im Drifter beschwert, so daß ich die *Heizung* einschalten mußte.

»Ist es Euch so recht, edler Herr?« erkundigte ich mich spöttisch.

»Danke, Atlan«, sagte Eiskralle, ohne auf meinen Tonfall einzugehen. »Ich spüre, wie sich meine Körperstruktur wieder festigt.«

»Ausweichen!« rief Fartuloon, weil vor uns plötzlich eine Sanddüne auftauchte, die fast bis zum Silbernetz hinaufreichte.

Aber ich lachte nur. »Dieses Hindernis nimmt der Drifter mit Leichtigkeit!«

Wir erreichten die Düne, und ich schaltete die Saugdüsen ein, die als klobige Zylinder seitlich der Raupenketten angebracht waren und hauptsächlich dazu dienten, Hindernisse wie diese Düne abzutragen. Ich drosselte die Geschwindigkeit, während die Saugdüsen aufheulten und in ihrem Sog die Düne immer niedriger wurde. Der Sand wurde durch ein Rohrsystem zum Heck des Drifters geleitet und dort durch ein Gebläse ausgestoßen. Plötzlich gab es ein schepperndes Geräusch, und das Heulen der Düsen ging in ein Dröhnen über, das den Drifter vibrieren ließ.

»Was ist das?« rief ich überrascht und warf Fartuloon einen fragenden Blick zu.

Noch bevor ich von ihm Antwort erhielt, sah ich durch die Wand aus feinstem Sandstaub einige schemenhafte Gestalten auf unser Raupenfahrzeug zukommen. Jetzt begriff ich. *Zagoren! Die Sanddüne ist eine Falle der Wüstenbewohner!*

Ohne lange zu überlegen, fuhr ich den Drifter rückwärts aus der Düne heraus, wendete ihn um neunzig Grad und fuhr mit Höchstbeschleunigung davon. Aber kaum war ich aus dem aufgewirbelten Staub, tauchte direkt vor uns eine weitere Düne auf. Ich konnte ihr gerade noch ausweichen und fuhr einen der Wüstenbewohner nieder, der plötzlich vor dem Bug des Kettenfahrzeuges stand. Sein weiter Umhang breitete sich aus, flatterte, für einen Moment sah ich sein verzerrtes Echsengesicht ganz deutlich – dann verschwand er unter den Raupenketten. Der Drifter rollte über ihn hinweg. Wir erreichten wieder freies Gelände, vor uns waren keine weiteren Hindernisse mehr. Dennoch fuhr ich weiter, als seien alle Dunklen She'Huhan des Unterreichs hinter uns her.

»Du kannst wieder langsamer fahren«, murmelte Fartuloon. »Die Gefahr ist vorbei.«

Ich drosselte die Geschwindigkeit und warf ihm einen wütenden Blick zu. »Warum hast du mich nicht früher gewarnt? Du hast doch erkannt, daß die Düne eine Falle der Wüstenbewohner war. Du mußt gewußt haben, daß sie unter dem Sand allerlei Gerümpel versteckt haben, um unsere Saugdüsen zu verstopfen. Warum hast du mich nicht darauf aufmerksam gemacht?«

»Ich dachte, du würdest die Falle von selbst erkennen«, antwortete er gleichmütig.

Obwohl er es nicht vorwurfsvoll sagte, deutete ich es als Vorwurf. »Ich habe die Falle nicht sofort erkannt«, gestand ich. »Aber als die Situation kritisch wurde, reagierte ich richtig. Es ist mir auch ohne deine Unterstützung gelungen, den Drifter aus dem Gefahrenbereich zu bringen.«

»Dafür gebührt dir meine vollste Anerkennung«, versicherte er. »Aus diesem Vorfall habe ich eine für mich tröstliche Erkenntnis gewonnen.«

»Welche?« erkundigte ich mich angriffslustig.

»Daß der Schüler den Lehrer doch noch nicht übertrifft.«

Unsere Blicke trafen sich, und plötzlich mußten wir beide lachen. Bisher hatte ich in Fartuloon nur meinen Lehrmeister, meinen Beschützer und eine Art Vater gesehen. Doch in diesem Augenblick merkte ich, daß sich unser Verhältnis zueinander geändert hatte – es war eine Freundschaft unter Männern daraus geworden.

»Mir ist kalt«, hörte ich Eiskralle vom Rücksitz aus sagen. »Ich befürchte, daß mein Körper erstarrt.«

Ich seufzte, wischte mir den Schweiß von der Stirn und schaltete die Klimaanlage auf »Heizung«. Fartuloon lachte noch lauter.

»Da!« Fartuloon deutete plötzlich nach vorne. Die Sonne hatte ihren Höchststand überschritten, die Silberstränge warfen verwirrende Schatten auf die Wüste, über deren blendendem Sand die Luft zitterte. Dadurch wurde meine Sicht behindert.

Ich dachte, Fartuloon hätte wieder ein Hindernis entdeckt, deshalb drosselte ich die Geschwindigkeit. Aber dann war mir klar, was er meinte. Auf einem der armdicken Stränge sah ich einen riesigen Raubvogel hocken; einen Oluzga, die Spannweiten von über zehn Metern erreichten. Er lebte nicht mehr, war völlig gebleicht und wirkte verwelkt oder mumifiziert. Ich steuerte den Drifter unter ihm hindurch.

Bilder wie diese waren kein seltener Anblick in der Spinnenwüste. Wenn ich die suggestive Wirkung der Silberstränge auch noch nie zu spüren bekam, so hatte ich schon viele gesehen, die auf eine andere Art und Weise Opfer des Spinnennetzes wurden. In den Silbersträngen verbarg sich eine unheimliche, tödliche Kraft. Wer damit in Berührung kam, war unrettbar verloren. Sein Blut verkochte in Gedankenschnelle – und zurück blieb eine ausgetrocknete, welke Mumie. Es war ein schneller, dennoch schrecklicher Tod. Ich ertappte mich bei der Überlegung, wie es wohl Eiskralle ergehen mochte, wenn er das Spinnennetz berührte. Denn in seinen Krallen wohnte eine ähnlich unheimliche Kraft wie in den Silbersträngen.

»Ist dir heiß oder kalt?« erkundigte ich mich bei dem Chretkor.

»Nein, die Temperatur ist gerade recht«, antwortete er zu meiner Überraschung. Ich drehte mich kurz zu ihm um, mußte mich aber sofort wieder abwenden. Obwohl an Eiskralles Anblick gewöhnt, war es mir in diesem Augenblick nicht möglich, seine Gesichtszüge in dem kristallenen, transparenten Kopf zu erkennen.

Eiskralle verdankte diese Umschreibung nicht nur der Tatsache, daß jegliche organische Materie, die er mit seinen zu Krallen geformten Händen anfaßte, zu Eis wurde. Er wirkte auch in seiner Erscheinung, als sei er aus Eis gehauen. Sein Körper, sein Kopf und seine Gliedmaßen waren völlig transparent, so daß das bunte Gewirr von Muskeln, Nervenfasern, Adern und Organen zu sehen war. Es war sogar für Leute, die ständig mit ihm zu tun hatten, nicht immer leicht, in seinem Gesicht zu lesen. Denn die Transparenz verwirrte, und es fiel schwer festzustellen, ob die verschiedenen Sinnesorgane innen oder außen saßen. Er war von arkonoider Gestalt, wenngleich von zwergenhaftem Wuchs, reichte er mir selbst in aufgerichtetem Zustand von 1,35 Meter nur knapp bis zur Brust.

Es klang seltsam, aber Eiskralle liebte die Wärme; je wärmer es wurde, desto beweglicher wurde er auch. Aber er fürchtete extreme Hitze, weil er dann zu zerfließen glaubte. Mindestens ebensolche Angst hatte er vor niedrigen Temperaturen, weil er dann sicher war, schon durch die geringste Erschütterung in Einzelkristalle zu zerfallen. Er lebte ständig mit dieser Angst vor Hitze und Kälte, sie war sein wunder Punkt. Er wagte nicht einmal Kleidung zu tragen, sofern es nicht unbedingt notwendig war. Und weil er seine Angst nicht beherrschte, sprach er ständig darüber und verlangte, wenn es die Gegebenheiten zuließen, immer wieder Temperaturkorrekturen. *Eiskralle* nannten wir den Chretkor, weil er keinen Eigennamen hatte und er selbst sich auch keinen geben wollte.

»Ist die Temperatur so recht?«

»Ja, sicher, doch. Ich fühle mich ganz ausgezeichnet!« Eiskralles Antwort klang unwirsch. »Wieso fragst du dauernd? Willst du dich über mich lustig machen?«

Ich hob abwehrend eine Hand. Noch bevor ich etwas entgegnen konnte, sagte Fartuloon: »Bist du sicher, daß der Kurs stimmt, Atlan?«

»Absolut.«

Fartuloon schwieg. Weil es sein konnte, daß ihm etwas aufgefallen war, was meiner Aufmerksamkeit entging, überprüfte ich noch einmal alle Instrumente, konnte aber nichts feststellen, das auf eine Kursabweichung hinwies. »Wir fahren in die Richtung, in der *Marauthans Ruinen* liegen.«

Er entgegnete nichts, sondern sah starr geradeaus. Ich hob die Schultern und musterte ihn aus den Augenwinkeln. Er war nur einen Meter fünfundsechzig groß und ziemlich korpulent. Auf den ersten Blick wirkte er sogar ungemein fett und unbeholfen. Aber wer ihn kannte, der wußte nur zu gut, wie schnell und behende er sich bewegen konnte, wenn es darauf ankam. Was man für Fett hielt, waren in Wirklichkeit Muskelstränge, die ihm ungewöhnliche Kräfte verliehen; ich wußte es aus leidvoller Erfahrung. Seine Glatze glänzte im Sonnenlicht, um so dunkler war der gekräuselte Vollbart. Die klugen, gelben Augen lagen zwischen dicken Wülsten und verschwanden beinahe darin. Er aß gern und gut und hatte eine ganze Menge für hübsche, schlanke Frauen übrig.

Auf Kleidung legte er dagegen keinen besonderen Wert. Wenn man die adeligen Arkoniden zum Vergleich heranzog, die in einem wahren Rausch von Prunksucht durch das Tarkihl stolzierten, wirkte er dagegen sogar ärmlich. Wie gewöhnlich trug er seinen Harnisch, einen verbeulten und blankgewetzten Brustpanzer. Gegen eine Energiewaffe nützte eine solche Blechweste eigentlich nichts – obwohl sie aus Arkonstahl in der Art der Arkon-Ritter, den Dagoristas, gefertigt war. Aber er verzichtete nur selten auf dieses merkwürdige Bekleidungsstück, dem man ansah, daß es schon vor etlichen Jahren geschmiedet worden war. Darauf angesprochen, warum er sich nicht davon trennen wollte, meinte er nur, daß der Harnisch eine Erinnerung an schönere Zeiten sei.

Einzelheiten darüber konnte nicht einmal ich ihm entlocken, wenn wir unter vier Augen waren. Ich hatte es längst aufgegeben, ihn aushorchen zu wollen. *Wenn er nicht von selbst sein Geheimnis lüften will, soll er es eben bleiben lassen. Im Tarkihl kursieren die wildesten Gerüchte über ihn*, dachte ich. Obwohl manche von ihnen haarsträubender Unsinn waren, besaßen andere bestimmt ein Körnchen Wahrheit. *Niemand weiß, was er früher getan hat. Eigentlich weiß niemand auf Gortavor, woher Fartuloon einst gekommen ist. Aber er macht kein Hehl daraus, daß er erfolgreich als Gladiator gekämpft und offenbar sogar bei den KAYMUURTES teilgenommen hat. Aus dieser Zeit hat er mir die unwahrscheinlichsten Geschichten erzählt.*

Vermutlich trennte er sich deshalb niemals von seinem Dagorschwert, in dem ich schon seit meiner Kindheit geheimnisvolle Kräfte vermutete. Es war kurz, mit breiter Klinge und einem Knauf, der mich stets ungemein fasziniert hatte. Seine seltsame Figur schien aus Silber gearbeitet zu sein, doch Einzelheiten ließen sich nicht einmal bei genauerer Betrachtung erkennen. Im Gegenteil, je genauer man sie ansah, desto mehr schienen ihre Konturen zu zerfließen. Ich hatte mit dem *Skarg*, wie Fartuloon das Schwert nannte, schon selbst gefochten, konnte aber daran nichts Außergewöhnliches entdecken – außer daß es sehr gut in der Hand lag. *Wäre da nicht die Figur gewesen …*

Als Kind war ich davon so verzaubert, daß ich mir geschworen hatte, in Fartuloons Fußstapfen zu treten und seine Heldentaten zu übertreffen. Seltsamerweise nahm er meinen Schwur ernst, den ich im Alter von etwa zehn Jahren ausgesprochen hatte. Ich erinnere mich noch heute eines Ausspruchs, der mich damals nachhaltig beeindruckt hatte.

»Wenn du einmal groß bist, Atlan«, hatte er gesagt, »wirst du mich in allem übertreffen, dessen bin ich sicher. Du wirst mutiger sein und intelligenter, wirst einen stärkeren Willen besitzen und mehr Tatkraft. Und das alles wirst du bitter nötig haben, denn vor dir liegt ein dorniger und gefährlicher Weg. Aber was in meiner Macht liegt, werde ich tun, um dich für deine Aufgabe zu wappnen.«

Bis heute wußte ich nicht, was er mit diesen geheimnisvollen Andeutungen meinte. Aber er hatte sein Versprechen gehalten und war mir ein hervorragender Lehrmeister gewesen. Ich war mir stets sicher, daß es keinen Menschen in der Galaxis gab, der mehr wußte als er. Doch selbst er beherrschte naturgemäß nicht sämtliche Wissensgebiete. Deshalb waren wiederholt Spitzenwissenschaftler meines Volkes in aller Heimlichkeit zu meinen Lehrern geworden, geheimnisvolle Männer, die ins Tarkihl kamen und nach einiger Zeit wieder verschwanden, ohne ihre wahre Identität zu offenbaren. Mein Lebensweg war von Fartuloon bestimmt worden. Er hatte dafür gesorgt, daß ich in den letzten Jahren eine erstklassige Hochschulausbildung erhielt.

Eine offizielle Hochschule, gar eine wie die Galaktonautische Akademie von Iprasa, hatte ich nicht besuchen können, denn die gab es auf Gortavor nicht. Für mich war es jedoch ein glücklicher Umstand, daß ein altes, arkonidisches Gesetz die private Unterrichtung nicht nur gestattete, sondern deren Ergebnis sogar offiziell anerkannte, vorausgesetzt, der Prüfling hielt dem Examen stand. Ich enttäuschte Fartuloon nicht, er und seine Freunde hatte mich stets hervorragend vorbereitet.

Seine medizinischen Kenntnisse waren derart groß und seine Heilerfolge so verblüffend, daß er der Leibarzt und Vertraute des Tato wurde. Er war nicht nur »Bauchaufschneider«, sondern auch ein Wissenschaftler und ein Philosoph, und er unterrichtete schon seit langer Zeit die jungen Adligen. Sein Einfluß auf Gortavor war beachtlich und stand dem des Tato von Gortavor in keiner Weise nach. Er hatte mir seine Kenntnisse vermittelt, so daß ich im Tarkihl als sein Assistent tätig sein konnte, und er hatte mich kämpfen und meinen Verstand zu gebrauchen gelehrt.

Aber wenn es um bestimmte Dinge geht, dann schweigt er sich aus. Ich war ihm zu Dank verpflichtet, daß er mich im Alter von vier Arkonjahren bei sich aufgenommen und großgezogen hatte. Doch ich konnte und wollte nicht recht glauben, daß er über meine Herkunft nichts wußte. Er behauptete, daß ich eine Vollwaise war, als er mich hier auf Gortavor gefunden hatte, und machte dann im nächsten Atemzug geheimnisvolle Andeutungen.

Aber ich bin aus dem Alter heraus, wo ich ihn mit meinen Fragen bedrängte, dachte ich. Nur hin und wieder, wenn sich die Gelegenheit bot, versuchte ich ihn mit List und Tücke zu überrumpeln. *Doch selbst wenn er meine Absicht nicht durchschaut, schweigt er wie die Spinnenwüste.*

Fartuloon galt als unglaublich reich, mit Beziehungen sogar in die Kreise des Hochadels der fernen Kristallwelt im Herzen des Kugelsternhaufens Thantur-Lok selbst, aber dafür gab es ebensowenig eine Bestätigung wie für die anderen Geschichten, die man sich über ihn erzählte. Viele behaupteten sogar, daß er nicht einmal ein Arkonide sei, was, betrachtete man seine gedrungene Gestalt und seine gelben Augen, nicht einmal so unglaubwürdig klang. Aber darüber lachte Fartuloon nur – und schwieg sich aus. Angeblich war er jetzt 55 arkonidische Jahre alt, der Standardzeitrechnung im Tai Ark'Tussan.

»Es ist heiß«, meldete sich Eiskralle wieder und riß mich aus den Gedanken. Ich regulierte automatisch die Klimaanlage.

Vor uns lag die eintönige Sandlandschaft, über die sich das lockere Netz der silbernen Stränge spannte. Aber das Bild hatte sich inzwischen geändert. Wind war aufgekommen und trieb Fahnen aus Staub und Sandkörnern vor sich her. Die Sicht wurde immer schlechter, Gortavors Stern schimmerte nur noch schwach und rötlich durch die bräunliche Wolke.

»Der Wind wird stärker«, stellte ich beunruhigt fest. »Ich glaube, es dauert nicht mehr lange, bis er zu einem Sandsturm ausartet.«

»Damit dürftest du recht haben«, stimmte Fartuloon zu. »Wenn du willst, übernehme ich das Steuer.«

Ich nahm sein Angebot dankbar an. Nicht, daß ich mir nicht zugetraut hätte, den Drifter auch durch den Sandsturm zu lenken. Aber meine Konzentrationsfähigkeit hatte durch die lange Fahrt nachgelassen; es würde mir guttun, mich etwas zu entspannen.

Ich hielt den Drifter an, stieg aus und wollte um das Fahrzeug auf die andere Seite gehen. Da gab der Boden unter meinen Füßen nach. Ich versuchte noch, mich an den Raupenketten festzuhalten, aber ich war schon bis zur Gürtellinie versunken. Eiskralles gläsernes Gesicht erschien in der Luke. Er beugte sich weit hinaus und streckte mir seine zu einer Kralle geformte Hand entgegen. Ich dachte an seine Fähigkeit, organische Materie durch seinen Griff zu Eis erstarren zu lassen, und zögerte. Meine Befürchtungen waren natürlich grundlos, denn Eiskralle hatte seine unheimlichen Kräfte in der Gewalt. Doch bis ich mir dessen bewußt war, war ich noch tiefer gesunken und konnte seine Hand nicht mehr erreichen.

Plötzlich erklang von unten ein Knirschen und Dröhnen – und der Drifter senkte sich zur Seite. Der Boden unter mir gab endgültig nach, und ich stürzte inmitten einer Staubwolke in die Tiefe.

Ich prallte auf weichen Sand und konnte meinen Fall mit den Beinen abfangen. Aber von oben fielen weitere Sandmassen herunter. Ich schützte mein Gesicht und atmete in die Armbeuge, während ich durch den Sand in das vor mir liegende Gewölbe stapfte. Über mir war ein knirschendes Geräusch. Als ich aufblickte, sah ich, wie sich der mächtige Schatten des Drifters weiter über die Einsturzstelle schob. Hustend stolperte ich vorwärts, weil damit zu rechnen war, daß durch das Gewicht des Kettenfahrzeugs weitere Teile des Gewölbes zum Einsturz gebracht wurden.

Der unmittelbaren Gefahr konnte ich zwar entrinnen, lief aber, da ich nichts sehen konnte, gegen ein Hindernis. Es war eine glasharte Wand mit unzähligen scharfen Graten, an denen ich mir die Hand aufritzte. Wieder gab es einen knirschenden Laut – und dann rutschte der Drifter halb in die Bodenöffnung, prallte gegen die Wand und verkeilte sich.

Als Ruhe eingetreten und nur noch das Heulen des Sturmes zu hören war, hörte ich Fartuloons Ruf: »Atlan!«

»Ich bin hier unten. Bei mir ist alles in Ordnung, ich bin unverletzt.«

»Das beruhigt mich.«

Gleich darauf glitt durch einen schwach erhellten Spalt sein mächtiger Körper. Für einen Moment zappelten die kurzen, muskulösen Beine in der Luft, dann plumpste der Schatten in die Tiefe. Hinter ihm folgte eine schlanke, durchscheinende Gestalt: Eiskralle.

»Wo sind wir hier?« fragte der Chretkor und hustete.

»Ich vermute, daß dieser Unterschlupf von Schatzsuchern geschaffen wurde«, sagte ich und ließ meine Hände vorsichtig über die glasierte Sandwand gleiten. »Es sieht ganz so aus, als hätten sie diese Höhle mit ihren Luccot-Strahlern aus dem Sand geschmolzen.«

»Kein Wunder, daß die Decke das Gewicht des Drifters nicht tragen konnte«, meinte Fartuloon knurrend. In seiner Hand blitzte ein Handscheinwerfer auf, dessen heller Kegel durch den aufgewirbelten Dunst stach und das Gewölbe durchdrang. »Jetzt haben wir die Bescherung. Aus eigener Kraft bekommen wir den Drifter wohl nicht wieder flott.«

Ich sah mich in dem Gewölbe aus glasiertem Sand um. Es war ziemlich breit und langgestreckt. Den verschütteten Teil nicht mitgerechnet, war es groß genug, um mehr als zwanzig Männern Platz zu bieten. Am anderen Ende bog ein Gang nach links ab.

»Wenigstens können wir hier unten das Ende des Sandsturms abwarten.« Nach einer Pause fügte Eiskralle zufrieden hinzu: »Hier unten ist es zumindest angenehm kühl.«

»Der Sandsturm kann den ganzen Tag andauern«, sagte Fartuloon ärgerlich. »Solange können wir nicht warten. Schließlich machen wir keine Spazierfahrt, sondern wollen in Not geratenen Schatzsuchern helfen.«

»Ein toter Bauchaufschneider nützt ihnen auch nichts«, entgegnete ich rauh. »Meinst du nicht, daß es besser wäre, erst einmal eine Rast einzulegen? Der Sandsturm scheint seinen Höhepunkt erreicht zu haben. Es wäre Selbstmord, unter diesen Bedingungen den Weg durch die Spinnenwüste fortzusetzen. Du selbst hast mir erklärt, daß sich der Wüstensand durch Reibung statisch auflädt und dann einen guten Leiter für die Kräfte der Silberstränge abgibt.«

»Du hast natürlich recht, Atlan. Wir müssen zumindest warten, bis der Sturm abklingt. Erst dann können wir den Weg zu Fuß fortsetzen.«

»Dann sehen wir uns hier einmal um«, schlug ich vor, nahm mir Fartuloons Scheinwerfer und ging zum Ende des Gewölbes.

Als ich in den schmalen Seitengang leuchtete, stellte ich enttäuscht fest, daß er nur zehn Schritte lang war und dann an einer Wand aus geschmolzenem und wieder erstarrtem Sand endete. Fartuloon kam hinzu, schob mich beiseite und betrat den kurzen Gang, der so schmal war, daß er die Wände fast mit den Schultern streifte. Am Ende angekommen, zog er sein Schwert und schlug damit einige Male auf die Glasur ein. Einige faustgroße Brocken splitterten ab. Fartuloon sprang behende zurück, schob das Skarg in die Scheide und zog seinen Hochenergie-Luccot. Im ersten Moment war mir seine Handlung rätselhaft, weil mir sein breiter Körper den Blick versperrte. Aber dann sah ich, wie die Wand Sprünge bekam und einstürzte. Massen losen Sandes ergossen sich in den Gang.

Fartuloon schoß einen breitgefächerten Energiestrahl ab. Ich dachte, daß er den Sand schmelzen wollte, um so eine Barriere zu errichten und zu verhindern, daß weitere Massen in den Gang strömten. Doch damit begnügte er sich nicht. Er schmolz eine Öffnung in die Wand. Die Hitze ließ uns zurückweichen, aber als er den Impulsstrahler schließlich absetzte, sah ich, daß er einen Durchlaß geschaffen hatte, der in ein Gewölbe mündete. Ich richtete den Strahl der Stablampe durch die Öffnung und erblickte eine Höhle mit ebenem Boden und Wänden aus einem matten, unbekannten Material.

»Zagooth, das vergessene Labyrinth«, murmelte Fartuloon. Ich sah ihn fragend an, aber er gab mir keine Erklärung. Ohne ein weiteres Wort zu verlieren, stieg er durch die Öffnung und rutschte über eine Sandhalde in die Kaverne hinab.

Die Höhle war größer und lag deutlich tiefer unter der Oberfläche als der in den Sand geschmolzene Unterschlupf, durch den wir eingedrungen waren. Zwei Gänge, doppelt mannshoch und ebenso breit, führten nach links und rechts. »Was bedeutet Zagooth?« erkundigte ich mich bei Fartuloon. »Ich habe den Namen noch nie gehört.«

»Ich erfuhr ihn selbst erst vor einigen Jahren von einem Schatzsucher. Die Spinnenwüste ist von einem subplanetaren Labyrinth durchzogen. Bisher stieß man aber nur auf verschüttete Abschnitte. Der sterbende Schatzsucher behauptete, den Silbersträngen des tödlichen Netzes nachgegangen zu sein und durch Berechnungen, die angeblich auf Plänen der Ureinwohner beruhten, den Verlauf des Ganggewirrs zumindest teilweise rekonstruiert zu haben. Er konnte es jedoch nicht mehr erforschen, weil er den Zagoren in die Hände fiel und sich nur noch sterbend ins Tarkihl rettete.«

»Darüber hast du mir nie etwas erzählt«, sagte ich mit leisem Vorwurf.

Er rang sich nur ein mildes Lächeln ab. Mir schien, als wolle er mir damit sagen, daß es noch viel mehr und Wichtigeres gäbe, das er mir verschwieg. Das wollte ich sogar akzeptieren, nur ärgerte es mich, daß er mich als seinen Vertrauten nicht einmal in so belanglose Dinge wie den Zwischenfall mit dem sterbenden Schatzsucher einweihte. Es konnte aber natürlich auch sein, daß er nur darüber schwieg, weil er es nicht erwähnenswert fand, wenn ein Abenteurer in der Spinnenwüste von den Zagoren oder den Oothern überfallen wurde.

»Ich hab's!« rief ich plötzlich. »Der Begriff Zagooth setzt sich aus den beiden Namen der Wüstenbewohner zusammen. Aber wieso wurde das Labyrinth nach ihnen benannt? Es wurde doch von den Ureinwohnern erbaut, oder?«

»Die Zagoren und Oother hausen hier.« Fartuloon deutete auf den nach rechts abzweigenden Stollen. »Wenn wir Glück haben, ist das Labyrinth auf eine längere Strecke nicht verschüttet, und wir können uns darin ein gutes Stück *Marauthans Ruinen* nähern. Wir orientieren uns per Satelliten-Navigation und brauchen nicht zu befürchten, daß wir uns verirren. Gehst du zum Drifter zurück und holst die Ausrüstung, Atlan? Wir benötigen nur das Nötigste: Wasser, Lebensmittel und meinen Erste-Hilfe-Koffer.«

Ich kletterte den Sandhang hinauf und eilte durch das Gewölbe zur Einsturzstelle. Der Sturm hatte weitere Sandmassen hereingeweht, aber der Drifter sich nicht mehr weiter gesenkt. Ich zog mich an den Raupenketten hinauf, vom Sturm umfaucht, und kletterte in die Kanzel. Um die Ausrüstung zusammenzustellen, benötigte ich nur wenige Augenblicke; ebenso schnell hatte ich sie in einem Tornister verpackt, den ich mir auf den Rücken schnallte. Mein Blick fiel auf einen Handscheinwerfer. Ich nahm ihn ebenso an mich wie den zweiten Luccot-Impulsstrahler.

Als ich aus der Kanzel kletterte, schien es mir, daß der Sturm noch heftiger geworden war. Der Sand peitschte mir mit elementarer Kraft gegen das Gesicht, und ich mußte die Augen schließen und den Atem anhalten. Dennoch verriegelte ich den Drifter sorgfältig. Erst als ich wieder in der Höhle war, wagte ich Luft zu holen. Aber als ich einige Schritte in dem schmalen Seitengang zurückgelegt hatte, hielt ich an. Vor mir lag alles im Dunkeln. *Warum hat Fartuloon die Lampe ausgeschaltet?*

Vorsichtig tastete ich mich das letzte Stück bis zum Durchlaß weiter. Dann lauschte ich. Mir war, als vernehme ich ein verhaltenes Scharren. Irgend etwas oder jemand näherte sich mir. Ich ließ den Handscheinwerfer aufblitzen. Im Licht sah ich zwei Oother, die sich anschlichen und den Sandhang vor mir erreichten. Als der helle Kegel sie traf, zuckten sie zurück und hoben ihre knochigen Hände schützend vor die Gesichter.

Es hieß, daß die Oother Nachkommen von Schatzsuchern waren, deren Organismus durch die Spinnenwüste verändert worden war, angeblich mutierte Arkoniden. Sie sahen aus wie jene erbleichten und mumifizierten Toten, die mit den Silbersträngen in Berührung gekommen waren. Ihre Gesichter waren entstellte Fratzen ohne Augen, Nase und Ohren. Die Zähne ihrer breiten, lippenlosen Münder waren kräftig genug, um einem Mann mit einem Biß den Arm vom Rumpf zu trennen. Sie kamen nur in der Nacht auf die Oberfläche, weil Licht sie blendete und ihre Körpersubstanz zersetzte. Die Finsternis war ihr Element, sie waren Nachtgeschöpfe, die sich angeblich mittels Ultraschall orientierten.

Als ich erkannte, mit welchen Gegnern ich es zu tun hatte, brauchte ich nur den Strahl des Scheinwerfers auf sie zu richten, um sie in die Flucht zu schlagen. Sie schrien auf, als sie voll getroffen wurden und zogen sich in panischem Entsetzen in den linken Seitenstollen zurück. Ich wartete, bis das Geräusch ihrer Schritte verklungen war, dann rutschte ich über die Sandhalde in das Gewölbe hinunter. Von Fartuloon und Eiskralle fehlte jede Spur.

Ich ging zu dem Stollen, der in die Richtung führte, in der auch *Marauthans Ruinen* lagen.

»Fartuloon!« rief ich, erhielt aber keine Antwort. Als ich den Lichtkegel der Stablampe hineinschwenkte, sah ich einen Schemen in einen Seitengang flüchten. *Ein Oother*... Ich konnte mir nicht vorstellen, daß Fartuloon sich von den Mutanten hatte überwältigen lassen, die nichts so sehr fürchteten wie das Licht. *Was ist hier während meiner Abwesenheit vorgefallen?*

Weil ich keine Anzeichen dafür finden konnte, daß ein Kampf stattgefunden hatte, wandte ich mich endgültig dem rechts von mir liegenden Stollen zu. Wenn Fartuloon es aus irgendeinem Grund für ratsam gehalten hatte, dieses Gewölbe zu verlassen, dann mußte er den Gang benutzt haben, der in die Richtung von *Marauthans Ruinen* führte. Der Stollen verlief schnurgerade. Aber schon bald stieß ich auf einen Seitengang, der den Stollen kreuzte. Ich richtete den Scheinwerfer in schneller Folge in beide Richtungen und sah, wie sich Oother fluchtartig vor dem Licht in Sicherheit brachten.

Von Fartuloon und Eiskralle war nichts zu sehen. Also blieb ich im Hauptstollen. Auch im nächsten Quergang bot sich mir das gleiche Bild. Drei Oother hatten hier gelauert. Als ich jedoch den Strahl des Scheinwerfers auf sie richtete, flüchteten sie schreiend.

»Fartuloon!« Keine Antwort. Mir wurde unheimlich. Es war mir unerklärlich, wie der Bauchaufschneider und der Chretkor einfach verschwinden konnten. Ich war nicht so lange fortgewesen, als daß sie eine große Strecke hätten zurücklegen können. *Sie müssen meine Rufe einfach hören!* In meiner Ratlosigkeit wich ich in einen Seitengang aus. Er verlief nicht gerade, sondern wand sich in engen Biegungen dahin, so daß ich immer nur einige Schritte weit sehen konnte. Mir war, als hörte ich Geräusche, die sich entfernten. Deshalb begann ich, schneller zu laufen. Es war mir in diesem Augenblick gleichgültig, wen ich da vor mir hatte; egal, ob es sich um einen Oother oder Zagoren handelte. *Ich werde ihn stellen und aus ihm herauszubekommen versuchen, ob er etwas über Fartuloon und Eiskralle weiß.*

Als ich um die nächste Biegung kam, war der gewundene Gang zu Ende. Knapp vor mir sah ich einen Oother, der sich verzweifelt mit Armen und Beinen gegen die Wände stemmte, auch ein Stück in die Höhe gelangte, dann aber wieder abrutschte. Er erkannte, daß er in die Enge getrieben war und stellte sich zum Kampf: Die Hände schützend vor das lichtempfindliche Gesicht haltend, wandte er sich in meine Richtung und duckte sich zum Sprung.

Ich reckte die Handlampe vor und drückte mich gegen die fugenlose Wand. Da ihn das Licht blendete und er mich nicht sehen konnte, mußte er sich an der Lichtquelle orientieren und mich in der Mitte des Ganges vermuten. In dem Moment, als er zum Sprung ansetzte, griff plötzlich eine Hand aus der Wand und zog mich hindurch. Eine Krallenhand legte sich auf meinen Mund.

Dunkelheit. Der Gang, in dem ich mich eben noch befunden hatte, wurde noch von meinem Scheinwerfer erhellt, und ich sah wie durch eine Glaswand den Oother springen und ins Leere greifen. Und dann ertönte ein markerschütternder Schrei. Er hörte sich an, als käme er von einer Frau.

2.

Der Bauchaufschneider Fartuloon:

Er gefiel sich in der Rolle des geheimnisumwitterten Mannes. Er spielte den Lebemann, der an keiner schönen Frau achtlos vorbeigehen konnte, und den Gourmet, für den Speise und Trank ein Teil seines Lebensinhaltes waren. Er spielte diese Rollen gut, weil sie irgendwie seinem Charakter entsprachen. Und doch war die Persönlichkeit, die er den Adeligen im Tarkihl zeigte, nur eine Maske.

Den wirklichen Fartuloon hatte auf Gortavor noch niemand kennengelernt, nicht einmal Atlan, wenngleich diesem gegenüber Fartuloon seine Maske manchmal lüftete. Doch auch das nur so weit, daß Atlan ihn nicht völlig durchschauen konnte. Denn wer er war und welches Ziel er sich gesetzt hatte, durfte Atlan erst erfahren, wenn dieser seine letzte Prüfung bestanden hatte – und selbst dann würde es Dinge geben, die Fartuloon für sich behalten mußte.

Obwohl er nun schon seit nahezu dreizehn Arkonjahren in Sicherheit lebte, hatte seine Wachsamkeit nicht nachgelassen. Auf seinem Leben lasteten noch die Schatten der Vergangenheit, und die Erinnerung tickte in ihm wie eine Zeitbombe. Eines Tages würde er diese Zeitbombe zünden. Aber noch war der Zeitpunkt, die Vergangenheit lebendig werden zu lassen, nicht gekommen. Noch mußte er schweigen, noch mußte er das Geheimnis für sich behalten. Wie lange – Pragos, Perioden, Jahre? Nein, dessen war er sicher, er würde noch vor Ablauf des nächsten Jahres, dem 10.497. in der arkonidischen Zeitrechnung, Atlan gegenüber Rechenschaft ablegen. Denn die Zeit war reif; die ersten Maßnahmen waren bereits eingeleitet, bald würden sie Gortavor für immer verlassen.

»Still! Zagoren!« raunte mir jemand zu. *Fartuloons Stimme!* Ich empfand große Erleichterung darüber, den Bauchaufschneider zu hören. Eiskralle nahm die kalte Hand von meinem Mund und schaltete meine Handlampe aus, die ich fest umklammert hielt. Ich war vor Überraschung zu keiner Bewegung fähig.

»Wo ...«, begann ich, aber Fartuloon brachte mich durch einen zischenden Laut zum Schweigen. Jetzt erst hatte ich Gelegenheit, mich umzusehen.

Ich befand mich in einem riesigen Gewölbe. Hinter mir war eine Wand, die alles Licht zu schlucken schien. Knapp über meinem Kopf schwang sich die Decke in weitem Bogen nach oben, die ich jedoch mehr erahnte als sehen konnte, denn auch sie schien aus vollkommener Schwärze zu bestehen. In Inneren der Höhle selbst herrschte dagegen ein angenehmes, schattenloses Licht, das aus keiner bestimmten Quelle kam, sondern von nirgendwo und doch gleichzeitig von überall kam.

Der Saal glich einem Auditorium oder einer Arena und verjüngte sich trichterförmig zur Mitte hin. Nur gab es in dem weiten Rund keine Sitzreihen, sondern bis zu mannshohe buckelige Erhebungen mit warzenartigen Auswüchsen. Darauf hockten große und schlanke Echsenwesen, die in weite Gewänder gehüllt waren: *Zagoren!*

Es mochten etwa zwanzig sein, die sich über die Buckel verteilt hatten. Sie gaben unartikulierte Laute von sich und schlugen mit ihren Wurf- und Stichwaffen im Takt dazu auf den Boden. Ihre großen, starren Augen glühten in einem gespenstischen Grün und waren auf die junge Frau gerichtet, die in der Mitte des kegelförmigen Runds lag. *Von ihr muß der Schrei gekommen sein.*

Sie lag auf dem Boden und atmete schwer. Ihre Kleidung hing in Fetzen von ihrem Körper. Dicht neben ihrem Kopf steckte ein Speer im Boden. Jetzt klammerte sie sich mit einer Hand daran fest, stützte sich mit der anderen auf und zog sich langsam hoch. Dabei glitten ihre Augen ängstlich über die lauernden Reihen der Echsenwesen. Plötzlich versuchte sie, aus der Arena zu flüchten: Blitzschnell erkletterte sie eine der Aufbauten, wich einem Zagoren aus, der ihr in den Weg sprang, zwängte sich durch eine Lücke und erklomm den nächsten Buckel.

Einer der Zagoren folgte und stieß mit einem widerhakenbewehrten Speer nach ihr. Der Widerhaken verfing sich in ihrem zerschlissenen Umhang, so daß sie nach hinten gerissen wurde. Der Stoff riß, und die Frau rutschte rücklings über die Bodenerhebung in die Arenamitte hinunter, schrie in Todesangst. Links und rechts tauchten Zagoren auf, die mit Dolchen, Schwertern und Lanzen um sich schlugen. Sie ritzten dabei nicht einmal die Haut der Frau. Erst als sie still lag, ließen die Zagoren von ihr ab.

»Wir können nicht tatenlos zusehen, wie diese Bestien sie quälen!« Ich machte eine entschlossene Bewegung.

Eiskralle hielt mich am Arm zurück. »Fartuloon behauptet immer, daß du in jeder Situation ruhig und besonnen seist«, raunte der Chretkor. »Aber mir scheint, daß das nur dann zutrifft, wenn keine Frau im Spiel ist.«

Ich schüttelte ihn unwillig ab, weil mir seine Andeutung mißfiel und sich *Farnathias* Bild in meine Gedanken schob. »Ich würde jedem in dieser Lage helfen.«

»Zweifellos«, bestätigte Fartuloon. »Aber meinst du nicht, daß wir einen günstigeren Augenblick abwarten sollten?«

Ich beruhigte mich wieder. Die beiden hatten natürlich recht. Es half der jungen Frau nicht, wenn wir blindlings auf die Zagoren losstürmten; wir mußten taktisch klug vorgehen. *Zagoren lassen sich nicht so leicht wie Oother einschüchtern*, durchfuhr es mich. *Sie scheuen weder vor Licht zurück noch fürchten sie Strahlwaffen.*

»Was schlägst du vor, Fartuloon?« brummte ich.

Er blickte mich erstaunt an. »Was schlägst *du* vor.«

Im ersten Moment war ich überrascht, daß er mir die Entscheidung überließ. Aber ich zerbrach mir nicht den Kopf darüber, sondern überlegte mir, wie wir der Frau helfen konnten. Sie war eine Arkonidin, das konnte ich unschwer erkennen – eine schöne überdies, nun allerdings von den Zagoren ziemlich zugerichtet, an Armen und Beinen und im Gesicht zerschunden.

Ich rief mir ins Gedächtnis, was ich über die Zagoren wußte. Sie waren ziemlich primitiv und besaßen nur einfache Waffen wie Schwerter und Speere. Ursprünglich lebten sie in den südlich der Spinnenwüste gelegenen Dschungelgebieten Taigors, aber mit den Schatzsuchern waren auch sie hierher vorgedrungen. Sie lebten ausschließlich von dem, was sie auf ihren Raubzügen und bei Plünderungen erbeuteten. Vor ihnen war keine Handelskarawane der diversen Schmugglergruppen zwischen den weit verstreuten Siedlungen rings der Spinnenwüste, keine Expedition sicher. Wenn sie Gefangene machten, dann nur, um sie ihrem Gott, den sie in den Silbersträngen des Spinnennetzes vermuteten, zu opfern. Ihr Ritual war so einfach wie grausam: Zuerst jagten sie ihre Opfer, bis der Widerstand gebrochen war, dann setzten sie sie der tödlichen Kraft der Silberstränge aus.

Mich schauderte bei dem Gedanken, daß wir diesem Schicksal nur knapp entgangen waren. Denn niemand anderes als die Zagoren waren es ja gewesen, die versucht hatten, mit den in den Sanddünen verborgenen Hindernissen unseren Drifter fahruntauglich zu machen. *Wenn es ihnen gelungen wäre, uns zu stoppen, wären wir jetzt vermutlich bleiche Mumien. Und dieses Schicksal droht auch der Frau, wenn es uns nicht gelingt, sie zu befreien.*

»Wie lange wird es noch dauern, bis die Zagoren die Frau opfern werden?« erkundigte ich mich.

»Sie ist am Ende ihrer Kräfte.« Fartuloon machte eine vage Handbewegung. »Unter anderen Umständen hätten sie sie wahrscheinlich schon längst zur Oberfläche gebracht. Vermutlich wollen sie das Ende des Sandsturmes abwarten.«

Ich nickte. Dasselbe hatte ich mir überlegt. »Dann haben wir noch etwas Zeit und können meinen Plan vielleicht verwirklichen.«

»Was hast du vor?«

Ich gab Fartuloon keine Antwort. Es machte mir Spaß, einmal den Spieß umzudrehen und ihn über meine Absichten im unklaren zu lassen. »Funktioniert die Geheimtür, durch die ihr mich geholt habt, auch in die andere Richtung? Kann Eiskralle in den Gang zurückkehren, durch den ich gekommen bin?«

»Warum nicht, er hat ja hinausgegriffen, als er dich zu uns zog«, antwortete Fartuloon stirnrunzelnd. »Aber es handelt sich nicht um eine Geheimtür, sondern eher um eine Materieprojektion, die wie ein Vorhang Licht und Schall abhält; scheinbar fest, aber doch zu durchschreiten und ...«

»Das genügt mir«, unterbrach ich ihn und wandte mich an den Chretkor. »Ich möchte, daß du in das Labyrinth zurückkehrst und so viele Oother wie nur möglich hierher treibst. Alles weitere wird sich finden. Nimm beide Scheinwerfer mit, damit du die Oother wie eine Herde in die gewünschte Richtung dirigieren kannst! Traust du dir das zu?«

»In Zagooth herrscht ein angenehmes Klima, hier fühle ich mich richtig wohl«, behauptete Eiskralle und verschwand durch die nur scheinbar undurchdringliche Wand.

Die Zagoren trommelten mit ihren Waffen einen wilden Rhythmus; offensichtlich wollten sie ihr Opfer aufscheuchen. Aber die Arkonidin lag schwer atmend auf dem Boden und rührte sich nicht. Als sie einmal den Kopf hob, schrien die Echsenwesen triumphierend. Doch gleich darauf ließen sie ein enttäuschtes Murren hören, weil die Frau anscheinend nicht mehr die Kraft hatte, sich zu aufzurichten.

»Weißt du, wie viele Ausgänge es gibt, Fartuloon?«

Er zuckte mit den Achseln. »Zwei habe ich entdeckt, sie befinden sich auf der gegenüberliegenden Seite zwischen den Buckeln. Dort haben die Zagoren Posten aufgestellt. Aber wahrscheinlich gibt es weitere.«

Ich winkte ab und schlich los. »Das ist für meinen Plan nicht so wichtig. Hauptsache wir wissen, wohin wir uns wenden müssen, nachdem wir das Mädchen befreit haben. Wir müssen auf jeden Fall auf die andere Seite. Wie seid ihr überhaupt hierher gekommen?«

»Als du zum Drifter zurückgingst, tauchten die Zagoren auf. Wir wollten uns nicht auf einen Kampf einlassen, deshalb zogen wir uns in den Stollen zurück, um uns zu verstecken. Aber dann sahen wir aus unserem Unterschlupf, daß die Zagoren eine Gefangene hatten. Deshalb folgten wir ihnen. Und dann gab es plötzlich kein Zurück mehr, denn hinter uns kam eine zweite Abteilung Zagoren nach. Wir standen plötzlich am Ende des gewundenen Ganges. Aber da sich die Zagoren vor uns nicht in Luft aufgelöst haben konnten, suchte ich, bis ich diesen Durchgang fand.«

Wir hatten im Schutz der buckelförmigen Bodenerhebungen die gegenüberliegende Seite schon fast erreicht, als die junge Frau wieder einen Schrei ausstieß. Ich blickte in die Arena hinunter; ein Zagore sprang vor, breitete seinen Umhang aus und hob das Schwert zum Stoß. Mir war klar, daß er die Arkonidin nicht töten wollte, sondern nur beabsichtigte, ihr Schmerz zuzufügen, um sie aufzustacheln. Dennoch wollte ich das nicht zulassen. Noch ehe es Fartuloon verhindern konnte, hatte ich meinen Strahler gezogen, justierte ihn und drückte ab.

Ein feiner Energiestrahl blitzte für den Bruchteil eines Wimpernschlages auf und traf den Echsenschädel. Der Zagore fiel wie vom Blitz gefällt. Die anderen schwiegen verblüfft, dann erhob sich lautes Geschrei. Sie hoben ihre Waffen, als wollten sie sich gegen einen unsichtbaren Feind verteidigen, andere untersuchten verängstigt ihren toten Artgenossen.

»Das war leichtfertig«, rügte Fartuloon und kratzte sich den Bart.

»Keineswegs«, entgegnete ich. »Schließlich hast du mir den Trick beigebracht, wie man einen Schuß abfeuert, ohne daß jemand etwas merkt – außer dem Getroffenen.«

Fartuloon hatte noch einen Einwand auf der Zunge, aber er sprach ihn nicht aus, weil wir die andere Höhlenseite erreichten. Die Zagoren hatten sich wieder beruhigt. Aber sie kamen der jungen Frau nicht mehr zu nahe. Ich sah ihrem entsetzten Gesicht an, daß sie am liebsten davongelaufen wäre. Aber sie war zu sehr geschwächt.

»Hoffentlich verirrt sich Eiskralle nicht«, murmelte ich.

Fartuloon schüttelte nur den Kopf. Die Zagoren begannen wieder, mit ihren Waffen auf den Boden zu trommeln. Die Frau barg ihren Kopf in den Händen und hielt sich die Ohren zu, woraufhin die Echsenwesen nur noch kräftiger trommelten. Ihre unartikulierten Schreie wurde immer lauter und wilder. Zwei von ihnen sprangen von ihren Plätzen in die Arena. Als die Frau die blitzenden Waffen sah, raffte sie sich auf und versuchte zu flüchten – und genau das hatten die Zagoren bezweckt.

Ich ballte die Hände, weil ich befürchtete, das sich das grausame Spiel wiederholen würde. Aber soweit kam es diesmal nicht. Auf der gegenüberliegenden Seite, genau an jener Stelle, wo Eiskralle durch die Materieprojektion verschwunden war, bemerkte ich eine Bewegung. Eine Gestalt tauchte auf, dann eine zweite und eine dritte – und es wurden immer mehr. Bald drängten sich zwischen den Buckelaufbauten an die zehn Oother. Weil sie plötzlich von dem schattenlosen Licht umgeben waren, wollten sie zurückweichen. Aber ihre nachfolgenden Artgenossen versperrten ihnen den Weg und drängten sie nach vorne. Und dann tauchte Eiskralle mit den beiden Scheinwerfern auf und versperrte ihnen endgültig den Rückweg. Den Oothern blieb keine andere Wahl, als zwischen den Aufbauten nach unten zu klettern und nach einem anderen Ausgang zu suchen.

»Gleich ist es soweit. Bereit, Fartuloon?«

»Ja.«

Unterdessen entdeckten auch die Zagoren die Mutanten. Sie ließen von der Frau ab und stürzten sich den vermeintlichen Angreifern entgegen. Die Oother stellten sich jedoch nicht, sondern versuchten ihr Heil in der Flucht. Das Licht schwächte ihre Sinne und fügte ihnen Schmerzen zu. Sie wollten nur der Helligkeit entrinnen und sich in die Dunkelheit retten. Immer wieder rannten sie gegen die schwarzen Wände an, die alles Licht absorbierten, ohne jedoch einen Durchgang zu finden.

»Jetzt!« Ich sprang aus der Deckung auf einen der Aufbauten, setzte von dem Buckel auf den nächsten über und erreichte mit weiteren Sprüngen die Arena, wo sich die Frau halb aufgerichtet hatte und dem seltsamen Kampf zwischen Zagoren und Oothern verständnislos zusah.

»Hab' keine Angst!« rief ich. »Wir bringen dich in Sicherheit.«

Sie wirbelte zu mir herum und schrie gellend. Ich wunderte mich über ihre Reaktion, verstand nicht, warum sie sich vor mir fürchtete. Doch dann bemerkte ich, daß sie an mir vorbeiblickte. Ich fuhr herum und sah den Zagoren, der mit seinem Schwert ausholte. Als die Klinge den höchsten Punkt erreichte, taumelte er und sank in sich zusammen: Fartuloon hatte ihn erschossen.

»Gib mir weiterhin Rückendeckung«, rief ich, kümmerte mich wieder um die Frau und half ihr auf die Beine. »Kannst du gehen?«

Sie machte einen Schritt und fiel mir in die Arme. Ich hob sie hoch und legte sie mir über die Schulter. Fartuloon kam an meine Seite, seine Augen funkelten. Er hatte den Strahler weggesteckt und hielt das Skarg in der Hand, mit dem er den Angriff zweier Zagoren abwehrte. Den einen fällte er mit einem seitlich geführten Hieb, während er den anderen mit einem kräftigen Ruck über seine Schulter schleuderte.

»Rückzug, Eiskralle!« rief ich aus voller Kehle. Ich hatte den Chretkor seit seinem Auftauchen nicht zu Gesicht bekommen, hoffte jedoch, daß er sich aus eigener Kraft bis zu uns durchschlagen konnte.

Fartuloon erreichte eine mannsgroße Öffnung zwischen zwei Aufbauten. Der Posten, der hier aufgestellt war, lief ihm geradewegs in das Schwert. Der Bauchaufschneider winkte mir und verschwand dann durch die Öffnung. Ich hatte den Ausgang ebenfalls erreicht, als hinter mir ein tierischer Schrei erklang und mich plötzlich etwas am Bein packte. Ich verlor das Gleichgewicht und drehte mich im Fallen noch um meine eigene Achse, während die junge Frau zu Boden prallte. Der Zagore, der mit einer Hand mein Bein umklammert hielt, zielte mit einer Lanze auf mich. Er kam nicht mehr dazu, den tödlichen Stoß auszuführen. Ein kleiner, schlanker Körper landete auf ihm, zwei kristalline Arme griffen nach seinem Hals und umschlossen ihn. Den Zagoren durchlief ein Zittern, dann blieb er reglos liegen.

»Danke, Eiskralle«, sagte ich. Der Chretkor hatte den Zagoren durch bloße Berührung getötet.

Ich stand auf, hob die Frau, die das Bewußtsein verloren hatte, wieder auf meine Schulter und eilte durch den Ausgang. Eiskralle blieb hinter mir, um mir Rückendeckung zu geben. Aber die Zagoren verfolgten uns nicht. Wahrscheinlich waren sie zu sehr mit den Oothern beschäftigt. Vor uns lag eine langgestreckte Halle, erleuchtet von dem verwirrenden schattenlosen Licht. Der Boden war wellenförmig und wies viele größere und kleinere Buckel auf, die sich auch über die Wände und die Decke erstreckten. Dazwischen gab es in unregelmäßigen Abständen Öffnungen von unterschiedlicher Form. Fast wurde mir bei dem Anblick dieses wie organisch gewachsenen Raumes schwindlig. Plötzlich wußte ich nicht mehr, wo oben und unten war. Die Erhebungen und Vertiefungen des Bodens und der Wände, das seltsame Licht – all diese Eindrücke täuschten meine Sinne in einem Maße, daß ich das Gleichgewicht und die Orientierung verlor.

»Hierher!« hörte ich Fartuloon rufen, aber ich konnte ihn nicht sehen. Vor meinen Augen verschwammen die Konturen. Ich schüttelte den Kopf, bis Fartuloon in meinem getrübten Blickfeld erschien. Er stand vor einer unbeleuchteten Öffnung und streckte mir die kräftige Hand entgegen. Ich ergriff sie und fühlte erleichtert, wie ich zu ihm gezogen wurde.

»Was ist passiert?« fragte ich keuchend, während er mir das Mädchen abnahm.

»Du bist einer Sinnestäuschung erlegen. Mir ging es ähnlich. Beinahe hätte ich mich, in dem Glauben, einen Seitengang vor mir zu haben, in eine Bodenöffnung gestürzt. Diese suggestive Architektonik scheint jedoch nur für das arkonidische Auge verhängnisvolle Auswirkungen zu haben. Eiskralle hat sich jedenfalls mit traumwandlerischer Sicherheit durch den Raum bewegt.«

»Aber es war mir dabei etwas zu heiß«, fügte der Chretkor hinzu.

»Ich bin auch ganz schön ins Schwitzen gekommen«, gestand ich. Ich war Fartuloon dankbar, daß er mir die Bewußtlose abgenommen hatte, da ich den Tornister mit der Ausrüstung trug.

»Wir werden diesen Weg nehmen.« Fartuloon deutete in den gewundenen Röhrentunnel vor uns, der sich bereits nach wenigen Schritten in absoluter Dunkelheit verlor. »Da er nicht beleuchtet ist, wird er wohl von den Zagoren nicht benutzt. Und auf Oother werden wir in diesem Teil des Labyrinths kaum treffen. Einverstanden, Atlan?«

»Im Prinzip schon.«

»Und was stört dich an meinem Vorschlag?«

»Daß es ein Vorschlag ist und keine Entscheidung.«

Mir war in letzter Zeit schon oft aufgefallen, daß er die Verantwortung auf mich übertrug. Das ehrte mich, weil es mir zeigte, daß er mich voll und ganz anerkannte. Andererseits mußte ich mich aber auch fragen, welchen Zweck er damit verfolgte.

Wir hatten uns im Zagooth nach der Armbandgerätanzeige des Satelliten-Impulses in Richtung der Ruinenstadt bewegt und eine große Strecke zurückgelegt. Aber dieses Labyrinth barg so viele Geheimnisse und unbekannte Anlagen, daß ich dem Gerät kein richtiges Vertrauen schenkte. Fartuloon schloß sich meiner Meinung an und hatte nichts dagegen, als ich ihm vorschlug, bei nächster Gelegenheit zur Oberfläche zurückzukehren.

Wir machten Rast, nachdem Fartuloon hinter einer Materieprojektion eine selbstleuchtende Kugelzelle gefunden hatte, die uns ausreichend Platz bot. Während Fartuloon die Wunden der jungen Frau behandelte, suchte Eiskralle nach einem Weg zur Oberfläche. Um sich in dem Labyrinth nicht zu verirren, wollte er den Weg mit einem »Kühlstift« markieren. Die Partikel des Stiftes hinterließen keine optisch sichtbaren Spuren, die Markierungen konnten aber von Eiskralle durch ihre Wärme absorbierende Eigenschaft leicht gefunden werden.

Die junge Arkonidin erlangte das Bewußtsein wieder und kam rasch zu Kräften, nachdem Fartuloon sie behandelt hatte; er fragte: »Wie heißt du?«

»Azhira.«

»Wie bist du in das Labyrinth gekommen, Azhira?« wollte ich wissen.

»Vafron, dieses Scheusal, hat mich den Zagoren ausgeliefert«, sagte sie haßerfüllt.

»Und wer ist Vafron?«

»Er ist vor zwei Pragos zusammen mit vier anderen Männern zu uns gestoßen. Mir war er vom ersten Augenblick an verhaßt. Die anderen mochten ihn auch nicht.«

Sie beantwortete bereitwillig unsere Fragen, doch ich unterbrach sie mit einer Handbewegung. »Willst du mir nicht alles der Reihe nach erzählen? Mich interessiert, wo sich das alles zugetragen hat und zu wem du gehörst.«

Sie wischte sich eine Strähne ihres weißblonden Haares aus der Stirn und lächelte entschuldigend, obwohl sie schauderte ... »Du mußt verzeihen, wenn ich wirr daherrede, aber ich bin noch wie benommen. Was mir diese Echsen angetan haben ... kann ich nicht so leicht vergessen.«

»Du brauchst uns nichts zu sagen, wenn dir nicht danach ist.«

Sie schüttelte den Kopf und ergriff meine Hand. »Ich habe nichts zu verschweigen. Könnt ihr mich zu meinem Vater zurückbringen?« Nachdem ich ihr das versprochen hatte, sagte sie: »Wir hatten uns einer Schatzsuchergruppe angeschlossen, die in *Marauthans Ruinen* ihr Lager aufgeschlagen hat. Es gibt noch andere rivalisierende Gruppen. Nicht selten kommt es zu Gewalttätigkeiten und sogar zu blutigen Kämpfen ...«

»Ich kenne die Situation, die bei den Ruinen herrscht«, unterbrach ich sie. »Erzähl von dir!«

Vor vierzig Tontas, erfuhren wir von Azhira, seien Vafron und seine vier Begleiter in den Ruinen aufgetaucht. Nachdem sie mit den anderen Gruppen verhandelt hatten, setzten sie sich auch mit der Gruppe ihres Vaters in Verbindung. Vafron schlug ihm den Zusammenschluß aller in den Ruinen lebenden Schatzsucher vor – und beanspruchte natürlich das Kommando. Azhiras Vater, der kein Glücksritter war, sondern ein Laktrote, der die Spuren der Ureinwohner Gortavors untersuchte, jagte Vafron davon, nachdem auch die anderen der Gruppe nichts von einem Zusammenschluß wissen wollten.

Gestern, als ihr Vater mit der Mehrzahl der anderen Männer unterwegs war, drang Vafron gewaltsam in ihre »Festung« ein und entführte Azhira. Auf dem Weg zu einer anderen Ruine wurden sie von Zagoren überfallen. Einer von Vafrons Leuten verhandelte mit den Echsenwesen, und als sich herausstellte, daß sie ein Opfer verlangten, lieferte Vafron ihnen Azhira aus. Diese Geschichte war nicht ungewöhnlich. Solche und ähnliche Zwischenfälle gehörten fast zum täglichen Leben in *Marauthans Ruinen*. Aber ich fand es unverantwortlich von Azhiras Vater, sie auf eine solche Expedition mitzunehmen; laut sagte ich das allerdings nicht.

»Werdet ihr mich zurückbringen?«

»Wir haben denselben Weg«, sagte ich. »Wir haben im Tarkihl einen Notruf aufgefangen, der aus den Ruinen gekommen sein muß.«

Sie umklammerte meinen Arm. »Hoffentlich ist Vater nichts zugestoßen.«

»Du mußt nicht gleich das Schlimmste annehmen.«

»Aber Vafron ...«

»Von denen, die in den Ruinen leben, ist jeder zweite ein Vafron«, sagte ich abfällig. »Es ist unwahrscheinlich, daß der Notruf etwas mit dem von dir geschilderten Zwischenfall zu tun hat. Eher wäre es denkbar, daß dein Vater in seiner großen Sorge um dich unsere Hilfe angefordert hat.«

Ich merkte ihr an, daß sie daran noch weniger glauben konnte. Aber zum Glück wurde ich der undankbaren Aufgabe, weitere tröstende Worte zu finden, durch Eiskralles Erscheinen enthoben; er sagte: »Ich habe einen Ausgang gefunden.«

Wir dachten schon, daß Eiskralle den von ihm entdeckten Ausgang nicht wiederfinden würde. Er zerrte jedenfalls ganz schön an unseren Nerven, weil er behauptete, daß ihm die Kaltmarkierungen nicht mehr die Richtung anzeigten, da sie sich zu schnell durch die Lufttemperatur erwärmt hatten.

»Wir werden nie mehr hinausfinden«, jammerte Azhira; sie zitterte vor Angst, und ich fragte mich, wie sie bisher das Leben in den Ruinen ertragen hatte. Sie machte nicht den Eindruck von jemandem, der sich den rauhen Sitten in der Wildnis dieses Planeten anpassen konnte. Aber sie war schön, und vielleicht hatte sie geglaubt, mit ihrem Aussehen die Rauhbeine der Spinnenwüste um den Finger wickeln zu können.

»Wir sind richtig«, sagte Eiskralle, der die Führung übernommen hatte.

Wir schalteten unsere Scheinwerfer aus, als der Korridor in eine Halle mündete, die von einem schwachen Lichtschein erhellt war. Fingerdicker Wüstenstaub, der durch irgendeine Öffnung von der Oberfläche hereingeweht worden sein mußte, bedeckte den Boden.

»Tageslicht!« rief Fartuloon und deutete nach vorn. Jetzt sah ich ebenfalls den schmalen Lichtstreif, der schräg in das Gewölbe fiel. Eine Wächte verbackener Mineralien und Sandes reichte vom Boden bis zu der Öffnung in der Decke hinauf, die groß genug war, um zwei Arkoniden gleichzeitig hindurchzulassen. Ein starker Luftzug wirbelte Staub auf und trieb ihn uns in Nase und Mund. Azhira hustete. Ich drückte sie instinktiv an mich, und sie barg ihr Gesicht an meiner Brust.

»Es wäre gar nicht klug, jetzt in die Wüste zu gehen«, sagte Eiskralle.

»Wieso?« Verwundert sah ich ihn an. »Der Sturm scheint doch auf ein erträgliches Maß abgeflaut zu sein.«

»Das schon. Aber dort oben ist es immer noch heiß. Solange die Sonne nicht untergegangen ist, ist es dort oben *unerträglich* heiß!«

Fartuloon lachte, griff in seine Medikamententasche und überreichte Eiskralle einen weiteren Kühlstift. »Wenn du die Hitze nicht mehr aushältst, reib dich damit ein.«

Wir tranken einige Schlucke Wasser, bevor wir das Labyrinth verließen. Als ich zur Oberfläche kam, sah ich sofort die Ruinen, die zwischen vereinzelten Silbersträngen in den abendlichen Himmel ragten.

»Wir haben es geschafft!« rief ich erleichtert und half Azhira aus der Öffnung. »Die Ruinen sind ganz nahe. Wir können sie noch vor Sonnenuntergang erreichen!«

Azhira blickte durch die breiten Lücken in dem silbernen Netz über unseren Köpfen zu den halbverfallenen Bauwerken, die im typischen arkonidischen Trichterstil erbaut waren. Ihre Lippen zitterten leicht, als sie sagte: »Von hier sehen sie unheimlich aus. Sie wirken wie ausgestorben. Aber sie sind von Verbrechern bewohnt.«

»Wenn du die Schatzsucher so verabscheust, warum lebst du dann in ihrer Gesellschaft?«

»Ich wollte Vater nicht allein lassen«, sagte sie leise. »Er ist so ... so weltfremd. Er braucht jemand, der für ihn sorgt. Und ich konnte nicht wissen, daß es Leute gibt, die solch furchtbarer Dinge fähig sind.«

»Schon gut, Azhira.« Fartuloon warf mir einen strafenden Blick zu. »Atlan hat es nicht so gemeint.«

Ich wollte ihn schon fragen, was ich denn Azhira getan hatte, daß er sie so vehement in Schutz nahm, ließ es aber bleiben. Wenn Frauen im Spiel waren, wußte man nie, wie man bei dem Bauchaufschneider dran war. Ich schritt so stark aus, daß der Sand aufstob. Azhira beachtete ich nicht mehr, sollte sich Fartuloon doch um sie kümmern.

Eiskralle kam an meine Seite. »Es ist heiß«, sagte er stöhnend und rieb sich unablässig mit dem Kühlstift ein. »Hoffentlich spüren uns die Zagoren nicht auf. In dieser Hitze bin ich nicht fähig zu kämpfen.«

»Wir haben es bald geschafft«, tröstete ich ihn.

Fartuloon blieb mit Azhira etwas hinter uns und unterhielt sich angeregt mit ihr. Ich versuchte, nicht hinzuhören, konnte aber nicht verhindern, daß einige Gesprächsfetzen an mein Ohr drangen. Das Gehörte reichte aus, um mir Fartuloons Verhalten begreiflicher zu machen. Ich grinste still vor mich hin. *Der Dicke hat selbst Gefallen an der Kleinen gefunden!*

»Ich zerfließe!« jammerte Eiskralle gequält.

»Das kommt davon, weil du so viel redest. Durch die Mundbewegungen laden sich deine Körperkristalle auf und erhitzen sich noch mehr.«

»Das war ein geschmackloser Witz, Atlan.« Plötzlich blieb er stehen und legte mir die Hand auf den Unterarm. Die Kälte seiner Handfläche versetzte mir einen Schock und ließ mich abrupt anhalten. Ich griff automatisch nach meiner Waffe. Aber ich konnte sie steckenlassen.

Etwa zwanzig Schritte vor uns war einer der Knotenpunkte des Spinnennetzes zu sehen. Dutzende Silberstränge liefen hier zusammen und vereinten sich zu einer Plattform am Ende eines Pfeilers. Darauf hockten die gebleichten Leichname von drei Wesen arkonidischer Abstammung. Ihr schulterlanges, ehemals silbriges Haar war nun von einem stumpfen Grau und bewegte sich im Wind. Hinter mir schrie Azhira auf.

»Schau nicht hin, Mädchen«, hörte ich Fartuloon sagen.

»Was meinst du dazu?« fragte ich den Bauchaufschneider. »Es scheint fast, als handle es sich um Opfer der Zagoren.«

»Es ist eine Opfergabe an den summenden Gott des Silbernetzes.« Fartuloon runzelte die Stirn und schüttelte gedankenverloren den Kopf. »Das gefällt mir nicht. Immer wenn die Zagoren losziehen, um sich Opfer für ihre grausamen Riten zu holen, steht eine Kräfteentladung der Silberstränge bevor!«

Ich nickte. Fartuloon hatte mir davon berichtet, daß die Vibrationen und das suggestive Summen des Silbernetzes stets einsetzte, wenn die Zagoren ihrem Gott besonders viele Opfer darbrachten. Er vermutete, daß die Echsenwesen aus irgendwelchen Gründen die bevorstehende Aktivität des Spinnennetzes vorausahnen konnten.

»Kennst du diese Männer, Azhira?« fragte ich.

Sie preßte sich enger an Fartuloon und sagte schluchzend: »Ich kann nicht hinsehen!«

»Es wäre aber möglich, daß es sich um Schatzsucher handelt, die du kennst«, sagte Fartuloon. »Wirf nur einen Blick auf sie. Dazu wirst du dich sicherlich überwinden können.«

Azhira hob zaghaft den Kopf und blickte mit zusammengekniffenen Augen auf die drei bleichen, mumifizierten Toten. Es war, als würde sie von deren Anblick hypnotisiert und könne die Augen nicht mehr von ihnen wenden.

»Ja«, flüsterte sie. »Ich kenne sie ... zumindest einen. Er gehört zu Lay Manos' Gruppe. Er war ein skrupelloser Mörder ...«

»Gehen wir weiter«, verlangte Fartuloon und legte ihr den Arm um die Schulter.

Kurz darauf erreichten wir die Ruinen. Es handelte sich um acht Trichterbauten, von denen der größte hundert Meter hoch war. Ein Vorgänger Armanck Declanters, der Tato Marauthan, hatte sie vor langer Zeit errichten lassen, um eine Arkonidensiedlung zu gründen. Aber der Versuch, hier eine weitere Bastion der arkonidischen Zivilisation zu erschaffen, scheiterte, die Spinnenwüste war Sieger geblieben.

Inzwischen waren die Trichterbauten größtenteils verfallen. Aber die Zerfallserscheinungen waren nicht allein auf die Witterungseinflüsse zurückzuführen. Den größten Teil der Zerstörungen hatten die Zagoren und die Schatzsucher angerichtet, die hier hausten. Die Machtkämpfe, die mit allen Mitteln geführt wurden, hatten überall ihre Spuren hinterlassen.

Und doch war Leben in den Ruinen. Es war ein erbärmliches Leben, ständig vom Tod überschattet und von der trügerischen Hoffnung auf unermeßliche Reichtümer getragen. Die Männer und Frauen, die in die Spinnenwüste vordrangen, hatten nur unklare Vorstellungen davon, wonach sie eigentlich suchten. Sie legten sich nicht fest. Es war ihnen egal, ob sie die Schätze einer längst vergangenen Kultur im Zagooth, dem vergessenen Labyrinth, fanden, ob sie auf Erzadern und andere Rohstoffquellen stießen oder in den Ruinen die Schatzkammer des Tatos Marauthan entdeckten. Sie erhofften sich Reichtum in irgendeiner Form.

Aber die Hoffnungen werden enttäuscht, dachte ich. *Kaum jemand kommt aus der Spinnenwüste zurück – und noch weniger als reiche Leute. Den meisten wird die Wüste zum Schicksal.*

Das waren *Marauthans Ruinen:* eine kleine Oase Gestrandeter, deren Sehnsüchte unerfüllt blieben und deren Streben nicht ans Ziel führte. Die einzelnen Gebäude waren durch Kunststoffkonstruktionen und primitive Hängebrücken miteinander verbunden. Von einigen der Verstrebungen hingen korbartige Gebilde, die den Schatzsuchern als Unterkünfte dienten. Andere Schatzsucher hatten sich an schwer zugänglichen Stellen der Ruinen Befestigungen aus den verschiedensten Materialien errichtet. Im Laufe der Zeit waren aus dem verfallenen Gemäuer die bizarrsten Gebilde wie Geschwüre herausgewachsen. Viele von diesen abenteuerlich anmutenden Bauwerken, hatte Azhira berichtet, wurden erbittert verteidigt und heiß umkämpft. Im Augenblick wirkte die Ruinenstadt jedoch wie ausgestorben. Nur das Heulen des Windes zwischen den Gemäuern war zu hören, kein Lebewesen zeigte sich.

»Wo liegt der Unterschlupf der Gruppe deines Vater, Azhira?« fragte Fartuloon, während er die Ruinen aufmerksam beobachtete.

»Wir wohnen in der obersten Etage des Trichterbaus, von dem nur noch ein Teil der Außenwand steht«, antwortete sie und wies mit der ausgestreckten Hand nach links. Das von ihr bezeichnete Bauwerk ragte wie das Skelett eines urweltlichen Monstrums fünfzig Meter in die Höhe. An der höchsten Stelle war an die nach außen gewölbte Hauptwand eine unförmige Konstruktion gebaut.

»Eine leicht zu verteidigende Festung.« Fartuloon runzelte die Stirn und fügte nachdenklich hinzu: »Aber der Weg dorthin führt zwischen den anderen Ruinen hindurch, so daß wir für die rivalisierenden Gruppen ein leichtes Ziel abgeben würden.«

Ich stimmte dem Bauchaufschneider zu. *Zwar sind wir neutral, aber die Tatsache, daß sich Azhira bei uns befindet, kann die Feinde ihres Vaters dazu verleiten, uns als Gegner zu betrachten*, dachte ich und sagte: »Wir müssen es dennoch wagen und uns zu Azhiras Vater durchschlagen. Danach können wir immer noch herauszufinden versuchen, wer den Notruf abgeschickt hat.«

»Da ist jemand!« rief Eiskralle und deutete zum Fuß der nächstliegenden Ruine, die kaum hundert Schritte von uns entfernt war.

Ein grünhäutiges, entfernt arkonoides Wesen winkte uns mit seinen vier Armen. Ich erkannte, daß es sich um einen zwergenhaften Manoler handelte, der in den einteiligen Kapuzenmantel eines Wüstenbewohners gekleidet war. Als er sich einige Schritte aus dem Schutz der Ruinen wagte, erwachte die Wüste vor uns plötzlich zum Leben.

Der Sand geriet an einigen Stellen in Bewegung, und Zagoren kamen zum Vorschein. Sie mußten sich im Schutz der Dämmerung an die Ruinenstadt angeschlichen und sich dann im Sand eingegraben haben, um Schatzsuchern aufzulauern. Der Manoler wandte sich beim Anblick der Echsenwesen zur Flucht. Bevor er zwischen den Ruinen verschwinden konnte, bohrte sich ein Speer in seinen Rücken. Ich sah, wie der Grünhäuter zusammenbrach, dann mußte ich mich auf die Zagoren konzentrieren, die uns angriffen.

Von den acht Zagoren waren innerhalb weniger Augenblicke nur noch vier übrig: Fartuloon tötete zwei von ihnen, zwei weitere gingen auf mein Konto. Ich streckte sie mit einem Feuerstoß meines Strahlers nieder. Dann hatten uns die übrigen Angreifer erreicht. Ich brachte keinen weiteren Schuß mehr an, sondern konnte gerade noch einem Zagoren ausweichen, der mit seinem Speer nach mir stieß. Durch die Wucht des Anlaufs stürzte der Zagore an mir vorbei, und ich schlug ihm den Lauf meiner Waffe auf den Hinterkopf. Der Hieb schaltete ihn zwar nicht aus, aber er machte ihn immerhin so benommen, daß er nicht rasch genug reagieren konnte. Mein nächster Angriff kam für ihn so überraschend, daß er nicht einmal eine Abwehrbewegung machte, als ich ihm die Handkante gegen den Kehlkopf schlug. Er brach röchelnd zusammen.

Meine Begleiter benötigten meine Hilfe nicht mehr. Fartuloon stand breitbeinig da, das Skarg stoßbereit in der Hand. Zu seinen Füßen lag blutüberströmt ein Zagore, ein weiterer in unnatürlicher Verrenkung daneben. Da er keine Wunde hatte, nahm ich an, daß Eiskralle ihn getötet hatte. Ebenso wie den letzten, den der Chretkor gerade aus seinem tödlichen Würgegriff freiließ. Plötzlich schrie Azhira gellend auf. Ich wirbelte herum und sah, wie sich aus der Spinnenwüste weitere Echsenwesen näherten.

»Zu den Ruinen!« befahl ich und gab einige ungezielte Schüsse auf die Angreifer ab, bevor ich Azhiras Hand ergriff und mit ihr auf das nächstliegende Trichterbauwerk zulief. Als ich dachte, daß wir in Sicherheit wären, schrie Azhira erneut und stolperte. Ich konnte sie gerade noch auffangen und ergriff ihren Oberarm; durch meine Finger sickerte etwas Warmes, Nasses – Blut.

Ich zog sie in den Schutz eines Gemäuers. Sie starrte mit weitgeöffneten Augen auf ihren blutenden Oberarm, dann glitt ihr Blick auf den grünhäutigen Manoler, der unweit von uns lag. Obwohl der Speer aus seinem Rücken ragte, bewegte er sich noch. »Fartuloon!« rief ich. »Kümmere dich um den Manoler.«

Der Bauchaufschneider packte den vierarmigen Grünhäuter unter den Armen und zog ihn in den Schutz des Gemäuers. Ich hob inzwischen meinen Strahler und wandte mich den Angreifern zu. Aber die Zagoren traten bereits den Rückzug an. Sie mußten erkannt haben, daß sie uns nichts mehr anhaben konnten. *Wahrscheinlich befürchten sie auch, daß uns die Ruinenbewohner zu Hilfe kommen.*

»Wir sind in Sicherheit«, sagte ich erleichtert. »Eiskralle, behalte die Wüste im Auge! Ich kümmere mich um Azhira.«

Fartuloon hatte den Manoler auf die Seite gebettet und begutachtete dessen Rückenwunde. Der Speer saß so tief, daß er ihn nicht herausziehen konnte, ohne dem Manoler noch mehr zu schaden. Als ich Fartuloons Blick begegnete, schüttelte der Bauchaufschneider leicht den Kopf.

Ich untersuchte Azhiras Armwunde. »Es ist nicht schlimm«, sagte ich beruhigend und nahm den Tornister vom Rücken.

»Ich ... ich erhielt einen furchtbaren Schlag, als mich der Speer traf, und glaubte, er würde mir den Arm durchbohren«, sagte sie leise; ihr Gesicht war unnatürlich blaß.

»Es ist nur eine Fleischwunde. Ich verbinde sie und gebe dir ein Beruhigungsmittel. Dann fühlst du dich wieder besser, Azhira.«

Der Manoler schlug die Augen auf und starrte mit glasigem Blick vor sich hin. »Was ist ... passiert?« sagte er in gebrochenem Arkonidisch. Er bewegte die vier Arme und versuchte, nach seinem Rücken zu greifen.

»Ruhig«, gebot ihm Fartuloon und drückte seine Arme zurück. »Du brauchst Ruhe, Freund.«

»Wer hat mich ...?« fragte der Manoler leise. Aus seinem Mundwinkel floß grünlich verfärbter Speichel.

»Die Zagoren haben dich getroffen, bevor du dich in Sicherheit bringen konntest«, antwortete Fartuloon.

»Ach ... die Zagoren. Ja, ich erinnere mich ...«

Nachdem ich Azhiras Armwunde verbunden und ihr ein Beruhigungsmittel gegeben hatte, wandte ich mich dem Manoler zu. »Wir haben die Zagoren zurückgeschlagen. Sie sind keine Gefahr mehr.«

Er verzog das Gesicht. »Sie sind ... eine ständige Bedrohung. Sie suchen nach Opfern für ihren summenden Gott.«

Als mich der Blick seiner glasigen Augen traf, nickte ich. »Wir haben drei von Lay Manos Leuten gesehen, die ihnen in die Hände gefallen sind. Gehörst du zur selben Gruppe?«

Der Manoler nickte schwach. »Ich bin ... Lay Manos' ... Lays Stellvertreter. Als er euch sah, schickte er mich, um euch ... zu ihm zu bringen. Seid ihr ...?«

»Wir kommen aus dem Tarkihl und sind einem Notruf gefolgt, der von hier gekommen sein muß«, sagte ich.

Drei seiner Arme zuckten nach vorn und tasteten nach mir. Als seine Hände meine Rechte umschlossen, war sein Druck nur schwach. »Ihr müßt zu Lay ... Er will euch sprechen ...«

»Hat Lay Manos den Notruf abgegeben?«

Der Manoler löste den Griff von meinem Arm und versuchte, sich auf seine vier Hände zu stützen. »Ich werde euch zu ihm ...« Er brach kraftlos zusammen.

»Hat Lay Manos den Notruf abgegeben?« wiederholte ich meine Frage. Aber der Manoler gab keine Antwort mehr.

»Tot«, konstatierte Fartuloon, drückte dem Manoler die Augen zu und zog den Speer mit einem Ruck aus seinem Rücken.

»Jetzt wissen wir immer noch nicht, was hier eigentlich gespielt wird.«

»Doch«, entgegnete Fartuloon und blickte aus zusammengekniffenen Augen in die Wüste. »Wir wissen, warum die Ruinen wie ausgestorben wirken. Die Bewohner fürchten die Zagoren, die Opfer suchen.«

Ich nickte. Zu anderen Zeiten begnügten sich die Zagoren damit, Reisende zu überfallen, die vom Raumhafen nahe dem Tarkihl ausschwärmten oder dorthin unterwegs waren. Sobald sie jedoch der Blutrausch überkam, schlossen sie sich zu großen Kampftrupps zusammen, überfielen sogar Siedlungen, und man war auch in *Marauthans Ruinen* nicht vor ihnen sicher. Das einzige, was die Zagoren dann fürchteten, war das Summen und Vibrieren der Silberstränge, denn gegen die dabei entstehende hypnosuggestive Strahlung waren sogar sie nicht gefeit.

»Ich schlage vor, daß wir erst einmal Lay Manos aufsuchen und uns anhören, was er von uns will. Es wäre möglich, daß er der Absender des Notrufs ist.«

»Aber was wird inzwischen aus meinem Vater?« Azhira sprang auf. Als wir ihr keine Antwort gaben, sagte sie entschlossen: »Wenn ihr mich nicht begleitet, werde ich mich allein bis zu meinem Vater durchschlagen.«

»Nichts dergleichen wirst du tun, schönes Kind«, sagte plötzlich jemand hinter uns. Ich wirbelte herum und starrte auf die vier Bogenschützen, die zwischen den Mauertrümmern standen. Drei von ihnen waren Arkoniden, der vierte war ein Manoler, der zwei Bogen gleichzeitig spannte. Ihre Pfeile waren auf uns gerichtet.

»Rührt euch nicht vom Fleck«, sagte einer der Arkoniden. Die langen silberblonden Haare umgaben wie ein Kopfschutz das Gesicht, waren zu kunstvollen Mustern geformt und ringelten sich wellenförmig über seine Schultern bis auf die Brust und auf den Rücken. »Bei der geringsten verdächtigen Bewegung schießen wir sofort!«

Azhira schrie auf und rannte davon.

»Azhira!« rief Fartuloon und wollte ihr folgen, aber der Manoler verstellte ihm den Weg. Die vier Bogenschützen machten keine Anstalten, Azhira zu folgen, denn von hoch oben ertönte plötzlich ein kehliges Krächzen und ein mächtiger, langgezogener Schatten stürzte in die Tiefe. Es war ein riesiger Oluzga-Raubvogel, der seine Schwingen ausbreitete, als er über Azhira war, sie mit den Krallen ergriff und sich gleich darauf mit ihr unter schwerfälligem Flügelschlag in die Lüfte erhob. Er verschwand in einer Lücke der Außenwand des halbverfallenen Trichtergebäudes.

Der Arkonide mit der eigenwilligen Haartracht grinste. »Wir werden euch jetzt entwaffnen und zu Lay Manos bringen. Wenn euch euer Leben lieb ist, solltet ihr besser nicht an Gegenwehr denken.«

Fartuloon grinste zurück. »Ihr tut uns nur einen Gefallen, denn wir wollten sowieso zu Lay Manos.«

Trichterbauten waren Meisterwerke der arkonidischen Architektur, in der Regel nur durch Eingänge im Stielfundament oder per Gleiter aus der Luft zugänglich. Die Räumlichkeiten selbst waren terrassenförmig an der Innenseite der Trichterwand angeordnet, so daß die Mitte eines jeden Bauwerks frei war für Bepflanzungen, die zu paradiesischen Parks und Gärten angeordnet wurden. Von dieser Pracht war in *Marauthans Ruinen* nichts mehr zu sehen. Die Innenhofgärten waren mit den Gebäuden verfallen, die exotischen Pflanzen längst abgestorben. Nur wenige der anpassungsfähigen Gewächse rankten sich zwischen den Trümmern der einzelnen Etagen. Durch die veränderten Umweltbedingungen hatten sich zudem Mutationen entwickelt.

»Mein Name ist Ardelo«, stellte sich der Arkonide mit den zu einem Kopfpanzer entfremdeten Haaren vor, während wir durch Schächte über halbverfallene Treppen zu den höheren Stockwerken aufstiegen. »Es kann sein, daß ihr in der nächsten Zeit mit mir zu tun haben werdet.«

»Hoffentlich wirst du es später nicht bereuen, unsere Bekanntschaft gemacht zu haben, Ardelo«, sagte Fartuloon ironisch und nannte ebenfalls unsere Namen und den Grund unseres Hierseins.

Ardelo lachte nur. »Lay Manos wird sich freuen, einen Bauchaufschneider zu Gast bei sich zu haben. Wenn er hört, daß du für das Wohl des Tato von Gortavor verantwortlich bist, wird ihn das doppelt beeindrucken.«

Wir erreichten das Ende der Treppe, und ich schätzte, daß wir uns zwanzig Etagen hoch über der Wüste befanden. Durch ein Loch in der Außenmauer konnte ich auf das tief unter uns liegende Spinnennetz sehen, von dem die letzten Strahlen der untergehenden Sonne reflektiert wurden. Ardelo hielt vor einem zwanzig Schritte breiten und mehrere Stockwerke tiefen Abgrund an. Auf der anderen Seite des Abgrunds war die Wand von Pflanzen mit großen gelben Blättern bewachsen.

»He, schlaft ihr dort drüben?« rief Ardelo. »Laßt endlich die Zugbrücke herunter.« Er hatte noch nicht ausgesprochen, als sich ein armspannenbreiter Teil der gegenüberliegenden Wand rasselnd senkte. Wenig später spannte sich eine von zwei Eisenketten gehaltene Brücke über den Abgrund, und Ardelo forderte uns auf: »Los, geht voran!«

Ich betrat als erster die schmale Brücke, Fartuloon und Eiskralle folgten. Auf der anderen Seite wurden wir von drei Manolern empfangen. Der Teil des Gebäudes, in den wir kamen, war noch recht gut erhalten, wenngleich nichts mehr von der ursprünglichen Einrichtung vorhanden war. In die Wände waren Bruchstücke des schwarzen Materials eingelassen, mit dem Teile des Zagoother Labyrinths ausgekleidet waren, und erzeugten schattenlose Lichtinseln. Es herrschte ein ziemliches Durcheinander, Ballen und Kisten waren übereinandergestapelt. Maschinenteile standen neben Waffen und Lebensmittelvorräten. Mir fiel sofort auf, daß es sich bei den Waffen durchwegs um Schwerter, Lanzen, Keulen und andere primitive Kampfmittel handelte. Strahler und andere moderne Waffen waren nicht zu sehen. Auch Lay Manos' Leute waren nur mit primitiven Waffen ausgerüstet. Das ließ mich befürchten, daß wir unsere Strahler wohl kaum wiedersehen würden.

Ardelo verschwand mit seinen Leuten in einem Seitengang und überließ uns den drei Manolern. Sie nahmen uns in die Mitte und brachten uns in einen großen Saal, dessen Boden mit Fellen ausgelegt war, auf denen Kissen der verschiedensten Größen, Farben und Formen verstreut lagen. Entlang einer Wand standen Beutestücke, die für das Leben in den Ruinen einen ungewohnten Luxus darstellten. Eine weitere Wand war an einigen Stellen durchbrochen, so daß ich einen Ausblick auf die anderen Ruinen hatte. Dreißig oder fünfunddreißig Mannslängen von den Durchbrüchen entfernt reckte sich ein schmaler Gebäuderest in den Himmel. An der höchsten Stelle befand sich eine große Plattform, auf der einige Oluzga nisteten. Einer von ihnen landete mit einem Zagoren in den Klauen. Das augenblicklich folgende Gekreische ließ mich schaudern, und ich wandte mich von dem grausamen Schauspiel ab.

Unweit von uns stand in der Mitte des Saales ein thronartiger Sessel, in dem ein ungewöhnlich großer Manoler saß. Hinter ihm hockte auf der Rückenlehne einer der gefährlichen Raubvögel. »Seid mir willkommen, edle Herren«, rief der Grünhäutige in tadellosem Arkonidisch und breitete seine vier Arme in einer überschwenglichen Geste aus. »Meine Vasallen haben mir berichtet, daß ihr aus dem Tarkihl kommt. Das ist ausgezeichnet und dürfte sich vorteilhaft für meine Pläne auswirken. Mit Edelleuten wird Prontier eher verhandeln als mit Männern ungewisser Herkunft.«

Fartuloon machte zwei schnelle Schritte auf den Manoler zu. Als der Riesenvogel jedoch unruhig mit den Flügeln flatterte und seinen scharfen Schnabel aufriß, hielt der Bauchaufschneider inne. »Ich bin Fartuloon, Leibarzt des Tatos Armack Declanter«, sagte er mit grimmiger Würde. »Soll ich Euren Worten entnehmen, daß Ihr den Notruf nur abgegeben habt, um mich hierherzulocken und für irgendwelche dunklen Pläne zu mißbrauchen?«

Der Manoler wirkte ziemlich erstaunt. Er überspielte seine Überraschung jedoch schnell und sagte erfreut: »Der Bauchaufschneider des Tato seid Ihr also. Das trifft sich sehr gut. Von Euch darf ich erwarten, daß Ihr Euren Verstand gebrauchen werdet und Euch nicht zu irgendwelchen Unbesonnenheiten hinreißen laßt. Als Bauchaufschneider ist das Leben eines Intelligenzwesen für Euch heilig. Deshalb hoffe ich, daß Ihr alles tun werdet, um Azhira zu retten.«

Ich trat an Fartuloons Seite, den nervösen Vogel nicht aus den Augen lassend, und sagte zu dem Manoler: »Ihr habt Fartuloons Frage noch nicht beantwortet. Ward Ihr es, der den Notruf abgeschickt hat, Lay Manos?«

In dem grünen Gesicht des Manolers spiegelte sich wieder Überraschung, gepaart mit Ärger. »Was redet Ihr da von einem Notruf? Ich besitze nicht einmal ein Funkgerät. Wozu auch? Ich kann mir in jeder Lage selbst helfen.«

»Wenn das so ist, dann braucht Ihr uns nicht«, sagte ich. »Laßt uns gehen, damit wir uns um jene kümmern können, die um Hilfe gerufen haben.«

»Genug geredet!« rief Lay Manos ärgerlich. Der Oluzga stieß sich wie auf Kommando von der Rückenlehne des Thrones ab und segelte mit ausgebreiteten Schwingen auf mich zu. Ich konnte mich gerade noch zu Boden fallen lassen, bevor er mich mit den Krallen zu fassen bekam. Als ich wieder auf den Beinen stand, hatte das Tier seinen Platz auf dem Thron längst wieder eingenommen. »Das war nur eine Warnung. Das nächste Mal, wenn ich Ayff auf dich hetze, wird dir deine schnelle Reaktion nichts nützen. Wer bist du, daß du dich so aufspielst?«

»Ich bin Atlan, der Gehilfe Fartuloons.«

Lay Manos deutete auf Eiskralle und fragte: »Und wer bist du?«

»Eiskralle.«

Lay Manos kicherte. »Ein treffender Name. Du siehst aus wie ein wandelnder Eisberg, der sich in die Wüste verirrt hat.« Er schlug mit zwei Händen gleichzeitig auf die Lehnen. »Ich sehe, daß man mit euch deutlicher sprechen muß. Im Grunde genommen ist es egal, woher ihr kommt und was ihr hier wollt. Es ist sogar möglich, daß ihr nichts über Azhira und ihren Vater wißt. Aber das Schicksal hat euch mit ihr zusammengeführt, so daß ihr für sie verantwortlich seid.«

»Ihr könnt uns nicht zwingen, Lay Manos ...«, begann Fartuloon, aber der Manoler unterbrach ihn mit einer Handbewegung.

»Laß diese geschwollene Anrede, Bauchaufschneider, wir sind hier nicht im Tarkihl. Ich weiß, daß du alles tun wirst, um ihr Leben zu retten. Wenn du tust, was ich von dir verlange, bist du ein freier Mann und kannst deiner Pflicht nachkommen. Aber bevor du denen hilfst, die den angeblichen Notruf abgeschickt haben, wirst du mir einen Dienst erweisen.«

»Was verlangst du von uns?«

Der Manoler seufzte erleichtert. »Jetzt sprichst du endlich wie ein Mann. Ich möchte, daß ihr Prontier aufsucht und ihm sagt, daß seine Tochter Azhira meine Gefangene ist. Er kann sie wiederhaben, wenn er mir die Schätze überläßt, die er im Zagooth gefunden hat. Weigert er sich, muß seine Tochter sterben.«

»Und warum schickst du gerade uns als Unterhändler?« Fartuloon schüttelte den Kopf. »Warum entsendest du nicht einen deiner Leute?«

»Das hatte ich ursprünglich vor. Aber ich bin zu der Einsicht gekommen, daß keiner meiner Männer redegewandt genug ist, um die Verhandlungen mit Prontier führen zu können. Du eignest dich dafür viel besser. Sei froh, daß ich dich mit dieser Aufgabe betraue. Genausogut hätte ich euch alle drei töten lassen können.«

»Daran ist etwas Wahres. Aber erwarte nicht zuviel von uns. Wir können Azhiras Vater nicht zwingen, auf den Tauschhandel einzugehen.«

»Er wird auf meine Bedingungen eingehen, um seine Tochter wohlbehalten zurückzubekommen«, gab sich Lay Manos überzeugt. »Du brauchst nichts anderes zu tun, als Prontier mit sachlichen Argumenten auseinanderzusetzen, was seine Tochter erwartet, wenn er mir den Schatz von Zagooth nicht aushändigt. Damit du siehst, welches Vertrauen ich in deine Überredungskunst setze, lasse ich deine beiden Freunde mit dir gehen.«

»Erwartest du, daß einer von uns zurückkommt, um dir Prontiers Nachricht zu überbringen?«

Der Manoler wiegte den Kopf. »Sobald ihr eure Aufgabe erledigt habt, seid ihr frei. Ich gebe euch Ardelo mit, der mir Prontiers Antwort überbringen wird. Ihr habt eine Tonta Zeit, um den alten Narren umzustimmen. Ist Ardelo nach dieser Frist nicht zurück, wird Azhira sterben.«

»Eine Tonta!« rief Fartuloon. »So lange wird es vermutlich schon dauern, bis wir uns zu Prontiers Versteck durchgeschlagen haben.«

Der Manoler lachte. »Ihr werdet natürlich fliegen!« Mich schauderte, als ich aus Richtung der Mauerdurchbrüche ein trockenes Krächzen und das knallende Schlagen von Flügeln hörte. Vier der Riesenvögel kamen durch die Öffnungen in den Saal geflogen. »Ihr werdet so schnell sein wie der Wind und braucht euch zudem nicht einmal mit den anderen Banden oder den Zagoren herumzuschlagen. Es besteht demnach auch kein Grund, euch die Strahlenwaffen zurückzugeben. Ich werde sie als Geschenk für mich behalten.«

Fartuloon ballte wütend die Hände zu Fäusten. »Wenn du uns ohne Waffen aussetzt, sind wir in den Ruinen verloren. Gib mir wenigstens mein Schwert zurück und überlaß auch meinen Freunden Schwerter, Lay Manos. Wenn wir Prontier unbewaffnet gegenübertreten, sind wir von vornherein in der schwächeren Position.«

Lay Manos überlegte kurz, dann gab er Fartuloons Forderung nach. »Ich werde dir auch deine Ausrüstung überlassen. Ein Rat, Bauchaufschneider: Such Komyals Gruppe auf. Der Voolyneser hat ein Funkgerät – und wahrscheinlich den Notruf abgeschickt. Unter seinen Leuten wütet eine furchtbare Seuche ...«

»Eine Seuche?«

»Ja, eine Seuche. Sobald du meinen Auftrag ausgeführt hast, kannst dich um den Voolyneser kümmern. Seit heute morgen der Ausbruch der Seuche überall bekannt wurde, wagt sich keiner der Ruinenbewohner mehr aus seinem Versteck. Wir wären dir alle zu Dank verpflichtet, wenn du die Seuchengefahr bannen könntest, Bauchaufschneider.«

»Danke für die Auskunft«, sagte Fartuloon mit kaum unterdrückter Wut.

Ardelo kam in den Thronsaal, übergab Fartuloon das Skarg und seinen Erste-Hilfe-Koffer. Eiskralle und mir händigte er ebenfalls ein Schwert aus. Ich sah, daß er meinen Strahler im Gürtel stecken hatte. »Ich wünsche guten Flug und viel Erfolg!« rief uns Lay Manos zum Abschied nach, als wir uns den Fängen der vier Oluzga anvertrauten.

3.

Der Bauchaufschneider Fartuloon:

Er hatte in den dreizehn Jahren, die er sich auf Gortavor befand, unzählige Reisen in unbekannte Gebiete unternommen und kannte daher den Planeten wie kein anderer. Er war im ewigen Eis der polaren Gebiete ebenso zu Hause wie in den dampfenden Dschungeln der Äquatorzone oder auf den ausgedehnten Meeren. Er hatte auf seinen Reisen unzählige Geheimnisse der früheren Bewohner enträtselt, in denen er Angehörige des Großen Alten Volks *vermutete, von dem nur Legenden berichteten, und sie zu seinem Vorteil genutzt.*

Seine einsamen Streifzüge durch die Wildnis von Gortavor waren jedoch nicht auf seine Abenteuerlust zurückzuführen, wie er anderen gegenüber behauptete, sondern hatten einzig und allein dem Zweck gedient, für den Fall vorzusorgen, daß die Jäger Atlans Spur fanden. So sicher Atlan und er auch im Tarkihl zu sein schienen, er mußte damit rechnen, daß eines Tages jemand kam und ihm die Maske vom Gesicht riß. Fartuloon war darauf vorbereitet. Es gab auf Gortavor tausend Verstecke und Ausrüstungsdepots, in denen Atlan und er jederzeit Zuflucht suchen konnten; und nicht nur auf Gortavor.

Fartuloon hatte für Atlans gediegene Ausbildung gesorgt, ihn in allen Wissensgebieten unterrichtet, ihn in allen Kampfdisziplinen geschult und ihn an seinem unermeßlichen Erfahrungsschatz teilhaben lassen. Mit siebzehn Arkonjahren war Atlan nun ein vollwertiger Mann, der keinen Lehrmeister mehr brauchte, sondern durch die eigene Erfahrung lernen mußte. Fartuloon konnte nicht mehr viel für ihn tun, Atlan hatte nun seine Persönlichkeit aus eigener Kraft und eigener Initiative zu formen.

Atlan war nicht mehr auf den Schutz anderer angewiesen, er stellte seinen Mann – aber würde er sich der Mörder, die die ganze Galaxis nach ihm durchforschten, erwehren können? Fartuloon war nicht sicher, ob sich Atlan allein gegen Orbanaschols Häscher bewähren konnte. Denn diese Kopfgeldjäger waren grausam, stärker und viel gefährlicher als alle Gegner, die Atlan bisher gehabt hatte.

Fliegen war herrlich, aber es entsprach nicht meinem Geschmack, in den Fängen eines Raubvogels hoch über der Wüste zu schweben – noch dazu, wo überall zwischen den Ruinen Feinde lauerten, denen ich ein leichtes Ziel bot. Glücklicherweise kam es zu keinen Zwischenfällen. Dennoch war ich froh, als wir Lay Manos' Ruine weit hinter uns gelassen hatten und uns dem skelettartigen Gebäuderest näherten, an dessen Flanke die bizarre Konstruktion von Prontiers Unterschlupf hing.

Wir hatten unser Ziel fast erreicht, als ich bemerkte, daß uns in einigem Abstand ein fünfter Raubvogel folgte. Jetzt holte er rasch auf, flog an uns vorbei und kreiste dann über Prontiers »Festung«. Ich erkannte die Gestalt, die der Oluzga in den Klauen hielt: Es war Azhira!

»Vater!« rief sie verzweifelt.

Was bezweckt Lay Manos mit diesem Manöver? In dem bizarren Gebilde des Mauerskeletts schwang eine Luke auf. Eine Gestalt erschien darin, von der nur die obere Hälfte zu sehen war. Ich erblickte langes, weißes, wallendes Haar, das ein uralt wirkendes Gesicht umrahmte.

»Azhira!« Der Raubvogel, der Ardelo in den Krallen hielt, flog so nahe an der Luke vorbei, daß der Weißhaarige erschrocken zurückwich. Im nächsten Moment ragte der Lauf eines Luccot aus der Öffnung.

»Machen Sie keine Dummheiten, Prontier!« rief Ardelo. »Wenn Sie das Feuer eröffnen, sehen Sie Ihre Tochter nicht lebend wieder.«

»Was verlangt ihr Teufel denn von mir?«

»Wir sind gekommen, um mit Ihnen über den Preis Ihrer Tochter zu verhandeln«, brüllte Ardelo. »Lay Manos hat uns geschickt. Lassen Sie uns landen, dann können wir uns über die Einzelheiten unterhalten.«

Die Luke wurde mit einem lauten Knall geschlossen. Ardelo ließ sich von seinem Riesenvogel absetzen, dann war Eiskralle an der Reihe. Fartuloon und ich bekamen fast gleichzeitig festen Boden unter den Füßen, und ich atmete erleichtert auf. Die Oluzga stiegen krächzend auf und segelten davon.

»Von jetzt an verhandelst du, Bauchaufschneider«, sagte Ardelo. »Aber vergiß nie, daß es um das Leben der Kleinen geht. Und denk dir keine Tricks aus. In einer Tonta schickt Lay Manos einen seiner Vögel, um mich abzuholen. Er erwartet eine positive Entscheidung.«

»Ich weiß«, knurrte Fartuloon.

Vor uns öffnete sich eine gepanzerte Tür. Ein Arkonide trat vor. Er war nur mit einem Dolch bewaffnet und hatte sein ungepflegtes Haar im Nacken zu einem Knoten geschlungen. Hinter ihm erschienen zwei weitere Männer, die einen ähnlich verwahrlosten Eindruck machten. »Ihr seid bewaffnet«, sagte der Mann mit dem geknoteten Haar. »Besser, ihr legt eure Schwerter am Eingang ab.«

Fartuloon schüttelte den Kopf. »Wir kommen in Frieden, und wir denken nicht daran, uns vor euch zu erniedrigen. Prontier muß uns schon vertrauen, wenn er Wert darauf legt, seine Tochter lebend wiederzusehen. Wir behalten unsere Waffen.«

Ich sah dem Mann die Unsicherheit an. Wahrscheinlich hatte ihm Prontier aufgetragen, uns zu entwaffnen *und* uns unter allen Umständen zu Prontier zu bringen. Da sich aber beides nicht miteinander vereinbaren ließ, wußte der Wachtposten nicht, wie er sich verhalten sollte. Die Entscheidung wurde ihm von Prontier selbst abgenommen.

»Laß sie ein, Waccor«, drang seine Stimme zu uns heraus. »Ich werde zwei von ihnen empfangen, aber sie dürfen keine Feuerwaffen tragen. Die anderen beiden behältst du im Auge.«

Der Mann mit dem Haarknoten gab uns den Weg frei. Als wir an ihm vorbeigingen, deutete er auf Fartuloon und mich und sagte: »Du, Dikker, und du, Freundchen, ihr dürft zum Laktrote. Ihr anderen werdet mir Gesellschaft leisten.«

Wir betraten die Befestigung Prontiers. Sie sah von innen nicht weniger skurril wie von außen aus. Die gesamte Konstruktion wurde von Pfeilern aus Metall und Kunststoff getragen, die wiederum durch quer- und längslaufende Verstrebungen verbunden waren. In dieses Netzwerk waren Zellen eingehängt, die den Bewohnern als Unterkünfte oder Lagerräume dienten. Die größte dieser Zellen über unseren Köpfen bestand aus besonders widerstandsfähigen Panzerplatten. Aus einer Öffnung in ihrem Boden wurde eine Strickleiter heruntergelassen.

Ardelo knurrte: »Ich bestehe darauf, bei den Verhandlungen dabei zu sein.«

Fartuloon schüttelte den Kopf und sagte grinsend: »Lay Manos hat mir aufgetragen, die Verhandlungen zu führen. Also bestimme ich auch meinen Begleiter. Du hast doch Laktrote Prontiers Bedingungen gehört, er läßt niemanden mit einer Feuerwaffe zu sich. Es ist besser, du bleibst hier zurück, Ardelo. Eiskralle wird dir Gesellschaft leisten.«

Ardelo zuckte zusammen, sein Gesicht unter dem Haarhelm verzerrte sich. Ich dachte schon, er würde die Beherrschung verlieren und die Waffe ziehen. Aber dann besann er sich und fügte sich Fartuloons Anordnung.

»So ist es recht, Ardelo«, sagte der Bauchaufschneider spöttisch. »Lay Manos wird mit dir zufrieden sein.«

Ich kletterte zuerst die Strickleiter hinauf. Als ich durch die Luke kam, wurde mir der Lauf eines schweren Impulsstrahlers unter die Nase gehalten, dessen Mündungskraftfeld bedrohlich glühte.

»Verlieren Sie nur nicht die Nerven, Laktrote Prontier. Lay Manos hat uns geschickt, damit wir mit Ihnen verhandeln. Mehr wollen wir gar nicht.«

Ich blieb neben der Öffnung stehen, die Hände in genügender Entfernung vom Knauf meines Schwertes haltend, und betrachtete mein Gegenüber. Prontier war groß und schlank, wirkte aber durch seine gebeugte Haltung etwas kleiner. Sein langer, schmaler Schädel verschwand fast zur Gänze unter dem langen, wirren Haar. Unter seiner hohen Stirn funkelten zwei dunkelrote Augen; ihr Blick wechselte von mir zu Fartuloon, der sich stöhnend durch die etwas enge Öffnung zwängte. Prontiers runzeliges Gesicht ließ ihn uralt erscheinen, aber die Augen sprühten vor Leben und Tatkraft.

»Sie können Ihre Waffe weglegen, Laktrote«, sagte Fartuloon. »Sie haben nichts von uns zu befürchten. Wir gehören nicht zu Lay Manos' Gruppe. Er hat uns dazu gezwungen, als seine Unterhändler zu fungieren. Wir mußten auf seine Bedingungen eingehen, um das Leben Ihrer Tochter nicht zu gefährden.«

Prontier betrachtete uns prüfend. »Sie sehen tatsächlich nicht wie Verbrecher aus. Wer sind Sie, und was haben Sie mit diesem Manoler zu schaffen? Irgendwie kommen Sie mir bekannt vor.«

Fartuloon berichtete mit knappen Worten: »Wir kommen aus dem Tarkihl und sind einem Notruf gefolgt. Azhira haben wir im Zagooth aus den Klauen der Zagoren gerettet und sind dann Lay Manos' Leuten in die Hände geraten.«

»Ich bin geneigt, Ihre Geschichte zu glauben.« Prontier behielt die Waffe weiterhin auf uns gerichtet. »Nur verstehe ich nicht, daß Lay

Manos ausgerechnet Sie, seine Gefangenen, schickt. Er muß doch damit rechnen, daß Sie nicht mehr zu ihm zurückkehren.«

»Lay Manos hat uns zwar die Freiheit versprochen«, warf ich ein. »Aber er kann sicher sein, daß Fartuloon, der der Bauchaufschneider des Tato von Gortavor ist, das Leben Ihrer Tochter nicht leichtfertig aufs Spiel setzen wird, Laktrote. Der Manoler ließ uns aber auch deshalb frei, weil er Angst vor der Seuche hat, die in Komyals Gruppe ausgebrochen sein soll. Er ist selbst daran interessiert, daß wir ihre Ausweitung verhindern.«

»Ich habe von der Seuche gehört.« Prontier blickte uns noch einmal prüfend an, dann legte er den Strahler entschlossen weg. »Ich glaube Ihnen. Leibarzt des Tato – ich erinnere mich. Sie haben keinen Grund, mich zu belügen. Welche Nachricht sollen Sie mir von Lay Manos überbringen? Was verlangt er für Azhira?«

»Er möchte den Schatz, den Sie im Zagooth gehoben haben«, sagte Fartuloon.

Prontiers Augen weiteten sich vor Erstaunen, seine Überraschung schien echt zu sein. »Welchen Schatz?«

Fartuloon und ich wechselten einen schnellen Blick. »Ich habe keine Ahnung, um welchen Schatz es geht«, versicherte er. »Aber ich hatte den Eindruck, daß Lay Manos wußte, wovon er redete. Er schien darüber informiert zu sein, daß Sie etwas von Wert gefunden haben. Das will er haben – im Tausch gegen Azhira. Wenn Sie seine Forderungen nicht erfüllen, wird er Ihre Tochter töten. Das ist keine leere Drohung, Prontier. Ich bin überzeugt, daß er es ernst meint.«

»Er weiß also, daß ich im Labyrinth etwas gefunden habe, was für mich einen großen Wert besitzt«, murmelte Prontier zu sich selbst. »Von wem weiß er das? Es kann sein, daß einer meiner Leute zu anderen Schatzsuchern darüber gesprochen hat. Ich hätte wissen müssen, daß sie nicht verläßlich sind. Ich habe sie auf dem Raumhafen für diese Expedition angeworben, wohl wissend, daß es sich um Abenteurer und Glücksritter handelt. Aber bessere Leute waren nicht aufzutreiben ...«

»Es hat jetzt keinen Sinn mehr, darüber zu grübeln, von wem Lay Manos über Ihre wertvollen Funde informiert wurde«, sagte Fartuloon. »Lay Manos hält Ihre Tochter gefangen, und er gibt sie nur im Tausch gegen Ihren Schatz frei.«

Prontier schüttelte langsam den Kopf, dabei lag um seine Lippen ein bitteres Lächeln. »Lay Manos kann nicht erfahren haben, worum es sich bei meinen Funden handelt, denn ich habe zu niemandem darüber gesprochen.« Er zuckte resignierend mit den Schultern. Dann blickte er uns an und fügte hinzu: »Der Manoler wird Azhira nicht freilassen, selbst wenn ich ihm alle meine Schätze gebe.«

»Das überlassen Sie nur uns, Laktrote«, sagte ich schnell. »Wir werden dafür sorgen, daß er sich an die Abmachung hält.«

Prontier war von meinen Worten nicht überzeugt. Er schüttelte wieder den Kopf. »Lay Manos wird enttäuscht sein, wenn ich ihm meine Schätze überlasse. Denn sie sind für ihn völlig wertlos. Es handelt sich um Kulturzeugnisse der Ureinwohner von Gortavor, die nur ideellen Wert haben. Sehen Sie selbst!«

Er eilte in den rückwärtigen Teil des Raumes. Während er uns den Rücken zuwandte, hörte ich durch die Bodenöffnung eine Reihe seltsamer Geräusche. Ich kniete hin und blickte hinunter. Eiskralle rang unten mit Ardelo. Der Chretkor versuchte, Ardelo mit seinen Krallen zu packen, aber der war geschickt. Und er schien zu wissen, welche unheimlichen Kräfte in Eiskralles Händen lagen; er schlug mit dem Knauf der Waffe auf den Chretkor ein und rammte ihn dann mit dem Kopf. Es gelang Eiskralle, Ardelos Hals mit beiden Händen zu umfassen – und er drückte zu. Ich wollte schon aufatmen, doch dann merkte ich, daß Ardelo überhaupt keine Wirkung zeigte. Das ließ mich vermuten, daß seine Panzerfrisur Eiskralles tödliche Kräfte abhielt. Ardelo befreite sich aus der Umklammerung und schlug Eiskralle mit einem furchtbaren Hieb nieder.

Als ich mich zurückziehen wollte, entdeckte mich Ardelo und zielte mit dem Strahler auf mich. »Keine Bewegung, Atlan, sonst ist deine Laufbahn als Bauchaufschneider jäh zu Ende.«

»Du mußt den Verstand verloren haben«, entfuhr es mir. »Wenn Lay Manos erfährt, daß du auf diese Weise die Verhandlungen gestört hast, wird er dich seinen Vögeln zum Fraß vorwerfen.«

Ardelo lachte. »Die sind auf Zagoren spezialisiert. Im übrigen schere ich mich einen Dreck um Lay Manos. Ich will den Schatz für mich allein haben. Los, sag dem Laktrote, daß er damit herausrücken soll, sonst lasse ich euch dort oben schmoren. Und Prontier soll sich keine Tricks einfallen lassen. Sein treuer Diener Waccor hat mir verraten, wie die Schatulle aussieht, in der der Schatz ist.«

Also ist Waccor der Verräter, durchzuckte es mich, *und Ardelo fällt seinerseits wieder Lay Manos in den Rücken, der wiederum glaubt, ihm vertrauen zu können.* Es war grotesk und entbehrte nicht einer gewissen Pikanterie, daß sie alle hinter einem Schatz her waren, der für sie nicht den geringsten Wert hatte. Ich hätte das alles amüsant gefunden – wenn es nicht um das Leben Azhiras gegangen wäre.

»Ich warte nicht mehr lange, Prontier!« rief Ardelo.

Ohne mich von der Stelle zu rühren, sagte ich: »Geben Sie ihm den Schatz, Laktrote!«

»Aber was wird dann aus Azhira?«

»Sagten Sie nicht selbst, daß Lay Manos kaum auf den Tauschhandel eingehen würde?« erinnerte ich ihn. »Wenn Ardelo glaubt, daß er mit dem Schatz glücklich wird, soll er ihn haben.«

»Atlan hat recht«, hörte ich Fartuloon hinter mir sagen. »Es hat keinen Sinn, daß wir uns wegen dieser Schatulle opfern. Wir werden schon einen anderen Weg finden, um Azhira auszulösen.«

Noch während Fartuloon sprach, vernahm ich hinter mir Geräusche, die sich wie das Öffnen und Schließen eines Behälters anhörten, und ich wußte, daß Fartuloon meinen versteckten Wink verstanden hatte und handelte. Gleich darauf kam Prontier mit der Schatulle in mein Blickfeld. Sie war etwa unterarmlang, halb so breit und eine Handspanne hoch. Ich nahm sie Prontier aus der Hand und reichte sie Ardelo hinunter, der sie entgegennahm, ohne dabei die Waffe zu senken.

»Sie fühlt sich so leicht an«, sagte Ardelo mißtrauisch.

»Es ist ein alter Aberglaube, daß der Wert eines Dinges an seinem Gewicht gemessen wird.«

»Ich werde mich trotzdem davon überzeugen, daß die Schatulle nicht etwa leer ist.« Ardelo zog sich rückwärts gehend zur gepanzerten Tür zurück. Er griff hinter sich, öffnete den Riegel und stieß die Tür auf. Erst jetzt öffnete er den Deckel des Kastens. Seine Augen weiteten sich vor Entsetzen, als eine grüne Gaswolke hervorquoll. Er schrie auf, die Waffe entfiel seiner Hand, und er griff sich, nach Atem ringend, an den Hals. Er taumelte ins Freie, strauchelte und rollte über die Plattform. Ich sah, wie er, die Schatulle immer noch an sich gepreßt, über den Rand kippte und in die Tiefe fiel.

»Jetzt war all meine Forschungsarbeit vergebens«, sagte Prontier dumpf. »Und es gibt keine Möglichkeit, Azhira zu retten.«

»Ich konnte nicht ahnen, daß Ardelo mitsamt der Schatulle in die Tiefe stürzen würde«, murmelte Fartuloon zerknirscht. »Die Phiole, die ich in das Kästchen legte, enthielt nur ein Gas mit betäubender Wirkung. Aber sie brauchen nicht zu resignieren, Laktrote. Wir werden hinuntersteigen und Ihnen Ihren Schatz zurückbringen.«

Prontier winkte ab. »Das habe ich gar nicht gemeint, als ich sagte, daß meine Forschungsarbeit umsonst war. Es ist mir auch egal, ob ich die Unterlagen zurückbekomme. Ohne Azhira hat alles keinen Sinn mehr. Lay Manos wird mir nicht glauben, daß ich keine Reichtümer besitze, mit denen ich Azhira auslösen könnte. Er wird annehmen, daß ich an dem Tauschgeschäft nicht interessiert bin, und er wird Azhira töten.«

»Wir werden schon einen Weg finden, um den Manoler zu überlisten«, behauptete ich, obwohl ich im Augenblick selbst noch keinen Ausweg sah. »Wir brauchen ihm nicht auf die Nase zu binden, daß es die Reichtümer, die er sich erhofft, gar nicht gibt.«

»Atlan hat recht«, stimmte Fartuloon zu. »Wir können zum Schein auf den Tauschhandel eingehen. Aber wir müssen zuerst Zeit gewinnen, um einen Plan auszuarbeiten.«

Unterdessen kam der von Ardelo niedergeschlagene Eiskralle wieder zu sich. »Während ihr mit dem Laktrote die Verhandlungen führtet«, berichtete er, »verließ Waccor mit den beiden anderen Männern die Festung. Er begründete das den beiden anderen gegenüber damit, daß die Fallen kontrolliert werden müßten, die die Zugänge absichern. Mir war aber, als herrsche zwischen ihm und Ardelo ein stummes Einverständnis. Der Verdacht, daß die beiden unter einer Decke stecken könnten, erschien mir zuerst absurd. Aber ich blieb wachsam, so daß es für mich nicht ganz unvorbereitet kam, als Ardelo mich erschießen wollte.« Er blickte auf seine Hände und schüttelte den Kopf. »Ich verstehe nicht, wieso meine Fähigkeit bei ihm versagte.«

»Seine Haartracht bewahrte ihn vor deinem eisigen Griff«, sagte ich. »Ich habe euch beobachtet. Ardelos präparierte Haare schützten ihn wie ein Panzer.«

»Waccor hat sicherlich mit Ardelo vereinbart, die Beute zu teilen«, vermutete Fartuloon. »Findet er bei Ardelos Leiche nicht die erwarteten Reichtümer, wird er annehmen, daß der Schatz sich immer noch hier befindet. Vermutlich wird er sich mit einigen anderen verbünden, um die Festung zu stürmen.«

»Das soll er nur versuchen«, meinte Prontier grimmig. »Ich werde diesen Verbrechern einen heißen Empfang bereiten. Ich habe einen Impulsstrahler, sie dagegen sind nur mit Speeren und Pfeil und Bogen ausgerüstet. Außerdem gibt es eine Reihe von Fallen, die Waccor zwar kennt, die er aber erst entschärfen muß.«

»Trotzdem sind Sie hier nicht mehr in Sicherheit, Laktrote«, wandte Fartuloon ein.

»Das war ich nie. Ich habe mich in Sicherheit gewähnt, weil ich den Leuten vertraute. Zum erstenmal merkte ich, daß sie falsches Spiel mit mir trieben, als ich mich mit einigen von ihnen im Zagooth befand. Sie ließen mich allein zurück, wahrscheinlich in der Hoffnung, daß ich mich im Labyrinth verirrte. Aber ich fand hinaus. Sie beteuerten zwar ihre Unschuld, aber ich glaubte ihnen nicht. Als wir in den Unterschlupf kamen, fand ich Waccor gefesselt vor, die anderen waren alle getötet. Waccor erzählte mir, daß Vafron eingedrungen sei und Azhira geraubt habe. Jetzt glaube ich fast, daß Waccor Vafron in die Festung gelassen hat.«

»Wäre es nicht möglich, daß Waccor sich auch diesmal mit Vafron verbündet?« gab ich zu bedenken. »Da Vafron einmal gelungen ist, Ihre Festung zu stürmen, kann es ihm auch ein zweites Mal gelingen. Sie müssen von hier fort, Laktrote, bevor Waccor Verstärkung geholt hat und Sie belagert.«

»Sollen sie ruhig kommen.« Prontier war niedergeschlagen. »Ich habe immer noch einen Fluchtweg offen, der nicht einmal Waccor bekannt ist. Aber wovor soll ich eigentlich fliehen? Ich habe nichts mehr zu verlieren. Soll Vafron seinen Triumph haben.«

»Wenn es einen Fluchtweg gibt, um so besser«, sagte ich. »Sie können mit uns unbemerkt Ihren Stützpunkt verlassen, während uns die anderen noch hier vermuten. Sobald sie die Festung stürmen, können wir versuchen, Azhira zu befreien.«

»Wie wollen Sie das anstellen?« Er machte eine resignierende Handbewegung. »Ich habe nicht das, was Lay Manos als Gegenwert für Azhira fordert.«

Als ich ihm antworten wollte, hörte ich von draußen ein anhaltendes Krächzen und Eiskralle rief: »Lay Manos' Riesenvogel, der Ardelo abholen soll!«

»Und fliegt der Oluzga ohne Ardelo zurück, wird Lay Manos meine Tochter töten, habe ich recht?« Prontier rüttelte verzweifelt an Fartuloons Schulter. »Was sollen wir tun? Ardelo ist doch tot! Der Riesenvogel wird allein zurückfliegen und ...«

»Nein«, sagte ich entschlossen. »Ich werde an Ardelos Stelle zurückfliegen.«

»Das wäre Selbstmord, Atlan«, knurrte Fartuloon. »Lay Manos wird eine Falle vermuten und dich seinen Raubvögeln ausliefern.«

»Nicht, wenn er den Köder schluckt, den ich ihm anbiete«, antwortete ich hastig; meine Gedanken rasten. »Ich werde ihm wahrheitsgetreu erzählen, daß Ardelo doppeltes Spiel trieb. Ich werde Lay Manos zu verstehen geben, daß wir ihm nicht mehr trauen und ich deshalb mit leeren Händen zurückgekommen bin. Er wird es akzeptieren müssen, daß ich einen neutralen Treffpunkt nenne, an dem Azhira gegen den Schatz ausgetauscht werden soll. Welchen Ort würden Sie als Treffpunkt vorschlagen, Laktrote? Er sollte für Lay Manos leicht zugänglich und auch anderen Gruppen bekannt sein. Ich werde sagen, daß dort der Schatz im Morgengrauen übergeben wird. Inzwischen müßt ihr versuchen, das Vertrauen einer anderen Gruppe zu gewinnen, um sie dann im entscheidenden Augenblick gegen Lay Manos auszuspielen. Während die anderen sich gegenseitig die Schädel einschlagen, versucht ihr, Azhira und mich zu befreien.«

»Das hört sich einfacher an, als es in der Tat umzusetzen sein wird«, gab Prontier zu bedenken. Draußen krächzte wieder der Riesenvogel. Er schien bereits ungeduldig zu werden.

»Es ist trotzdem ein guter Plan«, behauptete Fartuloon und fügte hinzu: »Jedenfalls ist es die einzige Möglichkeit, Zeit zu gewinnen. Mir gefällt nur nicht, daß du dich Lay Manos als Geisel anbietest, Atlan. Ich ...«

»Wir können nicht mehr lange warten«, unterbrach Eiskralle den Bauchaufschneider ungeduldig, »sonst kehrt der Raubvogel allein zurück. Welchen Treffpunkt schlagen Sie also vor, Laktrote?«

»Marauthans Prunksaal wäre so gut geeignet wie jeder andere Ort auch«, meinte Prontier zögernd.

»Also Marauthans Prunksaal.« Eiskralle stürmte auf die Plattform hinaus, bevor ihn jemand daran hindern konnte.

»Eiskralle!« schrie ich und wollte ihm folgen, blieb jedoch in der Tür stehen. Der Oluzga schoß herab, packte mit seinen Krallen den Chretkor und flog mit ihm davon. »Wir sehen uns im Morgengrauen!« rief ich Eiskralle noch nach. Dann war der Riesenvogel mit ihm zwischen den nächtlichen Ruinen verschwunden. Ich kehrte in Prontiers Unterschlupf zurück und schimpfte: »Dieser verdammte Chretkor und seine Eigenmächtigkeit!«

Fartuloon klopfte mir auf die Schulter. »Es hat sein Gutes, daß Eiskralle an deiner Stelle gegangen ist. Ich benötige dich als Assistenten, um Komyals Gruppe aufzusuchen. Eiskralle könnte mir bei der Bekämpfung der Seuche nicht helfen.«

»Wollen Sie tatsächlich in die Festung des Voolynesers gehen?« Prontier sah uns ungläubig an. »Was wird dann aus Azhira?«

»Wir sind hierher gekommen, um in Not geratenen Schatzsuchern zu helfen«, sagte Fartuloon. »Egal was passiert, ich werde diese Leute, die unserer Hilfe bedürfen, nicht im Stich lassen, Laktrote. Aber wir werden auch versuchen, ihrer Tochter zu helfen. Vielleicht läßt sich sogar das eine mit dem anderen verbinden. Zeigen Sie uns jetzt den Geheimgang.«

Prontier machte einen niedergeschlagenen Eindruck, als er uns in den hinteren Teil der Festung führte. Zwischen Materialballen war eine viereckige Vertiefung zu sehen, die aus dem gleichen Material wie der übrige Boden zu bestehen schien, aber Prontier erklärte: »Es handelt sich hier nicht um feste Materie, sondern um eine täuschend ähnliche Projektion. Die Erzeugung von Materieprojektionen ist eines der Geheimnisse, die ich dem Zagooth entriß.«

»Wir kennen dieses Phänomen«, sagte Fartuloon. »Und was befindet sich darunter?«

»Ein Schacht, der durch die Außenmauer zum Fuß des Trichters führt.«

»Dann nichts wie hinunter!«

Der finstere Schacht schien kein Ende zu nehmen. Er zog sich entlang der nach außen gewölbten Wand in die Tiefe und mochte einst der Belüftung gedient haben. In die Wand waren in regelmäßigen Abständen faustgroße Löcher eingestanzt, durch die ich ins Freie blicken konnte und die einen guten Halt boten. Mir war nicht klar, wofür Marauthan dieses »Belüftungssystem« geschaffen hatte, und ich hatte auch noch nie von einer ähnlichen Einrichtung in einem der Trichterbauten gehört.

Ob sich Marauthans Architekt durch den entstehenden Luftzug eine bessere Klimatisierung der Wohnräume erhofft hat? Diese Gedanken gingen mir während des Abstiegs durch den Kopf. Prontier hatte den Anfang gemacht, Fartuloon kam hinter ihm, und ich bildete den Abschluß. Prontier war mit seinem Impulsstrahler bewaffnet, ich hatte meinen Luccot, den Ardelo sich angeeignet hatte, wiederbekommen. Fartuloon begnügte sich mit seinem Skarg. Seine Instrumententasche hatte ich übernommen, weil er auch so schon Schwierigkeiten hatte, sich durch den schmalen Schacht hindurchzuzwängen.

Endlich spürte ich Boden unter den Füßen. Die Dunkelheit war hier noch undurchdringlicher als im Schacht. Ich tastete mich an einer Wand entlang, bis ich zu einer Stelle kam, die vom schwachen Sternenlicht erhellt war. Vor mir hoben sich zwischen den Mauerruinen zwei Schemen ab. Ich stieß gegen einen weichen Körper – eine Hand schoß auf mich zu und legte sich mir auf den Mund.

»Zagoren!« flüsterte Fartuloon dicht an meinem Ohr. Ich zog unwillkürlich meinen Strahler. Fartuloon gab meinen Mund wieder frei, und ich schlich mich näher an die Mauer, um einen Überblick auf das vor uns liegende Ruinenfeld zu bekommen. Im ersten Moment sah ich nur die vagen Umrisse von Schutthalden und die daraus herausragenden Mauerreste. Aber dann gewahrte ich eine Bewegung. Ein Zagore ging geräuschlos im Schutz einer Mauer, von der anderen Seite schlichen sich zwei weitere Echsenwesen an. Sie bewegten sich von uns fort; wir befanden uns genau in ihrem Rücken.

Fartuloon wandte sich mir zu. In seiner Hand blinkte matt die Klinge seines Skargs, und er gab mir mit einer Geste zu verstehen, daß ich den Strahler wegstecken sollte. Ich klemmte den Luccot unter meinen Gürtel und zog das Schwert, das mir Lay Manos überlassen hatte. Fartuloon gab mir einen Wink und setzte sich in Bewegung. Ich folgte ihm. Wir gingen geduckt und hielten uns in der Deckung von Mauertrümmern, so daß wir sogar dann nicht von den Zagoren entdeckt werden konnten, sollten sie sich umdrehen. Plötzlich war vor uns ein Geräusch, das nicht von den Zagoren stammen konnte. Gleich darauf tauchte ein Mann hinter einer Mauer auf, der einen Speer und ein Krummschwert in der Hand hielt. Er entdeckte die drei Zagoren und schrie erschrocken auf, als sie sich auf ihn stürzten.

Das war auch für uns das Zeichen zum Angriff. Fartuloon warf sich mit ausgebreiteten Armen auf die vier Kämpfenden, die ein wirres Knäuel bildeten. Ich zerrte einen Zagoren am Bein heraus und betäubte ihn durch einen Schlag mit der Breitseite meines Schwertes gegen den Schädel. Noch bevor ich mich dem nächsten Gegner zuwenden konnte, war der Kampf beendet. Fartuloon hatte die beiden anderen Zagoren mit den bloßen Fäusten unschädlich gemacht. Jetzt zog er den Mann unter den beiden bewußtlosen Echsenwesen hervor und riß ihn am Halsausschnitt seines Umhangs hoch.

»Sieh mal, Atlan, wen wir da haben«, sagte Fartuloon mit gespielter Überraschung. »Was für ein Zufall, daß wir diesen alten Bekannten hier antreffen.«

»Waccor!« entfuhr es mir. Prontier verließ sein Versteck und kam zu uns. Als er Waccors Namen hörte, schrie er: »Verräter!« und wollte sich auf ihn stürzen. Ich mußte ihn gewaltsam zurückhalten.

Waccor schluckte. »Welch ein Glück, daß ihr gerade gekommen seid, sonst hätten diese Bestien mit mir das gleiche getan wie mit den beiden anderen.«

Prontier war außer sich vor Wut. »Schade wäre es nicht um dich gewesen, Verräter!«

»Mäßigen Sie Ihre Stimme, Laktrote«, ermahnte ihn Fartuloon. »Wer weiß, wie viele Zagoren hier noch herumlaufen.«

»In der Ruine sind keine mehr«, behauptete Waccor. »Aber draußen wimmelt es von ihnen. Sie haben sich tagsüber im Sand eingegraben und kommen jetzt aus ihren Verstecken.«

»Du hattest wohl zuviel Angst, um dich durch die Wüste zu wagen, was?« Fartuloons Stimme klang höhnisch. »Oder wartest du immer noch auf deinen Kumpan Ardelo?«

Waccor sagte mit brüchiger Stimme: »Ich habe gesehen, wie er in die Tiefe stürzte. Ihr habt ihn mit der Schatulle ganz schön hereingelegt. Sein Pech, daß er darauf hereingefallen ist. Mir ist das egal.« Er zuckte mit den Achseln. »Ich bin auf den Schatz nicht so versessen.«

»Ach?« machte Fartuloon. »Und warum hast du dich immer noch hier herumgetrieben? Überlegtest du vielleicht zufällig, wie du die Festung knacken könntest?«

Waccor lachte gekünstelt. »Es war dumm von mir, mich mit Ardelo einzulassen. Aber mir war auch klar, daß ich nicht mehr zu Prontier zurückgehen konnte. Also fragte ich mich, welcher Gruppe ich mich anschließen könnte. Da ich bei Lay Manos ebenfalls in Ungnade gefallen sein dürfte, blieb mir als einziger Ausweg nur noch Komyal übrig. Zu dem Voolyneser habe ich immer gute Beziehungen gehabt.«

»Aha«, machte Fartuloon verständnisvoll. »Du wolltest also den Voolyneser dafür gewinnen, den Schatz des Laktrote zu heben!«

»Wo denkst du hin, Fartuloon.« Waccor gab sich entrüstet. »Ich wollte nur in Komyals Gruppe aufgenommen werden. Von dem Schatz war keine Rede, den hatte ich längst wieder vergessen.«

»So? Dann wurde es wohl nichts mit dem Anschluß an Komyals Gruppe, und es zog dich wieder hierher.«

»Komyal nahm mich mit offenen Armen auf. Er benötigt jeden gesunden Mann, weil seine Leute unter der Seuche leiden. Als ich dem Voolyneser jedoch sagte, das du mit deinem Gehilfen bei Prontier bist, schickte er mich sofort wieder los, um dich zu holen. Komyal sagte, daß er einen Notruf abgeschickt hat, er braucht deine Hilfe, Bauchaufschneider! Ich war mit meinen beiden Kameraden gerade auf dem Weg zu euch, als uns die Zagoren überfielen.«

»Komyal war es also, der uns gerufen hat. Bist du bereit, uns zu ihm zu führen?«

»Deswegen bin ich hier«, sagte Waccor eifrig. »Ich werde euch hinbringen. Es gibt hier ganz in der Nähe sogar eine Brücke, die zu der Ruine führt, in der Komyal haust, so daß wir nicht durch die Wüste müssen. Noch einmal möchte ich in dieser Nacht den Zagoren nicht begegnen. Es ist besser, wir verschwinden von hier.«

Fartuloon zögerte noch. »Du bist der geborene Intrigant, Waccor. Du könntest sogar am Hofe von Orbanaschol Karriere machen, denn du hast Prontier an Lay Manos verraten, hast Lay Manos mit Ardelo hintergangen und biederst dich nun Komyal an. Wie vielen Herren dienst du eigentlich noch?«

Waccor antwortete mit überraschender Offenheit: »Im Grunde genommen arbeite ich nur für mich!«

»Warum hast du dich nicht an Vafron gewandt, dem du schon einmal einen Tip gegeben hast?«

Abermals antwortete Waccor verblüffend offen: »Vafron hat sich mit Komyal zusammengetan. Wußtest du das nicht, Bauchaufschneider?«

Waccor kletterte mit unglaublicher Behendigkeit die Ruinen hinauf. Wir hatten Mühe, ihm zu folgen; vor allem Prontier war diese körperliche Anstrengung nicht gewöhnt. Er legte immer wieder eine Verschnaufpause ein, um zu Atem zu kommen, so daß auch wir anderen gezwungen waren, zu rasten.

»Beeilt euch!« drängte Waccor. »Jede Hundertstel Tonta kann über Leben und Tod entscheiden. Wenn Komyals Männer nicht bald Hilfe bekommen, wird sie die Seuche umbringen!«

Der Weg führte über schmale Mauergrate und einsturzgefährdete Etagen des ehemaligen Gebäudes. Wir befanden uns in jener Ruine, zu der auch das hochaufragende Mauerskelett gehörte, auf dem sich Prontiers Festung befand, nur eben auf der gegenüberliegenden Seite und deutlich tiefer. Schließlich sahen wir im Sternenlicht vor uns eine Hängebrücke, die sich hundert Meter weit über die Wüste bis zur nächsten Ruine spannte. An ihrer tiefsten Stelle berührte die Konstruktion fast drei Silberstränge des Spinnennetzes, die zwischen den ehemaligen Trichterbauten verliefen.

»Dort drüben ist Komyals Festung«, sagte Waccor. »Wir sind gleich da. Auf der Hängebrücke müßt ihr euch ruhig verhalten: Sie darf nicht schwanken und auch nicht zu sehr belastet werden, denn sonst senkt sie sich und kommt mit den Silbersträngen in Berührung. Es ist besser, wir lassen zwischen uns große Abstände, um das Gewicht zu verteilen.«

Prontier erreichte keuchend die Plattform, an der die Hängebrücke verankert war. Ich war während des Aufstiegs hinter ihm geblieben, um ihm zu Hilfe kommen zu können, falls er in Schwierigkeiten geriet. Prontier warf noch einen letzten Blick zu seiner Festung hinauf, die von unserem Standort aus gut zu erkennen war und sich als dunkle Silhouette vor den Sternen abzeichnete.

Waccor grinste und fragte: »Befürchten Sie nicht, daß während Ihrer Abwesenheit jemand den Schatz heben könnte, Laktrote?«

Prontier schwieg verbissen, Fartuloon gab an seiner Stelle die Antwort: »Der Laktrote hat seine Festung schon längst aufgegeben – seit er merkte, daß er seinen Leuten nicht mehr vertrauen konnte. Sei unbesorgt, Waccor, der Schatz wurde bereits in Sicherheit gebracht.«

Ich glaubte in Waccors Augen ein gieriges Funkeln zu erkennen, aber er verkniff sich jede weitere Frage. Schließlich wollte er weiterhin den Anschein erwecken, daß er an dem vermeintlichen Schatz nicht interessiert sei. Er betrat die Hängebrücke. »Warte, bis ich dir das Zeichen gebe, Fartuloon. Dann erst folgst du mir.«

Als er in genügender Entfernung war, fragte Prontier so leise, daß nur Fartuloon und ich es hören konnten: »Wollen Sie Waccor etwa verraten, welchen Treffpunkt wir mit Lay Manos vereinbart haben?«

»Das überlassen Sie nur mir, Laktrote«, sagte Fartuloon ebenso leise.

»Du kannst kommen, Bauchaufschneider!« rief Waccor, als er auf der Hängebrücke etwa fünfzehn Schritte zurückgelegt hatte. »Die anderen sollen in gleichen Abständen folgen.«

Fartuloon bewegte sich vorsichtig über die Brücke, die leicht zu schwanken begann. Er stolperte, als er auf eine lose Kunststoffplatte trat, konnte sich jedoch an dem Halteseil abfangen.

»He!« rief Waccor ärgerlich. »Paß besser auf, wohin du trittst, Bauchaufschneider!«

Prontier betrat die Hängebrücke und tastete sich vorsichtig weiter. Ich folgte ihm in einem Abstand von fünfzehn Schritten. Wir kamen schnell voran, die Brücke schwankte weniger, als ich anfangs befürchtet hatte. Als ich mich ungefähr in der Mitte befand, waren die Silberstränge nur etwa eine Armlänge unter mir. Waccor hatte die andere Seite erreicht. Ich glaubte, in der Dunkelheit zu erkennen, daß er uns winkte, dann war er in einer noch dunkleren Öffnung verschwunden. Kurz darauf verschwand auch Fartuloon darin.

Prontier schrie plötzlich auf und machte eine so heftige Körperbewegung, daß die Hängebrücke zu schaukeln begann. Ich sah, wie er die Halteseile losließ, seinen Impulsstrahler in Anschlag brachte und auf ein Ziel unter ihm schoß. Ein Blitz zuckte auf, dem der Todesschrei eines Zagoren folgte. Auf dem hellen Wüstensand bewegte sich eine Schar dunkler Gestalten. Ich brachte ebenfalls meinen Strahler in Anschlag und feuerte in die Reihe der Zagoren, die mit langen Haken nach Prontiers Beinen angelten.

»Kümmern Sie sich nicht um die Zagoren, Laktrote!« rief ich. »Machen Sie, daß Sie weiterkommen. Nur noch wenige Schritte, dann sind Sie aus dem Gefahrenbereich, und die Zagoren können Sie nicht mehr erreichen.«

Aber Prontier war nicht mehr in der Lage, meinen Rat zu befolgen. Er verlor auf der schwankenden Brücke den Halt, rutschte ab und konnte sich gerade noch an einem dicken Trägerdrahtseil festklammern. Ich rannte zu ihm, kam aber zu spät. Die Widerhaken hatten sich in seiner Hose verfangen, und die Zagoren zerrten so heftig, daß Prontier loslassen mußte. Er fiel schreiend in die Tiefe, landete auf dem weichen Sand und wurde von den Zagoren sofort wieder in die Höhe geschleudert. Das wiederholte sich dreimal, dann landete Prontiers Körper auf einem armdicken Silberstrang und blieb daran haften.

Ich blickte automatisch weg, wollte nicht mit ansehen müssen, was mit dem Unglücklichen geschah. Prontier konnte nicht mehr geholfen werden, deshalb machte ich, daß ich das andere Ende der Hängebrücke erreichte. Dort wurde ich bereits von zwei kräftigen Arkoniden erwartet, die mich entwaffneten. Fartuloon war vor mir das gleiche widerfahren: Ich hörte ihn schimpfen und fluchen und sich über die Behandlung beschweren, die eines Bauchaufschneiders unwürdig sei.

»Du hast keinen Grund, dich aufzuregen«, sagte eine sonore Männerstimme. »Wir haben dir dein Handwerkszeug gelassen, und mit dem Schwert kannst du Krankheiten ohnehin nicht bekämpfen.«

Einige Männer lachten. Ich wurde durch einen Gang in einen von zwei Fackeln erhellten Raum gestoßen. Dort umringten sechs Männer Fartuloon und Waccor. Einer von ihnen, ein durchschnittlich großer, aber ungewöhnlich muskulöser Arkonide, der wie Fartuloon einen Brustpanzer trug, warf einem der anderen soeben Fartuloons Skarg zu. Der Bauchaufschneider wirbelte jedoch blitzschnell herum und fing sein Schwert auf, noch bevor der andere danach greifen konnte.

Ich reagierte im gleichen Moment, schlug meinem verdutzten Nebenmann die Faust in die Magengrube und entwand ihm das Schwert, das er mir abgenommen hatte. Dann sprang ich nach vorne, stieß die Männer beiseite und stellte mich mit dem Rücken zu Fartuloon, der bereits in Dagor-Kampfstellung gegangen war.

»Bist du als Bauchaufschneider gekommen oder als Barrikadenstürmer?« rief der muskulöse Arkonide aus sicherer Entfernung.

»Eben weil ich in der Eigenschaft als Bauchaufschneider *freiwillig* zu euch gekommen bin, lasse ich mich nicht als Gefangenen behandeln«, sagte Fartuloon knurrig. »Braucht ihr meine Hilfe, bin ich bereit, sie euch zu geben. Wollt ihr aber mein Skarg, müßt ihr es euch holen.«

Der muskulöse Arkonide, der anscheinend der Wortführer war, schwieg einen Moment verblüfft, dann lachte er und sagte anerkennend: »Deine Worte imponieren mir, Bauchaufschneider. Du hast ein Recht darauf, dein Schwert zu behalten. Entschuldige mein Verhalten! Ich habe ausschließlich mit Halunken zu tun, so daß ich vergesse, wie mit einem Ehrenmann und Dagorista umzugehen ist. Mein Name ist Plyturon. Ich möchte dir die Hand zur Versöhnung reichen.«

Fartuloon ergriff nur zögernd die ausgestreckte Hand. Plyturon registrierte es stirnrunzelnd, während Fartuloon sagte: »Es könnte immerhin sein, daß die Seuche ansteckend ist und durch Berührung übertragen wird.«

Plyturon lachte wieder. »Ach, die Seuche! Sie ist bestimmt nicht übertragbar, sonst wären wir schon alle davon betroffen. Kommt jetzt, ich werde euch zu Komyal führen. Ein Jammer, daß Prontier nicht mehr am Leben ist, der Voolyneser hätte sich gerne mit ihm unterhalten.«

»Sein Tod ist kein besonders großer Verlust«, warf Waccor schnell ein. »Der Bauchaufschneider und sein Gehilfe genossen sein vollstes Vertrauen. Sie wissen viel über den Laktrote und werden Komyal alles erzählen, was er über ihn wissen will. Davon bin ich überzeugt.«

»Wenn das so ist, können wir Prontier vergessen«, sagte Plyturon.

Fartuloon wechselte einen schnellen Blick mit mir, der mir zeigte, daß wir beide an dasselbe dachten. Waccor mußte Komyal von Prontiers Schatz erzählt haben – und eben hatte er wohl Plyturon zu verstehen geben wollen, daß wir wußten, wo der Schatz versteckt war. Wir wurden in einen fensterlosen Saal geführt, dessen andere Zugänge vermauert waren. Eine Hälfte des Gewölbes wurde von zehn Fackeln erhellt, die andere Hälfte lag im Dunkeln und war durch eine mannshohe Mauer mit Zinnen vom übrigen Raum getrennt.

In der Mitte der Barriere gab es einen Durchlaß, dessen Torflügel offenstanden. Zwischen ihnen sah ich ein seltsames Gefährt – zumindest fand ich keine bessere Bezeichnung dafür. Es handelte sich um eine zwei Meter durchmessende Schale, die vier Räder und sechs mechanische Gelenkstützen zur Fortbewegung aufwies. In der Schale entdeckte ich eine gallertartige, pulsierende Masse.

»Das ist der Bauchaufschneider mit seinem Gehilfen, Komyal.« Plyturon zog sich an die Wand zurück.

Aus der Schale wurde ein Pseudopodium emporgereckt, in dessen kopfgroß verdicktem Ende sich ein arkonoides Gesicht bildete. Die Augen starrten uns an, der Mund bewegte sich und sagte in einwandfreiem Arkonidisch: »Ich hätte geglaubt, daß du meinem Ruf schneller Folge leisten würdest, Bauchaufschneider. Wenn du sofort aufgebrochen wärst, nachdem du meinen Funkspruch erhalten hast, hättest du lange vor Sonnenuntergang hier sein müssen.«

»Wir wurden aufgehalten, Komyal«, antwortete Fartuloon. »Zuerst verloren wir unseren Drifter, dann mußten wir gegen die Zagoren kämpfen und fielen schließlich Lay Manos' Bande in die Hände. Aber ich hoffe, daß unsere Hilfe nicht zu spät kommt. Wo sind die von der Seuche befallenen Männer? Ich werde mich sofort um sie kümmern.«

»Es gibt gar keine Seuche«, antwortete Komyal. Das Pseudopodium mit dem arkonidischen Gesicht wandte sich zur Seite. »Ich habe nur meinem Freund Vafron einen Gefallen getan, als ich den Notruf abschickte. Ist der Bauchaufschneider der Mann, den du suchst, Vafron?«

Hinter den Zinnen erschienen fünf Gestalten, an denen ich wegen der ungenügenden Beleuchtung keine Einzelheiten zu erkennen waren. Aber es handelte sich eindeutig um Arkoniden. Einer dieser Männer sagte: »Ja, es ist der Bauchaufschneider Fartuloon, der mir in die Falle gegangen ist.«

4.

Der Bauchaufschneider Fartuloon:

Fartuloon hatte Atlan unzähligen Bewährungsproben ausgesetzt. Jene, die seine psychische Fähigkeiten beanspruchten, hielten sich mit jenen, die seine körperlichen Eigenschaften forderten, die Waage. Es war wichtig, daß Atlan einen wendigen Geist besaß, aber noch wichtiger war es, daß er mit der Waffe umzugehen verstand. Er mußte imstande sein, sein Leben in jeder Situation verteidigen zu können. Das war mit ein Grund, warum Fartuloon ihn zu gefährlichen Einsätzen mitnahm, bei denen es nicht selten um Tod und Leben ging. Bisher hatte Atlan alle Bewährungsproben bestanden und alle Gefahren gemeistert. Für Atlans späteren Existenzkampf war das eine gute Ausgangsposition.

Atlan hatte ihn immer wieder verblüfft. Es waren oft nur Kleinigkeiten, die Fartuloon stille Anerkennung und Bewunderung abnötigten. Aber selbst wenn Atlan Entscheidungen in nebensächlichen Dingen traf, zeigte sich, daß er jede seiner Handlungen reiflich überlegte und dennoch von schnellem Entschluß war. Fartuloon erkannte, daß Atlans Grundausbildung abgeschlossen war und er ihm nichts Neues mehr beibringen konnte. Atlan mußte nun das ihm beigebrachte Wissen praktisch anwenden und daraus – aus seinen Erfolgen und Mißerfolgen – die Lehren für sein weiteres Leben ziehen.

Und Atlan lernte so schnell, daß Fartuloon sich nur wundern und ihn bewundern konnte. Das erlaubte Fartuloon, seine Rolle als Lehrmeister nach und nach abzulegen und sich als das zu zeigen, was er tatsächlich war:

Atlans treu ergebener Diener. Denn noch war ein schwerer Eingriff in Atlans Schicksal nötig: Um seine Zukunft gestalten zu können, mußte Fartuloon die Geister der Vergangenheit heraufbeschwören.

Der Notruf wurde nur abgeschickt, um uns in eine Falle zu locken! Und wir Narren sind blindlings hineingetappt. So gesehen war es sogar ein Segen, daß wir von den Zagoren und dann von Lay Manos aufgehalten wurden, sonst wären wir vielleicht schon längst tot. Andererseits wären wir vorsichtiger und mißtrauischer gewesen, wenn uns die anderen Ereignisse nicht abgelenkt hätten. Die Frage, wer dieser Vafron war und warum er uns in die Falle lockte, war im Augenblick ohne Bedeutung.

Ich zog mein Schwert im selben Augenblick wie Fartuloon. Waccor, der neben uns gestanden hatte, sprang entsetzt zurück und eilte zu Komyals Leuten, die entlang der Wand standen. Ich rechnete mir gegen sie gute Chancen aus, denn keiner von ihnen besaß einen Strahler; sie waren, wie wir, lediglich mit Schwertern bewaffnet.

»Kommt nur, ihr Schurken!« knurrte Fartuloon. »Ihr sollt sehen, daß der Bauchaufschneider des Tato Armanck Declanter nicht nur mit dem Skalpell umzugehen versteht.«

»Halt!« rief Vafron, trat einen Schritt vor und hob gebieterisch die Hand. Jetzt sah ich, daß er eine zerschlissene Uniform der arkonidischen Flotte trug. »Komyal, sag deinen Leuten, daß sie von ihren Waffen keinen Gebrauch machen sollen«, sagte er an den Voolyneser gewandt, der nun eine Reihe weiterer Pseudopodien aus der Tragschale ausgefahren hatte. »Es war abgemacht, daß du mir den Bauchaufschneider lebend auslieferst.«

»Er gehört dir, Vafron«, ertönte es aus dem einem Arkoniden nachempfundenen Mund des Voolynesers. »Keiner meiner Leute wird dem Bauchaufschneider ein Härchen krummen. Ich bin ebenfalls daran interessiert, daß er am Leben bleibt.«

Vafron blickte den Pseudokopf des Voolynesers erstaunt an. »Es wundert mich, daß du plötzlich Interesse an dem Bauchaufschneider zeigst, Komyal. Ich habe dich dafür bezahlt, daß du mir Fartuloon unversehrt ablieferst. Deine Worte hören sich aber fast so an, als wolltest du jetzt gegen diese Abmachung verstoßen.«

Komyals Pseudogesicht zeigte ein Grinsen. »Keineswegs, Vafron. Fartuloon gehört dir. Aber den Zeitpunkt seiner Auslieferung bestimme ich. Bevor ich ihn dir überlasse, muß ich von ihm noch einige Dinge erfahren ...«

»Ich lasse nicht um mein Leben schachern!« rief Fartuloon zornig.

»Kommt nur her! Es wird sich zeigen, ob ihr euch mit mir und meinem Gehilfen messen könnt.«

Plyturon nahm als einziger die Herausforderung an. Er zog sein Schwert und ging in Kampfstellung. »Du siehst mir ganz so aus, als hättest du schon viele Arenen siegreich verlassen, Fartuloon«, sagte er mit hämischem Lächeln. »Aber ich muß dir sagen, daß auch ich ein Gladiator war und sogar an den KAYMUURTES teilgenommen habe.«

»Zurück, Plyturon!« schaltete sich Komyal ein. »In diesem Raum wird heute kein Blut fließen. Und du, Fartuloon, wirst sehen, daß du gar keine andere Möglichkeit hast, als dich mir kampflos zu ergeben.«

Fartuloon wandte sich in Richtung des Voolynesers – und konnte den Blick nicht mehr von ihm lösen. Ich merkte, daß mit dem Bauchaufschneider eine Veränderung vor sich ging. Sein Gesicht verzerrte sich, als sei er einer übermenschlichen Belastung ausgesetzt, als müsse er mit aller Kraft gegen irgend etwas ankämpfen. Mir war sofort klar, daß von dem Voolyneser eine unheimliche Macht ausging, die Fartuloon in ihren Bann geschlagen hatte. Obwohl ich das wußte, blickte ich zu Komyal – und kam ebenfalls nicht mehr von ihm los.

Das formlose, gallertartige Wesen quoll über den Rand der Schale zu Boden und glitt mit wallenden Bewegungen auf uns zu. Komyal fuhr zwei Pseudopodien aus; das eine war zu einem arkonoiden Gesicht geformt, beim anderen bildete sich an seinem Ende ein überdimensioniertes Auge. Von diesem ging eine magische, suggestive Kraft aus. Ich konnte meinen Blick nicht davon lösen und keinen klaren Gedanken mehr fassen. Plötzlich besaß ich keinen eigenen Willen mehr, und obwohl ich versuchte, an andere Dinge zu denken und mich von dem leuchtenden, irisierenden Auge abzuwenden, gelang es mir nicht. Fartuloon war wohl noch schlimmer dran als ich, denn auf ihn konzentrierte Komyal seine hypnotischen Kräfte. Aus den Augenwinkeln sah ich verschwommen, wie der Bauchaufschneider, am ganzen Körper zitternd, in die Knie ging. Er kämpfte mit der ganzen Willensanstrengung, deren er mächtig war, gegen die Beeinflussung an.

»Du kannst dich nicht gegen mich auflehnen, Fartuloon«, hörte ich die Stimme des Voolynesers aus weiter Ferne. »Du mußt mir gehorchen, du wirst mir alles sagen, was ich von dir wissen will.«

»Nein ...«, kam es kaum verständlich über Fartuloons Lippen.

»Doch«, sagte Komyal bestimmt. »Du wirst alle meine Fragen wahrheitsgetreu beantworten. Mehr verlange ich nicht von dir. Es ist schade, daß Prontier nicht mehr lebt, denn von ihm hätte ich die gewünschten Auskünfte leichter erhalten. Aber auch du wirst mir sagen, was ich wissen will.«

»Ich ... werde es tun!«

Das formlose Wesen hatte Fartuloon und mich fast erreicht. Jetzt reckte es das Pseudopodium mit dem magischen Auge höher, bis es mit Fartuloons Kopf auf gleicher Höhe war. »Du weißt, daß Prontier einen Schatz gefunden hat?«

»Ja, er hat mir alles darüber erzählt«, sagte Fartuloon; es klang, als würde ihn das Sprechen von einer schweren Last befreien. »Er hat im Zagooth viele wertvolle Funde gemacht und sie in seiner Festung gehortet. Aber dort sind sie nicht mehr. Prontier mißtraute seinen Leuten – zu Recht wie sich herausstellte. Waccor verriet ihn an Lay Manos, und der Manoler entführte Prontiers Tochter Azhira, um sie gegen den Schatz auszutauschen. Die Übergabe soll im Morgengrauen stattfinden ...«

»Das ist eine interessante Neuigkeit. Prontier hatte sich also entschlossen, auf Lay Manos' Forderungen einzugehen?«

»Ja, er war nur daran interessiert, seine Tochter wiederzusehen«, sprudelte es aus Fartuloon hervor. »Nachdem Ardelo verunglückt war, schickten wir Eiskralle als Unterhändler zu dem Manoler. Er hat ihm die Übergabebedingungen mitgeteilt.«

»Und wie lauten diese Bedingungen?«

»Lay Manos soll im Morgengrauen Azhira zu Marauthans Prunksaal bringen, dort wollten wir ihm den Schatz übergeben ...«

»Das werdet ihr nicht!« unterbrach Komyal spöttisch.

Ich sah, wie das leuchtende Auge langsam erlosch und der Voolyneser zu seiner Schale zurückfloß. Im selben Maße wie sich das hypnotische Auge auflöste, wich der Bann von mir, und die Fähigkeit, klare Gedanken fassen zu können, kehrte zurück. Meine erste Erkenntnis war, daß Fartuloon unter dem hypnotischen Druck *nicht* zusammengebrochen war. Er hatte den Voolyneser überlistet, indem er scheinbar all sein Wissen freiwillig preisgegeben hatte und dadurch verfänglichen Fragen aus dem Weg gegangen war.

Ich konnte nicht umhin, den Bauchaufschneider zu bewundern. Er war nicht in der Lage gewesen, sich der hypnosuggestiven Kraft des Voolynesers völlig zu entziehen, aber es war ihm gelungen, ihm nur das mitzuteilen, was er ihn sowieso wissen lassen wollte. *Fartuloon hat nur jene Einzelheiten weitergegeben, die Teil unseres Planes waren!*

Er stand jetzt schwer atmend da und ballte die Hände zu Fäusten. »Du hast mich überlistet, Komyal«, zischte er mit gespielter Wut. »Aber glaube nur nicht, daß du damit das Spiel gewonnen hast. Obwohl du jetzt weißt, daß der Schatz in Marauthans Prunksaal versteckt ist, nützt dir das nichts. Du kannst ihn nicht bergen, weil Lay Manos vor dir zur Stelle sein wird.«

»Ich habe mich schon immer gefragt, ob Lay Manos' Gruppe tatsächlich so schlagkräftig ist, wie man sagt«, sagte der Voolyneser. »Bisher schob ich das Kräftemessen immer wieder hinaus – es lag auch kein Grund dafür vor. Aber jetzt habe ich einen guten Vorwand, diesen angeberischen Manoler vernichtend zu schlagen. Ich werde dir zeigen, Vafron, wie man es macht, um Herr über Marauthans Ruinen zu werden.«

Auf Vafrons scharfgeschnittenen Gesichtszügen erschien ein Lächeln. »Ich bin gar nicht darauf versessen, die Ruinenbewohner zu beherrschen. Als ich verlangte, daß sich alle Gruppen unter meinem Kommando zusammenschließen sollen, tat ich das nur, um möglichst viele Männer auf meiner Seite zu haben. Ich konnte ja nicht wissen, daß Fartuloon auf die Unterstützung von Declanters Soldaten verzichtet und allein in die Ruinen kommt. Ich hatte nie die Absicht, hier seßhaft zu werden. Die Ruinen gehören dir. Und da du dein Ziel erreicht hast und Fartuloon für dich nutzlos geworden ist, solltest du ihn mir überlassen. Mehr verlange ich nicht.«

»Er gehört dir«, versicherte Komyal. »Aber ich bin noch nicht ganz mit ihm fertig. Er muß mich zum Prunksaal begleiten. Erst wenn ich im Besitz des Schatzes bin, werde ich ihn an dich aushändigen.«

»Ich warne dich, Komyal, treibe dein Spiel nicht zu weit«, sagte Vafron drohend.

Der Voolyneser blieb unbeeindruckt. »Wenn du unbedingt deine Kräfte mit jemandem messen willst, Vafron, spare sie dir für den Kampf mit Lay Manos' Männern auf. Da dir so viel daran gelegen ist, Fartuloon lebend zu bekommen, solltest du ein wachsames Auge auf ihn haben. Ich mache dich dafür verantwortlich, daß er nicht entwischt und daß ihm nichts zustößt.«

Vafrons kalte Augen richteten sich auf Fartuloon. »Ich werde mich um ihn kümmern.«

Ich fragte mich in diesem Augenblick, ob die beiden Männer einander von früher her kannten und vielleicht eine alte Rechnung miteinander zu begleichen hatten. Aber als ich Fartuloon von der Seite prüfend ansah, war sein Gesicht bar jeglichen Ausdrucks.

»Ich habe Vafron kein einziges Mal zu Gesicht bekommen«, sagte Fartuloon, als wir den höchsten der Trichterbauten erreicht hatten. Er sprach zum erstenmal seit dem Verlassen von Komyals Festung.

»Was stört dich daran?« wollte ich wissen.

»Ich frage mich nur, wie es Vafron macht, uns zu bewachen, ohne sich blicken zu lassen.«

Wir hatten den Weg von Komyals Versteck zu dem Gebäude mit dem Prunksaal durch das Labyrinth zurückgelegt. Das hatte den Vorteil, daß wir nicht befürchten mußten, in einen Hinterhalt der Zagoren zu geraten, denn in jenen Teil des Labyrinths, der unter der Ruinenstadt lag, drangen die Echsenwesen offenbar nur selten vor. Komyal hatte den Weg durch das Zagooth hauptsächlich deshalb gewählt, damit Lay Manos' Männer den Aufmarsch seiner Streitkräfte nicht beobachten konnten. Der Manoler sollte ahnungslos in die Falle gehen – genauso wie Fartuloon und ich es uns ursprünglich gedacht hatten. Unser Problem war nur, wie wir unseren Wächtern entkommen konnten, um Azhira und Eiskralle zu befreien, die bestimmt von dem schlauen Lay Manos in seinem Versteck zurückgelassen worden waren. Komyals Männer, die ständig um uns waren, waren das geringere Problem. Fartuloon schien mehr darüber in Sorge zu sein, daß sich Vafron, der ja für unsere Sicherheit verantwortlich war, im Hintergrund hielt.

Da Fartuloon aber von sich aus nicht darauf einging, sprach ich ihn direkt darauf an und fragte ihn rundheraus: »Was hältst du von Vafron?«

»Ich werde aus ihm nicht recht klug.«

Ich ließ noch nicht locker. »Er scheint mir gefährlicher als Komyal und Lay Manos zusammengenommen zu sein.«

»Für *uns* ist er auf jeden Fall gefährlicher«, sagte er nur.

Komyal ließ sich mitsamt seiner Schale von acht kräftigen Männern tragen, obwohl sein Untersatz einen eigenen Antrieb besaß. Ich war mir nicht klar darüber, ob der Motor defekt war, oder ob er sich nur tragen ließ, weil er darin eine Möglichkeit sah, seine Macht zu demonstrieren. Ich war geneigt zu glauben, daß der Voolyneser die schlagkräftigste Gruppe innerhalb der Ruinen besaß. Immerhin befehligte er an die fünfzig Männer; das waren bestimmt doppelt so viel, wie Lay Manos zur Verfügung standen.

Über den Ausgang des bevorstehenden Kampfes kann es eigentlich keine Zweifel geben, dachte ich. *Komyal hat nicht nur die Übermacht, sondern auch die günstigere Position. Seine Männer können sich eingehend auf den Kampf vorbereiten, während Lay Manos keine Ahnung von dem Hinterhalt hat.*

Komyals Männer verteilten sich rund um den Prunksaal, gingen in der Nähe der Zugänge in Stellung, um Lay Manos den Fluchtweg abzuschneiden, und bezogen hochgelegene Verstecke, so daß sie mit ihren Pfeilen auch Lay Manos' gefürchtetste Waffe, die Oluzga-Riesenvögel, erreichen konnten. Sie gelangten durch ein einfaches Hilfsmittel an schier unzugängliche Stellen, wo sie bestimmt niemand vermutete: Ein langes Seil mit einem Widerhaken an einem Ende, den sie vor senkrechten Mauern so geschickt in die Höhe schleuderten, daß er sich an irgendeinem Vorsprung oder in einer Vertiefung verfing. Dann kletterten sie an dem Seil hoch. Diese Methode, senkrechte Hindernisse zu überwinden, war mir nicht neu, denn Fartuloon und ich hatten sie schon selbst bei einigen Gelegenheiten erfolgreich angewendet. Nur hatte ich bisher nicht gewußt, daß sich auch die Ruinenbewohner ihrer bedienten.

Marauthans Prunksaal war noch ziemlich gut erhalten, wenn man davon absah, daß die Decke eingestürzt war und sich zwischen den hochaufragenden Ruinen der freie Himmel spannte. Die herabgefallenen Trümmer waren von den Ruinenbewohnern beiseite geräumt und entlang der Wände übereinandergeschichtet worden, so daß zur Mitte eine stufenförmig abfallende Tribüne entstand, die den freien Platz im Zentrum umgab.

Zweifellos eine Arena, in der die Ruinenbewohner nicht selten Kampfspiele veranstalten. Ich vermutete, daß dort auch Gefangene gegen Zagoren in den Kampf geschickt wurden, oder es wurden von neu zu einer Gruppe gestoßenen Mitgliedern Mutproben verlangt, oder aber es wurden Duelle zwischen den Anführern zweier oder mehrerer Gruppen ausgetragen. *An Anlässen zu Kampfspielen mangelt es den Ruinenbewohnern bestimmt nie.*

»Sie kommen!« rief einer von Komyals Bogenschützen von seinem Posten. Sofort verschwanden alle anderen in ihren Deckungen. Komyal ließ sich mit seiner Schale in den Schutz kunstvoll übereinandergestapelter Monolithen bringen – dort war er vor Lay Manos' Riesenvögeln sicher. Der Alarmruf war für unsere Bewacher das Zeichen, uns aus unserem Versteck in die Arena zu treiben. Sie richteten ihre Pfeile und Speere auf uns, so daß wir keine Möglichkeit zur Flucht besaßen.

»Los, macht, daß ihr ins Freie kommt!« forderte einer der vier Bewacher – es war Plyturon. »Ihr tut, als sei nichts vorgefallen, damit Lay Manos keinen Verdacht schöpft. Solltet ihr versuchen, ihn zu warnen, spicken wir euch mit Pfeilen!«

Im Luftraum über der Arena tauchten bereits die ersten Oluzga auf. Jeder von ihnen hielt einen von Lay Manos' Kriegern in den Krallen. Die meisten von ihnen waren Manoler, so daß ich aus dieser Entfernung nicht erkennen konnte, ob sich Lay Manos darunter befand. Die ersten Riesenvögel setzten ihre lebenden Lasten auf den Steinquadern rings um die Arena ab, erhoben sich dann wieder und kreisten über uns. Zwanzig von Lay Manos' Leuten hatten sich verteilt, als ein besonders großer Raubvogel erschien. Als er zu uns heruntersegelte, erkannte ich Lay Manos in den Fängen.

»Der Schuft hat doch tatsächlich Azhira und Eiskralle in seinem Versteck zurückgelassen«, zischte ich wütend, obwohl wir das in unseren Plan einkalkuliert hatten.

»Das wird ihm kein Glück bringen«, murmelte Fartuloon.

»Wie sollen wir uns jetzt aus der Affäre ziehen, Lehrmeister?«

Lay Manos schwebte fünf Meter über dem Boden der Arena, als jemand schrie: »Das ist ein Hinterhalt!« – Und das war das Zeichen. Während Komyals Bogenschützen die Raubvögel unter Beschuß nahmen, drangen die Schwert- und Lanzenkämpfer auf Lay Manos' Männer ein. Lay Manos' Lieblingsvogel fiel dem Pfeilhagel als erster zum Opfer. Er trudelte, ließ seinen Herrn jedoch nicht los, landete nahe der Felstribüne weich auf dem Boden und bedeckte ihn schützend mit weit gespannten Flügeln.

»Fort von hier!« rief Fartuloon und rannte auf den Schutz der nahen Trümmer zu. Wenige Schritte davor blieb er jedoch stehen. Plyturon verstellte uns mit drei Bogenschützen den Weg.

»Hier kommt ihr erst durch, wenn ihr uns zum Schatz geführt habt...« Das waren die letzten Worte, die Plyturon sprach. Gleich darauf wurde er mit den anderen von einer Feuerlohe erfaßt. Der Weg für uns war frei – Lay Manos' Männer hatten das Hindernis unbewußt für uns fortgeräumt. Die Ereignisse um uns überstürzten sich. Aus der Richtung, in der Komyal unter den Monolithen mit seinen Leibwächtern Zuflucht gesucht hatte, erklang ein furchtbares Getöse. Ich sah, wie eine der Stützen von einem Energiestrahl zerschmolzen wurde, so daß das gesamte steinerne Gebilde zusammenbrach und Komyal unter sich begrub.

»Daß das Kampfgeschehen eine solche Wendung nehmen würde, damit hat der Voolyneser bestimmt nicht gerechnet.« Fartuloon bückte sich und hob zwei Seile mit Widerhaken auf. Eines warf er mir zu. »Vielleicht können wir sie noch brauchen.«

Ich wußte, woran er dachte. Aber damit wollte ich mich noch nicht beschäftigen. Zuerst mußten wir sehen, daß wir das Kampfgebiet hinter uns ließen. Unwillkürlich dachte ich an Vafron und fragte mich, wohin er verschwunden war.

»Da müssen wir hinauf«, sagte Fartuloon und deutete auf die senkrecht vor uns aufragende Mauer. Vierzig Meter über uns sahen wir die Mauerdurchbrüche, die zu Lay Manos' Thronsaal führten. Unweit davon erhob sich der nadelartige Mauerrest, an dessen Spitze das Nest der Oluzga-Riesenvögel war. Im Augenblick befanden sich dort nur zwei von ihnen.

Einige Etagen hatten wir auf der von Lay Manos' Leuten errichteten Treppe zurückgelegt. Aber da die Festung bestimmt von einigen Männern bewacht wurde, wagten wir uns nicht bis zur Zugbrücke. Das letzte Stück mußten wir über die senkrechte Wand zurücklegen. Es war die einzige Möglichkeit, unbemerkt in die Festung einzudringen.

Fartuloon schwang sein Seil und schleuderte den Widerhaken schwungvoll hinauf. Schon beim ersten Versuch fand dieser in einem Spalt Halt. Mir gelang es erst beim dritten Versuch, das Enterseil zu verankern. Wir kletterten an dem lose baumelnden Seil hinauf und erreichten ungehindert einen Mauervorsprung, der breit genug war, um uns beiden Platz zu bieten. Ich blickte zu den Raubvögeln hinüber. Noch verhielten sie sich ruhig und benahmen sich, als hätten sie uns nicht entdeckt.

»Wenn wir Glück haben, bleiben sie friedlich«, flüsterte Fartuloon.

Ich hegte die stille Hoffnung, daß sie so dressiert waren, nur auf Lay Manos' lautlose Gedankenbefehle zu reagieren. Aber ich sprach es nicht laut aus – vielleicht, weil mich das Leben auf Gortavor ein wenig abergläubisch gemacht hatte. Hier gab es viel Rätselhaftes und Geheimnisvolles, und stets hing es mit den unbekannten Ureinwohnern zusammen, die auch das Tarkihl gebaut hatten. »Schaffen wir das letzte Stück in einer Etappe?«

»Versuchen wir es.«

Ich ließ das Enterseil rotieren, gab mit jeder Umdrehung mehr Leine und schleuderte das Seil schließlich mit kraftvollem Schwung in die Höhe. Ich hörte das kratzende Geräusch, als der Haken auf die Mauer prallte. Aber er fiel gleich darauf wieder hinunter.

Beim zweiten Versuch blieb er oben und ich sagte grinsend: »Mach es mir nach, Fartuloon!«

Er schüttelte mit ernster Miene den Kopf und ging nicht auf meinen Galgenhumor ein. »Wir können uns nicht auf Spielereien einlassen, Söhnchen. Begnügen wir uns diesmal mit dem einen Seil. Sobald du oben bist, folge ich dir.«

»Schade«, sagte ich gespielt enttäuscht. »Ich wette, daß du diesmal mehr Versuche benötigt hättest als ich. Aber du hast natürlich recht.«

Ich klemmte mir das Schwert zwischen die Zähne, um es schneller zur Hand zu haben, falls oben auf mich eine Überraschung wartete, und hangelte mich an dem Seil hoch. Als ich knapp unter der Maueröffnung war, lauschte ich. Aus dem Thronsaal war kein Geräusch zu hören. Aber darauf verließ ich mich nicht. Mich an Mauervorsprüngen und in Ritzen festhaltend, kletterte ich entlang der Mauer zur nächsten Öffnung. Dort angekommen, lauschte ich wieder. Noch immer war kein Geräusch zu hören. Jetzt erst wagte ich, mich zu voller Größe aufzurichten und vorsichtig in den Thronsaal zu blicken. Er war leer. Ich gab Fartuloon das Zeichen, daß er unbesorgt folgen könnte, und schwang mich in den Raum. Das Schwert in der Hand, sah ich mich um.

Als Fartuloon eintraf, konnte ich ihm mit ruhigem Gewissen berichten, daß niemand da war, der unser Eindringen bemerkt hatte. Er nickte nur und schlich sich zum Ausgang des Thronsaals. Bevor er den nächsten Raum betrat, blieb er stehen und deutete nach vorne. Zwei Männer lagen auf dem Boden, deren Körper Einschüsse von Energiestrahlen aufwiesen. *Also ist vor uns schon jemand gewaltsam hier eingedrungen; ein Grund für uns, noch vorsichtiger zu sein.* Nach wenigen Schritten blieb Fartuloon wieder stehen. Ich lauschte ebenfalls, und mir war, als hörte ich ferne Stimmen.

»Da spricht jemand«, raunte ich. Er nickte und setzte sich wieder in Bewegung. In der einen Hand hatte er sein Skarg, in der anderen das zusammengerollte Seil. Ich war seinem Beispiel gefolgt und hatte das Enterseil ebenfalls zusammengerollt und wurfbereit in der Hand. Wir kamen den Stimmen immer näher. Plötzlich verstummten sie jedoch. Dann war das leise Wimmern einer Frau zu hören. *Azhira!*

Fartuloon zuckte zusammen, als er das Wimmern hörte, und beschleunigte seinen Schritt. Ich wollte ihn ermahnen, keine Unvorsichtigkeit zu begehen, aber er hatte sich bereits abgesetzt. Als ich um die nächste Biegung kam, war er meinen Blicken entschwunden. Vor mir zweigte der Korridor in spitzem Winkel in zwei Richtungen ab. Von links hörte ich ein Geräusch und dann wieder das verhaltene Klagen einer Frau.

Jemand sagte ungehalten: »Du sollst schreien, verdammtes Biest. Ich will, daß du gehört wirst.«

Ich hoffte, daß beide Korridore an ein Ziel führten und wandte mich nach rechts. Und das war unsere Rettung. Ich kam in einen Raum, dessen Decke eingestürzt war. Darüber spannte sich der freie Himmel. Ich erblickte fünf Arkoniden in den zerfetzten Uniformen der Raumflotte. Einer von ihnen – es war Vafron – hielt Azhira als lebenden Schild vor sich und drückte ihr einen Dolch an die Brust. Mir fiel auf, daß eine Wand von Schlinggewächsen umrankt war. Und dort entdeckte ich auch Eiskralle – von den zähen, fingerdicken Lianen an die Wand gefesselt.

Vafron setzte Azhira den Dolch fester an die Brust. Sie verzog das Gesicht vor Schmerz. Plötzlich weiteten sich ihre Augen; sie rief überrascht: »Fartuloon!«

Diese kleine Närrin! Vafron und seine Leute hätten Fartuloon nicht entdeckt, aber Azhiras Ausruf verriet ihn. Die Männer brachten ihre Strahler in Anschlag. Azhira riß sich von Vafron los und rannte auf Fartuloon zu, der in den Korridor zurückgesprungen war. Eine nadeldünne Energiebahn zuckte auf – und ich stieß einen unartikulierten Schrei aus, um die Männer von Azhira und Fartuloon abzulenken. Tatsächlich wandten sie ihre Aufmerksamkeit mir zu. Es verwirrte sie, daß sie es auf einmal von zwei Seiten mit Gegnern zu tun hatten.

Wieder blitzte ein Energiestrahl, aber er schoß nicht in meine Richtung. Statt dessen schrie Azhira auf, bäumte sich zurück – so sah ich sie immer noch vor mir, als ich das Enterseil mit voller Wucht warf. Der schwere Widerhaken traf einen der Männer gegen die Brust und bohrte sich in seinen Körper. Durch die Wucht des Aufpralls wurde er nach hinten und gegen die anderen geschleudert. Dadurch hatte ich Zeit, zu Eiskralle zu springen und ihn mit einigen Schwerthieben zu befreien.

Aber das war unklug gehandelt, denn so verschaffte ich Vafron und den drei verbliebenen Männern eine Atempause. Sie hatten sich von der ersten Überraschung erholt und sich auf uns eingestellt. Sie hätten mich sicherlich kaltblütig erschossen, wenn es nicht zu einem unerwarteten Zwischenfall gekommen wäre: Über uns erschienen zwei mächtige Schatten – die beiden Riesenvögel aus dem Nest. Ich hatte keine Ahnung, was sie aufgeschreckt hatte, mußte ihnen jedoch für ihr Eingreifen dankbar sein. Sie stürzten sich auf die Männer. Vafron schoß einen Vogel ab. Der zweite verkrallte sich in dem Gesicht eines der Männer, bevor auch ihn der tödliche Strahl erreichte.

»Weg von hier, Eiskralle!« rief ich und rannte auf den Korridor hinaus. Dort stießen wir mit Fartuloon zusammen.

Hinter uns schrie einer von Vafrons Männern wie am Spieß: »Ich bin blind. Verdammt, ich kann nichts mehr sehen!«

Fartuloon hatte eingesehen, daß unsere einzige Chance in der Flucht bestand. Es wäre Selbstmord gewesen, den Kampf mit Vafron und seinen Leuten fortzusetzen. Sie waren uns mit ihren Hochenergiewaffen haushoch überlegen.

»Was ist mit Azhira?« fragte ich Fartuloon, während wir durch die Korridore und Räume und über die Treppen von Lay Manos' Festung hasteten. Sie hatte den Schuß mit ihrem Körper abgefangen, der Fartuloon gegolten hatte.

»Tot!«

»Vafron ist über die Zugbrücke gekommen«, zischte Eiskralle. »Er hat damit geprahlt, daß er auch bei Lay Manos einen Verbindungsmann hatte.«

»Hoffentlich hat der die Zugbrücke noch nicht eingeholt«, sagte ich.

»Das kann er nicht«, behauptete Eiskralle. »Vafron hat ihn als Dank für seine Dienste ins Jenseits befördert.«

Wir mußten es gleich geschafft haben. Soweit ich mich erinnern konnte, lag vor uns nur noch eine Treppe und ein kurzer Korridor, dann hatten wir die Zugbrücke erreicht. Ich irrte mich nicht. Als wir ans Ende des Korridors kamen, lag vor uns die Eingangshalle – und dahinter spannte sich die Zugbrücke über den Abgrund. Auf ihr kauerte ein Mann, der verletzt war und sich anscheinend mit letzter Kraft dorthin geschleppt hatte. Er hielt irgend etwas in der Hand. Als er uns kommen sah, lachte er aus voller Kehle auf und machte eine Bewegung.

»In Deckung!« schrie ich und warf mich zu Boden.

Im nächsten Moment kam es zu einer dröhnenden Explosion. Der Verwundete hatte sich selbst mit der Zugbrücke in die Luft gesprengt! Der Donner war kaum abgeklungen, als Fartuloon aufsprang und zum Abgrund rannte. Er schwang das Enterseil über dem Kopf und warf es dann über die Kluft. Der Widerhaken verfing sich auf der anderen Seite in einer Bodenvertiefung. Fartuloon zog mit aller Kraft an dem Seil, um seine Belastbarkeit zu prüfen. Als er zufrieden bemerkte, daß es hielt, verknotete er das Ende in einem Mauergewächs und befahl: »Los, Atlan, zuerst du!«

Ich gehorchte ohne Widerrede und hangelte mich mit schnellen, weitgreifenden Schwüngen über den Abgrund. Noch bevor ich auf der anderen Seite war, folgte mir Eiskralle. Das Seil hielt auch uns beide. Ich zog mich auf die Plattform hinauf und wartete auf Eiskralle, um ihm behilflich zu sein. Erst als wir beide festen Boden unter den Füßen hatten, wagte sich Fartuloon über den Abgrund. Da er nicht viel leichter war als Eiskralle und ich zusammengenommen, belastete ich den Widerhaken mit meinem Körpergewicht. *Sicher ist sicher.*

Fartuloon schaffte es; er kletterte schnaufend auf die Plattform und riß den Widerhaken aus der Verankerung. In dem Augenblick, als im Eingang der Festung Vafron auftauchte, schleuderte Fartuloon den Haken davon. Vafron mußte in Deckung gehen, um von dem Wurfgeschoß nicht getroffen zu werden. Das verschaffte Fartuloon die Zeit, die er brauchte, um sich in Sicherheit zu bringen. Wir hasteten die Treppe hinunter. »Jetzt haben wir einen genügend großen Vorsprung«, keuchte Fartuloon. »Bis Vafron und seine drei Leute den Abgrund überwunden haben, sind wir längst außer Reichweite ihrer Strahler.«

»Er hat nur noch zwei Helfer«, sagte ich. »Dem dritten haben die Raubvögel die Augen ausgekratzt.«

»Kommt also auf jeden von uns nur noch einer«, sagte Eiskralle.

»Trotzdem sind sie uns mit den Energiewaffen immer noch überlegen«, gab Fartuloon zu bedenken. »Uns bleibt keine andere Wahl, als sie ins Zagooth zu locken. Dort – und überhaupt in der Wüste – können wir es am ehesten mit ihnen aufnehmen.«

»Wäre es nicht besser, wenn wir versuchten, das Tarkihl zu erreichen?« schlug ich vor. »Vielleicht geben sie dann ihr Vorhaben auf.«

Fartuloon schüttelte den Kopf. »Vafron wird nicht eher ruhen, bis er uns gestellt hat. Er hat alles aufs Spiel gesetzt, um uns zu erwischen. Er hat uns sogar die Flucht aus Marauthans Prunksaal ermöglicht und uns dann in Lay Manos' Versteck aufgelauert, weil er wußte, daß wir hierher kommen würden. Nein, Vafron gibt nicht auf!«

Endlich hatten wir die Treppen hinter uns gelassen. Vor uns lag die Spinnenwüste. Eiskralle klammerte sich ängstlich mit seinen eiskalten Händen an meinen Oberarm. Am östlichen Horizont hellte schon der Himmel auf – der Tag auf Gortavor war nur 11,41 Tontas Standardzeit lang; bald erschien Gortavors Stern, und mit ihm die Hitze. Hinter uns erklangen die Schritte unserer Verfolger.

»Worauf warten wir noch ...?« Fartuloon wollte sich in Bewegung setzen.

Ich hielt ihn an der Schulter zurück. »Fällt dir nichts auf? Hörst du das Summen, das in der Luft liegt? Und versuch einmal, die Silberstränge mit den Blicken zu erfassen! Du kannst sie nicht klar sehen, sie sind verschwommen. Sie vibrieren, Fartuloon!«

Unweit von uns tauchte ein Zagore auf. Er schien uns nicht zu bemerken, sondern bewegte sich mit tänzelnden Schritten durch die Wüste.

»Wir sind verloren, wenn wir jetzt in die Wüste gehen und uns den Halluzinationen aussetzen«, sagte Eiskralle schaudernd.

»Wollt ihr euch lieber Vafron ausliefern?« Fartuloon lief in die Spinnenwüste hinaus.

»Da sind sie!« ertönte ein Ruf hinter uns.

Da zögerte auch ich nicht länger und flüchtete in die Wüste. Eiskralle schloß sich mir an und murmelte: »Eigentlich ist es egal, ob ich mich erschießen lasse oder in der Sonnenglut zerfließe.«

Vor mir entstand ein in sich verschlungener Regenbogen. Ich betrat ihn. Es nutzte mir nichts, daß ich mir sagte, es handle sich nur um eine Halluzination der Silberstränge. Das Bewußtsein, einer letztlich tödlichen Illusion zum Opfer zu fallen, vertrieb die Sinnestäuschung nicht.

Und die Illusion war perfekt. Ich sah unter mir das breite Band, das aus allen Farben des Spektrums zusammengesetzt war. Es ging sich auf dem Regenbogen gut, er war weich und federnd. Vor mir stieg er steil in die Höhe, überschlug sich, machte eine weite Schleife und verknotete sich dann.

Am faszinierendsten war, daß sich das Band des Regenbogens verbreiterte, je weiter es von mir entfernt war – statt umgekehrt. Als ich die Anhöhe hinaufstieg, hatte ich immer noch das Gefühl, auf einer Waagerechten zu sein. Die Schwerkraft wies stets senkrecht auf die Ebene des Regenbogens, über den ich lief. Er war immer unten, und es entstand für mich der Eindruck, daß ich auf der Stelle lief und der Regenbogen sich unter mir fortbewegte. Ich kam mir vor wie ein Versuchstier, das sich in einem Laufrad befand und nicht von der Stelle kam, obwohl es wie verrückt rannte.

Es hat keinen Sinn, auf der Stelle zu treten! dachte ich und versuchte, mich zum Rand des Regenbogens durchzuschlagen. Ich verließ die blaue Zone, rannte über die verschiedenen Grünschattierungen auf das gelbe Band zu, wechselte von dort zu Orange über und kam auf das rote Feld. Gleich mußte ich es geschafft haben! Jetzt mußte ich zum Ende des Regenbogenbandes kommen. Violett – Blau – Grün – Gelb – Rot ... Ich war verzweifelt. Da löste sich der Spuk auf. Ich war wieder in der Wüste. Was war aus Fartuloon und Eiskralle geworden? Wo waren Vafron und seine Leute? Und wo war das Spinnennetz? Ich blickte zum Himmel – über mir waren keine Silberstränge. Befand ich mich nicht mehr in der Spinnenwüste? Ich sah das Tarkihl. Mattbronzen erhob es sich wie ein Tafelberg aus der Wüste. Jemand lief auf mich zu. Es war Farnathia. *Geliebte Farnathia!*

»Atlan! Achtung!«

Ich warf mich dem Mädchen meiner Träume vor die Füße. Über mir explodierte eine Sonne. Obwohl ich nicht in den berstenden Glutball geblickt hatte, wurde ich geblendet. Farnathia hatte sich in Nichts aufgelöst. Das mußte Fartuloon mit seinem Zuruf erreicht haben. Statt Farnathia sah ich plötzlich einen Soldaten. Er stand zusammen mit mir im Nichts. Es gab nur uns beide. Er kam in seltsamer Haltung auf mich zu. Aus seiner Rechten schossen rote Blitze. Diese Blitze spritzten mir ins Gesicht, es schmeckte süßlich auf meinen Lippen. *Blut!*

Der Soldat blutete. Seine Uniform war zerschlissen, er schien mich nicht zu bemerken. Sein Gesicht zeigte einen verklärten Ausdruck, als sähe er etwas Wunderbares, das mir verschlossen blieb. *Einer von Vafrons Leuten!* durchzuckte es mich. Er war verwundet und konnte mich nicht sehen. Die Rechte hing schlaff herab, die Linke war halb erhoben und hielt den Hochenergie-Luccot umkrampft. Sein Zeigefinger krümmte sich, und ganz nahe entstand eine gigantische Sonne.

»Ich erwische dich, Fartuloon!« schrie der Mann. Seine Stimme klang angenehm in meinen Ohren; aber es mißfiel mir, daß er mich mit Fartuloon verwechselte. »Und ich werde dich töten, egal ob es Vafron paßt oder nicht!«

Plötzlich sah ich fremdartige Bilder, die nicht zu den freundlichen Visionen paßten – jemand in einem Harnisch schlug mit einem Schwert auf einen Mann ein, der aus seiner Waffe tödliche Strahlenschüsse feuerte. Der Mann mit dem Schwert war Fartuloon, der andere sank blutüberströmt zusammen. Dieses realistische Bild verschwand sofort wieder – und ich sah den Soldaten erblühen. Überall aus seinem Körper sprossen rote Knospen, aus den Blütenblättern entfalteten sich rote Wasserfälle, ergossen sich in den Wüstensand und verliehen ihm ihre Farbe, färbten ihn blutrot.

Etwas erfaßte meinen Körper. »Sieh ihn dir genau an«, sagte Fartuloon mit heiserer Stimme. »Er war einer unserer Feinde. Ich habe ihn getötet.« Ich sah auf das Meer der roten Blüten. Sie verwelkten und zerflossen, wurden körnig wie der Wüstensand. »Siehst du den Wüstensand, der rotgetränkt ist vom Blut unseres Feindes, Atlan?« Ja, ich sah die Wirklichkeit!

»Schüttle die Illusion ab«, drang Fartuloons Stimme in mich. »Es geht, wenn du dich auf markante Punkte der Realität konzentrierst. Konzentriere dich auf den Blutfleck! Dagor!«

»Vor meinen Augen verschwimmt alles«, murmelte ich irritiert. Da war nicht mehr der blutgetränkte Wüstensand, sondern ein Meer mit rotschäumendem Wasser.

»Unseren Feinden ergeht es nicht besser«, keuchte Fartuloon. »Sie sind von den Halluzinationen ebenfalls betroffen – mehr noch als ich. Manchmal gelingt es mir, die Visionen abzuschütteln und klarzusehen. Versuch es auch, Atlan!«

Ich strengte mich an. Und für einen Augenblick sah ich tatsächlich Fartuloon vor mir, sein Brustpanzer war vom Blut des Feindes gefärbt. »Ich kann rot nicht sehen!« rief ich – und war schon wieder in dem roten Meer untergetaucht.

»Bleib hier! Rühr dich nicht vom Fleck!« befahl Fartuloon. »Ich sehe einen unserer Feinde, wie er Eiskralle nachstellt. Er scheint ihn aber nicht für einen Gegner zu halten ...«

Fartuloon schwamm davon, dann es sah aus, als würde er waten. Nein, das war auch nicht richtig, denn wenn man durch Wasser watet, muß man gegen einen Widerstand ankämpfen. Fartuloon aber *rannte* davon, als gäbe es für ihn kein Hindernis. Es existierte in Wirklichkeit auch kein Hindernis, das Wasser gab es nur in meiner Illusionswelt. Ich harrte an meinem Platz aus, wie Fartuloon es gesagt hatte. Die Wellen schaukelten mich hin und her. Ich spürte, wie ich seekrank wurde. *Alles nur Einbildung!* sagte ich mir. Aber das half mir nicht gegen die in mir aufsteigende Übelkeit. *Ich muß fort von hier.*

Dicht über mir sah ich einen rettenden Steg. Wie ruhig er aus der Brandung ragte. Ich sprang, verfehlte mein Ziel aber knapp. Ich blinzelte – und erkannte, um was es sich wirklich handelte. Über mir war das tödliche Netz der Silberstränge! Der andere sprang ebenfalls; wer er war und woher er kam, wußte ich nicht. Er war für mich nur der *andere*. Wollte er sich auch aus dem schäumenden Meer an ruhigere Gestade retten? Sollte er es nur tun, dann gab es auf dieser Welt einen Schurken weniger. Aber was, wenn der *andere* Eiskralle war?

»Eiskralle!« rief ich und eilte über die tobenden Wellen auf ihn zu. »Eiskralle, nicht – es wäre dein Tod!«

»Ich erwische dich schon, du Hund!« brüllte der *andere*. Es war nicht Eiskralle. »Ich werde dir mit den bloßen Händen das Genick brechen, Bauchaufschneider!«

Ich wußte plötzlich, daß ich vor mir Vafron selbst oder einen seiner Männer hatte. Fartuloon tauchte unvermittelt links von mir auf, aber der Mann blickte in die Höhe, als könne er den Bauchaufschneider dort sehen. Bestimmt sah er ihn auch dort oben – aber er wußte nicht, daß eine Illusion ihn narrte. Fartuloon nützte den Vorteil aus. Er schlich sich mit gezücktem Skarg an den Gegner heran, während dieser glaubte, daß die Bedrohung von oben käme. Er sprang. Diesmal bekam er etwas zu fassen. Sein Triumphgeheul erstarb bereits im Ansatz. Ich starrte fasziniert auf ihn – er hatte sich verändert, war zu einem Wesen von unglaublicher Schönheit geworden. Tief in mir aber wußte ich, wie die Wirklichkeit aussah, obwohl sie sich meinen Augen verschloß.

»Wieder einer weniger«, hörte ich Fartuloon fröhlich singen. »Jetzt ist nur noch Vafron übrig. Hier bringe ich dir Eiskralle. Bleibt von nun an zusammen.«

Jemand klammerte sich an mich. »Du bist kalt wie ein Eisblock, Atlan«, hörte ich Eiskralles vertraute Stimme. Für einen Moment sah ich das kristallene Gesicht des Chretkors, aber dann war ich wieder allein, umflort von Schleiern grünen Lichts. Nur der Druck von Eiskralles Hand zeigte mir, daß er da war.

»Viele Kilometer im Umkreis gibt es nichts Kaltes, Eiskralle«, murmelte ich. »Wir sind in der Spinnenwüste, und die Sonne brennt auf uns herab. Das mußt du dir ins Bewußtsein rufen.«

»Aber mir ist kalt«, jammerte der Chretkor. »Was nützt es mir, daß mein Verstand die Wahrheit erfaßt. Für mich sind meine Gefühle entscheidend. Und ich spüre, wie die Kälte sich in meinen Körper schleicht. Stoß nicht an mich an, Atlan, sonst berste ich. Ich zerspringe, löse mich in Splitter auf.«

»Es ist heiß, Eiskralle«, versuchte ich ihm einzureden.

Er ließ mich abrupt los. »Nein, nein! Ich fühle doch, wie ich erstarre. Und die Kälte geht von dir aus. Verdammt, bist du kalt, Atlan!«

»Lauf nicht weg, Eiskralle!« rief ich verzweifelt und tastete um mich. Aber der Chretkor war nicht mehr da.

»Ich brauche einen warmen Pol«, hörte ich seine Stimme von irgendwo aus dem grünen Lichtschleier kommen. »Ich brauche Wärme, und ich werde sie finden.«

»Eiskralle!«

Ein Röcheln erklang, dem ein tiefer Seufzer der Erleichterung folgte. »Ich habe die Wärmequelle gefunden, Atlan«, rief Eiskralle triumphierend. »Die Kälte kann mir nichts mehr anhaben. Ich kann mich hier wärmen.«

Mich schauderte. Ich stolperte über etwas. Als ich mit den Händen um mich tastete, fühlte ich die Konturen einer arkonoiden Gestalt, die vor mir kauerte. Der grüne Schleier löste sich auf. Ich war wieder in der Spinnenwüste. Zu meinen Füßen sah ich Eiskralle, der auf Vafron kniete und seine zu Krallen geformten Hände an dessen Herzgegend preßte. Vafron war einen schnellen Tod gestorben, sein Herz mußte in Gedankenschnelle zu Eis erstarrt sein.

Ich blickte um mich. Fartuloon war nur zwanzig Schritte von uns entfernt. Er kam langsam zu uns, wirkte völlig erschöpft; der Kampf gegen die Visionen mußte ihn die letzten Kraftreserven gekostet haben. Ich sah auch die beiden Helfer Vafrons. Der eine lag blutüberströmt im Sand, der andere baumelte an einem Silberstrang. Fartuloon schob Eiskralle beiseite, der immer noch auf seinem Opfer kniete und ungläubig auf seine Hände starrte. Fartuloon durchsuchte Vafron. Nach einer Weile stand der Bauchaufschneider auf. Er blickte mit zusammengekniffenen Augen vor sich ins Leere. Dann stieß er eine Verwünschung aus.

»Was hast du entdeckt?« erkundigte ich mich bei ihm.

Er deutete auf Vafron und sagte: »Das waren *Kralasenen!«* Eine nähere Erklärung gab er nicht ab, sondern wechselte das Thema. »Wir müssen zum Tarkihl zurück. Nehmt den Toten die Waffen ab! Wir werden sie noch gut gebrauchen können.«

»Sollten wir nicht versuchen, an Komyals Funkgerät heranzukommen und Unterstützung anfordern?« schlug ich vor.

Fartuloon lehnte das entschieden ab: »Auf keinen Fall. Wir müssen den Weg zurück aus eigener Kraft schaffen. Deshalb zuerst zum Drifter; ich weiß genau, wo er sich befindet!«

Ich verstand nicht, warum er sich weigerte, Hilfe herbeizurufen, fand mich aber mit seiner Entscheidung ab. *Fartuloon wird schon wissen, was er tut.*

Die Sonne kletterte höher und höher und brannte erbarmungslos auf uns herunter. Das Silbernetz über unseren Köpfen spendete keinen Schatten. Trotzdem war es eine sonderbare Erleichterung, sich in seinem Schutz fortzubewegen. Um das zu erreichen, mußten wir uns in einem seltsamen Zickzack bewegen.

Das erinnerte mich an meine Kindheit. Damals hatte ich mit Farnathia ein Spiel gespielt. Es galt, in bestimmten Räumen des Tarkihls gewisse Mosaike nicht zu betreten und andere zu bevorzugen. Wer zuerst ein grünes Bodenmosaik betrat, hatte verloren. Am anderen Tag waren wieder andere Bodenplatten tabu ...

Ähnlich war es jetzt. Eiskralle und ich, wir hielten uns an die Spielregeln und folgten den dünnen Schattenlinien der Silberstränge. Nur Fartuloon kümmerte sich nicht darum und ging schnurgerade weiter. Nach einiger Zeit erkannte ich, daß ich mich viel mehr verausgabte, wenn ich mich an den verschlungenen Schattenpfad hielt und folgte dem Bauchaufschneiders.

Nur Eiskralle ließ sich nicht beirren. »Wenn ich diesen Marsch überstehe, werde ich in der Spinnenwüste ein Eismonument erbauen lassen«, sagte er ernsthaft. »Ich werde ins Polargebiet pilgern, dort ein riesiges Standbild aus dem Eis hauen und es hierher schaffen lassen. Und ich werde keine Kosten für technische Einrichtungen scheuen, damit das Monument nicht unter den sengenden Strahlen der Sonne dahinschmilzt.«

Das ewige Gejammer des Chretkors ging mir langsam auf die Nerven. »Was würde ich für etwas Abkühlung geben«, flüsterte er, während wir zu Fartuloon aufschlossen, der eine Pause machte. »Ich halte diese Hitze nicht mehr aus. Ich zerfließe noch!«

»Wenn du zerfließt, werde ich dich in einem Behälter auffangen und dich an einem Ort deiner Wahl beisetzen«, schnauzte ich ihn an. Eiskralle war, wie nicht anders zu erwarten, eingeschnappt. *Meinetwegen, soll er es sein.*

Ich litt unter den Strapazen genau wie er und lag den anderen deswegen nicht dauernd in den Ohren.

Fartuloon verzog keine Miene. Er stand nur da und starrte ins Leere. Ich war überzeugt, daß er sich in Gedanken mit Vafron beschäftigte. *Er hat ihn und die anderen als* Kralasenen *bezeichnet …*

»Zagoren!« rief Eiskralle plötzlich und hob seinen Strahler.

»Laß die Waffe unten!« verlangte Fartuloon und marschierte unbeirrt weiter. Die Sonne hatte den Höchststand erreicht. Der Sand glühte heißer als die Sonne. Ich hätte mir am liebsten die Stiefel von den Beinen gerissen, aber dann wären meine Fußsohlen wohl vom Sand geröstet worden.

»Zagoren!« wiederholte Eiskralle. »Verdammt, Bauchaufschneider, siehst du die Echsen nicht? Wir laufen ihnen genau in die Arme.«

Die Echsenwesen hatten sich bisher ungewöhnlich friedlich verhalten. Aber das taten sie immer, nachdem sich ihr »summender Gott« der Silberstränge gemeldet hatte. »Laß ihnen ihren Frieden«, sagte Fartuloon. Ich hörte seiner Stimme die Erschöpfung an.

»Aber sie haben Aufstellung gegen uns genommen«, rief Eiskralle alarmiert. »Sie bewegen sich!«

»Das ist nur der Wind!«

»Sie kommen auf uns zu!«

»Das ist eine optische Täuschung. Das Flimmern der Luft täuscht dich.«

Wir kamen an den zwanzig Zagoren vorbei. Eiskralle beruhigte sich, als er aus der Nähe sah, daß sie an den Silbersträngen baumelten. *Welche Visionen mag ihnen das Summen und Vibrieren des Silbernetzes vorgegaukelt haben, daß sie sich darauf gestürzt haben?* überlegte ich, aber das würde für immer ihr Geheimnis bleiben.

Meine Füße wurden immer schwerer. Vor mir taumelte Fartuloon durch den Sand. Immer wenn er den einen Fuß hob, neigte er sich auf die andere Seite. Sein Anblick machte mich ganz schwindelig. Es kostete ihn solche Kraftanstrengung, durch den Sand zu waten, als klebe er ihm an den Füßen. Aber er legte seinen Brustpanzer nicht ab, obwohl ich es von ihm verlangte: »Du mußt dich wie in einem Backofen fühlen. Dein Harnisch saugt die Hitze auf. Wirf ihn weg. Befreie dich von dem Ballast.«

Aber genausogut hätte man von ihm verlangen können, er solle seine Haut abstreifen. Eiskralle und ich stützten einander. Ich profitierte davon mehr als er, denn sein Körper fühlte sich angenehm kühl an.

»Hörst du es, Atlan?«

»Das Summen?«

»Ja.«

»Jetzt sind wir verloren. Die Silberstränge beginnen wieder zu vibrieren ... In der Luft liegt das Summen.«

»Narren!« herrschte uns Fartuloon an, ohne sich nach uns umzudrehen. »Das ist nur der Wind.«

Ich schüttelte den Kopf, obwohl er es nicht sehen konnte. Vor uns tauchte ein fremdartiges und doch irgendwie vertrautes Gebilde auf. Die Silberstränge schienen nicht mehr zu existieren. Ich riß mich von Eiskralle los und beschleunigte meinen Schritt ... überholte Fartuloon.

»Das Tarkihl!« rief Eiskralle.

Ich kannte die Maße auswendig, obwohl ich das Bauwerk von hier aus nicht so exakt hätte abschätzen können. Halluzinationen! Die Silberstränge vermittelten uns nicht schreckenerregende Bilder, sondern erfüllten uns unsere geheimsten Wünsche. Sie zauberten aus dem Wüstensand das Tarkihl: Es lag im Schein der Sonne da, erstrahlte in der Farbe unbehauener Bronze, und die unzähligen buckelartigen Aufbauten warfen verheißungsvolle kühle Schatten. Ich wurde noch schneller. Wenn ich schon einer Illusion zum Opfer fiel, sollte mir auch der Anblick Farnathias gegönnt sein. Ich wünschte sie herbei, wünschte sie mit größter Willensanstrengung herbei ...

Aber die Silberstränge zauberten sie nicht in die Wüste. Statt dessen erschuf das Summen und Vibrieren einen Trupp von Soldaten.

Ich blieb stehen. Das war keine Illusion. Die Bilder waren zu wirklichkeitsnah. Die Soldaten besaßen die richtige Proportion zur Umgebung, sie verursachten Geräusche, die synchron zu ihren Bewegungen waren, sie behielten eine exakte Formation bei. Das war die Realität. Wir hatten es tatsächlich geschafft. Aber aus irgendeinem Grund konnte ich nicht triumphieren.

Der große Kampfgleiter war nahe dem halb im Sand versunkenen Drifter gelandet. Während einige Soldaten die Umgebung sicherten, untersuchten andere das Raupenfahrzeug. Es war aufgebrochen und total ausgeplündert. Was nicht niet- und nagelfest war, hatten die Zagoren gestohlen. Natürlich hatten wir damit rechnen müssen, aber insgeheim hatte ich doch gehofft, daß sie wenigstens das Funkgerät unberührt ließen, so daß wir uns mit dem Tarkihl in Verbindung setzen konnten. Vielleicht hätte Fartuloon sogar seine Einstellung geändert und sich dazu überreden lassen, Hilfe herbeizurufen. Aber diese Spekulation war sowieso hinfällig.

Die Soldaten waren alles stattliche, hochgewachsene Arkoniden, die

die Uniform der Leibgarde des Tato trugen; die meisten von ihnen kannte ich.

Ihr Anführer, ein Orbton im Rang eines einfachen Mondträgers, trat vor Fartuloon und sagte bedächtig: »Fartuloon, Bauchaufschneider des Tato Armanck Declanter, ich verhafte Sie im Namen Seiner Erhabenheit, Imperator Orbanaschol dem Dritten. Ich erwarte von Ihnen, daß Sie keinen Widerstand leisten und jene Haltung bewahren, die einem Mann wie Ihnen zur Ehre gereicht.«

»Widerstand! Haltung«, sagte Fartuloon abfällig; sein Blick war fest, als er ihn auf den Anführer der Leibgarde richtete. »Wer hat diese Verhaftung befohlen? Tato Declanter?«

Der Leibgardist zögerte. Aber dann überwand er sich und sagte mit vertraulich gesenkter Stimme: »Im Palast ist ein Vertrauter des Imperators eingetroffen. Er hat alle Vollmachten. Er war es auch, der Ihre Verhaftung verlangte. Folgen Sie uns jetzt, Fartuloon!«

Die Leibgardisten nahmen den Bauchaufschneider in ihre Mitte und marschierten mit ihm in Richtung des Kampfgleiters davon. Eiskralle und ich blieben unbehelligt und frei. Ich war viel zu benommen und erschöpft, um auch nur einen einzigen klaren Gedanken fassen zu können. Es war alles so überraschend und schnell gekommen.

Fartuloon verhaftet! Aus welchem Grund? Was hat er getan? Ich begriff es nicht. Aber ich war entschlossen, es herauszufinden. Ich ergriff Eiskralles kristallenen Arm und folgte den Soldaten zum Gleiter. *Was immer auch geschehen wird, Fartuloon kann auf mich zählen!*

Beim Flug zum Tarkihl blinzelte ich, vor Müdigkeit dösend, auf die unter uns dahinziehende Spinnenwüste mit ihren immer weiter auffächernden Silbersträngen, ohne sie wirklich zu sehen. Eine oder maximal zwei Tontas würde es dauern, bis wir unser Ziel erreichten – wenig Zeit, um zu Kräften zu kommen. Wir waren seit mehr als zwanzig Tontas auf den Beinen. Neben mir schnarchte Eiskralle, und auch mir fielen die Augen zu.

»Du mußt essen und schlafen, wenn sich dir dazu Gelegenheit bietet«, glaubte ich Fartuloons Anweisungen durch meinen Kopf huschen zu hören. »Wer weiß, wann die nächste kommt.«

Und weitere Gedanken, schon halb im Schlaf versunken: *Solange ich zurückdenken kann, lebe ich auf Gortavor. Fartuloon scheint niemals in Erfahrung gebracht zu haben, wer meine Eltern waren, wenigstens sprach er nie darüber. Trotzdem habe ich in manchen Tontas des Nachdenkens das Gefühl, daß er mehr darüber weiß, als er zu sagen bereit ist. Gortavor ist eine Welt am Rand des Großen Imperiums der Arkoniden. Sie spielt keine besondere Rolle im galaktopolitischen Sinne: Wir haben nicht viel mit den Imperialen Behörden zu tun, und das scheint Fartuloon nur recht zu sein. Dem Tato von Gortavor haben wir es zu verdanken, daß unser Leben ruhig und friedvoll verlief – wenigstens bis heute. Armanck Declanter ist so etwas wie ein Onkel für mich, und als Waisenkind war ich für jeden Onkel dankbar.*

Die Tochter des Tato hieß Farnathia und war fünfzehn Arkonjahre alt. Selten hatte ich ein schöneres Geschöpf als sie gesehen, und ich wagte zu behaupten, daß auch ich ihr nicht gleichgültig war. Jedenfalls verband uns eine feste Freundschaft. Es verging kaum ein Tag, an dem wir uns nicht sahen. Ich hoffte, daß niemand etwas von den Gefühlen ahnte, die wir füreinander hegten, weder ihr Vater noch Fartuloon. *Warum hat man den Bauchaufschneider verhaftet? Was geht hier vor?*

5.

Der Bauchaufschneider Fartuloon:

Als er damals mit dem Vierjährigen nach Gortavor geflohen war, geschah dies mit der Absicht, Atlan großzuziehen und ihm zu seinem Recht zu verhelfen, wenn die Zeit gekommen war. Die ersten Jahre waren die schwierigsten gewesen, denn Fartuloon stand fast allein gegen einen übermächtigen Feind. Es war ein langes und zähes Ringen, bis er auf Gortavor seine Position derart gefestigt hatte, um Atlan optimalen Schutz bieten zu können.

Er wurde zu einer einflußreichen Persönlichkeit auf Gortavor, seine Stellung als Leibarzt des Tato Armanck Declanter machte ihn nahezu unangreifbar – und ein Teil seines Einflusses übertrug sich mit den Jahren auch auf seinen Schützling Atlan, den er angeblich in der Wildnis dieser Welt gefunden hatte. Fartuloons Tarnung war nahezu perfekt, es gab nur eine verwundbare Stelle: Das war Atlan selbst.

Atlan war im Tarkihl groß geworden, das als Palast des Tato diente und zugleich die einzige Bastion arkonidischer Zivilisation auf dieser gesetzlosen Welt darstellte – wenngleich dieses Bauwerk nicht von den Arkoniden erschaffen worden war, sondern von Unbekannten. Hier hatte Atlan Kontakt zu hohen Regierungsbeamten und lernte den Umgang mit Adeligen. Vor diesen Kontakten hatte Fartuloon anfangs gebangt. Denn einesteils konnte nicht vorhergesehen werden, wie die Erhabenen und Edlen den Waisen zweifelhafter Herkunft aufnehmen würden, andererseits war unklar gewesen, wie sich Atlan ihnen gegenüber verhielt.

Eiskralle und ich wurden nach der Landung nicht beachtet. Niemand hinderte uns daran, das Tarkihl als freie Personen zu betreten, aber ich fing noch einen Blick meines Ziehvaters auf, der mich zur Vorsicht ermahnte. Dann verschwand Fartuloon mit seinen Wachen hinter den Mauern des gewaltigen Bauwerks. Zwanzig Kilometer östlich breitete sich das Raumhafengelände auf rund zehn Kilometern Durchmesser aus, umsäumt von bescheidenen Produktionsanlagen und Fabriken, die jedoch den Bedarf dieser Welt deckten, sofern er nicht durch Handel und Schmuggel bestritten wurde.

Eiskralle stand neben mir und fragte: »Was hat das zu bedeuten? Warum wird Fartuloon auf Befehl des Imperators verhaftet? Was hat er verbrochen? Und warum unternimmt Declanter nichts dagegen?«

»Ist doch klar, Eiskralle, daß der Tato nichts gegen einen direkten Beauftragten Seiner Erhabenheit Imperator Orbanaschol unternehmen kann. Er muß seinen Befehlen gehorchen, ob er will oder nicht.«

Der Gesichtsausdruck des Chretkors war seiner Transparenz wegen nur schwer zu erkennen, aber ich glaubte doch so etwas wie grimmige Entschlossenheit darin zu lesen. Das entsprach genau meinen eigenen Gefühlen. Was immer auch geschah, wir würden Fartuloon niemals im Stich lassen. Alle Müdigkeit und Erschöpfung schien von einem Augenblick zum anderen wie weggewischt.

»Gehen wir in das Tarkihl«, sagte Eiskralle ganz ruhig.

»Ja.« Ich nickte entschlossen. »Gehen wir.«

Wir betraten den Bronzeberg durch einen der ungezählten Nebeneingänge nahe seiner Ostspitze. Niemand hinderte uns daran, obwohl ich nach den Vorkommnissen um Fartuloon mit größerer Aufmerksamkeit der Tato-Leibgarde gerechnet hatte. Unbemerkt gelangten wir in das Gebäude und eilten, so schnell wir nur konnten, zu unseren Wohnräumen in der zwanzigsten Etage. Sie gehörten zu einem Trakt rings um einen zylindrischen Innenhof, der vom Bodenniveau bis zu einer halbtransparenten Dachkuppel reichte und von Galerieterrassen begrenzt wurde. Vergleichbare Wohntrakte mit bestens funktionierender Ver- und Entsorgung durch Anlagen der Erbauer, über Rampen, breite Treppen und Antigravschächte zugänglich, gab es im Tarkihl zu Tausenden.

Das riesige Gebäude mit seinen 200 Meter aufragenden, von Bukkeln, Auswüchsen und geschwungenen Erkern überzogenen Fassaden war nur zu einem Bruchteil genutzt. Die meisten der überdimensionierten Kammern, Säle und Hallen waren kahl und leer; zwar genau wie die scheinbar endlosen Korridore, Tunnel und Verbindungswege mit ihren geraden oder gewendelten Rampen von permanenter Beleuchtung erhellt, deren Energieversorgung unermüdlich arbeitende Meiler übernahmen, aber bar jeglicher mobiler Ausstattung. Von den unbekannten Schöpfern waren keine beweglichen Einrichtungen, persönliche Dinge oder vergleichbare Hinterlassenschaften gefunden worden. Es gab nur das Tarkihl an sich, ausgeräumt oder niemals bezogen, geheimnisvoll und in vielen Sektoren, vor allem den tief unter der Oberfläche gelegenen, unerforscht.

Der Grundriß des gleichschenkligen Dreiecks orientierte sich nach den Himmelsrichtungen: Die zehn Kilometer messende Längsseite verlief exakt nord-südlich, die Spitze, in der der nordöstliche und der südöstliche Dreieckschenkel zusammentrafen, wies nach Osten Richtung Raumhafen. Hier spielte sich das Hauptleben ab: Es gab die Administration des Tato, seine privaten »Palastbereiche«, Unterkünfte für Zehntausende Bewohner, ihre Werkstätten, Geschäfte oder Büros.

Eiskralle und ich schwangen uns aus dem Antigravschacht, folgten einem vom Innenhof fortführenden Korridor, bogen nach links und erreichten kurz darauf die vielräumige Unterkunft, die ich mit meinem Ziehvater und Lehrmeister bewohnte. Die Tür glitt lautlos zur Seite, nachdem ich meine rechte Hand in Brusthöhe auf den Handliniensensor gepreßt hatte.

»Was nun?« Eiskralle nahm in einem Sessel Platz, der viel zu groß für ihn war. »Wir können doch nicht einfach hingehen und fragen, warum man Fartuloon festgenommen hat.«

Wir hatten keine Ahnung, wohin man Fartuloon gebracht hatte, aber ich vermutete, daß er sich jetzt in jenem Teil des Tarkihl aufhielt, den Armanck Declanter für sich und seine Familie in Anspruch nahm.

»Das wäre ein Fehler«, stimmte ich ihm zu. »Wir wissen nicht, was gegen ihn vorliegt. Vielleicht handelt es sich nur um ein Mißverständnis.«

»Ich möchte wissen, ob der Überfall in der Spinnenwüste etwas damit zu tun hat«, sann Eiskralle vor sich hin. Seine rechte Hand ballte sich zur Faust, als wolle er einen Unsichtbaren in einen Klumpen Eis verwandeln. »Ich glaube niemals in meinem Leben, daß Fartuloon ein Verbrecher ist.«

»Natürlich hat unser Bauchaufschneider nichts verbrochen«, bekräftigte ich überzeugt. »Aber er hat oft Andeutungen gemacht, so als sei er mit dem Imperator nicht zufrieden. Vielleicht ist er zu unvorsichtig gewesen.«

Eiskralle zuckte mit den Achseln. »Und wie finden wir heraus, was mit Fartuloon geschieht?«

Ich dachte an die rätselhaften Erbauer des Tarkihl und die von ihnen angelegten Geheimgänge. Jetzt war ich ihnen dankbar für ihre Voraussicht. »Draußen im Korridor steht eine Figur ...«

»Dieses vierbeinige Ungeheuer?«

»Ja, das meine ich.« Ich lächelte. »Ist dir daran noch nie etwas aufgefallen?«

Eiskralle sah mich erstaunt an. »Was sollte mir aufgefallen sein?«

»Komm mit, ich werde dir ein Geheimnis verraten, das außer mir keiner im Tarkihl zu kennen scheint. Abgesehen von Farnathia, natürlich ...«

»Farnathia?« wunderte sich Eiskralle.

»Du weißt, daß wir zusammen aufgewachsen sind. Kinder haben ihre Geheimnisse, und so waren wir natürlich sehr stolz darauf, Dinge zu kennen, die den Erwachsenen unbekannt blieben. Es gibt einen Gang durch die dicken Mauern. Er verbindet unseren Wohntrakt mit dem des Tato.«

Eiskralle nickte. »Aha, und wenn man Fartuloon in die Gemächer des Tato gebracht hat, besteht für uns eine Möglichkeit, sie zu belauschen.«

»Dafür ist der Geheimgang einst gedacht gewesen. Komm!«

Der Korridor war eigentlich mehr ein Tunnel mit gewölbter Decke. Aus einem Schacht drang dämmeriges Licht. Wir lauschten, konnten aber kein Geräusch vernehmen. Vorsichtig nahm ich Eiskralles Hand und zog ihn mit mir, hinüber zu der seltsamen Figur aus kaltem Metall. Ich hatte mich als Kind immer vor dem merkwürdigen Wesen gefürchtet, das sie darstellte. In meinem ganzen Leben hatte ich noch nie ein solches Tier gesehen. Es hatte einen mächtigen Körper, der auf vier dicken Beinen ruhte. Der Kopf war mit einer Mähne goldgelber Haare bedeckt, die fast bis zum Sockel reichten. Im aufgerissenen Maul saßen zwei Reihen gut herausgearbeiteter Zähne, die einem Angst einjagen konnten. Noch einmal überzeugte ich mich davon, daß niemand in der Nähe war, dann bückte ich mich zu dem massiven Sockel hinab und drückte mit beiden Händen gleichzeitig gegen zwei spürbare Erhebungen. Sofort wurde ein leises Brummen hörbar, das aus dem Innern des metallenen Tieres zu kommen schien, gleichzeitig begann es sich mit dem Sockel zu drehen. Darunter wurde eine Öffnung sichtbar, und Stufen, die schräg nach unten in die Tiefe führten.

Eiskralle starrte skeptisch in das Dunkel. Der Chretkor, der schon ewig auf Gortavor zu leben schien, war ein problematischer Begleiter; er fürchtete das Unbekannte, Unheimliche, hatte Angst, aus großer Hitze in große Kälte oder umgekehrt zu geraten.

»Nur wenige Meter, dann geht es wieder aufwärts«, beruhigte ich ihn. »Wir bleiben auf dieser Etage, du wirst sehen. Komm, Eiskralle, wir müssen uns beeilen. Die Öffnung schließt sich gleich wieder.«

Ich wartete nicht, bis er sich entschlossen hatte, sondern rutschte mit einer geschickten Bewegung durch den breiten Spalt und stand dann auf der obersten Stufe. Ich drehte mich um und winkte Eiskralle, der seine Bedenken endlich überwunden hatte und mir folgte. Kaum stand er neben mir, begann sich die Öffnung wieder zu schließen: Die Tierfigur drehte sich auf ihren alten Platz zurück. Es war dunkel, aber weiter vor uns schimmerte ein schwaches Licht. Es war ein Stück Gangwand, das immer so leuchtete. Es kam aus dem Innern des bronzeähnlichen Metalls und wurde von einer Energiequelle der Erbauer gespeist. Fast überall im Tarkihl gab es solche Beleuchtungen.

»Wird es nicht kälter?« erkundigte sich Eiskralle besorgt.

Ich mußte über seine ewige Angst lächeln. »Nein, die Temperatur ist konstant. Aber wir dürfen gleich nicht mehr sprechen. Komm, halt dich an mir fest.«

Der Gang folgte ziemlich genau der Richtung des Hauptkorridors, der eine Reihe von Wohntrakten verband. Die Wand des Korridors war dick genug, daß genügend Platz für den Geheimgang blieb. Nach einer Weile war weit vor uns das Gemurmel von Stimmen zu hören. Ich brauchte Eiskralle nun nicht mehr zu warnen, er wußte selbst Bescheid: Wenn wir die Stimmen hören konnten, würden uns auch umgekehrt ihre Besitzer hören, wenn wir einen Laut von uns gaben. Der Gang wurde enger. Rechts und links konnte ich die Wände mit ausgestreckten Händen berühren. Die Decke war zwei Meter hoch. Schritt für Schritt schlichen wir uns weiter. Das Stimmengemurmel wurde lauter, bis ich den grimmigen Tonfall des Tato von Fartuloons dunklem Organ unterscheiden konnte. Die beiden Männer schienen allein zu sein, was ich mir aber nach dem Vorgefallenen nicht gut vorstellen konnte. Aber wir würden es bald wissen.

Ein feiner Lichtschimmer kam zehn Meter vor uns aus der Wand. Dort war ein länglicher Schlitz, kaum einen Zentimeter hoch und einen halben Meter lang, so daß bequem zwei oder drei Personen nebeneinander davorstehen und hindurchblicken konnten. Man sah aus geringer Höhe direkt hinab in den großen Beratungssaal des Tato, in dem er die Besprechungen mit den Vertretern des Planeten abhielt. Ringsum standen mächtige Säulen, die die hohe und reichlich verzierte Decke trugen. Die Wände waren mit verschnörkelten Figuren bedeckt, und ich war überzeugt, daß einige von ihnen weitere Geheimgänge oder Lauscherposten verbargen. Der längliche Tisch und die Stühle standen erhöht auf einem Podium.

Im Saal gab es fünf Sesselreihen für eventuelle Zuschauer. Heute gab es keine solchen, nur einige wild aussehende Kerle, die mich vom ersten Augenblick an Vafrons Leute erinnerten, mit denen wir es in der Spinnenwüste zu tun gehabt hatten. Ihre fast zerlumpte Bekleidung wirkte wie eine Art Uniform. Sie trugen modernste Energiestrahler und hatten alle Ausgänge besetzt. *Es sieht ganz so aus, als sei auch der Tato ihr Gefangener.*

»Onkel« Armanck Declanter war einsneunzig groß. Sein Gesicht wirkte grimmig und verschlossen. Die starre Maske seiner Autorität war sofort da, wenn Fremde erschienen, mit denen er zu verhandeln hatte. Jetzt hatte er sie wieder, seine offizielle Maske. Ihm gegenüber am Tisch saß Fartuloon. Wir sahen in den Saal und wagten kaum zu atmen, damit uns kein Wort von dem entging, was unten gesprochen wurde.

»... wäre doch eine solche Beschuldigung mehr als lächerlich«, sagte Fartuloon gerade wütend und knallte die dicke Faust auf die Tischplatte. »Was soll ich denn mit solchen Dingen zu tun haben? Hier von Gortavor aus?«

Der Tato sah nicht sehr glücklich aus, aber er versuchte, seine Unentschlossenheit durch Autorität zu überspielen. »Das kann und will ich nicht entscheiden, Fartuloon. Der Beauftragte Orbanaschols besitzt alle Vollmachten des Imperiums und hat den Auftrag, den Arzt Fartuloon zu befragen. Mehr weiß ich auch nicht. Viel mehr will ich auch nicht wissen.«

»Wer ist dieser Beauftragte?«

»Sie werden ihn gleich sehen, Fartuloon.« Ich vernahm mit einigem Erstaunen, daß der Tato meinen Pflegevater förmlicher als sonst behandelte. Trotz ihrer unterschiedlichen Rangstellung waren sie stets gute Freunde gewesen und hatten sich gut verstanden. *Aber jetzt ...*

»Wo bleibt der Kerl?« polterte Fartuloon. »Soll er sich doch zeigen und mir ins Gesicht sagen, was ich angeblich verbrochen habe.«

»Das wird er sicherlich bald tun«, versprach der Tato ruhig. Eine Weile schwiegen die beiden Männer und starrten sich an, der eine wütend, der andere ein wenig verlegen. Der Tato fühlte sich nicht wohl in seiner Haut, das sah ich auf den ersten Blick.

Endlich sagte Fartuloon: »Wenn ich mir meine Wächter so ansehe und sie mit den Kerlen vergleiche, die uns in der Spinnenwüste überfielen, kommen mir recht seltsame Vermutungen, Armanck. Wenn sie richtig sein sollten, stehen mir einige schwere Tontas bevor. Oder sollten Sie, Tato, noch niemals etwas von den *Kralasenen* gehört haben?«

Da ist er wieder, der Ausdruck. Fartuloon hatte ihn schon einmal gebraucht, als er Vafron und dessen Männer in der Wüste sah. Ich hatte ihn nie vorher in meinem Leben gehört, und auch Eiskralle schien nicht zu wissen, um wen es sich dabei handelte.

»Kralasenen ...?« dehnte der Tato, scheinbar befremdet, aber ich sah seinem Gesicht an, daß er genau wußte, wovon Fartuloon sprach.

»Ja, die Kralasenen!« wiederholte mein Pflegevater wütend. Aber in seiner Stimme schwang plötzlich noch etwas anderes als hilflose Wut mit. Ich erkannte es sofort. *Es ist Angst!* »Die grausamste, verkommenste und verwegenste Söldnertruppe unseres hochgeliebten Höchstedlen! Die Bluthunde des Imperators! Ihr Anführer ist ...«

Er stockte plötzlich und starrte den Tato mit weit aufgerissenen Augen an. Er holte tief Luft und schwieg. Mir selbst stockte der Atem.

Ich habe doch schon von den Kralasenen gehört, durchfuhr es mich; aber das fiel mir erst in diesem Augenblick ein, in dem Fartuloon sie als Söldner und Bluthunde des Imperators bezeichnete. *Natürlich, die Kralasenen!* Soviel ich wußte, wurden sie immer dort eingesetzt, wo mit brutalster Gewalt vorgegangen werden sollte. *Ein Gewissen haben sie nicht, so heißt es, aber es heißt auch weiter, daß sie im Namen des Imperators morden und plündern, wenn sie es für richtig halten. Von ihnen wird nur hinter vorgehaltener Hand gesprochen!*

Ganz langsam begann ich wieder zu atmen. Wenn die Kralasenen meinen Pflegevater in den Klauen hatten, war er so gut wie verloren. Hinter diesem so verkommen aussehenden Haufen stand die ganze Macht des Imperiums. Gegen die Kralasenen kamen auch Fartuloon und der Tato nicht an, dessen Verlegenheit und Hilflosigkeit ich nun begriff. Auf der einen Seite wollte er seinen Freund und Leibarzt gern behalten und ihm helfen, auf der anderen Seite konnte er es nicht wagen, gegen den Willen Orbanaschols zu handeln. Niemand stellte sich gegen den Herrscher des Tai Ark'Tussan, ohne einen hohen Preis bezahlen zu müssen – häufig mit seinem Leben!

»Ja«, sagte der Tato langsam. »Er selbst ...«

Auf der anderen Seite des Saals, von unserem Versteck aus gut zu sehen, standen zwei Posten neben einem Portal, dessen Flügel jetzt aufschwangen. Wenige Augenblicke später kam ein Mann herein, der so hager und dürr war, wie ich noch nie in meinem Leben einen Arkoniden gesehen hatte. Er machte drei oder vier Schritte in den Saal, dann blieb er stehen. Seine Bewegungen waren merkwürdig ruckartig, so als sei er eine aufgezogene Puppe. Was mir sofort auffiel, war die Tatsache, daß er keine Augen zu haben schien. Dort, wo sie hätten sein sollen, saßen zwei trichterförmige, etwa vier oder fünf Zentimeter lange Metallgebilde, die mit silbernen Klammern verbunden waren. Diese »Brille« wurde durch Riemen am Kopf festgehalten. Ich vermutete deshalb, daß der Mann blind war und nur mit Hilfe seines seltsamen Instruments sehen konnte. Nun konnte ich mir auch seine ruckartigen Bewegungen beim Gehen erklären.

Trotz seiner hageren Figur trug er eine enganliegende Lederkombination, die seine Dürrheit noch betonte. Schon sein Gesicht wirkte wie ein lebender Totenschädel, es war eingefallen und knochig. Auf dem Kopf saß eine abgegriffene Lederkappe. Auffällig war noch etwas anderes: Er trug einen kleinen und handlichen Impulsstrahler am rechten Unterarm derart mit Lederschlaufen befestigt, daß er damit schießen konnte, ohne ihn erst aus einer Gürteltasche ziehen zu müssen. Kaum hatte der Mann den Saal betreten, sah ich das Entsetzen in den Augen meines Pflegevaters. *Kein Zweifel, er kennt ihn.*

»Der Blinde Sofgart!« stieß Fartuloon mit gepreßter Stimme hervor. Als Antwort erhielt er zuerst ein hämisches Kichern. Dabei machte der Mann wieder einige Schritte, bis er den Tisch erreichte. Seine linke Hand tastete über die Holzplatte, dann erst setzte er sich in einen der Sessel, nachdem er ihn ein Stück zurückgeschoben hatte. Er streckte die Beine weit von sich und musterte Fartuloon mit seinen künstlichen Augen.

»Die Spur war also richtig«, sagte er mit einer Kälte in seiner Stimme, die mich schaudern ließ. *Was will dieses Ungeheuer von Fartuloon, der mir immer ein gütiger Pflegevater und Freund gewesen ist?* »Es hat lange gedauert, bis ich dich fand«, sagte der Blinde Sofgart und betrachtete sein Opfer mit den künstlichen Augen, die seine Häßlichkeit nur noch mehr hervorhoben. »Ich habe dir einen Befehl unseres Imperators zu verlesen, und ich bin sicher, daß du mir einen wertvollen Hinweis geben kannst. Wenn nicht, so wirst du es bereuen. Es wird kein Name genannt, keine Einzelheit, nichts. Ich bin überzeugt, du weißt auch so, was und wer gemeint ist. Bist du bereit?«

Fartuloon vermochte nicht einmal zu nicken. Wie gelähmt saß er in seinem Sessel. Sein sonst so fettes und lebenslustiges Gesicht wirkte trotz des schwarzen Vollbarts auf einmal hager und verfallen. Er schien zu wissen, daß seine Laufbahn zu Ende war. Ich bewunderte ihn trotzdem in diesen schicksalsschweren Augenblicken, obwohl ich nichts von dem begriff, was da unten in dem Saal vor sich ging. Aber Fartuloon hatte trotz seiner Angst immer noch den Mut, endlich mit einem Nicken des Kopfes zu erklären, daß er bereit sei, die Botschaft des Imperators zu vernehmen.

Der Blinde sagte: »Sie lautet: *Der Kristallprinz lebt. Bring mir seinen Kopf!*« Der Blinde Sofgart sah Fartuloon lange an. »Kannst du damit etwas anfangen, Verräter?«

Ob mein Pflegevater etwas damit anzufangen wußte, konnte ich nicht beurteilen, ich jedenfalls konnte es nicht.

Fartuloon saß wie erstarrt, dann sprang er mit einem Satz auf die Beine und rief: »Der Kristallprinz soll noch leben? Was immer Sie auch denken, Sofgart, Sie können nicht ahnen, wie sehr mich diese Nachricht freut. Bedeutet sie doch nicht mehr und nicht weniger, als daß Orbanaschol der Dritte zu Unrecht unser Imperator ist. Sein Neffe, Kristallprinz Mascaren, ist der rechtmäßige Herrscher!« Er setzte sich wieder, scheinbar erschöpft von diesem Gefühlsausbruch, der ihn zweifellos das Leben kosten würde. »Was habe ich damit zu tun, Sofgart?«

Auch der Tato zeigte innere Bewegung, aber er blieb ruhig sitzen. Ich begann ihn zu hassen, obwohl ich seine Motive verstand. Würde er anders handeln, würde er nicht nur sein Leben, sondern auch das seiner Familie aufs Spiel setzen, und damit auch das von Farnathia!

»Deine Frage ist überflüssig«, sagte der Blinde eiskalt. »Du weißt genau, was ich meine und wie ich es meine. Wir werden den Kopf des Kristallprinzen nach Arkon bringen, und du wirst uns dabei helfen.«

»Wie sollte ich das?«

»Das weißt du besser als ich, Fartuloon. Du bist nicht umsonst der *Leibarzt Gonozals* gewesen, bevor dieser bei einem bedauerlichen Jagdunfall sein Leben verlor und sein Bruder ihm auf den Kristallthron folgte.«

»Der Unfall war *Mord*«, erwiderte Fartuloon kühl, der nun keine Hemmungen mehr zu haben schien, so als wolle er unter allen Umständen die Aufmerksamkeit der Kralasenen auf sich allein lenken, um einen anderen zu schonen. »Und vielleicht waren Sie der Mörder, *Blinder* Sofgart!«

Die Betonung in der Anrede entging mir nicht. Sie kannten einander und konnten sich auf solche Andeutungen beschränken, um beim anderen eine Reaktion zu erzielen: Einen Augenblick lang sah es so aus, als wollte der schreckliche Blinde aufspringen, aber er beherrschte sich erstaunlich gut. Er scheuchte die herbeilaufenden Wachen mit einer herrischen Handbewegung zurück. »So, das also ist deine Überzeugung, Fartuloon? Du weißt, daß damit dein Todesurteil gesprochen wurde?«

»Ja, das weiß ich. Bringen Sie es endlich hinter sich.«

Der Blinde Sofgart grinste teuflisch. »Das könnte dir so passen,

Verräter. Ein schneller Tod, und alles ist vorbei, nicht wahr? Du irrst! Wenn du stirbst, dann wollen wir auch alle unser Vergnügen daran haben. Du auch, nämlich am Tod. Aber frage mich nicht, was vorher sein wird.«

»Ich werde mich hüten«, sagte mein Pflegevater mit einem Gleichmut, der mir unbegreiflich war.

Überhaupt begriff ich immer weniger. *Warum fordert Fartuloon diesen Blinden so heraus? Warum spricht er sich selbst das Todesurteil, indem er den Imperator offen angreift? Was bezweckt er damit? Und:* Er *soll der Leibarzt des früheren Imperators gewesen sein, von Gonozal VII.?* Ich wußte keine Antworten auf die Fragen, die mir durch den Sinn schossen. Zu vieles an Fartuloon war geheimnisvoll; die Gerüchte über ihn und sein Vorleben Legion. *Sollte es stimmen, würde einiges verständlicher. Sogar eine derart bedeutende Stellung am Hof des Kristallpalastes traue ich ihm zu!*

Der Blinde beugte sich vor. »Hör zu, Fartuloon, ich mache dir einen Vorschlag. Du wirst mir verraten, wo der Kristallprinz steckt, und ich werde vergessen, was hier eben gesprochen wurde. Ich lasse dich frei.«

Fartuloon hatte zweifellos den ersten furchtbaren Schock überwunden, verzichtete nun ebenfalls auf die höfliche Anrede: »Du willst mich freilassen, Sofgart? Das glaubst du doch wohl selbst nicht.« *Jetzt duzt er ihn ebenfalls!* »Hier sind viele Zeugen anwesend, der Tato und deine Männer. Willst du sie alle umbringen, damit sie schweigen?« Er schüttelte den Kopf. »Nein, mein Lieber, auf so ein billiges Versprechen falle ich nicht herein.«

»Du wirst mir sagen, wo der Kristallprinz ist, ob ich dir das Leben verspreche oder nicht! Also rede!«

Fartuloon lächelte überlegen. »Selbst wenn ich das täte, weil ich es vielleicht wüßte, was wollt ihr mit ihm anfangen?«

»Seinen Kopf dem Imperator bringen, wie dieser es befiehlt.«

»Dann müßt ihr ihn so töten, daß der Kopf unbeschädigt bleibt. Ein richtiges Kunststück, wenn man einen Impulsstrahler benützt.«

»Meine Leute haben das geübt, und wenn es dich interessiert, werden wir es dir einmal vorführen. Zuerst werden die Beine zerstrahlt, dann ...«

»Hören wir damit auf, Scheusal«, bat Fartuloon angewidert. »Jede Mühe ist vergeblich. Ich weiß wirklich nichts von dem Kristallprinzen. Aber ich kann nur hoffen, daß er noch lebt – der Gerechtigkeit halber.«

»Auf seinen Kopf hat der Imperator eine Belohnung ausgesetzt, mit der man sich einen ganzen Planeten kaufen kann, Fartuloon. Aber der Kopf muß unbeschädigt sein, damit er zu identifizieren ist.«

»Ich habe nichts damit zu tun!«

Der Blinde grinste listig. »Ach, und warum verschwand ein gewisser Leibarzt Fartuloon so plötzlich und spurlos, als Orbanaschol den verwaisten Thron bestieg?«

»Ich hatte meine Gründe.«

»Sicher, und ich kenne sie.«

»Eben nicht. Die damaligen Wirren paßten mir nicht, also verließ ich Arkon. Ich fand hier auf Gortavor eine neue Heimat und eine neue Arbeit, die mir behagt. Ich fühlte mich hier wohl, also kehrte ich auch nicht nach Arkon zurück. Was sollte ich dort? Vielleicht den Bruder meines ehemaligen Herrn bei bester Gesundheit erhalten, damit er weitere Morde befehlen konnte?«

Von meinem Versteck aus konnte ich beobachten, daß sich der Blinde nur noch mühsam beherrschte. Fartuloon forderte ihn mit jedem Satz neu heraus. Ich begann mich zu fragen, warum er das wohl tat. *Was hat er davon, sein Leben so leichtfertig aufs Spiel zu setzen? Warum versucht er nicht, ein Arrangement mit dem unheimlichen Blinden zu treffen, das beiden dient?*

»Ich kenne einen einsamen und paradiesischen Planeten«, sagte Sofgart schließlich betont ruhig. »Niemand, den ich dorthin bringen lasse, verläßt ihn je wieder. Hättest du Lust, ihn dir anzusehen, Fartuloon?«

»Deine Folterwelt? Ganberaan, der Planet der namenlosen Schmerzen? Warum nicht, Blinder Sofgart? Er würde mich interessieren. Ich frage mich nur, was du dort von mir erfahren möchtest. Ich weiß nichts, und mehr kannst auch du nicht aus mir herausholen.«

»Wir werden ja sehen.« Er deutete auf Fartuloons Harnisch. »Was soll der dir noch nützen? Oder deine Dagorkenntnisse? Und gar das Schwert, das du an deiner Seite trägst? Ich lasse es dir, denn was hilft es dir gegen unsere Impulsstrahler? Es hilft dir genauso wenig wie deine Ausreden. Ich werde die Wahrheit erfahren. Ich gebe dir fünf Tontas Zeit.«

»Zeit – wozu?«

»Zum Nachdenken, Verräter. Zum Nachdenken darüber, ob du hier auf dieser schönen Welt weiterhin als Arzt arbeiten möchtest oder ob du mit mir kommst, um meinen Paradiesplaneten kennenzulernen. Ist das klar genug, Fartuloon?«

»Ziemlich klar, nur glaube ich dir nicht. Selbst wenn ich etwas wüßte und es dir sagen würde, kommst du kaum auf den Gedanken, mich am Leben zu lassen.«

»Wenigstens würdest du *schnell* sterben«, sagte der Blinde. Er stand auf und gab seinen Wachen einen Wink. Dann wandte er sich an den

Tato, der bisher noch kein einziges Wort gesagt hatte. »Tato, Sie werden so freundlich sein, mir das beste und sicherste Verlies dieses absonderlichen Palastes zu zeigen, in dem der Gefangene warten kann. Ich will nicht, daß ihm ein Leid geschieht. Ich brauche ihn noch. Und vor allen Dingen …« Seine Stimme wurde drohender. »… und vor allen Dingen wird ihn der Imperator noch brauchen.«

Auch der Tato stand mit steif wirkender Bewegung auf. Sein Blick streifte Fartuloon nur kurz; voller Mitleid und Bedauern. »Die unerforschten Tiefen des Tarkihl stehen zu Ihrer Verfügung, Erhabener Sofgart«, sagte er unterwürfig und verbeugte sich. »Ich werde Sie in den Blauen Trakt führen.«

Danach wurde kein Wort mehr gesprochen. Die Wachen führten meinen Pflegevater aus dem Saal. Der Blinde Sofgart und Declanter folgten ihnen ebenso schweigsam.

Wir warteten eine Weile, bis sich die Schritte entfernt hatten, dann zog ich Eiskralle ein Stück zurück, bis wir vor jedem Lauscher sicher waren. »Was hältst du davon? Fartuloon ist verloren, wenn wir ihm nicht helfen.«

»Wir werden ihm helfen«, sagte Eiskralle entschlossen. »Oder glaubst du, ich würde einen guten Freund einfach im Stich lassen, nur weil man etwas von ihm wissen will, das er nicht weiß?«

»Ob er wirklich nichts weiß?« argwöhnte ich in Erinnerung vieler rätselhafter Andeutungen meines Lehrmeisters.

»Natürlich nicht.« Eiskralle fügte hinzu: »Und wenn er doch etwas weiß, hat er schon seine Gründe, den Mund zu halten. Ich vertraue ihm!«

Sie bringen ihn also in die Tiefe, in jene Region, die auch ich nicht kenne und die wir alle fürchten. »Komm, Eiskralle, gehen wir zurück.«

Wir atmeten erleichtert auf, als wir wieder im großem Wohnraum unserer Unterkunft waren und die Tür hinter uns geschlossen hatten. Ich holte einige Erfrischungen, denn zu einer anständigen Mahlzeit verspürten wir beide keinen richtigen Appetit. Noch einmal gingen wir die für uns unbegreiflichen Ereignisse durch, die mit aller Deutlichkeit zeigten, daß mein Pflegevater sich nicht scheute, den Imperator anzugreifen, um von einer anderen Sache abzulenken.

Er ist der Gefangene des Blinden Sofgart. Aber wir haben noch fünf Tontas … Farnathia! Merkwürdig, daß sie mir gerade in diesem Augenblick einfiel. Für sie bestand keine Gefahr, solange sich ihr Vater aus der ganzen Sache heraushielt. Wenn ich sie aber hineinzog, war auch ihr

Leben gefährdet. Auf der anderen Seite konnte ich Fartuloon nicht im Stich lassen. *Muß ich deshalb Eiskralle in meine geheimsten Gefühle einweihen? Das will ich eigentlich auf keinen Fall. Dieser lebendige Eisblock weiß nicht einmal wirklich, was Gefühle sind.*

Laut sagte ich: »Wir müssen Farnathia fragen.«

»Die Tochter des Tato?«

»Du weißt, daß ich mit ihr befreundet bin.«

»Na sicher, wer weiß das nicht? Ihr kennt euch von Kindheit an. Aber was hat das mit Fartuloon zu tun?«

»Ich weiß, daß sie viele der tiefen Regionen des Tarkihl besser kennt als ich, wenigstens vom Hörensagen. Sie kann uns verraten, wo der Blaue Trakt ist, der als Gefängnis ihres Vaters genutzt wird.«

»Stimmt, der Blaue Trakt!« Eiskralle nickte zustimmend. »Wir können sie fragen.«

»Du wartest hier«, sagte ich. Alles mußte er ja nicht wissen. »Ich gehe zu Farnathia. Wir werden ja sehen, ob sie uns helfen will.«

»Sei vorsichtig«, warnte Eiskralle. »Auf das weibliche Geschlecht ist kein Verlaß.«

Ich grinste, verließ unseren Wohntrakt und nahm den offiziellen Weg. Es war nicht ungewöhnlich, daß ich tagsüber die Tochter des Tato aufsuchte, auch jetzt nicht, da wir älter und reifer geworden waren. Jeder wußte, daß wir schon als Kinder zusammen gespielt hatten und auch heute noch fast unzertrennlich waren. Warum also sollte ich sie nicht besuchen? Ich begegnete niemandem. Farnathia bewohnte ihre eigenen Räume, die an den ausgedehnten Wohnbereich ihrer Eltern angrenzten. Es hatte sie nie im Leben gestört, daß sie einen Vater und zwei »Mütter« hatte, von denen allerdings nur die eine ihre richtige war. Ihre Erziehung war trotzdem streng gewesen, und niemals hatte sie es gewagt, gegen den Willen ihrer Eltern zu handeln. Dennoch besaß sie ihren eigenen Kopf und auch ihre Geheimnisse.

Vorsichtig klopfte ich an ihre Tür. Sie öffnete. Mit ihren fünfzehn Arkonjahren war sie fast erwachsen. Zierlich gebaut und einssiebzig groß, empfand ich sie als sehr wohlproportioniert. Ihre Augen strahlten hellrot, das silberfarbene Haar reichte ihr bis zu den Schultern herab.

»Du, Atlan? Ich dachte, du wärest mit dem Bauchaufschneider ...« Sie wußte, daß wir nach dem Notruf in die Spinnenwüste aufgebrochen waren und schien mich noch nicht zurückerwartet zu haben.

»Bitte, Farnathia, stell jetzt keine Fragen. Komm mit!«

»Wohin?«

»In Fartuloons Wohnung. Ich muß mit dir reden.«

»So wichtig?« Sie lächelte schelmisch. »Was ist es denn?«

»Wir dürfen keine Zeit versäumen, keine Millitonta. Zieh dir warme Sachen an; vielleicht wird es kühl dort, wohin wir gehen müssen. Und stell jetzt keine Fragen mehr! Das Leben meines Vaters hängt davon ab.«

»Ich zieh mir nur schnell etwas über.«

Ich stand auf dem Korridor und lauschte nach beiden Seiten. Jeden Augenblick glaubte ich, einen dieser Kralasenen auftauchen zu sehen. Das war natürlich übertrieben; meine Sorge um Fartuloon wuchs fast zum Verfolgungswahn aus. Endlich huschte Farnathia aus der Tür, die sich hinter ihr schloß. Sie trug einen warmen Mantel und einen hellblauen Schal, den ich schon kannte. Ihr Gesicht verriet Neugier und Besorgtheit.

»Was ist denn mit deinem Vater?«

»Komm, stell jetzt keine Fragen!« Sie folgte mir gehorsam, aber es blieb mir keine Zeit, mich darüber zu freuen, daß sie mir so vertraute. Es stand mehr auf dem Spiel als unsere Freundschaft, unser Vertrauen und vielleicht unsere Liebe. Wir erreichten unseren Wohnteil. Eiskralle saß in einem Sessel und blickte uns entgegen.

»Ich begrüße dich, Erlauchte Farnathia«, sagte er erleichtert und stand auf, um ihr den Mantel abzunehmen. Ich hielt diese Geste für reine Zeitverschwendung. Uns blieben nur noch viereinhalb Tontas. »Setz dich und hör gut zu, oder hat Atlan dir schon alles berichtet?«

»Überhaupt nichts hat er gesagt, Eiskralle. Er ist stumm wie ein toter Kreel.«

»Das sieht ihm ähnlich«, meinte Eiskralle und sah mich durchdringend an, während ich nur mit den Schultern zuckte.

»Hört auf mit den ewigen Anspielungen, erzählt mir endlich, was überhaupt passiert ist!«

Wir berichteten. Sie saß nur stumm da und lauschte. Als ich den »Blauen Trakt« erwähnte und sie dabei fragend ansah, wurde ihr Gesicht nachdenklich. Dann wurde es besorgt, und schließlich wurde es weiß vor Schreck. »Der Blaue Trakt?« Sie sah uns furchtsam an. »Atlan, da waren sogar wir noch nicht, obwohl wir das Tarkihl besser zu kennen glauben als jeder andere. Ich hörte davon, aber das ist auch alles.«

»Wo liegt er?« fragte ich.

Sie deutete mit der Hand auf den Fußboden. »Dort, irgendwo dort unten. Mein Vater läßt von den Leibgardisten Verbrecher und Gefangene dort hinschaffen und einsperren. Es muß schrecklich in den Verliesen sein. Auch soll es dort *Geister* geben.«

Die *Geister* der längst verstorbenen und verschollenen Erbauer des Tarkihl sollten in den Tiefen ihr Unwesen treiben, hieß es. Vielleicht stimmte das, vielleicht auch nicht. Viele Gerüchte und aufgebauschte Erzählungen waren im Umlauf, vermutlich mit ein Grund, weshalb nicht mehr Arkoniden und Gortavorer im Tarkihl lebten und wohnten. Eiskralles transparentes Gesicht überzog sich mit einer Art grauem gekräuseltem Belag; er war manchmal noch abergläubischer als viele Bewohner dieser Hinterwelt am Rande des Großen Imperiums.

»Lassen wir die *Geister*, Farnathia«, sagte ich. »Du weißt, daß ich nicht an sie glaube. Gäbe es welche, wären wir ihnen auf unseren Streifzügen längst begegnet.«

Nun, so ganz stimmt das nicht…, dachte ich, von plötzlichen Erinnerungen heimgesucht: Kinderlachen hallte durch die Dunkelheit, eine Mädchenstimme rief Unverständliches. Dann meine rauhe Antwort, ebenfalls ein vages Geräusch an Rande meines Wachbewußtseins. Plötzlich sah ich sie genau, fast greifbar nahe. Zwölf Arkonjahre alt war Farnathia damals. Ihr Lachen traf mich bis ins Mark. Ich glaubte mich selbst zu sehen: Vierzehnjährig, schon hoch aufgeschossen, das Mädchen um Kopflänge überragend. Ich wußte genau, was ich in diesem Augenblick gedacht hatte, fühlte wieder die Zuneigung, das Kribbeln im Bauch, den trockenen Hals. Ihr Lachen reizte mich, es fiel schwer, in ihrer Nähe einen klaren Kopf zu bewahren – und plötzlich hatte ich eine Art Eishauch verspürt, fuhr unwillkürlich herum, starrte durch den Korridor, ohne allerdings jemanden entdecken zu können. Sogar jetzt ließ mich die Erinnerung an den Eishauch frösteln; ganz intensiv war das Gefühl gewesen, von Etwas oder Jemand gestreift, berührt worden zu sein, von jemandem, den ich zu kennen glaubte… *Geister? Unsinn!*

»Dort, wo es sie gibt, sind wir noch nie gewesen, Atlan!« beharrte Farnathia.

»Das ist richtig. Selbst wenn die *Geister* in den tiefsten Regionen des Tarkihl hausen, betrifft das nicht den Blauen Trakt: Er dient als Gefängnis, also kann es dort keine *Geister* geben. Willst du uns dorthin führen, Farnathia?«

Sie starrte mich entsetzt an. »In den Blauen Trakt…? Das verlangst du von mir?«

»Ich muß es, Farnathia. Das Leben Fartuloons hängt davon ab. Ich muß ihn befreien, das verstehst du doch. Er ist verloren, wenn wir ihm nicht helfen.«

»Aber dieser Blinde…«

»Jeder ist zu überlisten, sogar er. Wir nehmen Lebensmittel und etwas zu trinken mit, damit wir uns eine Zeitlang in den Gängen der Tiefe verborgen halten können. Wir müssen uns rechtzeitig entscheiden. Wenn du nicht mitkommen willst, beschreibe mir wenigstens den Weg, aber du mußt dich beeilen, weil es dann länger dauert.«

Sie sah mich an, forschend und voller Hingabe. Sie vertraute mir, aber sie hatte auch schreckliche Furcht vor dem, was vor uns lag. »Gut, ich komme mit euch«, sagte sie plötzlich. »Unter einer Bedingung!«

»Und die wäre?« erkundigte ich mich gespannt.

»Mein Vater darf niemals erfahren, daß ich euch geholfen habe. Er würde es mir niemals verzeihen, daß ich etwas tat, womit er vielleicht nicht einverstanden gewesen wäre.«

Ich durfte sie nicht anlügen. »Das können wir dir nicht versprechen, Farnathia, weil wir nicht wissen, wie dein Vater denkt – und weil wir auch nicht wissen, wie das Abenteuer ausgeht. Vielleicht gelingt es uns, Fartuloon zu befreien und unbemerkt zu entkommen, vielleicht auch nicht. Wie sollen wir dann deine Anwesenheit erklären?«

Sie wich meinem Blick aus. »Das kann dann niemand. Aber ich führe euch trotzdem. Wann?«

Ich atmete erleichtert auf, und auch das Gesicht Eiskralles wirkte so, als habe es jemand mit einem Leder abgewischt. Der Belag war verschwunden. »Sofort, Farnathia – und: Ich danke dir.«

Sie lächelte, und sie war wunderschön, wenn sie lächelte.

In aller Eile packte ich Lebensmittel und Getränke zusammen und verstaute sie in einem Rückenbeutel, dann verteilte ich Handlampen an Eiskralle und Farnathia. Sie ging vor, während ich sicherte. Der Korridor war auch jetzt leer und niemand war zu sehen. Hastig betätigte Farnathia den Mechanismus der Öffnung, die in »unseren« Geheimgang führte. Der Sockel drehte sich, und schnell verschwanden wir in dem Tunnel, der unsere beiden Wohntrakte verband. Die Öffnung schloß sich wieder. Ich war ziemlich verblüfft über die Tatsache, daß ein Weg in die unbekannte Tiefe ausgerechnet über unseren Gang führte, den wir schon unzählige Male benutzt hatten. Farnathia hatte ihr Geheimnis gut für sich behalten. Bei Gelegenheit mußte ich sie fragen, woher sie ihre Kenntnisse hatte, aber jetzt war keine Zeit dazu. Eine Weile folgten wir dem Gang. Wir passierten auch jene Stelle, an der Eiskralle und ich gelauscht hatten. Jetzt war der Saal leer. Wir hasteten weiter, Farnathia voran. Sie öffnete den Geheimzugang zu einem Nebengang, der schräg in die unergründliche Tiefe führte.

Ich blieb stehen und leuchtete in den Tunnel. »Farnathia, wohin führt er?«

In ihrer Stimme war nicht mehr das leiseste Zittern. »Zum Blauen Trakt, unter anderem!«

»Weiter«, sagte ich. »Wir haben nur noch vier Tontas.«

»Zeit genug, um vor Kälte zu bersten«, flüsterte Eiskralle.

Ich ignorierte seine Bemerkung und folgte Farnathia, die weitergegangen war. Dicht hinter mir kam Eiskralle. Als wir meiner Schätzung nach etwa einen Kilometer zurückgelegt hatten, befanden wir uns fast dreißig Meter unter der planetaren Oberfläche. Selbstverständlich war der offizielle Weg zum Blauen Trakt kürzer, denn man würde sich wohl kaum die Mühe machen, Gefangene so weit durch die schwer begehbaren Geheimgänge zu schleppen. Vermutlich gab es sogar einen Lift oder einen Antigravschacht. Hohl hallten unsere Schritte von den Wänden und der Decke zurück. Es hörte sich so an, als marschiere eine ganze Truppe durch die unheimliche Unterwelt, und mir kam es vor, als könne man das Getrappel kilometerweit hören. Ich machte Farnathia darauf aufmerksam, und sie blieb stehen.

»Es dauert nicht mehr lange, dann müssen wir wirklich vorsichtiger sein, aber jetzt besteht noch keine Gefahr. Vom Blauen Trakt und den bekannten Wegen sind wir durch eine dicke Wand getrennt, die kein Geräusch durchläßt.«

Ich sah auf die Uhr. Noch dreieinhalb Tontas, falls der Blinde Sofgart nicht auf den Gedanken kam, die Frist zu verkürzen. Ohne Aufenthalt hasteten wir weiter. Ich entsann mich der grauenvollen Geschichten, die man über die unerforschte Welt des Tarkihl erzählte. Viele hatten angeblich versucht, in sie einzudringen, und kaum jemand war zurückgekehrt – ein abschreckendes Beispiel, das stets stärker gewesen war als Farnathias und meine kindliche Neugier. Zweimal war ich dabei, als Fartuloon völlig ausgemergelte und entkräftete Gestalten behandeln mußte, ohne ihnen helfen zu können. Ungeachtet dieses Schicksals kursierten dennoch märchenhafte Berichte über die Unterwelt, und es wurde sogar behauptet, daß es Flüsse und richtige Seen hier gäbe, tief unter der Oberfläche des Planeten. Aber daran konnte ich nicht so recht glauben. Auch für die vermeintlichen *Geister* mußte es eine vernünftige Erklärung geben.

Ich stieß gegen Farnathia, die ihren Schritt verlangsamt hatte. »Wir sind gleich da«, sagte sie leise. »Gibt es noch etwas zu sagen? Später können wir uns nicht mehr unterhalten, weil der Blaue Trakt ständig bewacht wird. Eine Treppe führt von ihm aus direkt ins obere Tarkihl. Ich glaube nicht, daß wir sie später als Fluchtweg benutzen können.«

Ich ärgerte mich über mich selbst: Darüber hatte ich mir noch keine Gedanken gemacht. Wenn wir Fartuloon befreit hatten, blieb immer noch Zeit zum Nachdenken. *Die Hauptsache ist, wir holen ihn erst einmal heil aus dem Verlies.*

»Ist was?« erkundigte sich Eiskralle hinter mir.

»Wir kommen gleich in den Blauen Trakt«, klärte ich ihn auf.

»Dann haben wir es wenigstens hinter uns.«

»Im Gegenteil, mein Freund, dann liegt erst alles noch vor uns«, dämpfte ich seine gefährliche Zuversicht. Er klirrte vor sich hin und schwieg.

Farnathia ging weiter. Nach zehn Metern bog der Gang links ab und endete dann jäh vor einer Wand. Die Tochter des Tato blieb stehen und wartete, bis wir bei ihr waren. Jetzt flüsterte sie nur noch: »Eine geheime Tür, die niemand kennt. Wenn wir sie öffnen, sind wir bereits im Blauen Trakt. Aber es gibt Hunderte von kleinen Räumen, die man zu Gefängniszellen umgebaut hat. Es wird nicht leicht sein, deinen Vater zu finden, Atlan.«

»Dann müssen wir eben suchen.«

Eiskralle sagte: »Die verstärkten Wachen verraten seinen Aufenthaltsort.«

»Das allerdings könnte sein«, stimmte Farnathia zu. Ehe sie die Tür öffnete, fragte sie noch: »Und was tun wir, wenn wir den Wachen begegnen? Wir haben keine Waffen.«

Das war der Augenblick, in dem mir siedend heiß einfiel, daß ich den Impulsstrahler vergessen hatte. Und jetzt konnten wir nicht mehr umkehren. Ich hätte mich ohrfeigen können. Eiskralle reckte mir seine Hand entgegen und schlug vor: »Wir machen Eis aus ihnen!«

»Wenn wir Zeit dazu haben«, knurrte ich, wütend über mich selbst. »Aber wir werden schon mit ihnen fertig, und wenn wir erst einen Posten erledigt haben, besitzen wir auch eine Waffe.«

Wir vereinbarten noch einige Zeichen, mit denen wir uns lautlos verständigen konnten, dann bückte sich Farnathia, um die Geheimtür zu öffnen. Völlig geräuschlos schob sich die Wand zur Seite und gab den Ausgang frei. Das Mädchen huschte als erste von uns hinaus auf einen schwach erleuchteten und sehr breiten Korridor und winkte, uns zu beeilen. Hinter uns glitt die Mauer wieder zu, und nicht der geringste Spalt verriet, daß sich hier eine Tür befand. Reglos standen wir da, gegen die Wand gedrückt. Rechts und links gab es keine Stelle, an der wir uns hätten verstecken können. Wenn jetzt jemand kam, waren wir verloren, es sei denn, es gelang uns, ihn vor dem Alarm unschädlich zu machen. Zum erstenmal kam mir zu Bewußtsein, worauf wir uns da eingelassen hatten. Besonders schwer wog die Tatsache, daß ich Farnathia in größte Gefahr gebracht hatte. *Wenn ihr etwas passiert, ist es meine Schuld und ich werde mir mein Leben lang Vorwürfe machen!*

Ich hörte Männerstimmen, gedämpft und aus weiter Ferne. Sie kamen von links. Rechts verlor sich der Korridor in absoluter Finsternis.

Links hingegen leuchteten in regelmäßigen Abständen die scheinbar ewig glimmenden Quadrate in den Wänden. Der Boden bestand aus hellblauem statt dem bronzefarbenen Material – deshalb der »Blaue Trakt«? Farnathia winkte uns zu und schlich lautlos weiter, den Stimmen entgegen. Mehr als einmal deutete sie gegen die blanke Bronzewand des Korridors und gab mir durch Zeichen zu verstehen, daß dort eine Geheimtür war. Aber so sehr ich auch meine Augen anstrengte, es war mir unmöglich, das Geringste zu entdecken. Mir fiel lediglich auf, daß sich solche Stellen stets genau in der Mitte zwischen zwei Leuchtquadraten befanden.

Dann hörten wir plötzlich Schritte. Farnathia sprang auf die rechte Seite, wo ein Nebengang in den Hauptkorridor mündete. Diesmal brauchten wir keine Aufforderung. Eiskralle und ich huschten auf leisen Sohlen hinter ihr her und verschwanden keinen Wimpernschlag zu früh in dem schmalen Stollen, der so niedrig war, daß wir kaum stehen konnten. Lediglich für Eiskralle war die Decke hoch genug. Die Schritte näherten sich unaufhaltsam, blieben dann in der Lautstärke eine Millitonta gleich – und entfernten sich wieder.

Farnathia holte tief Luft und hauchte mir ins Ohr: »Die Wachablösung. Wir müssen warten, denn die anderen kommen bald und gehen nach oben. Wenigstens haben wir nun die Gewißheit, daß wir es nur mit einer Wachmannschaft zu tun haben.«

Ich nickte und gab keine Antwort. Es dauerte eine Zehntel Tonta, bis die abgelösten Posten kamen. Demnach waren die Gefängnisse mehrere hundert Meter von unserem jetzigen Standort entfernt. Wir hatten noch über drei Tontas Zeit. Das sollte eigentlich genügen. Den Schritten nach zu urteilen, handelte es sich um höchstens vier oder fünf Männer, die jetzt die Stufen erreichten und nach oben gingen. Ihre Schritte wurden leiser, bis sie endlich verstummten.

»Jetzt!« flüsterte Farnathia und ging abermals energisch voran. Ich konnte mich nur über sie wundern. Was war aus dem sonst so schüchternen Mädchen geworden? Wie sehr hatte sie sich verwandelt! Und das alles nur, um meinen Pflegevater aus dem Gefängnis zu holen? Gab es nicht noch andere Gründe?

Wir erreichten die Treppe, die nach oben führte. Sie war breit und hell erleuchtet. Ich hätte gern gewußt, wo sie endete, aber ich wagte jetzt keine Frage mehr. Vor uns lag ein ebenfalls heller Korridor. Rechts und links konnte ich in regelmäßigen Abständen vergitterte Türen erkennen, die zu den einzelnen Zellen führten. Eine neue Gefahr: Wir mußten an diesen Türen vorbei, und wenn in den Zellen dahinter Gefangene waren, würden sie uns unweigerlich sehen und vielleicht sogar erkennen. Ich gab Farnathia ein Zeichen stehenzubleiben und stellte dann in unserer Zeichensprache eine entsprechende Frage. Sie wirkte im ersten Augenblick bestürzt, aber dann gab sie mir zu verstehen, daß wir uns vorsichtig immer bis zu einem der Gitter heranschleichen und die gefährliche Stelle mit einem schnellen Satz überwinden mußten. Mögliche Gefangene würden dann nichts als einen Schatten sehen und vielleicht annehmen, einer der Wärter sei vorbeigelaufen. Das war meiner Meinung nach keine besonders wirkungsvolle Methode, aber mir fiel auch keine bessere ein.

Bevor wir unseren Marsch fortsetzten, beobachteten wir den Korridor, der vor uns lag, genauer. Er war vielleicht zweihundert Meter lang und endete vor einer glatten Wand ohne Zellen. Farnathia gab zu verstehen, daß er dort im rechten Winkel nach rechts abbog und weiterführte. Da wir niemanden sehen konnten, stand für mich fest, daß sich Fartuloon nicht in diesem Teil des Gefängnistrakts aufhielt. Es war demnach unnötig, die Zellen hier zu kontrollieren. Die Wärter würden Fartuloons Aufenthaltsort verraten.

Wir nahmen nebeneinander Aufstellung, und auf ein Zeichen bewegten wir uns gleichzeitig nach vorn und »übersprangen« die ersten beiden Zellen. Die Gittertüren waren schmal, so daß man aus der Zelle heraus nicht weit nach links oder rechts sehen konnte; aber wer sich an die Stäbe drückte, hätte uns vielleicht bemerken können. Ein Blick hatte mir während des Sprunges jedoch gezeigt, daß beide Zellen nicht besetzt waren. Es dauerte lange, bis wir die zweihundert Meter zurückgelegt hatten, und trotz dieser Langsamkeit waren wir außer Atem, als wir die rechtwinklige Biegung erreichten. Nun hörten wir die Stimmen der Wärter. Diesmal ließ ich nicht zu, daß Farnathia den Anfang machte. Mit sanfter Gewalt hielt ich sie zurück und lugte vorsichtig um die Ecke. Was ich sah, ließ meine bisherige Zuversicht endgültig schwinden. Das Herz klopfte so laut in meiner Brust, daß ich glaubte, die Wächter dort hinten könnten es hören.

Vor mir lag ein fast vier Meter breiter Korridor, hell erleuchtet und mit Zellentüren auf beiden Seiten. In etwa fünfzig Metern Entfernung standen drei Kralasenen und ein Gortavorer, wahrscheinlich ein Angehöriger von Declanters Leibgarde. Es konnte kein Zweifel daran bestehen, daß sie eine der Zellen besonders gut zu bewachen hatten, und noch weniger Zweifel bestanden an der Tatsache, daß es die Zelle meines Pflegevaters war.

Ich zog den Kopf wieder zurück und wagte es zu flüstern: »Wie sollen wir an sie herankommen, ohne daß sie uns sehen?«

Zum erstenmal wirkte auch Farnathia mutlos. »Es ist unmöglich,

Atlan. Der Korridor ist zu hell erleuchtet, und selbst wenn sie nicht aufpassen, können sie uns kaum übersehen.«

Ich sah auf die Uhr. »Keine drei Tontas mehr, dann werden sie ihn holen. Wir müssen es in einer halben Tonta schaffen, sonst haben wir keinen Vorsprung.«

Die Lage war in der Tat hoffnungslos. Aber ich konnte und wollte nicht aufgeben. Eiskralle legte seine gläsernen Lippen an mein Ohr. »Laßt mich vorgehen. Ich bin fast völlig transparent, und sie bekommen einen heillosen Schreck, wenn sie meine Organe und Knochen durch die Luft schweben sehen. Dann nutzt ihr die Gelegenheit und kommt nach.«

Ich überlegte. Das war vielleicht die einzige Möglichkeit. Ich rechnete damit, daß die Kralasenen noch nie einen Chretkor gesehen hatten. Und selbst wenn sie schon einen im Tageslicht gesehen hatten, war ihnen sein Anblick bei künstlichem Licht sicherlich ungewohnt. *Wenn wir ihre Überraschung nutzen können ...* »Gut, Eiskralle, aber sei vorsichtig. Vergiß nicht, daß sie schwer bewaffnet sind. Wenn sie sich zu früh von ihrem Schreck erholen, bist du erledigt. Sie werden dich rücksichtslos töten.«

Eiskralle winkte ab. »Das wollten schon viele.«

Eine Bemerkung, die mir zu Bewußtsein führte, daß er viel älter war und genau wie mein Lehrmeister seine Geheimnisse hatte, über die er nicht sprach. Ich hielt Farnathias Hand, als er die Deckung verließ und mitten im Korridor auf die vier Wärter zumarschierte. In der Tat sah er mehr als unheimlich aus: Das Licht fiel durch seinen gläsernen Körper, und die Organe, Knochen und Nerven schienen frei in der Luft zu schweben. Zu unserem Glück kam uns ein weiterer Umstand zu Hilfe, denn der Soldat des Tato drehte sich um und ging in die entgegengesetzte Richtung davon. Wahrscheinlich überprüfte er den weiter hinten liegenden Teil des Blauen Trakts. Die drei Kralasenen blickten ihm nach und wandten uns daher den Rücken zu.

Eiskralle kam bis auf zehn Meter heran, dann sagte einer der Kralasenen etwas zu seinen Gefährten, und als sie sich umdrehten, erblickten sie den Chretkor. Für einen Augenblick schienen sie erstarrt und bewegten sich nicht. Als sie sich dann doch regten, erkannte ich, daß sie trotz ihres verkommenen Aussehens zu einer Elitetruppe gehörten. Jedenfalls waren sie gut trainiert und reagierten schnell. Aber Eiskralle war noch schneller. Er war bei ihnen, ehe sie ihre Waffen entsichert und hochgerissen hatten. Gleichzeitig rannte ich hinter Eiskralle her, um ihm zu helfen. *Allein hat er gegen diese drei Gegner kaum eine Chance.*

Ich sollte mich täuschen, denn er handelte bereits. Mit beiden Händen zugleich griff er zu und packte zwei der Kerle fest am Arm. Mit aller Kraft quetschte er seine Finger um ihr Fleisch, und sie brüllten auf, als ihre Arme zu blankem Eis wurden. Sie ließen ihre Impulsstrahler fallen und versuchten, mit dem plötzlichen Schmerz und Schock fertig zu werden. Der dritte Kralasene schoß noch, aber der Schuß passierte Eiskralle nur in ungefährlicher Distanz. Die ausstrahlende Hitze jedoch bewirkte, daß der Chretkor noch beweglicher und schneller wurde. Von den negativen Einwirkungen eines plötzlichen Temperaturunterschiedes konnte ich jedenfalls nichts bemerken – auch der Arm dieses Mannes erstarrte, seine Waffe polterte zu Boden. Eiskralle bückte sich blitzschnell, hob einen der Impulsstrahler auf und tötete, ehe ich dagegen protestieren konnte, alle drei Kralasenen. Als ich ihn entsetzt ansah, meinte er lakonisch: »Sie wollten unser Leben, Atlan, und wir nehmen das ihre. Das ist alles!«

Vor Entsetzen bleich erreichte uns Farnathia. Fassungslos sah sie auf die drei toten Männer. »Wo ist Fartuloon?« fragte sie mit belegter Stimme und erinnerte uns an unsere eigentliche Aufgabe. »Wir müssen ihn suchen.«

»Er kann nicht weit sein«, vermutete ich.

»Der Leibwächter muß bald zurückkommen«, sagte Eiskralle. »Ich passe auf, während ihr Fartuloon sucht.«

Den vierten Wärter hätte ich fast vergessen, nur gut, daß Eiskralle an ihn dachte. Zusammen mit Farnathia lief ich von Zelle zu Zelle, bis wir in der zehnten oder elften meinen Pflegevater fanden. Er schien von dem Vorfall nichts bemerkt zu haben, denn er hockte in einer Ecke seines Verlieses und stierte vor sich hin. Er sah nicht einmal auf, als er unsere Schritte vernahm.

»Fartuloon!« rief Farnathia erfreut; für sie war er nicht weniger ein »Onkel« wie für mich ihr Vater. Bis heute hatten wir fast zur Familie gehört, Fartuloons Status als Bauchaufschneider und Hofmediker war von allen anerkannt und geschätzt gewesen. Er blickte auf und sah uns. Ich hatte nie in meinem Leben einen erstaunteren Gesichtsausdruck gesehen, in den sich dann Entsetzen mischte.

»Seid ihr verrückt geworden?« Das war alles, was er sagte.

»Dreh uns den Rücken zu!« befahl ich ihm und hob den Strahler, um das Gitter durchzuschweißen. »Es wird ein wenig warm werden.«

Fartuloon schüttelte entschlossen den Kopf. »Nein, ich lasse mich nicht von euch befreien. Mit der ganzen Sache muß ich allein fertig werden. Noch könnt ihr euer Leben retten und euch in Sicherheit bringen, niemand wird euch verdächtigen.« Er sah mich fragend an. »Wie habt ihr es überhaupt geschafft, an den Wärtern vorbeizukommen?«

»Sie sind tot.«

Fartuloon schien noch erschrockener als vorher. »Dann seid ihr verloren, ihr Wahnsinnigen! Wie konntet ihr das nur tun?«

»Wir wollten und wir werden dich hier herausholen«, sagte ich, wütend über seinen Starrsinn. »Mach keine Schwierigkeiten und dreh dich um. Ich schmelze das Gitter.«

Diesmal gehorchte er. Er mochte wohl einsehen, daß er keine andere Wahl hatte, nachdem wir die drei Wächter getötet hatten. Es dauerte nicht lange, dann konnte Fartuloon seine Zelle verlassen. Er sah Farnathia lange an und meinte dann: »Du hast Atlan geholfen? Dann bist du tapferer als dein Vater. Du mußt mich sehr gern haben, wenn du das wagtest.«

Am liebsten hätte ich ihm verraten, daß sie es für mich getan hatte, aber ich zog es vor, zu schweigen. Inzwischen kehrte Eiskralle zurück und teilte uns mit, daß er den vierten Wärter nicht gefunden hatte. Der Mann der Leibwache mußte den Blauen Trakt also auf einem anderen Weg wieder verlassen haben. Fartuloon übernahm jetzt die Führung. »Wir werden versuchen, durch euren Geheimgang oder die Treppe wieder nach oben zu gelangen. Vielleicht können wir uns eine Weile in meiner Wohnung verbergen. Niemand weiß, wer die drei Kralasenen umgebracht hat, und wenn man euch in der Zwischenzeit nicht vermißt hat, könnte es doch möglich sein, daß ...«

Er schwieg. Und er hatte auch allen Grund dazu. Vom Korridor her ertönten Marschtritte. Eiskralle huschte vor bis zur Biegung und spähte vorsichtig um die Ecke. Dann kam er schnell herbeigelaufen. »Eine ganze Kolonne, Fartuloon! Mindestens zwanzig Männer, Leibgardisten des Tato und Kralasenen. Was sollen wir jetzt tun?«

»Los, hinter mir her! Ich weiß einen vorläufigen Ausweg!«

Nach einiger Zeit begann ich mich darüber zu wundern, wie gut sich Fartuloon hier unten auskannte. Wir hatten längst die Grenze der Region überschritten, die Farnathia bekannt war, wenn auch nur vom Hörensagen. Wir drangen nun in absolut unbekanntes Gebiet vor. Meiner Meinung nach mußte Fartuloon schon mehr als einmal hier unten gewesen sein: Mit traumwandlerischer Sicherheit führte er uns an, fand schmale Nebenstollen und geheime Türen, die er mit Routine zu öffnen verstand. Mir blieb keine Zeit, ihm Fragen zu stellen, aber ich nahm mir vor, das bei nächstbester Gelegenheit nachzuholen.

Schließlich, nach einem anstrengenden Marsch durch einen schmalen Gang ohne Licht, erreichten wir eine größere Kammer, die zu unser aller Erstaunen mit alten Möbeln eingerichtet war. Fartuloon beobachtete mit sichtlichem Vergnügen wie wir uns verblüfft umsahen und auf die Schränke, Kästen und Betten starrten. Es war nicht gerade kühl, aber trotzdem fror ich. Eiskralle ging es bestimmt ähnlich, ganz abgesehen von Farnathia, die leise und zitternd fragte: »Wo sind wir?«

Fartuloon deutete auf die Betten. »Setzt euch, Kinder, hier sind wir vorerst sicher. Was hast du in dem Beutel, Atlan?«

Erst jetzt bemerkte ich, daß ich Hunger hatte. »Zum Glück habe ich daran gedacht«, erwiderte ich und packte die Vorräte aus. »Aber es wäre nett, wenn du inzwischen Farnathias Frage beantworten würdest.«

Er kaute und meinte dann: »Wo wir sind? Nun, wir befinden uns in der Tiefe des Tarkihl, etwa hundert Meter unter der Oberfläche. Seid beruhigt, hier wird uns niemand suchen. Aber wir können nicht ewig hier bleiben.«

»Der Weg zurück ist weit«, gab Eiskralle zu bedenken.

Fartuloon schüttelte den Kopf. »Du irrst, mein gläserner Freund. Es gibt einen direkten Aufgang ganz in der Nähe, aber außer mir scheint ihn niemand zu kennen. In einer halben Tonta kann ich in meiner Wohnung sein, und zwar in meinem Schlafzimmer durch die Wand. Wir sind im Kreis gelaufen und befinden uns jetzt unter der Wohnung des Tato.« Er lächelte und deutete gegen die Decke. »Sogar die Gefängnisse sind fast senkrecht über uns.«

»Woher weißt du das alles?« fragte ich ihn geradeheraus.

Er sah mich fast nachsichtig an. »Ich hatte in den vergangenen Jahren viel Zeit, das Tarkihl zu studieren. Ich wollte herausfinden, woher es stammt und wer es erbaute. Um es gleich vorwegzunehmen: Ich fand es nicht heraus, aber ich lernte bei meinen Nachforschungen fast alle Regionen und Etagen des Bauwerks kennen. Wenn man das Tarkihl komplett ausbauen würde, fänden in ihm viele Millionen Arkoniden Platz.«

»Und du kennst seine Geheimnisse?«

»Natürlich nicht alle, aber viele.«

Ich hatte noch eine andere Frage auf dem Herzen und war nicht bereit, sie länger hinauszuzögern: »Warum hat man dich verhaftet?«

Er betrachtete mich nachdenklich. »Soweit ich euren Bemerkungen entnehmen konnte, wart ihr Zeuge meines Verhörs. Ich weiß, daß es geheime Gänge und Lauscherposten im Ratssaal gibt. Du hast also alles erfahren, warum fragst du?«

»Und was ist mit Imperator Gonozals Sohn?«

»Ich weiß es nicht.«

»Dann verstehe ich nicht, warum die Spur, der Sofgart folgte, ausgerechnet zu dir führte.«

»Mein Junge, du darfst nicht vergessen, daß ich viel gesehen und erlebt habe. Ich war Gonozals Leibarzt! Mich wundert es nicht, daß Sofgart mich verfolgte.«

Eiskralle schluckte den letzten Bissen hinunter. Ich konnte den Nahrungsbrei durch seine Speiseröhre rutschen sehen. »Was geschieht nun? Bleiben wir hier?«

Fartuloon nickte ruhig. »Es dürfte im Augenblick der sicherste Platz sein, den wir uns vorstellen können. Nur werden wir bald Hunger bekommen. Ich werde noch heute nach oben gehen und für Nachschub sorgen. Bei der Gelegenheit erfahre ich vielleicht, welche Maßnahmen nach meiner Flucht getroffen wurden und wen man verdächtigt.«

Farnathia sagte bestimmt: »Du wirst nicht gehen, Fartuloon, sondern mir den Weg beschreiben! Ich bin unverdächtig, und jeder weiß, daß ich oft im Tarkihl herumstreife. Selbst wenn man mich entdeckt, bedeutet das nichts.«

»Auf keinen Fall darfst du dich einer solchen Gefahr aussetzen«, sagte ich. »Ich verbiete es dir!«

Ihr erstaunter Blick streifte mich. »Verbieten?« fragte sie gedehnt und lächelte dann. »Mir kann niemand etwas verbieten, weil ich freiwillig hier bin. Denkt nach: Wenn man Fartuloon faßt, war alles umsonst, und auch Atlan und Eiskralle würden in Verdacht geraten. Mir aber kann niemand etwas vorwerfen. Ich habe einen meiner Streifzüge unternommen, das ist alles.«

Ob ich nun wollte oder nicht, ich mußte ihrer Logik recht geben. Fartuloon erging es wohl ähnlich, denn er begann ohne weitere Diskussion, ihr den Weg zu erklären. Schon nach dem dritten Satz winkte Farnathia ab. »Schon gut, Fartuloon, ich kenne die Stelle und von da an den Rückweg zum Wohntrakt. Es dauert nicht lange, bis ich zurück bin.«

»Wir werden so lange Angst um dich haben«, sagte Fartuloon, sah sie an und fügte ernst hinzu: »Es sei denn, du gibst uns ein Versprechen.«

»Ein Versprechen?«

»Daß du versuchst, deine Wohnung zu erreichen – und sie nicht mehr verläßt! Niemand hat deine Abwesenheit bemerkt und du wärst in Sicherheit. Wir drei bleiben hier. Später, wenn sich die Aufregung gelegt hat, gibst du uns eine Nachricht. Dann schöpft niemand mehr Verdacht, wenn du wieder einen Streifzug im Tarkihl unternimmst.«

Sie schüttelte den Kopf. »Das Versprechen bekommst du nie, Onkel. Ich gehöre jetzt zu euch und ich bleibe bei euch. Erwartet mich in einer

Tonta zurück, es können auch zwei werden. Ich muß noch Lebensmittel beschaffen.«

Ehe wir ihr weiter zureden konnten, stand sie auf und verschwand im angrenzenden Gang. Ich wollte sie zurückhalten, aber Fartuloon ergriff meinen Arm. »Laß sie, Atlan. Sie hat ihren eigenen Willen. Es wäre gut, wenn wir unterdessen etwas schlafen. Wir werden bald unsere ganzen Kräfte brauchen.«

Ich befolgte seinen Rat und streckte mich auf einem der Betten aus. Kurze Zeit später schlief ich ein; die Strapazen der letzten eineinhalb Pragos forderten ihren Tribut.

6.

Der Bauchaufschneider Fartuloon:

Der Blinde Sofgart galt unter Eingeweihten im ganzen Imperium als das grausamste Vollzugsorgan des Imperators. Er und seine Söldnergruppe, die gefürchteten Kralasenen. Angeblich besaß er sogar einen eigenen Planeten, auf den er seine Gefangenen brachte, um sie dort mit seinen unglaublichen Methoden zu verhören. Nur mit absoluten Vollzugsmeldungen kehrte er nach einem Auftrag zu Orbanaschol III. zurück. Und es war der Blinde Sofgart, der von seinem Herrn auf die Suche nach dem Kristallprinzen ausgeschickt worden war – und damit auch nach Fartuloon.

Das Vorgehen des Bauchaufschneiders war ein Spiel mit hohem Einsatz gewesen, dessen Ausgang oftmals auf des Messers Schneide gestanden hatte. Orbanaschol III. hatte überall seine Spitzel, so auch im Tarkihl, und es war immer zu befürchten, daß sie Verdacht schöpften. Fartuloon hatte geglaubt, daß Atlan sich nicht verraten konnte, weil er nichts über seine Herkunft wußte. Aber da hatte der Bauchaufschneider eines vergessen, nämlich Atlans frühe Kindheitserinnerungen. Sie waren verschwommen und tauchten nur schwach in Form von Träumen und Gedankenassoziationen auf. Auch in Gesprächen mit den Adeligen, die sich um Arkon und den Kristallpalast drehten, hatte Atlan oft Assoziationen, die seine früheste Jugend betrafen. Seine Fragen, die er als Kind und dann als heranreifender Mann stellte, machten Fartuloon wiederholt Probleme.

Eines Tages wären diese sporadisch auftauchenden Erinnerungsfragmente beinahe zum Verhängnis geworden: Atlan erzählte einem Adeligen, mit dem er sich angefreundet hatte, daß er bestimmte Vorstellungen von

Arkon I, der Kristallwelt Gos'Ranton, und dem Kristallpalast habe, obwohl er noch nie dort gewesen war und dennoch von Dingen berichtete, die der Öffentlichkeit unbekannt sein mußten. Der Adelige, ein Günstling Orbanaschols, schöpfte sofort Verdacht. Doch bevor er diesen weiterleiten konnte, gelang es Fartuloon, ihn auszuschalten.

Atlan war der einzige Zeuge für seine Tat. Und er fragte Fartuloon, warum dieser den Mann getötet hatte, dem er seine Freundschaft und blindes Vertrauen geschenkt hatte. Damals war Fartuloon nahe daran gewesen, ihm die volle Wahrheit zu gestehen. Aber er tat es dann doch nicht. Die Vernunft siegte, und seither sah Fartuloon voll Ungeduld der Tonta entgegen, an dem er sein Schweigen endlich brechen konnte – bald war diese schwere Zeit überstanden.

Ich erwachte abrupt, als Farnathia die beiden Beutel einfach fallen ließ und zu weinen begann. Ich sprang vom Bett und eilte zu ihr. Behutsam nahm ich sie in meine Arme. »Farnathia, es ist ja alles gut. Du bist wieder bei uns, du hast es überstanden.« Aber sie hörte nicht auf zu weinen. Ihr Körper wurde wie von Krämpfen geschüttelt. Vorsichtig führte ich sie zum Bett und drückte sie sanft nieder. »Du mußt dich ausruhen, Mädchen. Vergiß die Aufregung!«

Fartuloon und Eiskralle waren ebenfalls erwacht. Sie kamen herbei, und Eiskralle fragte verständnislos: »Was hat sie denn?«

Ich warf ihm einen wütenden Blick zu. »Du Eisklotz«, tadelte ich ihn. »Das alles geht sogar mir an die Nerven.«

Farnathia richtete sich auf. Sie sah uns der Reihe nach an. »Ich werde nie mehr zu meinen Eltern zurückkehren können«, sagte sie mit rauher Stimme und begann erneut zu schluchzen. »Ich glaube, ich habe den Blinden Sofgart erschlagen. Er wollte ... er wollte mich in meinem Zimmer ...«

Sie brach ab und sank in die Polster zurück. Fartuloon war totenblaß geworden und starrte mich hilflos an. Eiskralle machte sich ungerührt an den Beuteln zu schaffen und untersuchte ihren Inhalt. Mehrmals grunzte er befriedigt. Ich legte Farnathia die Hand auf die heiße Stirn. »Du mußt dich jetzt ausruhen, dann kannst du uns alles erzählen. Es hat Zeit, hörst du? Wir sind alle in Sicherheit. Oder ...« Ich erschrak bei dem Gedanken fast zu Tode. »Oder ist dir jemand hierher gefolgt, weil du so außer Atem bist?«

Sie schüttelte den Kopf, hielt die Augen jedoch geschlossen. Geduldig warteten wir. *Sie hat den Blinden Sofgart verletzt – oder vielleicht getötet? Jedenfalls hat sie mit ihm eine Auseinandersetzung gehabt und ist ihm entkommen. Dann allerdings kann sie vorerst nicht zurückkehren, vielleicht nie mehr. Nun ist sie auf Gedeih und Verderb mit uns verbunden.*

Fartuloon flüsterte: »Sie muß sich erst erholen, dann kann sie berichten.«

Aber Farnathia schlug die Augen auf und schüttelte den Kopf. »Ich will jetzt erzählen und dann schlafen – wenn ich schlafen kann. Es ist besser, ihr wißt es schon jetzt, dann könnt ihr überlegen, wie es weitergeht ...«

Farnathia: Sie fand den von Fartuloon beschriebenen ersten Geheimgang mit den nach oben führenden Stufen sofort und folgte ihm bis zum nächsten Merkmal. Dann mußte sie ein Stück in waagerechter Richtung laufen, bis sie nach einer scharfen Rechtsbiegung einen ihr bekannten Korridor betrat, von dem aus sie in knapp zwei Zehntel Tonta ihre Zimmer wohlbehalten erreichte. Sie öffnete die Tür und huschte hinein. Grenzenlos erleichtert zog sie den Mantel aus, ließ sich auf ihr Bett fallen und streckte sich aus. Die Versuchung, jetzt einfach die Augen zu schließen und alles für einen bösen Traum zu halten, wurde übergroß, aber die Sorge um ihre Freunde war größer. Hastig erhob sie sich und schaltete den Nachrichtenkanal des Gortavor-Trivids ein.

Sie hatte den Blinden Sofgart noch nie in ihrem Leben gesehen, aber Atlans Beschreibung von ihm genügte, ihn sofort zu erkennen. Der häßliche Anblick erschreckte sie derart, daß sie am liebsten den Apparat wieder abgeschaltet hätte, aber sie zwang sich dazu, seinen Worten zu lauschen. Sofgart berichtete von der Flucht des Verbrechers Fartuloon und setzte für die Wiederergreifung eine ungewöhnlich hohe Belohnung aus: 100.000 Chronners!

Das muß er tun, weil der Bauchaufschneider überall so beliebt ist und ihn kaum jemand freiwillig verraten würde, dachte Farnathia. Gleichzeitig gab der Anführer der gefürchteten Kralasenen den allgemeinen Alarmzustand bekannt, den der Tato auf sein Geheiß ausgelöst habe. Die Jagd auf den Entflohenen hatte begonnen. Farnathia atmete auf, als das widerwärtige Gesicht verschwand.

Sie empfand es als wahre Erholung, nun einen Orbton der Leibgardisten zu sehen, der die für den Alarmfall üblichen Anweisungen an die Bevölkerung im Tarkihl weitergab. Es ging drunter und drüber, das merkte Farnathia bald. Fartuloon mußte für Sofgart ungeheuer wichtig sein, aber vielleicht war es auch nur der gekränkte Stolz dieses Henkers von Imperator Orbanaschols Gnaden darüber, daß sein Gefangener geflohen war.

Unvermittelt erklang der Türsummer! Farnathia schrak zusammen und wagte nicht zu atmen. Waren sie ihr schon auf der Spur? *Aber dann würden sie nicht …* Sie ging und öffnete. Es war ihr Vater; zwei Gardisten nahmen hinter ihm Haltung an. Er schien erleichtert, als er sie sah.

»Du bist wieder da?« fragte er und trat ein. Farnathia schloß die Tür und folgte ihm. Er deutete auf das Trividgerät. »Du hast alles gehört? Fartuloon ist geflohen.«

»Ja, ich hörte es, Vater. Und ich hoffe, man findet ihn nicht.«

Er sah sich erschrocken um, als fürchte er einen heimlichen Lauscher. »Im Tarkihl haben die Wände Ohren«, warnte er. »So etwas darfst du nicht wieder sagen, hörst du?«

Ihre ruhige Gelassenheit kehrte zurück. »Keine Sorge, Vater, hier kann uns niemand belauschen. Du kannst ganz sicher sein, ich kenne die Geheimnisse des Tarkihl.«

Er schien beruhigt und setzte sich in einen Sessel. »Sei trotzdem vorsichtig, dieser Abgesandte Orbanaschols ist ein wahrer Teufel. Ich fürchte, er wird Fartuloon wieder einfangen. Wo will er denn hin? Das Tarkihl ist umstellt, da kommt niemand durch.«

»Konntest du Onkel Fartuloon wirklich nicht helfen, Vater?«

»Damit hätte ich uns alle in größtes Unglück gestürzt, mein Kind. Niemand handelt ungestraft gegen den Willen des Imperators. Ich habe nichts für ihn tun können, aber es sieht nun ganz so aus, als hätten das andere für mich getan. Drei Kralasenen wurden von den unbekannten Befreiern getötet. Sofgart tobt. Er hat versprochen, die Befreier Fartuloons mit auf seinen Folterplaneten zu nehmen. Was das für sie bedeutet, wissen wir alle.«

Farnathia lächelte. »Zuerst muß er sie haben.«

»Du bist froh über Fartuloons Befreiung?« Er starrte sie fragend an. »Dann zeig es niemandem außer mir.«

»Natürlich nicht. Wer mag es gewesen sein?«

Er zuckte mit den Achseln. »Übrigens, wo steckt Atlan? Ich komme eben aus Fartuloons Wohnung, da ist er nicht. Auch Eiskralle ist verschwunden, obwohl sie beide nach der Verhaftung das Tarkihl betreten haben.«

»Das Tarkihl ist sehr groß, Vater.«

»Ja, sehr groß sogar, mein Kind. Du kennst nur einen winzigen Bruchteil, aber wahrscheinlich immer noch mehr als ich. Wie steht es da mit Atlan?«

Sie mußte auf der Hut sein. »Er hat mich oft begleitet, aber ich glaube nicht, daß er allein und ohne meine Führung Streifzüge unternehmen würde. Warum fragst du, Vater?«

»Es wäre doch nur zu natürlich, wenn er auf den Gedanken käme, seinen Vater zu befreien, nicht wahr? Jedenfalls muß ich das annehmen, wenn er nicht bald wieder auftaucht.«

»Und *wenn* es so wäre – was würdest du tun? Ihn verraten?«

»Nein, aber ich könnte ihm auch nicht helfen.«

Sie glaubte ihm aufs Wort. Er würde sich neutral verhalten, nicht nur seinetwegen, sondern vor allen Dingen der Sicherheit seiner Familie wegen. »Ich bin müde, ich möchte schlafen«, sagte sie.

Declanter warf noch einen letzten Blick auf die Trividprojektion, die in Schriftform neue Anweisungen verbreitete, stand auf und ging zur Tür. »Ich werde wieder nach dir sehen.«

Sie sah ihm nach, und sie hatte das verzweifelte Gefühl, ihn zum letztenmal gesehen zu haben. *Wenn ich jetzt hier bleibe und alles vergesse, was mit Atlan und Fartuloon zusammenhängt, bin ich alle Sorgen los.* Niemand konnte ihr etwas anhaben, nicht einmal der schreckliche Sofgart und seine verruchte Garde. *Atlan!* Sie sprang auf und verriegelte die Tür sorgfältig, damit sie niemand überraschen konnte, dann durchsuchte sie ihre kleine Vorratskammer nach geeigneten Lebensmitteln. Sie packte alles in zwei Beutel und verband diese mit einem Riemen, daß sie sie gut über der Schulter tragen konnte.

Noch einmal ging sie durch ihre Zimmer. Sie ahnte, daß sie auch diese lange nicht mehr wiedersehen würde. Vielleicht nie mehr. Es konnte aber auch sein, daß auf sie kein Verdacht fiel, selbst wenn sie für einige Zeit verschwand. Jeder mußte annehmen, daß sie auf ihren üblichen Streifzügen im Tarkihl den Geistern der Tiefe zum Opfer gefallen war. Mit Fartuloon würde sie kein vernünftiger Arkonide in Verbindung bringen. Sie zog ihren Mantel über, nahm die Beutel und öffnete die Tür – und stand vor dem Blinden Sofgart.

Für einen endlos scheinenden Moment war ihr, als müsse sie das Bewußtsein verlieren. Ihre Knie begannen zu zittern, und sie schloß die Augen beim Anblick der hageren Gestalt und des schrecklichen Gesichtes. Aber dann wurde ihr von einem Augenblick zum anderen anderen klar, daß nun alles einzig und allein von ihr abhing, von ihrer Geistesgegenwart und ihrem Verhalten dem teuflischen Häscher gegenüber. Sie zwang sich zu einem Lächeln.

»Oh«, sagte sie, mehr nicht.

Ein häßliches Grinsen überzog sein Gesicht und machte es zu einer Grimasse. »Das schöne Mädchen will verreisen?« Er deutete auf die Beutel. »Wir haben Alarmzustand, mein Kind.«

Je näher ich der Wahrheit mit meinen Ausreden komme, desto unverdächtiger werde ich wirken, dachte Farnathia. »Nicht verreisen, Zhdopan, nur wandern. Ich wandere immer durch das Tarkihl, wenn ich Langeweile habe.«

»Sie können mich Sofgart nennen.« *Er ist ungemein höflich*, fand Farnathia voller Widerwille und ließ ihn weitersprechen. »Sie kennen das Tarkihl sicherlich sehr gut, nehme ich an. Waren Sie schon einmal im Blauen Trakt?«

Sie schüttelte sich in ehrlichem Entsetzen. »Nein, das ist natürlich verboten, Zhdo... Sofgart. Dorthin darf ich nicht gehen. Mein Vater hat es mir verboten.«

»Und Sie befolgen alle Verbote?«

»Selbstverständlich, ich bin eine gehorsame Tochter.«

Er grinste wieder. »Deshalb wollte ich Ihnen einen Besuch abstatten. Ihr Ausflug hat doch noch Zeit, oder nicht?«

Sie nickte stumm und ließ sich von ihm in die Wohnung zurückdrängen, fragte ängstlich: »Was wollen Sie von mir, Sofgart?«

»Nur ein paar Fragen, mehr nicht. Was ist in den Beuteln?«

Sie zögerte, und das war ein Fehler. Er nahm ihr die Beutel aus den widerstandslosen Händen und öffnete sie. Dann sah er sie an, und jetzt lächelte er nicht mehr. »Das wollen Sie alles auf einem kleinen Spaziergang verzehren, Gnädigste? Sie müssen einen ungeheuer großen Magen haben.« Er beugte sich vor und strich mit seiner mageren Hand über ihren Bauch, ehe sie es verhindern konnte. Das Grinsen, das das Tätscheln begleitete, jagte ihr Schauder über den Rücken; Farnathia fühlte, daß sich die feinen Härchen auf ihren Armen aufrichteten. »Sieht aber gar nicht so aus, finde ich.«

Für Farnathia schien nun alles verloren zu sein. Krampfhaft suchte sie nach einer Ausrede. »Ich habe mich einmal verirrt, Sofgart«, sagte sie so harmlos und unbefangen wie möglich, »und fand zwei Pragos lang nicht zurück. Beinahe wäre ich verdurstet und verhungert. Das soll mir nicht noch einmal passieren.«

Er betrachtete die Lebensmittelvorräte. »Das verstehe ich. Aber ich glaube es Ihnen nicht. Sie wissen, wo sich der entflohene Fartuloon verborgen hält und wollen ihm helfen. Führen Sie mich zu ihm!«

»Ich weiß es wirklich nicht ...«

Er näherte sich ihr und gab ihr einen heftigen Stoß, der sie auf das Bett warf. Schnell setzte er sich neben sie, so daß sie nicht entkommen konnte. Die rechte Hand mit dem am Unterarm befestigten Strahler war keine zehn Zentimeter von ihrem zitternden Körper entfernt. »Reden Sie schon, Tochter des ehrenwerten Tato von Gortavor, wenn Sie nicht wollen, daß ich Ihnen weh tue.«

Sie ahnte nicht, was er vorhatte, aber ihr Instinkt warnte sie. Verzweifelt wanderte ihr Blick umher und suchte nach einer Waffe. Über ihr, auf einem schmalen Bord, stand eine metallene Figur. Sie war eine Nachbildung des vierbeinigen, ausgestorbenen Tieres, das Zeichen vieler Geheimgänge. Sie war zwanzig Zentimeter hoch und sehr schwer. Wenn es ihr gelang, sie mit einer Hand zu fassen und dem Verhaßten auf den Kopf zu schmettern ... Der Blinde Sofgart mit seinen metallischen Trichteraugen, so hatte Atlan ihr gesagt, konnte nicht so »schnell sehen« wie ein gesunder Arkonide. Das konnte die Rettung sein.

»Ich will nicht!« rief sie, um ihn noch mehr herauszufordern und seine Aufmerksamkeit abzulenken.

Er beugte sich weiter vor und öffnete ihren Mantel. Dabei hatte er sichtlich Mühe, die einzelnen Verschlüsse zu finden; seine Finger zitterten vor plötzlicher Erregung. Für einen Augenblick nur sah Farnathia nichts anderes als die Lederkappe, die seinen Kopf bedeckte. Mit einem Ruck richtete sie sich auf, als wolle sie sich wehren, und als er sie, ohne aufzublicken, niederzudrücken versuchte, griff sie mit der rechten Hand nach oben und packte die Metallfigur. Mit aller Kraft ließ sie den schweren Gegenstand auf die Lederkappe fallen. Der Blinde Sofgart sackte sofort zusammen und fiel über sie. Sie schlug nochmals zu und nochmals. Nur mit Mühe konnte sie sich von der Last befreien. Sofgart war bewußtlos oder tot, jedenfalls rührte er sich nicht mehr. Über seine Stirn rann Blut, und es wurde immer mehr ...

Farnathia schloß ihren Bericht mit den Worten: »Ich weiß wirklich nicht, ob er tot ist oder nicht. Vielleicht hat die Lederkappe den Schlag gedämpft, jedenfalls war er bewußtlos. Aber wenn er wieder zu sich kommt, dann weiß er, daß ihr hier unten seid. Er hat schnell kombiniert, als er die Lebensmittel entdeckte. In aller Hast habe ich die Beutel gepackt. Die Tür meiner Wohnung habe ich mit der Kodekarte verriegelt. Dann bin ich davongelaufen. Der Rückweg verlief ohne weiteren Zwischenfall.«

Eine Weile schwiegen wir betreten. Endlich sagte Fartuloon: »Das Tarkihl ist von außen abgeriegelt. Selbst wenn es uns nun gelänge, unbemerkt die Oberfläche zu erreichen, gäbe es keine Flucht. Es gibt vorerst überhaupt keine Flucht, nur ein Verstecken. Und zwar in den unbekannten Tiefen des Tarkihl. Nur dort sind wir sicher.«

Eiskralle schauderte zusammen. »Ist es da kalt? Oder heiß?«

»Du hast nichts zu befürchten«, wich Fartuloon aus.

Ich schlug vor, die Pause zu verlängern und noch in diesem Raum zu bleiben, damit Farnathia Gelegenheit erhielt, sich zu erholen. Sie mußte einen fürchterlichen Schock erlitten haben, als sie begriff, was Sofgart mit ihr tun wollte. Niemand sprach es aus, aber wir alle wußten es.

Ohne Appetit aßen wir eine Kleinigkeit und packten den Rest wieder zusammen. Dann durchfuhr mich ein schrecklicher Gedanke. »Fartuloon«, sagte ich mit bebender Stimme. »Wir haben nichts zu trinken. Farnathia hat vergessen ...«

Er nickte langsam, natürlich hatte ein Mann wie er das schon erkannt. »Die Lebensmittel reichen für viele Pragos, wenn wir sparsam damit umgehen, und verdursten werden wir nicht so schnell. Dort, wohin wir gehen, gibt es mehr Wasser, als wir trinken können.«

»Woher weißt du das?«

»Ich weiß es eben.«

Damit legte er sich auf sein Bett und schloß die Augen. Mir blieb nichts anderes übrig, als es ihm gleichzutun. Obwohl müde, dauerte es diesmal sehr viel länger, einzuschlafen. Farnathia kuschelte sich an mich, ich legte den Arm um sie und starrte zur Decke. Von einem Tag zum anderen war unser aller Leben auf den Kopf gestellt worden, noch nie war die Zukunft so unsicher. Ich hatte das Gefühl, den Boden unter den Füßen verloren zu haben. Alles und jeder schien in Frage gestellt – nur Farnathia hatte bewiesen, was sie noch nie in Worte gefaßt hatte. Wäre es mir vorher nicht schon klargeworden, spätestens jetzt hätte ich mich in sie verliebt!

Zwanzig Tontas später hatte ich erneut Gelegenheit, Fartuloons erstaunliche Kenntnisse zu bewundern. Es war mir völlig klar, daß er nicht zum erstenmal diesen »verbotenen« Teil des Tarkihl betrat. So beruhigend diese Tatsache auch für uns Flüchtlinge sein mochte, sie vergrößerte das Geheimnis um meinen Pflegevater. Wir benutzten nun keine unsichtbar vorhandenen Geheimtüren mehr, sondern wanderten durch breite Korridore und weite Hallen, deren Decken oft mehr als zehn Meter über uns in einem gelblichen Licht schimmerten. In vielen dieser Hallen standen Maschinen und Geräte, deren Sinn niemand von uns auch nur erraten konnte. Selbst Fartuloon konnte uns nicht sagen, was sie bedeuteten und wer sie einst geschaffen hatte. Wenigstens behauptete er das.

Tief unter uns war ein ständiges Vibrieren und fast lautloses Summen, so als liefen dort Motoren und Aggregate. Eiskralle sprach die Vermutung aus, es müsse sich um die ewig funktionierende Energieanlage handeln, die auch die Gänge erleuchtete und das gesamte Tarkihl mit Strom versorgte. Dem widersprach Fartuloon nicht. »Dort befinden sich ebenfalls die übrigen Ver- und Entsorgungsanlagen; Klimatisierung, Heiß- und Kaltwasser, Aufbereiter der sanitären Einrichtungen und so weiter.«

Farnathia ging neben mir. Sie hatte sich wieder erholt und machte einen zuversichtlichen Eindruck. Den Schock schien sie verkraftet zu haben; sie wußte, daß es nun kein Zurück mehr gab.

Fartuloon blieb plötzlich stehen. »Nur noch wenige hundert Meter, und ihr werdet eine Überraschung erleben. Ich bin schon mehrmals hier gewesen, aber stets fehlte mir die Zeit, mich genau umzusehen. Jetzt haben wir Zeit, sehr viel Zeit. Wir werden ein oder zwei Tage in der *Stadt* verbringen.«

»Stadt?« Ich sah ihn an, als habe er den Verstand verloren. »Was willst du damit sagen? Doch nicht etwa, daß es hier unten eine richtige Stadt gibt?«

»War ich nicht deutlich genug?« Seine Stimme verriet Gereiztheit.

Wir gingen weiter, der Korridor wurde breiter. Er erinnerte mich an die riesigen Straßen und Alleen, die ich in Berichten gesehen hatte, die andere Planeten des Imperiums und ihre gigantischen Städte zeigten. Auch hier schien es verschiedene Fahrbahnen zu geben, aber ich sah kein einziges Fahrzeug. Die Leitschienen unterteilten die glatte Metallfläche in fünf verschiedene Streifen, jeder bis zu fünf Meter breit. Ganz am äußersten Rand gab es zu beiden Seiten geriffelte Rollbänder für die Fußgänger, aber sie standen jetzt still. Und dann mündete die Allee in einer unvorstellbaren großen Höhle. Vor uns lag wirklich eine richtige Stadt, mehrere hundert Meter unter der Oberfläche von Gortavor.

Die Allee senkte sich in sie hinab, und wir standen hoch über ihr und konnten sie fast ganz überblicken. Es gab ein wohleingeteiltes Netz von Straßen in radialer und konzentrischer Anordnung, gleichmäßige Bauten von Säulen- und Quaderform mit spiegelnden Fassaden, und dazwischen Plätze und nun abgestorbene Parkanlagen. Darüber spannte sich ein künstlicher blauer Himmel mit einer strahlenden Kunstsonne, über den sogar einige zerfaserte Wölkchen zogen. Der Durchmesser der Stadt mochte zwei Kilometer betragen; die Höhe bis zur Kunstsonne schätzte ich auf zweihundert Meter, aber ich konnte mich auch täuschen.

Fartuloon genoß mit sichtlichem Vergnügen unsere Fassungslosigkeit. Er deutete auf ein fortlaufendes Sims entlang der Höhlenwand und forderte uns auf, seinem Beispiel zu folgen: Er setzte sich so, daß er die Stadt sehen konnte.

»Ich entdeckte sie vor etwa zehn Jahren, als ich mich das erstemal so weit vorwagte. Sie ist ein Wunderwerk nichtarkonidischer Baukunst und Technik, aber soweit ich mich erinnern kann, wird eine solche Stadt nirgendwo erwähnt. Die Erinnerung an sie ist demnach verlorengegangen, ihr Alter und ihre Erbauer sind unbekannt. Ganz sicher waren es keine Arkoniden, die sie erbauten, sondern Angehörige jener uns unbekannten Zivilisation, die vor uns hier auf dieser Welt waren. Auf viele Welten wurden Artefakte und Ruinen des *Großen Volkes* gefunden, von dem viele Legenden und Sagen berichten. Mich wunderte schon damals, daß alle Fahrzeuge, die ohne Zweifel einst hier das Straßenbild belebten, verschwunden sind. Genauso verschwunden wie die Wesen, die einst hier lebten.«

Eiskralle sagte trocken: »Vielleicht machten sie einen Ausflug und fanden nicht mehr zurück?«

Fartuloon nickte ihm ohne Spott zu. »Vielleicht hast du sogar recht mit deinem Witz.«

Es war unbegreiflich. Da verbrachte man mehr als ein Jahrzehnt in einem an sich schon bemerkenswerten »Palast« und ahnte nicht, daß unter einem noch bedeutendere Reste einer stolzen Zivilisation ruhten, unbeachtet und unbekannt. Wir machten eine Pause und aßen ein wenig. Allmählich verspürte ich Durst und sagte es auch.

Fartuloon winkte ab. »Keine Sorge, mein Junge, dort unten in der Stadt gibt es genug Wasser. Frisches Wasser. Die Anlagen arbeiten noch immer. Vermutlich seit Jahrtausenden!«

Seine Mitteilung wirkte zugleich beruhigend und beklemmend. *Warum haben die Erbauer und Konstrukteure einer solchen Stadt unter der Oberfläche ihrer Welt gelebt, wenn die Bedingungen oben besser waren als hier unten? Welchen Grund haben sie gehabt, sich in die Tiefe zurückzuziehen? Und vor allen Dingen: Wohin sind sie verschwunden?*

Fartuloon schien meine Gedanken zu erraten. »Es ist sinnlos, sich Fragen zu stellen, Atlan. Ich habe es seit zehn Jahren getan und keine Antwort gefunden. Die Stadt ist da, mehr ist nicht zu sagen. Sehen wir sie uns an, wenn wir gegessen haben.«

Als wir ausgeruht und satt waren, folgten wir weiter der Allee und erreichten die ersten Häuser. Nichts konnte mich davon abhalten, eines von ihnen zu betreten um zu trinken, obwohl Fartuloon meinte, wir kämen schon bald zu einem Brunnen. In den Räumen gab es sogar noch Möbel. Der Zweck einiger war mir sofort klar, während ich mit anderen überhaupt nichts anzufangen wußte. Aber ich fand den Wasserspender. Als ich auf den Knopf drückte, sprudelte eiskaltes und frisches Wasser aus einem geschwungenen Hahn. Ich trank, bis ich nicht mehr konnte. Mein Vertrauen zu Fartuloon wuchs mit jedem Schluck. Die anderen hatten auf mich gewartet. Wir setzten uns wieder in Marsch, kaum daß ich zu ihnen zurückgekehrt war.

Fartuloon wollte uns zu einem ganz bestimmten Platz führen, den er von früher her kannte. »Dort finden wir eine gute und bequeme Unterkunft, zudem Wasser und noch einige andere Dinge, die euch interessieren dürften. Wenn wir Glück haben, werden wir sogar erfahren, was oben im Palast vor sich geht. Jene Intelligenzen, die das Tarkihl erbauten, haben an alles gedacht, sogar daran, daß wir eines Tages einen Fluchtweg brauchen würden.«

Der Weg führte weiter in die tote Stadt hinein, bis wir meiner Schätzung nach ihr Zentrum erreicht hatten: Ein runder Platz als Mittelpunkt der Siedlung, in den viele Straßen mündeten und der von fünfgeschossigen Reihenhäusern gesäumt wurde. Der Kunsthimmel über uns war weiterhin strahlend blau, und die Atomsonne stand nun genau senkrecht über uns – zweifellos eine von starken Prallfeldern gebändigte Mikrofusionszone. Der »Horizont« wurde durch die Häuser verdeckt, aber ich konnte mir vorstellen, daß er aus verkleideten Felswänden bestand. Vermutlich waren in ihnen auch holographische Projektoren montiert, die zur realitätsechten Simulation des Himmels beitrugen. Hier im Stadtzentrum jedenfalls verlor man schon nach kurzer Zeit das Gefühl, in einer riesigen Höhlenkuppel zu sein.

»Ich hatte niemals gedacht, daß es so etwas hier unten geben könnte«, ließ Farnathia sich vernehmen. »Das ist phantastisch!«

Mit ausgestrecktem Arm drehte sich Fartuloon einmal um seine Achse. »Hier haben sie gelebt, die Fremden, die das Tarkihl erbauten. Von hier aus haben sie vielleicht den ganzen Planeten regiert, so wie es heute der Tato im Namen des Großen Imperiums tut. Hier wird uns niemand finden, und wir sind sicher. Und nun folgt mir! Ihr werdet sehen, wie gut es ist, wenn man auf Situationen wie diese vorbereitet ist. An alles konnte ich natürlich auch nicht denken«, fügte er in einem Tonfall hinzu, als wolle er sich entschuldigen, »aber immerhin ...«

Eiskralle stöhnte vor Wohlbehagen. »Wie warm es ist, Freunde! Wenigstens bleibt die Sonne immer am selben Fleck stehen – hoffe ich doch.«

»Das bleibt sie, aber in regelmäßigen Zeitabständen erlischt sie, dann wird es Nacht – und kühler. Die Automatik ist irgendwo tief unter uns im Fels verborgen, ich habe sie noch nicht gefunden. Sie muß mit der Energiestation in Verbindung stehen.«

Er führte uns zu einem der Häuser, von denen das eine so aussah wie das andere. Breite Stufen zeigten uns den Weg ins Innere. Alles war erstaunlich gut erhalten, so als könnten die ursprünglichen Bewohner jeden Augenblick zurückkehren, von einem Tagesausflug vielleicht. Von der großen Vorhalle aus zweigten Gänge ab, Türen sah ich keine.

Aber Fartuloon deutete auf eine weitere Treppe. »Wir gehen nach oben«, sagte er und schritt voran. Im zweiten Stockwerk gab es Türen. Fartuloon öffnete eine von ihnen, indem er die Hand auf einen Wärmesensor preßte, und ließ uns mit einer ironischen Verbeugung den Vortritt. »Darf ich den Herrschaften meine Zweitwohnung zeigen?«

Dieser verflixte Heimlichtuer, dachte ich unwillkürlich, als ich in dem überaus komfortablen Wohnraum stand, der mit allen möglichen Einrichtungsgegenständen ausgestattet war. Fartuloon mußte sie überall in der Stadt eingesammelt haben, so als wolle er ein Museum eröffnen.

Er stand da und grinste, während wir seine »Zweitwohnung« bewunderten. »Ich habe geahnt, daß ich sie eines Tages brauchen würde«, sagte er und setzte sich in einen merkwürdig geformten Sessel. »Eiskralle, schließ die Tür, damit es nicht zieht.«

Wir besichtigten die angrenzenden Räume, die jedoch meist unmöbliert waren. In einigen standen Betten oder Ruhelager. Fartuloon rief hinter mir her: »Die zweite Tür links, Atlan. Die Küche!«

Es war nur gut, daß ich mir vorgenommen hatte, über nichts mehr erstaunt zu sein. Zwar kamen mir einige der Gegenstände in der Küche fremdartig vor, aber ich konnte ihren Zweck wenigstens erraten. Der Wasserspender jedenfalls funktionierte. In einem Kühlfach entdeckte ich Lebensmittel aus den Vorräten des Tato. Sie reichten für mindestens zwei Arkon-Perioden! Ich kehrte ins Wohnzimmer zurück. »Du hast deine Flucht ja bestens vorbereitet«, murmelte ich und setzte mich. »Hast du noch mehr Überraschungen auf Lager?«

Fartuloon nickte. »Sicherlich, ich habe sie euch ja versprochen.« Vom Sessel aus bediente er eine Fernkontrolle. Eine der Schranktüren öffnete sich, ein Gerät mit einem quadratmetergroßen Bildschirm wurde ausgefahren und leuchtete sofort auf. Ich erkannte den Beratungssaal des Tato. »Wie ihr seht, kann man von hier aus genau verfolgen, was da oben geschieht. Übrigens stammt diese Einrichtung nicht von mir. Ich fand sie hier vor, und sie funktioniert einwandfrei. Schade, daß gerade keine Beratung stattfindet, aber wir werden es früher oder später erleben.«

Der Bildschirm erlosch und verschwand wieder. Nun hatte sich auch Farnathia von ihrer Überraschung erholt. Ich zeigte ihr die Küche und die Vorräte; wie es Fartuloons Art entsprach, waren einige erlesene Köstlichkeiten dabei. Sie konnte nur den Kopf schütteln. »Als ob dein Lehrmeister geahnt hätte, daß er eines Tage würde fliehen müssen, Atlan! Nun beginne ich zu glauben, daß alles doch noch gut wird. Dieser

Sofgart kann ja nicht immer auf Gortavor bleiben und nach uns suchen, falls er überhaupt noch lebt. Ich hoffe, daß er noch lebt. Der Gedanke, einen Arkoniden getötet zu haben, wäre mir unerträglich. Selbst bei ihm.«

»Er ist kein Arkonide, sondern eine Bestie«, sagte Eiskralle, der ihre Worte gehört hatte. »Welches Bett darf ich haben?«

Seine Frage war wie ein Stichwort. Wir spürten plötzlich die Müdigkeit wie Blei in den Gliedern, und bald hatten wir uns über die Betten verteilt.

Die Sonne war für einige Tontas erloschen, aber davon hatte ich nichts bemerkt: Fartuloon bestätigte mir, daß ich mehr als zehn Tontas geschlafen hatte. Ich fühlte mich dementsprechend erfrischt und tatenkräftig. Den anderen erging es genauso. Nach dem Frühstück, das Farnathia zubereitete – als wir ihr helfen wollten, scheuchte sie uns aus der Küche! –, saßen wir zusammen im Wohnraum.

Fartuloon beschäftigte sich mit dem Überwachungsgerät und erklärte mir die Bedienung: »Und hier ist der Wähler, Atlan. Wir können nicht nur den Sitzungssaal überwachen, sondern auch einen Teil des oberen und unteren Tarkihl. Hier...« – ein neues Bild erschien auf dem Monitor – »... der Blaue Trakt. Ziemlich was los, nicht wahr?«

Der breite Hauptkorridor war mit Soldaten des Tato und einigen Kralasenen angefüllt. Sie standen herum, als warteten sie auf etwas. Einige von ihnen trugen Beutel und Etuis an der Hüfte. Verpflegung oder Munition, das konnten wir nicht feststellen, jedenfalls waren alle schwer bewaffnet. Im Hintergrund war die Treppe zu sehen, die nach oben in den Palast führte. Dort war jetzt Bewegung zu erkennen. Drei Männer stiegen zum Blauen Trakt herab, und einer von ihnen ...

»Der Blinde Sofgart«, sagte Fartuloon ruhig. »Er hat also deinen Schlag überlebt, Farnathia. Gleich werden wir wissen, was er vorhat.«

Zusammen mit seinen beiden Begleitern, übel aussehenden Kralasenen, erreichte er den Trupp und blieb stehen. Mit krächzender Stimme gab er bekannt, daß man nun in die unbekannten Tiefen des Tarkihl vorstoßen werde, um dort eine Spur der Flüchtlinge zu finden.

Er schloß: »Ich brauche sie lebendig, sowohl Fartuloon wie auch das Mädchen. Ihr kennt die Belohnung für die beiden. Es ist auch möglich, daß Fartuloons Ziehsohn zu ihnen gehört, doch für den gibt es keine Belohnung, wohl aber für diesen seltsamen Chretkor, der mindestens einen Kralasenen ermordet hat, wenn nicht alle drei. Wo ist der Mann, der uns führen wollte?« Ein Orbtone der Leibgardisten trat vor und nahm Haltung an. »Gut, dann geh voran! Zeig uns den Weg!«

Sie setzten sich in Marsch und entschwanden unseren Blicken, weil der versteckte Aufnahmesensor ihnen nicht zu folgen vermochte, und ich fragte beunruhigt: »Ob sie bis hierher kommen werden?«

»Möglich«, antwortete Fartuloon nachdenklich. »Der verdammte Blinde schreckt vor nichts zurück.«

»Was können wir gegen sie unternehmen?«

»Wenn sie uns finden, bleibt uns nur die Flucht, mein Sohn. Ich kenne einen Weg, der noch weiter hinab in die Tiefen führt, aber dort werden wir keine Stadt und keinen Komfort mehr finden. Es dürfte gut sein, wenn wir vier Pakete mit Lebensmitteln und Wasservorräten vorbereiten, damit wir keine Zeit verlieren, wenn sie kommen sollten. Das machst du, Farnathia. Ich kümmere mich um die Warnanlage, die ich damals entdeckte. Vielleicht kann man sie aktivieren.«

Ich stellte keine Fragen mehr. Fartuloon würde schon wissen, was er zu tun hatte. Während er unterwegs war, saß ich vor dem Überwachungsgerät und fand bald heraus, was man damit alles sehen konnte. Zu meiner maßlosen Verblüffung mußte ich feststellen, daß geheime Kameras selbst in unserer bisherigen Wohnung eingebaut waren. Dann erschienen Gänge des unteren Tarkihl, einsam und verlassen. Leider kannte ich mich, bei aller bisher eingebildeten Kenntnis der Anlage, doch zu wenig aus, um systematisch vorgehen zu können. Eiskralle unternahm unterdessen einen Rundgang durch die Stadt und kehrte mit einem Haufen Plunder zurück, den er mitzunehmen gedachte. Ich staunte, was er alles gefunden hatte.

Fartuloon kam kurz vor dem Erlöschen der Sonne zurück. »Ich denke, daß es klappt. Wenn sie die Stadt finden, dann nur auf dem gleichen Weg wie wir. Und da ist ein optischer Sensor eingebaut. Nur ist es von jetzt ab notwendig, daß ständig einer von uns den Bildschirm beobachtet. Sobald der Blinde und seine Leute darauf zu sehen sind, haben wir eine halbe Tonta Zeit, mehr auf keinen Fall. Ich werde mit der Wache beginnen.«

Ich bedauerte zutiefst, daß es nun mit unserer Ruhe vorbei sein sollte. Auf der anderen Seite konnten wir aber auch nicht ewig hier bleiben. Als Farnathia eingeschlafen war, ging ich in mein Zimmer. Eiskralle hockte noch auf seinem Bett und wühlte in seinen neuen Schätzen. Ich grinste ihm zu und warf mich dann auf mein Bett.

Der Blinde Sofgart und die Kralasenen kamen zwei Pragos später. Eiskralle, der Wache hatte, entdeckte sie auf dem Bildschirm. Sie waren nur kurz zu erkennen, dann waren sie aus dem Blickwinkel der Kamera. Fartuloon befahl uns, die Vorratspakete zu bringen und uns auf die Flucht vorzubereiten.

Fartuloon gab uns eine Zehntel Tonta und sagte: »Immerhin haben sie vierzig Tontas benötigt, die relativ einfache Strecke zurückzulegen. Sie werden müde und erschöpft sein. Allerdings wird ihnen der Anblick der Stadt neuen Auftrieb geben. Und doch werden sie uns von hier aus nicht mehr folgen können, wenn wir klug genug sind, keine Spuren zu hinterlassen. Die Stadt hat ein gutes Dutzend Ausgänge, die alle in verschiedene Richtungen führen. Wir nehmen den schwersten.«

»Aber Fartuloon ...«, begann ich, wurde jedoch von ihm unterbrochen:

»Ihr müßt mir vertrauen! Ich weiß genau, was ich tue. Wichtig ist, daß wir die Verfolger abschütteln. Es fällt mir nicht leicht, die Stadt zu verlassen, aber es ist sinnlos, wenn wir versuchen wollten, uns in ihr zu verbergen. Früher oder später würde man uns entdecken.«

»Hinzu kommt«, sagte Eiskralle, »daß die Verfolger mindestens einige Tage brauchen, um die Stadt gründlich zu durchsuchen. Bis dahin sind wir verschwunden.«

Fartuloon nickte ihm zu. »Wir werden Zeit gewinnen, und ich bin sicher, wir finden auch ein neues Versteck. Ich denke da schon an etwas ganz Bestimmtes, doch zuvor möchte ich eine andere Möglichkeit in Betracht ziehen.«

Wir sahen ihn fragend an, aber er schüttelte den Kopf und schwieg sich aus. Ich wußte, wie sinnlos es sein würde, ihn jetzt um Auskunft zu bitten. Wir nahmen unsere Bündel und verließen das Haus. Von nun an achteten wir darauf, keine Spuren zu hinterlassen. Die Verfolger würden das Haus finden, daran konnte kein Zweifel bestehen, aber dann sollten sie glauben, daß wir uns in Luft aufgelöst hatten. Ohne einen Hinweis auf unsere Fluchtrichtung würde es sie viel Zeit kosten, nach uns zu suchen.

Die Straßen zu den Außenbezirken der Stadt führten alle bergauf, dem »Horizont« entgegen. Fartuloon trieb uns regelrecht an, und wir folgten seinem Befehl, weil er besser wissen mußte, wieviel Zeit uns noch blieb. Wir erreichten einen flachen, breiten Tunnel, der in den Fels der Unterwelt hineinführte. Erst als wir drinnen waren, hielt Fartuloon an. »Ruht euch jetzt aus. Wir haben noch einen weiten Marsch vor uns.«

Er ging ein Stück zurück bis zum Ausgang des Tunnels, der nichts anderes als wieder eine der Fahrbahn-Alleen war. Vorsichtig blickte er zur Stadt zurück. Ich trat neben ihn, denn ich konnte meine Neugier nicht länger bezähmen. Farnathia und Eiskralle hatten sich auf die Erhöhung gesetzt, die die Fahrbahn begrenzte. »Siehst du schon etwas?«

Er nickte, ohne mich anzublicken. »Dort drüben stehen sie, zwei Kilometer von hier, und sehen zum erstenmal in ihrem Leben die Stadt. Ich möchte wissen, was nun in ihnen vorgeht.«

Die Verfolger waren nichts als winzige Flecken, die sich kaum gegen den bläulichen »Horizont« abhoben. Trotzdem sah ich sie, wenn auch keine Einzelheiten. Ich sah sie über die Dächer der Stadt hinweg, die ja in einer Senke lag. Kleine Punkte, die sich aufgeregt hin und her bewegten.

»Die Stadt wird sie aufhalten«, flüsterte ich, obwohl man uns über zweitausend Meter hinweg niemals hören konnte. »Kannst du mir nicht verraten, wohin wir gehen werden?«

Er lächelte knapp, wurde aber wieder ernst. »Doch, das will ich. Wir gehen in den auch mir unbekannten Teil des Tarkihl.«

Ich erstarrte. »Unbekannt? Wie willst du uns denn führen, wenn du den Weg und das Ziel nicht kennst?«

»Einige Bereiche kenne ich, und ich habe eine Beschreibung gelesen. Danach müssen wir uns richten.«

»Beschreibung?« Ich wunderte mich immer mehr über ihn. »Woher hattest du eine Beschreibung dessen, was als unbekannt gilt?«

»In der Bibliothek des Tato steht ein Buch, eines unter Tausenden. Niemand hat es je beachtet, aber ich fand es. Und ich las es. Es enthält den gesamten Plan des Tarkihl und auch die Fluchtwege aus ihm. Allerdings sind mir da einige Dinge noch nicht klar. Hinzu kommt eine andere Tatsache: Das Buch ist alt. Es kann sich in der Zwischenzeit einiges geändert haben. Aber fest steht, daß es von einem Arkoniden geschrieben wurde, nicht von den Erbauern des Tarkihl.«

Mir erschien es sehr unwahrscheinlich, daß außer Fartuloon noch niemand dieses Buch gefunden hatte. *Ist es möglich, daß ein solches Buch in einer Bibliothek steht, ohne je gelesen zu werden? Jemand hat es dort hingestellt, vielleicht katalogisiert …*

Auf der anderen Seite der Stadt formierten sich die Punkte und begannen dann ihren Marsch zu den Häusern. Ich konnte mir vorstellen, wie unseren Verfolgern zumute war, und ich beneidete sie nicht. Fartuloon zog mich mit sich. »Wir müssen nun weiter. Es wäre sinnlos, von hier aus zuzusehen, was sie tun. Und noch einmal: Wir dürfen nichts hinterlassen, was ihnen verraten könnte, welchen Weg wir genommen haben.«

Eiskralle kam in arge Bedrängnis, weil er bereits das erste Stück seiner Kuriositätensammlung wegwerfen wollte. Fartuloon hielt ihm einen kurzen, aber sehr eindringlichen Vortrag und betonte, daß er ihn gewarnt hätte. Er versprach dem Chretkor jedoch, daß sich bald eine Gelegenheit bieten würde, überflüssigen Ballast loszuwerden.

Die Allee endete vor einer Felswand. Ich fragte Fartuloon, welchen Sinn diese breiten Fahrbahnen wohl hätten, die einfach abrupt vor einer Wand aufhörten; er antwortete: »Es gibt zwei Möglichkeiten: Entweder hatten die Erbauer der Stadt und des Tarkihl ursprünglich andere Pläne, sind aber nicht mehr dazu gekommen, sie zu verwirklichen, oder aber die glatten Felswände am Ende der Straßen sind nichts anderes als Tarnung. Vielleicht setzen sich die Straßen dahinter fort. Wir sind mitten drin im Tarkihl, aber es gibt seine Geheimnisse nicht preis.«

Eiskralle und Farnathia gingen hinter uns. Fartuloon hatte einen schmalen Seitengang gefunden, der hinter einer Geheimtür lag. Er schien sie nur nach der Beschreibung entdeckt zu haben, und es war kaum damit zu rechnen, daß jemand, der diese Beschreibung nicht kannte, sie überhaupt hier vermutete. Fortan gab es kein Licht mehr, und wir mußten eine der Lampen einschalten.

Der Gang führte schräg abwärts. Allmählich konnte ich mir nicht mehr vorstellen, daß wir noch tiefer in die Kruste des Planeten vorstießen. Meiner Schätzung nach befanden wir uns bald tausend Meter unter der Oberfläche von Gortavor. Als sich endlich der Gang zu einem wegen der mangelnden Leuchtkraft unserer Lampen scheinbar grenzenlosen Saal verbreiterte oder in ihn mündete, begegneten wir den ersten hier existierenden Lebewesen.

Farnathia schrie auf, als plötzlich im Lichtkegel unserer Lampe eine bleiche, gesichtslose Kugel erschien, die von zwei dünnen Spinnenbeinen getragen wurde. Vier ebenso dünne Arme fuchtelten in der Luft herum, als wollten sie uns Zeichen geben. Fartuloon war stehengeblieben.

»Die Stummen Diener«, sagte er ruhig. »Keine Gefahr! Aber sie können uns lästig werden. Sie dienten einst den unbekannten Erbauern des Tarkihl und überlebten ihre Herren; sofern sie überhaupt leben. Wir brauchen uns nicht vor ihnen zu fürchten, denn sie tun uns nichts. Aber sie werden uns auch nicht helfen können, denn es gibt keine Möglichkeit, sich mit ihnen zu verständigen.«

Farnathia packte meinen Arm so fest, daß ich vor Schmerz und Überraschung fast aufgestöhnt hätte. »Ich hörte von ihnen ...«

»Keine Angst«, beruhigte ich sie. »Sie sind harmlos und wollen nur dienen. Aber oft ist auch das Bedientwerden hinderlich und gefährlich.«

Ich hatte ebenfalls schon von den Stummen Dienern gehört. Einmal in meinem Leben war ich einem solchen Kugelwesen begegnet. Auf einem meiner Spaziergänge im Tarkihl war es gewesen, und ich war erschrocken davongelaufen, ohne mir die seltsame Kugelgestalt näher anzusehen. Aus Berichten wußte ich, daß sie früher öfter aus dem Tarkihl an die Oberfläche gekommen waren, um den Arkoniden zu dienen, diese jedoch ihre Dienste überhaupt nicht wollten. Denn die Stummen Diener verrichteten Arbeiten, die völlig sinnlos waren.

Die Kugel kam herbei, grotesk in ihren Bewegungen und nahezu unwirklich in ihrer Erscheinung. Wovon lebten sie hier unten, wo es weder Nahrung noch Licht gab? Konnten sie im Dunkeln existieren und sich vermehren? Oder waren sie unsterblich? Eine zweite Kugel tauchte auf, dann die dritte, vierte, fünfte ... Bald waren wir von zwei Dutzend Stummen Dienern umringt, die offenbar unser Gepäck zu tragen wünschten.

Fartuloon befahl uns, die Beutel mit den Lebensmitteln auf keinen Fall aus der Hand zu geben, sagte jedoch zu Eiskralle: »Gib ihnen deinen Plunder. Ich bin überzeugt, daß sie ihn irgendwo verschwinden lassen. Dann sind wir ihn los.«

Widerstrebend ließ sich Eiskralle erleichtern. Die Stummen Diener rissen ihm die in der Stadt gesammelten Andenken nur so aus der Hand und hasteten auf ihren dünnen Beinen eifrig davon. Vermutlich wäre es unseren Lebensmittelpaketen ähnlich ergangen, hätten wir sie den diensteifrigen Kugelgeistern überlassen. *Geister!* Jetzt wußte ich plötzlich, warum jeder oben im Tarkihl an *Geister* glaubte. Es konnte sich nur um diese geheimnisvollen Wesen handeln, die ihre einstigen Herren überlebt hatten.

»Wir müssen sie loswerden«, sagte Fartuloon. »Aber wie?«

»Haben wir keine Aufgabe für sie?« fragte ich.

»Die hätten wir, aber wie sollten wir ihnen das verständlich machen? Wir könnten sie in die Stadt schicken, damit sie sich um den Blinden Sofgart und seine Leute kümmern.«

»Das würde diese aufhalten«, vermutete ich, fand aber auch keine Lösung des Problems. Farnathia zog mich zur Seite. Ich ahnte, daß sie etwas auf dem Herzen hatte. »Was ist, Farnathia?«

»Versprichst du mir, mich nicht zu verraten?«

Ich hatte nicht die geringste Ahnung, wovon sie eigentlich sprach. »Sag endlich, was los ist!«

Sie suchte etwas in den Taschen ihres Mantels und zog es dann hervor. Es war ein Fadenknäuel. Es war ... »Eine Spur, Atlan, ich habe eine Spur hinterlassen. Aber nicht der Verfolger wegen, sondern unseretwegen. Wir hätten niemals mehr herausgefunden, wenn deinem Vater etwas passiert wäre. Darum habe ich von der Stadt aus den Faden abrollen lassen.«

Wir waren verloren, denn es war praktisch unmöglich, daß die Verfolger den Anfang des Fadens *nicht* über kurz oder lang fanden, denn die Höhlenausgänge würden sie ganz genau in Augenschein nehmen. Und dann brauchten sie ihm nur zu folgen. »Wie konntest du das nur tun?« sagte ich leise. »Hat Eiskralle nichts bemerkt?«

»Er hat mir sogar geholfen.«

Ich überlegte. Wir mußten die gelegte Spur wieder beseitigen, das war klar. Aber wer von uns verspürte schon Lust, den ganzen langen Weg wieder zurückzulaufen, um den gelegten Faden einzusammeln? »Wir müssen es Fartuloon sagen.«

»Ich habe Angst.«

Das war mir nun bei aller Liebe zu ihr egal. Unsere Sicherheit und unser Leben gingen vor. »Warte hier, Farnathia. Ich mache es für dich, und hab keine Angst. Ich glaube, dein Faden ist unsere Rettung vor den Stummen Dienern.«

Ich ging zu meinem Pflegevater und berichtete ihm, was Farnathia in ihrer Angst getan hatte. Zuerst wirkte er verärgert, aber dann, als ich die Stummen Diener erwähnte, hellte sich sein Gesicht auf. Eiskralle stand dabei und grinste gläsern. »Das ist die Lösung«, sagte Fartuloon und nahm das Knäuel, das Farnathia ihm reichte. Er hielt es den Stummen Dienern entgegen. »Aufrollen«, sagte er langsam und sehr deutlich. »Könnt ihr das verstehen? Aufrollen!« Er machte es ihnen vor, indem er einige Meter zurückging und dabei das Knäuel sorgsam aufrollte. »Immer dem Faden nach, bis zur Stadt!«

Es dauerte eine Weile, aber dann hatten die Stummen Diener begriffen, was er von ihnen wollte. Ob sie nun Lebewesen waren oder Roboter, vielleicht sogar Androiden mit organischen Gehirnen oder was auch immer – jedenfalls hatte man sie zu unbedingtem Gehorsam programmiert oder erzogen. Einige von ihnen eilten in den Gang zurück und hoben den Faden auf, während andere der Kugeln mit dem Knäuel in den Händen halfen, ihn aufzuwickeln. Schweigend verschwanden sie im Dunkel.

Fartuloon atmete auf, dann zog er Farnathia an sich. »Mein Kind, das ging noch einmal gut, aber sage mir in Zukunft, wenn du selbständig handeln möchtest. Versprichst du mir das?«

Sie sah ihn zerknirscht an und nickte mehrmals. »Ich verspreche es.«

»Gut. Die Stummen Diener haben nun genug damit zu tun, den Faden zu finden und aufzuwickeln. Sie werden dabei bis zur Stadt gelangen und den Verfolgern begegnen. Ihren Schreck kann ich mir vorstellen. Ich hoffe nur, daß sie nicht zu viele der harmlosen Kugeln töten.«

Farnathia erschrak. »Daran habe ich nicht gedacht.«

Er winkte ab. »Sie werden sich wehren, die Stummen Diener. Ich weiß, daß sie dazu die Möglichkeit haben. Stellt keine Fragen!«

Er scheint alles zu wissen, verrät jedoch nur wenig, dachte ich und wurde durch seine Verhandlungen mit den Stummen Dienern abgelenkt. Einige von ihnen waren zurückgeblieben und umschwärmten uns. Immer wieder deutete Fartuloon in den Gang zurück, der zur Stadt führte. Er gab Handzeichen, machte die Bewegung des Aufrollens nach und wiederholte sie so lange, bis die Stummen Diener das Einsammeln des Fadens für die wichtigste Aufgabe des Universums halten mußten. Auch sie verschwanden, und wir waren endlich wieder allein. Wir gingen weiter. Immer noch führte der Gang in die Tiefe, und weit vor mir glaubte ich, das ferne Rauschen eines Wasserfalls zu hören.

7.

Der Bauchaufschneider Fartuloon:

Orbanaschol III. herrschte grausam und rücksichtslos. Er festigte seine Macht als Imperator des Großen Imperiums, indem er die Gegner in den eigenen Reihen gnadenlos eliminierte und gegen Völker, die sich seinem Regime nicht unterordnen wollten, großangelegte Strafaktionen einleitete. Obwohl Orbanaschols Truppen neben diesen kleinen Scharmützeln gegen die revoltierenden Völker schon seit Jahren in einen sich ausweitenden Krieg gegen die Methanatmer verwickelt waren, standen die Arkoniden des Großen Imperiums in der Blüte ihrer Entwicklung. Dies war jedoch in keiner Weise das Verdienst von Orbanaschol III. – ganz im Gegenteil, er war dabei, alles zu zerstören, was seine Vorgänger auf dem Kristallthron, zuletzt Imperator Gonozal VII., aufgebaut hatten.

Orbanaschol III. war nur an die Macht gekommen, weil sein Bruder Gonozal VII. bei einem Jagdunfall sein Leben verloren hatte. So lautete zumindest die offizielle Version. Ein nicht verstummen wollendes Gerücht besagte jedoch, daß Orbanaschol III. den Jagdunfall selbst inszeniert hatte. Und niemand wüßte besser als Fartuloon, wieviel Wahrheit in dem Gerücht steckte. Er, der Bauchaufschneider von Tato Armanck Declanter von Gortavor, war zu Lebzeiten Gonozals VII. dessen Leibarzt gewesen und mußte bei Orbanaschols Machtübernahme flüchten.

Orbanaschol III. war nicht der rechtmäßige Thronfolger, denn Gonozal VII. hinterließ einen Sohn, der zum Zeitpunkt des »Unfalls« vier Arkonjahre alt war. Doch der Kristallprinz verschwand unmittelbar nach Gonozals Tod. Orbanaschol ließ ihn für tot erklären und bestieg selbst den Thron. Es ging das Gerücht, daß Orbanaschol nicht nur seinen Halbbruder, den Imperator, beseitigen ließ, sondern auch dessen Sohn Mascaren auf dem Gewissen hatte. Nur wenige wußten es besser. Orbanaschol III. hatte mit dem Verschwinden des Kristallprinzen nichts zu tun, aber er ahnte, daß er noch am Leben war.

Deshalb sah Orbanaschol III. seine Macht gefährdet, und er ließ überall in der Galaxis fieberhaft nach dem Kristallprinzen fahnden. Bisher jedoch ohne Erfolg. Orbanaschols einziger Anhaltspunkt war, daß zusammen mit dem rechtmäßigen Thronfolger auch der Leibarzt von Gonozal VII., der geheimnisumwitterte Fartuloon, verschwunden war. Dreizehn Arkonjahre lang war Orbanaschols Jagd erfolglos geblieben. Fartuloon hatte Arkon und den Kristallpalast hinter sich zurück gelassen, um das Leben des Vierjährigen zu schützen, denn »Atlan« war – der Kristallprinz.

Je weiter wir vordrangen, desto lauter wurde das Rauschen. Eiskralle begann zu frösteln, als es kälter wurde. Er blieb stehen. »Ich werde zerspringen, Fartuloon, denn wir kommen in einen Eiskeller. Das schadet meiner Gesundheit.«

Auch Fartuloon blieb stehen, wie wir alle. »Eiskeller?« dehnte er die Frage. »Nein, das ist kein Eiskeller, mein Freund. Wir kommen wahrscheinlich zu dem Wasserreservoir der unbekannten Erbauer. Mit Eis hat das wenig zu tun.«

»Große Temperaturunterschiede, Fartuloon, mußt du wissen ...«

»Ich weiß es, sei beruhigt. Aber die paar Grad werden dich nicht zerspringen lassen. Der Unterschied ist nur gering.«

Wir gingen weiter. Ich wurde das Gefühl nicht los, hier schon einmal gewesen zu sein, oder wenigstens an einem ähnlichen Ort. Die Erinnerung daran schlummerte tief in meinem Unterbewußtsein, aber ich wagte es jetzt nicht, Fartuloon eine Frage zu stellen. Er schien selbst zu beschäftigt zu sein, den Merkmalen zu folgen, die er noch im Gedächtnis hatte. Wenn ich ihn in seiner Konzentration störte, konnten wir uns verirren, und das würde unseren Tod bedeuten. Ich war sicher, hier nicht mehr herauszufinden. Der Boden wurde feucht und schlüpfrig. Bisher war er immer staubtrocken gewesen.

Eiskralle schimpfte unablässig vor sich hin und kündigte alle Zehntel Tonta sein Ende an. Zum Glück kannten wir ihn und kümmerten uns nicht um sein Gerede. Aber ich fror, und Farnathia fror ebenfalls. Ich zwang sie, unter ihren Mantel noch meine Jacke anzuziehen. Nach dem kurzen Aufenthalt gingen wir ohne Pause weiter. Trotz der Kälte verspürte ich Durst. Seit dem Verlassen der Stadt hatte ich keinen Tropfen mehr getrunken.

Der Gang verbreiterte sich und wurde höher. Ich ließ den Lichtkegel meiner Lampe an den Wänden entlangwandern. Sie waren glatt, fast wie poliert, aber sie bestanden aus Fels, nicht aus dem bronzeähnlichen Metall, das ich von den oberen Regionen her kannte. Hier hatte die Natur Baumeister gespielt, daran konnte kein Zweifel bestehen, allerdings hatten die Fremden später nachgeholfen.

Fartuloon blieb so überraschend stehen, daß ich gegen ihn stieß. »Wir werden bald zum großen See gelangen«, sagte er und begann, sein Lebensmittelpaket zu öffnen. »Ich bin für eine Pause.«

»Ich hätte einige Fragen«, murmelte Eiskralle beklommen.

»Dann frag, jetzt haben wir Zeit.«

Der Chretkor musterte ihn voller Zweifel. »Und du wirst antworten?«

»Zumindest werde ich es versuchen.«

»Na schön.« Eiskralle kaute mit gläsernen Backen. »Was ist der große See?«

»Nichts Besonderes, eigentlich nur Wasser.«

Eiskralle schluckte hörbar. »Ja, Wasser, das dachte ich mir. Und sonst nichts?«

»Doch«, sagte Fartuloon trocken. »Ufer.«

»Aha, Ufer also auch«, wiederholte Eiskralle. »Ein richtiger See. Und wenn wir ihn erreichen, was tun wir dann?«

»Ich weiß es nicht«, gestand Fartuloon. »Ich kenne den See auch nur aus der Beschreibung. Was wir hören, muß der Wasserfall sein, der ihn speist. Die Beschreibung stimmt also.«

Wir aßen von den Vorräten, von denen wir noch nicht wußten, wie lange sie reichen sollten. Ich bemerkte, daß Farnathia kaum etwas zu sich nahm. Ich rückte näher an sie heran. »Hast du keinen Hunger, Farnathia?«

Sie schüttelte den Kopf. »Es ist alles so ... so schrecklich, so unerwartet. Diese Räume hier sind verboten. Wir werden sterben ...«

Ich beruhigte sie: »Nein, Farnathia, wir werden nicht sterben. Man hat dir das nur eingeredet, weil niemand will, daß jemand bis hierher vordringt. Ich weiß auch nicht, warum das so ist. Vielleicht eine falsch ausgelegte Überlieferung.« Ich wandte mich an Fartuloon: »Was meinst du?«

Er nickte. »Du kannst recht haben, Atlan. Überlieferungen werden sehr oft falsch ausgelegt. Das kommt auf allen Welten vor.«

Farnathia aß nun doch etwas, wenn auch mit sichtlichem Widerwillen. Ich verspürte noch mehr Durst als zuvor. Endlich, nach Tontas, wie mir schien, gab Fartuloon das Zeichen zum Aufbruch. Wir packten unsere Bündel und folgten ihm. Er trug nun die Lampe und ging sehr langsam. Mit jedem Schritt wurde das Rauschen lauter. Ich glaubte, in der Luft bereits die Feuchtigkeit zu spüren. Eiskralle, der den Abschluß bildete, betonte mehrfach, daß er das einfach nicht aushielte und jeden Augenblick zerspringen müsse.

Und dann endete der Gang so plötzlich, daß ich fast gestolpert wäre. Wenn Fartuloon mich nicht gehalten hätte, wäre ich mit ziemlicher Sicherheit ins Wasser gefallen, denn der Uferpfad war nur zwei Meter breit. Vor uns lag der See. Im ersten Augenblick drängte sich mir die Vision auf, wieder vor der Stadt zu stehen, nur daß sie diesmal von Wasser überflutet war. Die Höhle hatte ähnliche Ausmaße, und auch über ihr gab es den künstlichen Himmel mit einer Atomsonne. Allerdings leuchtete sie nur schwach, so als simuliere sie eine programmierte Nacht. Rechts stürzte aus dem »Himmel« ein riesiger Wasserfall in die Tiefe und erzeugte einen mächtigen Wirbel weißer Schaummassen. Die Wellen rollten über den See und streiften keine zwei Meter vor mir das flache Ufer. Fartuloon bestätigte meine Vermutung, indem er sagte: »Ich nehme an, hier war einst ebenfalls eine Stadt, aber eine Naturkatastrophe überflutete sie. Das muß geschehen sein, bevor das Buch geschrieben wurde, in dem nur von dem See die Rede ist. Um ehrlich zu sein, im Augenblick weiß ich auch nicht mehr weiter. Aber wir haben wenigstens Wasser. Atlan, warst du nicht durstig?«

Ich setzte meinen Beutel ab und kletterte die Felsböschung hinab. Das Wasser war flach und die Wogen liefen zischend aus. Mit der Hand schöpfte ich das eiskalte Naß und trank. Es schmeckte gut und frisch. Die anderen folgten meinem Beispiel. Dann erst gingen wir ein Stück weiter, links die steile Felswand und rechts den See, bis wir eine Nische fanden, die einigermaßen trocken war. Die herumliegenden Felsbrocken dienten uns als Sitzplätze.

Eiskralle vergaß seine Ängste und fragte: »Fartuloon, wie geht es nun weiter? Du hast das Buch gelesen, das wir alle nicht kennen. Wirst du uns jemals zurück ans Licht führen?«

Fartuloon warf ihm einen forschenden Blick zu. Dann lächelte er. »Ist dir kalt?«

Ich hielt das für ein Ablenkungsmanöver, aber im Augenblick hatte ich andere Sorgen. Farnathias zitternder Körper drängte sich gegen mich; sie suchte Schutz und Wärme. Ich legte den Arm um sie.

»Ja, mir ist kalt, Fartuloon, aber ich stellte dir eine Frage.«

»Wie es weitergeht? Ich muß versuchen, mich zu erinnern, Eiskralle. Ich habe das Buch gelesen, aber damals konnte ich nicht wissen, daß ich einmal alle Detailkenntnisse benötigen würde. Dennoch werden wir die *Schwelle* finden, verlaß dich darauf!«

»Die Schwelle? Was ist das?«

Fartuloon machte ein Gesicht, als habe er bereits zuviel gesagt. »Eine Bezeichnung aus dem Buch. Ich weiß nicht, was sie bedeutet. Ich hoffe, einen Fluchtweg. Der See hier ist eine der Stationen dorthin. Also sind wir auf dem richtigen Weg.«

»Warum heißt es Schwelle?« bohrte Eiskralle weiter.

»Ich weiß es nicht«, wiederholte Fartuloon. Mehr bekam Eiskralle nicht aus ihm heraus, und ich versuchte es erst gar nicht. Farnathia kuschelte sich an mich. Sie zitterte nicht mehr so sehr wie anfangs. Meine Körperwärme tat ihr sichtlich wohl. Ich war froh, so neben ihr sitzen zu dürfen. Ihren Blicken, die sie mir zuwarf, konnte ich entnehmen, daß sie ähnlich empfand wie ich. Nach einer Weile sagte Fartuloon: »Wir müssen dem Ufer nach links folgen, bis wir den einzigen Gang entdecken, der zurück ins Tarkihl führt. Danach erreichen wir dann den *Fluß der Zähigkeit* – so wenigstens stand es im Buch. Ich kann mir nicht vorstellen, was das sein soll.«

Fluß der Zähigkeit – das war vielleicht eine unzutreffende Übersetzung, falls die Originalschrift in einer fremden Sprache abgefaßt gewesen war.

»Und der See?« fragte Eiskralle. »Es kommt laufend neues Wasser hinzu, also muß es einen Abfluß geben. Vielleicht tritt es sogar an irgendeiner Stelle an der Oberfläche aus.«

»Das ist richtig«, gab Fartuloon zu. »Aber du vergißt, daß wir uns in mehr als tausend Meter Tiefe aufhalten. Wie sollte das Wasser nach oben steigen? Es verliert sich sicher in noch größerer Tiefe, oder aber es wird durch eine Pumpanlage nach oben befördert. Ich habe keine Lust, in eine solche Anlage zu geraten.«

Da hatte er auch wieder recht. Unsere Lage war hoffnungslos, wenn Fartuloon keinen Ausweg fand. *Was ist die »Schwelle«, die er nur kurz erwähnt hat?*

»Könnten wir wenigstens ein Feuer machen«, murmelte Eiskralle.

»Leider haben wir kein Holz«, sagte ich und drückte Farnathia fester an mich. »Mir ist nicht sehr kalt.«

Eiskralle streifte mich mit einem Blick und stellte anzüglich fest: »Das glaube ich dir gern!«

Am liebsten hätte ich ihn in den See geworfen. Statt dessen wandte ich mich an Fartuloon: »Wie geht es jetzt weiter?«

»Wenn wir uns ausgeruht haben, versuchen wir, den Gang am anderen Ende des Sees zu finden, dann sehen wir weiter.«

Ich hatte jedes Gefühl für Tag oder Nacht verloren. Natürlich besaßen wir noch unsere Uhren, aber die Tontas hatten hier unten keine Bedeutung mehr. Wir teilten die Zeit nur nach zurückgelegter Entfernung, Hunger, Durst und Müdigkeit ein. Fartuloon erhob sich als erster. Ich half Farnathia auf die Beine. Sie gab mir trotz meiner Proteste die Jacke wieder. Ihr Mantel sei warm genug, behauptete sie. In der alten Reihenfolge marschierten wir weiter. Der Uferweg wurde nicht breiter, eher schmaler. Dafür ließ der Wellenschlag nach, je weiter wir uns vom Wasserfall entfernten. Die fast erloschene Atomsonne gab nur spärliches Licht, aber es genügte; wir brauchten unsere Lampen nicht. Die andere Seite des Sees verschwamm in der Dämmerung.

Vor uns machte der Uferweg eine scharfe Biegung nach links, so als folge er einer Ausbuchtung. Ich bemerkte, daß Fartuloon plötzlich schneller ausschritt. Er schien ein Merkmal aus dem Buch wiedererkannt zu haben. Es war in der Tat eine Bucht, aber der Weg wurde zu einem regelrechten Plateau, das mich an eine Terrasse erinnerte. Sogar ein Eingang war vorhanden. Fartuloon steuerte entschlossen darauf zu und blieb dann stehen. »Das ist es!« seufzte er, wie von einer Last befreit. »Der Weg zum Fluß der Zähigkeit.«

»Wenn er uns nur weiterbringt!« Fartuloon reagierte nicht auf meine skeptische Bemerkung. Er schaltete seine Lampe an und ging weiter. Wohl oder übel folgten wir ihm, ohne nähere Erklärungen erhalten zu haben. Boden und Wände des Tunnels sahen so aus, als sei hier lange Zeit Wasser durchgeflossen. Die Spuren des Abschleifens waren deutlich zu erkennen. Vielleicht hatte der See einmal hier seinen Zufluß gehabt.

»Verflucht kalt!« knurrte Eiskralle hinter mir.

Ich blieb stehen und sagte: »Allmählich beginne ich mich über dich zu wundern, mein Lieber. Du hast trotz unserer Ratschläge nichts angezogen und rennst nackt herum. Kein Wunder, wenn du frierst. Also halt den Mund!« Das war ziemlich grob, zugegeben, aber mit seinem ewigen Gerede erinnerte er uns immer wieder daran, wie kalt es hier unten wirklich war.

»Kleidung nutzt bei mir nichts«, grummelte er und wollte zu einem längeren Vortrag über seinen seltsamen Metabolismus ansetzen, aber ich brachte ihn mit einem Wink zum Schweigen.

Fartuloon hatte sich nicht um den kurzen Dialog gekümmert, sondern war weitergegangen. Der Tunnel machte einige Biegungen. Schließlich kamen sogar ausgewaschene Stufen, ein sicheres Zeichen dafür, daß der Gang bereits vor der Katastrophe existiert haben mußte. Immer wieder rutschten wir ab, denn von den Stufen war nicht viel übriggeblieben. Beim Ansteigen wurde uns wenigstens warm, dafür meckerte Eiskralle nun über die ungewohnte Anstrengung.

Plötzlich blieb Fartuloon stehen und leuchtete die Wände mit seiner Lampe ab, als suche er etwas ganz Bestimmtes. Ich konnte mir nicht vorstellen, daß das Wasser eine solche Markierung übriggelassen hatte, entsann mich dann aber rechtzeitig, daß Fartuloon behauptet hatte, das Buch sei erst nach der Katastrophe geschrieben worden.

»Aha, da ist es ja!« rief er schließlich und richtete den Lichtkegel auf eine Zeichnung im Fels. »Genau wie beschrieben. Sie muß von dem Verfasser des Buches stammen. Es ist übrigens handgeschrieben, also gibt es vermutlich nur dieses eine Exemplar.«

»Und was bedeutet das Zeichen?« Ich studierte die unverständliche Eingravierung. Es waren zwei Linien, die wie Sinuskurven aussahen.

»Das werden wir bald wissen«, gab Fartuloon wortkarg zurück. »Ich muß nur den Mechanismus noch finden ...«

Wir blieben stehen, während er die Felswand abtastete. Für einen Augenblick hatte ich eine schreckliche Vision: Was war, wenn man uns in eine tödliche Falle gelockt hatte? Wenn hinter der verborgenen Tür der Grund eines weiteren Sees war? Er würde auf uns herabstürzen, uns mit sich reißen und ertränken. Aber dann blieb mir keine Zeit mehr zum Nachdenken. Die Wand öffnete sich, und kein Wasser stürzte auf uns herab. Ein fast warmer Lufthauch traf uns, und hinter mir stöhnte Eiskralle vor Wohlbehagen auf. Die gesamte Ventilation im Tarkihl funktionierte einwandfrei, sonst wären wir längst erstickt. In den Tiefen mußten alle Maschinen noch so arbeiten, wie sie vor undenklichen Zeiten programmiert worden waren.

Fartuloon sagte: »Wartet hier, ich gehe voran. Kommt erst nach, wenn ich euch rufe.«

Ohne unseren Protest abzuwarten, verschwand er in der Felsöffnung. Wir blieben stehen und schalteten eine der verbliebenen Lampen an. Die Geheimtür machte keine Anstalten, sich wieder zu schließen. Ich konnte Fartuloons Schritte noch lange hören, dann wurde es still.

»Warum geht er allein vor?« flüsterte Farnathia ängstlich.

»Vielleicht vermutet er eine gefährliche Stelle, die er erkunden möchte«, sagte ich. »Er wird bald zurückkehren.«

Wir sprachen nicht viel, weil es nichts zu sprechen gab. Wir konnten nur auf Fartuloons Rückkehr warten. Und dann hörten wir seine Schritte. Wenig später sahen wir den Schein seiner Lampe, und dann stand er wieder vor uns. »Kommt«, sagte er kurz. »Wir sind ein Stück weiter.«

Erst als wir in dem neuen Gang waren, ließ er die Felstür hinter uns zugleiten, so daß uns eventuelle Verfolger nicht finden konnten. Dann übernahm er wieder die Führung. »Bevor wir den Fluß der Zähigkeit erreichen, müssen wir durch einige Räume, von denen ich mir einen eben angesehen habe. Ich nehme an, sie sind Überbleibsel ehemaliger Sperrzonen oder technische Versuchslabors. So steht es auch im Buch, allerdings ohne eine vernünftige Erklärung. Tut immer genau das, was ich euch sage, dann passiert uns nichts.«

»Willst du uns nicht erklären ...?« begann ich, aber er unterbrach mich fast grob:

»Erst dann, wenn es soweit ist, Atlan. Ich weiß jetzt noch nicht viel mehr als du oder die anderen. Im ersten Raum wird die Gravitation aufgehoben. Damit werden wir leicht fertig. Was danach folgt ... nun, wir werden sehen.«

Er blieb stehen, als wir den Saal erreichten, der völlig leer war. Allerdings entdeckte ich metallene Ringe und Haltegriffe an den Wänden, und zwar in mindestens fünf Metern Höhe. Vermutlich hatten die unbekannten Erbauer des Tarkihl hier ihre künftigen Raumfahrer auf die Schwerelosigkeit vorbereitet.

»Es sind fünfzig Meter. Visiert die Tür gegenüber an und stoßt euch vorsichtig vom Boden ab, sobald ihr kein Gewicht mehr spürt. Auch an der Decke sind Halteringe. Sobald ihr einen fassen könnt, korrigiert die Richtung, falls es notwendig ist. Zwar gibt es keine unterstützenden Prallfelder, aber sonst ist es wie in einem Antigravschacht.«

Vorsichtig überschritt Fartuloon die unsichtbare Schwelle und taumelte. Gerade noch rechtzeitig stieß er sich ab und segelte dann gewichtslos schräg nach oben, bis seine ausgestreckten Hände die Decke berührten. Er gab seinem Körper eine andere Richtung, allerdings begann er sich um seine Längsachse zu drehen. Beim nächsten Ring bremste er seinen Flug ab, winkte uns aufmunternd zu und flog dann weiter, gerade auf die Öffnung zu, die den Ausgang bildete. Kurz davor ergriff er einen zweiten Haltering, hielt sich fest und schob dann seine Füße so weit vor, bis er das Gewicht zu spüren begann. Dann erst ließ er los, landete auf allen vieren in dem Gang, der hinter der Öffnung lag und rief uns zu: »Der nächste, bitte!«

Farnathia überschlug sich kurz nach dem Abstoß. Ohne zu überlegen, sprang ich hinter ihr her, holte sie ein und packte sie. Gemeinsam trudelten wir durch den schwerelosen Raum, bis es mir gelang, einen der seitlichen Ringe zu fassen. Die Hälfte der Strecke hatten wir bereits hinter uns. Ich visierte Fartuloon an und stieß mich erneut ab. Farnathia hielt ich fest umschlungen. Kurz vor dem Eingang berührte ich mit den Füßen den Boden, hütete mich aber, mich wieder abzustoßen. Ich verspürte schon das einsetzende Gewicht unserer Körper.

Fartuloon fing uns auf, ehe wir zu Boden stürzen konnten. »Gut gemacht!« lobte er und rief Eiskralle zu: »Und nun du! Sei vorsichtig, damit du nicht gegen die Decke schlägst und zerbrichst.«

Eiskralle antwortete nichts, visierte uns einen Augenblick lang an, dann stieß er sich kurz entschlossen ab. Im geraden Flug segelte er quer durch den Raum und landete direkt vor unseren Fußen. Wir fingen ihn auf und stellten ihn auf die Beine. »Donnerwetter!« brummte Fartuloon ironisch. »Wo hast du denn das gelernt?«

Eiskralle grinste. »Das habe ich nicht gelernt, das ist einfach Können.«

Nach nur hundert Metern erreichten wir den zweiten Saal. Stumm standen wir am Eingang und betrachteten ihn. Niemand von uns ahnte, was uns in ihm erwartete. Es gab keine Einrichtungsgegenstände, keine Halteringe, keine Maschinen. Es gab nichts als die kahlen Wände und die matt schimmernde Decke. Der Ausgang lag uns genau gegenüber, fünfzig Meter entfernt. Fartuloon leuchtete im Gang umher, bis er einen Stein fand, groß wie eine Männerfaust. Er warf ihn in Richtung des gegenüberliegenden Ausgangs, und etwas Merkwürdiges geschah: Der Stein flog einen guten Meter, dann verschwand er. Er löste sich einfach in Luft auf, wir konnten ihn nicht mehr sehen. Aber fast zur gleichen Zeit schlug drüben am anderen Ende des Saals etwas auf den Boden, rollte ein Stück und blieb dann unbeschädigt liegen. *Der Stein!*

Fartuloon atmete auf. »Eine Art Materietransmitter, würde ich behaupten, da mir keine bessere Erklärung einfällt. Wir werden beim Betreten des Raums entmaterialisiert und zum anderen Ende transportiert. Ich nehme an, es handelt sich um eine Versuchsstation. Ich gehe wieder vor. Wartet!«

Ehe ich ihn daran hindern konnte, ging er weiter. Er verschwand vor unseren Augen, als hätte es ihn nie gegeben, und noch ehe ich richtig begriff, stand er schon auf der anderen Seite und winkte uns fröhlich zu. Ich nahm Farnathia bei der Hand, nickte Eiskralle ermunternd zu, ging in das unsichtbare Transmitterfeld hinein – und stand augenblicklich neben Fartuloon. Wir hatten nichts verspürt, keinen Schmerz, keinen Zeitverlust, nichts. Eiskralle kam ebenfalls wohlbehalten bei uns an.

Es folgten andere Säle. In einem hatten wir es mit erhöhter Schwerkraft zu tun und konnten uns nur auf allen vieren kriechend fortbewegen. Zuerst kam extreme Hitze, dann extreme Kälte. Hier machte Eiskralle Schwierigkeiten. Die Hitze ließ er sich noch gefallen, aber direkt dahinter lag die Kältekammer, zwar nur zwanzig Meter lang, aber immerhin mit einer Temperatur, die weit unter dem Gefrierpunkt des Wassers lag. Wir ließen ihm Zeit, sich von der erhöhten Temperatur wieder auf normal umzustellen und warteten auf der anderen Seite. Er kämpfte mit sich selbst, das konnten wir deutlich sehen.

»Lauf schnell!« rief Fartuloon. »Da kann nicht viel passieren.«

»Ich verwandle mich in Diamanten!« jammerte Eiskralle besorgt. »Schon ein Wimpernschlag wäre zuviel.«

»Unsinn, du wirst es schaffen, du mußt es schaffen! Wir haben es dann hinter uns. Vor uns liegt der Fluß der Zähigkeit.«

»Hört sich nicht gerade besonders trostreich an«, sagte Eiskralle und bereitete sich auf den Lauf vor. »Ihr müßt mich dort auffangen, falls ich noch heil sein sollte. Also, jetzt!«

Er rannte los, und landete in unseren Armen. Absolut heil und in einem Stück. Er schnaufte und meinte: »Na, was habe ich euch gesagt? Ich schaffe es ...«

Wir waren sprachlos.

Es kamen nun keine weiteren Säle mehr, aber es reichte uns auch so. Am Fluß der Zähigkeit wollten wir eine Pause machen. Eine Tonta gingen wir, und noch immer konnten wir das vermutete Rauschen des unterirdischen Flusses nicht hören, und doch standen wir plötzlich an seinem Ufer. Als ich die träge dahinziehende Masse sah, wußte ich sofort, warum ihn der unbekannte Autor des geheimnisvollen Buches *Fluß der Zähigkeit* getauft hatte. Es war kein Wasser, das er führte, sondern eine trübe Masse, die mich an Sirup erinnerte. Über ihm spannte sich eine phosphoreszierende und weit gewölbte Felsendecke bis zum jenseitigen Ufer. Der Fluß war meiner Schätzung nach zweihundert Meter breit. Er floß von links nach rechts, langsam und schwerfällig, fast wie flüssiges Blei oder Quecksilber. Zu der Enttäuschung über die Natur des Flusses kam eine weitere, die fast noch schlimmer sein mußte: Der Weg war zu Ende. Er endete praktisch in der zähen Masse. Rechts und links gab es nichts als steile Wände. Wir standen auf dem Felsvorsprung und starrten ratlos auf den Fluß.

»Wir machen Pause und denken nach«, bestimmte Fartuloon. »Bis jetzt haben wir immer einen Ausweg gefunden.«

Eine ganze Weile saß Fartuloon da und grübelte. Mir kam es so vor, als suche er in seiner Erinnerung nach etwas ganz Bestimmtem. Wir störten ihn nicht, denn wir wußten, daß er dann sehr ungehalten werden konnte. Ich stand auf und ging zum Flußufer. Nach längerem Zögern tauchte ich einen Finger in die Brühe. Sie war kühl und zäh wie Brei. Obwohl ich das gegenüberliegende Ufer sehen konnte, verschwand der Fluß links und rechts in einem schimmernden Nebel. Meiner Schätzung nach betrug die Sicht etwa dreihundert Meter. Neben mir fand ich einen Stein. Ich hob ihn auf und warf ihn in weitem Bogen in die träge dahinziehende Flüssigkeit. Er schlug auf, versank aber nicht sofort.

Hinter mir sagte Fartuloon: »Wir müssen den Fluß überqueren, das geht eindeutig aus dem Buch hervor, aber es ist unmöglich. Hätten wir wenigstens ein Boot ...«

»Da fehlen uns nun die Möbel aus der Stadt«, meinte ich hoffnungslos. »Wir könnten ein Floß zusammenbauen.«

»Möbel!« Er sah mich freudig an. »Im Buch werden eingerichtete Kammern erwähnt, die sich zwischen der Sperrzone und dem Fluß befinden. Wir sind wahrscheinlich an ihnen vorbeigelaufen. Wartet hier, ich werde nachsehen.«

»Es hat nach der Sperrzone keine Abzweigungen gegeben«, sagte ich.

Er lächelte mir wohlwollend zu. »Natürlich nicht, aber es gibt ja schließlich Geheimtüren.«

Er hatte recht. Wir konnten an einem Dutzend Geheimtüren vorbeigelaufen sein, ohne sie zu bemerken. Fartuloon stand auf und verschwand mit seiner Taschenlampe in dem Gang, aus dem wir gekommen waren. Farnathia hatte ihren Mantel ausgezogen, weil es verhältnismäßig warm geworden war.

Auch Eiskralle schien sich wohl zu fühlen. Er deutete auf den träge dahinziehenden Fluß. »Trinken wird man das Zeug ja wohl kaum können.«

»Ich würde es dir nicht raten«, sagte ich. »Aber ich möchte wissen, was es ist.«

»Ich nicht.« Eiskralle erhob sich und fügte hinzu: »Ich sehe mich ein wenig in der Gegend um. Vielleicht finde ich etwas.«

Er verschwand ebenfalls in dem Gang. Farnathia und ich waren allein. Sie saß neben mir, eng an mich geschmiegt. Ich entsann mich der vielen gemeinsamen Exkursionen, die wir unternommen hatten, schon damals, als wir noch Kinder waren. Nie zuvor spürte ich so intensiv, daß uns mehr verband als bloße Freundschaft. Die Gewißheit ihrer Nähe gab mir ein Gefühl der Sicherheit, der absoluten Geborgenheit.

Nur um etwas zu sagen und meine Verlegenheit zu überwinden, fragte ich: »Hast du Angst?«

Sie sah mich an. »Ich habe keine Angst, denn du bist bei mir.«

Ihr Vertrauen war rührend, und gerade in diesem Augenblick mußte ich wieder an den Blinden Sofgart denken, der ohne jede Skrupel das Leben dieses Mädchens zerstört hätte. Ja, ich würde ihn töten, wenn er mir jemals begegnete. »Fartuloon wird einen Ausweg finden.«

Sie kuschelte sich an mich. »Ob er einen findet oder nicht, die Hauptsache ist, wir sind zusammen. Ich habe nur Angst um meinen Vater. Der Blinde wird sich an ihm rächen.«

»Dazu hat er keinen Grund, du hast dich nur gewehrt. Das weiß der Blinde ganz genau. Dem Tato wird nichts geschehen.«

Wir schwiegen. Eiskralle kam zuerst zurück. Seine Hände waren leer. »Ich habe nichts gefunden, nur kahle Felswände. Fartuloon ist verschwunden. Er muß eine Geheimtür entdeckt haben.«

»Warst du bis zur Sperrzone?«

»Ja. Keine Spur vom Bauchaufschneider.«

Das Verschwinden Fartuloons beruhigte mich. Die Angaben in dem geheimnisvollen Buch schienen tatsächlich alle zu stimmen. Dann würde er auch Material zum Bau eines Floßes finden. Er kam eine halbe Tonta später zurück. »Wir haben Glück«, teilte er mit und setzte sich. »Allerdings müssen wir das Zeug ungefähr einen halben Kilometer schleppen. Aber wir bauen ein Floß.«

»Schaffen wir es damit, zum anderen Ufer zu gelangen?«

»Dein Stein ist nicht gleich untergegangen, also trägt die Flüssigkeit besser als Wasser. Allerdings wird auch der Widerstand größer sein.«

»Eine andere Sache ist noch«, warf Eiskralle ein, »ob wir am anderen Ufer gleich die richtige Landestelle finden. Wenn es dort so aussieht wie hier, können wir lange suchen.«

»Und hier sitzen bleiben können wir auch nicht!« Fartuloon beendete die nutzlose Diskussion.

Farnathia blieb am Lagerplatz, während wir Fartuloon in den Gang folgten. Er hatte die Felstür offen gelassen, so daß wir ohne weiteren Aufenthalt ans Ziel gelangten. Es waren mehrere kleinere, in den Felsen geschmolzene und mit Entlüftungsschächten versehene Kammern. Staub lag auf den Einrichtungsgegenständen, die wir zum Teil schon von der Stadt her kannten. Sie bestanden ebenfalls aus dem unbekannten Kunststoff und aus Metall. Ich hatte sofort den Eindruck, daß es sich um Notunterkünfte handelte, aber ich konnte mich natürlich auch täuschen. Wir wußten alle zu wenig von jenen Unbekannten, die das alles erbaut hatten.

»Die Frage ist, ob wir das Material bearbeiten können«, murmelte Eiskralle voller Zweifel. »Wenn es die Jahrtausende überdauert hat, werden wir es nicht mit den bloßen Händen auseinandernehmen können.«

»Daran habe ich schon gedacht«, sagte Fartuloon. »Ich habe mich hier umgesehen. Ein paar Räume weiter gibt es eine Werkstatt. Notfalls haben wir unsere Strahler, denen widersteht auch dieses Material nicht.«

Wir fanden sägeähnliche Instrumente, die uns jedoch nicht weiterhalfen. Es blieb nichts anderes übrig, als einige der langgestreckten Kästen in handliche Stücke zu schneiden, und zwar mit dem Impulsstrahler, den Eiskralle vorsorglich mitgenommen hatte. Die anderen waren bei Farnathia zurückgeblieben.

»Die Flüssigkeit trägt«, versicherte Fartuloon, als ich eine Bemerkung wegen der Schwere des Materials machte. »Ihr spezifisches Gewicht ist deutlich größer als das von Wasser. Das ist meine geringste Sorge. Ich frage mich nur, ob wir überhaupt vorankommen und den Fluß überqueren können. Der Verfasser des Buches jedenfalls muß es geschafft haben, sonst hätte er nicht das beschreiben können, was wir auf der anderen Seite finden werden.«

Dann werden wir es auch schaffen, sagte ich mir zuversichtlich. Mit neuem Mut gingen wir an die Arbeit und schleppten Stück für Stück zu dem kleinen Plateau am Flußufer. Dort schweißten wir alles zu einem unförmigen Floß zusammen, nachdem wir ein Stück des Materials in die trübe Brühe geworfen und festgestellt hatten, daß es schwamm und nicht unterging. Farnathia half, so gut es ging. Immer wieder wanderte ihr suchender Blick hinüber zum jenseitigen Ufer, das im bleichen Dunst verschwamm, so daß keine Einzelheiten erkennbar wurden. Es würde eine Fahrt ins Ungewisse werden, das war uns allen klar, aber wir konnten weder hier sitzen bleiben noch umkehren.

Nach drei Tontas war das Floß fertig, und abermals plädierte Fartuloon für eine wohlverdiente Pause.

»Die Stummen Diener hätten uns gut helfen können«, knurrte Eiskralle und untersuchte seine Finger, ob sie noch heil waren. »Aber die erscheinen ja nur dann, wenn man sie nicht braucht.«

Wir aßen, während Fartuloon noch einmal in die Kammern zurückging, um Trinkwasser zu holen. Zwei volle Kanister, die wir gefunden hatten, stellten wir auf das Floß, auf das wir auch unsere Lebensmittelvorräte luden. Dann erst schoben wir es vorsichtig in den trägen Strom. Es sank nur wenige Zentimeter ein. Schnell sprangen wir hinterher und nahmen die ungefügen Paddel, die wir zusammengebastelt hatten.

Schon beim ersten »Ruderschlag« wäre das meine fast zerbrochen, so groß war der Widerstand, der sich mir entgegenstellte. Aber wir trieben allmählich vom Ufer fort, allerdings nicht in Richtung des anderen Ufers, sondern stromabwärts.

»Auf keinen Fall dürfen wir zuviel abtreiben«, warnte Fartuloon. »Wir müssen hinüber, und wenn es noch so anstrengend ist.«

Das war leichter gesagt, als getan. Verzweifelt rührten wir in dem fragwürdigen Brei herum, und ganz allmählich entfernten wir uns vom Ufer. Ein Zurück hätte es jetzt ohnehin nicht mehr gegeben, denn wir hatten uns bereits zehn Meter vom Plateau entfernt, und stromaufwärts wären wir keinen Zentimeter vorangekommen. Vom Uferfelsen selbst waren wir drei Meter entfernt, die langsame Strömung nahm uns unaufhaltsam mit. Es war eine unwirkliche Situation. Die Paddel tauchten in den Brei, sie schoben das Floß praktisch über ihn hinweg, und wenn der Druck der Paddel nachließ, sank es wieder ein. Von Schwimmen konnte keine Rede sein, wir wurden von der Flüssigkeit getragen, wenn man das Zeug überhaupt als Flüssigkeit bezeichnen konnte. Immerhin waren wir nach einer Zehntel Tonta anstrengender Arbeit etwa fünfzig Meter vom Ufer entfernt. Allerdings waren wir auch um die gleiche Strecke flußabwärts getragen worden.

»Pause!« befahl Fartuloon und sank zurück. Farnathia wollte uns ablösen, aber wir gestatteten es ihr nicht. Sie konnte uns jetzt auch nicht helfen. Eiskralle meckerte und konstatierte, daß es ihm zu warm sei. Ich reagierte nicht. Wir nahmen die Arbeit wieder auf, um nicht noch weiter abzutreiben. Allmählich bekamen wir ein bißchen Übung und näherten uns schneller dem jenseitigen Ufer, aber nicht schnell genug.

Ich hörte es als erster. Es war ein unregelmäßiges »Platschen«, das leise und dann lauter aus der Richtung kam, in die wir trieben. Zuerst vermochte ich es mir nicht zu erklären, aber dann kam mir ein fürchterlicher Verdacht. Der Strom des zähflüssigen Breis mußte über eine Schwelle in die Tiefe stürzen, und zwar stückweise und in großen Brokken, nur das erklärte das platschende Geräusch. Aber so sehr ich meine Augen auch anstrengte, ich konnte den Beginn des Falles nicht erkennen.

Fartuloon hatte ebenfalls erraten, auf welche Gefahr wir zutrieben. Er rief uns eine Warnung zu, und wir verdoppelten unsere Anstrengungen. Wir mußten vor dem Fall das andere Ufer erreichen, oder wir waren rettungslos verloren. Längst hatten wir die Mitte des Stromes überquert. Jetzt kamen wir auch schneller voran, wenn auch noch nicht schnell genug, um aufatmen zu können. Das verhängnisvolle Aufklatschen der Breibrocken kam immer näher. Ich versuchte die Vision zu verscheuchen, die sich mir unwillkürlich aufdrängte: Ich sah uns mit dem zerbrechlichen Floß über die Felsenschwelle kippen, zusammen mit der zähen Flüssigkeit, vielleicht sogar in ihr eingeschlossen. Wir stürzten in die Tiefe und tauchten in einen See, der mit dem trüben Sirup angefüllt war. Vielleicht gab es ein Auftauchen, vielleicht auch nicht. Jedenfalls bekamen wir keine Luft mehr, und allmählich mußten wir ersticken ...

»Wenn wir Glück haben, schaffen wir es noch!« unterbrach Fartuloon meine düsteren Gedanken. »Bis zum Fall müssen es noch mehr als dreihundert Meter sein, aber das Ufer ist nur noch achtzig entfernt.«

Er mochte recht haben, aber meine Arme begannen zu erlahmen. Ich konnte kaum noch das Paddel bewegen. Eiskralle erging es ähnlich. Aber er ruderte verzweifelt und mit allen seinen verbliebenen Kräften. Selbst Farnathia nahm die Hände zu Hilfe, um uns über den verfluchten Brei zu schieben. Noch fünfzig Meter bis zum rettenden Ufer. Dann sah ich den Rand des Abgrunds. Die Strömung war stärker geworden. Wir waren noch dreißig Meter vom Ufer entfernt. Fartuloon drückte plötzlich ohne ein Wort der Erklärung Farnathia sein Paddel in die Hand und sprang, ehe wir ihn zurückhalten konnten, in den Brei vor dem Floß. Er sank schnell ein, aber nur bis zur Mitte seines Bauches. Später bestätigte er uns, daß er die Tiefe mit dem Paddel zuvor abgemessen hatte.

Mit beiden Händen packte er zu und begann, sich seitlich zur Strömung dem Ufer zuzubewegen. Hinter dem Floß entstand ein zäher Strudel, der sich nur widerwillig schloß. Eiskralle und ich begriffen auch ohne Worte die Absicht Fartuloons. Wir halfen kräftig mit unseren Paddeln nach, und auch Farnathia ruderte, bis ihr der Schweiß von der Stirn rann. Immer näher kamen wir dem Ufer, an dem ich einen schmalen Pfad erkannte. Wenn wir es erreichten, waren wir gerettet – vorerst wenigstens. Aber der Fall war nur noch hundert Meter entfernt.

Der Brei reichte Fartuloon noch bis zu den Knien, und wenn er stehenblieb, konnte er das Floß halten, ohne daß es weiter abtrieb. Kurz entschlossen sprang ich ebenfalls in die zähe Brühe, um ihm zu helfen. Ich spürte ihren kräftigen Widerstand an den Schienbeinen, aber nun wußte ich, daß uns nichts mehr passieren konnte. Wir würden das Ufer mit Sicherheit erreichen, und was danach geschah, war mir im Augenblick völlig egal. Wir zogen das Floß an Land, denn niemand konnte wissen, ob wir es nicht noch einmal brauchen würden.

»Wir haben Glück gehabt«, sagte Fartuloon und deutete auf den jähen Grat, der das Ende des Flusses und den Beginn des Falls markierte. »Wir wären verloren gewesen.«

Das wußte inzwischen jeder von uns. Wir sammelten unsere Vorräte ein und brachten sie in Sicherheit. Der Uferpfad war nur einen Meter breit, aber das genügte. Er führte in beide Richtungen. Als Fartuloon und ich uns einen Blick zuwarfen, wußten wir beide, was wir wollten!

»Wartet hier«, sagte er zu den anderen. »Ich sehe mir mit Atlan den Abgrund an.«

Ich schauderte, als ich den Fall sah. Fast hundert Meter fiel der Brei in großen Brocken in die Tiefe und versank in der fast unbeweglichen Fläche eines Sees. Es gab kaum Wellen, so zähflüssig war er. Der Pfad endete unmittelbar am Grat, mattes Glimmen überzog die Höhlendecke.

»Ich dachte mir, daß es hier nicht weitergeht, aber ich wollte mich überzeugen, Atlan. Wir müssen flußaufwärts, bis wir den nächsten Gang erreichen. Dort geht es weiter.«

»Und wohin?«

Er sah mich mit einem merkwürdigen Blick an. »Zur Schwelle, mein Junge.«

Abermals stellte ich keine Fragen. Er mußte wissen, was vor uns lag, und bisher hatte er uns gut geführt. Ich hatte vollstes Vertrauen zu ihm. »Wir sollten ein paar Tontas schlafen.«

Er nickte. »Das werden wir auch, aber nicht hier. Wenn wir den Gang gefunden haben, kann es nicht mehr weit bis zu den nächsten Wohnkammern sein. Dort ruhen wir uns aus. Wir müssen auf Farnathia Rücksicht nehmen.«

Wir kehrten zu den anderen zurück, die sichtlich darüber enttäuscht waren, daß wir die wohlverdiente Pause verschoben hatten. Wir nahmen das Gepäck auf und marschierten stromaufwärts, bis wir den erhofften Tunnel in der Felswand fanden. Der Pfad führte weiter am Strom entlang.

»Im Buch steht nichts darüber«, sagte Fartuloon, als er unsere fragenden Blicke bemerkte. »Wahrscheinlich hat sich der Verfasser nicht die Mühe gemacht, ihm zu folgen. Wir werden es auch nicht tun, es sei denn, der Tunnel bringt uns nicht zum Ziel.«

Wir schalteten eine der Lampen an, denn in dem Gang war es dunkel. Aber das stete Vibrieren unter unseren Füßen blieb, ein sicheres Zeichen dafür, daß auch hier die Energieversorgung arbeitete. Es gab keine Geheimtüren mehr. Mehrmals zweigten Nebengänge ab, aber Fartuloon ignorierte sie. Zielstrebig folgte er dem Hauptgang, bis sich dieser zu einer Halle verbreiterte, die offensichtlich eine Art Verteilerstelle war. Der Bauchaufschneider blieb stehen und betrachtete die einzelnen Eingänge zu weiteren Tunnels, dann deutete er auf einen von ihnen. »Das muß er sein! Nur noch fünfzig Meter, und wir können ruhen.«

Wir sagten nichts, die Müdigkeit lag wie Blei in unseren Gliedern. *Wenn es nach mir ginge, wäre ich für zwei oder drei Tage Rast!* Auch Farnathia sah ganz so aus, als könne sie eine längere Ruhepause gut vertragen. Nur Eiskralle wirkte frisch und munter, aber das kam wahrscheinlich daher, daß die Temperatur konstant blieb und bei etwa zwanzig Grad lag. Die Wohnräume unterschieden sich kaum von jenen, die wir am anderen Ufer gefunden hatten. Sie boten Schutz und Sicherheit. Sogar frisches Wasser und Toiletten waren vorhanden. Eiskralle grunzte zufrieden, warf seinen Verpflegungsbeutel auf eines der Betten und gab kategorisch bekannt: »Hier bleibe ich!«

Fartuloon nickte. »Wir auch, wenigstens einen Tag.«

»Nur einen Tag?« erkundigte sich Eiskralle.

»Natürlich, oder glaubst du vielleicht, gleich um die nächste Ecke ist ein Geschäft, in dem du alles kaufen kannst? Unsere Lebensmittel reichen noch für einige Pragos.«

Farnathia wusch sich und legte sich dann hin. Sie war eingeschlafen, ehe ich noch mit ihr reden konnte. Auch ich war müde. Wir waren alle müde und erschöpft.

Ich wußte nicht, wie lange ich geschlafen hatte. Jedenfalls war Fartuloon nicht in seinem Bett, als ich erwachte. Eiskralle schlief noch, Farnathia ebenfalls. Auf dem Bett meines Pflegevaters sah ich einen Zettel. Vorsichtig, um die anderen nicht zu wecken, stand ich auf und nahm ihn. Ich las:

Auf dem Weg zur Schwelle gibt es noch eine Schwierigkeit. Ich muß sie beseitigen, vielleicht kann ich verhandeln.

Das war alles, und das Rätsel hatte sich abermals vergrößert. *Mit wem will Fartuloon verhandeln?* Ein ungeheuerlicher Gedanke durchzuckte mich. *Er wird doch wohl nicht so verrückt sein, über eines der Nachrichtengeräte mit dem Blinden Sofgart in Verbindung zu treten? Er muß doch wissen, wie sinnlos das ist – außerdem würde er den Verfolgern damit verraten, daß wir noch leben. Nein, so unüberlegt wird Fartuloon niemals handeln; sicher hätte er dann vorher mit uns darüber gesprochen. Was aber ist dann das Hindernis, und mit wem will er verhandeln?*

Ich legte mich wieder aufs Bett, schloß aber nicht mehr die Augen. Der Schlaf hatte mich erfrischt, nach meiner Uhr hatte er zehn Tontas gedauert, aber ich hatte das Gefühl, mehrere Tage geschlafen zu haben. Auch verspürte ich Hunger, aber ich wollte warten, bis die anderen erwachten. Mein anfänglicher Optimismus war ein wenig geschwunden. Als wir Fartuloon aus seinem Gefängnis geholt hatten und geflohen waren, sah für mich alles noch ganz anders aus. Aber nun waren wir bereits seit Tagen unterwegs und nicht viel weiter gekommen, was die Entfernung betraf. Selbst wenn oben die Welt unterging, hätten wir es nicht bemerkt.

Wohin sollten wir überhaupt? Das Tarkihl war von den Kralasenen umstellt. Niemand würde es betreten oder verlassen können, ohne entsprechend kontrolliert zu werden. Es gab nur eine einzige Möglichkeit, einer solchen Kontrolle zu entgehen: Wir mußten einen Ausgang finden, der so weit vom Tarkihl entfernt zur Oberfläche führte, daß wir den Ring der Belagerer hinter uns ließen. Gab es vielleicht Verbindungen zum Zagooth-Labyrinth der Spinnenwüste? War das vielleicht die von Fartuloon erwähnte »Schwelle«?

Eiskralle räkelte sich und schlug die Augen auf. Er sah zu mir herüber und stellte fest, daß auch ich nicht mehr schlief. Wortlos reichte ich ihm Fartuloons Nachricht. Er las sie und reichte den Zettel zurück. »Dann haben wir jetzt Zeit, eine Kleinigkeit zu essen«, sagte er leise, um Farnathia nicht aufzuwecken. »Ich habe Hunger wie ein ... wie ein ...«

»Chretkor«, half ich aus. Er grinste und nickte. Farnathia richtete sich auf.

»Keine Einwände dagegen«, lachte sie. Aber als sie den Zettel gelesen hatte, lachte sie nicht mehr. »Verhandeln? Mit wem will er denn hier unten verhandeln?«

»Ist mir egal.« Eiskralle wühlte bereits in den Vorräten. »Wir werden es noch früh genug erfahren.«

Er hatte recht. Wir konnten jetzt an unserer Lage nichts ändern und mußten warten, bis Fartuloon zurückkehrte. Bis dahin gedachten wir die Zeit zu nutzen. Weitere drei Tontas vergingen. Tontas untätigen Wartens. Als ich begann, mir ernstlich Sorgen um Fartuloon zu machen, hörten wir näher kommende Schritte. Es mußten seine Schritte sein, denn wer außer uns sollte sich noch hier unten aufhalten? Er war es auch.

»Ihr seid endlich wach?« sagte er, als er den Raum betrat und sich setzte. »Ich dachte schon, ihr wollt für Pragos schlafen. Habt ihr meinen Zettel gefunden?«

»Wo bist du gewesen?« erkundigte sich Farnathia. »Mit wem hast du verhandelt?«

»Ach, habe ich vergessen, das zu erwähnen? Mit den Stummen Dienern natürlich! Im Buch wird erwähnt, daß sie niemanden zur Schwelle lassen.«

An die Stummen Diener, diese kugelförmigen Wesen, hatte niemand von uns gedacht. Aber wie sollte man mit ihnen verhandeln, wenn sie stumm und taub zu sein schienen? »Und was haben sie gesagt?« fragte ich ironisch.

Er zuckte mit den Achseln. »Überhaupt nichts, aber aus ihrem Verhalten geht eindeutig hervor, daß sie niemanden durchlassen wollen. Sie blockieren den Weg zur Schwelle.«

Eiskralle fragte gereizt: »Willst du uns nicht endlich einmal verraten, was es mit dieser Schwelle auf sich hat?«

»Ich weiß es auch nicht«, gab Fartuloon seelenruhig zurück. »Ich kenne den Begriff nur aus dem Buch, und aus der kurzen Erwähnung geht bloß hervor, daß sie eine Art von Ausgang aus dem Bereich des Tarkihl bedeutet. Und zwar einen absolut sicheren Ausgang. Das ist alles, was ich weiß.«

»Und die Stummen Diener weigern sich, uns durchzulassen?«

»Das geht aus ihrem Verhalten einwandfrei hervor«, bestätigte Fartuloon. »Ich habe versucht, sie zu verjagen. Absolut zwecklos. Es sind zu viele.«

»Spielen wir doch Ball mit ihnen«, schlug Eiskralle grantig vor.

»Soviel Beine und Arme hast du gar nicht!«

Wenn diese Schwelle in der Tat unsere Rettung bedeutete, mußten wir sie auch erreichen, das stand fest. Auf der anderen Seite widerstrebte es uns, gegen die harmlosen Kugeln mit Gewalt vorzugehen. Mit unseren Strahlern hätten wir sie sicherlich verscheuchen können, aber das wäre nicht ohne Verluste für sie abgegangen. Vielleicht gab es eine andere Möglichkeit. Ich fragte ratlos: »Was nun?«

Fartuloon grinste. »Zuerst einmal habe ich Hunger!«

Eine Tonta später packten wir unsere Sachen zusammen und folgten Fartuloon in einen breiten Korridor, der zu unserem Erstaunen wieder beleuchtet war. Die Luft war warm und frisch. Hier unten schien alles noch wie vor Tausenden von Jahren zu funktionieren. Vielleicht waren die Stummen Diener für die Wartung verantwortlich. Wenn sie organische Lebewesen waren und sich nicht vermehrten, mußten sie unsterblich sein. Aber wenn sie sich vermehrten, begann ich mich zu fragen, wovon ernährten sie sich? Ich neigte immer mehr zu der Auffassung, daß sie Androiden oder Roboter sein mußten. Und dann standen wir vor ihnen: Sie blockierten den Korridor in dichten Reihen, ohne daß sie auch nur den Versuch unternahmen, uns anzugreifen. Sie standen einfach da auf ihren dünnen Beinen und fuchtelten mit ihren vier ebenso dünnen Armen drohend in der Luft herum.

»Bitte, seht euch das an!« rief Fartuloon. »Was kann man da machen? Sie reagieren auf nichts. Dabei habe ich ihnen meine Absicht deutlich klargemacht. Sie müssen also wissen, daß wir jetzt weitergehen wollen. Aber sie lassen uns nicht weitergehen.«

Es waren mindestens sieben oder acht Reihen, die sich vor uns aufgebaut hatten. Sie hatten keine Gesichter, in denen man hätte lesen können, aber ihre Haltung verriet ihre Absicht. Sie waren auch ganz anders als jene Stummen Diener, die wir weiter oben getroffen hatten. Diese hier schienen uns nicht helfen zu wollen, im Gegenteil. Aber vielleicht dienten sie damit anderen. Aber wem? Und ich hatte immer angenommen, das Rätsel des Tarkihl um so leichter lösen zu können, je tiefer ich in es eindrang. Genau das Gegenteil war der Fall. Für dieses Problem fiel mir keine Lösung ein.

»Verflucht«, sagte Eiskralle. Er schien seine Ballspielidee aufgegeben zu haben. »Gebt mir im Notfall Feuerschutz, wir müssen es mit sanfter Gewalt probieren.«

Weder Fartuloon noch ich kamen dazu, gegen seine Absicht zu protestieren. Er stieg über den ersten Stummen Diener hinweg und stand nach einem weiteren Schritt mitten zwischen ihnen. Was dann geschah, war erstaunlich genug: Vier oder fünf der Kugeln stürzten sich auf Eiskralle und hoben ihn hoch. Sie packten ihn mit ihren so zerbrechlich aussehenden Armen und trugen ihn davon.

»Hilfe!« rief Eiskralle in höchster Panik. »So helft mir doch, ihr Zögerlinge!«

Aber Fartuloon hinderte uns daran, ihm zu helfen. »Natürlich, das ist es! Daß ich nicht sofort darauf gekommen bin!«

»Worauf?« fragte ich verständnislos und schob meinen Strahler hinter den Gürtel zurück.

»Sie helfen, sie dienen – auch uns! Sie bringen Eiskralle zur Schwelle! Und ich habe tontalang versucht, sie aus dem Weg zu räumen – ich meine das rein bildlich. Sie ließen sich nicht beiseite schieben.«

»Woher weiß du, daß sie ihn zur Schwelle bringen und daß wir ihn dort wiedertreffen? Es könnte doch sein, daß sie ihn ganz woanders hin schleppen oder ihn gar töten.«

Auf meine Frage gab er keine Antwort. Er sagte nur: »Kommt schon! Wir dürfen Eiskralle nicht aus den Augen verlieren.«

Das war längst geschehen. Aber ich zögerte nicht, seinem Rat zu folgen. Dabei hielt ich Farnathias Hand fest, damit die Kugeln sie nicht in eine andere Richtung bringen konnten. Es war ein seltsames Gefühl, mitten zwischen die Stummen Diener zu treten, die sofort nach uns griffen und uns aufhoben. Mit der linken Hand hielt ich Farnathia, während meine rechte fest um den Griff des Impulsstrahlers lag. Ich war nun fest entschlossen, ihn im Notfall zu gebrauchen, ob meine Gegner nun organische Lebewesen oder Androiden oder Roboter mit organisch wirkender Verkleidung waren. Zum Glück war das nicht nötig. Wir wurden alle in dieselbe Richtung getragen.

Ich sah Eiskralle schon von weitem. Man hatte ihn abgesetzt, und er stand da, als begriffe er überhaupt nichts mehr. Krampfhaft hielt er seinen Beutel mit den Vorräten fest, aber kein Stummer Diener machte auch nur den Versuch, ihm diesen wegzunehmen. Sein Gesicht hellte sich merklich auf, als man auch uns herbeischleppte und am Ziel auf die Beine stellte. Schweigend, wie immer, zogen sich die Stummen Diener dann zurück.

Fartuloon sagte heiser: »Ich habe das Problem, falls es überhaupt eines ist, überschätzt. Natürlich kam ich nicht auf den Gedanken, einfach mitten zwischen die Kugeln zu steigen, ich hatte ja keine Rückendeckung. Wie sollte ich wissen, daß sie uns helfen würden?«

»Helfen?« erkundigte ich mich skeptisch und sah mich suchend um. Außer einem dämmrigen Felsensaal und einigen dunklen Öffnungen war nichts zu sehen. »Woher willst du wissen, daß sie uns zu deiner Schwelle gebracht haben?«

»Die Beschreibung stimmt, und auch die Stummen Diener wurden erwähnt, allerdings in einem anderen Sinn. Der Autor des Buches muß mit Gewalt vorgegangen sein. Er sprach jedenfalls von einer akuten Gefahr, die den Weg zur Schwelle blockiert.«

»Jetzt möchte ich aber endlich wissen, was die Schwelle ist«, sagte Eiskralle. »Ich sehe keine!«

Fartuloon ging einige Meter in den Saal hinein und beobachtete dabei die Stummen Diener, die ihm zu unserer Überraschung nicht folgten. In einiger Entfernung blieb er stehen. »So, nun kommt langsam nach. Wir müssen den richtigen Gang finden.«

Es gab fünf Durchgänge, und sie sahen alle gleich aus. Immerhin waren wir beruhigt, daß uns die Kugeln nun nicht mehr folgten. Es sah ganz so aus, als hätten sie Angst, eine verbotene Region zu betreten. Vielleicht hatte man sie so programmiert. Ich war nun fest davon überzeugt, daß sie Androiden waren. Fartuloon wählte den mittleren Gang. Wir mußten die Lampen einschalten, denn hier war es absolut finster. Fast hundert Meter gingen wir, dann standen wir vor dem Ende des Ganges. Es gab auch keine Anzeichen für eine Geheimtür, also hatten wir mit ziemlicher Sicherheit den falschen Weg gewählt, und Fartuloon knurrte enttäuscht: »Versuchen wir die anderen.«

Nach dem vierten Versuch hatten wir Glück. Als wir hundert Meter gegangen waren, leuchteten die Wände und die Decke des Ganges auf. Das war bei den anderen nicht geschehen. Er war auch nicht zu Ende, sondern führte in eine rechteckige Kammer, die allerdings ohne jede Einrichtung war. Zwei erleuchtete Öffnungen wiesen uns den weiteren Weg. Wir nahmen den linken Gang. Er führte uns in einen Raum voller Bildschirme, die in regelmäßigen Abständen an den mit Metall verkleideten Wänden angebracht waren. Darunter befanden sich Kontrollen auf kleinen Pulten, vor denen wiederum hochlehnige Sessel standen. *Eine regelrechte Nachrichtenzentrale!*

»Das soll die Schwelle sein?« keuchte Eiskralle.

Fartuloon zögerte mit der Antwort, dann meinte er: »Nein, das kann sie nicht sein, es muß der andere Gang sein. Aber da wir schon mal hier ...« Den Rest ließ er unausgesprochen. Er hatte natürlich recht, zumal uns eine kleine Erholungspause guttun würde, besonders Farnathia, über deren Lippen bisher noch kein Laut der Klage gekommen war. Fartuloon legte sein Gepäck ab und setzte sich vor die Kontrollen. Meiner Ansicht nach wahllos drückte er einige Knöpfe und betätigte Schalter, aber ganz so wahllos mußte er das doch nicht getan haben, denn ein Monitor wurde plötzlich hell.

Der Beratungssaal des Tato! Als Farnathia ihren Vater erkannte, hielt sie den Atem an. Ich konnte es deutlich spüren, denn sie stand an mich gelehnt, und ich hatte den Arm um sie gelegt. Fartuloon bediente weitere Kontrollen. Aus unsichtbaren Lautsprechern erklang plötzlich die krächzende Stimme des Blinden Sofgart. Als ich den Blinden auch auf dem Bildschirm sah, ballte ich unwillkürlich die Hände zu Fäusten.

Und dann hörte ich, was er sagte: »... vorläufig abgebrochen. Eines Tages wird das Tarkihl gesprengt werden, denn es dient Verbrechern als Versteck. Der Tato wird einen neuen Palast erhalten. Wir müssen mit gefährlichen Altertümern aufräumen, wenn die Zeit dafür gekommen ist.«

»Ich werde niemals zulassen, daß man das Tarkihl zerstört«, widersprach Armanck Declanter und erntete damit das zustimmende Gemurmel der anderen Gortavorer des planetaren Than, die im Saal versammelt waren. »Es steht seit undenklichen Zeiten und ist ein Erbe unserer Vergangenheit, die so unbekannt ist wie die Zukunft. Ich glaube auch nicht, daß Imperator Orbanaschol das zulassen würde.«

»Hast du vergessen, daß es deine Tochter war, die mich zu ermorden versuchte?« rief Sofgart. »Ich könnte dich dafür verantwortlich machen!«

»Das können Sie nicht, Sofgart, auch wenn Sie dazu die Macht besitzen! Suchen Sie Ihre Beute, aber lassen Sie meine Tochter und auch das Tarkihl ungeschoren!«

Das hagere Gesicht der Blinden Sofgart verriet Wut und Erbitterung. Aber es verriet auch Enttäuschung und eine Spur von Hilflosigkeit. »Meine Leute werden später das Tarkihl weiter durchsuchen, es gibt kein besseres Versteck. Doch für immer können die Flüchtlinge dort nicht bleiben. Wenn sie überleben wollen, müssen sie zurück auf die Oberfläche. Wie ich Fartuloon kenne, wird er einen Weg finden. Und dann haben wir sie! Ich werde dafür sorgen, daß jeder Fleck dieses Planeten von meinen Leuten beobachtet wird. Sie werden mir nicht entkommen. Auch deine Tochter nicht, Tato!«

»Sie werden ihr nichts tun«, sagte Armanck Declanter ruhig.

»Die Suche geht weiter!« entgegnete der Blinde kalt.

Fartuloon schaltete das Gerät ab und drehte den Sessel zu uns um. »Er hat keine absoluten Vollmachten, wie wir befürchten mußten«, versicherte er, insbesondere zu Farnathia gewandt. »Deinem Vater wird nichts geschehen, mein Kind. Sofgart wird auch das Tarkihl nicht sprengen lassen. Er wäre ein toter Mann.«

Eiskralle war umhergegangen und hatte sich umgesehen. »Der Raum hat keinen zweiten Ausgang. Was ist nun mit deiner Schwelle, Bauchaufschneider? Diese verdammte Schwelle geht mir inzwischen mächtig auf die Nerven. Dies hier ist sie nicht, also wo ist sie?«

»Sie muß hinter dem zweiten Eingang liegen, nur Geduld. Ihr habt gehört, was der Blinde behauptete. Jeder Fleck des Planeten wird bewacht. Wenn wir also wirklich die Oberfläche erreichen – was dann?« Fartuloon beobachtete unsere Reaktion. Der Blinde Sofgart würde natürlich in erster Linie den Raumhafen bewachen und kontrollieren lassen; das Tarkihl war abgeriegelt.

Als wir Fartuloon nicht antworteten, fuhr er fort: »Ihr habt bemerkt, daß ich das Tarkihl gut kenne, besser jedenfalls als ihr. Und ich kenne noch mehr. Ich verfüge über viele geheime Stützpunkte und Depots, die niemand außer mir kennt. Dort lagern Lebensmittel, Waffen und Ausrüstungen. Es gibt dort plastisches Verformungsmaterial, um unser Aussehen zu verändern. Ich habe sogar einige Hypersender, und wenn wir den OMIRGOS erreichen ... nun ja, ihr werdet ja sehen. Falls wir die Schwelle finden und sie das ist, was ich glaube.«

Ich wußte nicht, was mein Lehrmeister mit dem besonders betonten OMIRGOS meinte – in der mir bekannten Dagorphilosophie wurde damit ein *aus dem Zhy Bewußten Seins materialisierter Kristall mit 1024 Facetten* umschrieben. *Vermutlich ist es eine Art Kodewort.*

Wir hasteten den Gang zurück und erreichten wieder die Kammer mit den beiden Tunneleingängen. Fartuloon ging abermals voran. Wir folgten ihm gespannt, und ich dachte, mich selbst beruhigend: *Die Schwelle ist seit Beginn unserer abenteuerlichen Flucht Fartuloons Ziel gewesen, kein Zweifel! Niemand von uns ahnt, was sie ist. Aber wenn sie in dem geheimnisvollen Buch als sichere Rettung angeboten wird, und da bisher alle Hinweise gestimmt haben, wird die Entscheidung des Bauchaufschneiders richtig sein.*

Die Wände des langen Ganges bestanden wieder aus dem bronzeähnlichen Metall, das ich von den oberen Regionen des Tarkihl kannte. Es leuchtete in regelmäßigen Abständen von innen heraus, matt und gleichmäßig. Wir benötigten unsere eigenen Lampen nicht.

Endlich tat sich vor uns ein sehr großer Saal auf, der mich zuerst an ein Amphitheater denken ließ; er war nicht wie jene Säle, die wir bisher betreten hatten. Er war ganz anders; kugelförmig, mit einem kleinen ebenen Boden. Im Vergleich zum Rauminhalt der anderen Hallen, die wir stets angetroffen hatten, nahm die Grundfläche hier sehr wenig Platz ein – vom nischenförmigen Zugangsbereich in der schräg auf den Boden treffenden Wandung einmal abgesehen. Sie erreichte vielleicht einen Durchmesser von sechs Metern. Vom Boden bog sich die Wand im Kreis zurück, bildete eine gewaltige Wölbung und schwang sich zum Zenitpunkt hoch, der mehr als zehn Meter über uns war. Ringsum gab es in Hüfthöhe ein Band in den Saal gewölbter Halbkugeln, die aus Quarz zu bestehen schienen und mich im ersten Augenblick an Holoprojektionen erinnerten. Dieser Eindruck wurde dadurch bestärkt, daß in diesen mannsgroßen Halbkugeln Landschaften zu sehen waren, farbig und plastisch.

Wie durch eine Luke, fuhr es mir durch den Sinn. *Eine Luke durch die Dimensionen. Nicht nur einfache Bilder! Es sind …* Ich drehte mich und zählte. *Exakt zwölf Stück! Zwölf – wie die legendären Heroen, von denen Tran-Atlan mein Namensgeber war!*

Fartuloon winkte uns. »Bleibt stehen, ich muß den Instruktionen folgen.«

Er ging zu einer der Halbkugeln und begann, an den Kontrollen der davor aufragenden Zylindersäule mit schräger Oberseite zu hantieren. Erst jetzt hatte ich Zeit, mir die vielen Bilder näher anzusehen. In einer Halbkugel sah ich einen Dschungel, davor lag ein schillernder Sumpfsee, in dem riesige Saurier nach Nahrung suchten. Daneben erblickte ich eine Ansammlung charakteristischer Trichterbauten, wahrscheinlich eine Knotenpunktwelt unseres Großen Imperiums. Wieder daneben glitzerten auf lichtlosem Schwarz die Sterne des Universums, so wie ich sie vom Trivid her in Erinnerung hatte. Sie bewegten sich langsam, so als befinde sich die Kamera in einem Raumschiff. Die anderen halbkugelförmigen Darstellungen zeigten Wüstenplaneten, kultivierte Landschaften und hochtechnisierte Welten, aber auch solche, die überwucherte Ruinen und zerfallene Gemäuer zeigten. Und dann sah ich ein Bild, das mir sehr bekannt vorkam.

Fartuloon stand davor und tat etwas, das ich nicht erkennen konnte, aber mir war, als würde das Bild mit der Zeit schärfer und deutlicher: Es zeigte den Rand der Spinnenwüste von Gortavor. *Die Spinnenwüste!* Wir kamen aus ihr, als Fartuloon verhaftet wurde. Sie wurde allgemein gemieden und galt als gefährlich, der geheimnisvollen silbernen Fäden wegen, die sich über die unfruchtbare Sandfläche spannten. Das Netz war am gefährlichsten, wenn es zu »singen« begann – wir hatten es erlebt! Man konnte den Verstand verlieren, von verwirrenden Halluzinationen geplagt, und jede Berührung der Stränge war tödlich!

Zum Zentrum hin wurde das Geflecht immer dichter; insgesamt erreichte es einen Durchmesser von mehr als zweitausend Kilometern, war vom Orbit aus unübersehbar und rief bei vielen die Assoziation einer gewaltigen Antenne hervor. Und seit ich die riesigen Anlagen unter dem Tarkihl kannte, fragte ich mich, ob diese nicht eine Verbindung zu dem Netz hatten. *Aber warum beschäftigt sich Fartuloon ausgerechnet mit dem Bild der Spinnenwüste?*

Ich verlor die Geduld: »Fartuloon, was bedeuten diese Bilder? Sie wirken so echt und lebendig. Warum?«

Fartuloon drehte leicht den Kopf. Er sah Eiskralle und mich bedeutungsvoll an. »Sie sind echt«, sagte er heiser. »Was ihr hier seht, ist Wirklichkeit, ist Gegenwart. Dies ist die *Schwelle!*«

»Und *was* ist die Schwelle?«

»Eine Transmitterstation. Allerdings eine Transmitterstation besonderer Art. Sie arbeitet seit Jahrtausenden und wurde niemals abgeschaltet. Der Verfasser des Buches, das ich oft genug erwähnte, stieg hierher hinab und betrat das Tarkihl wieder von *außen*, denn er kehrte mit einem Raumschiff aus *Thantur-Lok* nach Gortavor zurück!«

Ich starrte ihn an, als sei er ein Geist. »Was willst du damit sagen?«

»Ganz einfach, mein Junge.« Er seufzte über meine Begriffsstutzigkeit und deutete auf jene Halbkugel, in der die vielen Trichterbauten zu sehen waren. »Er ging in jenes Bild *hinein*, und damit befand er sich auf Soral, einer der fünf ARK SUMMIA-Prüfungswelten!«

ARK SUMMIA! Wer den dritten Grad besteht, dessen Extrasinn wird aktiviert! durchfuhr es mich unwillkürlich. *Die Durchfallquote ist gewaltig – und obwohl ich das Reifealter bald erreiche, wird es wohl immer eine unerfüllter Traum bleiben, daß ich ...*

Meine Gedanken rasten. Die Funktion eines Materietransmitters war mir natürlich bekannt. Man betrat einen Gitterkäfig und ließ sich an einen anderen Ort mit einer Gegenstation transportieren. Ganz einfach. Aber einen Transmitter, der wie eine holographische Projektion aussah, kannte ich nicht. Vage erinnerte ich mich an theoretische Konzepte und Überlegungen, die einer meiner wissenschaftlichen Ausbilder einmal erwähnt hatte; etwas, das auf dem Prinzip fünfdimensionaler Dimensionsgeometrik basierte, einer Art paramechanischer Teleportation mit sogenannten Erfassungs-Impulsstrahlen. Damit sollten Objekte teleportiert werden können, *ohne* daß eine Gegenstation erforderlich war. Von der arkonidischen Wissenschaft waren solche *Fiktiven Transmitter* in der Theorie als Möglichkeit beschrieben, aber niemals praktisch ausgewertet oder gebaut worden.

Eiskralle hatte sich von seiner Überraschung erholt und flüsterte: »Fartuloon, wenn das eine Transmitterstation ist und wir uns das Ziel aussuchen können, warum fummelst du ausgerechnet an dem ... hm, Bild herum, das uns in die Spinnenwüste bringen würde? Dort warten höchstens die Kralasenen auf uns, oder Zagoren und Oother.«

Fartuloon nickte grimmig; seine Stimme gewann mit einem Seitenblick auf mich einen fast verärgerten Unterton: »Ich bin froh darüber, daß wenigstens du den Sinn der Sache entdeckt hast und nicht weiter darüber erstaunt bist, daß wir von hier aus zu verschiedenen Plätzen des Imperiums fliehen könnten. Aber was würde uns das nutzen, Eiskralle? Ohne Ausrüstung, in fremder Umgebung? Es wäre eine Flucht ohne Ausweg, weil wir sofort auffielen – und uns damit Sofgarts Spürhunden direkt auslieferten!«

»Ist Gortavor denn besser?« Eiskralle war voller Zweifel. »Hier sucht man uns doch schon!«

»Sicher, aber nicht dort, wohin wir gehen werden. Die Spinnenwüste wurde von jeher gemieden, denn sie kostete vielen Arkoniden das Leben. Sie bringt den Tod und das Verderben. Denk an das Silbernetz! Was ist das Netz? Niemand weiß es, obwohl es Dutzende Theorien gibt.«

Der Chretkor schüttelte sich. »Und trotzdem planst du, dorthin zu gehen? Mit uns?«

»Ja, genau das will ich. Es ist der sicherste Weg für uns.«

»Gortavor?« sagte ich leise. Fartuloon hantierte weiter an den Kontrollen der Säule. Das Bild wurde deutlicher, war fast greifbar nah. Die Halbkugel war wie eine Luke, die sich vor uns aufgetan hatte. Ich glaubte, die heiße Luft der Wüste an den Wangen zu spüren. Sie schien in den kugelförmigen Raum hineinzuwehen. Die *Schwelle* war ganz bestimmt kein Transmitter der mir bekannten Art, eher die Möglichkeit eines quasi distanzlosen Schrittes ...

»Ja, Gortavor! Ich erwähnte meine Stützpunkte, die niemand außer mir kennt. Sie liegen zum größten Teil in unbewohnten Gebieten. Dort kommt niemand hin, nicht einmal der Blinde Sofgart und seine Kralasenen. Er hat gar nicht so viele Leute, um alles zu überwachen!«

Ich hörte nur halb zu, denn der Anblick der Halbkugel faszinierte mich viel mehr. Wenn ich mich nicht so gut beherrscht hätte, wäre ich sofort dem inneren Drang gefolgt und mitten in das Bild hineingegangen. Es wirkte fast hypnotisch auf mich. Farnathia nahm meinen Arm und hielt mich fest, als ob sie ahnte, was in mir vorging.

Fartuloon fuhr fort: »Dies hier war die – oder eine – Verbindungsstation der Erbauer des Tarkihl zur Außenwelt. Und nicht nur das. Der Materietransmitter brachte sie offenbar zu jeder angewählten Welt, wenn man ihre Koordinaten kannte und einstellte. Ich kenne mich mit der Wahlprogrammierung nicht aus, auch nicht mit der Technik und ihren exakten Prinzipien; vielleicht gibt es nur Passagen, die vorher besonders präpariert wurden. Keine Ahnung! Wir müssen also mit dem vorlieb nehmen, was wir sehen. Und die beste Lösung heißt im Augenblick: Gortavor – so paradox das auch klingen mag. Denn nur hier gibt es einen OMIRGOS, der uns direkt zu meinen weiteren geheimen Stützpunkten auf anderen Welten bringen kann! Genau wie es ohnehin von mir geplant war.«

Geplant? Was hat er »ohnehin geplant«? fragte ich mich irritiert. *Seine Geheimniskrämerei kann manchmal gewaltig nerven!* Laut sagte ich mit belegter Stimme: »Kennst du den Teil der Spinnenwüste, den wir dort sehen, Fartuloon?«

»Sicher, Atlan, er ist nicht weit von meinem nächsten Stützpunkt entfernt. Ich schlage vor, ihr macht euch fertig. Eiskralle, es wird plötzlich sehr warm werden, wenn du den Transmitter durchschreitest. Wirst du es ertragen?«

»Ich muß wohl, wenn ich nicht hier bleiben will.«

»Eine richtige Erkenntnis«, lobte Fartuloon den Chretkor und drehte einen roten Knopf mit einem Ruck ganz nach rechts. »Es ist soweit. Folgt mir, sobald ich verschwunden bin.«

Farnathias Finger krallten sich um meinen Arm, als Fartuloon in die transparente Halbkugel hineinging – und in dem dreidimensionalen Bild der Wüste verschwand. Eigentlich verschwand er nicht wirklich. Er wurde plötzlich extrem verkleinert und stand weit von uns entfernt mitten in der Wüstenlandschaft.

Ich konnte deutlich erkennen, wie er sich umdrehte und uns zuwinkte. »Los!« forderte ich Eiskralle auf. »Du bist an der Reihe!«

»Immer ich!« meckerte er, trat aber in die Halbkugel und durch sie hindurch. Sofort stand er neben Fartuloon, so groß wie mein Daumen. Farnathia sah mich ängstlich an und ließ meinen Arm los. Dafür packte ich den ihren und zog sie an mich. Wir warfen keinen einzigen Blick zurück. Ich spürte nichts, als ich durch das »Bild« ging. Kein Entzerrungsschmerz, nichts. Plötzlich standen Farnathia und ich dicht vor Fartuloon und Eiskralle in der ungastlichen Wüste, und am Horizont sah ich als flachen, düsteren Schatten das Tarkihl, soweit es über die Oberfläche Gortavors herausragte. Sonst war die Wüste leer, und es gab keinen Weg mehr zurück.

Fartuloon erriet meine Gedanken. »Man kann über die Schwelle das Tarkihl verlassen, aber nicht in es zurückkehren. Vor uns liegt mein Stützpunkt. Dort sind wir erst einmal in Sicherheit. Dann aber müssen wir weiter, denn es ist nur ein Depot, in dem wir uns ausrüsten werden.«

Eiskralle starrte in die trostlose Landschaft. »Depot? Weiter?«

Zum erstenmal glaubte ich, so etwas wie Verlegenheit in Fartuloons Gesicht erkennen zu können. »Nehmt mir die kleine Notlüge nicht übel. Mit dem Erreichen des Depots ist es nicht getan, wir müssen Gortavor verlassen – aber auf *meine* Weise, nicht durch die Mittel der unbekannten Tarkihl-Erbauer. Wir müssen zu einem weiteren meiner Stützpunkte, aber der liegt nicht direkt vor der Haustür. Wir haben eine lange Reise vor uns, um den OMIRGOS zu erreichen. Immer nach Norden.«

»Nach Norden?« Eiskralle sah plötzlich nicht mehr so zuversichtlich und zufrieden aus. »Zum Blassen Land?«

»Leider genau dorthin«, bestätigte Fartuloon.

Nicht nur Eiskralle hatte einen Schreck bekommen, mir erging es ähnlich. Ich kannte natürlich die Daten des Nordlandes mit seinen gewaltigen Eis- und Schneemassen. *Genau das Richtige für Eiskralle, der tausendmal zerspringen wird, wenn wir wirklich dorthin gehen.* In erster Linie dachte ich aber an Farnathia. Für eine derartige Expedition waren wir nicht genügend ausgerüstet. Ich sagte es Fartuloon.

Er winkte ab und setzte sich auf einen Sandhügel. »Ich erkläre euch meinen Plan. Er ist einfach.«

Eiskralle packte seine Vorräte aus, hielt dann inne. »Sag nur, du willst marschieren? Bis in den hohen Norden? Du bist verrückt!«

Fartuloon trank einen Schluck Wasser aus dem Kanister. »Nein, wir fahren zuerst mit einem umgebauten Drifter, den wir, wenn wir weit genug vom Tarkihl und dem Raumhafen entfernt sind, als Gleiter benutzen können. Und nun stärkt euch. Wir werden alle unsere Kraftreserven benötigen, um den OMIRGOS zu erreichen. Inzwischen kann der Blinde mit seinen Kralasenen das Tarkihl durchwühlen. Dort jedenfalls findet er uns nicht.«

Nach Norden, ins Blasse Land – mehr als 5000 Kilometer Luftlinie … Wir sind dem sicheren Tod entronnen – warum sollen wir jetzt den Mut sinken lassen? Fartuloon hat uns bis hierher geführt, er wird uns auch bis zu seinem Stützpunkt mit dem OMIRGOS bringen, der vermutlich tief unter dem ewigen Eis verborgen liegt.

Ehe wir zu Fartuloons Depot aufbrachen, sah ich noch einmal zurück. Die Silhouette des Tarkihl hob sich nur noch undeutlich gegen den Horizont ab; es dämmerte bereits. Farnathia ging neben mir, ihre Hand hielt die meine. Was immer auch vor uns lag, wir gingen zusammen in die Zukunft. Vor uns lag der Norden, und damit auch die Freiheit.

8.

Der Bauchaufschneider Fartuloon:

Er macht sich Gedanken darüber, was ich denke. Und, wie es sich so fügt, denke ich an ihn. An ihn und daran, daß ich ihn vor Orbanaschol retten muß, diesem Mörder im Kristallpalast. Wenn wir den OMIRGOS-Kristall nicht erreichen, und zwar vor den Kralasenen, wird Orbanaschol Atlan, der eigentlich Mascaren heißt und der Sohn seines Bruders und die einzige Gefahr ist, die er auf seinem Thron wirklich hat, töten lassen. Genau das will ich verhindern. Selbst mit Mitteln, die derart primitiv sind, daß sie jeder Betrachtung spotten.

Vier Jahre nach dem Zeitmaß Arkons war dieser erstaunliche Bursche alt, als ich mit ihm floh. Im Augenblick sieht es so aus, als ob unsere Flucht nicht nur bemerkt worden ist, sondern in ein kritisches Stadium tritt. Bisher hatte Orbanaschol überall in der Galaxis nach Atlan und mir suchen lassen, jetzt fand uns einer seiner Schergen. Der Blinde Sofgart wird sein gesamtes Können daransetzen, uns zu fangen. In Wirklichkeit brauchen wir nicht mehr als eine Tonta Vorsprung, um den Kristall zu erreichen. Ein paar Zentitonta Vorsprung an jedem der kommenden Pragos! Das ist alles, was ich will. Atlan wird die Strapazen überstehen, denn er ist fast so gut wie ich.

Wenn er mein Alter und meine Erfahrungen hätte, wäre die Reise ein Kinderspiel. Aber das Mädchen – nun, wir müssen Farnathia mitnehmen, es geht nicht anders! – wird uns ebenso eine Belastung sein wie der Chretkor mit seiner Daseinsangst. Bisher haben sie sich gut gehalten. Allerdings wird die Reise von Tag zu Tag gefährlicher.

Ich haßte mich. Ich war zu jung, nicht gerissen genug und nicht annähernd so lebenserfahren wie Fartuloon. Selbstverständlich hatte ich mir immer wieder gesagt, daß sich Lebenserfahrung nicht kaufen, sondern nur durch Erleben und Nachdenken erwerben ließ, aber das konnte mich nicht trösten. Ich war und blieb immer noch der junge, unerfahrene Freund des alten, dicken Bauchaufschneiders. Tagtäglich wurde ich mit der Tatsache meiner persönlichen Unreife konfrontiert; deswegen haßte ich mich und meine verdrießlichen Stimmungen. Und in den fünf Pragos, seit wir den Rand der Spinnenwüste verlassen und die lange Reise zu der vorgeschobenen Siedlung *Seuders Weiße Zelte* angetreten hatten, war meine Stimmung nicht besser geworden. Ich warf den Schraubenschlüssel zu dem anderen Werkzeug und richtete mich auf.

»Fertig, Atlan?« sagte Fartuloon leise.

Ich zog mißmutig die Schultern hoch und versetzte dem Spezialreifen des Fahrzeugs einen wütenden Tritt. »Keine Ahnung. Ich habe plötzlich keine Lust mehr. Alles widert mich an.«

Die blasse Sonne spiegelte sich auf Fartuloons Kahlkopf. Sein Bart sträubte sich; ein sicheres Zeichen, daß ihn meine Worte aufgebracht hatten. Ich bückte mich wieder in das Werkzeugfach des alten, klapperigen Gerätes und zog vorsichtshalber den Schlüssel wieder hervor. Fartuloon baute sich vor mir auf. Ich war mehr als einen Kopf größer, aber die gedrungene Gestalt in dem verbeulten, blankgescheuerten Brustpanzer flößte mir immer wieder Respekt ein. So auch jetzt.

Fartuloon stemmte die Fäuste in die Seiten und sagte knurrend: »Bei allen rothaarigen Göttinnen, die ich kannte – mein Sohn, du beginnst mich zu ärgern.«

Ich betrachtete die Verbindung, deren Muttern ich lustlos angezogen hatte. In der Siedlung war nur ein einziges Fahrzeug zum Verkauf gestanden: dieses hier. Mehr eine technische Ruine, von den pfadlosen Entfernungen des Blassen Landes zerbeult und halb zerschlagen. Den als Gleiter benutzten Drifter aus Fartuloons Wüstendepot hatten wir gestern aufgeben müssen, zehn Kilometer vor *Seunders Weiße Zelte*, weil ein winziges Bauteil der Energieverteilung versagte und ein Ersatz fehlte. *Was schiefgehen kann, geht auch schief!* dachte ich und erwiderte steif: »Es war nicht meine Absicht!«

»Und doch ist es geschehen. Hör zu, mein Lieber!« Fartuloon legte seine Pranke auf den Griff seines Skarg. »Hör genau zu und merk dir, was ich sage! Wir haben den hohen Norden dieser Welt erreicht, den Rand des Blassen Landes. Wir sind hier nicht in einer Großstadt, sondern werden von den Kralasenen des Blinden Sofgart verfolgt, sobald sie den Drifter gefunden haben. Du und ich und Eiskralle und deine Angebetete. Falls deine Unlust dazu führt, daß der Wagen hier ausfällt, kannst du am Tod von vier Leuten schuld sein. Bedauerlicherweise auch an deinem eigenen Tod. Vielleicht hebt das deine Laune ein wenig, Atlan!«

Er starrte mich herausfordernd an, als wollte er sich mit mir prügeln.

»Entschuldige«, sagte ich. »Es tut mir leid. Ich bin in einer merkwürdigen Stimmung, seit dem Tag, an dem wir fliehen mußten. Ich kenne mich selbst nicht mehr, Fartuloon.«

»Ein Grund, dich selbst besser kennenzulernen!« versicherte er. »Wir haben nun große Mühe, unsere Ausrüstung zusammenzustellen. Du brauchst uns das Leben nicht noch zusätzlich schwer zu machen.«

Ich bedauerte, daß ich mich zu einer Unbesonnenheit hatte hinreißen lassen. *Natürlich hat Fartuloon recht! Er hat immer recht!* »Entschuldige«, sagte ich. »Wann werden wir aufbrechen?«

Er winkte; für ihn war der Zwischenfall erledigt. Der Bauchaufschneider, mein Freund, Pflegevater und Lehrmeister, hatte Eile, seinen Gortavor-Stützpunkt mit dem rätselhaften OMIRGOS zu erreichen, um uns alle zu retten. Aber der Weg dorthin war, wenn man ihm glauben durfte, voller unheimlicher Gefahren. Außerdem waren die Kralasenen wohl bald wieder hinter uns her, das wußte ich selbst sehr genau. Aber sie beunruhigten mich weit weniger als der fette Mann vor mir, der mich und das schrottreife Gefährt aus seinen tiefliegenden Augen betrachtete.

»Morgen, übermorgen, wer weiß? Spätestens in drei Gortavor-Tagen«, antwortete er. »Dreißig Tontas, mehr nicht.«

»Wie lange brauchen wir bis zu deinem geheimnisvollen Stützpunkt?«

»Das ist von den Fügungen des Schicksals abhängig. Und dieses ist, wie du inzwischen wohl weißt, nicht immer auf unserer Seite oder auf Seiten dieses Stückes Rostes hier!« Jetzt versetzte er dem Reifen einen Tritt, der das Fahrzeug erschütterte, und dachte zweifellos an den Drifter aus seinem Depot.

Und mit diesem Wrack sollen wir den Weg bis zum Warmen Auge und darüber hinaus zurücklegen? Schon der Weg aus der Siedlung hinaus ist ein Risiko. »Wie wahr«, sagte ich. »Wie weit ist Eiskralle mit den Nahrungsmitteln?«

»Fast fertig!«

Wir befanden uns in der Siedlung, die aus dreißig, vierzig Häusern aus weißem Holz bestand. Sie hatten ausnahmslos die Form von verschieden großen Spitzkegeln. Aus den meisten ringelte sich Rauch aus den Spitzen heraus; sie umstanden, jeweils von einem starken Palisadenzaun auf Steinsockeln abgegrenzt, einen runden Platz. Sämtliche verschließbaren Eingänge zu den kleinen, windstillen Innenplätzen gingen auf diesen Kreis hinaus, der von einer Straße in unbeschreiblichem Zustand durchschnitten wurde. Auf der einen Seite des Kreises waren wir angekommen, auf der anderen Seite, in nördlicher Richtung, würden wir *Seuders Weiße Zelte* wieder verlassen. Mit diesem ratternden und fauchenden Monstrum hier, so uns der Zufall gnädig war.

»Und ... wie fühlt sich Farnathia?« erkundigte ich mich.

»Sie ist ein durchaus mutiges und brauchbares Mädchen!« versicherte Fartuloon. »Sie kümmert sich um unsere Kleidung.«

Unser Weg war vorbestimmt, denn keiner von uns konnte riskieren, zurückzugehen. Der Tato würde Fartuloon niemals verzeihen können, daß er dessen Tochter in den Wirbel der Ereignisse mit hineingerissen hatte. Also mußten wir zu der geheimnisvollen Station flüchten, auf Pfaden durch ein ebenso merkwürdiges Land. Und wir waren noch immer damit beschäftigt, unsere Ausrüstung zusammenzustellen. Ihre Menge und Güte und Zuverlässigkeit entschied darüber, ob uns die Kralasenen letztlich doch faßten oder ob wir den Planeten Gortavor verlassen konnten.

»Gut«, sagte ich und blickte nach dem Stand der Sonne. »Ich werde mich noch einmal um den Motor dieser eisernen Zumutung kümmern.«

Plötzlich grinste Fartuloon. »Die statistische Wahrscheinlichkeit sagt, daß nicht alle Teile eines Mechanismus gleichzeitig ausfallen können, außer bei einer Explosion. Vielleicht hält diese ehrwürdige Maschine tatsächlich eine Weile. Ich traue mir zu, einige Teile sogar während des Fahrens auswechseln zu können.«

Ich zog meine Handschuhe straff und schloß: »Du solltest jetzt ins Haus gehen und Eiskralle helfen. Ich bringe dieses Gerät dazu, daß es uns willig trägt.«

Am Rand des Blassen Landes schien die Beschaffung selbst von einem Liter Wasser ein ernsthaftes Problem zu sein. Hier im Polargebiet, das zu weiten Teilen unter Schnee und Eis begraben war, hausten nur die härtesten und genügsamsten Männer – und wenige Frauen – dieses ohnehin wilden Planeten am Rand des Tai Ark'Tussan. In *Seuders Weiße Zelte* wohnten Jäger und Händler. Die Jäger waren auf der Jagd, und die Händler schienen alle ihre Waren verkauft zu haben.

Mit Mühe und für teures Geld erstand Fartuloon diesen Wagen, der aus den ersten Tagen des Großen Imperiums zu stammen schien. Fartuloon, dessen Reichtum allgemein bekannt war, und der selbst für mich pausenlos neue Überraschungen bereithielt, besorgte auch Pelzkleidung, Nahrungsmittel und einige Waffen. Mehr war hier nicht zu haben. Unsere Aufgabe war es, diese zufällig zusammengetragenen Dinge zu sortieren. Die Zeit drängte, und wir waren noch immer nicht startbereit.

»Du mußt noch die Schneesalbe von Sorlack drüben abholen!« erinnerte mich Fartuloon.

»Wenn ich hier fertig bin!«

Er nickte mir zu und verschwand in dem Haus. Ich hatte viel Geheimnisvolles über das Blasse Land gehört. Viele Arkoniden und viele andere Wesen aus den Welten des Imperiums, die dorthin aufgebrochen waren, verschwanden spurlos – eine Umschreibung, die für erstaunlich viele Gebiete und Orte dieser Welt galt. Um in solchen Siedlungen wie dieser hier, in der klirrenden Kälte und unter diesen harten Lebensbedingungen überleben zu können, mußte man von einer ungewöhnlichen Härte des Körpers und Verstandes sein.

Ich kontrollierte abermals mit größter Sorgfalt die einzelnen Antriebselemente des sechsräderigen Polarfahrzeugs; den Allesbrenner, den Dampfkessel und den Gleichlauf der Turbine, die den Generator antrieb. Die einzelnen Kabel, die breite, mit Zacken und Krallen bewehrte Raupenkette, die von Hand abgesenkt werden mußte, den kleinen Laderaum, durch den der Abzug führte, die Sitze und die Haltegurte. Der Treibstofftank leckte, aber ich schloß das Loch mit einem Aststück, das ich zuspitzte, hineintrieb und mit einem breiten Klebeband absicherte. Dann räumte ich alle Innenkästen auf, verstaute einen Teil der Ausrüstung und hoffte, daß alle meine Reparaturen sich als haltbar erwiesen. Als ich gerade den Werkzeugkasten abschloß, knarrte die Tür, und Farnathia kam die Leiter herunter.

»Ich habe dir heißen Tee gemacht«, sagte sie.

Ich blickte sie begeistert an, wie immer, wenn ich sie sah. Sie war unvorstellbar hübsch. Besonders jetzt, in der engen Pelzkleidung und in dem dicken, weißen Fellkragen, der ihr Gesicht umrahmte wie ein Wall aus frischgefallenem Schnee, würde sich jeder Mann in sie verlieben müssen. Ich war bereits verliebt. Sie trug in den dicken Fausthandschuhen einen Tonbecher, aus dem eine aromatisch riechende Dampffahne aufstieg.

Ich nahm ihr den Becher ab und hielt ihre Hände fest. »Danke! Kommst du mit?«

»Die Schneesalbe, Atlan?« fragte sie. Ich nickte. »Natürlich komme ich mit. Ich habe den ganzen Tag an unseren Pelzen gesessen!«

Ich steckte den Schlüssel ein, trank den mit Alkohol versetzten heißen Tee und sah mich um. Zum erstenmal schien ich die Umgebung richtig zu sehen, jetzt, im Licht des Sonnenunterganges. Eine melancholische Stimmung breitete sich aus. Das Land war baumreich, ohne besonders große Erhebungen. Aber Fartuloon hatte von Bergen und Gletschern erzählt, von baumlosen Steppen und von den Frostfelsen, den *Schneegeistern* und den erstickenden Dämpfen. *Sagt er die Wahrheit, oder will er uns nur erschrecken? Andererseits: sein Stützpunkt ist zweifellos vorhanden, denn sonst würde er niemals dieses Wagnis eingehen. Wir haben also alle Chancen, lebend den Planeten zu verlassen – was immer der OMIRGOS auch genau sein mag.* Ich stellte den leeren Becher auf einen Radschutz und nahm Farnathias Hand.

»Eiskralle fürchtet sich!« gluckste sie, als ich das schwere Tor nach außen aufdrückte. Nur zwei oder drei andere Palisadenkreise waren geöffnet, unter anderem der Zugang zu Sorlacks Laden. Wir kamen an im Schnee vergrabenen Schlittenzugtieren vorbei, an ausgespannten Großtierhäuten. Hinter den kleinen, fast zugefrorenen Scheiben schimmerte Licht. Wir gingen Hand in Hand durch den knirschenden Schnee, vorbei an hochkant aufgestellten Schlitten und kleinen Stapeln von gebündelten, bretthart gefrorenen Fellen. Ich riß die Eingangstür nach außen auf.

»Tür zu! Ich heize nicht das ganze Blasse Land!« schrie die dunkle Stimme Sorlacks aus dem Hintergrund.

Wir schlüpften schnell hinein. Als sich die Tür knarrend geschlossen und unsere Augen sich an das Halbdunkel gewöhnt hatten, sahen wir die sechs oder sieben Männer, die vor der überfüllten Theke standen, sich unterhielten, Schnaps tranken und um Waren feilschten. Als sie hinter mir das schmale Gesicht des Mädchens sahen, hörten die lauten Gespräche auf. Die Männer starrten Farnathia an, als sei sie ein Fabelwesen.

»Ich komme von Fartuloon.« Ich schob mich durch die Reihen der Fässer, Gebinde und Männer und zog das Mädchen hinter mir her. »Ich hole die Schneesalbe, Sorlack.«

Er war ein stiernackiger Arkonide, verwahrlost und mit einem gewalttätigen Gesicht. Er langte, ohne sich umzudrehen, in ein roh gezimmertes Regal und knallte eine Spanschachtel auf die Platte.

»Hör zu, Junge!« quetschte einer der Männer zwischen den Zähnen hervor.

Ich nickte ihm zu und fragte Sorlack, was ich ihm schuldete. Er nannte einen Betrag, aber er starrte an mir vorbei auf das Mädchen. Eine unheilvolle Stille breitete sich aus. Nur das brennende Holz im

Kamin knisterte, die Atemzüge der Männer waren schwer. Es war ein Fehler gewesen, das Mädchen mitzunehmen.

Ich langte in die Tasche und legte den Betrag neben die Salbenschachtel. »Ich höre!«

»Wie lange bleibt Ihr noch in *Zelte?*«

Die Männer bildeten, als wir uns halb zur Tür wandten, einen offenen Kreis um uns. Keiner sah mich an. Aber mit brennenden Augen starrten sie auf Farnathia, die immer ängstlicher wurde. »Einen oder zwei Tage«, sagte ich. »Bitte, laßt mich durch.«

Ich steuerte auf die Lücke nahe der Tür zu. Die Männer wichen nicht zur Seite. Halb hinter mir hörte ich Farnathia erstickt aufkeuchen und rufen: »Nimm deine Hände weg!«

Ich schob die Salbe in die Tasche meines pelzgefütterten Mantels und zog den langen Dolch aus dem Gürtel. Ich starrte die beiden Männer an, suchte den Blick ihrer Augen. Dann knurrte ich: »Weg frei! Laßt das Mädchen los!«

Aus dem Augenwinkel nahm ich eine Bewegung wahr. Ich drehte mich herum, mein Arm schnellte hoch, dann führte ich durch die Luft einen kombinierten Stich und Schnitt. Der Pelzjäger, der Farnathia an sich zog und versuchte, ihr die Kapuze vom Kopf zu reißen, schrie auf. Über seine Handgelenke zogen sich tiefe, blutige Schnitte. Ich zog Farnathia zu mir heran, hob den Stiefel und trat zu. Einer der beiden Männer, die die Tür versperrten, wälzte sich schreiend am Boden.

»Zur Seite! Du stirbst, Jäger!« schrie ich und sprang nach vorn. Der Jäger kam nicht mehr dazu, seinen Dolch zu ziehen. Ich rammte ihm meine linke Schulter in die Brust, setzte gleichzeitig einen Fußhebel an und stieß die Tür auf. Hinter uns erhob sich ein lärmendes Brüllen. Ich trat die Tür mit dem Fuß zu und stemmte mich mit dem Rücken gegen die Bretter und Balken.

Farnathia lief zwei Schritte weiter, kam wieder zurück und sagte leise, aufgeregt: »Komm! Fartuloon wird uns helfen!«

Ich schüttelte eigensinnig den Kopf und sah die unruhig gewordenen Schlittenhunde an. Ich gab Farnathia die Salbe und befahl: »Lauf zu Fartuloon und sag ihm, was passiert ist! Schnell, ich halte sie auf!«

Während sie losrannte, die Sohlen ihrer Stiefel im Schnee knirschten und die Hunde zu heulen begannen, durchzuckte ein Erinnerungsfragment meinen Verstand. Eine ähnliche Szene, in einem palastartigen Bauwerk, das kristallen schimmerte: *Ich werde von einer Meute Männer verfolgt und rette mich hinter eine der vielen Türen und Portale des Palastes. Namen, die hier keine Bedeutung mehr haben, tauchen schattenhaft auf ... Gonozal der Siebente ... Arkon ... der Krieg gegen die Methanatmer ...*

Die Tür und mein Rücken erbebten unter wütenden Schlägen. Meine Hand umkrampfte den Griff der langschneidigen Waffe. Wir mußten hier fort, so schnell wie möglich. Dieses schöne Mädchen war eine ständige Versuchung für die Männer dieses Landstrichs.

»Geh von der Tür weg, Grünschnabel!« donnerte Sorlack.

»Ich denke nicht daran. Der erste, der ins Freie kommt, stirbt!« schrie ich zurück.

»Wir tun dir nichts!« brüllte ein anderer Mann.

Die Hunde gruben sich aus dem Schnee und kamen näher. Ich hörte auf der anderen Seite des Kreises, der hier den Dorfplatz darstellte, Schritte, Geräusche und Stimmen. *Fartuloon?* Langsam entfernte ich mich von der Tür, erkannte meine Umgebung und machte einen Sprung. Ich hielt Augenblicke später ein Bündel scharf geschliffener Harpunen in den Händen. Die langen Lederriemen und die Kunstfasertaue daran schleiften durch den harten Schnee; ich schrie: »Ihr habt das Mädchen belästigt. Ich warne euch!«

Vorsichtig und knarrend öffnete sich die Tür. Sorlack streckte seinen Kopf heraus und sah mich an. »Du junger Narr«, sagte er scharf. »Das war nur ein Spaß, und du hast dem Fallensteller beinahe die Handgelenke durchgeschnitten!«

»Das hier ist kein Spaß!« Ich stand breitbeinig da und hielt eine Harpune wurfbereit im zurückgerissenen Arm. Mein Atem bildete Wolken vor meinem Kopf. Die nadelfeine Spitze der Jagdwaffe deutete auf Sorlacks Kopf. Geräusche hinter mir, eilige Schritte und das Keuchen des dicken Mannes: Fartuloon wirbelte in den Palisadenhof herein. Wie immer bewegte er sich wie ein magerer, von den Zehen bis zum Kopf durchtrainierter junger Kämpfer. Nur wenige Menschen wußten, daß er nicht fett, sondern »nur« mit gewaltigen Muskelwülsten ausgestattet war.

Er blieb hinter mir stehen und sagte laut: »Was geht hier vor? Ich dulde nicht, daß Blut fließt!«

Sorlack schob die Tür ganz auf und sagte betroffen: »Erhabener, es ist Blut geflossen. Dein Sohn hier hat einen Mann verletzt.«

Ich rührte mich nicht und sagte, während die Harpunenspitze weiterhin auf Sorlack deutete und nicht um einen Millimeter zitterte: »Sie haben Farnathia belästigt, Fartuloon.«

Fartuloons Stimme kam schneidend und hart wie ein Eiskeil: »Stimmt das, Sorlack?«

Hinter dem massigen Händler tauchten halb schattenhaft andere

Gestalten auf. Die Sonne versank glutrot hinter Schneewolken. »Es war ein Spaß. Du weißt, wie wir sind. Hart, aber herzlich. Sie wollten nur ein wenig scherzen!«

Vorsichtig ging Fartuloon, unter dessen bodenlangem Fellmantel der Brustharnisch glänzte wie eine polierte Messingscheibe, um mich herum. Er zischte in einer Sprache, die ich nicht verstand, den Hunden etwas zu. Die Tiere klemmten die Schwänze zwischen die Beine und verzogen sich winselnd in eine andere Ecke. Die Tür klaffte jetzt auf, die Männer drängten an dem Händler vorbei ins Freie. Ein schneidender Wind erhob sich im Westen.

Fartuloon, die Hand am Griff des Skarg, sagte dröhnend: »Es war ein Mißverständnis. Die Kleine ist eure rauhe Art nicht gewöhnt, sie war zu Tode erschrocken. Dieser junge Mann hier, der schnell und tödlich zu kämpfen versteht, hat sie beschützt, weil er Farnathia liebt. Und ihr habt eure Gastfreundschaft strapaziert. Wollt ihr Rache?«

Sorlack rief: »Nein, ich nicht. Mir ist nichts geschehen. Aber der Jäger hier hat zerschnittene Handgelenke.«

Der Bauchaufschneider ging näher an die Männer heran und winkte mir, zurückzubleiben. Dann sah er sich die Schnittwunden des Mannes an, schüttelte den Kopf und sagte in autoritärem Ton: »Atlan! Geh zurück und hilf Eiskralle und Farnathia! Ich kümmere mich um die Wunden. Auf diesem Planeten wird zuviel gekämpft und gestorben; es tut not, daß wir die Vernunft behalten.«

»Wahr geredet!« brummte Sorlack. »Das ist gut gesprochen. Kommt herein, ich will nicht den Sturm aufwärmen.«

Fartuloon kam auf mich zu, faßte mich um die Schultern und beruhigte mich. Ich legte die Harpunen an ihren Platz zurück und ging hinüber in unser gemietetes »weißes Zelt«, um uns und die Ausrüstung auf den baldigen Aufbruch vorzubereiten. Die Aufgabe war ebenso wie das Land, durch das wir flüchten mußten: hart und schwierig, rücksichtslos und eigentlich zu groß für uns vier.

Als ich mit Eiskralle darüber sprach, sagte der Chretkor: »Ich weiß, daß es mein Tod sein wird. Ich werde erfrieren und zu Eis erstarren. Dann zerbreche ich wie ein Eiszapfen. Aber ich komme trotzdem mit euch!«

Sechs Tontas waren wir jetzt unterwegs. Fartuloon saß am Steuer und lenkte das ratternde Gefährt durch eine Landschaft, in der man die Wege bestenfalls ahnen konnte. Ich kauerte neben dem Bauchaufschneider und betrachtete die undeutliche Spur, die ein Fallensteller hinterlassen haben mochte. Die Kompaßnadel zitterte, und meist deutete sie in genau die Richtung, in die wir fuhren.

»Todesangst kennt keinen Luxus!« knurrte Fartuloon und drehte an dem Rad, das der vorherige Besitzer mit Schnüren umwickelt hatte. »Eine Erfahrung, die du auch einmal machen wirst, Söhnchen!«

»Ich friere!« jammerte Eiskralle.

Ich drehte mich um und hielt die Hand Farnathias einige Zeit in meinen Fingern. Das Mädchen schien sich nicht zu fürchten; ihr Vertrauen in Fartuloon war größer als meines. *Wir haben nicht einmal eine Karte.*

»Kein Luxus – das würde mich nicht schrecken«, sagte ich, als das Gefährt mit den Vorderrädern über einen meterhohen Felsen kletterte und sich aufbäumte wie ein wahnsinniges Reittier. Der Raupenantrieb krachte schwer auf Stein und lief rasselnd und funkensprühend leer durch, bis die Räder wieder Boden erreicht hatten. »Aber dieser Kasten hier ist weniger als kein Luxus!«

Ich lockerte meinen krampfhaften Griff, mit dem ich mich davor bewahrt hatte, aus dem fellbedeckten Sitz durch die metallene Abdeckung katapultiert zu werden. Jetzt befanden wir uns auf dem Gelände eines winzigen, zugefrorenen Baches, der meterhoch zugeschneit war. Rechts und links glitten weiße Hügel vorbei, deren Schnee von sich kreuzenden Tierspuren durchzogen war. Sämtliche Bäume trugen weiße Hauben. Die fahle Wintersonne leuchtete über das Blasse Land.

»Bist du sicher, Atlan, daß das Fahrzeug nicht explodiert?« Farnathia schlug die Kapuze zurück und rückte ängstlich von dem dunkelrot glühenden Rohr des Brenners weg. Das winzige Bullauge auf ihrer Seite der sargähnlichen Kabine war voller Eiskristalle.

»Ich bin nicht sicher, aber zumindest funktioniert noch alles!« Ich drehte mich um und lächelte sie aufmunternd an. Hoffentlich hatte der Bauchaufschneider übertrieben, als er uns gestern abend von den Schneegeistern berichtete. Selbst ein harmloser Angriff konnte uns umbringen. Meine Spannung wuchs, je mehr wir uns von *Seuders Weißen Zelten* entfernten. Sechs und mehr Tontas, eine beunruhigende Distanz, und noch mindestens zwanzig Tage lagen vor uns. »Kennst du den Weg, Fartuloon?«

»Ja. Auswendig. Ich könnte ihn bei Nacht fahren. Außerdem fahren wir direkt nach Norden. Willst du ans Steuer?«

Ich winkte ab. »Später. Zufrieden mit meinen Reparaturen?«

Wir hatten für horrendes Geld Einzelteile gekauft, die ich eingebaut hatte. Das leichte Öl wurde im Brennraum verwirbelt, der zudem mit brauner Kohle, also altem Moorboden, mit Knochenfett und mit Holz gefüllt war. In dem kleinen, langgestreckten Druckbehälter, der beunruhigend nahe zwischen unseren Sitzen nach vorne führte, entstand Dampf. Der hochgespannte Dampf trieb eine Turbine an, die über eine starre, aber übersetzte Welle mit dem Generator verbunden war. Dieses Gerät gab seine Energie an die einzelnen Motoren in den Naben der Räder und im Antriebsblock der Raupenkette ab. Noch funktionierte alles, und die wenigen Uhren und Instrumente zwischen Fartuloon und mir zeigten beruhigende Werte.

Langsam drehte sich, als wir das flache Tal verließen und auf eine Lichtung hinausfuhren, die Kompaßnadel wieder zurück. Vor uns breitete sich ein weites Tal aus, dessen Hänge noch flach waren, aber dort, wo ihr Schnee mit dem hellgrauen Himmel verschmolz, stark anstiegen und weitaus höher waren.

»Geradeaus?« fragte Eiskralle. »Hoffentlich muß ich nicht einmal hinaus!«

Fartuloon schien zu spüren, daß Eiskralle wieder einmal seine Angst deutlich aussprechen mußte, um sich vorübergehend davon zu befreien. »Eiskralle!« Der Mann, der von sich behauptete, einstmals als Gladiator gekämpft zu haben, drehte sich nicht um, als er mit dem Chretkor sprach.

»Was ist?« fragte der Zwergwüchsige mit der transparenten Haut zurück, ausnahmsweise bekleidet und dick in Felle gehüllt.

»Du sitzt weit genug vom glühenden Rohr des Brenners entfernt. Also brauchst du keine Angst zu haben, du könntest zerfließen.«

Eiskralle blies gegen das beschlagene Bullauge und sah dann wieder durch die eisfreie Frontscheibe, die außen und innen von einem starken Gebläse freigehalten wurde. »Richtig! Ich denke nicht an Hitze. Mir ist richtig wohlig zumute!«

»Ausgezeichnet. Hör zu – wir haben für zwanzig Tage Brennöl im Tank. Wir haben Äxte und Sägen, um Brennholz machen zu können. Du brauchst den Wagen nicht zu verlassen. Also wirst du auch nicht erfrieren. Und schon gar nicht so, daß du in tausend Kristalle zerspringst. Vertraue uns, wir bringen dich in eine Gegend, in der du dich noch mehr wohl fühlen wirst!«

Das Fahrzeug glitt mit ständig zunehmendem Tempo durch den Schnee und über das Eis dahin. Die breiten Räder mit den wuchtigen Profilen wühlten sich durch den weichen Schnee. Die Raupenkette rasselte und klapperte, und die ausgeschlagenen Lager verursachten einen höllischen Lärm. Weiter voraus schien ein See zu liegen; die Natur deutete dies durch Formen und Gefälle an. Nur an fünfzig Tagen gab es bis zum Warmen Auge keinen Schnee und kein Eis. Wir näherten uns jetzt, ratternd und quietschend, einem einzeln stehenden Baum, mitten in der weiten, ebenen Fläche.

»Du bist mein Freund!« versicherte Eiskralle. »Ich werde dir helfen, deine Station zu erreichen.«

Der Bauchaufschneider grunzte. Ununterbrochen hatten wir Tierspuren gesehen und durchfahren. Kleine, ungefährliche und riesenhafte, die von gigantischen Tieren zu stammen schienen oder von den Schneegeistern.

»Einmal«, sagte Fartuloon nach kurzem Schweigen ohne jeden Übergang und ließ mit einer Hand das Steuer los, »einmal, nach einem blutigen Sieg in der Arena, saßen wir bei einem exzellenten Essen. Die schönsten Tänzerinnen der Stadt drehten sich für uns! Die besten Musiker spielten! Sie wetteiferten miteinander, um unsere Ohren zu erfreuen. Schwitzende Köche brieten und sotten ununterbrochen neue Kostbarkeiten, die Zunge und Gaumen zum Jubeln brachten! Wir fühlten uns wie die Sternengötter. Die Tische bogen sich. Plötzlich – ich weiß es noch wie heute – erstarrten die Diener, die uns servierten. Die Musiker brachen mit ihrem feurigen Spiel ab. Die Tänzerinnen hielten an und verwandelten sich in warmhäutige, kaum bekleidete Statuen. Dann öffnete sich ein Vorhang, und ein Mädchen kam in den Saal. Sie war wunderschön, und aus ihren Augen leuchtete die Wildheit wie die Nachmittagssonne ...«

»Dort drüben, Fartuloon!« stieß ich hervor und deutete an seinem Kopf vorbei nach links.

Fartuloons gekräuselter Bart begann zu zittern, als er knapp sagte: »*Schneegeister!* Sie beobachten uns. Noch keine Gefahr!«

Wir sahen sie. Auch Eiskralle und Farnathia beugten sich über unsere Schultern und starrten hinaus. Auf einem Felsen, der wie eine Kanzel zur Ebene vorsprang, standen fünf oder sechs Gestalten. Sie trugen einen schmutziggelben Pelz und waren gegen den Schnee nur undeutlich zu sehen. Sie wirkten wie aufrechtgehende Primaten, wie riesige, schlanke Affenartige mit langer Behaarung und kleinen, runden Köpfen. Sie standen in einer kleinen Gruppe eng beieinander und bewegten sich unruhig, so daß es fast unmöglich war, sie zu erkennen. Die Oberfläche des Felsens befand sich etwa vierzig Meter über und hundert Meter vor der Schnauze des Eiswagens.

»Es sind tatsächlich Schneegeister!« verkündete Fartuloon mit düsterer Stimme. »Hier habe ich sie noch nicht erwartet!«

Eiskralle wimmerte auf. »Noch nicht? Was bedeutet das?«

Fartuloon öffnete das Ventil. Mehr Dampf strömte in die Turbine und ließ sie schneller rotieren. Der Wagen fuhr schneller. Das Kreischen und Schleifen in den alten Lagern wurde zu einem unerträglich lauten Geräusch, das in den Ohren hallte wie ein Schrei.

»Wir sind im Blassen Land. In etwa zehn Tagen werden wir das Warme Auge erreicht haben. Von dort geht es, genau in der Richtung auf den nördlichen Pol, zu meiner Station. Zwischen dem Punkt hier und dem Warmen Auge – um genau zu sein, zwischen dem Kreis um den Pol, an dem das Auge liegt und dem Pol selbst, gibt es selten oder nie Schneegeister. Aber sie treiben sich zwischen hier und dem Auge herum. Ihr wolltet es mir gestern ja nicht glauben. Ich habe sie nicht so nahe an *Weißen Zelten* erwartet, das wollte ich damit sagen.«

Ich erkundigte mich bedächtig: »Was kann man gegen sie unternehmen?«

Mit einem leidenschaftslosen Schulterzucken antwortete der Bauchaufschneider, ohne daß sich seine Miene änderte: »Das übliche. Man kann sie töten, wenn man sie trifft.«

Das bedeutet, daß sie sich nicht offen zeigen und niemals nahe genug an uns herankommen, so daß die drei Gewehre, die wir haben, nichts ausrichten können.

»Und ... was werden sie uns antun, Fartuloon?« fragte Farnathia, ließ sich zurücksinken und schnallte sich wieder an.

Ich ließ kein Auge von den Gestalten. Eine davon, die gelbe Gestalt an der Spitze, deutete auf uns. Ich stellte mir vor, was sie sahen: ein schachtelförmiges Ding mit einem langen Rohr, aus dem schwarzer Rauch quoll und seitlich weggerissen wurde, mit sechs mannsgroßen Rädern, die eine breite Spur und eine Wolke treibenden Schnees hinterließen. Unten, auf dem Grund des Tales, klein und ungefährlich. Genau das richtige Maß, um einen Überfall zu versuchen. Sie wirkten unvorstellbar wild und hysterisch. Vermutlich griffen sie alles an, was sich bewegte. Besonders Dinge, die ihre Herkunft aus Arkonidenhand nicht verleugnen konnten.

»Nichts, wenn wir es verhindern können!« gab Fartuloon zurück. Ich kannte ihn ein wenig besser. Er heuchelte Selbstvertrauen und Ruhe, strahlte förmlich eine gelassene Überzeugung aus, aber in Wirklichkeit befaßte sich sein ausgezeichneter Verstand bereits mit Möglichkeiten, wie wir ihnen begegnen konnten.

»Können wir es verhindern?« kreischte Eiskralle.

»Ich weiß es nicht. Jedenfalls werden wir zu tun haben in den nächsten Tagen! Sie verschwinden jetzt, Atlan!«

»Ich sehe!« Die Gruppe, die wir jetzt deutlicher erkennen konnten, zog sich langsam und, wie es schien, widerstrebend zurück.

»Ich glaube, daß es mutierte Nachkommen jener Wesen sind, von denen das Tarkihl erbaut wurde. Ich habe schon mehrmals versucht, mit ihnen Kontakt aufzunehmen.«

»Und …?« erkundigte sich Farnathia.

»Kein Ergebnis. Keine Möglichkeiten dafür. Sie haben vermutlich nicht einmal verstanden, was ich wollte. Ich habe einen oder zwei von ihnen getötet.«

»Erkennen sie dich wieder?« wollte sie wissen.

»Nein«, sagte Fartuloon. »Ich hatte damals mehr Haar und keinen Bart.«

»Kann ich euch helfen? Habt ihr Hunger oder Durst?« fragte Farnathia von hinten und begann in einigen Paketen des festgezurrten Vorrats zu wühlen. Noch immer rasten wir mit beträchtlicher Geschwindigkeit zwischen den ansteigenden Uferbergen dahin.

Fartuloon nickte. »Ich habe Hunger!«

»Ich nicht!« wehrte ich ab.

Noch zwanzig Tage, ein oder zwei mehr oder weniger. Zwanzigmal eine Fahrt durch diese Schneelandschaft, die in den Augen blendete und die Netzhäute schmerzen ließ. Nicht nur die Gefahren der Schneestürme oder der wilden Tiere drohten, sondern jetzt auch noch jene merkwürdigen Wesen. Fartuloons Ellbogenstoß brachte mich wieder in die Wirklichkeit zurück. »Ablösen, Atlan. Dort vorn ist ein See. Wir werden heute noch nicht mit eingeschalteten Scheinwerfern fahren. Wir müssen eine bestimmte Höhle am anderen Ufer des Sees finden und uns dort verbergen. Ich weise dich ein.«

»Einverstanden«, sagte ich. Wir stiegen nicht aus, sondern krabbelten bei gedrosselter Geschwindigkeit aneinander vorbei. Ich schnallte mich hinter dem Steuer fest. Verglichen mit den ersten Tontas der Reise erfolgte die Fahrt jetzt geradezu glatt wie auf einer Straße. Aber das konnte und würde sich bald ändern. Ich regelte die Turbine neu ein, blickte nach dem Stand der Sonne und fuhr weiter. Ich merkte es schon nach einigen hundert Radumdrehungen. Nicht nur ich, sondern auch die drei anderen Insassen des Wagens wurden leiser und schweigsamer. Die Aussicht auf rund zwanzig von Gefahren erfüllte Tage ließ sie zurückschrecken von der Vorstellung, sie könnten schnell von Gortavor fliehen. Der OMIRGOS war der Rettungsanker, aber er war unter Umständen unerreichbar fern.

»Der See ist zugefroren«, murmelte Fartuloon undeutlich und schlug seine Zähne in eine Scheibe Braten.

Ich grinste kalt. »Dacht' ich's mir doch! Kein Wunder, bei dieser Kälte.«

»Du Waisenknäblein!« grollte er. »Das liebe ich! Scherze im Angesicht der sinkenden Sonne und der versteckten Schneegeister. Dir wird in den nächsten zwanzig Tagen die Lust an Späßen noch vergehen.«

Er grinste mich breit an. Seine Augen zogen sich dabei zu schmalen Spalten zusammen. Ich vertraute diesem merkwürdigen Mann, der immer dann, wenn andere Männer aufgeben würden, einen neuen Trick mit spielerischer Leichtigkeit aus dem Ärmel schüttelte. Nur ich wußte, wieviel Disziplin hinter dem Können dieses Alleskönners steckte. Ich war sein geistiger Sohn in mehr als nur einer Beziehung, eine Waise, die er aufgelesen und aufgezogen hatte. *Was ich kann, verdanke ich ihm! Was er mir nicht selbst beigebracht hat, das lernte ich von seinen Freunden, die womöglich noch merkwürdiger sind als er.*

Im Augenblick wirkte Fartuloon derart angespannt, daß ich wußte, er arbeitete an drei Dingen gleichzeitig. Er kontrollierte jeden meiner Handgriffe. Er kontrollierte auch die Landschaft vor uns. Ab und zu warf er einen Blick in den großen Rückspiegel, auf dessen gekrümmtes Glas ebenfalls ein Heißluftstrahl blies. Offensichtlich suchte er nach Anzeichen für einen Überfall der Schneegeister. Und nebenbei aß und trank er mit dem gesunden Appetit eines Gourmets. Vielleicht dachte er auch noch an andere Probleme, aber das konnte ich nicht mehr feststellen. Die Ebene senkte sich. Der Boden unter dem Eis und den Schneeverwehungen fiel schwach ab und ging dann, etwa dreißig Meter tiefer, in die Eisplatte des Sees über. Im Gegensatz zum bisherigen Weg war der See ein einziger, vom Wind glattgeschliffener Spiegel.

»Vorsicht! Wir werden schleudern. Wenig steuern, nur mit der Raupe arbeiten!« knurrte der Bauchaufschneider.

Er denkt tatsächlich an alles, dieser Teufel! dachte ich voller Bewunderung, griff nach unten, neben den schlecht isolierten Druckkessel, und riß den Hebel hoch, der die Raupe vom Boden abhob. Auf sechs Rädern rollte der Wagen geradeaus und begann seine Fahrt über den zugefrorenen See.

»Ganz geschickt!« knurrte Fartuloon. Ich nickte; die Räder griffen noch und drehten nicht durch. Ich mußte die Geschwindigkeit, mit der ich die stählerne Raupe einsetzte, abschätzen, sonst begann das Gefährt zu kreiseln. Ganz langsam senkte ich, als der Schwung des Anlaufs verebbte, den Hebel wieder und verringerte die Kraftzufuhr zu der Raupe. Als ich durch den Radau der heulenden Lager und Achsen das Kratzen der Dornen auf dem Eis hörte, wußte ich, daß ich recht gehabt hatte. Langsam senkte ich die Raupe ganz ab. Eine Anzahl harter Rukke ging durch den Mechanismus. Die Esse stieß einen Funkenschwarm aus, als Holz zusammenfiel und in den Aschebehälter krachte. Dann griff die Raupe und schob uns geradeaus weiter.

»Wo liegt die Höhle?« fragte ich Fartuloon.

»Gegenüber. Ziemlich genau in der Spur. Es ist ein Felsen, der wie eine hochgereckte Faust aussieht. Das Loch ist getarnt, und wir müssen rückwärts hineinfahren.«

»Auch das noch«, sagte ich und sah in die beiden Rückspiegel. Niemand verfolgte uns, aber die Spur, die wir hinterließen, würde ein Blinder ertasten können. Wir rasten über das Eis. Die Räder hinterließen keine Spuren, aber hinter uns zog sich über das spiegelglatte Eis eine Reihe von Löchern, von denen kleine Risse nach allen Seiten ausgingen. Es waren die Eindrücke der stählernen Dorne und Profile auf den Segmenten der Raupe. Die Schatten wurden länger – der Tag ging zu Ende. Als ich die krachende Explosion hörte, wartete ich unwillkürlich darauf, zerrissen zu werden.

Der Drucktank! schoß es durch meine Überlegungen. Dann hörte ich Farnathia schreien, den Chretkor kreischen und Fartuloon fluchen: Hinter uns spaltete sich das Eis.

Die Länge des Sprunges war nicht zu erkennen, aber als das Echo der krachenden Detonation verklungen war, sah ich in beiden Spiegeln, daß der Spalt aufriß und breiter wurde. Er verlor sich beiderseits des dahinrasenden Gefährts in der undeutlichen Ferne.

»Fahr zu! Geradeaus!« keuchte Fartuloon. »Hol das letzte aus der Turbine heraus! Die Schneegeister haben es irgendwie fertiggebracht, das Eis zu sprengen. Jedenfalls wird in kurzer Zeit ein Spinnennetz von Sprüngen über den See reichen.«

»Eine verdammte Aussicht«, sagte ich. Tief in meinem Inneren schienen sich die Nerven zu dehnen bis zum Zerreißen. Ich fühlte die Kälte trocknenden Schweißes auf meinem Gesicht und unter den Pelzen. Im Zickzackkurs preschte das Gerät über den See.

»In Ordnung!« Fartuloon blickte von einem Rückspiegel zum anderen, preßte seine Nase an die Frontscheibe und sah sich um. Unter uns ertönte ein grollendes Knistern. Dann wieder: ein Knall. Dunkel und peitschend und zwischen den eisstarrenden Bergwänden hin und her rollend im Echo. Parallel zu meinem Kurs riß eine zweite Spalte auf. Sie kreuzte fünfzig Meter weiter den Kurs.

»Hinüber, ehe sie breiter wird!« schrie Fartuloon und riß eines der Gewehre aus der Halterung. Das Rohr des Brenners glühte jetzt fast weiß. Hinter uns zog eine fette, schwarze Rauchwolke über das Eis.

Ich hielt das Fahrzeug in der Geraden. Ich mußte mit der Steuerung, mit sechs sich drehenden Rädern und einer rutschenden Raupe arbeiten und alles aufeinander abstimmen. Die Spalte, etwa eineinhalb Meter breit, kam unaufhaltsam näher. Abermals brach mir der Schweiß aus, aber Fartuloons Hand deutete unbarmherzig nach vorn. Das erste Räderpaar berührte den Rand, sackte schwer in den freien Raum hinein und bäumte sich in der kreischenden, hart durchschlagenden Federung auf, als die Raupe das Eis aus den Kanten fetzte. Dann schlugen die Räder wieder aufs Eis zurück, das zweite Paar nahm denselben Weg und schleuderte die Kabine einen Meter hoch, ließ sie wieder in die Federn zurückkrachen, und die Raupe faßte am gegenüberliegenden Kantenabriß der Spalte.

Schlingernd und kreiselnd brach das Fahrzeug aus. Ich gab volle Kraft auf die Raupe und ließ die Räder leer mitlaufen. Wir drehten uns dreimal, dann packte die Raupe irgendwie und schleuderte uns förmlich nach vorn, von der klaffenden Spalte weg. Ich schaffte es instinktiv, den Kurs wieder zu stabilisieren und fuhr weiter. Geradeaus, auf das jenseitige Ufer zu, wo sich aus Nebelschleiern oder treibendem Schnee die »Faust« des rettenden Felsens abzuzeichnen begann. Die Sonne verschwand hinter einem der hohen Uferberge.

»Recht geschickt. Doch die wahre Meisterschaft hast du noch nicht bewiesen!« kommentierte Fartuloon.

Er war ein Lehrmeister ohne jedes Erbarmen mit den Schwächen eines Schülers. Wen sollte ich hassen? Ihn deswegen, weil er derart streng mit mir war, oder mich, weil ich nicht sein Alter und seine Erfahrung hatte? Ich kam nicht mehr dazu, darüber nachzudenken, denn ein drittes Krachen erschütterte den Abend. Fartuloon deutete nach rechts. »Dort drüben!«

Ich konnte nichts erkennen; sogar seine Augen waren schärfer als die eines Jüngeren. Vermutlich wußte er, nach welchen Merkmalen er ausschauen mußte. »Du kannst mich gern ablösen!« schlug ich nach einer Weile gekränkt vor.

»Keine Absicht«, sagte er. »Farnathia bewundert mich nicht, wenn ich meisterhaft steuere!«

»Aber Atlan bewundert sie!« krähte Eiskralle. Die Vorstellung, in das eiskalte Wasser des Sees zu fallen, hatte ihn geschockt. *Gleich wird er wieder seine Ängste hinausschreien.*

Nach einiger Zeit, in der ich das Ziel anvisierte und genau darauf zusteuerte, sagte Fartuloon mit erstaunlicher Gelassenheit: »Der Schneesturm hat morgen bei Sonnenaufgang hoffentlich aufgehört. Es kann eine ernste Schwierigkeit daraus werden, wenn man ohne Sicht fährt!«

»Schneesturm? Welcher Sturm?« keuchte Farnathia von hinten.

»Derjenige, der im Augenblick der einsetzenden Nacht beginnen wird. Für uns ein Vorteil, denn er deckt unsere Spur ab. Wenigstens an den meisten Stellen, denn sonst wüßten die Kralasenen überhaupt nicht mehr, wo sie uns suchen sollten.« Fartuloon stimmte das dröhnende Gelächter an, das ihm – seinen Erzählungen nach – in allen Gaststätten, Karawansereien und Arenen des Großen Imperiums bekannt und berüchtigt gemacht hatte.

Wir erreichten den Felsen in dem Augenblick, als das letzte Licht verschwand. Das Blasse Land begrüßte die Nacht mit dem Geheul eines aufkommenden Sturmes.

»Atlan!«

»Ja, Fartuloon?«

»Nimm die beiden Handscheinwerfer und ein Gewehr und öffne die hintere Klappe. Ich steuere den Karren rückwärts in die Höhle hinein. Sollte ein Scandher aus der Höhle herauskommen, dann schieße zuerst und frag mich anschließend.«

Ich schnallte mich los. »Was ist ein Scandher?« wollte ich wissen und sprang in den metertiefen Schnee am Rand des Sees.

»Du wirst ihn erkennen«, versicherte der Bärtige trocken.

Ich zog die langen Kabel der Handscheinwerfer von den Kabeltrommeln ab und stapfte durch den mehr als kniehohen Schnee. Das Gewehr hing vor meiner Brust. Die beiden Lichtstrahlen geisterten vor mir her und erhellten die nähere Umgebung; die Baumstämme und die herumliegenden, schneebedeckten Felsblöcke warfen lange schwarze Schatten.

»Geradeaus!« brüllte Fartuloon aus dem Fahrerhaus. Er wendete langsam und sorgfältig das Gefährt. Die Raupenkette und die Räder walzten die Schneefläche glatt, und ich ging geradeaus weiter. Von tiefhängenden Ästen krachten Schneemassen herunter und mir auf die Schultern. Jetzt, nach weiteren dreißig Schritten, erreichte das Licht aus den Scheinwerfern den Eingang der Höhle.

»In Ordnung!« rief ich durch den Lärm der winselnden Turbine und der knirschenden Zahnräder. Langsam stieß das Fahrzeug rückwärts hinter mir her. Ich ging auf den Höhleneingang zu. Über uns wölbten sich die Felswände vor und bildeten tatsächlich die Konturen einer hochgereckten Faust. Lange Eiszapfen hingen an dem Stein herunter und deuteten mit ihren nadelfeinen Spitzen auf das dünne Dach des Schneefahrzeugs. *Wenn sich einer dieser eiskalten Speere lockert* ... Ich reagierte und schrie: »Fartuloon! Halt!«

Die riesigen Räder hielten knirschend. Fartuloon schob seinen Oberkörper durch das Fenster, und das Rohr blies eine schwarze Wolke aus Flammen, Funken und Rauch zwischen die weißen Bäume.

»Was ist los, Atlan!«

Ich deutete mit dem Strahl eines Scheinwerfers nach oben. Das kalkweiße Licht brach sich in Tausenden Reflexen an den meterlangen Zapfen. »Wenn die Schneegeister ...«, begann ich.

»Schon gut! Schieß das Zeug herunter. Aber geh aus der Fallinie!«

»Ich werde es versuchen!« Ich ging einige Schritte rückwärts, aber offensichtlich waren wir überholt worden. Einige Eiszapfen begannen plötzlich zu klingen wie Glocken. Einer brach ab, pendelte hin und her und zischte dann senkrecht herunter. Er bohrte sich mit einem fauchenden Geräusch in den Schnee und brach ab. Von oben, hoch vom Felsen, ertönte ein gellendes Gelächter. Ich bückte mich, steckte die Handgriffe beider Scheinwerfer in den Schnee und hob die Waffe. Peitschend löste sich der erste Schuß aus dem Lauf. Das Geschoß traf den dicksten und längsten Eiszapfen an der Basis. Das Ding zerbarst und zersplitterte und riß einen wahren Hagel von anderen Eissplittern nach unten. Aber an beiden Enden der langen Galerie lösten sich die Eiszapfen, ohne daß ich sie getroffen hätte.

»Die Schneegeister! Suche sie mit dem Scheinwerfer!« brüllte der Bauchaufschneider.

Ich feuerte noch zweimal, bis in der herabhängenden Galerie der Eiszapfen ein breites Loch klaffte. Dann hechtete ich zurück in den tiefen Schnee, riß eine Lampe heraus und richtete sie nach oben. Ich sah gerade noch, wie eine undeutliche Gestalt über die Felswand hinauf turnte, dann verschwand sie. Das Echo der Schüsse hallte wider, die Maschinen liefen leise, und langsam breitete sich wieder die Stille aus. »Sie sind verschwunden!«

»Nicht für immer!« gab Fartuloon zurück. »Ich fahre weiter!«

Während ich versuchte, meine aufgeregten Nerven zu beruhigen, holte ich die zweite Lampe, hängte die Waffe um und stapfte zwischen Schnee und abgebrochenen Eiszapfen auf den schwarzen Höhleneingang zu. In Schrittgeschwindigkeit folgte mir der Bauchaufschneider mit dem Wagen. Wir gelangten bis an den Eingang, stießen einige Schritte weiter hinein, dann berührte das Rauchrohr die Decke.

»Halt!« Ich leuchtete jeden Winkel der Höhle aus, so weit ich sehen konnte. Auch hier Spuren am Boden, Laubreste, lange, braune Nadeln, Tierkot und einige kleine Skelette. Zögernd ging ich weiter, aber es zeigte sich keine wilde Bestie, die uns angriff. Ich blieb stehen, als ich merkte, daß die Höhle endete.

»Kein Scandher, Atlan?« rief Fartuloon und half dem Mädchen aus der Kabine. Es klang, als sei er enttäuscht darüber.

»Ich bedaure es selbst am meisten!« gab ich bissig zurück. Wir trafen uns zu dritt am Eingang der Höhle. Fartuloon hatte bereits die Maschine des Fahrzeugs so weit gedrosselt, daß sie nur noch Wärme und ein wenig Energie abgab. Ich verstaute die Scheinwerfer, behielt aber die Waffe in der Hand. Als ich das Heulen und Pfeifen des Windes hörte, der sich hier im Höhleneingang fing und ein orgeltonartiges Geräusch erzeugte, wußte ich, daß wir eine kurze Nacht verbringen würden. Die ersten Schneeschleier trieben vorbei, die Flocken fielen dicht zwischen den Bäumen herunter.

»Was hast du vor?« fragte ich Fartuloon.

Er schlug mit der Faust gegen seinen beschlagenen Harnisch und sagte: »Wir essen. Farnathia wird sich darum kümmern. Nicht wahr?«

Sie lehnte sich gegen meine Schulter. In ihrem Gesicht waren deutlich die ungewohnten Strapazen zu sehen. Sie tat mir leid, aber ich vermochte nichts zu ändern. Wir konnten nur versuchen, es ihr ein wenig leichter zu machen. Sie sagte spitz: »Ich kann sogar Tee heißmachen!«

»Ausgezeichnet. Wir bleiben bis zum ersten Morgenlicht hier«, bestimmte der Bauchaufschneider brummend. »Ich werde die erste Wache halten. Dann bist du dran, Atlan. Handscheinwerfer und Gewehr und stoßbereiten Dolch, ja?«

Ich nickte. »Ich habe verstanden. Kommen die Schneegeister auch nachts?«

Wir halfen Farnathia, wieder ins Innere der Kabine zu klettern. Eiskralle saß unter einem Berg von Pelzen und sah uns mit großen Augen an. Von ihm war nicht mehr als das gläserne Gesicht zu erkennen. Offensichtlich war es ihm unter den schützenden Häuten nicht so warm, daß er zu zerfließen drohte – oder es sich wenigstens einbildete.

»Es gibt keine Regel, das ist die einzige Regel bei der Durchquerung des Blassen Landes«, erinnerte mich Fartuloon. »Wir werden noch einige Abenteuer zu bestehen haben auf unserem Weg zum Stützpunkt. Adjover und das Tal Kermant sind nur Stationen.«

Ich wartete, bis uns niemand mehr zuhören konnte, und fragte: »Du kennst den Weg, Fartuloon?«

»Ja, ganz genau. Ich kenne alle Wege, die zur Station führen. Schließlich braucht ein fetter, alter Mann wie ich eine gewisse Sicherheit inmitten aller unsicheren Lebensläufe!«

Ich lachte humorlos. »Wenn wir nur die Station sicher erreichen. Das würde meinen Beifall finden.«

Er ging langsam um das Gefährt herum, das strategisch günstig aufgestellt war. Nicht eingeschlossen in der Höhle, trotzdem vor dem schneidenden Sturm geschützt, vor den Schneewehen, startbereit, in einer Stellung, von der aus wir in wenigen Augenblicken die Weiterfahrt antreten konnten, vorausgesetzt, der Dampfdruck war hoch genug. Derjenige, der Wache hatte, mußte also auch die Feuerung kontrollieren.

»Es fände auch meinen Beifall!« stimmte Fartuloon zu. Er beendete seinen Rundgang und nickte. Die Zeichen schienen, wenigstens für seine Ansprüche an Sicherheit, einigermaßen günstig zu stehen. Er enterte die Kabine. »Hinein. Essen und Trinken!«

Es war gemütlich warm. Die Deckenbeleuchtung und die Kartenlampe verbreiteten gerade die richtige Menge Helligkeit. Wir aßen und tranken; unsere Nahrungsmittel waren nicht abwechslungsreich, aber reichhaltig und nahrhaft. Der Tee mit dem Saft saurer Früchte und einem starken Schuß Alkohol wärmte unsere Glieder von innen.

»Du hast zwei Tontas Zeit zum Schlafen«, sagte Fartuloon schließlich, rückte das Schwert zurecht und schloß seinen Mantel. Dann sah er Luccot und Gewehr durch und legte ein gutes Stück des Lampenkabels in Schlingen. »Und euch empfehle ich dasselbe. Klappt die Sessel nach hinten, dann könnt ihr euch ausstrecken!«

Er knipste die Kartenlampe aus. Augenblicke später hörten wir, wie sich seine Schritte entfernten.

»Es ist nicht so gefährlich, wie ich glaubte«, murmelte der Chretkor und zog die Kapuze über seine Augen.

Farnathia strich über meine Stirn, als ich unsere Sitze nach hinten umklappte und arretierte. »Gib mir deine Hand, Atlan«, flüsterte sie. »So kann ich schneller einschlafen und träume kein wirres Zeug.«

Kurze Zeit später schliefen wir. Es konnten nur Millitontas vergangen sein, als ich spürte, wie Fartuloon mich an der Schulter rüttelte. Ich blinzelte und blickte in sein angestrengtes Gesicht. Eiskristalle tauten in dem schwarzgekräuselten Bart auf; er knurrte: »Es ist Zeit. Keine Vorkommnisse!«

Ich löste meine Finger aus der Hand des Mädchens und machte schweigend die vorgeschriebenen Handgriffe. Endlich stand ich draußen. Ich hatte weder den orgelnden Sturm gehört noch ein anderes Geräusch. Und ich hatte zwei Tontas geschlafen. Der eisige Wind blies mir ins Gesicht, und langsam begann ich in den ausgetretenen Spuren des Bauchaufschneiders meinen Rundgang durch das Stück unberührte Natur vor der Höhle am Felsen, der wie eine Faust geformt war.

Als ich zwischen treibenden Wolkenfetzen die Sterne verblassen sah, kehrte ich zurück und schaltete den Brenner auf höhere Leistung. Von der außen zugänglichen Ladefläche nahm ich Holz, Knochenfett und Kohle und schob sie in die Feuerung. Es ließ sich nicht vermeiden, daß es krachte und klapperte, als ich den Rost umdrehte und die heiße Asche in den aufzischenden Schnee kippte. Beim ersten Tageslicht fuhren wir weiter.

9.

Der Bauchaufschneider Fartuloon:

Noch etwa fünf Pragos nach Arkon-Zeitmaß bis Adjover, der verrufenen Siedlung. Und vorher noch das Tal des Dampfes. Hoffentlich schaffen wir es. Nach Adjover geht es auch ohne dieses tapfere Fahrzeug weiter. Besonders über den Gletscher. Und noch immer keine Spur der Kralasenen des Blinden Sofgart. Der Junge ist wirklich bewundernswert; mit seinen siebzehn Arkonjahren kann er mehr als jeder andere seiner Art. Pragos bis zum Tal des Dampfes – ich werde ihnen vorher nichts erzählen und sie vor vollendete Tatsachen stellen. Das ist das beste für sie. Je weiter die Reise führt, desto mehr steigern sich die Gefahren – gut, daß ich Atlan bei mir habe. Wenn wir die Station rechtzeitig erreichen, dann ist es weitestgehend sein Verdienst.

Zunächst ging es entlang des Seeufers nach Nordosten. Dann kamen wir in eine Landschaft, die innerhalb kurzer Zeit mehrmals wechselte. Fartuloon saß am Steuer und jagte die Maschine mit fast äußerster Kraft voran. Zuerst eine kleine Ebene, völlig flach und vom Schnee bedeckt, der unter dem Druck und dem Sog des Windes skurrile Riffel- und Dünenformen angenommen hatte. Dann ein schneller Wechsel zwischen Tälern und Hügeln, von denen wir einige überklettern mußten. Das Land war ziemlich übersichtlich, und wir sahen oder hörten keine Schneegeister. Schließlich, gegen Mittag, kamen wir an den Rand eines der letzten Gebirge vor dem Pol.

»Wir haben die Wahl«, sagte Fartuloon schroff.

»Welche Wahl? Zu erfrieren! Oder zu schwitzen?« keuchte Eiskralle von hinten.

»Die Wahl, einen großen Umweg zu fahren oder einen kürzeren, gefährlicheren Weg zu nehmen!« Der Bauchaufschneider schien auf meine Antwort geradezu zu lauern.

Eine undefinierbare Stimmung bemächtigte sich meiner. Der kürzere Weg versprach mehr Sicherheit, was unseren Vorsprung betraf, aber er schien auch die Gefahren förmlich herauszufordern. »Ich bin für den kürzeren Weg«, sagte ich. »Besser Gefahren, die man erwartet, als der unerwartete Tod.«

»Recht so! Ich sehe, daß meine Erziehung Früchte zu tragen beginnt!«

Wir fuhren also entlang der immer steiler ansteigenden Berghänge direkt nach Norden, auf die verwunschene Siedlung zu. Der Weg war angenehm, und wir kamen gut voran. Farnathia blickte nach hinten und hielt ein Gewehr in den Armen. Eiskralle schien sich weitaus wohler zu fühlen als in den letzten Tontas; er fuchtelte mit seinen Kinderarmen herum und erzählte von seinen Stimmungen und seinen Erinnerungen. Wir alle fühlten uns so, als wären wir bereits nahe der geheimnisvollen Station des Bauchaufschneiders. Und dennoch fühlten wir, daß uns der Tod im Nacken saß.

»Siehst du etwas, Farnathia?« erkundigte ich mich.

»Nein, nichts. Nur unsere Spur!« gab sie zur Antwort. Sie hielt sich prächtig, obwohl aus ihrem behüteten Zuhause mitten ins lebensgefährliche Abenteuer hineingerissen; ich war nicht unschuldig daran.

»Die Schneegeister scheinen uns aus den Augen verloren und vergessen zu haben«, sagte ich nach einer Weile. Wieder dachte ich daran, daß die Geräusche unseres Fahrzeugs so deutlich zu hören sein mußten wie der Donner eines Wintergewitters.

»Ich rechne mit ihren Angriffen, bevor wir den OMIRGOS erreicht haben!« Immer wieder glitten Fartuloons Blicke hangaufwärts. Auf welchem Grund wir uns bewegten, wußte niemand. Nur daß er fest und einigermaßen eben war, das konnten wir feststellen.

»Wir sammeln Erfahrungen«, meinte Fartuloon nach etwa einer halben Tonta. »Niemals wissen wir vorher, wozu wir sie gebrauchen können.«

Ich biß in die Scheibe kalten Schinkens, die mir Farnathia nach vorn reichte. »Kluge Menschen suchen sich selbst die Erfahrungen aus.« Ich schaute hinaus in die Ebene, die vermutlich ein sumpfiges Flußgelände oder eines der flachen Moore des Blassen Landes war. »Die Erfahrungen nämlich, die sie zu machen wünschen. Wir scheinen keine klugen Menschen zu sein.«

»Im Augenblick sind wir Flüchtlinge!« Dann geschah das, womit wir unbewußt schon die ganze Zeit gerechnet hatten. Zuerst klang es wie entferntes Donnern. Fartuloon begann zu fluchen, kurbelte wie wild am Steuerrad und schrie aufgeregt: »Lawine!«

Ehe unser Fahrzeug nach links ausscherte, konnte ich noch einen langen Blick durch die seitliche Scheibe werfen. Ich sah den steilen Hang, an dessen unterem Ende wir seit rund einer Tonta entlanggefahren waren. Der Hang bildete eine einzige, glatte Fläche, weiß und dreieckig. Kaum mehr sichtbar bewegte sich etwas an seiner Oberkante. Was es war, konnte keiner von uns mit unbewaffnetem Auge erkennen, aber es ließ nur eine Deutung zu: *Schneegeister.* Das Fahrzeug stieß und rumpelte nach links und dann wieder geradeaus weiter. Fartuloon drehte sämtliche Regler und Ventile auf höchste Kraft. Das jammernde Konzert der überlasteten und ausgeschlagenen Lager begann wieder.

»Hoffentlich kommen wir schnell genug in Sicherheit!« Fartuloon steuerte wieder leicht nach rechts, um einem kleinen Wald aus lauter kahlen Bäumen zu entkommen. Am oberen Ende des Hanges, gegen den grauen Himmel, staubte Schnee in die Luft. Es bildete sich eine runde Wolke, die innerhalb von Augenblicken Walzenform annahm. Ich starrte in den Rückspiegel und hielt mich krampfhaft fest. Immer wieder machte das Fahrzeug Luftsprünge von einigen Schritten Weite, und die Raupe raste dann leer durch und ruinierte die Lager noch mehr.

»Schneller!« kreischte der Chretkor. »Schneller, Bauchaufschneider!«

»Bin ich ein Adler?« gab Fartuloon scheinbar ruhig zurück. Die Wolke vergrößerte sich. Sie bewegte sich zunächst langsam hangabwärts. Dann wurde sie schneller und abermals größer. Weitere Schneemassen gerieten in Bewegung und stauten sich gegeneinander, auch der Schnee am Fuß des steilen Hanges kam jetzt hinter uns her. Es war, als ob eine gigantische Flutwelle versuchte, ein winziges Boot einzuholen.

»Schneller!« Eiskralles Stimme überschlug sich. »Wir werden begraben und erstickt!«

»Was können wir tun?« brüllte ich zu Fartuloon hinüber.

»Nichts!« war die lakonische Auskunft.

Wir rasten weiter. Der Schnee breitete sich jetzt hinter uns aus und langte nach dem Fahrzeug. Die entfesselten Naturgewalten, von den Schneegeistern ausgelöst, walzten das Wäldchen nieder, als wären es Strohhalme. Einige harte Brocken Schnee erreichten uns und schlugen laut gegen die zerbeulte Wand des Hecks. Die überlasteten Getriebe kreischten und heulten. Es begann zu stinken, aber wir merkten es nicht. Jetzt erreichte uns der letzte Rest der Lawine. Eine mächtige Faust packte uns im Rücken und schob uns nach vorn. Wie eine Feder wurden wir hochgehoben. Der Schnee drängte sich unter die Räder und die Raupe. Wir glitten, immer schneller werdend, davon. Eiskralle schrie in kreatürlicher Panik. Das Mädchen hielt sich fest und krallte ihre Hände in meine Schulter. Vor uns schien sich die Landschaft zu verändern. Sie raste auf uns zu wie in einem bewegten Alpdruck.

»Vorbei!« hörte ich mich stöhnen. Zwei lange Zungen aus lockerem und zusammengebackenem Schnee überholten uns rechts und links und kamen dann zur Ruhe. Unsere rasende Fahrt wurde langsamer. Die Räder begannen sich wieder zu drehen, und wir kletterten aus dem Schnee hervor.

»Wir sind gerettet«, sagte Fartuloon ruhig und steuerte wieder nach rechts zurück. Der Druck im Kessel war abgefallen; jetzt kletterte er wieder ganz langsam.

Als es Nachmittag wurde, waren wir alle erschöpft, aber wir befanden uns, weit entfernt von dem schneefreien Hang, noch immer auf dem kürzeren Weg. Fartuloon deutete auf eine Erhebung weit vor uns. »Wir müssen über diesen Hügel. Wenn wir oben sind, werden wir eine Pause einlegen.«

Es war nur einem Wunder zuzuschreiben, daß unser Fahrzeug noch lief und nicht längst auseinandergefallen war. Wir erreichten tatsächlich den Hügel, und erst auf seinem Kamm fiel die Spannung von uns ab. Wir waren unsagbar müde. Fartuloon lehnte sich in seinem Sitz zurück und schloß die Augen.

»Woran hast du gedacht?« fragte ich, als Fartuloon die Augen wieder öffnete und mich mit seinem herausfordernden Lächeln anblickte.

»An den verdammten Tee, den Farnathia gerade siedet«, sagte er. »Und an die nächsten Pragos im Blassen Land.«

»Wo liegt das *Warme Auge?*« wollte Eiskralle wissen.

Der Bauchaufschneider deutete nach vorn und sagte trocken: »Hinter den Hügeln im Norden.«

Ich wärmte meine Finger an dem heißen Becher. Was wußte ich über das Warme Auge? Es war nicht viel. Es war ein rundes Stück Land, an den Rändern gezackt und höher als in der Mitte. Etwa zehn Kilometer durchmessend, und in seinem Zentrum war ein See glühenden Magmas. Es brodelte und zischte, und im Innern des Kraters gab es seit Urzeiten keinen Schnee, nur dichten Nebel. Auch im weiten Umkreis dieses *Auges der Welt* konnten sich Schnee und Eis nicht halten. Wir würden nicht darum herumfahren, sondern mußten in Adjover halten und unsere Ausrüstung verbessern. Nicht vor dem Warmen Auge und den seltsamen Naturerscheinungen fürchtete ich mich, sondern vor der Siedlung der Gesetzlosen. Ich trank den Becher leer und hoffte auf bessere Tage.

»Du denkst an Adjover?« fragte mich mein Lehrmeister.

»Ja.«

»Wir werden dort feindlich empfangen werden. Es ist immer so!«

»Weil wir es sind, oder aus anderen Gründen?«

»Jeder Fremde wird feindlich empfangen. Es sind Ausgestoßene, Gesetzlose.«

Ich nickte; das hatte ich schon mehrmals gehört. Diese Menschen dort waren der Abschaum des Planeten. So, wie in einem Kessel der Schaum überkocht und über die Ränder hinausfließt und eine saubere Flüssigkeit hinterläßt, waren diese Menschen von der Kultur und der Zivilisation vertrieben und weggeschoben worden. Man fand sie nicht einmal in den Slumsiedlungen rund um den Raumhafen Gortavors – und das wollte auf diesem Planeten schon etwas heißen.

»Ich verstehe.«

»Sie haben nicht genug Frauen!« vertraute Fartuloon uns mit Verschwörermiene an.

»Das bedeutet ...« Ich stockte. Das hieß, daß der Anblick eines Mädchens sie rasend machen würde. Ich mußte mich also um Farnathia kümmern und durfte ihr nicht einen Schritt von der Seite weichen. Ich mußte ständig eine geladene Waffe tragen, wenn sie mich oder ich sie begleitete. Ich schluckte.

»Verstanden, Atlan?«

»Ja.«

Wir aßen uns satt, tranken und inspizierten das Fahrzeug. Offensichtlich tat es diese verwegene Konstruktion noch eine Weile. Aber je weiter wir fuhren, desto mehr stieg die Wahrscheinlichkeit, daß uns dieses Beförderungsmittel unter den Sitzen zusammenkrachte. Hatte Fartuloon meine Gedanken gelesen?

Er sagte: »Mit statistischer Wahrscheinlichkeit ist jeder weitere gefahrene Kilometer eine größere Belastung für das Vehikel. Je länger wir unterwegs sind, desto mehr sollten wir uns mit dem Gedanken vertraut machen, daß wir die letzten Tage zu Fuß gehen.«

»Wir werden fliegen, wenn der Kessel detoniert!« prophezeite Eiskralle. Sein Humor zeigte oftmals makabre Auswüchse.

Fartuloon schüttelte den Kopf. »Ein Fußmarsch ist eine Erholung gegen den Terror und die Gewalt in Adjover. Ich bitte euch, alle drei – vergeßt das keinen Augenblick. Und jetzt, weiter!«

»Ich fahre«, sagte ich und wechselte auf meinen Platz.

Kurze Zeit später folgte ich der Kompaßnadel, die wie ein stählerner Finger immer in die Richtung deutete, in der unser Ziel lag. Wir verließen den Hügel und kamen in ein Gebiet, das schon im Nachmittagslicht aussah, als sei es ein Wald für Gespenster.

»Meine Freunde«, sagte Fartuloon in ungewöhnlichem Ernst. »Wir befinden uns in einem weitestgehend leeren Land. Das Blasse Land ist grundsätzlich nicht gefährlich; die normale Natur ist nur für Narren und Blinde ein tödliches Abenteuer. Aber wir haben in kurzer Zeit drei verschiedene Gefahren – Ihr könnt mir glauben, denn ich kenne diesen Planeten ebensogut wie eine ganze Reihe anderer, auf denen ich mein Unwesen trieb, vor langer Zeit. Die Gefahren heißen Schneegeister, Tal des Dampfes und Adjover. Wenn wir diese Stationen hinter uns haben, kämpfen wir nur noch gegen die Natur und gegen unsere eigene Müdigkeit und mangelnde Leistungsfähigkeit. Das ist es, was ich euch noch sagen mußte.«

Vor uns lag eine der typischen polaren Ebenen. Dauerfrostgebiet, wie der Bauchaufschneider betont hatte. Das Fahrzeug ratterte mit mäßiger Geschwindigkeit dahin. Ich glaubte, daß das Heruntersetzen der Geschwindigkeit dem Schneewagen eine längere Lebensdauer garantieren würde; ob es richtig oder ein Irrtum war, würde sich herausstellen. Vermutlich befanden sich die Kralasenen, die gedungenen Söldner des arkonidischen Herrschers, trotz aller Vorsichtsmaßnahmen hinter uns. Das stand außer Zweifel, obwohl darüber für uns keinerlei Informationen vorlagen. Aber keiner von uns Vieren zweifelte daran, weil wir unwillkürlich die schlechteste Möglichkeit vermuteten. Die große Frage war nur, wie groß der Abstand zwischen uns und den Kralasenen war. Gab es Grund, einigermaßen optimistisch zu sein? Sie kannten unsere Richtung nicht, und unsere Spuren waren verwischt, seit wir das Depot in der Spinnenwüste verlassen hatten. *Dennoch …*

»Wir danken für deinen Hinweis, Fartuloon«, sagte ich und betrachtete jede Einzelheit der Strecke, die sich jenseits der Frontscheibe zeigte. »Und was hast du über diesen Gespensterwald zu sagen?«

Der Bauchaufschneider zog seine runden, breiten Schultern hoch und knurrte mißmutig: »Ich wünschte, ich könnte dir etwas darüber sagen. Aber ich weiß nichts. Achte auf jeden Fall auf Hinterhalte der Schneegeister!«

»Ist recht!«

Die Ebene reichte bis zum undeutlichen Horizont, also bis dorthin, wo das Auge nicht mehr in der Lage war, zwischen Himmel und Boden zu unterscheiden. Das Gebiet war völlig eben und lag unter einer gleichmäßigen Schneeschicht, die etwa einen Meter hoch war. Aus diesem weißen Tuch ragten Bäume, Felsen und seltsame kegelförmige Hügel hervor. Es wirkte wie ein Bild eines phantastischen Malers. Die Grundfarbe war Weiß, die Baumstämme glänzten, eisüberkrustet, in grauer Farbe, und die Felsen und Hügel strahlten ein seltsames, unwirkliches Braun aus. Ich gehorchte den Weisungen des Bauchaufschneiders und steuerte den Wagen im Zickzack durch diese Landschaft – nach Norden, dem warmen Auge und dem Pol entgegen.

»Die Schneegeister ...«, murmelte ich. *Halbintelligenzen. Vermutlich die fernen Nachkommen von rätselhaften Wesen, die einst eine Hochkultur auf Gortavor schufen. Sie sind im Lauf von Jahrhunderten und Jahrtausenden zu Tieren degeneriert, die aus unerklärlichen Gründen wütend jeden angreifen, der sich durch ihren Lebensraum bewegt.*

Ich steuerte um einen Baum herum, der wie ein halbes Skelett aus dem Schnee hervorstach. Dann lenkte ich das fauchende und klappernde Gerät um einen der Kegel herum. Die Schneefläche vor uns war völlig glatt. *Zu glatt*, durchfuhr es mich. Es fehlten die charakteristischen Riffelmarken des Windes. Ich griff in die Speichen des Steuerrades, kurbelte an der Lenkung und fuhr einen Halbkreis.

»Eine Ahnung? Ein verdächtiger Augenblick?« fragte der Bauchaufschneider.

»Sicher. So ist es!«

»Sie waren in den letzten Tontas bemerkenswert zurückhaltend, die Schneegeister!« meinte Eiskralle.

»Hoffentlich bleiben sie es auch!« stimmte Farnathia zu. Ich beobachtete sie unausgesetzt, soweit dies meine Zeit und meine Aufgaben zuließen. Sie war ein kluges, nicht nur schönes Mädchen; in dieser für sie höchst ungewohnten Lage verhielt sie sich wie jemand, dessen Lebensinhalt solche Gefahren waren. Sie paßte zu uns, und ich liebte sie.

»Ich wünsche es, aber ich glaube nicht daran«, sagte ich widerstrebend und konzentrierte mich auf die Strecke vor uns. Der Wagen rumpelte jetzt mit quietschenden Federn und harten Schlägen über die Unebenheiten eines unbekannten Bodens. Die kahlen Bäume und die Felsnadeln glitten vorbei. »Verdammt!«

»Was ist los, Söhnlein?« knurrte Fartuloon.

»Ich habe ein ganz schlechtes Gefühl. Gibt es für die Schneegeister eine Möglichkeit, uns hier eine Falle zu stellen?«

Fartuloon polierte mit dem Fell seines Mantelärmels eine Stelle an seinem gewetzten Brustharnisch. »Ja und nein«, sagte er schließlich.

»Sie würden uns angreifen, aber ich kann mir nicht denken, daß sie intelligent genug sind, vorausschauend zu planen.«

Ich sagte hart: »Trotzdem bleibe ich mißtrauisch!«

»Nicht nur dein gutes Recht«, konterte Fartuloon, »sondern die halbe Lebensversicherung für uns!«

Ich steuerte den Wagen weiter in scharfen Kurven um die Bäume, Felsen und Erdhaufen herum. Mißtrauisch bewegte sich mein Blick über die Szenerie, die vor uns lag. Und schließlich öffnete ich ein Ventil, hielt an und erklärte grimmig: »Ich fahre nicht weiter!«

Fartuloon sah mich an. »Du überraschst mich, Söhnchen!«

»Meinetwegen. Ich vermute, daß vor uns, quer zu unserer Fahrtrichtung, ein Graben liegt. Wir fallen mitten hinein, wenn wir weiterfahren!«

Fartuloon hörte auf, seinen Brustpanzer zu polieren, was ohnehin nur wenig Erfolg versprach, und sagte nur: »Ich werde aussteigen!«

Er riß die Tür auf, stellte sich in die stählernen Bügel und sprang in den Schnee. Dann rannte er vor dem langsam fahrenden Wagen nach vorn und schnitt, als er an einem Baum mit tiefhängenden Ästen vorbeikam, einen einigermaßen geraden Ast ab. Ich folgte ihm. Er senkte den Stab in den Schnee und winkte mich weiter. In Schrittgeschwindigkeit ging es voran. Die Zeit verstrich, während wir versuchten, einen Graben in der flachen, brettebenen weißen Schneedecke zu entdecken. Farnathia und Eiskralle beugten sich nach vorn und blickten durch die Frontscheibe.

»Du glaubst, sie haben uns eine Falle gestellt?« flüsterte das Mädchen.

»Ja. Ich ahne es so deutlich, daß ich sagen könnte, ich weiß es!« erwiderte ich und fuhr geradeaus. Der Bauchaufschneider rannte durch den tiefen Schnee vor dem Bug des Fahrzeugs nach Norden. Immer wieder hob und senkte sich sein Stab. Er hob die Schultern, drehte sich um und machte eine Geste der Ratlosigkeit. Der Untergrund war nach wie vor hart und fest. Ich riß das Fenster auf und brüllte hinaus: »Fartuloon! Dort vorn. Etwa hundert Schritte! Ich sehe es deutlich!«

»Ich werde aufpassen! Bleibt hinter mir!«

»In Ordnung!«

Eine Zehntel Tonta verging, wie von einem unbekannten Wesen gedehnt und verlangsamt. Die Räder und die Raupe schoben uns zwischen den Bäumen und den Felsen vorwärts. Fartuloon zeichnete für uns die Spur und befand sich noch immer auf ebenem und offensichtlich sicherem Boden. Meine Spannung wuchs. Eine Ahnung sagte mir, daß es in diesem Gebiet eine Falle gab. Ich wußte nicht einmal, in welcher

Form diese Falle auftauchen würde. Ich wußte auch nicht, wie sie aussah und sich auswirken würde. Nur eine Ahnung, nicht mehr. Aber auch nicht weniger. Ich fühlte, wie sich meine Haut mit Schweiß bedeckte, und wie meine Nerven sich spannten. Nichts geschah. Wir fuhren langsam weiter und geradeaus.

Plötzlich hob Fartuloon die Hand. »Halt!«

Ich lächelte vor mich hin. *Also doch!* Meine Ahnung hatte mich nicht getrogen. Der Stab versank im Schnee, und Fartuloon drehte sich um und winkte mir, daß ich anhalten sollte. Ich hielt das Fahrzeug an, beugte mich aus dem Seitenfenster und fragte laut: »Tatsächlich? Ein Graben?«

Er rief zurück: »Nein! Etwas Schlimmeres, Atlan. Eine Erdspalte!«

Ich zog die Brauen hoch und trat auf die Bremse. Eine Spalte war schwieriger als ein Graben. Wir besaßen keinerlei Werkzeuge oder Hilfsmittel, um eine Spalte überwinden zu können. Es sah so aus, als ob unsere Flucht an diesem Punkt zum Stehen gekommen wäre. Ich öffnete die Tür und sprang hinaus. Mit zwanzig Schritten war ich an der Seite Fartuloons. Eine trostlose Ebene breitete sich rund um uns aus. Der Gipfel der Verlassenheit und der Einsamkeit war erreicht. Ich blickte in die gelben Augen des Bauchaufschneiders; er deutete nach vorn und sagte: »Es sieht schlecht aus!«

»Wie können wir dieser Gefahr entkommen?«

Seine Antwort setzte mich in Erstaunen: »Ich weiß es nicht. Ich sehe hier keinen Boden. Das Fahrzeug würde metertief fallen. Vermutlich müssen wir einen Umweg machen.«

Das war es, worauf wir tagelang gewartet hatten, ohne es zu wissen und ohne uns Rechenschaft abzulegen. Vor uns befand sich ein sehr tiefer Graben oder eine Spalte, die ein Weiterkommen unmöglich machte. Und hinter uns kamen – vermutlich – die Kralasenen.

Wie breit ist die Spalte? Wie tief ist sie? Welche Möglichkeiten gibt es, sie zu überwinden? »Was können wir tun, Fartuloon? Bisher hast du aus jeder Gefahr einen Ausweg gefunden!«

»Auch diesmal werde ich einen Ausweg finden. Aber ich muß überlegen.«

»Es gibt nur zwei Möglichkeiten. Entweder hinüber, oder einen Umweg fahren!«

»Du sagst es!«

Mitten in dem verlassenen Land standen wir und überlegten. Das persönliche Schicksal von vier verschiedenartigen Wesen hing davon ab, welche Lösung wir für dieses Problem fanden. Wir sahen uns an und erkannten, daß wir vor Nervosität fieberten. Vielleicht erkannten Eiskralle und Farnathia nicht genau die Gefahr. Für Fartuloon und mich drückte sie sich einem klaren Bild aus: Unsere Phantasie sah bereits die Kralasenen, die auf unseren verwischten Spuren heranrasten.

Fartuloon grinste. »Wagen wir es? Der kurze, aber gefährliche Weg?«

»Ich kann es riskieren. Aber ob unser Fahrzeug mitmacht, sei dahingestellt!«

Wir blickten uns mit der Miene von Verschwörern an. »Der Karren hat bis hierher gehalten. Eine letzte Kraftanstrengung wird ihm nicht schaden«, sagte Fartuloon durchaus optimistisch.

»Wie weit ist es bis zum Tal des Dampfes?«

Er grinste breit. »Fünf Pragos, Atlan. Im Fußmarsch noch viel länger.«

Ich war an dem Punkt der Zurückhaltung und der Überlegung angelangt, an dem sich Klugheit und Skepsis, Wagemut und Risikobereitschaft zu streiten begannen, deshalb sagte ich: »Wenn du ans Steuer gehst, bauchaufschneidender Freund und Lehrmeister, glaube ich, daß wir es schaffen können!«

Er nickte nur. »Einverstanden.«

Wir gingen zurück zum Schneefahrzeug und legten eine Pause ein. Wir stärkten uns mit heißem Tee. Dann öffnete der Bauchaufschneider die Ventile und fuhr los. Ein Alptraum in drei Dimensionen begann. Zunächst ging es noch geradeaus. Dann senkte sich der Bug des Wagens und deutete nach unten. Noch immer griffen die hohen Profile der Räder und die Zacken der stählernen Raupe im Schnee und in dem unbekannten Untergrund. Dann stellte sich unser Fahrzeug in einem gewagten Winkel fast auf den Kopf und ratterte einen unsichtbaren Abhang hinunter.

»Es gibt Dinge, die selbst ich nicht durchschauen kann«, sagte Fartuloon und drehte an den Schaltungen.

»Dazu gehört zweifellos dieser Hang, diese Furche oder dieser Graben!«

»Du hast recht, Atlan.«

Wir alle schwiegen, befanden uns im Bann der Situation. Während das Fahrzeug in einem Winkel, der uns geradezu verrückt vorkam, in die Spalte hinunterfuhr, während wir uns an allen möglichen Vorsprüngen und Griffen festklammerten, während die Motoren und Lager ihr schauerliches Lied sangen und heulten, hob sich die Schnauze des Schneemobils wieder. Wir befanden uns in einer dicken Schicht Schnee und fuhren über einen unbekannten Grund dahin. Niemand sprach, niemand reagierte. Zentimeterweise wühlten sich die Raupe und die Räder durch den Schnee und über das Eis. Langsam hob sich der Bug wieder.

»Ich glaube, wir kommen noch einmal davon«, murmelte Fartuloon und erhöhte die Leistung der sechs Motoren in den Naben der gewaltigen Räder. Wir erkletterten langsam und immer wieder abrutschend die Steigung. Ich glaubte, daß wir uns auf dem Boden und den beiden Hängen eines Grabens bewegten, der in schneelosen Zeiten eine Moorlandschaft entwässerte. Die Profile der Räder rutschten durch. Mit krachendem und schürfendem Geräusch griffen die Zacken der Raupe ein und schoben uns langsam den Hang hoch. Immer wieder rutschten wir dabei zurück. Eine Stimmung, als wären wir berauscht oder nicht bei Sinnen, ergriff uns im Innern der Kabine. Durch die Frontscheibe sahen wir nichts anderes als den Schnee und den Himmel, der über uns in einem fahlen Grau leuchtete. »Ich glaube, wir schaffen es!«

Der Ölbrenner fauchte wie besessen. Der Druck des Dampfkessels ließ die Turbine heulen und winseln. Räder und Raupe kratzten auf dem gefrorenen Untergrund. Wie in Zeitlupe hob sich der Wagen und schob sich wieder auf die waagerechte Landschaft hinauf.

»Wir haben es geschafft«, sagte Fartuloon, als wir aus dem Graben herausgekrochen waren.

»Mit unseren Schweißtropfen während dieses Versuches hätten wir einen breiten Weg bis zum Warmen Auge schmelzen können!« rief Eiskralle. »Und nun müssen wir ein Nachtlager suchen, Fartuloon!«

Der Bauchaufschneider setzte langsam die Geschwindigkeit des Fahrzeugs hinauf, drehte sich in seinem Sitz um und grinste den Chretkor an. »Ich ziehe die langsame, aber sichere Tour vor. Je länger wir das Fahrzeug benutzen können, desto besser ist es für uns.«

Die Geschwindigkeit erhöhte sich. Wir hatten an diesem Tag eine breite Spur hinterlassen, die kaum zu übersehen war. Es drohte auch weder ein Sturm noch ein schwerer Schneefall – also würden die Kralasenen unseren Weg durch das Moor mit den einzelnen Bäumen, Felsen und Hügeln genau verfolgen können. Fartuloon, Eiskralle und ich konnten uns verteidigen. Eventuell würden wir auch eine Übermacht abwehren können. Aber Farnathia würde sterben, wenn uns die Häscher des Blinden Sofgart erreichten. Die Geschwindigkeit des Fahrzeugs nahm wieder zu. Wir fuhren immer noch nach Norden und würden auf unserem Weg das Tal des Dampfes erreichen und den Ort Adjover.

Aber wann. Und auf welchem Weg? Und nach welchen Abenteuern? Keiner von uns weiß es. Glaubt Fartuloon tatsächlich, seinen Stützpunkt vor den gedungenen Mördern erreichen zu können? Ich wandte mich an ihn und sagte so laut, daß auch Farnathia und Eiskralle es verstehen konnten: »Mein Freund und Lehrer!«

»Ich höre!«

»Wo und wie verbringen wir heute die Nacht?«

»Irgendwo. Ich weiß es nicht. Wir haben noch Zeit bis zur Dämmerung!«

»Richtig. Aber drei Leute hier in der Kabine haben dieses Blasse Land noch nie durchquert.«

Fartuloon lachte rauh. »Es gibt in dieser Gegend wenige Verstecke. Das gilt glücklicherweise auch für die Schneegeister.«

Ich glaubte mich wieder einmal zu erinnern: *Plötzlich saß ich in einem lautlos dahingleitenden Fahrzeug – ganz im Gegensatz zu dieser ratternden und stinkenden Kiste – und schwebte über eine Fläche, die endlos schien. Eine milde Sonne strahlte auf die ebene Landschaft. In der Ferne zeichneten sich trichterförmige, große Bauwerke ab. Auf eines dieser künstlichen Gebirge steuerte ich zu.* »Ich würde mich nicht wundern ...«, begann ich.

Fartuloon warf mir einen besorgten Blick zu, sagte in strengem Ton: »Du träumst schon wieder!«

»Ich erinnere mich«, murmelte ich und spürte, wie die fremden Bilder zu verblassen begannen.

»Ach was«, sagte Fartuloon und schlug auf seinen Harnisch, daß es dumpf krachte. »Erinnerungen! Es sind die unreifen Träume eines Heranwachsenden!«

Wir befanden uns wieder in der trostlosen, weißen Einöde des Blassen Landes. Neben uns wanderte ein riesiger, undeutlicher Schatten über die Schneefläche. Die letzten Sonnenstrahlen fielen waagrecht durch die Fenster und erzeugten ein merkwürdig stechendes, rotgoldenes Licht, in dem alles eine Verzauberung anzunehmen begann. Fartuloon, der Bauchaufschneider, sah aus wie der Held aus einem alten Arkon-Drama um die Zwölf Heroen.

»Wir werden heute mitten in der Einöde übernachten«, sagte ich vorwurfsvoll. »Hier, mitten auf der ebenen Fläche der schneebedeckten Tundra!«

Fartuloon lachte und schüttelte den Kopf. »Wir werden heute weiterfahren! Mit Scheinwerferlicht!«

»Ich glaube nicht, daß mir das gefällt!« schrie Eiskralle von hinten. Er kümmerte sich zusammen mit Farnathia um das abendliche Essen.

»Dir wird noch viel weniger gefallen, wenn ein Kralasene deinen durchsichtigen Kopf von dem transparenten Körper schneidet«, gab Fartuloon zurück. »Atlan und ich werden uns alle zwei Tontas abwechseln. Das vergrößert unseren Vorsprung.«

Das Fahrzeug ratterte weiter, genau nach Norden. Es wurde dunkler. Wir alle, Fartuloon nicht ausgenommen, begannen uns vor dieser Nacht zu fürchten. Aber bis zur Station gab es noch viele ähnliche Nächte, und auch andere Gründe, uns zu fürchten.

Fünf Pragos, nach Gortavor-Maß fast neun Tage zu 11,41 Tontas, bewegten wir uns weiter. Das einzig Wunderbare daran war, daß der Wagen nicht zusammenbrach. Die Geräusche steigerten sich von einer Tageshälfte zur anderen. Schließlich fiel ein Motor aus. Wir fuhren mit nur fünf angetriebenen Rädern weiter. Eiskralle litt und schlief abwechselnd. Langsam starb auch der letzte Versuch einer normalen Unterhaltung.

Als wir das Tal der Dämpfe erreichten, mußte wieder Fartuloon das Steuer übernehmen. Er lenkte den krachenden und jaulenden Wagen durch Dampfwolken, die unter uns aus plötzlich entstehenden Spalten emporbrachen und uns einhüllten. Die breiten Räder walzten durch schlammige Pfützen, in denen Blasen in allen Farben mit blubbernden Geräuschen platzten und übelriechende Dämpfe ausstießen, die in die Kabine drangen. Wir durchquerten schweigend und hustend, mit tränenden Augen und unsere Pelze vor Mund und Nase gepreßt, dieses Tal. Es wurde unerträglich warm – und sofort schrie Eiskralle seine Angst wieder hinaus, auseinanderzufließen und zu sterben.

Das Fahrzeug kletterte, eine pechschwarze Rauchwolke hinter sich herschleppend, die treppenartig abgelagerten Sinterterrassen hinauf, die von heißem Wasser schlüpfrig waren. Die Raupe griff mit ihren abgenutzten und scharf zugeschliffenen Elementen in den abgelagerten Kalk und zerstörte Farben und Strukturen.

»Hier gibt es ...« – ein Hustenanfall unterbrach Fartuloon – »... keine Schneegeister!«

»Ein schwacher Trost!« stellte ich würgend fest.

Krachend zerbarsten die Umrandungen riesiger Tümpel, als wir darüber hinwegfuhren. Schlamm und Wasser floß an allen Seiten von den wulstigen Reifen herunter. Es war windstill, und die Glocke aus Dampf und Dunst und schweren Gasen, die über diesem Stück Tal hing, hüllte uns ein und machte alle Geräusche leiser. Wieder hatten wir abgekürzt. Noch immer betrug unser vermeintlicher Vorsprung mehr als einige Tontas, denn sonst hätten wir ein Fahrzeug der Kralasenen sehen müssen. Das Schneemobil durchstieß die Nebelwand. Fartuloon setzte die Geschwindigkeit herauf, als wir den Talkessel verlassen hatten und über eine lockere Schicht Asche, Kies und Bimssteinbrocken einen Hang hinunterschlitterten. Der Wagen nahm einen gewaltigen Anlauf und fuhr wieder in eine Ebene hinein. Wir rissen die Fenster auf, obwohl die frostkalte Luft stechend nach uns biß. Das Rohr begann wieder dunkel zu glühen.

»Dort vorn, am Horizont ... seht ihr es?« fragte Fartuloon.

Ein Strahl Dampf säuberte die Scheiben vor uns. Wir erkannten eine Ebene, die sich nach allen Seiten erstreckte. Nur geradeaus, in absolut nördlicher Richtung, stieg das Gelände sanft an. Am Horizont erhob sich eine fast senkrechte Säule. Sie erreichte weitaus mehr als zehn Kilometer Durchmesser und erstreckte sich bis zu der Grenze über uns, an der jener Dampf oder Rauch mit dem Hochnebel verschmolz. Hinter dem Nebel leuchtete, riesig und fahl, die Sonne Gortavors. Ein Bild, das allein durch den Anblick schwermütig machte.

»Ich sehe es. Adjover?«

Der Bauchaufschneider nickte langsam. »Wir haben noch eine Menge Schneegelände vor uns. Dort, der Streifen. Am Rand des Warmen Auges liegt Adjover.«

Wir konnten die Unterschiede sehen. Als wir den Knick zwischen dem Flußhang und der Ebene erreichten, wühlten sich Räder und Raupe wieder durch Schnee, der immer tiefer wurde. Bis kurz vor Adjover gab es Schnee und Eis, dann begann die eisfreie Zone um das Warme Auge. Die Lage dieses Kraters verriet sich durch die ansteigende Dampfsäule, die sich jetzt, in der fast windstillen Zeit, nicht bewegte. Farnathias Gesicht drückte aus, was wir fühlten: Einsamkeit, trostlose Melancholie und die Erwartung von Terror und Gewalt in der Siedlung, die wir unbedingt anlaufen mußten.

Vor mir leuchtete flackernd ein Warnlicht auf. »Fartuloon! Schnell, abdrehen!«

Zu spät! Winselnd fraß sich abermals ein Lager fest. Der zweite Motor fiel aus. Es war der für das letzte Rad auf der rechten Seite. Fartuloon schaltete schnell, aber das Klicken des Schalters war nur eine zusätzliche Sicherheit für unsere Ohren. »Auch mit der Raupe allein würden wir es schaffen«, sagte er. »Noch haben wir genügend Reserven.«

Er steuerte mit unveränderter Geschwindigkeit weiter. Alles im Bannkreis dieses Gefährts befand sich am Rand der Leistungsfähigkeit. Wir fuhren mit nur noch vier Motoren – glücklicherweise funktionierte die Raupe noch. Die Hügel und Täler des letzten vorpolaren Gebirgszugs tauchten aus dem Nebel auf, je höher wir kamen und je mehr wir uns dem Krater näherten. Es war ein strahlender, sonnenfunkelnder Morgen, als wir den Rand des Eises erreichten.

»Wir müssen uns Adjover ganz vorsichtig nähern. Zu viele Männer sind hier schon umgekommen, weil sie nicht auf Anruf stehenblieben«, sagte Fartuloon.

»Ich sehe nichts von der Siedlung«, beharrte Eiskralle.

»Hinter der Kuppe liegt ein Tal vor dem Kraterrand. Dort befindet sich, vor den Stürmen ziemlich gut geschützt, die Siedlung. Man sieht sie erst, wenn man die Tore passiert!«

»Ich verstehe.«

Farnathia war abgemagert und hatte etwas von ihrer Schönheit eingebüßt. Aber einige Nächte Schlaf und gutes Essen würden sie wieder strahlend werden lassen, so wie ich sie kannte und liebte. Eiskralles Laune befand sich am untersten Tiefpunkt. Alle seine Ängste brachen hervor. Ich selbst war müde und ausgelaugt. Der Mangel an Schlaf, die eintönige Verpflegung und die ständige Anspannung aller Nerven, weil wir mit Angriffen und Verfolgung rechneten, hatten uns erschöpft. Ich sah es an den harten Linien um den Mund meines alten Freundes, und ein gelegentlicher Blick in den Rückspiegel sagte mir, daß ich nicht besser aussah.

»Wird es schwer in Adjover, der Siedlung der Gesetzlosen?« fragte ich, als der Wagen sich keuchend die letzte Windung der Paßstraße hinaufschraubte, die ihren Namen nicht verdiente.

»Sehr schwer. Nur bis zu dem Zeitpunkt, an dem wir akzeptiert sind. Der Anführer ist ein Tyrann, und wir müssen ihn einschüchtern!« Fartuloon grinste; er schien sich auf die Auseinandersetzungen zu freuen. Von uns konnte ich das nicht sagen. Wir haßten diesen Ort, bevor wir ihn gesehen hatten.

Fauchend und zischend entwich aus dem Überdruckventil eine gewaltige Dampffahne, hüllte uns ein und machte die Posten auf den Türmen auf uns aufmerksam. Wir hielten mit unserem halb funktionsunfähigen Wagen vor dem südlichen Eingang der Siedlung am unmittelbaren Rand des Warmen Auges. Tatsächlich hatte die Temperatur auf den letzten Kilometern ständig zugenommen und war jetzt recht angenehm: sie entsprach einem kühlen Nachmittag derjenigen Gegend, aus der wir geflohen waren.

»Noch etwas«, sagte Fartuloon leise. »Vom Warmen Auge bis zum Pol erstreckt sich eine Zone, deren Wirkungsbereich bis hoch zu den Sternen reicht.«

»Welcher Wirkungsbereich?« Ich war aufs neue beunruhigt.

»Innerhalb dieser Zone funktionieren *keinerlei* Energieaggregate mehr; auch keine Luccots. Eine rätselhafte Sperre!«

Der linke Turm war halb in den schwarzen Felsen hineingebaut, viele seiner Zinnen und Erker waren bearbeitete Felsvorsprünge. Der Rest des Bauwerks war mit schwarzen ineinander verzahnten Quadern ergänzt. Aus schmalen Schlitzen reckten sich die Rohre von Energiegeschützen.

Eine Lautsprecherstimme schrie uns an: »Wer seid ihr?«

Fartuloon kurbelte ein Fenster herunter und schrie zurück: »Ein heimatloser wandernder Bauchaufschneider mit seinen Kindern und einem Anhängsel. Ein Mann von elastischer Moral und vielen Kenntnissen. Ihr werdet mich brauchen können!«

»Das wird Umman entscheiden. Ihr seid zu viert?«

»Richtig. Zu viert in einem Schneewagen, der in Kürze explodieren wird. Wir brauchen Ausrüstung, Ziehhunde und einige Nächte Schlaf.«

»Wohin des Weges?«

»Zum Tal Kermant!«

Der andere Turm bestand aus zylindrisch aufeinandergeschichteten Gesteinswürfeln. In den breiten Fugen der Bauwerke wuchsen Moos und kümmerliche schwarze Gräser und Farne. Die fast unkenntliche Straße mündete in den engen Einschnitt dieser Schlucht. Die Mauern, die den gewachsenen Fels und die Lavaschichten mit den Flanken der Eingangstürme verbanden, bestanden ebenfalls aus ausgesägten Brokken Lava, die wie schillernder Obsidian aussahen. Alles atmete eine düstere, feuchte und drohende Stimmung aus.

»Zum Tal Kermant? Seid ihr wahnsinnig?«

»Nein«, rief Fartuloon. »Auf der Flucht vor Gesetz und Ordnung. Deswegen haben wir hier Station gemacht.«

Die Antwort des noch immer unsichtbaren Postens zeugte davon, daß der Name des Tales hier bekannt war. Unzählige Legenden gab es auf Gortavor vom Tal Kermant; aber als ebenso sicher galt, daß noch niemand dort gewesen war. Vielleicht gab es jemanden, der es erreicht hatte, aber er war dann nicht zurückgekommen, um den anderen von seinen Funden zu berichten. Die Legende, mit der uns Fartuloon umgab, zeigte schnell ihre Wirkung.

Ein knarrendes Bohlentor öffnete sich neben dem schweren, stählernen Tor zum Tal. Ein Posten kam heraus. Er richtete eine schwere Energiewaffe auf uns. »Steigt aus«, sagte er schroff. »Umman muß sehen, wer hier kommt.«

Er ging so weit zurück, daß er uns im Auge behalten konnte und vor einem schnellen Angriff geschützt war. Wir befanden uns vor der letzten Bastion der arkonidischen Zivilisation auf der Welt Gortavor. Jenseits des schweren Tores, das man bestenfalls mit Energiewaffen aufschießen konnte, ragten die gedrungenen schwarzen Kuppeln und blockartigen Hütten der Ausgestoßenen auf. Das Gesicht des in Fell gekleideten Postens verhieß nichts Gutes. Verfeinerte Kultur würden wir hier vergebens suchen.

»Umman sieht alles?« fragte der Bauchaufschneider und zeigte sich mit seinem Schwert, dem Skarg, und dem blankgewetzten Harnisch.

»Alles. Durch diese Linsen dort!« Die kindergroße Erscheinung des fremdartigen Chretkors schien den Wächter nicht zu verblüffen. Aber schon als er den weißen Stiefel sah, den Farnathia seit unserem Aufenthalt in *Seuders Weißen Zelten* trug, riß er Augen und Mund auf. »Was ist das?«

»Meine kranke Schwester«, sagte Fartuloon schnell. »Siehst du nicht ihr ausgezehrtes Gesicht?«

Ich griff nach meinem Dolch. Der Posten lachte knurrend. »Ich sehe nur, daß es eine Frau ist. Eine schöne Frau. Vielleicht wird sie Umman haben wollen.«

Ich lehnte mich mit gespannten Muskeln an ein Rad. Farnathia zuckte unter den gierigen Blicken des Mannes zusammen und eilte zu mir. Eiskralle sah sich um, während Fartuloon das Ganze mit der Miene eines verdrossenen, aber gesprächswilligen Händlers betrachtete.

»Was habt ihr bei euch, von solchen Leckerbissen abgesehen?« brummte der Mann.

»So gut wie nichts. Leere Öltanks, fast keine Nahrungsmittel mehr, ein paar ausgeleierte Waffen – das übliche. Weder Kostbarkeiten noch Überraschungen.«

Hinter einem der Schlitze verfolgten ein Paar Linsen jede unserer Bewegungen. Dieser Umman schien der Herrscher dieser Siedlung zu sein. Das Vorhandensein von Energiewaffen bedeutete, daß die von Fartuloon geschilderte Zone hier noch nicht wirksam war.

»Besonders freundlich seid ihr hier nicht!« stellte Fartuloon fest, als der Posten zurücktrat und einen scharfen Blick hinauf zu den Linsen warf.

»Wir lassen nicht jeden herein!«

»Ich bin auch nicht jeder!« gab der Bauchaufschneider zurück. »Vielleicht rettet meine Kunst dem einen oder anderen Mann das Leben. Ich amputiere, heile, schneide auf und nähe zu, verschönere und kenne viele Rezepte für Salben. Dein Ausschlag hinter dem Ohr, zum Beispiel – ich glaube, ich kann dir etwas empfehlen!«

Der Posten gab einigen unsichtbaren Männern einen Wink. Irgendwo begannen sich knirschend Zahnräder zu drehen und Zahnstangen zu bewegen. »Wie kannst du helfen?«

Fartuloon grinste ihn wohlwollend an. »Mit einem Rat!«

»Welcher Rat?«

»Nimm viel frisches Wasser und Seife! Wir dürfen hinein?«

»Ja. Haltet auf dem Marktplatz! Dort werdet ihr erwartet. Glaubt nicht, daß ihr hier ein leichtes Leben haben werdet.«

Wir stiegen langsam ein, ich setzte mich vor die Steuerung. »Nachdem wir dich kennengelernt haben«, versicherte Fartuloon in falscher Freundlichkeit vom Sitz aus, »glauben wir nicht recht daran!«

Das Tor zog sich langsam in den Berg zurück. Eine seltsame Siedlung. Schützte sie durch dieses Tor oder deren mehrere sich selbst vor unerwünschten Eindringlingen, oder sollte das Land vor den Bewohnern Adjovers geschützt werden? Wir wußten es nicht, aber wir waren auf alles vorbereitet.

Fartuloon warnte: »Denkt daran, was ich euch in den letzten Tagen erzählt habe!«

»Wir denken daran. Gibt es hier ein Gasthaus, ein Hotel oder etwas Ähnliches?«

»Nicht bekannt!«

Offensichtlich mit letzter Kraft rollte unser Fahrzeug eine gewundene Straße entlang, die mit Unrat übersät war. Der gesamte Ort schien unter einer Dunstglocke zu liegen. Ein Teil des üblen Geruches stammte ohne Zweifel aus den Spalten des vulkanischen Bodens, aus Abgasen der nahen Kraterlandschaft. Wir erblickten kleine bunkerähnliche Gebäude mit winzigen Fenstern. Überall wucherte dieses unansehnliche Moos. Die kümmerlichen Rasenflächen, die seit Jahrhunderten oder länger keinen Schnee gesehen hatten, waren mit weggeworfenen und verrottenden Gegenständen übersät. Allmählich, im Lauf einer Strecke von vielleicht fünfhundert großen Schritten, standen die Gebäude näher beieinander. Einige runde Kuppeln, die an aschebedeckte Iglus erinnerten, unterbrachen die größeren, schmaleren Hausfronten.

»Eine widerliche Stadt«, sagte Farnathia voller Abscheu.

»Zugegeben«, sagte Fartuloon. »Aber die einzigen Möglichkeiten liegen hier. Wir verhungern sonst, und dieses Vehikel können wir nicht mehr weiter benutzen!«

Unter gespanntem Schweigen kamen wir zum »Platz« dieser Siedlung.

»Es ist hier ebenso dreckig wie überall!« meinte Eiskralle.

»Aber es ist der zentrale Schmutz!« lachte Fartuloon. »Atlan! Du hast ab jetzt die volle Verantwortung für das Mädchen. Denk daran: Hier ist Terror das geltende Gesetz. Wer herrscht, herrscht durch Gewalt. Wer überlebt, tut es deshalb, weil er stärker oder schneller war.«

»Ich werde mich danach richten«, versprach ich. Wir hielten neben einem »amtlich« aussehenden Haus an. Ein Drittel der runden Häuserfront öffnete sich und gab den Blick frei auf ein trapezförmiges Grundstück, auf dem einer der größten Iglus dieses Dorfes stand. Auf dem Dach der Drittelkugel befanden sich in einem mehrfach durch Scharten durchbrochenen Turm Energiewaffen, Ortungs- und Funkantennen, Lautsprecher und Mikrofone. Die Projektormündungen hatten uns verfolgt und blieben auf uns gerichtet, selbst als wir anhielten.

Ich sprang neben dem Fahrzeug zu Boden, nachdem ich die verschiedenen noch funktionierenden Systeme auf geringste Leistung gestellt hatte. Das Sicherheitsventil klemmte; irgendwann in der nächsten Zeit würde, falls der Dampfdruck nicht durch die Turbine verbraucht wurde, der Kessel detonieren. Eine trostlose Stimmung empfing uns. Eine Reihe Männer, alle gleich grimmig und bösartig aussehend, baute sich vor uns auf. Behäbig wie ein Würdenträger aus der Sänfte entstieg Fartuloon dem Fahrzeug. »Gegrüßt seid ihr, Männer von Adjover«, sagte er mit hallender Stimme. Eisiges Schweigen schlug uns entgegen. Eiskralle, bis zur Unkenntlichkeit in seinem Fellmantel vermummt, verließ den Wagen und blieb schräg hinter dem Bauchaufschneider stehen. Ich langte hinter mich und hob Farnathia aus dem Einstieg.

»Ihr seid unhöflich!« rief Fartuloon aufgebracht. »Begrüßt man so einen wandernden Arzt?«

Einer der Männer richtete seine stechenden Augen auf Farnathia, die unschlüssig neben mir stand. Ich nahm ihre Hand, und sie beruhigte sich langsam. »Dieses Mädchen hier«, sagte er. »Sie soll zu uns kommen!«

Fartuloon lachte hart. »Was wollt ihr mit einem jungen Mädchen, das zudem noch an einer ansteckenden Krankheit leidet? Sie ist nicht aus eurer Welt. Und ihr seid nicht aus ihrer Welt. Wir sind hierhergekommen, weil wir Ruhe, Ausrüstung und einen Schlitten für den Gletscher brauchen. Unser Ziel ist das Tal Kermant.«

Die Männer umringten uns. Ich schob meine Hand unter die Pelze und griff nach dem Dolch. Unsere Energiewaffen wollten wir, wenn es sich vermeiden ließ, nicht zeigen und nicht gebrauchen. Fartuloon und ich waren schnell genug, und wen Eiskralle in die Finger bekam, der würde sich niemals wieder einen Gegner suchen können. Als die etwa elf Männer einen Halbkreis bildeten und uns sehr genau gemustert hatten, schien einer von ihnen, ein riesiger, vierschrötiger Arkonide mit einem verwilderten Zopf, einen Entschluß gefaßt zu haben.

»Wir brauchen Frauen in unserer Siedlung!« grollte er. »Wir haben hier wenig Freude. Wenn ihr etwas kaufen wollt, erwarten wir einen Gegenwert dafür.«

Mit einem wehleidigen Lachen behauptete Fartuloon: »Wir dachten eigentlich nicht daran, in Naturalien oder Dienstleistungen zu zahlen. Ihr habt genug Frauen hier, und meine Schwester, die zudem krank ist – seht ihr nicht die Spuren der Auszehrung und des grünen Hustens in ihrem schmalen Gesicht? – kann ich nicht hergeben. Sie wird noch gebraucht.«

Ein überraschtes Murmeln erhob sich. Linsen und Richtmikrofone deuteten nach wie vor in unsere Richtung. »Das Mädchen paßt hierher! Sie wird uns das Leben verschönern!« schrie einer der Männer. Er trat vor, musterte Farnathia genau und streckte dann die Hand aus, um ihre Kapuze vom Kopf zu schieben. Noch beherrschte ich mich, aber mir entging der warnende Seitenblick des Bauchaufschneiders keineswegs. Der Siedler keuchte entgeistert, als habe er das Gegenteil erwartet: »Sie ist schön!«

»Wir mieten für einige Tage ein Haus, in dem wir schlafen und Wasser heiß machen können!« Ich merkte, daß meine Stimme rauh geworden war vor unterdrückter Wut und Nervenanspannung.

»Umman wird sie sehen wollen. Vielleicht wird sie in seinem Bunker bleiben«, sagte der Anführer laut und deutete mit dem Daumen auf den waffenstarrenden Iglu.

Fartuloon schaltete sich ein und ging auf den Riesen zu. »Ihr werdet uns nicht anrühren. Ich fordere Gastfreundschaft und Gastrecht! Es muß gewährt werden!«

Ein schallendes Gelächter war die Antwort. »Dicker!« schrie der Anführer. »Du belustigst uns! Du machst uns Spaß. Hier haben wir das Recht! Ihr werdet tun, was wir euch befehlen!«

»Zweifellos wird es umgekehrt sein«, knurrte Fartuloon. »Du bist nicht nur verschmutzt und stinkst, sondern auch deine Frechheit ist bestechend.«

Mit einem Wutschrei stürzte sich der Riese auf den Dicken. Fartuloon verwandelte sich binnen eines Augenblicks von dem Bild eines lethargischen Bauchaufschneiders in einen wirbelnden Körper, dessen Konturen verwischten. Er griff nach dem ausgestreckten Arm, drehte und bückte sich, warf sich nach vorn und gleichzeitig zur Seite, setzte mit atemberaubender Schnelligkeit einige kunstvolle Dagorgriffe an und warf den Mann über seine Schulter. Kurz bevor der schwere Körper auf den Boden krachte, war ein Geräusch zu hören, als ob ein dünnes Stück Holz bräche; ein Schrei gellte über den runden Platz, und einige wassertragende, vierschrötige Frauen am anderen Ende blieben ruckartig stehen. Zwei Männer kamen von beiden Seiten auf mich und das Mädchen zu.

»Bleibt stehen!« zischte ich, heiser vor Wut. Ich riß meinen Dolch heraus und sprang einen Schritt zurück, bis ich den Wagen berührte. Farnathia flüchtete sich zwischen zwei der riesigen Reifen. Die Männer ließen sich nicht aufhalten.

Ich sprang geduckt auf den einen zu, trat ihm die Beine unter dem Körper weg und wirbelte herum. Ich unterlief einen furchtbaren Schwinger, stach zu und traf den Angreifer in die Schulter. Die spitze Klinge fuhr durch das Fell und das Leder. Der Mann schrie auf und taumelte zurück. Ich drehte mich schnell herum und sah, wie sich der andere Angreifer aufstemmte und auf mich zukam. Mein Arm schnellte nach vorn, der Dolch war nur eine Verlängerung. Ich parierte mit der Klinge seinen Schlag, schlitzte ihm den Unterarm auf und sprang wieder zurück zu Farnathia. Sie drängte sich zitternd zwischen die Reifen.

Während Fartuloon mit einer Serie schneller, kurzer Schläge einen Mann niederwarf, nach einem anderen griff und dessen Kopf gegen seinen scheppernden Brustpanzer rammte, sprang der kleine Chretkor an einem der Männer hoch und umfaßte dessen Kopf mit beiden Händen. Der Schrei, den der Angreifer ausstieß, erstickte sofort in einem gurgelnden Stöhnen.

Der Kopf des Mannes, von den Kinderhänden im eisernen Griff gehalten, bedeckte sich blitzschnell mit weißem Reif. Der Atem des Mannes, zugleich mit dem erstickten Schrei ausgestoßen, verwandelte sich in eine Dampfwolke. Der Kopf erstarrte binnen weniger Augenblicke zu Eis. Eiskralle sprang auf den Boden herunter, lief zwischen den Beinen einiger anderer Angreifer hindurch und faßte den Arm eines Mannes, der sich von der Seite auf das schluchzende Mädchen stürzen wollte. Noch immer griff der Insasse des Iglubunkers nicht ein. Wieder schrie ein Mann auf, schüttelte seinen Arm und rannte davon. Der erste Angreifer, der das Unglück gehabt hatte, an Eiskralle zu geraten, blieb noch einige Zeit lang auf dem Platz stehen. Dann knickte er in den Knien ein und fiel zu Boden. Seine Arme schienen einen schwachen, reflexhaften Versuch zu machen, den Körper abzufangen, aber der Kopf schlug schwer auf das löcherige Pflaster – und zerbrach in tausend Eissplitter.

»Hört auf!« donnerte Fartuloon und wischte einen Mann von sich weg, als sei es ein kleines lästiges Tier. Ich stand schützend vor Farnathia und bedrohte jeden, der näher kam, mit dem blanken Dolch. Die Männer erstarrten, als sie sahen, was geschehen war. Sie blickten keuchend auf den Toten, dessen Kopf am Hals abgebrochen war. Dann wandten sie sich um und flohen. Wir blieben allein auf dem Platz zurück. Fartuloon kam zu uns heran und sagte kurz: »Vermutlich werden wir jetzt akzeptiert. Wir bleiben nicht länger als zwei Tage hier.«

»Wo – hier?« knurrte ich. Wir brauchten ein Haus und jemanden, der uns einige Dinge verkaufte oder vermittelte.

Fartuloon deutete über den Platz auf eine Gruppe von Männern und Frauen, die schweigend dem schnellen Kampf zugesehen hatten. Auf diese Gruppe rannten auch unsere übriggebliebenen Angreifer zu. »Geh dorthin und frage. Mit Nachdruck!«

»In Ordnung!« Ich nickte Farnathia beruhigend zu und ging schnell über den Platz.

Als ich zwanzig Schritte zurückgelegt hatte, erscholl ein Zischen in der Luft, dann eine hallende, dunkle Stimme. Der Klang beherrschte die gesamte Siedlung. »Hier spricht Umman. Ich habe euren Kampf gesehen. Ihr seid schnell, aber noch lange nicht die Sieger. Energiegeschütze bedrohen euch. Kommt zu mir her!«

Das war etwas für Fartuloon. Ich ging weiter und blieb drei Meter vor der Gruppe stehen. »Ich brauche jemanden, der mit mir spricht«, sagte ich laut und legte möglichst viel Schärfe in meine Worte. Die Gesichter der Arkoniden vor mir zeigten sämtliche Stadien von Verfall, Entbehrungen, Grobschlächtigkeit und verständnislosem Haß gegenüber den vier Eindringlingen.

»Wer bist du, Umman?« schrie Fartuloon. »Deine Drohung läßt mich ziemlich kalt. Komm heraus und zeige dich! Sprich mit mir!«

»Wer spricht für euch?« fragte ich schneidend scharf. Einer von ihnen deutete stumm nach dem Iglu, dessen Bewaffnung jetzt in Bewegung geriet. Ein einziger Schuß konnte uns alle töten.

»Der Kergone«, murmelte eine Frau furchtsam. Ihr Blick ging zwischen dem schwarzen Iglu und Fartuloon hin und her, der jetzt langsam auf das Bauwerk zuging.

»Ein Kergone?« fragte ich verblüfft zurück.

»Ja. Er beherrscht uns alle!«

»Ich verstehe.« Ich lächelte sie kurz an und ging schnell zurück zu dem Bauchaufschneider. Zögernd kamen Farnathia und Eiskralle hinter dem gedrungenen, wuchtigen Mann heran. Ich deutete auf das Bauwerk und sagte: »Umman ist ein Kergone. Er beherrscht die Siedlung. Vermutlich arbeitet er nicht und läßt sich ernähren und bedienen.«

Aus den schweren, gerichteten Lautsprechern kam ein bellendes Gelächter. Dann sagte der Chef von Adjover: »So ist es! Ich bin Kergone, und das ist hier etwas Besonderes. Ich herrsche über sie alle. Kommt zu mir, und wir werden handeln.«

Wieder mußte ich Fartuloon bewundern. Er hob die Arme und rief beschwörend: »Erhabener! In deiner Nähe scheint es am sichersten in dieser verrufenen Schlucht zu sein. Dürfen wir unser wertvolles Fahrzeug im Schatten deines Iglus abstellen?«

»Meinetwegen!«

Fartuloon sah mich bedeutungsvoll an. Er deutete auf das Fahrzeug, um das sich jetzt einige verwahrlost aussehende Kinder versammelten. »Heiz den Kessel kurz auf und bring dann das Ding neben den Eingang. Sonst stehlen sie noch unsere wenigen Vorräte und die verrosteten Patronen!«

Ich wagte, um ganz sicherzugehen, eine Fangfrage: »Aber – der Druck ist niedrig!«

Fartuloon funkelte mich in gespieltem Ärger an und sagte laut: »Dann heiz dem Ding ein, verdammt! Bist du blöde, Atlan?«

»Schon gut! Reg dich nicht auf!« gab ich zurück. Ich hatte verstanden. Ich ging ohne sonderliche Eile zurück zum Wagen, stieg ein und schob sämtliche Regler weit nach unten.

Im Brenner entfachte der Zerstäuber eine wahre Flut. Der Kessel, dessen Sicherheitsventil den Dampf nicht ausgelassen und somit den Druck nicht abgebaut hatte, war voll. Langsam drehten sich die Räder. Die Raupe riß Steine aus dem schwarzen Vulkangesteinpflaster. Ich steuerte den Wagen vorsichtig über den Platz, die breite Gasse entlang und stellte ihn direkt neben die runde Eisentür, die in den Iglu führte. Als ich auf den Boden sprang, hatte ich alle unsere Waffen und die schwere Tasche mit dem wichtigen Gepäck bei mir.

»Gut. Stell das Zeug irgendwo hin«, sagte Fartuloon. Die Impulskanone auf dem Dach des Iglus war nach allen Seiten frei beweglich. Nur ein Streifen von ungefähr vier, fünf Meter rund um den Iglu lag außerhalb des Schußwinkels. Ich nahm das Gepäck und trug es scheinbar achtlos auf den Iglu zu und legte es hundertzwanzig Grad vom Vorderteil des Wagens entfernt ab.

»Wartet, bis ich die Tür öffne!« schrie der Lautsprecher.

Fartuloon und ich berechneten, wie lange wir noch Zeit hatten. Es mußte ein Überraschungsangriff werden. Ich überlegte kurz, dann schrie ich: »Eiskralle! Farnathia! Kommt einmal her! Hier ist ein Brunnen. Wir können trinken und uns waschen!«

Ich wirkte so drängend, daß sie gehorchten. Auch Fartuloon kam nach einem lässigen Rundblick hinter uns hergeschlendert. Wir folgten der Umrundung des sauberen Quellenausflusses, zogen unsere Handschuhe aus und schlugen die Kapuzen zurück. Wir warteten …

Die Kergonen waren ursprünglich Pseudoamphibien: Wesen, die sich an Land und im Wasser gleich gut bewegten. Sie waren arkonoid, annähernd so groß wie wir und von Kopf bis Fuß mit einer dunklen Schuppenhaut bedeckt. Sie wirkten auf einen normalen Arkoniden immer etwa wie gepanzerte Kröten mit einem exzellenten Verstand. Wie ein Kergone hierhergekommen war, konnte als Rätsel gelten. Daß es ihm gelungen war, durch blanken Terror eine derart verwilderte Gruppe von Arkoniden zu beherrschen, grenzte an ein Wunder. Trotzdem war es eine Tatsache, daß es hier in Adjover einen bunkerähnlichen Bau gab, auf dessen Spitze tatsächlich eine Impulskanone rotierte. Allerdings deutete ihre Mündung augenblicklich nicht auf uns.

Eiskralle wisperte, fast unhörbar über dem Wasserspiegel, der seinen kristallklaren, durchsichtigen Kopf spiegelte: »Warum waschen wir uns hier, Atlan?«

Ich massierte meine Augen und blickte durch die Finger auf den runden Eingang und den heftig rauchenden Schlot unserer Maschine, die ihren letzten Millitontas entgegensah. Ebenso leise gab ich zurück: »Weil wir diesen Kergonen überzeugen müssen!«

»Wovon überzeugen, Liebster?« flüsterte Farnathia. Als ich wieder einmal ihr Gesicht und ihren Kopf, den Hals und die feinen, schlanken Hände sah, konnte ich sowohl die gierigen Adjover verstehen als auch den häßlichen Kergonen. Sie hatten das Mädchen gesehen und wollten es besitzen.

»Daß er uns das volle Gastrecht zu gewähren hat«, murmelte Fartuloon.

Wir brauchten nicht lange zu warten. Während wir versuchten, das Bild von durstigen und ungewaschenen Besuchern zu geben, die sich auf das lang entbehrte Wasser stürzten, beobachteten wir das Fahrzeug und den Iglu. Wir handelten instinktiv und warfen uns zu Boden. Niemand sah es, aber jeder merkte es. Der schwere Druckkessel aus eher minderwertigem Stahl wurde vom Druck des hochgespannten Dampfes zerfetzt. Es gab einen harten Schlag, dann wirbelten Trümmer, Räder, die schweren Teile der Raupe, Gesteinsbrocken und dünnes, bis zur Unkenntlichkeit zerfetztes Blech nach allen Seiten. Eine riesige Dampfwolke breitete sich nach allen Seiten aus, während wir aufsprangen, unsere Luccots zogen und den aus der Luft fallenden Trümmern auswichen.

»Schnell! Ich an der Spitze«, sagte Fartuloon. Wir rannten wie wild auf den Eingang des Iglus zu. Die Mauer war eingedrückt, und das runde Schott hing schief, in der Mitte nach innen geknickt, in den zerborstenen und aus dem Stein gerissenen Angeln. Mit einem einzigen

Tritt schleuderte Fartuloon den verbogenen Deckel in den Raum hinein, sprang hinterher und landete im ersten Drittel des Raumes. Ich stürzte hinter ihm her und richtete den kleinen, kurzläufigen Luccot auf das Wesen im Zentrum des großen, runden Raumes. »Hier sind wir«, sagte Fartuloon mit unnatürlicher Ruhe. »Und ich muß sagen, daß ich erstaunt bin.«

Umman ist ein Krüppel! Er hockte in einem Wagen aus Rohren, Stahldrahtverstrebungen, einer Energiezelle, einem Dutzend Servomotoren und dicken, breiten Rädern. Der Kergone saß vor einem Schaltpult einfacher Bauart, auf dessen schräger Fläche jetzt einige Warnlampen leuchteten. Die Bildschirme waren ausgefallen, leer und stumpfgrün.

»Ich bin nicht weniger erstaunt«, sagte der Kergone mit dumpfer Stimme. Sie klang, als spräche er durch eine Schicht schmutzigen Wassers.

»Immerhin zeigst du Haltung, Umman«, sagte Fartuloon. Eiskralle und Farnathia drängten sich in den Raum. Wir sahen einige andere Servomechanismen, einen Ausgang, der irgendwohin, aber nicht innerhalb der Iglumauern ins Freie führte, eine Lagerstatt und die Einrichtungen, die ein Mann zum angenehmen Leben braucht.

»Ich bin der Fürst dieser Siedlung«, sagte der Kergone und musterte uns scharf. »Es war der Wagen, nicht wahr?«

»Der Druckkessel!« bestätigte ich. »Wir wollen nichts anderes als das Gastrecht, das einem jeden Besucher zusteht.«

»Ich bin hier der Ta-moas! Ich arbeite nicht, die anderen ernähren und verwöhnen mich, weil sie mich fürchten, aber auch lieben. Ich sage ihnen, was zu tun ist.«

Fartuloon ging ruhig um den schwarzgeschuppten Kergonen herum, warf einen gelangweilten Blick auf das Schaltpult und legte den Hauptschalter herum. Die Lichter erloschen unmittelbar nach dem *Klick*.

»Für die nächsten zwei oder drei Tage wirst du Befehle geben, wie wir es dir vorsagen!« schlug Fartuloon gefährlich sanft vor. »Jetzt sind wir die Fürsten hier. Du hast es nicht anders gewollt, denn wir kamen in Frieden.«

»Ich werde euch bei der ersten Gelegenheit vernichten!« knarrte Umman und warf haßerfüllte Blicke aus seinen großen dunklen Augen auf uns.

»Wir brauchen Schlaf, Ruhe, Essen und Ausrüstung. Sonst nichts. Wir werden auch nichts stehlen, sondern alles bezahlen«, sagte der Bauchaufschneider. »Und wenn es Kranke geben sollte, so werde ich sie behandeln.«

Haßerfüllt warf der Kergone ihm zu: »Die Kralasenen des Sofgart sind hinter euch her!«

»Selbst dieses Wissen wird nichts am herrschenden Zustand ändern, mein Fürst«, erklärte Fartuloon sarkastisch.

»Ich kann mich nicht wehren! Ich bin ein Krüppel!«

»Rechne nicht mit unserem Bedauern!« schlug ich ihm vor. »Wo können wir schlafen?«

Der Kergone schwieg und starrte Fartuloon herausfordernd an. Der Bauchaufschneider wartete eine Weile, dann hob er die Schultern und richtete die Waffe auf einen offenen Schrank, der voller Konserven und Rationen war. Wir erkannten deutlich die Aufdrucke; es waren teure Importe, die irgendwie ihren Weg hierher gefunden hatten.

»Es wird unangenehm riechen, wenn ich deine Leckerbissen röste«, sagte Fartuloon und grinste Umman in falscher Liebenswürdigkeit an. Sein Finger krümmte sich um den Abzug. »Also?«

»Nein! Nicht! Geht ins Haus zur rechten Hand, neben dem Brunnen. Es ist leer!«

»Recht so«, sagte ich. »Du gibst bitte eine Reihe entsprechender Befehle, Fartuloon?«

Mein Freund schlug gegen den Brustpanzer und lachte schallend. »Ja. Drei Tontas lang habt ihr Zeit für alles. Ich bin hier und werde alles so einrichten, wie wir es brauchen.«

»Gut. Komm, Farnathia!« Wir verließen, die Waffen in den Händen, den Iglu. Die Bewohner der Siedlung hatten sich zusammengefunden und bildeten in achtungsvollem Abstand einen Wall fellbedeckter Körper. Sie sahen hinüber zu dem kleinen Krater neben dem Iglu und zu den Trümmern, die überall herumlagen und im Moos Schwelbrände entfachten, von denen dünner grauer Rauch in die Höhe stieg. »Wir alle sind erschöpft. Hoffentlich finden wir, was wir brauchen.«

»Ich wünsche mir ein langes, heißes Bad«, murmelte Farnathia.

Wir öffneten die Tür und kamen in ein Haus, dessen Inneres würfelförmig war und in drei Ebenen angelegt schien. Eiskralle schaltete eine altertümliche, flackernde Beleuchtung ein. Das Innere war gemütlich warm; sie schienen hier mit vulkanischer Hitze oder mit unterirdisch angezapftem Heißwasser zu wärmen. Wir fanden, wenn auch in reichlich primitiver und unsauberer Art, alle Einrichtungen, die man in einem einfachen Haus brauchte.

»Zuerst Farnathia. Ich ...« Ich drehte mich um, als der Kommunikator aufsummte. *Fartuloon?* Ich schaltete das alte, aber überraschend gut funktionierende Gerät ein. Tatsächlich erblickte ich das Gesicht des Freundes.

Er blinzelte uns zu und sagte: »Ich lasse euch bedienen. Es werden einige Frauen kommen und euch bringen, was ihr braucht. Ich schicke auch einige der Leckereien unseres schwarzschuppigen Fürsten hinüber. Atlan?«

Ich hob zufrieden die Hand. »Hier!«

»Die erste Hälfte der Nacht bin ich hier. Dann mußt du meine Aufgabe übernehmen!«

»Geht in Ordnung. Vergiß nicht ein schnelles, gutes Gespann!«

Fartuloon lächelte. »Wurde bereits bestellt!«

»Gut. Zuerst der Punkt der Hygiene ...«, begann ich aufzuzählen. Nicht ganz eine Tonta später hatten wir nacheinander in einer gemauerten Wanne ein Bad genommen, wurden unsere Kleidungsstücke gesäubert, die Stiefel geputzt und aufgeplatzte Nähte geschlossen. Wir fanden in verschiedenen Räumen Liegen und leidlich saubere Decken.

Als ich Farnathia einen Kuß gab und vor dem Einschlafen ihre Hand hielt, sah sie mich an und lächelte. »Das Essen und alles – es war gut«, flüsterte sie. »Aber wir sind noch nicht am Ziel.«

Ich schüttelte den Kopf und streichelte sie. »Aber wir sind dem Ziel beachtlich näher gekommen. Wir schaffen auch den Rest.«

»Ich glaube es, jetzt, nachdem ich euch kennengelernt habe. So richtig kennengelernt.«

»Schlaf jetzt!«

Auch ich schlief. Wir wußten uns zwar unter dem Schutz Fartuloons, der sich seinerseits nachdrücklich des Schutzes von Umman versichert hatte, aber trotzdem verriegelten wir die Türen und die tiefergelegenen Fenster und schliefen mit den Waffen neben uns.

Drei Tontas später weckte mich das Signal meines Freundes, und mitten in der Nacht wechselte ich hinüber in den Bunker des entthronten Fürsten.

Der Schlitten war genau die richtige Konstruktion für einen schnellen Marsch in diesem Gelände, wo sich Hitze und Schnee, Flugasche und Eisplatten abwechselten. Vier lange Deichseln, an die fünf Har'seec gespannt wurden, gingen von einem halbrunden Korb aus, an dem innen die tiefen Taschen für die Jagdbeute oder, in unserem Fall, für das Gepäck und die Waffen, eingearbeitet waren. Der Korb war hinten offen und nur durch ein Netz geschützt, dessen Enden man mit schweren Haken am Korbrand befestigen konnte – aber die breiten Kufen waren das Besondere an dieser Konstruktion. Mit einem einfachen Hebelzug wurden jeweils vier Rollen abgesenkt, die beim Betrieb im

Schnee seitlich hochgeklappt wurden wie Insektenbeine. Das ideale Fortbewegungsmittel auf schneelosem Untergrund.

Ein solcher, relativ neu aussehender Schlitten stand nun vor unserem Haus, als wir zwanzig Tontas in Adjover waren, und Fartuloon flüsterte: »Morgen, bei Sonnenaufgang!«

»Niemand sollte wissen, wohin wir gehen! Dieses Tal Kermant ...«, sagte ich vorsichtig.

»Ist genügend unbekannt, um nahezu jeden in die Irre zu führen. Außerdem besteht zwischen uns und den Kralasenen, wenn wir die Siedlung durch das nördliche Tor verlassen haben, ein Gleichgewicht der Kräfte. Statistisch gesehen, kann uns nur eine unglaubliche Überraschung zum Verhängnis werden.«

Farnathia hatte sich in unglaublich kurzer Zeit glänzend erholt. Wenn sie sich außerhalb des Hauses zeigte, mußte ich sie ununterbrochen vor den Belästigungen der Männer schützen. Sie betrachtete das exotische Gefährt mit einigem Erstaunen. »Wie kann ich das verstehen?«

»Eine Verfolgung mit Gleitern ist unmöglich!« erklärte Fartuloon. »Wir werden das Tal Kermant, meinen Gortavor-Hauptstützpunkt und damit den OMIRGOS erreichen.«

»Aha! Die Energiesperren«, sagte Eiskralle.

An einem Zaun waren fünf Har'seec angebunden; plumpe, häßliche Tiere. Ihre Füße spreizten sich auf Schnee wie die Paddelfüße von Wasservögeln. Der Kopf mit den schweren, nach vorn gebogenen Hörnern war feuerrot, als stünden die Tiere ständig kurz vor dem Schlaganfall. Sie schrien laut und röhrend, und, wie es uns schien, aus keinem ersichtlichen Grund. Das Fell war weiß und lang und hing in schmutzigen Zotteln nach unten. Sie wurden in ein elastisches Joch gespannt und mit einem Zügel geleitet, der an Ringen befestigt war. Diese Ringe waren in den Ecken der Schnauzen durch die Haut gezogen, und wenn die Tiere fraßen, klingelten die Ringe wie Schlittenglöckchen. *Nun*, dachte ich, *der optische Eindruck ist unwichtig – Hauptsache, sie ziehen schnell und sicher.*

»Richtig. Eiskralle hat recht. Die Energiesperre. Wer uns verfolgt, muß sich derselben Hilfsmittel bedienen wie wir. Auf diese Art wachsen unsere Chancen ins Unermeßliche.«

Ich grinste Fartuloon zu. »Eines fernen Tages werde ich vielleicht Gelegenheit bekommen, meine Lebenserinnerungen zu schildern. Ich werde dann genau wissen, wie ich einen Optimisten zu beschreiben habe.« Dieser Mann neben mir, der mit einer schweren Handwaffe umging, als sei es ein Besteck zum Kuchenessen, war ein wandelndes

Geheimnis. *Ein Stützpunkt in Polnähe! Ein ehemaliger Gladiator, Dagorista, Gourmet und Kunstliebhaber, ein noch hervorragenderer Leibarzt ... das Spektrum dieses Mannes reicht weiter, als ich jemals erfahren werde. Wer ist er wirklich? Und wer bin ich, daß ich mit diesem Mann zusammen fliehe? Rätsel, Geheimnisse, Merkwürdigkeiten!*

»Ich bin ausgeschlafen«, sagte er. »Morgen früh geht's weiter. Bevor ihr wieder in die Betten fallt, stellt die Ausrüstung zusammen. Wir müssen innerhalb kurzer Zeit starten.«

Wir nickten uns zu, und er ging wieder zurück in den Iglu des Fürsten. Eiskralle, Farnathia und ich packten, aßen ausgiebig und schliefen dann ein.

10.

Der Bauchaufschneider Fartuloon:

Er grunzte zufrieden und dachte: Dieser Atlan! Ein gerissener Kerl! Er besitzt tatsächlich den alten Gonozal-Verstand! Kurzum: eine Freude für einen jeden Lehrer, ein solcher Schüler. Er betrat wieder den Bunker und murmelte: »Ich sehe, du bildest dich, Kergon-Fürst.«

Inzwischen hatten Handwerker wieder die Tür eingesetzt, das Schloß aber auf des Bauchaufschneiders strikten Befehl hin »vergessen«.

»Ist auch das ein Laster?« fuhr der Kergone auf. Er hatte sich widerwillig an den Zustand gewöhnt, aber der Bauchaufschneider zweifelte nicht einen Wimpernschlag lang daran, daß er ihm bei der ersten sich bietenden Gelegenheit in den Rücken fallen und seine ganze Rachsucht austoben würde. Als »Fürst« dieser Siedlung war der Schuppige zu tief gedemütigt worden. Und Fartuloon hatte den Zentralschlüssel zu der Waffen- und Beobachtungsanlage in der geheimnisvoll tiefen Tasche seines bodenlangen Fellmantels.

»Nicht unbedingt!« gab Fartuloon zu. »Je weiter sich ein Laster ausbreitet, desto größer sind seine Chancen, zur Tugend zu werden. Habe ich genug bezahlt?«

Auf sein Drängen hin hatte der Kergone seine Befehle gegeben. Die beste Ausrüstung für eine angeblich etwa sechs Tage dauernde Reise, die besten Tiere und einer der besten Schlitten waren die sichtbaren Folgen gewesen.

»Ja. Das hast du!« gab der Kergone unwillig zu. Er schaltete den Lesekubus ab und drehte sich mit seinem Wagen zu Fartuloon herum. Wenn

Umman seine Hand über einem Bündel optischer Kontakte bewegte, konnte er durch die Veränderung der Finger sämtliche maschinellen Reaktionen des Wagens hervorrufen und steuern.

»Geld ist wichtig«, sagte der Bauchaufschneider. »Du kannst übrigens einen Mann auf meinen Spuren losschicken. Er kann den Schlitten und die fünf Tiere abholen!« Fartuloon sah sich um; die Vorräte des Kergonen waren sichtbar geschmolzen. Die Zeit war tatsächlich mehr als reif – der Planet stand ihm bis zum Hals und bisweilen auch darüber hinaus. »Geld ist der sechste Sinn, der die Würdigung der fünf anderen Sinne erst ermöglicht, wie jedermann weiß! Du scheinst dich in meiner Gesellschaft nicht unwohl zu fühlen.«

Der Schwarzgeschuppte lachte humorlos auf. »Bleibt mir etwas anderes übrig?«

»Nein!« Trotz aller Suche hatte Fartuloon keine Möglichkeit gefunden, seine Verfolger zu sehen oder überhaupt zu erfahren, ob er verfolgt wurde. Sollten die Kralasenen gerade jetzt hier ankommen, würde er sie mit dem Geschütz abwehren können. Wo befanden sich die Häscher? Zweifellos würde sich Umman aus Rache mit den Leuten des Blinden Sofgart verbünden – wenn nicht, behandelten sie ihn ebenso wie er. Atlan und das Mädchen mußten geschützt und von Gortavor weggebracht werden. Die Zeit ist reif. Für Atlan steht eine wichtige Veränderung bevor, die seinem Leben nicht nur einen anderen Sinn geben, sondern ihm eine zusätzliche geistige Dimension verleihen wird ... *Fartuloon spürte seine Unruhe. Am liebsten wäre er sofort gestartet. Er sah auf die Uhr. Noch vier Tontas bis zum Morgen. Er nickte. Diese vier würde er halbieren und zwei davon selbst schlafen.*

»Wann werdet ihr uns verlassen, liebster Freund?« fragte Umman gehässig.

»Wer weiß?« antwortete der Bauchaufschneider geheimnisvoll. Die Gruppe der Kralasenen würde die Zahl zwanzig nicht übersteigen; zu viele logistische Probleme wären zu lösen, wenn die Verfolger zahlenmäßig mehr waren. Außerdem sagte die statistische Wahrscheinlichkeit aus, daß ein einzelner Mann unter besonderen Umständen mehr ausrichten konnte als ein kleines Heer. Und bis zum OMIRGOS gab es noch genügend »besondere Umstände«.

Ich hoffte nur, daß wir das Tor durchbrechen konnten. Wir wollten Adjover verlassen, und zwar mit voller Geschwindigkeit. Abermals sah ich die Gurte und Bänder nach, die unsere Waffen und Ausrüstungsgegenstände auf dem Schlitten hielten.

»Los! Aufsteigen! Ihr werdet stehen müssen, wie wir alle«, sagte ich und hob Farnathia in den Korb.

Immerhin konnten wir uns mit dem Rücken gegen das massive Schutznetz lehnen. Ich sah nirgendwo Licht, war aber sicher, daß uns unzählige Augen beobachteten. Ich blickte nach oben. Der Himmel riß ausnahmsweise auf. Die Dampfsäule, die sich wenige hundert Meter entfernt an den Innenwänden des Warmen Auges erhob, driftete momentan zur Seite. Der Tag versprach, schön und klar zu werden. Genau das Richtige für eine hochromantische Schlittenfahrt hinter fünf stinkenden Zugtieren her.

Eine Bewegung zur Linken – Fartuloon. Er grinste breit und steckte eine Rolle unzerreißbares Klebeband ein. Dann schnippte er mit den Fingern. »Start! Der Fürst ist außer Funktion gesetzt.«

Ich vermutete nicht zu Unrecht, daß er erstens sämtliche Energieanlagen ausgeschaltet und dann Umman, den Kergonen, zu einem Bündel verschnürt hatte. Abermals hatten wir einen weiteren Handlungsspielraum bekommen.

»Wir können losfahren?« erkundigte sich Eiskralle. Tagelang hatte er jetzt kaum ein Wort über seine geheimen Ängste verlauten lassen.

»Wir müssen. Auf zur letzten Etappe!« Der Bauchaufschneider zog seine Handschuhe straff und schwang sich in den Korb. Noch waren die breiten Rollen ausgeklappt und die Kufen hochgezogen. Ich befestigte die Enden des Netzes, dann krachte die Peitsche. Fartuloon hatte fünf Doppelzügel in den Händen und riß daran. Die Tiere setzten sich laut brüllend in Bewegung. Wir rollten über das Pflaster, über den Platz und dann die abschüssige Straße zum nördlichen Tor der langgestreckten Siedlung hinunter, bis die letzten Bauwerke auftauchten. Fartuloon rief: »Wenn die Tiere so schnell bleiben wie jetzt, brauchen wir nur drei Tage!«

»Es müßten Maschinentiere sein«, sagte ich skeptisch. Zwanzig fellumhüllte Tatzen schlugen den Boden in einem schnellen, ratternden Takt. Das Tor war mit dem letzten Befehl Ummans aufgezogen worden, und wir preschten zwischen den Türmen hindurch und aus der Schlucht hinaus. Vor uns lag das sanft abfallende Gelände des Kraters, das irgendwo im Norden in den erstarrten Gletscher übergehen würde. Schnurgerade war unsere Spur. In den nächsten Tagen würde kein Wind, kein Sturm, kein Regen diese Spur verwischen. Jeder, der uns verfolgte, hatte es einfach. Die Nebelsäule des Warmen Auges wurde mehr und mehr in ihrer ganzen Ausdehnung sichtbar, als wir uns von dem Krater entfernten. Hinter uns erhob sich eine Schicht feiner Asche und blieb lange in der Luft schweben wie ein Signal.

Was inzwischen in Adjover geschah, wußten wir nicht. Trotzdem ließen wir die fünf Tiere so schnell rennen, wie sie konnten. Sie nutzten uns nur etwas bis zum Rand des Gletschers. Fartuloon sagte: »Übrigens – ich habe in einer Höhle oberhalb des Gletschers zwei Markas versteckt. Wenn mir etwas zustoßen sollte. Sie sind zu finden in ...« Er verlor sich in einer blumenreichen Schilderung der Örtlichkeiten, die aus Felsen und Eisvorhängen, aus langen Höhlen mit schauerlichem Echo und aus den Gefahren messerscharfer Eisgrate bestand. Ich würde nach seiner Beschreibung die schlittenähnlichen Transportmittel finden müssen, also merkte ich mir jedes Wort.

»Die einzige Möglichkeit, den Gletscher zu bezwingen?« erkundigte ich mich laut. Wir mußten schreien, um gegen das Rattern der Rollen, das Ächzen der Verbindungen und die Geräusche der fünf Tiere ankommen zu können.

»Ja. Es sei denn, einer von uns könnte fliegen!«

»Das traue ich dir ohne weiteres zu!« krähte Eiskralle. Ich hielt Farnathia im Arm und spürte durch die Felle hindurch ihren warmen Körper. Weit vor uns begann, deutlich sichtbar im Morgenlicht, wieder der Schnee und das Eis.

Plötzlich sagte Fartuloon: »Frage mich nicht, woher ich diese Ahnung habe. Aber eben sind die Kralasenen in Adjover eingezogen!«

Ich starrte ihn verständnislos an. War es mehr als eine Ahnung? Nicht einmal er schien es zu wissen. *Es stimmt. Sie sind hinter uns her. Vielleicht sehen sie uns auch schon* ... Es glich einer Vision, die mich plötzlich befiel, und ich war mir sicher, daß es so oder ähnlich geschah ...

In Adjover: Der Iglu war restlos überfüllt. Schweigend sahen dreizehn Kralasenen zu, wie ihr Anführer die Bänder durchschnitt, die den Kergonen gefesselt hielten. Kaum konnte er wieder sprechen, stieß er hervor: »Wer seid Ihr? Kralasenen, nicht wahr? Söldner vom Blinden Sofgart.«

Die anderen schwiegen, sahen sich erstaunt um und hörten, wie ihr Anführer sagte: »Das ist richtig. Wir sind hinter Fartuloon, dem Bauchaufschneider her. Er hat drei Leute mit dabei. Diese Bänder – das sieht nach seiner Arbeit aus.«

Der Kergone heulte auf: »Dieser Kreel! Dieser Abschaum! Er hat meinen Bunker gesprengt, indem er sein Schneemobil vor die Tür stellte und den Druckkessel in die Luft gejagt hat. Er hat mich ...«

Der Rest des Satzes ging im Lärm unter. Die Kralasenen sahen sich verblüfft an, dann begannen sie rauh und schallend zu lachen. Sie schlugen sich auf die Schenkel und hieben sich gegenseitig auf die Schultern. Umman hockte wie ein Häufchen Elend in seinem Wägelchen und brachte nichts außer einem gequälten Grinsen zustande. Diese vierzehn Männer sahen tatsächlich hart und brutal aus. Sie würden den Bauchaufschneider schon fangen und dann seinen Kopf hierher bringen. Hochgewachsene, breitschultrige Männer mit dunklen, von der Sonne verbrannten Gesichtern. Die Köpfe waren von Narben entstellt. Hier fehlte ein halbes Ohr, dort zuckte eine gewaltige Narbe, ein dritter hatte ein gespaltenes Kinn, der vierte eine Brandverletzung, die wie ein Dreieck aussah.

»Wohin ist er geflohen?«

Umman stöhnte: »Mit unserem besten Rollenschlitten und den fünf schnellsten Har'seec zum nördlichen Tor hinaus. Er wollte ins Tal Kermant.«

Der Anführer pfiff durch die Zähne. War es Anerkennung oder nur Überraschung? »Du wirst uns helfen? Der Blinde Sofgart wird dich belohnen!«

Umman wiegte den Kopf. Er war wütend und erinnerte sich deutlich an die Gefühle der vergangenen, endlos erscheinenden Tontas. Seine gesamte Autorität über Adjover war in Frage gestellt worden. Er würde hart durchgreifen müssen, um seine Stellung wieder festigen zu können. Gegen diese Männer hatte Fartuloon nicht die geringste Chance. Der Kergone sagte wütend: »Er hat einen Vorsprung!«

»Das dachten wir uns. Wann hat er die Siedlung verlassen?«

Umman bedauerte, daß er den Schlüssel zu seinem Schaltpult nicht hatte. Er traute den Worten des Bauchaufschneiders nicht, der gesagt hatte, er würde den Zentralschlüssel zurücklassen. »Beim ersten Morgenlicht. Mit gewaltigem Tempo. Und mit unseren fünf besten Zugtieren.«

Die Kralasenen trugen Hochenergiewaffen arkonidischer Bauart. Einige von ihnen waren auch mit Dolchen, Schwertern, Explosivwaffen oder kleinen Kampfbeilen bewaffnet. Sie trugen flache Taschen auf dem Rücken, in denen der Proviant war. Sie sahen ungeheuer schnell und widerstandsfähig aus. »Über den Gletscher ins Tal Kermant ...«, überlegte der Anführer. »Du hast ein paar Markas für uns?«

»Ja. Wir haben große Markas am Gletscher versteckt. Aber wir haben nicht mehr genügend schnelle Tiere und Rollenschlitten für euch. Laßt mich nachdenken. Wir könnten es folgendermaßen ...«

Die Tür wurde aufgerissen, und einer der Posten vom nördlichen Tor stürzte herein. »Umman!« schrie er. »Ich habe etwas gefunden! Als der

Bauchaufschneider durch das Tor preschte, warf er etwas in die Luft. Ich sah es blinken, aber ich dachte nicht daran, daß ...«

»Gib her, du Essoya!« dröhnte Umman. Er riß dem Posten, der erschrocken zurückprallte und von zwei Kralasenen abgefangen wurde, den Schlüssel aus der Hand und steckte ihn in die Vertiefung seines Schaltpultes. Augenblicklich begannen die Instrumente wieder zu leuchten und zu blinken. Mit einigen kleineren Schaltungen beseitigte Umman die Störungen, indem er die beschädigten Teile seines Herrschaftsapparates aus dem Netz schaltete. »Jetzt werde ich bekommen, was ihr braucht. Aber einige Männer aus der Siedlung gehen mit euch. Sie bringen die Schlitten zurück.«

»Recht so! Es eilt«, sagte der Anführer drohend. Die Söldner gingen ungeniert in dem runden Raum hin und her. Sie schalteten Bildkuben ein und lasen die Titel, öffneten einige der Delikateßkonserven, probierten das Bad aus und sämtliche anderen Einrichtungen.

Umman begann in seine Mikrofone zu brüllen. Er terrorisierte die Siedlung durch einige kurze Schüsse aus der Impulskanone und bewirkte dadurch, daß binnen kurzer Zeit die Rollenschlitten herbeigezerrt und die Zugtiere von den kargen Weiden geholt wurden. »Ihr wißt, daß jenseits der Siedlung jede Energiewaffe und jedes Energieaggregat versagt?«

»Das wissen wir, Kergone! Deshalb gehen wir auch zu Fuß, grob gesprochen! Wo bleiben deine Leute, Kergone?« Der Anführer war weder gut noch böse. Er schien sich wie eine Marionette zu bewegen. Eine Art menschlicher Roboter, der loyal für denjenigen arbeitete, verfolgte und tötete, der ihn bezahlte. Ein Söldner, ein hochorganisierter Gladiator. Er würde alles, aber auch jede kleinste Einzelheit, die ihn in seinem Auftrag hinderte, beiseite schieben und auf das Äußerste bekämpfen. Das Ziel war wichtig: das Ergreifen von Fartuloon und Atlan und den beiden anderen – oder ihr Tod.

»Sie kommen! Sie gehorchen mir wieder! Wartet noch etwas!« winselte der Kergone.

»Wir wissen, daß du alles tun wirst, um dem Blinden Sofgart zu gehorchen!« stellte der Anführer gelassen fest. In seiner Stimme lag eine deutliche Drohung.

»So ist es, Erhabener!« winselte der Kergone. Draußen waren Geräusche zu hören und schnelle Bewegungen zu erkennen. Schlitten und die Zugtiere. Die Siedler Adjovers fühlten sich wieder von der Impulskanone und den Energiewaffen ihres schwarzgeschuppten Fürsten bedroht und waren darüber hinaus verwirrt und unsicher wegen der Besucher, die sie vollkommen richtig mit Gefahr assoziierten. »Ihr werdet alles bekommen, was wir haben. Wir werden versuchen, euch zu helfen, damit ihr so schnell wie möglich Fartuloon und seine drei Kreaturen fangt.«

»Nichts anderes ist unser Ziel.«

Die Kralasenen handelten schnell und zielbewußt. Als sie erkannten, auf welche Weise sie die Vorbereitungen beschleunigen konnten, halfen sie den Siedlern. Am frühen Nachmittag verließen drei Rollenschlitten in halsbrecherischer Fahrt Adjover. Der letzte Akt der Verfolgung hatte begonnen. Umman, der Kergone, hoffte, daß die Kralasenen Fartuloons Kopf auf einer Stange bringen würden. Er konnte sich zudem ausrechnen, daß das Mädchen nicht von ihnen getötet, sondern zuerst den Kralasenen und dann, wenn sie ihrer überdrüssig waren, dem gesamten Stamm zum Gebrauch überlassen werden würde.

Wir fühlten uns nicht besonders gut; jenes unerklärliche Wissen, daß uns die Kralasenen sehen konnten, wenn sie einiges Glück hatten, machte uns unruhig und niedergeschlagen. Nur Fartuloon schien davon gänzlich unberührt zu sein; er lenkte die Tiere, als habe er sein Leben auf einer Rennbahn zugebracht. Wir rasten mit wehender Staubfahne zunächst über die eisfreie Zone, dann hielten wir an und klappten, als wir auf dem Eis standen, die Rollen nach oben und senkten die Schlittenkufen ab. Die Tiere ließen keinerlei Ermüdungserscheinungen erkennen.

»Sie haben nicht mehr Möglichkeiten als wir«, sagte Fartuloon. »Sie besitzen nicht einmal einen schnellen Gleiter.«

»Trotzdem sollten wir schneller werden. Wie weit ist es zum Gletscher?« fragte ich. Wir kletterten wieder in den Korb. Die Tiere kamen auf dem Schnee und dem Eis nur ein wenig langsamer voran. Statt der ratternden Rollen war jetzt das Zischen der breiten Kufen zu hören. Wieder schrien einige der Har'seec völlig unmotiviert auf.

»Wenn wir die Nacht durchfahren könnten, erreichen wir die Oberkante des Asaka-Gletschers vielleicht morgen früh!«

»Verdammt!« Der Weg zum legendären Tal Kermant war beschwerlich und lang. Aber wir hatten keine Wahl. *Hinter uns die Kralasenen, vor uns das Ziel, versperrt durch unbekannte Gefahren.*

»Allerdings werden wir nicht mehr Beleuchtung haben als das Licht der Sterne«, sagte Fartuloon. »Ich kenne jeden Stein hier in diesem Gebiet.«

Ein wüstes und einsames Land empfing uns. Verglichen mit den Landschaften, die wir durchrast hatten, war diese Gegend noch eintöniger und leerer. Abgesehen davon, daß das Gelände ganz leicht anstieg und sich dem Gletscherrand näherte, war es ohne jeden auffälligen Stein, ohne Markierungen und Besonderheiten. Nirgends gab es Orientierungshilfen. Aber Fartuloon schien den Weg genau zu kennen. Er stand breitbeinig im Korb des Schlittens und handhabte Zügel und Peitsche virtuos. Hinter uns blieb nur die breite, zertrampelte Spur.

»Wir müßten sie sehen, wenn sie uns verfolgen«, sagte Eiskralle in das dumpfe Geräusch der zwanzig Tatzen hinein.

»Wir werden sie sehen!«

Farnathia drehte sich um und blickte nach hinten. Unsere Spur war schnurgerade, wie mit einem Lineal gezogen. Plötzlich wirkte das Mädchen ganz aufgeregt. Sie hob den Arm und stieß hervor: »Dort hinten, ganz am Horizont – eine Staubwolke. Eine solche Wolke, wie wir sie hinterlassen haben!«

Ich drehte mich ebenfalls um. Dadurch, daß das Gelände anstieg, und das seit einigen Tontas, hatten wir nach hinten einen grandiosen Ausblick. Wir sahen wieder die riesige Dampfwolke des Warmen Auges. Der Himmel war strahlend blau und völlig klar, ohne eine einzige Wolke. Unsere Spur verlor sich in der scheinbaren Unendlichkeit des Horizonts. Dort, wo sie in die Waagrechte überging, sahen wir deutlich, aber winzig klein, eine Fahne aus Staub und Asche. Es konnte sich um nichts anderes handeln als um die Kralasenen. »Fartuloon! Sie sind dort hinten!«

»Dacht' ich mir es doch!«

»Sie scheinen ausgeruht zu sein! Sie werden uns fassen!« rief Eiskralle jammernd aus.

»Noch haben wir einen Vorsprung. Und sie kennen den Gletscher nicht. Ich aber kenne jeden Eiskristall dort auf dem Asaka!« Fartuloons Fassung war unerklärlich. Oder wollte er uns nur beruhigen? Wir schwiegen, aber immer wieder drehten wir uns herum und glaubten, die Staubfahne käme näher, der Abstand würde sich verringern. Unsere Nerven waren gespannt, unsere Unruhe und das Gefühl des kommenden Untergangs verstärkten sich deutlich. Nur mein rätselhafter Freund schien von alledem nichts zu merken; er lenkte die Tiere, trieb sie an und raste die leichte Steigung höher und höher hinauf. Allmählich sank auch die Temperatur; wir entfernten uns vom Warmen Auge. »Wenn wir so weiterrasen könnten ...!«

Inzwischen bewegten wir uns längst in dieser geschützten, unsichtbaren, techniklosen Zone. Hier würden unsere Energiewaffen nicht funktionieren – aber auch nicht diejenigen der Söldner. Irgendwo hinter der Kimmung des Horizonts lag die Station, stand der rätselhafte OMIR-

GOS. Die Kralasenen befanden sich auf unserer Spur und würden sie nicht mehr verlassen.

»Umman hat uns zweifellos verraten!« rief Eiskralle.

»Ich habe nichts anderes erwartet. Aber es lag kein Grund vor, ihn zu töten«, erwiderte Fartuloon. Noch immer liefen die Tiere schnell und ohne zu stolpern. Sie waren hart und ausdauernd wie ein Wintersturm.

»Wir haben deine Markas, um über den Gletscher zu kommen«, sagte ich deutlich. »Aber wie werden uns die Söldner verfolgen?«

Fartuloon lachte grimmig auf. »Du mußt noch eine Menge lernen. Atlan! Die Einwohner dieser Gesetzlosensiedlung jagen ebenfalls auf diesem Gletscher. Sie haben ebenso ihre Gletscherschlitten versteckt wie ich.«

»Du warst schon einmal hier?« erkundigte sich das Mädchen besorgt.

»Es ist wahrscheinlich, daß ich den Weg zu meiner planetaren Station kenne, nicht wahr?« wich Fartuloon aus.

»Es ist mehr als wahrscheinlich«, sagte ich. Wir rasten weiter. Immer mehr näherten wir uns der Linie, die den Boden vom Horizont trennte. Dahinter begann der Gletscher. Die Kralasenen, das sahen wir im schwindenden Licht des Tages, trieben ihre Zugtiere erbarmungslos an, und unser Vorsprung schwand langsam dahin. *Werden sie uns einholen können? Es wäre ein selbstmörderischer Fehler, sie zu unterschätzen.*

Es wurde kälter, schneidend kalt. Vom noch unsichtbaren Gletscher wehte ein eisiger Wind. Wir hüllten uns in unsere Mäntel und schlossen Kragen und Ärmelbänder. Wir standen schutzlos da, wir bekamen den hochgewirbelten Schnee und die kleinen Eisbrocken ins Gesicht geschleudert, die von den Tatzen der Tiere stammten. Es dunkelte jetzt schnell, und diesmal hatten es die Kralasenen leichter. Sie mußten nur einer Spur folgen, sie brauchten sie nicht mehr zu suchen.

Diese Nacht würde keiner von uns jemals vergessen können. Es war ein Alptraum. Unsere Nerven waren zum Zerreißen gespannt. Wir hatten keinen Appetit mehr; nur einige Schlucke aus der von Pelz umkleideten Feldflasche passierten unsere Kehlen, die zugeschnürt schienen. Die fünf Tiere waren kurz vor dem Ende ihrer Leistungsfähigkeit. Es war Mitternacht; sie mußten, wie auch der Schlitten und unsere Kraft, noch einige Tontas durchhalten. Die Steigung des Geländes nahm zu, aber Fartuloon, der seit dem Start die Zügel und die Peitsche hielt, schien keinen Schlaf, kein Essen und keine Aufmunterung zu brauchen. Außerdem schien er das Augenlicht eines nachtjagenden Raubvogels zu haben.

»Du kannst doch in dieser absoluten Finsternis nichts sehen«, sagte ich leise zu ihm. »Meine Augen sind jünger und schärfer, und auch ich sehe nichts!«

Ich war sicher, daß er mich angrinste. Sein Atem schlug in mein Gesicht; eine Dampfwolke, die der schneidende Wind wegriß. »Ich verlasse mich eben auf mein Gefühl! Wie geht es ihnen?«

»Sie scheinen tatsächlich zu schlafen«, murmelte ich. Undeutlich schimmerte vor, um uns und unter den Kufen des Schlittens der Schnee. Wir erkannten nicht einmal die Spuren der Kufen und die breite Bahn des zertrampelten Schnees, die von den Pranken der jetzt langsam laufenden Tiere stammte. Farnathia und Eiskralle kauerten, einander umschlingend, zu Fartuloons und meinen Füßen im Wagenkorb. Die schweren Kapuzen fielen tief über ihre Gesichter.

»Gut so! Laß sie schlafen!«

Nach einer Weile fragte ich: »Du erkennst die Gegend noch immer?«

»So ist es, Söhnchen!« Fartuloons Stimme war rauchig und dunkel vor Müdigkeit und Anspannung. »Wir kommen nach etwa einer Tonta bei diesem Tempo auf eine ebene Fläche. Dann beginnt das letzte Rennen!«

»Ich verstehe.« Noch immer zischten die Kufen im Schnee. Unsere fünf Zugtiere wurden wieder etwas schneller. Sie brüllten nicht; vermutlich waren sie zu erschöpft. Ich wollte versuchen, unsere Waffen nachzusehen, aber es war zu dunkel. »Finden wir die Höhle schnell?«

»Ohne Zweifel«, sagte Fartuloon ruhig. Er riß an den Zügeln, handhabte vorsichtig die lange Peitsche, und der Schlitten wurde schneller. Wir hatten die Steigung hinter uns und befanden uns nun auf der Ebene. Mir war es ein Rätsel, wie ein Mann bei dieser Dunkelheit seinen Weg derart genau fand. Nur die Lageveränderungen des Schlittens ließen erkennen, welchen Kurs wir fuhren. Vor uns lag eine helle Fläche, die in die schwarze Wand des Himmels überging. Dort, an der Schnittlinie, begann der Gletscher. Eine riesige Eismasse, die zur Ruhe gekommen war und sich nicht mehr bewegte. Der Bauchaufschneider hatte uns geschildert, wie es aussah: Glattes Eis, von Schneenestern unterbrochen. Aus dem Eis waren Felsen herausgeschmolzen und ragten wie die abgebrochenen Zähne eines Trinkers aus dem Eis. Wenige Spalten ... »Ich kenne sie alle!« hatte Fartuloon gesagt. Eisblöcke, die sich emportürmten, und am Ende des Gletschers eine senkrechte Wand, die in eine Ebene voller Nebel abfiel und kaum zu bezwingen war.

»Geht es nicht schneller?« Unruhig klammerte ich mich fest, als der Schlitten sich gefährlich neigte. Wir fuhren rasend schnell durch eine Schneespalte, die in Fahrtrichtung verlief.

»Es ist sinnlos. Die Tiere brechen zusammen, und wir können nur beim ersten Licht die Markas suchen. Du kümmerst dich um das Gepäck?«

»Selbstverständlich!«

Die Temperatur hatte ihren tiefsten Wert erreicht. Der Asaka mußte ganz in der Nähe sein. Wir froren, und etwas Bewegung würde uns guttun. Die Verfolger waren außer Hörweite, aber das lag an den Geländemerkmalen. Jeder von uns sehnte das Ende der Hetzjagd herbei, aber nach dem Gletscher mußten wir uns auf unsere eigenen Füße verlassen.

»Ich habe natürlich noch einen kleinen Trick auf Lager ...«, sagte Fartuloon. Auch er schien einiges von seiner Sicherheit und Zuversicht verloren zu haben. Unbewußt bereitete ich mich auf einen letzten Kampf vor. Ein nutzloser Kampf gegen eine Übermacht von Kralasenen, die den Tod verachteten. »Hör zu, Atlan! Sollte einem von uns oder gar mir etwas passieren – es ist von besonderer Wichtigkeit für eine Unmenge anderer Arkoniden, daß du, Atlan, den OMIRGOS erreichst! Ich bin weniger wichtig. Eiskralle und das Mädchen zählen *gar nichts.* Erschrick nicht, aber es ist so! Laß uns liegen und rette dich! Du wirst später verstehen, klar?«

Ich erschrak doch und klammerte mich an den Rand des stoßenden und hüpfenden Korbes. Fartuloon trieb die Tiere jetzt erbarmungslos an. Und als ich den Kopf hob, erkannte ich auch den Grund. Aus der schwarzen Fläche des Himmels war eine dunkelgraue geworden. Der neue Tag kündigte sich mit ersten Zeichen an. »Ich verstehe nur, daß du damit rechnest, sterben zu müssen!«

»Jeder kluge Mann rechnet damit, den nächsten Tag nicht mehr zu erleben!« bestätigte er. »Habe ich dein Versprechen, Atlan?«

»Welches Versprechen?«

»Daß du deine persönliche Rettung über alles stellst und nicht so handelst, wie du handeln würdest. *Du* bist wichtig! Ich habe dich jahrelang erzogen, und ich weiß es genauer als du. Versprichst du es?«

Nach einer Weile, in der meine verwirrten Gedanken die verrücktesten Wege gingen, brachte ich heraus: »Ich verspreche es, Fartuloon.«

»Gut. Dann ist alles klar!«

Der Wind heulte auf, als das erste Tageslicht erschien. Wir rasten weiter. Als ich genügend erkennen konnte, sah ich, daß unsere Spur immer gerade gewesen war. Ein unfehlbarer Instinkt, ein eingebauter

Kompaß, schien Fartuloon geleitet zu haben. Vor uns tauchten Eisblöcke auf und kleine, sägezahnartige Gebirge aus reinem Weiß, in das der Wind und die wechselnden Temperaturen der bewegten Luft die skurrilsten Formen geschliffen hatten. Wir sahen die dunklen Flächen von Höhleneingängen.

Fartuloon brummte: »Dort vorn. Ich suche, du kümmerst dich um alles.«

»Und das in rasender Eile!«

Jetzt, angesichts der ersten Zeugen des Gletschers, änderte Fartuloon den Kurs unseres eisüberkrusteten Gefährts. Er jagte in wilden Kurven und im Zickzack um die Eisblöcke herum und steuerte sein Ziel an. Der Schlitten federte, knirschte und verlor einen Teil der Eiskruste. Eiskralle und Farnathia erwachten und erkannten zuerst ihre Umgebung nicht mehr.

»Der Asaka!« schrie der Chretkor schließlich voller Panik auf. »Es ist kalt! Eiskalt!«

»Das ist meistens in der Umgebung von Gletschern so«, sagte Fartuloon.

»Ich werde erfrieren! Ich werde zum Eisblock, und wenn sich der Schlitten bewegt, zerspringe ich!« kreischte Eiskralle.

»Vorläufig wirst du keine Gelegenheit dazu erhalten!« versicherte ich ihm.

Der Schlitten jagte haarscharf entlang messerscharfer Eiskanten. Wir duckten uns unter überhängenden Eismassen hindurch. Einmal, als wir unter einer Barriere hindurchfegten, drehte sich Fartuloon um. In der Hand hielt er plötzlich eine großkalibrige Explosionswaffe. Die Pistole krachte fünfmal auf, und die detonierenden Geschosse zerfetzten an strategisch wichtigen Punkten die hängende Eisbrücke. Viele Tonnen glashartes Eis stürzten dicht hinter uns herunter und legten einen breiten Riegel aus Trümmern über die Spur.

»Hindernisrennen!« kommentierte Fartuloon, gab mir die Waffe zum Nachladen und deutete auf seine Manteltasche.

Die verrückte Fahrt ging weiter. Die Tiere stolperten jetzt häufiger, aber Fartuloon war gnadenlos. Schließlich wendete er den Schlitten, raste hinaus auf ein schmales Eisband, das sich wie ein gekrümmter Löffelstiel brückenartig bis zu einem massiven, riesigen Block mit vielen Spitzen spannte. Rechts ging es fünfzig Meter tief hinunter, links klaffte ein System von unergründlich grünen Spalten. Am Ende des brückenähnlichen Überganges erkannte ich jetzt eine Höhle oder einen Eingang mit niedriger Decke. Die Tiere rutschten auf dem glattgeschliffenen Eis aus, die Kufen balancierten am Rand der Brücke, und ich wagte nicht, nach den Seiten zu blicken. Wir duckten uns, als der Schlitten in das Tor hineinschoß. Dann hüllten uns die vielen Echos ein.

»Dort vorn beginnt die Abfahrtsstrecke«, sagte Fartuloon. »Wenn du entladen hast, dreh das Gespann um!«

»Verstanden!«

Als wir diesen natürlichen Tunnel verließen und auf eine runde Eisfläche hinausschossen, ging die Sonne auf. Ihr Licht überschüttete die weiße Landschaft und ließ sie auffunkeln wie ein gigantisches Edelsteinlager. Mit aller Kraft stemmte sich der Bauchaufschneider gegen die Zügel. Die fünf Har'seec schlitterten bis an den Rand der Fläche und blieben dann zitternd stehen. Aus ihrem Fell troff stinkender Schweiß und schmelzender Schnee. Die Spitzen der Hörner waren voller Eiskristalle.

»Los!« Fartuloon sprang über den Rand des Korbes. Wir handelten in rasender Eile. Eiskralle und ich halfen Farnathia aus dem Schlitten. Ich stapelte die wenigen Gepäckstücke in einer Reihe, verteilte die wichtigen Waffen und die Munitionsgurte, räumte den Korb aus. Fartuloon war im Hintergrund verschwunden, wo sich an einen schwarzen, grünleuchtenden Höhleneingang kleinere Nebenhöhlen anschlossen.

Ein schneller Rundblick – Eiskralle und das Mädchen schleppten das Gepäck zu der Stelle, an der das kleine Plateau ohne scharfe Kante in die ungeheure Schrägfläche des Gletschers abfiel. Ich schwang mich in den Korb, riß an den Zügeln, schlug mit der Peitsche zu und wendete das Gespann. Dann wurden die ausgepumpten Tiere abermals schneller und rannten mit mir den Weg zurück, den wir gekommen waren. Ich fuhr zweihundert Meter und schätzte ab, ob mich ein Sprung nach hinten vor dem Absturz retten würde, aber ich erreichte die schmalste Stelle der Eisbrücke ohne Unfall und konnte hier den Schlitten stehenlassen.

»Das ist eine wirksame Blockierung«, murmelte ich, zog die Zügel an und warf die Peitsche weg. Dann rannte ich zurück und sah gerade noch, wie Fartuloon mit zwei langen, merkwürdig geformten Schlitten aus der Höhe kam. Es waren Konstruktionen mit je zwei Sitzen aus Leder und Stäben, mit gewaltigen Hebelbremsen und mit einem kleinen Gepäckfach.

»Schnell!« rief er. »Beladen und in die Sitze. Ich nehme das Mädchen. Du folgst mir, Knabe! In meiner Spur!«

»Ich brenne darauf, Zhdopan!« Wir verstauten das Gepäck. Einige gerollte Decken flogen in eine Spalte, weil wir sie nicht gebrauchen konnten. Wir befestigten die Waffen, so gut es ging. Fartuloon zeigte Farnathia, wie man sich in die leichten Sitze kauerte, die Beine in den

Schutz der federnden Stäbe der Konstruktion einschob und mit breiten Ledergurten festschnallte.

»Dreißig Kilometer, Atlan!« schrie Fartuloon. In der Sonne blinkte sein Brustpanzer auf. Wir wirkten alle wie Verrückte. Wie Gestalten aus einer alten Sage, die auf einem Planeten mit Raumhafen und Fusionskraftwerken versuchten, mit zerbrechlich wirkenden Schlitten – einer der ältesten Erfindungen der Humanoiden – eine schräge Fläche von dreißigtausend Metern Ausdehnung zu überwinden.

Ich betrachtete die schweren, breiten Stahldornen an den Lastarmen der Bremshebel und schüttelte den Kopf. Wir waren tatsächlich verrückt! »Das Gepäck ist verstaut und festgezurrt?«

»Ja!« gab Eiskralle zurück und schnallte sich auf meinem Marka fest, am vorderen Sitz.

»Auch bei mir. Du startest, Bauchaufschneider?«

»Ich werde dich jetzt die Hohe Schule des Schlittenfahrens lehren. Paß gut auf, Söhnchen!« lachte er. Ich beobachtete jede seiner Gesten. Er holte aus einem Segeltuchbeutel unter seinem Sitz zwei große gelbe Brillen heraus, befestigte eine um die Kapuze und vor den Augen Farnathias, eine vor seinem Gesicht, dann schob er den Marka an. Der Schlitten glitt über das Eis, als würde er die gleißende Schicht nicht berühren. Die aufwärts gekrümmten Hörner der Kufen trugen einen Windschild, der aus rohrartigem Flechtwerk bestand. Dann, als das Vorderteil des Schlittens über die leichte Kante kippte, schwang sich Fartuloon hinein, schnallte sich fest und ließ den Schlitten geradeaus laufen.

»Ich bin erfroren«, lallte Eiskralle mit hoher, ängstlicher Stimme. »Ich bin ganz starr, ganz eisig, ganz durchsichtig wie altes Gletschereis. Ich werde vergehen in einem Schauer aus Kristallen.«

»Recht so! Nur wer seine Ängste kennt, ist wirklich mutig!« Ich rückte meine Brille zurecht und schob den Schlitten an. Von den Kralasenen hörten und sahen wir nichts.

Dann kippte auch der Schlitten über die Kante. Ich fühlte das Leder des Sitzes unter mir, schob meine Stiefel in die langen Halterungen. Für mich war alles neu, aber mein väterlicher Freund, mein strenger Lehrmeister und mein geheimnisvoller Partner dieser wahnsinnigen Reise war nicht zum erstenmal im Blassen Land und schien hier tatsächlich jeden Kristall zu kennen. Die Fahrt nahm zu, undeutlich erkannte ich die Spur der eisernen Kufen vor mir. Klickend schloß sich der breite Gurt. Der Fahrtwind nahm zu, aber meine Augen litten dank der Brille nicht. Wir rasten abwärts. Solange die Geschwindigkeit nicht gefährlich wurde, zog ich die Handschuhe fest, kontrollierte den Sitz der Waffen, dann griff ich nach den langen Kraftarmen der Hebelbremsen. Ich bremste mehrmals probeweise, was hinter mir eine hochstäubende Wolke aus nadelspitzen Eiskristallen hervorrief, dann begriff ich die Handhabung des schnellen Marka. Weit unter mir sah ich einen langgestreckten Schatten; es war Fartuloon mit seinem Schlitten und dem Mädchen, das mich liebte.

»Ich zerberste! Der Schlitten fährt gegen einen Eisblock, und ich sterbe!«

»Du lenkst mich ab!« schrie ich Eiskralle zu.

Augenblicke später konnte ich nichts mehr hören. Der Fahrwind heulte und pfiff in meinen Ohren. Die Stellen meines Gesichtes, die nicht von der Brille oder vom dicken, langhaarigen Fell bedeckt waren, wurden eisig und drohten zu erfrieren. Noch ging es geradeaus, aber schon tauchten die ersten Spalten auf, die Felsblöcke und die Eiszinnen, die aus der Schrägfläche hervorwuchsen. Ich bremste ab, links oder rechts, und ich bemühte mich, in der Spur dieses kahlköpfigen Abfahrtsspezialisten zu bleiben. Waren es Millitontas? Oder handelte es sich um Ewigkeiten, die in rasender Eile vergangen waren?

Jedenfalls fegten wir mit zunehmender Geschwindigkeit in einem gemäßigten Zickzack nach unten. Der Gletscher, eingebettet zwischen undeutlich sichtbaren Bergketten, fiel nicht besonders steil ab; sein Gefälle entsprach der Steigung, die wir im Schlitten bezwungen hatten. Ab und zu gab es kleine Täler, die wir mit Schaudern nahmen. Wir schossen hinein, wurden im Tiefpunkt des Knicks tief in die Sitze gepreßt, dann erreichte uns fast die Leichtigkeit einer Schwerelosigkeit, schließlich sprangen wir in weiten Sätzen über die Kante und wieder zurück auf den flachen, glatten Hang. Er wirkte wie eine gewaltige Spiegelfläche, durchbrochen von Auswüchsen und Rillen.

Später – unbekannte Zeit war verstrichen. Ich sah den Marka, bremste mit aller Kraft und kam kurz vor dem Gerät zum Stehen. Farnathia saß zitternd vor Angst und Kälte darin und deutete hilflos auf eine Zinne hinauf. »Dort ist er. Er hat ein Gewehr mitgenommen.«

Noch während sie sprach, bemerkte ich den ersten schweren Marka der Kralasenen, in dem mindestens sieben Kralasenen saßen: Mit hoher Geschwindigkeit geriet er plötzlich aus dem Kurs, verschwand in einer Senke, flog aus der Rille wieder hinaus und kreiselte über das Eis. Dann schmetterte er mit ungeheurer Wucht gegen einen Eisblock. Der Block klirrte und knisterte. Aus seiner Fläche lösten sich gezackte Trümmer und begannen ihrerseits mit einer rasenden Fahrt gletscherabwärts.

Hinter der Eiszinne kam niemand mehr heraus. Vermutlich waren die sieben Kralasenen tot.

Ich löste die Stacheln, fuhr aber langsam und ließ mich nach kurzer Zeit von Fartuloon, der in halsbrecherischer Fahrt geradeaus abwärts fegte, überholen. Der weiße Alptraum ging weiter. Wir rasten zu Tal, schneller und langsamer, wichen aus und umfuhren die Felsen, kamen dem Rand immer näher. Irgendwo hinter uns, wegen des zunehmend unübersichtlich gewordenen Geländes nicht länger mehr sichtbar, war mindestens noch ein Riesenmarka voller Kralasenen, die jetzt auch den Tod ihrer Kameraden rächen wollten.

Wir verloren die Angst. Ich verlor auch den Zeitbegriff. Eiskralle verlor mehrmals das Bewußtsein, weil ihm seine ängstlichen Sinne vorgaukelten, daß wir einen der Felsen, eine der vielen Spalten oder einen Eisblock nicht verfehlen und genau daraufprallen würden. Schließlich, noch vor Mittag, erreichten wir die einzige Stelle, an der eine Fahrt durch den Gletscherhang in die Ebene möglich war. Als wir die Schlitten in der anschließenden Ebene auslaufen ließen, zitternd vor Nervenanspannung, sahen wir vor uns nichts.

»Nebel«, sagte Fartuloon und löste seine Gurte. Er griff wieder nach seiner Waffe. »Farnathia ist erschöpft. Wir ziehen sie!«

Er blieb stehen, während wir das Gepäck verluden. Ein Fellbündel mit Nahrungsmitteln hatte sich gelöst und war verlorengegangen. Ich verpackte das Mädchen hinter einigen Pelzen. Als nach einer Weile der zweite Marka in unseren Spuren durch den Engpaß schoß, löste sich eine kleine Rauchwolke aus dem Lauf von Fartuloons Waffe. Gleichzeitig hörte ich den trockenen, peitschenden Knall. Eine der undeutlichen Gestalten des Marka bewegte sich, flog nach rückwärts halb aus dem Sitz und sackte zusammen. Der Bauchaufschneider hatte den Bremser getroffen und erreichte, daß noch in der eisigen Passage der zweite Riesenmarka umkippte und seine Insassen auf das Eis verstreute. Sie landeten, tot oder verletzt, am Fuß des Gletschers. Wir nahmen unsere Flucht wieder auf und stießen plötzlich in den dichten Nebel hinein.

Der Bauchaufschneider griff in die Tasche und zog ein Ding heraus, das wie eine flachgedrückte Kugel aussah. Nach einem kurzen Blick auf ein Zifferblatt sagte er: »Geradeaus!«

Eiskralle hielt sich am Rückenteil des Schlittens fest und schob bisweilen. Fartuloon und ich zogen ihn durch den Nebel. Farnathia war eingeschlafen. Der dicke gelbweiße Dampf verschluckte jedes Geräusch. Wir gingen schnell dem nebelverhangenen Tal Kermant zu. Der Weg schien ungefährlich, aber er dauerte mehrere Ewigkeiten. Als unsere Füße so schmerzten, daß wir mehr Energie darauf verwenden mußten, die Schmerzen zu ignorieren, anstatt darauf, den Schlitten zu ziehen und schnell vorwärts zu kommen, sagte Fartuloon: »In wenigen Tontas sind wir gerettet, Atlan. Ich weiß es!«

Ich starrte ihn, übernächtigt und ausgemergelt, mit entzündeten Augen an.

Nichts wußten wir! Nach diesem schnellen Marsch über eine nebelverhangene Ebene war uns fast alles gleichgültig. Wir taumelten nur so dahin, und wenn wir Eiskralle verloren hätten, vielleicht hätten wir es nicht einmal gemerkt. Ich fragte mit pelzigen Lippen: »Wenige Tontas? Wirklich? Oder lügst du schon wieder?«

»Nein. Sieh nach unten!« Fartuloon steckte den Kompaß nicht wieder zurück und stolperte geradeaus.

Ich starrte zu Boden. Immer mehr Flecken braunen Mooses zeigten sich in der zuvor lückenlosen Schneefläche. Der Nebel wurde dichter. »Der Schnee, er ist geschmolzen.«

»Auch das Tal Kermant ist schnee- und eisfrei, dafür aber durch Nebel geschützt«, murmelte Fartuloon. Er erinnerte mich jetzt an eine unsterbliche Sagengestalt, die immer dann, wenn sie Heimatboden berührte, zu neuem Leben erweckt wurde.

Der Nebel ist aber auch gefährlich, dachte ich und sagte matt: »Die Kralasenen!«

»Eine letzte Anstrengung, Söhnchen! Du hast dich so gut gehalten wie ein Bruder von mir altem, schwieligem Gladiator!« Er lächelte mir verzerrt und etwas hilflos zu. Sein Gesicht war von den Strapazen fürchterlich gezeichnet. Wunden, die Eissplitter gerissen hatten, ließen geronnenes Blut erkennen; Eiszapfen färbten seinen Bart weiß.

Ich sehe nicht anders aus, schoß es mir durch den Kopf.

»Nicht nur die Kralasenen. Wir nähern uns vorsichtig dem Zentrum des Tales!«

»Warum?«

»Schneegeister, Kralasenen, andere Gefahren – ein Katalog. Dieser Planet ist verdammt, Gefahren und Gewalt zu zeugen wie andere Welten Blumen oder Blüten! *Tavors Kampf!*«

»Das beruhigt mich ungemein!«

Wir hielten an, entluden mit schmerzendem Rückgrat und zitternden Muskeln den Marka und nahmen Farnathia zwischen uns. Dann wankten wir geradeaus weiter. Je mehr wir uns dem unsichtbaren Zentrum des Tales Kermant näherten, desto mehr erstaunte mich die Umgebung. Moos und Gras tauchten auf und wurden grüner. Ich sah zu meiner

Verwunderung Blumen und helle Blüten zwischen dem satten, vom Nebel stumpf gemachten Grün. Wir wankten weiter. Plötzlich blieb Fartuloon stehen, lud das Gepäck ab und schob Farnathia zu mir heran. Er bückte sich.

»Spuren?« murmelte ich.

Er drehte den Kopf und bedeutete mir, leise zu sprechen. Er nickte und deutete auf einige Stellen im Moos. »Spuren von Schneegeistern!« flüsterte er. »Waffen fertigmachen!«

Eiskralle, Fartuloon und ich nahmen die Gewehre von den Schultern, sahen die gefüllten Magazine durch und entsicherten die Waffen. Wir beluden uns wieder mit dem Gepäck und bildeten eine Kette. Vorn ging Fartuloon, dann kam Farnathia, dann Eiskralle. Ich bildete den Schluß. Wir durften einander nicht aus den Augen verlieren, denn nach einigen Schritten waren wir in dem dichten, driftenden Nebel verschwunden. Fartuloon war mißtrauisch geworden. Es schien ihm sicher, daß man während seiner langen Abwesenheit versucht hatte, seine Station zu erobern. Wenn sich Schneegeister hier herumtrieben, war die Gefahr gering, aber ebenso konnten die Kralasenen sie inzwischen überholt haben. Alles war möglich.

Mit drei schußbereiten Waffen gingen wir in gerader Linie weiter. Die unmittelbare Umgebung der Station hatte der Bauchaufschneider berichtet, wurde durch einen Spezialeffekt nebelfrei gehalten. Das Gras wurde höher, wir sahen mehr Blumen, kamen an niedrigen Bäumen vorbei. Irgendwo plätscherte ein Bach.

Fartuloon hob die Hand. »Halt!« Er deutete auf eine Wegmarke, einen würfelförmigen Stein inmitten des Nebels, umgeben von schillernden Blüten, und flüsterte: »In einigen Metern beginnt die nebelfreie Zone. Mehr Vorsicht!«

»Ich habe verstanden.«

Wir standen da und lauschten. Nirgendwo waren Schritte zu hören. Das Plätschern des Rinnsals lullte unsere Sinne ein. Ein kaum spürbarer Wind bewegte den Nebel, der wie eine Anzahl wirbelnder Tücher wirkte. Er war unangenehm dicht. Ich konnte kaum die Schultern Fartuloons und seine Kapuze sehen; der Mann befand sich keine zehn Meter von mir entfernt. Er hob den Arm, wir bewegten uns langsam und geräuschlos vorwärts. Dann hörten wir gellendes Gelächter. Irgendwo rannte jemand durch den Nebel und stieß in einer unbekannten Sprache Verwünschungen aus. Meine Finger verkrampften sich um Schaft und Lauf der Waffe. Dann wurde der Nebel plötzlich heller, durchscheinender, von Licht durchflutet, und wir verließen die milchige Zone.

»Dort! Die Rettung«, sagte Fartuloon leise und deutete nach vorne.

Ich war sprachlos. Eine idyllische Szene breitete sich vor uns aus. Sie befand sich im Zentrum einer zylindrischen Zone, dessen Begrenzung von den Nebelwänden gebildet wurde. Ich sah grüne Bäume voller Blüten und reifender Früchte, den Lauf des Baches, eine kleine Brücke und geradeaus ein flaches, weißes Haus mit einem grasbewachsenen Dach. Das Gebäude schien aus massivem Stein erbaut zu sein, der einen glasartigen Überzug erhalten hatte. Es gab keine Fenster, nur eine breite stählerne Platte, auf die ein schmaler weißer Weg hinführte. In diese ruhige Szene paßten allerdings die etwa hundert Schneegeister nicht, die in einem unregelmäßigen Kreis das Gebäude umstanden. Sie trugen schwere Steine, riesige Knüppel und sahen mit ihren weißgelben Langhaarfellen aus wie ... nun, wie man sich *Schneegeister* vorstellte.

Fünfhundert große Schritte trennen uns vom Eingang das Gebäudes. »Was jetzt?«

»Feuerüberfall!« wisperte Fartuloon zurück. »Und dann so schnell wie möglich hinter mir her!«

»Klar.«

Die Schneegeister versuchten mit aller Gewalt, in das Gebäude einzudringen. Wir hoben unsere Waffen und begannen zu schießen. Fast jeder unserer Schüsse traf eine der gelbweißen Gestalten. Eiskralle leerte in rasender Folge das Magazin seiner Waffe und sprang dann zurück. In die Ansammlung wütender Wesen kam Bewegung. Einige fielen um, die anderen rannten kopflos nach allen Seiten auseinander. Verwundete schleppten sich in den fragwürdigen Schutz der Bäume. Wir schossen jetzt langsamer und zielten besser. Farnathia befand sich zwischen uns, und dann tauchte Eiskralle wieder aus dem Nebel auf. Er hatte ein neues Magazin in seine Waffe geschoben. Ich stolperte plötzlich, fiel nach vorn, und noch im Fallen hörte ich hinter mir ein Geräusch und ein schmerzhaftes Aufkeuchen.

Ich warf mich herum, aber der Lauf meiner Waffe geriet in eine ungünstige Position.

»Farnathia!« schrie ich. Alles geschah mit rasender Geschwindigkeit. Ich sah zwei fellgekleidete Gestalten, die sich auf das Mädchen stürzten. Eiskralle drehte sich um und sprang Fartuloon in die Schußlinie. Ich rollte mich über den Boden ab und entging so den Schüssen eines dritten Mannes, der aus dem Nebel aufgetaucht war und auf mich feuerte.

»Atlan! Hilf mir! Sie zerren mich ...«

Die beiden Kralasenen verschwanden, das sich heftig wehrende Mädchen zwischen sich, im dichten Nebel. Ein wahnsinniger Zorn erfüllte mich. Ich kam auf die Beine und hob meine Waffe, krachend löste sich ein Schuß nach dem anderen. Und dann ließ ich die Waffe sinken. Fartuloon schoß jenen Kralasenen, der auf mich gefeuert hatte, in den Kopf. Ich rannte los und stürzte mich in den Nebel.

»Atlan! Halt!« Fartuloons Stimme! Ich kannte sie, besser als jeder andere Arkonide. Ich erkannte auch den Tonfall. Er war unbarmherzig, voll strenger Autorität. Ich wußte, daß mein Lehrmeister in diesem Fall unbedingten Gehorsam verlangte und es auch verstand, ihn durchzusetzen. *Ich* wußte, wie hart und kalt Fartuloon sein konnte, wenn er so sprach. Ich hielt mitten im Lauf ein und blieb stehen. Dann drehte ich mich um und ging an Eiskralle vorbei, der noch immer auf die flüchtenden Schneegeister feuerte. Der Rückstoß der schweren Waffe ließ seinen Kinderkörper erzittern.

»Ich schieß dir ins Knie, Atlan, wenn du ihr nachläufst«, sagte Fartuloon und zielte mit seiner Waffe auf mein Bein.

»Aber ... sie haben sie verschleppt! Ich muß sie verfolgen ... ich ... ich liebe Farnathia!«

»Liebe ist eine vergängliche Sache«, sagte er. »Es muß ihnen irgendwie gelungen sein, uns bis hierher zu folgen. Vergiß das Mädchen!« Ich war außer mir; nicht fähig, klar zu denken. Aber die Stimme meines Ziehvaters hielt mich im Bann. »Auf dich warten andere Aufgaben. Los, weiter! Wir müssen ins Gebäude. Wir riskieren wegen deiner Sehnsucht noch die letzte Chance! Die Kralasenen können uns aus dem Nebel heraus erschießen.«

Ich senkte den Kopf und gehorchte. »Ich verstehe«, sagte ich betäubt, ohne wirklich etwas zu verstehen. Wir nahmen wieder jene Wesen, die sich zwischen uns und den Eingang stellten und immer wieder angriffen, aufs Korn. Die Schneegeister flüchteten, und wir schlugen uns zur Station durch. Die Tür öffnete sich auf einen Befehl Fartuloons, und wir traten ein. Wir waren gerettet.

»Die Zeit ist reif, sie ist überreif! Auf dich warten Aufgaben, die größer sind als der Verlust eines Partners, den man liebt«, sagte Fartuloon und legte mir tröstend die Hand auf die Schulter. Ich wurde den Verdacht nicht los, daß *er* es war, der den energieleeren Raum zwischen dem Pol und dem Warmen Auge mit seinen rätselhaften Mitteln selbst geschaffen hatte, um das Tal Kermant vor Entdeckung zu schützen. Die massive Tür war zugeglitten, aber im Innern des Gebäudes gab es Wärme und Licht. Die Einrichtung war hochtechnisch und für mich und Eiskralle auf den ersten Blick verwirrend.

Hier gibt es keinerlei Energieausfall! »Welche Aufgaben? Was soll das Ganze hier? Woher hast du diese Mittel, diese Technik?«

Fartuloon musterte die Inneneinrichtung seines Stützpunktes mit

Wohlwollen, dann grinste er Eiskralle und mich kalt an, während er vage nach vorne deutete. »Es gibt Dinge, die sind so geheim, daß ich nicht einmal mit mir selbst darüber spreche. Später, Söhnchen, später!«

Ich konnte nicht mehr klar denken. Farnathia war verschleppt worden und sah einem Schicksal entgegen, das ich mir nicht einmal vorstellen konnte. Wir befanden uns am Ziel unserer Flucht, inmitten dieser verwirrenden, funkelnden, lichterfüllten Umgebung. *Wie geht es weiter?* In einem halb abgetrennten Raum konnte ich auf einem Sockel einen Riesenkristall sehen, der mindestens acht Meter Durchmesser hatte. Der Kristall glühte von innen heraus golden auf und pulsierte rhythmisch. Ich ließ die Waffe sinken; auch Eiskralle war vollkommen verstört. Wir begriffen nichts, da hatte Fartuloon leicht reden ...

»Die eintausendvierundzwanzig Felder des OMIRGOS sind das Mittel, mit dem wir Gortavor verlassen werden, für immer. Jetzt gleich, in wenigen Augenblicken.«

Ich flüsterte keuchend: »Das ist der OMIRGOS?«

»Ja. Früher oder später hätten wir den Planeten ohnehin verlassen; ich hatte alles vorbereitet. Aber jetzt ist es wichtig, daß du, Atlan, deine erste wirkliche Prüfung bestehst und anfängst, für dein ererbtes Recht zu kämpfen! Auf Zhoyt werden wir erwartet – 10.367 Lichtjahre von hier entfernt!«

Zhoyt? Erwartet? Er sagte es in einer Feierlichkeit, die ich bei ihm kaum erlebt hatte. Seine Worte lösten Stolz, aber auch Schmerz aus. Ich war in Gedanken bei Farnathia. Ich sehnte mich nach ihr – würde sie immer lieben und niemals vergessen können. Fartuloon schien meine Gedanken zu erraten, denn er deutete auf den riesigen Kristall. Das Gebilde glühte stärker und in schnellerem Rhythmus auf. Fartuloon nahm meine Hand in einen harten, schmerzhaften Griff und sagte leise: »Komm! Gortavor ist Vergangenheit.«

Seine Stimme war in diesem Durcheinander der Gefühle und Überlegungen das einzig Tröstliche. Eiskralle folgte uns schweigend. Wir gingen auf den Kristall zu, verschwanden in dem goldenen Glühen, gingen durch die keineswegs feste Oberfläche hindurch und ...

Ich begann zu zittern, als ich merkte, daß etwas mit uns dreien geschah, das ich nicht begriff. Die Zukunft richtete ihre kalten, spitzen Krallenfinger auf mich. Ich ahnte, daß alle bisherigen Abenteuer nur ein leichter, warmer Wind gewesen waren, verglichen mit dem Orkan der Zukunft, der mich erwartete. Auf Gortavor wurden wir zweifellos wie in einem Materietransmitter entstofflicht – wo waren wir jetzt? Zhoyt?

11.

Der Bauchaufschneider Fartuloon:

1132. positronische Notierung, eingespeist im Rafferkodeschlüssel der wahren Imperatoren, gegeben aus Anlaß der entscheidenden Phase. Die vor dem Zugriff Unbefugter schützende Hochenergie-Explosivlöschung ist aktiviert. Fartuloon, Leibarzt und Vertrauter Seiner Allessehenden, Alleswissenden Erhabenheit Gonozal VII. von Arkon. Notiert am 10. Prago des Tarman, im Jahre 10.497 da Ark.

Bericht des Wissenden. Er wird kundgegeben: Atlan wurde zum Zeitpunkt seiner Mannbarkeitsreife, im achtzehnten Lebensjahr und im Jahre 10.497 Arkon-Normal (d. A.) der Kleinen Runde *überstellt. Auf Grund sorgfältiger Überlegungen habe ich mich entschlossen, den Kristallprinzen zum bedeutendsten unter den fünf Prüfungsplaneten zu schicken.*

Begründung: Die Verhaltensweise der Kralasenen-Häscher und ihres Auftraggebers, des amtierenden Imperators Orbanaschol III., läßt den psychologisch fundierten Schluß zu, daß Atlan bereits überall gesucht werden dürfte, vorerst jedoch noch nicht auf der Prüfungswelt Largamenia im Thantur-Lok benachbarten Kugelsternhaufen Cerkol. Fraglos werden sich die Nachforschungen der Suchkommandos auch auf die Hauptwelt unter den fünf einzig möglichen Prüfungsplaneten erstrecken, jedoch ist zu hoffen, daß der Kristallprinz Zeit gewinnt. Zeit ist bedeutsam!

Meine letzten Geheimermittlungen haben ergeben, daß die vor vierzehn Jahren Arkonzeit erstellten Individualdaten des damals vierjährigen Kristallprinzen und Imperator-Nachfolgers dem Zugriff der Tu-Gol-Cel-Geheimpolizei und Atlans Onkel, Orbanaschol III., rechtzeitig entzogen wurden. Eine vorschnelle Identifizierung ist daher auch während der schweren Prüfungen auf Largamenia ausgeschlossen. Tanictrop, leuchtendes Vorbild der arkonidischen Naturwissenschaftler, verschwiegen, geistvoll und von hohem persönlichen Mut erfüllt, wird mich weiterhin unterstützen. Tanictrops Sohn Macolon – sein Tod ist nur wenigen zuverlässigen Personen bekannt – erfuhr nicht mehr das Glück, geprüft zu werden, um die begehrte ARK SUMMIA erringen zu können.

Atlan wird Macolons Rolle übernehmen und alle physischen und psychischen Fähigkeiten aufbieten, um die dritte Stufe der ARK SUMMIA zu gewinnen. Damit wäre die Aktivierung des bei fast jedem gebildeten Arkoniden vorhandenen Extrahirns verbunden; ein unschätzbarer Vorteil für einen kommenden Herrscher! Atlan wurde über seine tatsächliche Herkunft noch immer nicht informiert. Mein Treueschwur, seinem ermordeten

Vater und meinem Herrn gegeben, hindert mich daran. Auch wenn dieses Versprechen über Gonozals Tod hinaus oftmals überholt und im Sinne meiner hohen Aufgabe unangebracht erschien – ich habe es nicht gebrochen! Nunmehr jedoch ist es an der Zeit, den Kristallprinzen aufzuklären.

Sein ungestümes Temperament, sein tiefes Empfinden und sein tiefverwurzelter Hang, die Sicherheit des arkonidischen Sternenreiches jeden anderen Belangen überzuordnen, gebieten mir eine behutsame Unterrichtung. Es war schwer, den jungen Prinzen in die vergangenen Jahren zu zügeln. Meine Psychomethoden waren zwangsläufig wechselhaft, häufig dilettantisch anmutend – aber sie erfüllten ihren Zweck. Atlans ständige Fragen nach seiner wahren Herkunft brachten mich oftmals an den Rand der geistigen und körperlichen Erschöpfung.

Er ist unbeugsam gegen sich selbst, klug und aufrichtig. Meine Eröffnung nach der Ankunft auf dem Planeten Zhoyt – sie liegt nunmehr drei Arkonperioden zurück –, ihn zur letzten und schwersten Reifeprüfung auf Largamenia anzumelden, versetzte den jungen Mann in einen Freudentaumel. Anschließend jedoch quälte er mich erneut mit Fragen. Es war sehr schwierig, ihm plausibel zu machen, daß er unter einem Pseudonym aufzutreten, sein Ich vorübergehend zu vergessen und die Person eines anderen Arkoniden darzustellen hatte. Der Kristallprinz willigte schließlich unter der Bedingung ein, nach Abschluß der Examina vorbehaltlos informiert zu werden. Ich habe meine Einwilligung gegeben. Die Zeit des Schweigens ist vorüber.

Sehr viel schwieriger, nahezu unlösbar, erwies sich die Aufgabe, Macolons Individualdaten mit jenen des Kristallprinzen zu koordinieren. Wenn es den bekannten Techniken möglich gewesen wäre, Atlan mit Macolons Individualschwingungsimpulsen auszustatten, hätte das Problem ebenso leicht gelöst werden können wie jenes der rein optischen Anpassung. Da aber entsprechende Versuche kläglich scheiterten, mußte ich mich zu dem langen und unbequemen Weg der umgekehrten Vorzeichen entschließen.

Macolon, Offizier der arkonidischen Raumflotte, vor seinem Tode Chef der 34. Lakan im Großverband der Tanterym-Offensivflotte, war bekannt und beliebt gewesen. Seine Individualdaten waren selbstverständlich im Flottenzentralkommando von Arkon III in der zentralen Hauptpositronik der Flotte und in zahlreichen Nebenaggregaten gespeichert. Es gelang mir und meinen vertrauten Freunden, unter denen zahlreiche einflußreiche Personen sind, Macolons echte Daten zu löschen und sie unauffällig durch die Daten des Kristallprinzen zu ersetzen. Für viele meiner Verbindungsmänner war es ein Unterfangen auf Leben und Tod; vier Arkoniden wurden von den automatischen Abwehreinrichtungen der zu manipulierenden Rechengehirne erschossen.

Wir alle haben diesen schmerzlichen Verlust zu tragen, denn es geht darum, den verbrecherischen Imperator Orbanaschol III. zu stürzen. Ehe dieses Unterfangen eingeleitet werden kann, muß Atlan erwachsen und mit der ARK SUMMIA ausgestattet sein. Ein Imperator ohne paraphysikalisch aktiviertes Extrahirn ist undenkbar. Es ist bekannt, daß einige Imperatoren der Vergangenheit die Examen nicht bestanden. Wegen ihrer Herkunft und ihrer hohen Verantwortung wurden sie dennoch behandelt. Der Erfolg war zumeist kläglich! Ich darf als Facharzt versichern, daß ein Arkonide, der die Prüfungen nicht meistert, zum Empfang der ARK SUMMIA auf keinen Fall geeignet ist. Nun – man hat es im Interesse des Großen Imperiums getan. Es ist nicht meine Aufgabe, über die politisch orientierten Interessen meiner Vorfahren zu richten.

Atlan jedoch sollte bestehen. Ich habe die Voraussetzungen geschaffen. Ich gab ihm das Wissen um viele Dinge; ich vermittelte ihm unauffällig das Erbe seines Vaters. Nun ist es sogar gelungen, das unmöglich Erscheinende möglich zu machen. Der Kristallprinz des Imperiums, rechtmäßiger Nachfolger des Imperators Gonozal VII., ist auf der Prüfungswelt Largamenia eingetroffen. Die wissenschaftlichen Examen bestand er mit der von mir erwarteten Mühelosigkeit. Nun aber beginnt die Prüfungsperiode über den Wert der Persönlichkeit. Hier gelten andere Maßstäbe. Ich befürworte die Aufgabenstellung, obgleich es im arkonidischen Volk genügend Stimmen gibt, die solcherart Unterfangen als primitiv ablehnen. Man ist der Auffassung, ein Schwertkampf sei für raumfahrende Arkoniden doch wohl überholt. Dergleichen Auffassungen gibt es viele.

Ich glaube jedoch, daß die körperliche Belastung der Person an sich weder unangebracht noch urzeitlich ist. Auch ich hatte einstmals diese Prüfungen zu bestehen. Der Begriff über den Mannesmut kann in vielerlei Art ausgelegt werden. Ich jedoch habe erfahren, wie wichtig es ist, Körper und Verstand zu stählen. Nun bleibt mir nur noch die Hoffnung, daß sich Atlan wie erwartet verhält. Seine Person bereitet mir keine Sorgen, wohl aber der unergründliche Zufall. Was muß geschehen, wenn er einem Mann begegnet, der Macolon sehr gut kannte; einem Raumfahrer, der unter Umständen zusammen mit Macolon Dinge erlebte, die niemand außer den Beteiligten ahnen kann?

Das ist nur eine der denkbaren Schwierigkeiten. Der Kristallprinz des Tai Ark'Tussan dürfte meines Erachtens nicht so sehr durch die Mannbarkeitsprüfungen als vielmehr durch die Tücke des Zufalls gefährdet sein. Nun – Atlan ist auf derartige Zwischenfälle vorbereitet. Sein scharfer Verstand wird auch vermeintlich ausweglose Situationen meistern können. Das hat Atlan auf der Welt Gortavor häufig bewiesen. Dennoch erfasse ich klarer denn je, wie schwierig es ist, einem politisch Verfolgten nicht nur Leben und Gesundheit zu erhalten, sondern ihn überdies auf den Weg des ersehnten

Erfolges zu führen. Wie sehr wünschte ich, den jungen Gos'athor durch eine Berichterstattung über seine wahre Herkunft und über die Qualitäten seines verehrungswürdigen Vaters unterstützen zu können. Ich darf es nicht – noch nicht!

So wird Atlan den steilen Pfad zu begehen haben. Ich jedoch, ich werde im Hintergrund wachen. Er muß *die ARK SUMMIA gewinnen! Es gibt für uns keine Möglichkeit, die Aktivierung des Extrahirns zu erschwindeln. Es wäre auch sehr schädlich für das Selbstbewußtsein des jungen Mannes.*

Der Arbtan war berauscht! Berauschter, als ich Fartuloon jemals gesehen hatte – und das wollte schon etwas heißen. Der Raumsoldat gehörte fraglos zu den Besatzungsmitgliedern jenes Flottenverbandes, der vor zwei Sonnenumläufen mit fast ausgebrannten Triebwerken, leergeschossenen Munitionskammern und aufgebrauchten Versorgungsgütern auf Largamenia gelandet war. Wir hatten von den verlustreichen Gefechten eben jenes Verbandes im Persypty-Sektor gehört. Er lag tief innerhalb der von den Methans beherrschten Raumzonen.

Es war daher nicht verwunderlich, daß man den Männern einige Freiheiten gewährte, die normalerweise verpönt waren. Ich betrachtete belustigt, schließlich aber prüfend, den hochgewachsenen Mann. Er wirkte verwildert, ungebärdig. Die Bordkombination hätte ihn vorzüglich gekleidet, wenn sie nicht schmutzig gewesen wäre. Der Raumsoldat, ein Arbtan in hohem Mannschaftsrang, schwankte.

»Er verspeist dich mit den Blicken«, meinte mein Freund und Examensbruder Tirako Gamno. »Wir sollten gehen, ehe er seinen noch im Unterbewußtsein schlummernden Entschluß, dich zu beleidigen, in die Tat umsetzt.« Der hochgewachsene, zerbrechlich wirkende junge Mann seufzte bei meinem Kopfschütteln. »Das reizt dich wohl? Typisch! Du wirst die ARK SUMMIA glänzend bestehen oder durchstehen. Ja – das ist der richtige Begriff für dieses Urarkoniden-Verfahren. Scheußlich! Wollen wir nicht doch gehen, hochgeschätzter Macolon?«

Ich grinste. *Der kluge Gamno! Klug, fast übermäßig klug, schöngeistig und mit der Gabe des feinen Spottes ausgestattet – er hat wieder einmal Angst vor eventuellen Komplikationen. Es ist mir unverständlich, warum sein Vater, ein gewiß erfahrener Mann, die Qualitäten seines Sohnes derart falsch einschätzt!* Die Examen des ersten und zweiten Grades hatte Tirako Gamno mit der Gesamtbewertung »hervorragend« bestanden; besser als ich. Das hatte seinem scharfen Verstand und seiner niemals erlöschenden Wißbegierde entsprochen. *Nun aber soll er in die dritte Stufe. Große Welten von Arkon, wie wird es ihm dabei wohl ergehen?*

»Komm doch«, drängte er. »Er ist ein Riese. Größer als du, dazu wesentlich breiter gebaut. Was reizt dich an seinem ungebührlichen Verhalten?«

»Seine Augen!« entgegnete ich. »Sie sind zu klar und wach für einen Berauschten. Oh, da kommt er schon.«

Die Straße war alt und eng. Die Hauptstadt des Planeten Largamenia, Tiftorum, konnte auf eine siebentausendjährige Geschichte zurückblicken. Imperator Quertamagin IV. hatte im Jahr 2550 da Ark den Grundstein der Stadt Tifto gelegt, aber infolge der in den nächsten Jahrhunderten vermehrt auftretenden Hyperstürme, gleichbedeutend mit dem Beginn der *Archaischen Perioden*, brach jedoch der Kontakt zu anderen Welten zusammen und die Largamenia-Kolonisten fielen in prä-technische Primitivität zurück.

Die aus den Ruinen Tiftos um 3460 da Ark entstehende »Stadt« Tiftorum war das einzige Kulturzentrum; es wurde zur Hauptsiedlung des Planeten und später der Sitz des Faehrl-Instituts. Die Straße der Gewölbe gehörte zu einem der vielen historischen Bezirke. Die Beleuchtung war entsprechend schlecht und veraltet, jene der zahlreichen Bewirtungshäuser, Ladengeschäfte und zwielichtigen Gewölbe allerdings nicht. Hier strahlten moderne Lampen in allen Farben des Spektrums.

Der Fremde kam näher. Er war wirklich groß und muskulös. Seine Augen waren jetzt nicht mehr zu erkennen. Er verbarg sie unter halbgeschlossenen Lidern. Ob er sich ihrer verräterischen Klarheit bewußt geworden war? Fartuloons Lehren hatten sich in mein Gedächtnis eingeprägt; oftmals hatte er gesagt: »Traue nie einem Fremden mit zu unauffälligem oder zu provozierendem Gebaren!«

»Natürlich kann er keine Orbtonen leiden, vielleicht haßt er sie sogar.« Tirako versuchte mich zu überzeugen. »Man kennt schließlich diese Typen. Kampfgewohnte Männer, die auch in der Zivilisation ihre Erziehung vergessen.«

»Ich kenne sie«, behauptete ich, getreu meiner Rolle als Macolon.

Tirako behielt recht. Schwankend blieb der Arbtan vor mir stehen. Mehrere Passanten verhielten im Schritt und schauten sich interessiert um. Niemand dachte jedoch daran, uns, den offenbar Bedrängten, zu Hilfe zu eilen. Anwärter für die ARK SUMMIA hatten ihren Kopf selbst in Sicherheit zu bringen. Das war ein ungeschriebenes Gesetz. Der Arbtan musterte meine saubere Maßuniform. Nach Vorschrift der Institutsverwaltung war sie moosgrün; die Schultern wurden von hellroten Streifen überzogen, die sich nahe der Gürtelschnalle trafen. Tirako griff zur Dienstwaffe.

»Finger weg!« raunte ich. »Schweig und beobachte! Du wirst diese Erfahrung gebrauchen können.«

Der Raumfahrer umfaßte plötzlich meinen linken Oberarm. »Ha, ein Bürschlein aus dem Faehrl, dem Institut für die Söhne der Halbgötter, Begnadeten, Gauner und Drückeberger.« Sein Gesicht näherte sich meinem. »Hat der Erhabene schon einmal den Gestank verschmorender Kunststoffe und Körper eingeatmet, eh? Hat er das schon, der junge Herr? Nein, sicherlich nicht! Aber rote Streifen auf den Schultern hat er. Fertig für die dritte Prüfung, was? Und dann? Dann wird der Erhabene auf Männer wie mich losgelassen. Ohne taktische Erfahrungen, ohne Gefühl für die Situation, aber mit großem Mundwerk, feinen Manieren und der ARK SUMMIA. Wenn's dann knallt, geht der Erhabene in Deckung. Die Methans schießen gut, eh? Wenigstens das hat man ihm im Faehrl von Largamenia gelernt. Ich werde dich verprügeln, noch ehe du vielleicht mein Vorgesetzter wirst! Das erspart mir eine harte Bestrafung.«

Er lachte schallend und umfaßte nun auch meinen anderen Oberarm. Ich wollte einen fartuloonschen Hebelgriff ansetzen, um der Sache eine Ende zu bereiten. Da geschah das, was ich instinktiv erwartet hatte.

Seine Augen waren für einen Berauschten wirklich zu klar, und ich vernahm geflüsterte Laute: »Nachricht von Fartuloon. Gefahr! Ein Offizier der ARGOSSO, Tschetrum, ist mit uns angekommen. Er kennt Sie gut. Nachricht lesen, Bild betrachten, darauf einstellen! Und jetzt werfen Sie mich!«

Er sprach wieder lauter und rüttelte mich. Es waren Beleidigungen. Ich schüttelte den ersten Schrecken ab, umfaßte ihn blitzschnell und hob ihn mit einem Hebelgriff aus dem Stand. Aufschreiend kippte er hintenüber und fiel so hart auf den Rücken, daß ich den Atem anhielt. Dann aber bemerkte ich, welch guter Kämpfer dieser Soldat war. Er rollte geschickt ab, heuchelte jedoch den Verletzten. Stöhnend und fluchend blieb er liegen.

Für mich war es an der Zeit, einige passende Worte auszusprechen. »Wenn mich nicht alles täuscht, Arbtan, wird in einer Zehntel Tonta eine Flugstreife Ihres Kampfverbandes landen. Ihr Kommandant wünscht sicherlich keinen Streit, oder? Ihre Worte werde ich vergessen, denn sie treffen mich nicht. Ich bin Macolon, letzter Kommandeur der vierunddreißigsten Lakan im Tanterym-Verband. Ich habe schon verbrannte Materialien gerochen! Sie sollten gehen.«

Er wurde sehr schnell nüchtern. Noch schneller stand er auf den Beinen. Die Zuschauer entfernten sich schleunigst. Weiter drüben, unter einem beleuchteten Gewölbe, begann ein hagerer Mann zu lachen.

Er hielt eine schwere Schockwaffe – neue Flottenausführung – in der Armbeuge.

»Morenth ist mein Name, wenn Sie gestatten, Erhabener.« Der Hagere verneigte sich und legte grüßend die Rechte auf die linke Brustseite. »Ich hatte mir vorgenommen, Sie notfalls zu unterstützen. Wer konnte ahnen, daß der Arbtan einem solchen Irrtum unterlag?«

»Vorsicht«, raunte der Soldat. »Ich verschwinde. Ich bin Ihr Diener.« Er drehte sich um und rannte davon.

Der Hagere lachte wieder. Die Trichtermündung seiner Schockwaffe wies gegen den Boden. Ich musterte ihn argwöhnisch. Wieso war er so schnell erschienen? War er ein Verbindungsmann der Kralasenen, oder gar ein autorisierter Agent der politischen Geheimpolizei von Arkon? Wenn es so war, war jetzt eine Einladung fällig. In der Tat – sie wurde bereits ausgesprochen.

»Würden Sie mir die Ehre erweisen, Erhabener, diese Gewölbe als mein willkommener Gast zu besuchen? Ich habe Raritäten aus allen Teilen der Öden Insel anzubieten.«

»Und berauschende Getränke, die disziplinierte Männer zu Narren machen«, meldete sich Tirako Gamno. »Kam der Arbtan nicht aus diesem Tor? Oder sollte ich mich irren?«

Morenth lachte schon wieder. Ich empfand es als unangenehm. »Sie irren sich nicht. Ich folgte ihm, da ich Unannehmlichkeiten erwartete. Übrigens«, er deutete auf den Schockstrahler, »dafür besitze ich eine Lizenz.«

»Ein galaktischer Gauner«, stellte Tirako leise fest. »Du willst doch nicht etwa die Einladung annehmen?«

»Doch.«

»Verrückt«, sagte Tirako. »Welcher Ungeist hat mich bewogen, dich in diese Abgründe zu begleiten?«

Ich antwortete nicht und dachte an andere Dinge. Sie waren wichtiger. *Der Arbtan ist aus dem Gewölbe gekommen. Dessen Inhaber erschien zum rechten Augenblick. Er hat sehr schnell die Einladung ausgesprochen. Grundlos, wie mir scheint. Dennoch muß er einen Grund haben. Will man mich testen? Wartet dort unten jener Offizier, vor dem man mich offenbar im letzten Moment gewarnt hat? Oder wird er nur sofort benachrichtigt werden, um an Ort und Stelle eine unverfängliche Identifizierung meiner Person, also Macolons Person, vornehmen zu können? Woher aber kann der Hagere wissen, daß ich ausgerechnet heute dieses Stadtviertel besuchen werde? Hat man im Institut eine gut funktionierende Nachrichtenquelle? Das wäre eine Möglichkeit. Jedenfalls kann ich mich nicht um die Klärung der anscheinend längst angelaufenen Geschehnisse herumdrücken. Ich muß der Einladung folgen.*

Beruhigend war dabei die Gewißheit, daß man wohl alle Kandidaten für die dritte Stufe überprüfen würde. Wieder peinigte mich die Frage, warum man ausgerechnet nach mir, Atlan, suchte. Wer war ich wirklich? Woher kam ich? Meine Erinnerungen aus frühester Kindheit waren vage. Fartuloon jedoch schwieg. »Plattfüße soll er kriegen!« sprach ich, innerlich wütend werdend, vor mich hin. »Dieser ...«

»Wer, der Inhaber des Roten Gewölbes?« Tirako lachte in Verkennung der Sachlage. »Schäme dich, Freund! Ein Zögling des Faehrl, ein echter Hertaso sollte derartige Verwünschungen niemals aussprechen. Bei den schimmernden Dreieckswelten von Arkon – wohin hat es mich verschlagen!«

Ich betrachtete ihn von oben bis unten. Tirako grinste – tatsächlich, er grinste. Mein schöngeistiger Freund wurde übermütig. Und mir fiel ein, daß er im Augenblick der Gefahr sogar zur Dienstwaffe greifen wollte.

»Hättest du geschossen?« erkundigte ich mich interessiert. »Auf einen verdienten Arbtan der arkonidischen Raumflotte? Hättest du es getan?«

Er wehrte den Verdacht mit einer hoheitsvollen Handbewegung von sich ab. »Wo denkst du hin. Niemals! Ich sah jedoch den Bewaffneten unter dem Gewölbe. Vielleicht wäre er jetzt schon tot, wenn ich nicht den harmlosen Schockstrahler erkannt hatte. Ich wäre natürlich untröstlich gewesen.«

Morenth lachte plötzlich nicht mehr. Verblüfft schaute er auf Tirakos Luccot, einen Hochenergie-Impulsstrahler. Die Halteschlaufe über dem Griffstück war gelöst worden und baumelte am Waffenetui entlang nach unten. »Du besserst dich, Freund«, sagte ich anerkennend. »Unseren freundlichen Gastgeber hatte ich nicht bemerkt. Gehen wir ...«

Die Gewölbe des Morenth waren groß und unergründlich tief. Hier konnte man vielerlei Dinge erwerben und Genüsse aller Art heimlich auskosten. Kolonialarkoniden von Morenths Art waren gleichermaßen beliebt und verhaßt. Das kam ganz darauf an, ob man sie benötigte oder nicht. Seit dem Zwischenfall mit dem Arbtan waren erst wenige Zentitonta vergangen. Draußen war das militärische Ordnungskommando der Flotte erschienen. Es war erstaunlich, wie schnell diese Männer allen möglichen Verfehlungen nachgingen. Jedenfalls wurden wir von dem Wachoffizier nicht gestört. Unser fragwürdiger Gastgeber hatte sich eilfertig erboten, die »Angelegenheit« in Ordnung zu bringen. Mir war es recht, bot er mir doch damit Gelegenheit, mich für einige Augenblicke zurückzuziehen.

Ich erhob mich von den atmungsaktiven Polstern. Sie standen in einer Art Nische. Ich entschuldigte mich bei Tirako Gamno und den beiden jungen Frauen, die man uns geschickt hatte. »Ich komme sofort zurück. Meine Hand schmerzt etwas. Gibt es in den Erfrischungsräumen Desinfektionsmittel?«

Tirako runzelte verwundert die Stirn. Der Kratzer auf meinem rechten Handrücken rechtfertigte kaum eine Behandlung. Eine Frau wies mir den Weg. Ja, es gab dort solche Mittel. Ich ging.

Die Gasträume der Gewölbe waren überfüllt. Die Raumsoldaten des gelandeten Verbandes waren laut und übermütig. Ich konnte sie verstehen. Sie hatten über vier Arkonperioden lang in vorderster Front des Nebelsektors gestanden.

Ich erreichte die Erfrischungsräume, schickte einen dienstbeflissenen Roboter fort und schloß mich ein. Die schnelle Untersuchung der Kabine verlief negativ. Es schien keine Fernbeobachtung zu geben. Ich öffnete die kleine Spule, die mir der Arbtan unauffällig in die Hand gedrückt hatte. Eine hauchdünne Folie war gut leserlich beschriftet. Die Nachricht stammte einwandfrei von Fartuloon. Zuerst entfaltete ich die Fotografie. Sie war farbig, dreidimensional und zeigte den gleichen Mann in drei verschiedenen Positionen. Er war mittelgroß, besaß alltägliche Gesichtszüge und keinerlei besondere Merkmale. Ich prägte mir die Details ein. Ich *mußte* ihn kennen. Fartuloons Nachricht war inhaltsschwer:

Tschetrum, Zweiter Wachoffizier der ARGOSSO, 36 Pragos lang persönlicher Begleiter des Macolon, soeben auf Largamenia eingetroffen. Meine Information stammt aus dem Raumhafenrechner, dem die Besatzungslisten des Aufrüstungsverbandes überspielt wurden. Meine Anfrage an Tanictrop wurde von ihm bestätigt. Ermittlungen erfolgten. Daher Warnung in letzter Millitonta. Wir brauchten Zeit. Vorsicht bei Kontaktaufnahme! Tschetrum flog zusammen mit Macolon einen Sondereinsatz. Folgende Daten sind zu beachten ...

Ich las die Nachricht zweimal aufmerksam durch. Fartuloon hatte großartig gearbeitet. Es war mir nach wie vor rätselhaft, wie er zu derartigen Verbindungen kam und wer seine zahlreichen Geheimdepots erbaut und finanziert hatte. Jemand, der weit in die Zukunft schauen konnte, mußte eingegriffen haben. Wer aber war dieser jemand? Mein wirklicher Vater? Politisch interessierte Machtgruppen? Es gab viele Möglichkeiten. Tausendmal hatte ich sie überdacht, gewissermaßen seziert, doch dabei waren mir stets neue Details eingefallen. Ohne Unterrichtung kam ich nicht weiter.

Nunmehr schien aber auch Fartuloon etwas aus seiner Reserve herauszugehen. Er warnte, gab exakte Details und verriet mir damit, über welche Möglichkeiten er verfügte. Wahrscheinlich befand er sich ebenfalls auf Largamenia. Sicher hatte ich auch nicht immer »Atlan« geheißen, denn unter diesem Namen war ich bei Fartuloon aufgewachsen. Wenn man mich aber suchte, wenn derart mächtige Staatsorganisationen wie die offizielle Politische Polizei und sogar die Kralasenen nach mir forschten, so mußte ich zur Zeit meiner Geburt einen anderen Namen getragen haben. Fartuloon wäre gewiß nicht närrisch genug gewesen, mich überall mit »Atlan« anzusprechen. Das wäre wohl die primitivste Art für einen sofortigen Verrat gewesen.

Ich gab die Grübeleien auf und vernichtete weisungsgemäß die Nachrichtenspule. Sie verglühte mit heller Flamme in einem Waschbecken. Ich beseitigte die letzten Spuren, sprühte etwas Verbandsfilm über den Handrücken und ging zu Tirako zurück. Er warf mir einen sinnenden Blick zu. Als er meine Hand sah, lächelte er kaum merklich. Sonst sprach er kein Wort. Natürlich war diesem Jungen meine Ausrede aufgefallen.

Unser Gastgeber näherte sich. Er lachte wieder. »Der Fall ist erledigt, Erhabener. Der Wachoffizier gab sich mit meinen Erklärungen zufrieden. Einen Strafantrag wegen Beleidigung wollten Sie ja wohl nicht stellen?«

Ich winkte ab. »Unsinn. Er war berauscht. Morgen wird er anders denken. Was nun, Gebieter über die Roten Gewölbe?«

»Lassen Sie sich überraschen, Erhabener. Meine Köche kommen aus vielen Teilen der Öden Insel und nicht nur von arkonidischen Planeten. Ich werde Ihnen ...« Er unterbrach sich, da er meinen forschenden Blick bemerkt hatte. Betont rücksichtsvoll trat er zur Seite, konnte es jedoch nicht unterlassen, meinem Blick zu folgen.

Da war der Offizier. Das war genau der Mann, den ich kurz zuvor auf den Bildern gesehen hatte. Er hatte soeben die Gewölbe betreten, sah sich unsicher um und schien nicht zu wissen, an wen er sich zu wenden hatte. In dem Augenblick ahnte ich, daß der ehemalige Zweite Wachoffizier der ARGOSSO in ein Spiel eingereiht worden war, dessen Regeln er nicht kannte.

Er ist Mittel zum Zweck. Man muß ihn benachrichtigt und zum Aufsuchen der Roten Gewölbe aufgefordert haben. Mit seinem Erscheinen begann mein gewagtes Spiel. Ich stand abrupt auf, erhob winkend die Hand und rief quer durch die Gewölbe: »Tschetrum, eh, alter Freund, was führt dich hierher?«

Er gewahrte mich sofort. Jetzt kam der entscheidende Augenblick! Morenth lächelte betont uninteressiert und wich noch weiter zur Seite. Natürlich – er wollte für die drei schweigsamen Männer, die mir bereits aufgefallen waren, für den Fall der Fälle das Schußfeld freimachen. Sie waren bewaffnet. Ich hatte es längst bemerkt. Unter ihren weiten Umhängen, die sie als reisende Händler auswiesen, trugen sie kurzläufige Waffen. Wahrscheinlich moderne Luccots. Ich beachtete sie nicht und rief nochmals Tschetrums Namen. Ich lachte wie ein Mann, der sich freut, nach langer Zeit einen alten Bekannten wiederzusehen. Der Orbton zögerte kurz, starrte mich fragend an, doch schon begann er zu lächeln. Er hielt mich für Macolon. Ich hatte gewonnen. Die drei angeblichen Händler zogen sich unauffällig zurück. Sie blieben jedoch in Hörweite. Augenblicke später umarmte ich den Uniformierten, nannte erneut seinen Namen und stellt ihm Tirako Gamno vor.

»... und das ist Tschetrum, Examensbruder, mein ehemaliger Zweiter Wachoffizier auf der alten ARGOSSO. Wir haben zusammen einen Zweimann-Einsatz geflogen, von dem ich dir berichten muß. Nimm Platz, Tschetrum! Was macht die Beinwunde? Gut verheilt?«

Tschetrum war zu sehr überrascht, um kleine Unregelmäßigkeiten in meinem biochirurgisch angepaßten Gesicht bemerken zu können. Für ihn war ich Macolon. Dann nannte er endlich diesen Namen.

Als Folge davon zog sich der hagere Gewölbeinhaber endgültig zurück. Vorher meinte er noch verbindlich: »Wenn man alte Freunde und Kampfgefährten trifft, gibt es viel zu erzählen, Erhabener. Erlauben Sie mir, mich in einiger Zeit nach Ihren Wünschen erkundigen zu dürfen.«

Er ging. Ich atmete auf. Tirako, dieser plötzlich so ungemein scharfe Beobachter, runzelte wieder die Stirn. Unauffällig schaute er zu den drei Unbekannten hinüber. Sie folgten dem Wirt. Auch das wurde von meinem Freund registriert. Er warf mir einen eigentümlichen Blick zu, schwieg aber.

Ich unterhielt mich fast eine Tonta lang mit dem so plötzlich aufgetauchten Offizier. Er trank zuviel, redete sich in Begeisterung und kam keinen Moment lang auf die Idee, ich könnte nicht sein ehemaliger Kommandant sein. Die fremden Männer waren verschwunden. Ich war offenbar identifiziert worden.

Kurz nach der zweiten Morgentonta drängte Tirako zum Aufbruch. Er schien meine übermütig gewordene Stimmung zu fürchten. Morenth war ständig in der Nähe. Ihm entging kein Detail über Dinge, die tatsächlich nur Macolon und Tschetrum wissen konnten.

Tirako zupfte an meinem Ärmel. »Es wird Zeit, großer Anwärter auf die schönste Zierde eines Arkoniden. Morgen beginnen die Einsatzunterrichtungen. Wenn man annimmt, daß man sich solche Dinge mit möglichst klarem Kopf anhören sollte, so wäre es nun angebracht ...«

Tschetrum lachte schallend und unterbrach Tirako. »Ho, wenn Sie wüßten, was Macolon vertragen kann, würden Sie nicht so drängen. Damals auf Arbtzuk, einer gnadenlosen Welt, sah es noch viel schlimmer aus.«

Meine Besonnenheit kehrte schlagartig zurück. *Arbtzuk...?* Den Planetennamen hatte ich nie gehört. Auch ein Mann wie Fartuloon war nicht allwissend. Was hatte Tschetrum zusammen mit Macolon auf dieser Welt erlebt? Ich bog das verfängliche Gespräch ab. Wenig später brachen wir auf.

Dabei flüsterte mir Tschetrum beunruhigt zu: »Hast du eine Ahnung, weshalb ich hierher befohlen wurde? Warum hat man mir nicht gesagt, daß ich dich hier finden würde? Dann wäre die Sache klar gewesen.«

Ich mußte schon wieder schalten. »Vergiß es! Ich habe gewisse Beziehungen spielen lassen. Natürlich wußte ich, daß du mit dem Aufrüstungsverband angekommen bist. Aber kein Wort darüber!«

»Ich werde mich hüten.« Er lachte unterdrückt. »Mein Urlaub war bereits gestrichen. Gut, vielen Dank. Ich nehme also weiterhin an, mein verehrter Kommandant hätte sich meiner erbarmt und mich in die Roten Gewölbe entlassen.«

Die Information war wichtig. Er war also vom Befehlshaber seines Kampfschiffes abkommandiert worden. Für Fartuloon mußte das interessant sein. Wir verabschiedeten uns zur dritten Tonta. Tschetrum verschwand mit einem Sammelgleiter für Urlauber; wir forderten einen Taxigleiter an.

»Ein möglichst altes und langsames Modell«, bat ich mit schwerer Zunge »Ich möchte nochmals den Lichterglanz von Tiftorum genießen, ehe man mich kocht, brät und vielleicht auseinandernimmt.«

Morenth hatte es plötzlich eilig. Seine Aufgabe schien erledigt zu sein. Eine Bezahlung für seine Dienste lehnte er mit dem Hinweis ab, er stünde in meiner Schuld. Schließlich wäre es seine Pflicht gewesen, den berauschten Raumfahrer rechtzeitig zur Vernunft zubringen. Wir gingen. Die uralten Treppen waren steil und ausgetreten. Nebenan lief jedoch das Aggregat eines Antigravitationslifts. Der Gleiter wartete bereits. Er war wirklich alt, aber schon robotgesteuert. Tirako Gamno tippte die Zieladresse in die Selbststeuerautomatik, und die Maschine hob ab. Ich fragte mich, wieso der Arbtan noch rechtzeitig in den Gewölben eingetroffen war, um mich warnen zu können. Wohlbemerkt: in den richtigen Gewölben. Ich gab das Nachgrübeln vorerst auf, beschloß aber, diesen Fall irgendwann zu klären. *Wahrscheinlich hat Fartuloon seine Hände im Spiel gehabt.*

»Es wird bald hell«, unterbrach Tirako Gamno meine Gedanken. Largamenia, zweiter von fünf Planeten der Sonne Larga, hatte eine Eigenrotation von 15,49 Tontas. Für Raumfahrer, die in ihrem Leben Hunderte Welten besuchten, war die Rechnung in arkonidischer Standardzeit meist praktischer als die Umstellung auf die wechselnden planetaren Eigenzeiten. Diese blieben häufig nur Zweit- oder Drittangaben auf den Anzeigen der multifunktionalen Armbandgeräte.

Am Horizont leuchteten Energiekuppeln. Das waren typische Prüfungsgebiete zur Erringung der dritten Stufe der ARK SUMMIA. Auf Largamenia konnten vielfältige Fremdweltverhältnisse mit Hilfe der Technik simuliert werden. Unter jeder Energiekuppel befand sich eine andere Landschaft, eiskalte und glühendheiße, giftgasgefüllte und solche mit überhohen Schwerkraftverhältnissen, denn von einem Hertaso, einem Anwärter auf die hohe Würde, wurde viel verlangt. Er mußte sich überall behaupten können. Die erforderlichen Schutzanzüge und Ausrüstungen wurden selbstverständlich zur Verfügung gestellt. Nicht einmal die Herren der *Kleinen Runde*, Mitglieder der Prüfungskommission, konnten einen Mann ungeschützt in eine Wasserstoff-Ammoniak-Atmosphäre entlassen.

Mit entsprechenden Schutzvorrichtungen allein war es selbstverständlich nicht getan. Man mußte sie zweckentsprechend und unter planvoll herbeigeführten Notsituationen zu beherrschen wissen. Die Durchfallquote war extrem hoch. Es war daher nicht verwunderlich, daß sich von über fünfunddreißigtausend Anwärtern für die erste und zweite Examensstufe nur knapp achthundert für die dritte Prozedur gemeldet hatten. Viele davon hatten es nur unter dem Zwang ihrer ehrgeizigen Familien getan. Von den Anwärtern waren jedoch nach den eingehenden medizinischen Untersuchungen und anderen Eignungsprüfungen vor allem hinsichtlich des bei Bestehen zu aktivierenden Extrasinns nur noch dreihundertzweiundvierzig Anwärter übriggeblieben. *Wie viele von ihnen werden wohl bestehen?*

Es war, als hätte Tirako Gamno meine Gedanken gelesen. Er sagte unvermittelt: »Ich nicht!«

»Was?«

»Ich schaffe es nicht! Ich werde schon unter dem Druck von nur zwei Gravitationseinheiten zerbrechen.«

»Unsinn, Freund. Du bist stärker, als du denkst.«

»Geistig zerbrechen, meine ich. Ich kann nicht begreifen oder gar würdigen, warum man einen jungen Arkoniden quälen muß, nur um den Anschein der Berechtigung zu haben, ihm den Abschluß der ARK SUMMIA zu gewähren oder zu verweigern. Wie viele geniale Männer unseres Volkes hätten die Aktivierung verdient gehabt; aber sie hielten es körperlich nicht durch.«

Ich drehte mich in dem engen Sitz um und schaute ihn prüfend an. »Das sind revolutionäre Ansichten, Freund.«

Er lächelte und blickte starr geradeaus; dorthin, wo die Energiekuppeln den Horizont wie flüssige Glut erleuchteten. »Reden wir nicht mehr davon. Vergiß es, Macolon! Du bist übrigens sehr nervös geworden, als Tschetrum den Planeten Arbtzuk erwähnte. Man könnte auf die Idee kommen, du wärest niemals dort gewesen.«

Ich verwünschte innerlich seine scharfe Beobachtungsgabe.

12.

Der Bauchaufschneider Fartuloon:

1134. positronische Notierung, eingespeist im Rafferkodeschlüssel der wahren Imperatoren, gegeben aus Anlaß der zweiten entscheidenden Phase. Die Hochenergie-Explosivlöschung ist wiederum aktiviert worden. Eine unbefugte Abrufung meiner Notizen ist ausgeschlossen.

Es wird kundgegeben: In der vergangenen Nachtperiode des Prüfungsplaneten Largamenia hatte der Kristallprinz des arkonidischen Sternenreiches, Atlan, die erste aus seiner Identitätsänderung resultierende Hürde zu überwinden. Ein Orbton des Schweren Kreuzers ARGOSSO, Tschetrum, ist unverhofft auf Largamenia erschienen. Dies geschah infolge seiner Versetzung zum neunhundertvierten Stoßverband unter Admiral Genomarp, einem Zweisonnenträger.

Durch Atlans Gefährdung während der Prüfungsperioden ist es meine wichtigste Aufgabe, ankommende Raumfahrer, die unter Umständen mit Macolon in engem Kontakt gestanden haben könnten, zu überprüfen. Die Maßnahme erwies sich als richtig! Tschetrum wurde entdeckt. Seine Erlebnisse mit Macolon ließen sich so weit rekonstruieren, daß Atlan zumindest eine wichtige Phase der gemeinsamen Einsätze rechtzeitig studieren konnte.

Ein Arbtan namens Unkehtzu – er gehört zu meinen langjährigen Vertrauten innerhalb der arkonidischen Flotte – gab den entscheidenden Hinweis auf den ehemaligen Zweiten Wachoffizier der ARGOSSO. Unkehtzu wurde für eine spätere Belohnung vorgemerkt. Mir ist bekanntgeworden, daß der Kristallprinz einen Besuch des alten Stadtzentrums von Tiftorum beabsichtigte. Dort drohte Gefahr! In der psychologisch fundierten Erwartung, daß Atlan die berühmte Straße der Gewölbe aufsuchen würde, wurde der Arbtan mit entsprechender Nachricht in Marsch gesetzt. Den wichtigsten und wahrscheinlich entscheidendsten Punkt in meinen Berechnungen stellte Morenth dar, der Inhaber des Roten Gewölbes. Er ist ein Verbindungsmann des Blinden Sofgart!

Wenn Atlan überhaupt mit Tschetrum konfrontiert werden sollte, so nur dort. Der Arbtan erhielt die Anweisung, eventuellen Aktivitäten des Gewölbeinhabers zuvorzukommen, Atlans erwartete Ankunft zu beobachten und sofort mit Atlan in Verbindung zu treten. Es gelang. Meine Berechnungen waren richtig. Atlan konnte rechtzeitig gewarnt und über Tschetrum informiert werden. Das gewagte Psychospiel besaß eine Reihe von unbekannten Faktoren. So war Morenth tatsächlich auf eine Identitätsüberprüfung nicht nur vorbereitet, sondern sogar mit entsprechenden Hilfsmitteln darauf eingestellt. Der Arbtan kam ihm um wenige Augenblicke zuvor. Andernfalls wäre Atlan mit anderen Begründungen in die Gewölbe gelockt worden. Entscheidend für mein gelungenes Unternehmen ist die Frage, ob Morenth und andere Mittelsmänner des Blinden Sofgart einen besonderen Grund für Atlans spezielle Überprüfung besaßen.

Nunmehr, nach überstandener Gefahr, haben meine Freunde ermitteln können, daß alle Hertasonen der dritten Stufe der ARK SUMMIA eigentümliche Erlebnisse hatten. Das ist beruhigend zu wissen. Atlan war kein außergewöhnlicher Fall, sondern einer von dreihundertzweiundvierzig. Daraus geht eindeutig hervor, daß Orbanaschols Häscher im dunkeln tappen. Neueste Nachrichten von den vier anderen Prüfungswelten besagen, daß auch dort die Anwärter sehr genau durchleuchtet werden. Man sucht den Kristallprinzen des Tai Ark'Tussan, weil man weiß, daß er nun seine Reifeprüfung bestehen muß.

Sofern meine und Atlans Gegner von der Voraussetzung ausgehen, daß Atlan noch lebt und mit Hilfe einflußreicher Freunde versuchen wird, die Würde des Imperators von Arkon für sich zu gewinnen, ist die ARK SUMMIA nicht nur ein deutlicher Hinweis, sondern schlichtweg der Schlüsselpunkt. Wenn Atlan überhaupt entdeckt werden kann, dann nur zu dieser Zeit. Selbstverständlich ist dem verbrecherischen Imperator klar, daß der Gos'athor nach einer erfolgreichen Extrahirnaktivierung gefährlich werden kann. Unter Berücksichtigung dieser Voraussetzungen ist mir klar, daß Atlan noch nie so gefährdet war wie jetzt. Es gilt wachsam zu sein.

Drei Offiziere der Faehrl-Kommission hatten mich zum Schauplatz der ersten Prüfung begleitet. Sie wurden von zwei Registratur-Robotern überwacht. Die Orbtonen, hochqualifizierte Wissenschaftler und Techniker mit Raumerfahrung, waren höflich und korrekt. Das war alles, was ich von ihnen erwarten durfte. Der kleinste Hinweis auf eine Lösungsmöglichkeit der vor mir liegenden Aufgabe hätte ihnen schwere Strafen und mir den sofortigen Ausschluß beschert. Es war daher zwecklos, verfängliche Fragen zu stellen. Die Roboter kontrollierten nochmals den Identifizierungsstreifen über meinem linken Handgelenk. Er war fest mit dem Gewebe verbunden und unzerreißbar. Selbst ein Unfall, der zu einer Verstümmelung meines Körpers geführt hätte, wäre von diesem Impulsband unbeschadet überstanden worden. Der Robot gab das violette Farbzeichen.

»Identifiziert, frei für Position eins«, erklärte einer der Offiziere. »Hertaso Macolon, treten Sie bitte vor.« Ich ging nach vorn und stellte mich vor den drei Männern auf. Der örtliche Prüfungsleiter musterte mich intensiv. »Fühlen Sie sich geistig und körperlich gesund genug, um die vor Ihnen liegende Aufgabe bewältigen zu können?«

»Ja, Erhabener.«

»Gut. Trotz eingehender Unterrichtung in den Lehrsälen des Faehrl ist es meine traditionelle Pflicht, Sie nochmals zu warnen. Sie riskieren Ihre körperliche und geistige Gesundheit! Ist Ihnen das angesichts des Starts bewußt?«

»Ja, Erhabener.«

»Sie werden allein auf sich gestellt sein, Hertaso Macolon. Ihr geschulter Verstand wird Ihnen bereits geboten haben, mit wachen Sinnen zu handeln, und Ihre physischen Reserven nicht vorschnell in Anspruch zu nehmen. Sie wissen mit einem primitiven Boot umzugehen?«

Ich warf einen Blick zu dem Kahn hinüber. Er bestand nicht einmal aus Kunststoff, sondern aus Holz. Außer zwei einhängbaren Rudern, einem kräftigen Stechpaddel und einer starken, übermannshohen Stange waren keine Ausrüstungsgegenstände zu entdecken. Allerdings, das war mir aufgefallen, war nicht gesagt worden, ich hätte das Ziel *mit* dem Boot zu erreichen. Das war einer jener Hinweise, die ein Absolvent der ARK SUMMIA zu erkennen hatte. War er dazu nicht fähig, nützten ihm körperliche Kräfte und Geschicklichkeit wenig.

Jeder Hertaso wußte aus zahlreichen Unterrichtungen der letzten Perioden, daß nicht nur Mut und Behendigkeit geprüft wurden. Es kam darauf an, die gestellten Aufgaben mit allen anderen Faktoren zu koordinieren. So konnte es möglich sein, daß ein unlösbar erscheinendes Problem durch das rechtzeitige Erkennen anderer Umstände leicht bewältigt werden konnte. Die Grundregel lautete: »Vergiß nie, Verstand und Scharfsinn zu befragen! Extremsituationen in kommenden Einsätzen aller Art sind nur dann hoffnungslos, wenn ausschließlich Muskelkraft und erlernte Primitivtricks eingesetzt werden.«

Ich dachte nicht daran, die vor mir liegenden Prüfungen in dieser Art bestehen zu wollen. Es mußte bessere Möglichkeiten geben. Das Boot war ein Faktor – gewiß. Das Ziel hatte ich ebenfalls zu erreichen. Wie das jedoch geschah, war nicht eindeutig festgelegt worden. Der örtliche Prüfungsleiter verlas nochmals die Regeln.

Er endete mit den Worten: »Sie haben Zeit bis Sonnenuntergang. Der atmosphärische Druck und Sauerstoffgehalt liegen fünfunddreißig Prozent unter der Norm. Körperliche Anstrengungen zehren schnell an Ihren Reserven. Sie können auftauchenden Hindernissen und Gefahren mit allen Mitteln begegnen, die Ihnen geeignet erscheinen. Lebewesen aller Art dürfen bekämpft werden. Sie haben so zu handeln, wie Sie im Falle einer Notlandung auf einer fremden Welt zu handeln hätten – also im Interesse des Großen Imperiums. Rücksichtnahme, Mitleid, Zurückhaltung sind unangebracht. Hier wird der Fall einer ungewollten Landung im Feindgebiet simuliert. Sie sind unbewaffnet und lediglich mit einer normalen Bordkombination bekleidet. Ihr Ziel ist ein Geheimdepot der Flotte. Sie müssen es erreichen, oder Sie wären im Ernstfall verloren.«

»Ich habe verstanden, Erhabener.«

»Das wird von Ihnen erwartet. Ihr Leben und Ihre Gesundheit sind zweitrangig. Das von Ihnen zu erreichende Depot dient nicht nur zur Erhaltung Ihrer Person, sondern in erster Linie zur strategisch wichtigen Nachrichtenübermittlung. Die im All stehenden Flotteneinheiten sind auf Ihre Informationen angewiesen. Handeln Sie entsprechend. Mit dieser Karte können Sie sich legitimieren; sie speichert Ihre Individualschwingungen und Daten.«

Ich nahm das Kärtchen entgegen und sagte: »Mein Leben für Arkon, Erhabener.«

Damit waren die vorgeschriebenen Formalitäten beendet. Die wenigen Hinweise hatten mir alles verraten. Ich hatte so zu handeln, wie ich auch auf einer vom Gegner besetzten Fremdwelt hätte handeln müssen. Das bedeutete jedoch nicht, daß ich Gewaltlösungen aller Art den Vorzug zu geben hatte. Die Prüfungen der dritten Stufe waren vielschichtig. Natürlich wollte man auch unter anderem wissen, wie ein angehender Flottenoffizier seinen trainierten Körper einzusetzen vermochte. Viel wichtiger jedoch war die Frage, wie er seinen Verstand gebrauchte. Wir wußten infolge der langjährigen Kampfhandlungen mit den Methans, daß es oftmals besser war, mit neutralen Fremdvölkern zu verhandeln, als sie mit Waffengewalt zu fragwürdigen Freunden zu machen.

Man sagte den Arkoniden nach, sie wären Eroberer, hart und unnachsichtig. Das war berechtigt. Wir zögerten nicht lange, wenn es um den Preis des Erfolges ging. Andere Völker verhielten sich anders, aber das rigorose Vorgehen entsprach nun einmal der arkonidischen Mentalität. Dennoch konnten wir auch geschickte Psychologen sein. Natürlich legte die *Kleine Runde,* die oberste Prüfungskommission, größten Wert darauf, einen ARK SUMMIA-Bewerber nach Richtlinien zu prüfen, die nicht jeder arkonidische Flottenkommandeur und Politiker zu handhaben verstand. Es war neuerdings ein erstrebenswertes Ziel für Führungskräfte aller Fachrichtungen, die Fremdpsychologie zu beherrschen.

Weiter vorn, nahe der steil aufragenden Felswand, startete der große Transportgleiter. Mit ihm verschwanden nicht nur die drei Offiziere, sondern auch die beiden Kontrollroboter. Dem Augenschein nach war ich nun allein; allein in der künstlich veränderten Umwelt einer Energieschirmkuppel von beachtlichen Ausmaßen. Der Sauerstoffgehalt der Atmosphäre war noch ausreichend. Auch der Luftdruck bereitete mir jetzt, im Ruhestadium, keinerlei Schwierigkeiten. Das mußte sich bei körperlichen Belastungen schnell ändern. Als schwerwiegender erwiesen sich Hitze und Luftfeuchtigkeit; letztere betrug etwas über sechsundneunzig Prozent.

Ich sah mich prüfend um. Der Startplatz war sorgsam ausgesucht worden. Er lag in einem Gebirgskessel, ringsum von schroffen, steil aufragenden Felswänden umgeben. Es wäre närrisch gewesen, sie erklimmen zu wollen. Also blieb nur das Boot. Es lag am Ufer eines Bergsees, der ebenfalls von den Steilwänden umschlossen wurde. Nördlich von meinem Standort rauschte ein Wasserfall aus der Höhe herab. Das war der Gebirgsfluß, der in entgegengesetzter Richtung und nach Durchquerung des Gewässers seinen Abfluß fand. Dort öffnete sich eine schmale Schlucht, in die sich das Wasser ergoß. Dort begannen auch die Schwierigkeiten. Die Felsöffnung war für die abströmenden Wassermassen zu eng. Die Folge davon war ein Stau, der zur heftigen, brandungsähnlichen Strudelbildung führte.

Ich schaute nochmals zu dem glasiert wirkenden Landungsplatz der Transportgleiter hinüber. Wahrscheinlich waren dort schon viele Hertasonen ausgestiegen, um in den ungewissen Weg des Abenteuers geschickt zu werden. Die Frage, ob ich durch versteckt angebrachte Beobachtungsgeräte ständig überwacht wurde, war mir augenblicklich gleichgültig. Mir konnte und durfte niemand helfen. Jedes Fehlverhalten wurde mit Minuspunkten geahndet, Robotgehirne übernahmen die Auswertung. Ich wußte, daß die Verhaltensweisen der Prüflinge nach mathematisch-logischen Richtlinien berechnet wurden. Das war ein Trost. Wenigstens war man nicht auf die Stimmung oder gar Gunst von sogenannten Unparteiischen angewiesen.

Ich sog prüfend die Luft ein. Es roch überwiegend modrig. Jenseits der Abflußschlucht schien sich das Gelände zu erweitern. Ich rechnete mit Dschungelwäldern von mir unbekannter Natur und Größenordnung. Der Hinweis auf »vielleicht erscheinende Lebewesen« fiel mir ein.

In diesem Zusammenhang mußte ich an meinen Freund Tirako Gamno denken. Er war eine Tonta vor mir zur ersten Prüfung abgeholt worden. Wie mochte es ihm ergangen sein? Ich wußte nicht, ob alle Hertasonen an diesem Ort gestanden hatten; ob jeder von uns zuerst diese eigentümliche Flußfahrt zu überstehen hatte. Da jedoch stets von absoluter Gleichheit der Chancen die Rede gewesen war, nahm ich als gegeben an, daß auch Tirako genau an dieser Stelle in den trüben Dunst gestarrt und sich tausend Fragen gestellt hatte. Unter Umständen lag er weiter flußabwärts zu Tode erschöpft an einem Felsufer und wartete auf Hilfe.

Hilfe . . .! Wie sieht es damit aus? Was unternahm die *Kleine Runde* bei Unglücksfällen? Was hatte man beschlossen, um versagenden Prüflingen Gesundheit und Leben zu erhalten? Überließ man sie wirklich einem ungewissen Schicksal? Dachte man tatsächlich nicht daran, sie in Sicherheit zu bringen? So war es verkündet worden. Ich glaubte kein Wort davon! Man konnte die Erben großer Namen zwar nicht einfach umkommen lassen, aber es mußte mit tödlichen Unfällen gerechnet werden.

Ich konnte mir jedenfalls Situationen vorstellen, in deren Verlauf selbst der gutwilligste Retter zu spät kommen mußte. Ich schüttelte diese Gedanken von mir ab und konzentrierte mich auf die vor mir liegende Aufgabe. Ich hatte einen stillen See im Flachland zu erreichen. Dort war ein Depot erbaut worden, wie es Spezialisten der arkonidischen Flotte auf zahllosen Welten angelegt hatten. Wenn ich erst einmal dort war, hatte ich gewonnen; das hieß, wenn es mir schnell genug gelang, die sicherlich getarnte Station zu entdecken und ihren Eingang zu öffnen.

Ich schritt langsam auf das Boot zu. Es war lang und schmal, hochbordig, besaß einen Gleitbug und ein stumpf endendes Spiegelheck mit Ruder und Pinne. Wieso eigentlich? Ich blieb abrupt stehen. Plötzlich wurde ich innerlich ruhig und ausgeglichen. Was sollte ich wohl mit einem Steuer anfangen, wenn ich entweder rudern oder paddeln mußte? Schließlich besaß ich nur zwei Arme und Hände ...

Er war plötzlich hinter einem mannshohen Felsblock nahe der Steilwand hervorgetreten. Seine Waffe, einen schweren Luccot, hielt er in zwei schmalen, aber nervigen Händen. Er war sehr groß und breit gebaut. Alles an ihm wirkte verwildert und schmutzig. Nur seine Ausrüstung schien so gepflegt zu sein, daß sie ihren Zweck zu erfüllen vermochte. Er trug einen mittelschweren Kampfanzug der Raumlandetruppen mit Energieaggregat und faltbarem Druckhelm. Das über dem Rückenbehälter angeflanschte Fluggerät für Operationen innerhalb der Gashülle war zerschmettert. Die beiden gegenläufigen Hubrotoren wiesen Beschuß-Schäden auf; sie waren zur Hälfte zerschmolzen. Er sprach den schlecht verständlichen Dialekt eines Kolonialarkoniden. Seine Bewegungen waren betont lässig, aber kraftvoll.

»Das solltest du nicht tun, Edelarkonide«, sagte er. »Ich habe das Boot bereits für mich reserviert. Irgendwie muß man ja wohl aus diesem Loch herauskommen, oder?«

Er schaute mit einem Seitenblick auf seine unbrauchbar gewordenen Rotoren. Der Wink mit dem Abstrahllauf sagte mir genug. Ich stieg wortlos aus dem Boot, zog es mit dem Bug an Land und setzte mich auf die Bordwandung.

»Ich verstehe, Knabe von der Kristallwelt!« beteuerte er. »Du glaubst nun, meine Wenigkeit wäre ein Bestandteil deiner Prüfungsaufgaben, nicht wahr? Irrtum! Ich gehöre nicht dazu. Ich bin völlig real, auf der Flucht vor den Suchkommandos und natürlich auch vor der Auflösungskammer. Was denkst du wohl, wohin sich ein intelligenter Deserteur auf dieser Welt wenden wird? Natürlich zu einer Energieblase, die einigermaßen erträgliche Lebensbedingungen bietet. Man wartet ab, hofft, und dann sieht man weiter. Verstehe recht, Knabe – ich habe genug von eurem Methankrieg. Irgendwann muß man einmal aussteigen, oder?«

Er lachte leise. Seinen Augen entging nichts. In mir kamen die ersten Zweifel auf. Wenn das ein programmierter Roboter war, gewissermaßen ein für mich bestimmter Schwierigkeitsgrad, wollte ich wirklich Macolon und nicht mehr Atlan heißen. So, wie er sich gab, konnte man keine Maschine justieren.

Ich stand auf. »Deserteur?« wiederholte ich gedehnt. »Man wird dich rösten, Raumsoldat!«

»Du sagst es«, bestätigte er. »Aber nur dann, wenn man mich findet. Ich bin seit einem halben Planetenjahr hier. Die Fahndung nach mir läuft noch. Wie sieht es draußen aus?«

Ich setzte mich wieder auf den Bordrand und stemmte die Ellbogen auf die Knie. »Wie soll es aussehen, Raumsoldat? Schau es dir an.«

Er zuckte mit den Achseln, umfaßte die Waffe fester, und wieder schwenkte die Mündung in meine Richtung. »Aufstehen, zur Seite gehen! Na, komm schon, Knabe.«

Ich mußte Zeit gewinnen. Meine Zweifel über die Echtheit seiner Person waren noch nicht gänzlich verschwunden. »Hast du daran gedacht, daß es hier sicherlich Überwachungsgeräte gibt?«

Er spie auf den Boden. »Ich war Arbtan des Landungskommandos, Fachgebiet lautlose Zermürbungssprengungen. Red also keinen Unsinn! Ich bin Fachmann, Knabe. Hast du nicht gehört, daß ich schon ein halbes Jahr hier bin? Ich habe mehr Hertasonen gesehen, als du denkst. Hier gibt es keine Überwachung. Startplätze werden selten damit ausgestattet. Weißt du auch, warum? Weil zu viele Burschen deiner Art auf die Idee kommen, sofort nach dem Abheben der Transportgleiter die Umgebung abzusuchen in der Hoffnung, sie fänden dort irgendwelche Hinweise oder Hilfsmittel. Du bist im Gegensatz zu diesen Narren ein guter Mann! Du hast keine Zeit versäumt. Aufstehen, zur Seite gehen!«

Er kam einige Schritte näher. Ich starrte ihn an. Alles in mir war verkrampft. Sollte die kaum begonnene Prüfung derart enden? Dieser Deserteur war anscheinend ein Faktor, den nicht einmal die *Kleine Runde* voraussehen konnte. *Er ist echt – oder er kann echt sein!* Ich wußte, daß auf dem Planeten Largamenia einige Besatzungsmitglieder überholungsreifer Raumschiffe entflohen waren. *An ihm stimmt alles. Die Rangsymbole sind einwandfrei. Kodenummer, Einheitsbezeichnung, Bewaffnung und Ausrüstung – es fehlt nichts. Seine verwilderte Erscheinung kann kaum simuliert werden. Er stinkt! Er hat sich lange nicht gewaschen. An seiner Kampfkombination kleben verkrustete Blutflecken, die wahrscheinlich von geschossenen und ausgenommenen Tieren stammen.*

Die Waffe war aktiviert, die Fokusverstellung auf Breitstrahl geschaltet. Wenn er zu allem entschlossen war, hatte ich keine Chance. Doch – eine winzige! Er brauchte das Boot. Ich zog die Beine an und ließ mich nach hinten fallen. Dann schaute ich über den Rand der Bordwandung. Er fluchte in einem Jargon, wie er in der Flotte üblich war. Ich lachte: »Arbtan, ich mache dir einen Vorschlag. Nein, spiele nicht verrückt. Ich bin weder an dir noch an deinem Schicksal interessiert. Wir werden zusammen die Schlucht passieren. Dann lasse ich dich laufen. Ich habe dich niemals gesehen. Was meinst du dazu?«

Er spie wieder auf den Boden und kam näher.

»Vorsicht!« warnte ich. »Du bist ein guter Bodenkämpfer, das fühle ich. Du solltest also begreifen, daß du mich nicht töten und spurlos auflösen kannst, ohne dabei den Kahn zu vernichten. Also!«

Er sah sich argwöhnisch um, betrachtete das Boot und lächelte dünn. »Nicht schlecht argumentiert, Edelknabe. Deine Rechnung stimmt. Nur hast du mich unterschätzt. Ehe du stirbst, laß dir gesagt sein, daß du eure blödsinnige ARK SUMMIA wahrscheinlich glänzend bestanden hättest. Kleiner – ich werde dich und das Boot bekommen.«

Er drehte an der Fokusverstellung. Das Flimmern in der Trichtermündung wurde schwächer. Ich wartete nicht, bis er die Justierung vollendet hatte. Ehe er zielen und schießen konnte, ließ ich mich blitzschnell über Bord und ins Wasser gleiten. Das kräftige Stechpaddel hatte ich mitgerissen. Nun lag ich im Wasser. Mein Körper wurde von dem Bootsrumpf vollkommen gedeckt.

»Jetzt mußt du zwei Bordwandungen durchschießen, Soldat«, rief ich. »Die wirst du nicht mehr abdichten können. Provisorische Reparaturen sind zwecklos. Das Wasser ist in der Schlucht so wild, daß es dir einen Holzpfropfen oder Grasballen augenblicklich herausreißen wird. Oder hast du bessere Materialien zur Hand?«

Er fluchte erneut und kam nochmals näher. Ich mußte ihn reizen. Der Mann war zu allem entschlossen. Ich durfte ihm keine Überlegungspause gönnen. »Das Holz wird augenblicklich entflammen, ein weiteres Problem, Soldat! Vielleicht kannst du den Brand noch löschen, aber dann wirst du vor mindestens kopfgroß ausgeglühten Schußöffnungen stehen. Ohne das Boot kommst du nicht aus dem Felskessel heraus. Oder glaubst du, deine zerschmolzenen Rotoren doch noch gebrauchen zu können? Wem bist du damit überhaupt in die Schußbahn gelaufen? Einem guten Schützen des Suchkommandos?«

»Nein, einem verdammten Narren deiner Art«, entgegnete er gereizt.

»Ach! Und woher hatte der einen Hochenergiestrahler?«

Er antwortete nicht mehr, er sprang. Ich sah seine Beine über den Bug hinwegfliegen. Er wollte die dem Wasser zugewandte Seite gewinnen und mich von dort aus anvisieren. Auf dem festen Land konnte er sich naturgemäß rascher bewegen als ich mich in dem hinderlichen Element. Unter dem Boot hinwegzutauchen, war unmöglich. Es lag im spitzen Winkel zum Ufer. Mir fehlte die entsprechende Wassertiefe. Ich hatte mit seinem Näherkommen gerechnet – sogar darauf gewartet. Er sprang jedoch direkt ins Wasser hinein, wohl in der Hoffnung, sofort einen festen Stand zu gewinnen. Er bot mir damit eine weitaus bessere

Angriffsmöglichkeit, als ich erhofft hatte. Fartuloons Schulung trug ihre Früchte. Ich handelte blitzschnell. Das am Ende spitz zulaufende Paddel wurde zur Hiebwaffe. Ehe der Deserteur sein Gleichgewicht zurückgewann, hatte ich festen Stand auf dem felsigen Grund.

Als er sich haltsuchend vorbeugte und die Rechte nach dem Boot ausstreckte, schlug ich mit der scharfen Kante des Paddels zu. Sein Ellenbogengelenk zerbarst unter der Wucht des Hiebes. Er taumelte aufschreiend zurück und fiel mit dem Rücken halbwegs auf den Uferstreifen. Das nützte ihm nicht mehr viel. Ehe er mit der gesunden Linken den Luccot gegen mich richten konnte, fuhr die scharfe Kunststoffspitze des Paddels in seine Kehle. Ich hatte es wie eine Lanze werfen müssen, denn für einen zweiten Schlag wäre mir keine Zeit mehr geblieben. Er war zu weit entfernt.

Ein sonnenhell glühender Energieschuß peitschte quer über den dunstverhangenen Bergsee hinweg. Er schlug drüben in der Felswand ein und erzeugte dort einen ballgroßen Glutfleck, von dem hocherhitzte Materie magmaartig nach unten tropfte. Ich watete zu dem Sterbenden hinüber und brachte zuerst die gefährliche Waffe an mich. Sie war naß geworden, aber das hatte einem Luccot noch nie etwas geschadet. Ich versuchte, die heftige Blutung zu stillen, aber es war vergeblich. Ich konnte ihm nicht mehr helfen.

Was nun? Die Prüfung abbrechen, indem ich einfach an Ort und Stelle bleibe? Nein, das kommt nicht in Frage. Ist mir nicht jedes Mitleid untersagt worden? Ich konnte meine Gefühle nicht unterdrücken – dieser Mann tat mir trotz allem leid. Er hatte mich zu einer Tat gezwungen, die ich normalerweise strikt abgelehnt hätte. Ich zog ihn an Land und schaute mich nach einer Stelle um, wo ich ihn vielleicht bestatten konnte. Es war unmöglich. Wohin ich sah, ich erblickte nur harten Fels. Endlich begann ich wieder folgerichtig zu überlegen. Ich durfte mich mit dem Toten nicht aufhalten. Dagegen hatte ich auf meinen Vorteil bedacht zu sein. *Nein – nicht nur auf meinen! Diese Prüfung ist identisch mit einem simulierten Noteinsatz unter Feindbedingungen. Es ist daher selbstverständlich, daß mich seine Ausrüstung interessieren muß. Die Waffe und der komplette Kampfanzug können mir unschätzbar wertvolle Dienste leisten.* Ich begann ihn zu entkleiden. *Er hat genau meine Größe und ...!* Ich stockte mitten in dieser Überlegung und fluchte. *Wieso ist er ausgerechnet so groß wie ich? Warum ist er nicht klein und untersetzt oder lang und dünn? Soll ich seine Ausrüstung unter Gefahren gewinnen, dabei Verstand, Geschicklichkeit und Entschlußkraft beweisen?*

Ich riß das Vibratormesser aus der gepanzerten Beinscheide des Kampfanzuges. Die surrende Arkonstahlklinge durchschnitt spielerisch die feste Knochenplatte der linken Brusthälfte. Kurz darauf sah ich, daß ich einem Robot-Androiden das synthetische Leben geraubt hatte. Er war die genialste Konstruktion der Biochemie und robotischen Bewegungstechnik, die ich jemals gesehen hatte. Ich öffnete die Hirnschale. Sie enthielt lediglich Kommunikationsgeräte, aber keine selbständig handelnde Positronik.

Also war unser Frage- und Antwortspiel von einem Lehrer des Faehrl über Funk gesteuert worden; wahrscheinlich von einem Psychologen. Man hatte mir unglaublich geschickt Gelegenheit zur Erbeutung einer Waffe und einer vollständigen Kampfausrüstung geboten. Ich hatte sie wahrgenommen. Von da an war mir klar, daß ich ohne diese Dinge die Prüfung niemals bestehen konnte. Zweifellos lauerten jenseits der Schlucht Gefahren, von denen ich jetzt noch keine Ahnung hatte. Ein ARK SUMMIA-Anwärter, der mit dem »Deserteur« nicht fertig wurde, konnte gleich aufgeben.

Ich legte hastig die Kampfausrüstung an. Nun wußte ich, warum sie so ausgezeichnet paßte und warum die Flugrotoren beschädigt waren. Ich löste deren Schnellverschluß mitsamt dem Kreuzgelenk und warf sie zur Seite. Sie wären nur hinderlich gewesen. Meine nächste Sorge galt der Waffe. War sie doch eine Imitation? Nein, es war ein echter, vollgeladener Luccot. *Das also drückt man Androiden in die Hände! Sie sind für den Kampf gezüchtete Retortenwesen. Wenn man »meinen Freund« nicht funktechnisch hätte sprechen und handeln lassen, wäre mir die Wahrheit sofort aufgefallen.*

Ich schob das Boot ins Wasser und schwang mich hinein. Ich hatte nur noch Zeit bis Sonnenuntergang.

Schon bei der Durchquerung der Felsschlucht, die dem See als Abfluß diente, waren mir weitere Dinge klargeworden. Das Wasser war wildbewegt gewesen, sicher. Es hätte aber nicht einmal einen durchschnittlichen ARK SUMMIA-Anwärter gefährden können, es sei denn, er hätte grobe Fehler begangen. Nunmehr, zwei Tontas nach meinem Start, sahen die Verhältnisse anders aus. Ich war in einen zweiten See eingefahren. Auch er wurde von steil aufragenden Felswänden eingeengt. Sie waren ohne entsprechende Hilfsmittel unbesteigbar. Dadurch war ich nach wie vor auf das Boot angewiesen.

Der wilde Bergfluß fand in dem weiten Felsbecken eine für mich günstige Beruhigung. Die tosenden Wassermassen konnten sich auslaufen. Daher mäßigte sich die reißende Strömung. Dennoch war die Abtrift zum gegenüberliegenden Seeufer eindeutig feststellbar. Je näher ich den turmhoch aufragenden Felswänden kam, um so kräftiger wurde sie. Ich hakte die beiden Ruder aus den Halteösen der Bordwandung und ging rasch zum Heck zurück. Das Boot reagierte natürlich nicht auf das Steuer. Das war in dieser Abtrift auch nicht zu erwarten. Also hatte ich mir auf andere Weise zu helfen. Das Stechpaddel mußte nun seine Dienste erfüllen. Ich kniete nieder, brachte das Paddel ins Wasser und erzielte damit durch kräftige Züge entgegen der Fahrtrichtung tatsächlich eine mäßige Ruderwirkung. Schön, so wollte man es also haben. Ich hörte jemand lachen und fuhr zusammen. Es dauerte eine Weile, bis ich bemerkte, daß ich selbst diese Laute ausgestoßen hatte. Von da an bewahrte ich bessere Selbstdisziplin.

Meinen forschenden Blicken war bisher noch kein Abfluß aufgefallen. *Wo, beim großen Gründer Arkons – wo findet das Wasser einen Ausweg?* Ich richtete mich weiter in dem Boot auf. Da entdeckte ich es. Diesmal fluchte ich lauthals. *Man erspart mir nichts!* Weit vorn, kaum erkennbar in den wasserumschäumten Felsmassen, sah ich eine flache, aber weitgeschwungene Öffnung. Sie glich einem riesigen, jedoch kaum über die Wasseroberfläche herausragenden Torbogen von etwa sechzig Metern Breite. Die Höhe war so bescheiden, daß ich mich wahrscheinlich im Boot ducken mußte, um nicht hinweggerissen zu werden. Das war der Abfluß. Die stärker werdende Strömung zog mich unaufhaltsam auf diese Pforte der Unterwelt zu. Es gab kein Entrinnen mehr. Ich duckte mich, so weit es die Paddelführung erlaubte. Auf dieses nützliche Instrument, das wenigstens noch bescheidene Richtungskorrekturen erlaubte, wollte ich unter den Umständen auf keinen Fall verzichten.

Kurz vor der Einfahrt in den tosenden Schlund, nur wenige Bootslängen davor, bemerkte ich die eigentliche Falle: Aus dem Felsrachen wurden Dämpfe ins Freie geblasen. Sie waren von penetrant stechendem Geruch. Meine Lungen zogen sich unter Krämpfen zusammen. Sofort darauf hatte ich den ersten Erstickungsanfall. Die Schmerzen wurden heftiger, das Brennen unerträglich. Der stechende Gestank wurde intensiver, je weiter ich mich der Felsöffnung näherte. Das waren Ammoniakschwaden – hochkonzentriertes Giftgas, wie es die nichtarkonidischen Maahks und ihre Verbündeten als Verbrennungsprodukt des von ihnen als Lebenserhaltungselement eingesogenen Wasserstoffs ausatmeten. Für uns war beides tödlich. Methanverunreinigungen des Atemgases hatten den Angreifern ihren vereinfachenden Namen verliehen: »Methanatmer« oder kurz »Methans«.

Jetzt erfuhr ich, warum man die ARK SUMMIA-Anwärter ernstlich gewarnt hatte: Man schenkte uns nichts. Das Ammoniak konnte in dieser hohen Konzentration nur künstlich erzeugt und unter hohem

Druck in die Felshöhle eingeblasen worden sein. Normalerweise bildete sich Ammoniak in der freien Natur in geringfügigen Mengen als Zersetzungsprodukt organischer Stickstoffverbindungen bei der Fäulnis pflanzlicher und tierischer Stoffe. Nie und nimmer konnte es an diesem Ort auf natürliche Weise in dieser hohen Anreicherung entstanden sein. Die *Kleine Runde* griff ernsthaft nach meinem Leben und meiner Gesundheit.

Der Schlag meiner rechten Hand auf den Notschalter der Kampfausrüstung war eine tausendmal geübte Reflexbewegung. Die Männer meines Volkes reagierten infolge des bereits vierzig Jahre währenden Krieges mit den Methans auf Ammoniakdämpfe mit der Geschwindigkeit eines instinktbegabten Tieres. Es gab nur dann eine Überlebensmöglichkeit, wenn man sofort auf die autarke Sauerstoffbeatmung seiner Kampfmontur umschaltete. Aus diesem Grunde gab es keine einzige arkonidische Einsatzkonstruktion, die nicht mit einem augenblicklich anspringenden Lebenserhaltungssystem ausgestattet gewesen wäre. *Früher soll es anders gewesen sein, aber die Maahks haben uns bittere Lehren erteilt.*

Der aus einer kräftigen Kompositkunststoffolie bestehende Fächerhelm meines Anzugs entfaltete sich in Gedankenschnelle. Die volltransparente Konstruktion klappte nach vorn über Kopf und Gesicht, gewann dabei aus knisternden Faltungen ihre halbrunde Form und klickte mit ihrem unteren Magnetrand in die vorgesehene Dichtungs-Rundschiene des Halsstücks. Ich hatte den Atem angehalten, obwohl ich das Gefühl hatte, das eingesogene Gift würde mir die Lungen auslaugen. Ich atmete erst in dem Augenblick aus, als ich das Zischen des einströmenden Sauerstoffs vernahm. Durch elektrostatische Aufladung und unter dem entstehenden Innendruck blies sich der Helm faltenlos auf. Endlich konnte ich wieder Luft holen. Das krampfartige Würgen, den typischen Brechreiz und den nachfolgenden Husten konnte ich nicht unterdrücken. Es wäre auch verkehrt gewesen.

Die winzige Robotautomatik des Anzugs hatte die eingedrungenen Giftgase sofort analysiert. Raumfahrer, speziell die Männer der Landungstruppen, waren nach überraschend erfolgten Ammoniakvergiftungen überwiegend nicht mehr in der Lage, die Absorberdusche selbst zu betätigen. Also hatte das eine Automatik zu übernehmen. Auch mein Aggregat schaltete unverzüglich. Dem Atemgas wurden schwachsaure Dämpfe zugesetzt. Sie milderten schnell das grauenhafte Brennen. In der Höhe meines rechten Oberschenkels zischte die in den Anzug eingebaute Hochdruck-Injektionsspritze. Kreislaufstabilisierende Medikamente wurden in das Gewebe gepreßt.

Mir wurde sofort besser. Die roten Ringe vor meinen Augen verflüchtigten sich. Keuchend richtete ich mich auf. Ich war jetzt innerhalb einer langgestreckten Felshöhle. Die Decke befand sich immer nur wenige Fuß über meinem Kopf. Die Strömung war reißend, die Geräuschentwicklung ohrenbetäubend. Weit vorn erblickte ich einen Lichtfleck, der schnell größer wurde. Das mußte der Ausgang aus der vergifteten Unterwelt sein.

Ich sah auf die Leuchtkontrollen des Kampfanzugs. Die Ammoniakkonzentration war nach wie vor hoch. Sie mußte jedem ungeschützt eindringenden Mann den Tod bringen. Wieder dachte ich an Tirako Gamno: *Wie hat er diese Tortur überstanden? Ist es ihm überhaupt gelungen, ebenfalls einen Schutzanzug zu erbeuten? Ist er mit dem ferngesteuerten Androiden fertig geworden? Wenn nicht, hat er spätestens in dieser Höhle unsagbare Qualen erdulden müssen. Vielleicht ist er schon tot.*

Mein Boot schoß plötzlich ins Tageslicht hinaus. Das Flußbett erweiterte sich, die reißende Strömung wurde schwächer. Die Automatik meines Anzugs gab violettes Licht. Die Vergiftungsgefahr war vorüber. Hier herrschte wieder eine atembare Atmosphäre. Ich überprüfe nochmals die Analysekontrollen und öffnete den Helm-Verschluß. Die Transparentfolie klappte unter mehrfach flappenden Lauten zurück und bildete in meinem Nacken einen schmalen, unscheinbar aussehenden Wulst. Meine Beine schmerzten infolge der verkrampften Haltung. Ich richtete mich stöhnend auf, schimpfte lautstark und kroch nach vorn zu den Rudern. Ich wollte keine Zeit verlieren. Die Sonne, nur undeutlich sichtbar inmitten des allgegenwärtigen Dunstes, näherte sich bereits dem Zenit.

Als ich die beiden Ruder einhakte und prüfend nach vorn sah, denn dort mußte mein Ziel liegen, überfiel mich plötzlich jene Mutlosigkeit, unter der wahrscheinlich schon viele Hertasonen gelitten hatten. Die Herren der *Kleinen Runde* waren entweder gefühllose Ungeheuer oder wissenschaftliche Eiferer, denen ständig neue Prüfungsmethoden in den Sinn kamen.

Warum – warum muß man einen jungen Mann, der selbstverständlich alles aufbietet, um die ARK SUMMIA zu gewinnen, derart quälen? Warum achtet und würdigt man nicht vordringlich seinen Verstand und sein fundiertes Wissen? Nun habe ich schon so viele Gegebenheiten gemeistert. Aber habe ich viel riskiert, nur um unvermittelt vor einem Hindernis zu stehen, das ich nie und nimmer überwinden kann ...?

Weit vorn, jedoch deutlich erkennbar, war die natürliche Strömungsrichtung eines Nebenflusses verändert worden! Auf Grund meiner bitteren Erfahrungen brauchte mir niemand zu verraten, daß hier eine mit technischen Mitteln durchgeführte Manipulation vorlag. Ich hatte jedenfalls noch nie eine Flußmündung gesehen, die *gegen* die Strömung jenes Gewässers gerichtet war, in das die aus den Bergen niederrauschenden Wassermassen Eingang zu finden hatten. Die Natur war hier seitenverkehrt: Ein einmündender Nebenfluß sollte in jedem Fall mit der Strömung des aufnehmenden Gewässers konform gehen. Hier war es genau umgekehrt. Der kleine, aber enorm wilde Gebirgsbach schoß über eine Felserhebung hinweg und bildete dadurch einen Wasserfall. Infolgedessen wurden die Massen des nassen Elements naturgemäß erheblich beschleunigt. An ihrem Auftreffpunkt wurden sie von einem wahrscheinlich künstlich angelegten Bachbett eingeengt und anschließend zum Abfluß geleitet. Diese Einmündung war aber in einem stumpfen Winkel entgegen der Strömungsrichtung jenes Gewässers angelegt worden, auf dem ich mich im schwankenden Kahn befand.

Die Folgeerscheinung der Manipulation war eine Wasserbarriere. Sie glich einer Flutwelle, von der die für mich günstige Strömung flußabwärts vollständig aufgehoben wurde. Dem Anschein nach gab es über eine Strecke von einigen hundert Metern überhaupt kein talwärts fließendes Wasser mehr, sondern nur noch eine tosende Brandung mit Kreuzseen, in denen sogar ein modernes Boot zum Spielball der aufeinanderprallenden Kräfte geworden wäre. Ich unterdrückte meinen Zorn und beschloß, vorerst einmal auszuruhen. Mein Hals brannte immer noch. Allmählich machten sich auch die dünne Luft und der geringere Sauerstoffanteil bemerkbar. Ich wurde müde. Ich ruderte daher das Boot zum linksseitigen Ufer hinüber, um dort ... Ich stockte in der Überlegung. Was war das? Entgegengesetzt zu meiner Fahrtrichtung, am rechten Ufer, bemerkte ich innerhalb der grünblauen Mauer aus mir unbekannten Dschungelpflanzen einen bräunlichen Fleck. Es dauerte einige Zeit, bis ich ihn als Boot identifizieren konnte; das heißt, als die Überreste eines Bootes.

Ich überlegte einen Augenblick. *Ich habe auf Grund der Prüfungsbedingungen einen notgelandeten Raumfahrer zu simulieren und muß das Depot erreichen. Darf mich ein zerschmetterter Kahn überhaupt interessieren?* Mein Unterbewußtsein gewann die Oberhand über den logisch denkenden Verstand. Ich ruderte bereits mit aller Kraft auf den Ort der Entdeckung zu, noch ehe ich einen als begründet einzustufenden Entschluß gefaßt hatte. Eine Zehntel Tonta später war ich dort. Das Boot war auf der rechten Seite aufgerissen. Die Planken waren zersplittert, der Gleitbug eingedrückt. Eines der Ruder und das Stechpaddel fehlten.

Ich sprang an Land, zog mein Boot auf den Uferstreifen und entsicherte die Strahlwaffe. Vor mir lag dichter Urwald. Die Felsenhürden schien ich überwunden zu haben. Welche Gefahren lauerten inmitten dieser dichten Vegetation? Ich suchte nach Fußspuren und fand sie. Die gut erkennbaren Sohlenabdrücke stammten von einem Stiefel, der wiederum zur typischen Kombination eines Prüflings gehörte. Hier war einer meiner Vorgänger gestrandet; ein Hertaso, den man wahrscheinlich kurz vor mir auf die Reise geschickt hatte. Ich folgte den Spuren, bis ich eine geringfügige Felserhebung entdeckte. Der Examensbruder war vorsichtig genug gewesen, das sumpfige Ufer zu verlassen, um auf einer vegetationsarmen Felserhebung Schutz zu suchen. Ich vernahm einen schwachen Ruf.

Wenige Sprünge brachten mich nach oben, und da entdeckte ich meinen Freund Tirako Gamno. Natürlich – er trug weder einen Kampfanzug noch eine Waffe. Wie hatte er ungeschützt die Ammoniakwölbung durchqueren können? Ich beugte mich über ihn, umfaßte den nahezu Besinnungslosen und richtete ihn auf. Sein ohnehin schmales, durchgeistigtes Gesicht wirkte abgezehrt und zerfallen. Es war von überstandenen Qualen gezeichnet worden. Er stöhnte und weinte zugleich.

Ich sprach nicht viel. Diesmal vergaß ich den simulierten Einsatz vollständig! Plötzlich glaubte ich tatsächlich, auf einer vom Gegner besetzten Welt zu sein. Ich öffnete die Medikamententasche meiner Kampfkleidung, um Tirako die für solche Fälle vorgesehenen Medikamente zu verabreichen. Er mußte stabilisiert und auch künstlich aufgeputscht werden. Mittel dieser Art gab es viele. Sie bewirkten wahre Wunder an körperlicher Intensität, doch der nachfolgende Zusammenbruch war unausbleiblich. Jeder vernünftige Mann mußte sie ablehnen, jedoch gab es Situationen, in denen sie unentbehrlich waren. Nur deshalb drückte ich auf den Knopf der Hochdruckspritze, an deren Skala ich vorher das gewünschte Medikament und seine Dosis eingestellt hatte. Sechs Mikrophiolen mit hoch wirksamen Präparaten standen zur Auswahl.

Tirako kam zu sich. Er mußte mich wie im Traum gehört und gerufen haben. Plötzlich schimmerten seine Augen klar. Er gewann seine Kräfte zurück. Ein schwaches Lächeln erschien auf seinen Lippen. »Oh, mein Held hat es natürlich geschafft. Luccot, Kampfanzug – alles vorhanden.« Er hustete unter Qualen, sein Gesicht verzerrte sich. Ich schaute mich um. Ringsum erstreckte sich eine weite Sumpflandschaft. Hier und da kochte der Brodem. Tierische Schreie drangen aus der Wildnis zu uns herüber. Tirakos Anfall mäßigte sich, die Medikamente wirkten.

»Es geht nur auf dem Wasser weiter, Freund! Ich habe mich umgesehen. Nichts als bodenloser Morast. Dabei bin ich von einem Ungeheuer beinahe aufgefressen worden. Das kommt davon, wenn man von Anfang an versagt.«

»Unsinn«, beschwichtigte ich. »Ich nehme dich mit. Irgendwie werden wir es schaffen.«

»Hast du mir flüssiges Feuer eingespritzt? Nun, es sollte mir gleichgültig sein. Im Gegensatz zu dir ist es mir nicht gelungen, den verwilderten Fremden zu besiegen. Wie hast du das gemacht?«

Ich erklärte es in kurzen Worten. Er nickte resigniert. »Ja, so soll man sich wohl verhalten. Die vor mir gestarteten Kandidaten scheinen durchgekommen zu sein. Ich habe jedenfalls keinen gesehen. Dieser Androide scheint immer aufzutauchen, meinst du nicht auch? Stets das gleiche Psychospiel. Ich bin ihm schreckerfüllt entflohen. Ich hatte ihn nämlich früher bemerkt als du!«

»Ach!«

Er lachte erneut. Seine Kräfte kehrten schnell zurück. »Dessen darfst du gewiß sein. Ich hielt ihn für eine ernsthafte Bedrohung, und es erschien mir geraten, ihm schnellstens aus dem Weg zu gehen. Also rannte ich zum Boot und fuhr davon, noch ehe der Gleiter richtig abgehoben hatte. So konnte ich ihm entrinnen, da er sich – wie ich glaubte – vorher nicht zeigen durfte. Das war sehr unklug, wie?« Ich nickte. Immerhin war Tirakos Reaktion nur eine von vielen denkbaren gewesen. Andere Hertasonen waren unter Umständen mit bloßen Händen auf den Bewaffneten losgestürzt. In diesem Fall hatten sie wohl kaum den Startplatz verlassen können. Wo waren sie verblieben? Tirako stand auf und reckte sich erneut. »Ich bin wieder einsatzbereit, Freund. Allerdings wirst du mit mir wenig Freude haben. Einen Examensbruder, der jetzt schon die ARK SUMMIA infolge seines tölpelhaften Benehmens verspielt hat, sollte man zurücklassen. Irgendwie wird man mich abholen.«

Ich winkte ab und suchte erneut die Umgebung ab. Dabei erkundigte ich mich: »Wie bist du durch die Ammoniakhöhle gekommen?«

»Auf die Frage habe ich gewartet. Keine Ahnung, Freund. Ich glaubte sterben zu müssen und hielt den Atem so lange wie möglich an. Es war grauenhaft. Dann schwanden meine Sinne. Ich weiß nicht, wie ich ans Ufer gekommen bin.« Ich betrachtete ihn aufmerksam. Er nickte bedächtig und schnalzte mit den Fingern. »Ja, ich weiß schon, was du sagen möchtest. Jemand hat mir geholfen, oder ich hätte es nicht überlebt. Man scheint die Kandidaten doch nicht umkommen zu lassen. Das nützt mir aber wenig. Ich habe bereits so viele Minuspunkte, daß ich nicht mehr bestehen kann. Wenn du dich weiterhin so exzellent verhältst, wird diese Flußfahrt deine erste und letzte Prüfung sein.«

»Ausgeschlossen!«

Er legte den Arm um meine Schultern und zog mich freundschaftlich an sich. »Doch, du kannst es schaffen. Jeder von uns benötigt zehntausend Pluspunkte. Damit ist die ARK SUMMIA errungen. Die Anzahl der Aufgaben ist bedeutungslos, allerdings darf kein Kandidat mehr als fünfmal an den Start gehen. Schafft er seine zehntausend Punkte beim erstenmal, braucht er nicht mehr anzutreten. Du hast wirklich gute Aussichten.«

Er lachte und beugte sich unter einem erneuten Hustenanfall nach vorn. Es gelang ihm noch, das Vibratormesser aus der Panzerscheide meiner rechten Unterschenkelbekleidung zu reißen. Er war schnell, sehr schnell sogar. Ich war jedoch noch schneller! Der kräftige Stoß meines Ellbogens gegen seinen Körper ließ ihn zurücktaumeln. Das bot mir Gelegenheit zu zwei weiten Sprüngen nach vorn. Ich vernahm das ultrahohe Surren der schwingenden Messerklinge. Er hatte seinen Körper schon wieder ausstabilisiert und sprang. Die schnell vibrierende Klinge war nur noch als Leuchterscheinung zu erkennen. Ich schoß von der Hüfte aus. Der blauweiße Energiestrahl traf ihn in Gürtelhöhe und schleuderte ihn infolge der hohen Auftreffenergie zur Seite. Ein zweiter Schuß führte das Ende herbei: Der Körper wurde von Flammen umloht, in denen der angebliche Tirako Gamno schreiend verging.

Der größte Teil der Androidenkonstruktion zerfiel zu Asche. Ich wich dem Gluthauch der erhitzten Luftmassen aus und nahm das Vibratormesser an mich. Es war ihm vor seinem Tode entfallen. Seine Überreste überzeugten mich davon, daß ich es tatsächlich mit einem synthetischen Wesen aus Biogewebe und Robotelementen zu tun gehabt hatte.

Ich hatte es plötzlich gewußt. Jene, die meine tiefe Zuneigung zu Tirako benutzt hatten, um mir eine Falle zu stellen, hatten einige Kleinigkeiten übersehen. Einmal hätte Tirako niemals mit den Fingern geschnalzt. Auch hatte man es versäumt, ihn über die Prüfungsmethoden schimpfen zu lassen. Der echte Tirako wäre sofort darauf zu sprechen gekommen – garantiert. Der letzte, für mich entscheidende Hinweis hatte in der Umarmung bestanden. Der Androide hatte dabei einen Preßdruck ausgeübt, den Tirakos schwächlicher Körper niemals in dieser Situation hätte ausüben können. Der Angriff war für mich keineswegs überraschend gekommen.

Ich lachte. Die hohen Herren der *Kleinen Runde* waren geschickt. Bisher hatten sie mich aber noch nicht in ernsthafte Verlegenheit bringen können. Was war aus dem echten Tirako Gamno geworden? Ich war überzeugt, daß der Androide bei seiner Schilderung die Wahrheit gesprochen hatte – beziehungsweise jener Faehrl-Lehrer, der sich über das Lautsprechersystem der Nachahmung an mich gewendet hatte. Danach zu urteilen, ging es Tirako nicht gut. *Wo ist er? Er muß in der Nähe sein.*

Ich fand ihn auf der anderen Seite des Flusses. Sein Abenteuer war so verlaufen, wie es der Androide geschildert hatte: Er war dem »Deserteur« tatsächlich entflohen. Das Ammoniakgewölbe hatte er ebenfalls durchquert. Dort mußte er gerettet worden sein. Im Gegensatz zum Boot seiner Nachahmung war sein Fahrzeug noch vollständig in Ordnung.

Ich brachte Tirako mit dem Rest meiner Medikamente auf die Beine. Nun lag die Gegenströmung mit ihrem brandungsähnlichen Wall vor uns. Tirako war niedergeschlagen. Er wußte, daß er jetzt schon verloren hatte. Ich wußte es ebenfalls, aber ich schwieg. Er war ein Mann des Geistes; ein Jüngling, der eine gescheite Unterhaltung einem Dagor-Schwertkampf jederzeit vorzog – selbst wenn dieser mit Katsugo-Übungswaffen stattfand. *Warum gibt man ihm keine Chance, die seinen Talenten entspricht?*

Ich hatte beschlossen, ihn mit mir zu nehmen, denn ich wollte ihm die Schmach – *ist es überhaupt eine?* – ersparen, von einem Rettungskommando der *Kleinen Runde* abgeholt zu werden. Ich teilte ihm mein Vorhaben mit.

Er lächelte mich an. Natürlich hatte er meine Beweggründe sofort erfaßt. »Das könnte dir Minuspunkte einbringen, Macolon! Vergiß nicht, daß du eine Notlandung mit all ihren sogenannten Notwendigkeiten vorzuführen hast. Da ich keine dressierte Bestie bin, die dir jederzeit hilfreich beistehen könnte, wäre es doch … oh, verzeih! Ich habe dich mit meiner unüberlegten Bemerkung gekränkt. Natürlich halte ich uns weder für dressiert noch für Bestien.«

Ich lachte. Das war typisch für Tirako Gamno gewesen. »Vergiß es, Junge. Es ist sehr schade, daß du nicht der Imperator bist. Wahrscheinlich wäre der Methankrieg dann bald beendet.«

»Frevle nicht! Orbanaschol ist untadelig und unfehlbar in seinen Beschlüssen. Er sei gepriesen für alle Zeiten.« Er schaute zur Wasserbarriere hinüber und hüstelte.

Ich zog das autarke Mikro-Aufzeichnungsgerät aus einer Beintasche des Kampfanzugs. Es zählte ebenso zur Standardausrüstung wie das

Vibratormesser. Ich sprach getreu meiner simulierten Rolle: »Macolon, Kommandant des Schweren Kreuzers ARGOSSO, notiert für den Zweck späterer Verwendung: Es ist mir gelungen, das für einen Sondereinsatz vorgesehene, beim Eintauchen in die Lufthülle des Feindplaneten Largamenia durch Beschuß beschädigte Beiboot zu landen. Ich habe das Geheimdepot der Flotte zu erreichen. Auf dem Weg dorthin entdeckte ich den seit vielen Pragos vermißten Einsatzoffizier des Erkundungskreuzers TAKATIKA, den Orbton Tirako Gamno. Er unterstand zeitweilig meinem Kommando und ist daher als vertrauenswürdig einzustufen. Ich habe beschlossen, den Offizier in den Dienst der Sache zu stellen. Er erhält hiermit den Befehl, mich unter Einsatz seines Lebens zu unterstützen, mit dem Ziel, unter allen Umständen das Depot zu erreichen. Das ist im Interesse der im Raum wartenden Landungsflotte erforderlich. Es lebe Arkon! Ende.«

Tirako sah mich aus geweiteten Augen an. Ich grinste. Wenn die Auswertung meines Prüfungseinsatzes tatsächlich auf vollpositronischer Ebene geschah, würden die Rechner nicht umhin können, meine Begründung als Leistungsplus anzuerkennen. Selbstverständlich konnten zwei Personen das gesteckte Ziel eher erreichen als eine. Unbestechliche Logikrechner mußten das positiv bewerten.

Tirako sagte anzüglich: »Man könnte meinen, du wärst der gelehrige Sprößling eines galaktischen Gauners!«

Damit hatte er mich getroffen! Ich fühlte, daß ich ihn beinahe drohend anstarrte. Gegen meinen Willen mußte ich erneut an meine geheimnisvolle Herkunft denken, an meinen Lehrer und Erzieher, den Bauchaufschneider Fartuloon; an meinen Freund Eiskralle und natürlich auch an Farnathia, die zauberhafte Tochter des Tato von Gortavor. Dort hatte ich meine Jugendjahre verbracht; so lange, bis der Blinde Sofgart mit seinen Häschern, den Kralasenen, aufgetaucht war und das Idyll zunichte gemacht hatte. Farnathia, das Mädchen meiner tiefen Liebe – wo mochte sie jetzt sein? *Was hat man ihr angetan? Lebt sie überhaupt noch?*

»Freund, du zitterst!« vernahm ich Tirakos Stimme wie aus weiter Entfernung. »Habe ich dich gekränkt? Meine Bemerkung war vorlaut und dreist. Verzeih mir!«

Ich schüttelte die Erinnerung von mir ab. Tirako war aufrichtig besorgt. Er machte sich Vorwürfe, ohne zu ahnen, daß er meine seelische Wunde berührt hatte. Ich schlug ihm burschikos auf die Schulter. »Deine Sorgen möchte ich haben«, gluckste ich. »Komm, es wird Zeit. Der Wasserstau muß überwunden werden.«

»Wie und womit? Mit dem zerbrechlichen Boot? Ausgeschlossen!

Niemand, nicht einmal ein Gigant, könnte es gegen die Strömung vorantreiben und überdies die Brandung durchdringen.«

Er war normalerweise ein scharfer Beobachter, aber die Dinge der Praxis schienen ihm zu entgehen. Wieso hatte er nicht die Schleifspur einige Bootslängen oberhalb unseres Standorts bemerkt? Kurz davor, am Ufer, waren einige Büsche angekohlt. Die Spur war allerdings kaum bemerkbar, da sich die dichte Vegetation schon wieder über ihr geschlossen hatte. Ich überprüfte die Waffe, schaltete die Strahlverstellung auf mittleren Streuwert und schritt wortlos voran.

Natürlich kann niemand gegen diesen künstlich erzeugten Wall aus Wasser anrudern. Das wissen auch die Herren der Kleinen Runde. *Welche Schlußfolgerungen haben sich daraus für einen ARK SUMMIA-Anwärter zu ergeben?*

Ich hatte etwas zu finden, was in jedem Fall vorhanden sein mußte. Man hatte ja auch für einen Kampfanzug gesorgt. Nun, Prüfungen dieser Art waren als außerordentlich einzustufen. Wer das nicht beachtete, konnte niemals bestehen. Ich ahnte – nein, ich wußte längst, was die *Kleine Runde* von uns erwartete. Der Verstand sollte dominieren, dies allerdings unter dem wagemutigen vollen körperlichen Einsatz der Person.

»Macolon ...!« Der Ruf war nicht alarmierend. Ich drehte mich dennoch blitzschnell um und brachte die Waffe in Schußposition. Tirako Gamno hatte mir folgen wollen. Er konnte es aber nicht. Ich bemerkte verblüfft, daß er gegen ein unsichtbares Hindernis von hoher Stabilität und Elastizität ankämpfte. Er warf sich nach vorn, preßte seine Schultern gegen ein unsichtbares Etwas, aber er kam um keinen Schritt weiter.

Dann geschah ein Wunder: Mein Schöngeist fluchte wie ein langgedienter Raumsoldat. Ich konnte mich nicht mehr beherrschen und lachte lauthals. Tirako gab auf. Seinen vorwurfsvollen Blick konnte ich lange Zeit nicht vergessen. »Spötter!« tadelte er mich. »Jenem, der die Schande zu erdulden hat, wird sie überdies noch kundgetan. Was ist das?«

»Frag die alten Götter!« erklärte ich, noch immer lachend. »Wo verstecken sich deine hyperphysikalischen Kenntnisse? Das ist ein Hochenergie-Schmiegschirm auf Prallfeldbasis, mein Freund.«

»Oh ...« Er begriff sofort, daß jemand sein weiteres Vordringen als unerwünscht ansah. Ich hatte ebenfalls den Zweck verstanden. Mein kleiner Trick mit der Randnotierung war für die »Psyche« der Auswertungsrechner wahrscheinlich sehr wirkungsvoll gewesen, aber die heimlichen Beobachter der Prüfungskommission waren mit meiner Definition nicht ganz einverstanden. Sie hatten Tirako Gamno längst abgeschrieben. Sie wollten sehen, wie *ich* mich weiterhin verhielt. Da Tirako unter Umständen einige Dinge hätte bemerken können, die mir nicht aufgefallen wären, gab man uns zu verstehen, daß er an Ort und Stelle zu verweilen hätte.

Sehr schön. Allmählich macht mir die Situation Spaß. »Orbton Tirako Gamno, Sie erhalten hiermit den Befehl, als Bootswache zurückzubleiben. Ich werde mich allein umsehen!« rief ich ihm zu. »Decken Sie notfalls meinen Rückzug!«

»Jawohl, Erhabener«, bestätigte er resignierend. »Ich habe verstanden.«

Ich fand es köstlich, mit den Beobachtern ein kleines Psychospiel austragen zu können. In diesem Moment hatten sie wahrscheinlich mit mehr Schwierigkeiten zu kämpfen als ich. Auch sie durften die Auswertungsrechner nicht vergessen. Meine Anweisung an Tirako würde mir erneut einige Pluspunkte einbringen, denn es mußte für Automaten selbstverständlich sein, daß ein Erkunder eine Wache zurückließ. Schließlich war das Boot im Ernstfall unersetzbar. Ich ging, die Strahlwaffe ruhte schußbereit in meiner Armbeuge.

Die äußere Mannschleusentür des Panzergleiters stand offen. Seine Maschinen arbeiteten nicht mehr. Infolgedessen war das Gefährt, das nur für den Einsatz innerhalb planetarischer Atmosphären bestimmt war, mit seiner Bodenschale in den tiefen Morast eingesunken. Je weiter ich in die Wildnis vorgedrungen war, um so mühevoller hatte ich meine Stiefel nach jedem Schritt aus dem saugenden Brei befreien müssen. Das hatte mir erneut bewiesen, daß eine Umgehung der Wasserbarriere ausgeschlossen war.

Schließlich war mir der Panzergleiter aufgefallen. Er war eine arkonidische Konstruktion, bestimmt für Kommandoeinsätze in unwegsamem Gelände. Der Typ ROTCO-19 war weder flugfähig, noch hatte er energetische Antigravitationsprojektoren, die ihn schwerelos gemacht hätten. Geräte dieser Art sollten leicht, wendig und schnell sein. Auf zusätzliche Raupenketten, die andere Ausführungen als Notantrieb besaßen, hatte man in diesem Fall verzichtet. Gleiter der ROTCO-Serie benötigten grundsätzlich natürlich vorhandene Gase, die nach dem uralten Luftkissenprinzip als komprimiertes und tragfähiges Fundament zu dienen hatten. Wenn die technisch einfachen und kaum störanfälligen Turbo-Kompressoren, oder die dafür notwendigen Lufteinlässe beschädigt wurden, waren Fahrzeuge dieser Art nicht mehr brauchbar und versagten.

Das schien mit dem von mir entdeckten Panzergleiter geschehen zu sein. Das kleine Ortungsgerät meines Kampfanzugs hatte nicht angesprochen; ein Beweis dafür, daß die Energieanlage zur Kraftstromversorgung ausgefallen war. Der Gleiter glich äußerlich zwei ovalen, aufeinandergelegten Schalen. Die glatte Oberfläche wurde lediglich von dem drehbaren Panzerturm unterbrochen, in dem eine kleine Impulskanone eingebaut war. Von Besatzungsmitgliedern war weit und breit nichts zu sehen. Das Gerät schien bereits seit langer Zeit in diesem feuchtheißen Dschungel zu ruhen. Die aus Arkonstahl bestehende Außenpanzerung war unbeschädigt und natürlich rostfrei. Legierungen mit durch hyperenergetische Bestrahlung und »Beschußverdichtung« korrigierten Molekülverbänden hielten fast allen äußeren Einflüssen stand.

Ich stapfte vorsichtig näher. Natürlich war dieser Schwebepanzer zweckbestimmt: Die Prüflinge sollten und mußten ihn finden, oder man hätte am Ufer nicht eine winzige, immerhin aber bemerkbare Spur zurückgelassen. Es war mir klargeworden, weshalb dort einige Gewächse verkohlt waren. Hinter dem Kanonenturm, kaum erkennbar, gewahrte ich die buckelartige Verkleidung der darunter installierten Strahlturbine. Sie arbeitete ebenfalls mit einem natürlich vorhandenen Gas, das als schubkräftiges Medium unter hohem Expansionsdruck ausgestoßen wurde und den Vortrieb übernahm. Die Aufheizung der Gase, gleichgültig von welcher Zusammensetzung und chemischer Beschaffenheit, erfolgte im Plasmabrenner der Turbo-Verdichtungskammer. Es war ein primitives aber sicher funktionierendes Triebwerk.

Ich begutachtete die von den hocherhitzten Gasen verfärbte Düsenöffnung. Sie schien lange nicht mehr gebraucht worden zu sein. Mein erster Gedanke über die getarnte Zweckbestimmung des Panzergleiters hatte darin bestanden, dieses einfache Triebwerk auszubauen, um es auf dem Boot zu installieren. Wenige Blicke überzeugten mich jedoch davon, daß der hier verwendete Typ über keine autarke Notenergieanlage in der Form eines Mikroreaktors verfügte. Die von den Turbinen angesaugten Gasmassen konnten demnach nur von der großen Bordanlage aufgeheizt werden. Ohne Erhitzung erfolgte aber keine Expansion. Ich gab den Gedanken auf. Er war aussichtslos. Die Lösung mußte anderweitig gefunden werden. Die Herren der *Kleinen Runde* waren wirklich erfinderisch. Mein durch eine harte Jugend und von Fartuloon geschulter Instinkt warnte mich. Die offenstehende Schleusenpforte wollte mir nicht gefallen.

Ich schritt vorsichtig um den Panzergleiter herum. Das war mein Glück. Die schlangenartige, jedoch mit zahlreichen Beinen ausgestattete Bestie schien nur auf mich gewartet zu haben. Sie schoß unvermittelt aus dem Schott hervor, besaß jedoch nicht genügend Sprung- oder Abschnellvermögen, um mich schon bei ihrem ersten Angriff erreichen zu können. Ich vernahm ein wütendes Fauchen. Der mannsstarke Körper richtete sich mit seinem vorderen Drittel auf. Ich bemerkte das meterlange Horn auf der gepanzerten Schädeldecke. Ich feuerte augenblicklich, und der Glutodem des Luccot erfaßte das Tier beim zweiten Absprung dicht hinter dem langgestreckten Kopf. Er wurde vom vergasenden Körper abgetrennt und zur Seite geschleudert. Ich wartete, bis die Todeszuckungen des Ungeheuers vorüber waren und bewahrte selbst danach noch größte Vorsicht.

Als ich mich über den zerschossenen, immerhin aber noch mindestens zehn Meter langen Körperrest beugte, stellte ich entsetzt fest, daß ich mich getäuscht hatte. Die Prüfungskommission meinte es von nun an ernst. Das war kein künstlich gezüchtetes und ferngelenktes Gebilde, sondern ein lebendes Geschöpf von einer fremden Welt gewesen. Von jählings erwachender Panik erfüllt, drehte ich mich bei einem verdächtigen Geräusch herum und feuerte in den Dschungel hinein. Etwas entfernte sich in großer Hast. Ich vernahm einen schwachen Ruf. Das mußte Tirako sein. Natürlich hatte er die Energieschüsse gehört. Ich antwortete nicht. Ich schoß auch nicht in die Luft, um Tirako mein Überleben zu signalisieren. Die Aufgabe stand im Vordergrund meines Denkens. Wenn ich mich wirklich auf einer vom Gegner besetzten Welt befunden hatte, wären schon diese Notwehrschüsse verräterisch gewesen.

Den Traum von dem vielleicht ausbaufähigen Triebwerk hatte ich bereits aufgegeben. Es hätte wunderbar zu dem Steuerruder meines Bootes gepaßt. Ob man es zur gezielten Täuschung an das Heck des Kahns gehängt hatte? Allmählich traute ich den Prüfern des Faehrl alles zu. Diesmal hatten sie eindeutig mit meinem Leben gespielt. Oder war das Schlangenungeheuer unverhofft in den Panzer gekrochen?

Als ich schließlich im Innern des Gleiters stand, entdeckte ich des Rätsels Lösung. Das Tier konnte sich diese nur von einer Seite aus zugängliche Unterkunft erst kürzlich ausgesucht haben. Die fünf rotgefärbten Eier waren nur wenige Tontas alt. Eines davon schien soeben erst von dem Muttertier gelegt worden zu sein. Die Außenhaut war noch relativ weich. Der wütende Angriff war somit erklärt: Das Tier hatte seinen Nachwuchs behüten wollen. Ich wollte die Eier nicht zerstören. Nacheinander trug ich sie ins Freie und bettete sie zwischen die Vertiefungen einer Baumwurzel. In dieser feuchten Hitze mochten sie wohl ausgebrütet werden, vorausgesetzt, die sicherlich existenten Feinde würden sie nicht vorher fressen.

Innerhalb des engen, für nur fünf Mann vorgesehenen Kampfgleiters stank es bestialisch. Ich störte mich nicht daran, sondern begann mit der Untersuchung der krafterzeugenden Anlagen. Irgendwie mußte ich weiterkommen. Wenn das Strahltriebwerk schon nicht gebraucht werden konnte, blieb nur eine Möglichkeit. Ich mußte den ROTCO in aller Eile wieder fahrbereit machen. Mit dem primitiven Ruderboot konnte ich die tosende Wasserschwelle niemals überwinden. Was blieb also übrig?

Eine Zehntel Tonta später nahm ich enttäuscht auf einem der Sitze Platz. Vor mir lag die geöffnete Wartungsklappe zum Maschinenraum. Die mächtige Ansaug- und Verdichterturbine zur Erzeugung des Luftkissens war demoliert. Natürlich willkürlich! Damit konnte ich den Panzer nicht mehr aus dem Sumpf heben, um mit seiner Hilfe das Depot zu erreichen. Hinter dem Strahlschutzschild lief jetzt der kleine Fusionsreaktor. Ich hatte ihn ohne Mühe in Betrieb nehmen und hochfahren können.

Was nützt mir aber unter diesen Umständen sein Kraftstrom? Die schweren Elektro-Antriebsmotoren der Verdichterturbinen brauchen keinen mehr. Das Energiegeschütz ist ohnehin nicht auf den Reaktor angewiesen und… Der Gedanke an die Kanone riß mich aus meiner bedrückten Stimmung. Ich sah plötzlich angespannt zu ihr hinauf. Ihr massives, zylinderförmiges Bodenstück endete dicht über meinem Kopf. Darin war die Kernverschmelzungs-Reaktionskammer untergebracht. Unter den konisch zulaufenden Verkleidungsblechen lagen die betriebswichtigen Zusatzaggregate wie Kernbrennstoff-Einspritzpumpe, Wandelkammer für die autarke Stromversorgung der Fessel- und Thermoschutzfelder sowie der Überhitzungsabsorber. *Die Wandelkammer – das ist es! Sie transformiert nur einen Bruchteil der freiwerdenden Energie in Arbeitsstrom um, der seinerseits für den Aufbau der Kraftfelder benötigt wird.*

Selbstverständlich gab es kein Material, das den Sonnentemperaturen in der heißen Reaktionszone hätte widerstehen können. Auch die gleichgerichtete Abstrahlung der Atomgluten, ihre Bündelung und Einengung, konnte nur von Kraftfeldern bewältigt werden. Die Autarkversorgung des Geschützes war ein Notbehelf. Natürlich konnte man damit feuern, aber nur mit einem Bruchteil jener Energie, die bei einer weitaus höheren Speisung der Bündelfelder möglich war. Die Faustregel lautete: »Je höher die Aufladung der Felder, um so kräftiger der Schuß.«

Deshalb also war der große Stromreaktor des Wagens so zügig angelaufen. Sollte ich die Kanone gebrauchen? Mit aller Kraft, die aus der Reaktorkammer herauszuholen war? Wenn ja, worauf sollte ich schießen? Auf imaginäre Gegner? Auf eine bereitstehende Robotereinheit? Oder worauf sonst? Ich sprang auf, zwängte mich am Bodenstück der Impulskanone vorbei und riß das Turmluk auf, um mich umzusehen. Pflanzen und nochmals Pflanzen, das war alles, was ich sah. Weiter rechts, am anderen Ufer des großen Flusses, erkannte ich die »verkehrte« Mündung des Gebirgsbaches und den wogenden Wasserwall. Ich zog mich in den Panzer zurück, nahm auf dem schmalen Sitz des Kommandanten Platz und betätigte die Tastatur des Geschützes.

Die Kontrolleuchten flammten auf. Der Holoschirm des optischen Zielsuchers arbeitete einwandfrei, desgleichen der Reliefzeichner der einfach lichtschnellen Funkmeßortung. Der Turm schwenkte ebenfalls tadellos, die Höhenverstellung machte keine Probleme. Die Impulskanone war im Gegensatz zu anderen Einrichtungen ausgezeichnet in Ordnung. Da bemerkte ich etwas auf dem Schirm der optischen Zielerfassung; das Bild war naturgetreu, dreidimensional und farbig. Die Zielmarkierungen überzogen das Fernbild mit einem filigranen Muster.

Ich drückte auf den Schalter der automatischen Entfernungsberechnung. Der Wert wurde in der rechten oberen Ecke eingeblendet. Ich starrte prüfend auf die eigenartige Felsformation. Sie glich einer altertümlichen weitgeschwungenen Steinbrücke, aus deren Mitte man ein Stück herausgeschnitten hatte. Die stufenlos regelbaren Vergrößerungsschaltungen zeigten mir interessante Einzelheiten. Das war keine Brücke, sondern eine Formation aus zwei weit überhängenden Felsnasen, die sich über dem tosenden Nebenfluß bis auf wenige Meter näher kamen. Man hätte die Gesteinsmassen als Übergang benutzen können, wenn man den zwischen ihnen klaffenden Spalt mit einigen Baumstämmen überbrückt hätte.

Ein noch nicht ausgegorener Gedanke quälte mich. Was war mir im ersten Augenblick besonders aufgefallen? Was war daran so absonderlich? Der Gebirgsfluß hatte im Verlauf von Jahrmillionen die ehemals massive Felswand ausgehöhlt, sie schließlich nach der Art eines jeden Wildwassers durchbrochen und dann eine Wölbung erschaffen, die wie eine Brücke aussah. Das war alles. Es konnte nicht anders sein. Der richtige Gedanke erlöste mich von meinen Zweifeln. Das war *doch* nicht alles: Die extreme Vergrößerungsschaltung der Zielerfassung verriet mir das Geheimnis. Die Felswölbung konnte dort, wo die Fluten rauschten, durchaus glattgeschliffen worden sein, nicht aber zwanzig Meter weiter oberhalb, wo wahrscheinlich niemals ein Wassertropfen hinkam.

Hier hatten technisch hochstehende Lebewesen nachgeholfen, also die Herren der *Kleinen Runde*, und den Stromverlauf zu meinen Ungunsten verändert.

Ich lachte vor mich hin. Unbändige Freude erfüllte mich. Der Stand der Sonne bewies mir, daß ich schon viel zu viel Zeit verloren hatte. Ich durfte nicht länger zögern. Das Impulsgeschütz schwenkte ins Ziel. Der »kaltgezündete« Fusionsprozeß lief an. Ich schob den Einspritzregler auf Maximalwert und ging ins Ziel. Wenn ich die überhängenden Felsmassen zum Absturz bringen konnte, mußte das eine Stauung des Bergflusses zur Folge haben. Dann wollte ich einmal sehen, was aus der hinderlichen Wasserbarriere in »meinem« Strom wurde.

Ich feuerte. Sonnengluten dröhnten aus dem spiraligen Feldenergielauf der Kanone. Der Strahlschuß riß entlang seiner Bahn die Atmosphäre auf und verdampfte deren hohe Wasseranteile. Irrlichterndes Feuer kennzeichnete diese seltsame »Röhre«. Dort, wo die linke Felsnase aus dem Gestein der Uferwandung hervorwuchs, schlugen die entfesselten Gewalten ein. Es kam zu der typischen Auftreffdetonation aus glutflüssig versprühendem Magma. Das Donnern der ins Vakuum zurückstürzenden Luftmassen war von betäubender Wirkung. Ich erfaßte schleunigst einen griffbereit hängenden Gehörschutz und streifte die dickgepolsterten Schalen über meine Ohren.

Mein fünfter Hochenergieschuß, den ich diesmal mit breiterer Strahlbahn abgefeuert hatte, fuhr in das glühende Brodeln hinein und trennte die überhängenden Felsmassen von der Uferwandung ab. Mit Donnergetöse stürzten sie nach unten und schlugen in dem Flußbett auf. Dabei zerbrach das Gebilde in viele Einzelteile. Mir genügte es noch nicht. Ich nahm den Überhang der anderen Seite unter Feuer.

Nach dem achten Schuß blockierte der Schutzschalter die Reaktionskammer. Ungeduldig, alles riskierend, zertrümmerte ich mit dem gepanzerten Ellbogenstück meines Kampfanzuges die Kunststoffkappe über dem Gefahrenschalter für höchste Notfälle und preßte ihn mit dem Daumen nieder. Er hob die Sperre auf. Allerdings konnte ich jetzt mitsamt der Kanone sehr leicht atomisiert werden. Ich wagte es! Mein zehnter Schuß ließ auch die restlichen Felsmassen abstürzen. Der Gebirgsfluß staute sich endgültig an dem neuen Hindernis. Der weiter stromabwärts liegende Wasserfall versiegte zu einem Rinnsal. Anschließend rannte ich nur noch. Es war ein Wettlauf mit der Zeit, die plötzlich zweierlei Bedeutung gewonnen hatte: Einmal hatte ich zuviel davon verloren und andererseits gebot das weißglühende Bodenstück der Kanone die rasche Entfernung. Wenn sie explodierte, ging über dem Urwald eine künstliche Sonne auf.

Völlig erschöpft kam ich bei Tirako Gamno an. Er stellte keine überflüssigen Fragen. Schließlich hatte er die Vorgänge beobachten können. Mein Boot hatte er schon abfahrgerecht ins Wasser geschoben. Er saß an den beiden Rudern. Der unbezwingbare Wall aus Wasser war verschwunden. Die kräftige Strömung des Hauptflusses hatte die letzten Strudel besiegt. Als Tirako zu rudern begann, untersagte ich es ihm. Das mußte ich selbst übernehmen. Er räumte wortlos seinen Platz, und ich begann zur Flußmitte zu rudern. Dort angekommen, wurden wir von der Strömung erfaßt. Augenblicke später passierten wir den Ort, wo vorher ein Naturhindernis jedes Weiterkommen vereitelt hatte.

»Erstklassige Arbeit!« lobte Tirako, als ich wieder zu Atem gekommen war. »Auf die Idee wäre ich nie gekommen. Darf man aus dem Munde des Könners erfahren, was sich in der Düsternis des Waldes abgespielt hat?«

»Ein Drama, Junge«, behauptete ich, tief Luft holend. »Ich weiß jetzt, daß vor uns noch niemand hier war. Diesen Panzer hat außer mir kein Hertaso betreten.«

»Panzer ...?«

Ich erklärte es ihm. Er nickte sinnend. Ein ironisches Lächeln umspielte seine Lippen. »Die Schlange war nicht vorgesehen, scheint mir. Warten wir ab, Kommandant, welche Überraschungen sonst noch auf uns lauern.«

Ich spähte angestrengt flußabwärts. Das Panzergeschütz schien doch nicht unangenehm zu reagieren, oder wir hätten es längst zu spüren bekommen. *Glück gehabt! Oder doch nicht?* Ich lachte sarkastisch. *Natürlich – ein Robotkommando der* Kleinen Runde *wird die Detonation verhindert haben.*

Die Überraschungen hatten auf sich warten lassen. Tirako und ich waren offenbar von falschen Voraussetzungen ausgegangen. Wenn uns die Prüfer des Faehrl noch weitere lebensbedrohende Schikanen zugedacht hatten, so auf keinen Fall während der restlichen Flußfahrt. Dafür waren sie zu klug. Sie warteten ab.

Das Prüfungsziel, einen kleinen See, hatten wir schon knapp eineinhalb Tontas nach dem Abenteuer mit der Wasserbarriere erreicht. Hier drohten neue Gefahren, das fühlte ich instinktiv. Der See lag bereits im Flachland. Die Berge hatten wir nach einer letzten Fahrt durch tosende Stromschnellen hinter uns gelassen. Ringsum erblickte ich ein weites, hügeliges und vegetationsarmes Gelände. Der Urwald war plötzlich verschwunden. Eine Savanne öffnete sich vor unseren Blicken. Hier und da bemerkte ich ausgedehnte Wald- und Unterholzgruppen. Sie lagen malerisch eingebettet zwischen sanften Bodenerhebungen und saftstrotzenden Grasflächen.

Mein erster Gedanke hatte der fehlenden Deckungsmöglichkeit gegolten. Hier konnte man sich weder aussichtsreich verbergen, noch war es möglich, sich an ein Ziel unbemerkt anzuschleichen. Das war beabsichtigt. Noch unterstützte uns das Tageslicht. Bei Sonnenuntergang mußte ich das Depot gefunden haben, oder die strapaziöse Prüfung war vergeblich bestanden worden – bis jetzt bestanden worden. Entweder ging es nun um Leben und Tod, oder der Rest der Aufgabe war so einfach, daß sie deswegen als Schwierigkeitsgrad erster Größenordnung einzustufen war. Die ARK SUMMIA-Kandidaten rechneten wahrscheinlich auf Grund der vorangegangenen Ereignisse mit einer weiteren Steigerung des Schwierigkeitsgrades. Ich ließ mich davon nicht beeindrucken. Es war durchaus möglich, daß man so kurz vor dem Ziel der Normalität den Vorzug gegeben hatte.

Ich hatte mich von Tirako getrennt. Es war sein Wunsch gewesen, allein nach dem Depot zu suchen. Dadurch konnte er vielleicht noch einige Pluspunkte gewinnen. Er wollte mir aus dem Wege gehen, da er befürchtete, mir durch seine Anwesenheit zu schaden. Ich hatte das Boot ebenfalls verlassen und sah mich um. Weit und breit war von einem Depot nichts zu sehen. Das wäre auch verwunderlich gewesen, denn es war nach den Sicherheitsvorschriften der Flotte angelegt worden – also getarnt.

Weiter vorn fiel das überwiegend steile Ufer des Sees in leichter Schrägung zum Wasserspiegel ab. Das wäre ein idealer Landeplatz gewesen, der sich auch für die Verschiffung von Nachschubgütern geeignet hätte. Von dort aus führten einige kaum erkennbare Fahrspuren ins Landesinnere. Tirako hatte sich davon anlocken lassen. Ich konnte mir nicht vorstellen, daß sich ein Mann von so hohen Geistesgaben und so ausgeprägten, logisch fundierten Überlegungsvorgängen *tatsächlich* von derart offenkundigen Hinweisen verführen ließ. Das war wahrscheinlich eine Falle, und er mußte es erkannt haben. Er, der keine Chancen mehr hatte, wollte mir helfen: *Er rennt wissentlich in sein Unglück hinein, nur um mir einen Dienst zu erweisen.*

Ich hatte das kleine Ortungsgerät des Kampfanzugs eingeschaltet. In irgendeiner Form mußte es einen Hinweis auf das Depot geben, oder niemand hätte es jemals finden können. Schon die geringste Energieortung hätte mir genügt, um den ungefähren Lageort anpeilen zu können. Das Gerät zeigte jedoch überhaupt nichts an. Ich konnte mir vorstellen, daß in dem Stützpunkt keine einzige Kraftmaschine lief. Das war eine Vorsichtsmaßnahme, wie sie im Ernstfall grundsätzlich ausgeübt wurde.

Ich sprang zur nächsten Anhöhe hinüber und ging dort hinter einem Baum in Deckung. Tirako war schon weit entfernt. Er folgte der Fahrspur. Je weiter er in die Savanne hinausschritt, um so schwächer wurde sie. Ich hatte ihm mein Vibratormesser mitgegeben. Richtig angewendet, war die lange, hauchdünne Klinge aus verdichtetem Arkonstahl eine gefährliche Waffe. Die schnell vibrierende Schneide durchtrennte sogar stabile Kunststoffe.

Weit und breit regte sich nichts. Nur südlich meines Standorts bemerkte ich einige Tiere, die dort friedlich weideten. Sie waren zu klein, um gefährlich werden zu können. Ich hatte mit dem unverhofften Auftauchen von maahkschen Kampfrobotern oder sonstigen automatischen Gerätschaften gerechnet. Nichts dergleichen geschah. Man schien die Geduld eines Prüflings auf eine harte Probe stellen zu wollen. *Wie hat Fartuloon stets gesagt?* »Einer jeden Handlung sollte die Überlegung vorausgehen. Sehen und erkennen, das ist die Kunst des guten Kämpfers.«

Tirako Gamno näherte sich einer Waldzunge. Er zögerte und schaltete das Messer ein. Das bemerkte ich an der sofortigen Reaktion meiner Energieortung. Tirako ging weiter. Da gewahrte ich einen zuckenden Blitz. Er schlug zwischen zwei Bäumen über, zwischen denen plötzlich ein Gittergestell aus dem Boden schoß, und verdichtete sich in Gedankenschnelle zu einem wabernden Energiefeld, von dem Tirako erfaßt wurde. Im nächsten Augenblick war er ebenso verschwunden wie der Käfig. Ich fluchte hemmungslos. Es war eine Reaktion meiner Besorgnis um ihn. Hatte ich ihn nicht gewarnt?

Meine Aufmerksamkeit wurde von dem Orter gefesselt. Beim Entstehen der Kraftlinien, bei denen es sich wahrscheinlich um das Transportfeld eines Materietransmitters gehandelt hatte, waren hohe Energien freigeworden. Das Gerät hatte sie registriert. Ich ignorierte es. Viel wichtiger war die Frage, wo das Aggregat zur Erzeugung dieser Kräfte stand. Dort mußte auch das Depot sein, immer vorausgesetzt, der Transmitter wurde von dort aus versorgt. Die Peilung lief noch. Es wurden auch noch energetische Kräfte frei, was ich an den huschenden Zahlengruppen hinter dem kleinen Sichtfenster erkennen konnte. Die Emission wurde jedoch sehr schnell geringer. Die Leuchtanzeige ging zurück auf Nullwert.

Ich hatte genug gesehen. Das, was ich in diesen wenigen Augenblicken geortet hatte, war identisch mit einer auslaufenden Kernfusionsanlage gewesen. Sie war nur hochgefahren worden, um den Transmitter versorgen zu können. Das Peilergebnis konnte ich auf dem Rechner ablesen. Der Reaktor stand in südlicher Richtung, nicht weit entfernt von der Transmitterfalle, die jeden unvorsichtigen Spurensucher einfing. Ich rannte zu dem nahen Waldstreifen hinüber, immer auf gute Deckung bedacht. Etwa vierzig Meter davor blieb ich stehen.

Eine Idee beschäftigte mich. Ich brauchte noch einige gute Bewertungen, das erschien mir gewiß. Mit nur einer Aufgabe waren die erforderlichen zehntausend Punkte nur dann zu gewinnen, wenn man in jeder Beziehung überzeugend handelte. Ich dachte an die Auswertungsrechner. Sie konnte man nur mit robotischer Logik überlisten. Die beiden Bäume, zwischen denen Tirako verschwunden war, störten mich. Ich wollte sie nicht gern im Rücken haben, andererseits wollte ich aber auch die Bewertungsrechner positiv ansprechen.

Die Idee war gut: Ich steigerte mich erneut in meine simulierte Rolle als notgelandeter arkonidischer Raumfahrer hinein und griff nach dem Aufzeichnungsgerät. »Macolon, Kommandant des Schweren Kreuzers ARGOSSO, gibt zum Zwecke der späteren Auswertung kund: Mein Begleiter ist von einer Transmitterfalle erfaßt worden. Ich habe das Depot, das ich im Interesse des Tai Ark'Tussan zu erreichen habe, einwandfrei geortet. Ich kann nicht wissen, ob die Transmitterfalle zu den ständigen Abwehreinrichtungen der Station gehört oder ob sie durch eventuell eingedrungene Gegner zuungunsten ankommender Arkoniden aktiviert worden ist. Weitere Einrichtungen dieser Art können vorhanden sein. Wenn das so ist, wird man einen geschlossenen Energiekreis angelegt haben. Ich werde den von mir erkannten Verteilerpunkt vorsichtshalber vernichten, Ende.«

Ich steckte das Gerät in eine Außentasche und brachte die Strahlwaffe in Anschlag. Im Wald, nicht weit von den beiden Bäumen, bewegten sich plötzlich die Büsche. Jemand entfernte sich voller Eile. Ich konnte niemand sehen, aber wenn das ein Beobachter der Prüfungskommission war, trug er natürlich einen Schutzanzug, der ihn mit einem Deflektor unsichtbar machte. Grinsend drückte ich auf den Feuerknopf. Der Energiestrahl schlug dicht über der Wurzelballung ein. Der Baum flammte sofort auf, dann explodierte er im unteren Drittel. Dort war ein Generator eingebaut gewesen. Ich rannte in den Wald hinein, umging das brennende Unterholz und achtete auf meinen Orter. Das Depot mußte jetzt sehr nahe sein. Das bedeutete, daß es hier unter allen Umständen Reststrahlungen energetischer Natur geben mußte. Ich fand den Zugang schnell und leicht. *Schon wieder ein Baum. Etwas phantasievoller hätte man zum Abschluß einer derart schweren Eignungsprüfung durchaus sein können.*

Ich benötigte nicht lange, bis ich die feinen Linien in der grobporigen Rinde entdeckte. Dahinter lag das getarnte Stahlschott. Ich ging zurück und hob den Luccot, ließ ihn aber wieder sinken, als mir das Primitive an meiner beabsichtigten Handlung bewußt wurde. Es wäre ein grober Fehler gewesen, das Schott gewaltsam zu öffnen. Einige Minuspunkte wären mir sicher gewesen. Es gab eine elegantere Lösung: Ich zog meine Identifizierungskarte, in der alle Daten über mich enthalten waren. Das mußte reichen, um das Kodeschloß der Pforte von meiner arkonidischen Identität zu »überzeugen«.

Ich preßte die Karte an jene Stelle, hinter der ich das Schloß vermutete. Das Schott schwang mitsamt der Rindenverkleidung auf. Das Licht blendete automatisch auf. Vor mir lag eine Spiraltreppe aus Kunststoff. Diese Station schien nicht über einen Lift zu verfügen. Ich jubelte innerlich, blieb aber immer noch sehr vorsichtig. Als Prüfer hätte ich hier, so kurz vor dem Ziel, eine letzte Schwierigkeit eingebaut. Ich erreichte den Vorraum. Dahinter mußte die Funkstation liegen. Meine Nerven waren angespannt. Ich wartete. Nichts regte sich.

Da fiel mir die Lösung ein. Man war ungeheuer geschickt! Hier gab es kein gefährliches Hindernis mehr, aber man rechnete mit einer entsprechenden Einstellung der Prüflinge. Das konnte bedeuten, daß sie wenige Schritte vor dem Ziel zu viel Zeit verloren. Das war die Falle. Draußen senkte sich die Dämmerung über das Land. Ich durfte keine Millitonta in unnützer Vorsicht verweilen, sprang in die Funkstation hinein, aktivierte die Geräte und drückte auf die Ruftaste. Der große Bildschirm leuchtete sofort auf. Das Gesicht eines mir vertrauten Faehrl-Lehrers erschien. Eigentümlich – wieso hatte er keine Haare mehr? Er schaute mich vom Bildschirm herab äußerst unmutig an. Da bemerkte ich einige dicke Brandblasen. Sollte er in der Nähe des von mir beschossenen Baumes gestanden haben?

»Prüfung beendet, die vorgeschriebene Zeit wurde eingehalten«, vernahm ich seine Stimme. »Begeben Sie sich in den Transmitterraum und lassen Sie sich abstrahlen. Sie werden im Faehrl herauskommen. Gestatten Sie mir eine persönliche Bemerkung, Hertaso Macolon?«

»Aber gern, Erhabener.«

»Nachdem Sie die Bewegung hinter dem Projektorbaum bemerkt hatten, hätten Sie ruhig noch einige Augenblicke mit dem Beschuß warten können.«

»Oh, das waren Sie, Erhabener? Sie sehen mich betroffen. Ich hatte Sie für einen feindlichen Maahk gehalten. Meine Aufgabe gebot mir jedoch, unter allen Umständen und mit allen Mitteln …«

»Vielen Dank für die Aufklärung. Gehen Sie nun! Der Hertaso Tirako Gamno ist bereits im Faehrl angekommen. Machen Sie sich keine Sorgen! Ende.«

13.

Der Bauchaufschneider Fartuloon:

Schon in der arkonidischen Frühzeit wurde die Familie derer von Gonozal als eine der maßgeblichen genannt: Der Gonozal-Khasurn erlangte zwar rasch die Hochadelswürde eines Großen Kelches, brachte etliche Admirale, Sonnenträger und hochgestellte Beamte hervor, stellte jedoch, obwohl zu den Fürsten gehörend, im Jahre 6255 da Ark erstmals einen Imperator: Er folgte Robal V. als 106. Herrscher auf dem Kristallthron; weil Robal seine Frau so sehr liebte – oder wähnte sie zu lieben –, hatte er einen Admiral aus Eifersucht erschossen und wurde zum Tod verurteilt, konnte allerdings fliehen. In jener Zeit hatten die Gonozal im Großen Rat ausreichend machtvolle Positionen besetzt, so daß sie einen der Ihren als neuen Höchstedlen durchsetzen konnten.

Mesdon da Gonozal, das alte Oberhaupt des Khasurn, nannte sich nun Gonozal I., verschwand jedoch nach nur drei Jahren Herrschaft spurlos in einem Hypersturm. Sein erstgeborener Sohn Mylar, selbst schon 58, bestieg 6258 da Ark den Kristallthron und regierte bis zu seinem Tod im Jahr 6295 da Ark als Gonozal II. das Tai Ark'Tussan.

Mapoc da Gonozal, insgesamt neunmal verheiratet, regierte als Gonozal III. 47 Jahre; er war der Initiator des Projekts der Synchronwelten Arkons, später kurz Tiga Ranton – Drei Welten – genannt: Die Planeten Arkon I, II und III umkreisten seither als exakt gleichseitiges Dreieck die Sonne, und es war eine derart außergewöhnliche Erscheinung, daß sie der Selbstglorifizierung diente und ihre wahre Entstehung mit zu den größten Staatsgeheimnissen gehörte. In den Kreisen der Gonozal erhielt sich jedoch stets das Wissen um die wahren Hintergründe; dieses sicherte ihrem Khasurn die fürstliche Macht, wurde jedoch niemals zur eigenen Profilierung ausgenutzt.

Gonozal IV. – als Maspron da Gonozal geboren – war nur eine kurze Regierungszeit beschieden: Im Jahr 6342 da Ark inthronisiert, wurde er drei

Jahre später ermordet, und mit ihm starben auch der Kristallprinz sowie etliche Gonozal-Fürsten. Inwieweit der 6345 da Ark an die Herrschaft gelangte Khasurn derer von Metzat in dieses Komplott eingebunden war, wurde nie eindeutig geklärt. Fest stand jedoch, daß die Gonozal für fast vier Jahrtausende ins zweite Glied zurücktraten.

Erst mit Mascar da Gonozal bestieg 10.386 da Ark erneut ein Gonozal, der fünfte in ihrer Rechnung, den Kristallthron: Ernannt vom Großen Rat, wurde er Nachfolger von Arthamin I., weil dieser keinen Kristallprinzen-Nachfolger hatte. Gonozal V., Atlans Urgroßvater, blieb bis zu seinem natürlichen Tod im Jahr 10.418 da Ark an der Macht.

Imperator bis 10.446 da Ark wurde nun Mallacen da Gonozal; Atlans Großvater mit dem Thronnamen Gonozal VI. war dreimal verheiratet: Klyna da Quertamagin, die Mutter des Kristallprinzen Mascudar, starb kurz nach dessen Geburt 10.423 da Ark. Moryty da Zoltral war die Mutter des 10.429 da Ark geborenen Upoc – ihre Verwicklung in eine Adelsintrige führte zur Aufhebung der Ehe, weshalb Upoc von jeglicher Thronnachfolge ausgeschlossen wurde. Schließlich Ashlea da Orbanaschol – sie gebar 10.439 da Ark Veloz, der sich jedoch schon in seiner Jugend nur Orbanaschol rufen ließ und maßgeblich von seiner herrischen und machtbesessenen Mutter beeinflußt wurde.

Atlans Vater, Mascudar da Gonozal, regierte als Imperator Gonozal VII. in der Zeit von 10.446 bis 10.483 da Ark. Seine Frau und Imperatrix Yagthara, eine Geborene Agh'Hay-Boor, zehn Arkonjahre jünger als ihr Gemahl, kam am 35. Prago des Dryhan 10.479 da Ark nieder; der Junge – von ihr nach einem der Zwölf Heroen »Atlan« genannt – war als Gos'athor Mascaren Gonozal designierter Nachfolger des über das Große Imperium der Arkoniden herrschenden Zhdopanthi. Ashlea da Orbanaschol starb 10.480 da Ark; wie es hieß aus Gram, weil ihrem über alles geliebten Veloz-Orbanaschol keine Möglichkeit zur Nachfolge als Imperator mehr gegeben war.

Und Atlans Vater starb, als der Junge vier Arkonjahre alt war, am 17. Prago des Tarman 10.483 da Ark auf dem Jagdplaneten Erskomier. Für lange Zeit blieb die »offizielle Version« eines Jagdunfalls verbreitet …

»Die Lehrer des Faehrl sind nicht dazu da, um von Prüflingen erschossen zu werden. Haben Sie mich verstanden?« schrie mich Admiral Zweiter Klasse Tormanac an. Wir nannten ihn den »Kühnen«. »Was haben Sie sich dabei gedacht?«

»Nichts, Hochedler, es sei denn, Sie meinen die beginnende Dämmerung, meine Zeitverluste und meine Erschöpfung.«

Dreisonnenträger Tormanac da Bostich war Vorsitzender der *Kleinen Runde* und Chef des Faehrl von Largamenia. Ehe er in einer Raumschlacht beide Beine verloren hatte, war er Oberbefehlshaber der arkonidischen Nebelflotte gewesen. Er hatte mich rufen lassen – jetzt, zwei planetarische Wochen nach den Ereignissen in der Energiekuppel und nur eine Tonta vor der – hoffentlichen – Verleihung der höchsten Ehre, die man einem jungen Arkoniden gewähren konnte.

Leise, aber intensiv schimpfend, schritt er an mir vorbei. Vor der Tür angekommen, wandte er sich um. Ich blickte in ein zerfurchtes, von vielen Schicksalsschlägen gezeichnetes Gesicht. Niemand wußte genau, weshalb er aus dem aktiven Dienst ausgeschieden war. Es wurde jedoch angedeutet, Imperator Orbanaschol III. sei ihm nicht wohlgesinnt gewesen. Leute, die sich für besonders gut informiert hielten, meinten sogar, Orbanaschol hätte eine Flottenrevolte unter Tormanacs Führung befürchtet.

Im Hintergrund des großen Dienstzimmers stand Tormanacs persönlicher Referent. Tormanac schickte ihn mit unfreundlichen Worten hinaus und wandte sich anschließend wieder an mich: »Hören Sie, junger Mann, ich habe vor wenigen Tontas mit Ihrem Herrn Vater, dem ehrenwerten und verdienstvollen Wissenschaftler Tanictrop gesprochen. Er war entsetzt über Ihre Verhaltensweise! Wenn ich schon früher von dem Vorfall erfahren hätte, wären Sie durch eine weitere Prüfung gegangen. Ist Ihnen das klar?«

So ging es nicht. Dazu wäre er nicht berechtigt gewesen. Ich hatte diesen unvorsichtigen Lehrer nicht gebeten, sich in meinem Schußfeld aufzuhalten. »Nein, Erhabener! Ich lehne Ihre Äußerung in aller Schärfe ab. Sie steht Ihnen nicht zu. Ich bitte um Entschuldigung, aber das sollte gesagt werden.«

»Der Hertaso hat eigene Ansichten, wie?«

Hatte er soeben nicht geschmunzelt? »Sehr richtig, Hochedler. Ich beherzige vordringlich den oft mißbrauchten Begriff *Gerechtigkeit.* Ich hatte erwartet, sie wenigstens hier, in einem vorbildlichen Institut des Imperiums, beachtet zu sehen.«

»Werden Sie nicht zu scharf, junger Mann. Es reicht! Ihr Herr Vater war jedenfalls ungehalten.« Er ging zu einem Hochenergietresor und entnahm ihm einen länglichen Umschlag. »Es steht mir nicht zu, hierzu Fragen zu stellen – aber ist es in Ihrer Familie üblich, Nachrichten und Grüße in dieser veralteten Form zu übermitteln? Es gibt Mikroaufzeichner und Speicherkristalle.«

»Es ist üblich«, lehnte ich reserviert ab. »Ich bedanke mich, Zhdopanda.«

Er lächelte wieder. *Was hat das zu bedeuten?* Diese Verhaltensweise war für einen Mann wie Tormanac ungewöhnlich. »Lesen Sie den Brief! Hier, in meiner Gegenwart. Vielleicht benötigen Sie einige Erklärungen.«

Ist es möglich, daß im Unterbewußtsein eines Arkoniden eine Art von Alarmglocke läuten kann? Mir war so. Mein Griff an die rechte Hüfte, wo normalerweise meine Dienstwaffe hing, wurde ebenfalls vom Instinkt diktiert.

»Heute tragen Sie keinen Luccot!« meinte Tormanac in seltsamen Tonfall. »Er paßt nicht zur Prachtuniform. Lesen Sie!« Von ihm ging keine direkte Gefahr aus, das fühlte ich. Er drängte: »Lesen Sie endlich!«

Ich riß den Umschlag auf. Die Nachricht stammte nicht von dem ehrenwerten Wissenschaftler Tanictrop, dessen »Sohn« zu sein ich die vorübergehende Ehre hatte, sondern von meinem Erzieher Fartuloon. Er schien die Mitteilung in großer Eile niedergeschrieben zu haben: *Admiral Tormanac ist ein vertrauter und zuverlässiger Freund. Er ist eingeweiht und über deine Person informiert. Deine Lage wird kritisch. Die Ehrung und die damit verbundene Verleihung der Urkunden wird öffentlich in Bild und Ton übertragen. Wir nähern uns der gefährlichsten Tonta deines bisherigen Lebensweges. Es ist möglich, daß Personen, die mir völlig unbekannt sind, die aber den verstorbenen Offizier Macolon sehr gut kannten, auf Grund der Übertragung Verdacht schöpfen. Dein Äußeres wurde dem des Macolon angeglichen. Wir befürchten jedoch, daß jemand, der den Tod Macolons miterlebt hat, sehr verwundert sein wird, wenn er plötzlich auf den Holoschirmen der imperiumsweiten Nachrichtenverbindung erscheint. Sei wachsam! Ich werde versuchen, alle Gefahren von dir abzuwenden. Vertraue dich Tormanac an! Dein Erzieher und geduldiger Lehrmeister Fartuloon.*

Ich war grenzenlos überrascht. Längst hatte ich geahnt, daß der Bauchaufschneider über glänzende Verbindungen verfügte, aber mit Männern vom Range eines Tormanac hatte ich nicht gerechnet. Andererseits: *Auf Gortavor hat uns der Blinde Sofgart offenbart, daß Fartuloon früher einmal der Leibarzt von Imperator Gonozal VII. war. Stammen aus jener Zeit seine Verbindungen?*

»Nun?« unterbrach der De-Keon'athor meine Überlegungen. »Haben Sie sich entschlossen?«

»Sie sind über den Inhalt dieses Briefes informiert?« erkundigte ich mich vorsichtshalber. »Sie sehen mich überrascht, Erhabener. Was ist zu tun?«

Er schaute erneut auf die Uhr. »Viel und doch wenig. Wir müssen abwarten. Ihr Gegner ist überall. Ich freue mich, Atlan, offiziell Ihre Bekanntschaft machen zu dürfen.« Ich neigte den Kopf. Er hatte es etwas zu feierlich gesagt. Was sollte damit ausgedrückt werden? »Ihre Reaktion auf meine Vorhalte bezüglich des Lehrers war vortrefflich. Sie haben mich nicht enttäuscht. Genau das hatte ich von Ihnen erwartet. Die für Sie schwierigste und gefährlichste Phase beginnt in dem Augenblick, wenn Sie den Aktivierungsraum betreten und ...«

»Ich habe bestanden?« unterbrach ich ihn atemlos.

»Selbstverständlich, schon nach der ersten Prüfung. Sie hätten die beiden nachfolgenden Aufgaben nicht zu lösen brauchen. Dennoch hat auch deren Auswertungsergebnis über zehntausend Punkte erbracht. Mit dieser Auskunft breche ich ein traditionelles Gesetz des Faehrl von Largamenia. Ich habe jedoch besondere Gründe.«

»Wurde ich bei den Prüfungen infolge Ihrer Gunst bevorzugt behandelt? In diesem Falle müßte ich die ARK SUMMIA ablehnen, Zhdopanda.«

Er atmete tief ein. Er schien innerlich wie erlöst zu sein. »Auf diese Frage habe ich gewartet. Sie ehrt Sie, Atlan! Seien Sie meiner unverbrüchlichen Treue gewiß.«

»Treue?« wiederholte ich verwirrt. »Hochedler, Treue erweist man nur Freunden, hochstehenden Persönlichkeiten und ...«

»Schweigen Sie, bitte!« fuhr er mich an. »Die letzten Tontas werden Sie wohl auch noch uneingeweiht überstehen können. Wir haben dafür gute Gründe. Was Ihre Frage betrifft: Nein, Sie sind nicht bevorzugt worden! Ich wollte sehen, welchem jungen Mann ich mein Vertrauen schenkte, ohne ihn näher zu kennen. Ich darf Ihnen im Gegensatz zu Ihrer Verdachtsäußerung mitteilen, daß Sie die Mordschlange im Panzergleiter meiner persönlichen Anweisung zu verdanken haben! Sie war nicht vorgesehen. Ich bin von den Mitgliedern der *Kleinen Runde* deswegen scharf angegriffen worden. Erkundigen Sie sich, falls Sie meinen Versicherungen keinen Glauben schenken können.«

Ich war beruhigt. Dieser Mann war zu ehrenhaft, um eine Manipulation zu meinen Gunsten vorgenommen zu haben. Es wäre ihm auch angesichts der Robotbeobachter nicht gelungen. »Ich glaube Ihnen, Hochedler.«

»Danke. Sie befreien mich von einer seelischen Last. Sie haben sich hervorragend verhalten. Nun kommt es für Sie und uns darauf an, Sie in der letzten Phase zu behüten. Während der Aktivierung Ihres Logiksektors, auch Extrasinn genannt, sind Sie und wir hilflos. Die Prozedur darf auf keinen Fall unterbrochen werden. Sie wissen, daß ein zweiter Anlauf zur Aktivierung nicht möglich ist. Das verbieten die paraphysikalischen Gesetze. Ihr Gehirn würde dabei zerstört werden.«

»Ich bin informiert, Admiral.«

»Gut. Warten Sie!« Er schritt erneut zu dem Energietresor hinüber und entnahm ihm eine eigentümliche Waffe. Sie war dünn und flach gearbeitet. »Das ist eine sogenannte Luccotschleuder, wie sie früher für Sonderkommandos der strategischen Raumabwehr verwendet wurde. Sie ist zwar alt, funktioniert aber tadellos. Sie wird am linken Unterarm versteckt unter der Kleidung getragen. Sie können doch hoffentlich links schießen?«

Zwei metallische Klammern wurden von einem stangenartigen Mechanismus miteinander verbunden. Der Abstrahllauf war sehr kurz, war allerdings in mehrere Segmente unterteilt. An seinem Ende war eine haarfeine Schnur befestigt. Sie glich einer elektrischen Leitung. »Selbstverständlich, Zhdopanda. Ich bin links genauso geschickt wie mit der Rechten.«

»Ein Glück. Der Auslösemechanismus ist hochempfindlich. Wenn Sie die Waffe rechtsseitig tragen würden, bestünde bei Begrüßungen und Hantierungen aller Art die Gefahr eines ungewollten Vorschnellens.«

»Des Abstrahllaufes?«

»So ist es. Dies ist eine schnelle und tödliche Waffe. Die Kontaktleitung wird mit Ihrer Handfläche verbunden. Berühren Sie den fleischfarbenen Impulsgeber am Ende der Schnur, schnellt der Lauf aus dem Ärmel der Kleidung hervor. Achten Sie darauf, daß Sie künftig keine engschließenden Jacken tragen. Der erste Schuß löst sich ohne weiteres Zutun des Waffenträgers in dem Augenblick, wenn der zur Zeit eingezogene Lauf völlig ausgefahren ist. Dies geschieht durch einen Federmechanismus. Das bedeutet also, daß Sie schon Ihr Ziel anvisieren müssen, noch ehe die Mündung erscheint und der Schuß fällt. Glauben Sie, diese Waffe ohne vorangegangene Übungen beherrschen zu können?«

Ich wurde nervös. Wenn ich nur etwas ungeschickt war, konnte es zu schweren Unfällen kommen. »Könnte ich nicht eine andere Waffe tragen, Hochedler?«

»Auf keinen Fall«, lehnte er ab. »Man würde sie entdecken. Während der Aktivierung tragen Sie ohnehin nur lose Gewänder. Ihre Arme werden jedoch davon bedeckt sein. Wie weit, glauben Sie, können Sie sich auf Tirako Gamno verlassen?«

»Er würde sehr viel für mich opfern und ich für ihn.«

»Das wissen wir. Er ist Ihretwegen in die Transmitterfalle gelaufen.

Gut, versuchen Sie, seine absolute Verschwiegenheit zu gewinnen. Erfinden Sie eine logische Ausrede! Sie teilen mit ihm dieselbe Unterkunft?«

»Dort haben wir uns kennen und schätzen gelernt, Admiral. Zu unseren getrennten Schlafräumen gehört ein gemeinsames Aufenthalts- und Studierzimmer.«

»Wir müssen es wagen. Vor ihm können Sie die Luccotschleuder kaum verbergen. Er ist ein scharfer Beobachter. Hier, links von der Reaktionskammer, befindet sich die Sicherung. Sie dürfen sie nur dann betätigen, wenn Sie die Waffe ganz bestimmt nicht benötigen. Sonst haben Sie die Schleuder entsichert zu tragen. Hüten Sie sich, den Kontaktgeber ungewollt zu berühren! Das würde und wird geschehen, wenn Sie Ihren Zeige- oder Ringfinger zum Handballen krümmen. Im Gefahrenfall verwenden Sie sicherheitshalber beide Finger. Öffnen Sie das Oberteil Ihrer Uniform!«

Schnell hatte er mir die Luccotschleuder angelegt. Sie paßte sich genau meinem Unterarm an, die beiden Klammern hielten sie unverrückbar fest. Die Zündleitung wurde bis zu meinen Handballen vorgezogen und mit einer fleischfarbenen, biologisch lebenden Gewebemasse übersprüht. Die Schnur wurde dadurch unsichtbar. Der Feuerknopf verdiente diese Bezeichnung nicht. Er bestand aus einer winzigen Erhebung am Handballen. Ich konnte ihn selbst kaum sehen.

»Sichern und einige Male probieren!« befahl der Admiral. »Nun beeilen Sie sich doch! Vergessen Sie nicht, im Augenblick der Kontaktgabe die Hand nach außen zu krümmen. Andernfalls schlägt Ihnen der vorschnellende Lauf dagegen. Sie müssen den Schuß gewissermaßen *hinwerfen.* Zum Zielen haben Sie infolge der automatischen Auslösung keine Zeit.«

Ich probierte es mehrmals. Der Vorgang faszinierte mich. Nachdem ich mich angezogen hatte, ließ ich den Lauf aus dem Ärmel der Kombination hervorschnellen. Es gelang mir immer besser. Die Mündung endete im ausgefahrenen Zustand etwa in Höhe meiner Fingerspitzen. Ich verabschiedete mich von dem seltsamen Mann. Er schaute mir besorgt nach. Mit solchen Verbündeten hatte ich nicht gerechnet. *Wen hat Fartuloon sonst noch als Freunde?*

Im »Saal der Wahrheit« drängten sich die Hertasonen und Zuschauer. 342 junge Männer hatten sich um die ARK SUMMIA beworben. Sieben von ihnen waren nicht mehr erschienen – sie waren bei den harten Prüfungen tödlich verunglückt. Wenn ich an meine drei Aufgaben zurückdachte, war es nicht verwunderlich. Meine zweite Prüfung hatte in der Bergung eines havarierten Kleinraumschiffes bestanden. Mit dem letzten Sauerstoffrest war ich nach der Reparatur der raffiniert beschädigten Triebwerke auf Largamenia gelandet. Die dritte Aufgabe hatte mich in die Wasserstoff-Ammoniak-Welt einer Energiekuppel geführt. Eine hilflose Besatzung war zu bergen gewesen.

Tirako Gamno hatte viermal frühzeitig aufgegeben. Die fünfte Aufgabe, ein dreidimensionales Figurenspiel, hatte er bestanden. Allerdings, das wußten wir alle, konnte er dafür niemals die erforderlichen zehntausend Punkte erhalten haben.

Weit vor uns, auf einem von Antigravfeldern getragenen Podest, saßen die neununddreißig Mitglieder der *Kleinen Runde*. Tormanac führte den Vorsitz. Er hatte die Toten geehrt und nochmals auf die hohe Bedeutung der ARK SUMMIA hingewiesen. Bedrückende Stille herrschte im »Saal der Wahrheit«, dem größten Raum des riesigen Instituts.

Wir Hertasonen, gleichgültig ob sie bestanden hatten oder nicht, hatten steif auf jenen harten Klappstühlen Platz genommen, auf denen wir auch beim Unterricht gesessen hatten, und bewahrten die anerzogene Disziplin. Ich war sicher, daß niemand unter den 335 Überlebenden genau wußte, ob er die Würde errungen hatte oder nicht – ich ausgenommen. Es war jedoch eine fragwürdige Gunst, die mir Dreisonnenträger Tormanac erwiesen hatte. Jeder der hier anwesenden Arkoniden wußte, wer er war, woher er kam und wer seine Eltern waren. Ich ahnte es nicht einmal. An meinem linken Unterarm fühlte ich den Druck der eigentümlichen Waffe. Tirako war infolge meiner verräterischen Handbewegung natürlich aufmerksam geworden. *Ich muß mich besser beherrschen. Es ist zwecklos, ständig den Arm zu betasten; zu sehen ist das Mordinstrument auf keinen Fall.*

Weit oben, auf den Schwebelogen, saßen die Eltern der Kandidaten. Sie verfolgten die alljährlich stattfindende Zeremonie mit der gleichen Aufmerksamkeit wie wir. Wieviele Hoffnungen auf eine gesicherte Zukunft ihrer Söhne in bedeutenden Positionen würden sich wohl in wenigen Zehntel Tontas unwiderruflich verflüchtigen? Mich bedrückte und deprimierte die absolute Beherrschung all dieser Arkoniden. Betont gleichmütig würden sie das Versagen ihrer Söhne zur Kenntnis nehmen. Wie es in ihnen wirklich aussah, konnte man nur ahnen.

Warum suchten diese einflußreichen Herrschaften die Schuld nicht bei ihrem eigenen, brennenden Ehrgeiz? Warum mußte ein junger Mann wie Tirako dem Tod ins Auge sehen, um anschließend doch zu versagen? Seine Erzieher waren zu klug, um Tirakos Schwächen nicht längst begriffen zu haben. Also hatten ihn seine Eltern nur deshalb zur ARK SUMMIA angemeldet, um später einmal behaupten zu können, ihr Sohn sei wenigstens dabeigewesen. Wie Tirako darüber dachte, wußte ich genau; er war nicht begeistert. Außer mir war er in diesem Saal wahrscheinlich der einzige Arkonide, der den Eröffnungen der *Kleinen Runde* mit Gelassenheit entgegensah.

Die Namen der Kandidaten erschienen in rascher Folge auf einer Leuchtschrifttafel. Es gehörte zur Tradition, daß die Verhaltensweise der Hertasonen während der Prüfungen gewürdigt wurde. Damit begann die große Lüge. Tontalang saßen wir auf unseren Plätzen und hörten uns die Lobreden an. Krasse Versager wurden gönnerhaft entschuldigt. Mir wurde klar, warum die Erfinder der ARK SUMMIA auf eine vollrobotische Punkteauswertung bestanden hatten. Wenn man die Beurteilung Arkoniden überlassen hätte, wäre das Spiel der Manipulation ins Uferlose ausgeartet.

Ich wurde immer ungeduldiger. Die schwebenden Kameras von Arkon-Trivid hatten mein Gesicht schon mehr als einmal in Großaufnahme gebracht. Fartuloons Warnung ging mir durch den Sinn. Wieder griff ich unbewußt an die Luccotschleuder. Ich fühlte Tirakos Hand auf meinem Knie und schaute ihn an. Er schüttelte kaum merklich den Kopf. Da beherrschte ich mich wieder. Schließlich erschien mein Name auf der Leuchttafel. Von nun an wurde es extrem gefährlich. Wenn gut informierte Beobachter bislang noch nicht auf mich geachtet hatten, so mußte es nunmehr geschehen.

Macolon, Sohn des Ehrenwerten Tanictorp, las ich, *ehemaliger Kommandant des Schweren Kreuzers ARGOSSO, vom Flottendienst beurlaubt zwecks Erringung der ARK SUMMIA*.

Ich stand auf, so wie es die Regel gebot. Zwei Kameras glitten auf mich zu. Nun mußte ich in einigen hundert Milliarden Trivid-Empfängern im ganzen Imperium zu sehen sein. Die Übertragung erfolgte auf hyperschneller Basis, war also ohne Zeitverluste im gleichen Augenblick auf Tausenden besiedelten Planeten mitzuerleben.

»Treten Sie vor, Hertaso Macolon«, wurde ich feierlich aufgefordert.

In diesem Augenblick war mir die errungene ARK SUMMIA reichlich gleichgültig. Ich dachte nur noch an die damit verbundenen Gefahren. Wie oft in meinem Leben war ich schon verfolgt worden, ohne zu wissen, warum. Nun schien sich diese unwürdige Hetzjagd bis zum Extrem zu steigern. Ich durchschritt automatenhaft die langen Sitzreihen. In den Logen bemerkte ich die Bewegung. Man wußte, daß der erste Hertaso mit der Bewertung »bestanden« aufgerufen worden war.

Die anschließend folgende Zeremonie erlebte ich wie im Traum.

Man überreichte mir eine altertümliche, speziell hergestellte Urkunde, auf der meine Verdienste verzeichnet waren. Was hatte ich eigentlich getan, um die Aktivierung des Logiksektors rechtfertigen zu können? Ich hatte mich angestrengt, logisch gedacht und notfalls blitzschnell geschossen. Was war dabei? War ein junger Mann wie Tirako Gamno nicht zehnfach höher einzustufen als ich?

Ich drehte wie hilfesuchend den Kopf. Da erblickte ich ihn. Er winkte mir zu, doch das wurde an diesem Tage verziehen. Normalerweise hätte ein solches Benehmen gerügt werden müssen. Ich gewann meine innere Ruhe zurück. Geduldig ließ ich die Ansprache des Vorsitzenden über mich ergehen.

»... haben Sie, Hertaso Macolon, die vorgeschriebene Punktzahl nicht nur mit Ihrer ersten Prüfung erreicht, sondern überdies bei zwei weiteren Aufgaben nochmals die höchstmögliche Quote errungen! Erlauben Sie uns, Ihnen und Ihrem Ehrenwerten Herrn Vater die höchste Anerkennung der *Kleinen Runde* auszusprechen. Wir haben beschlossen, Sie, den Hertaso mit den hervorragendsten Ergebnissen, den Bevollmächtigten der Parapsychischen Aktivierungsklinik mit Vorrang zu überstellen. Wir beglückwünschen Sie im Namen des arkonidischen Volkes, des Tai Ark'Tussan und Seiner Allessehenden, Alleswissenden Erhabenheit Orbanaschol des Dritten von Arkon. Wir wünschen Ihnen Glück und Erfolg auf Ihrem ferneren Lebensweg, der dem Großen Imperium gewidmet sein sollte. Bitte, nehmen Sie Platz!«

Ich setzte mich auf einen der Prunksessel. Sie standen vor der Empore, waren halbkreisförmig angeordnet und nur für jene Kandidaten bestimmt, die sich der hohen Ehrung als würdig erwiesen hatten. Nach mir wurden noch acht weitere Prüflinge aufgerufen. Demnach hatten von ehemals 342 Schülern nur neun bestanden. Das war bedrückend. Wieder wandte ich mich nach Tirako um. Er lachte mich an, gönnte mir die Aktivierung des Extrasinns.

Die nachfolgende Zeremonie erlebte ich in Angst und Ungewißheit. Natürlich wurden die Hertasonen, die nunmehr für die Aktivierung freigegeben worden waren, pausenlos von den schwebenden Holokameras verfolgt. Fartuloon schien vorausgesehen zu haben, wie peinlich das für mich werden konnte. *Peinlich – ist das überhaupt noch der richtige Begriff? Ich glaube es nicht.*

Sechs Uhr planetarischer Zeit von Largamenia. Es war der 17. Prago des Messon im Jahr 10.497 da Ark – für mich ein Schicksalsjahr.

Wegen der Luccotschleuder, die Tirako Gamno schon während der

Feierlichkeiten nicht verborgen geblieben war, hatte ich eine, wie mir schien, logisch fundierte Geschichte erfunden. Ich hatte ihm etwas von erbitterten Feinden meiner Familie erzählt und von einigen Besatzungsmitgliedern der alten ARGOSSO, die mir angeblich Rache geschworen hatten. Ich hatte auch nicht übersehen, ihn an jene Dinge zu erinnern, die ihn schon einmal argwöhnisch gemacht hatten; nämlich an den Zweiten Offizier des Kreuzers ARGOSSO, an Tschetrum.

Tirako hatte meinen Erklärungen geduldig gelauscht, sie aber nicht angenommen. Er hatte mich anschließend nur angelächelt und gefragt, in welcher Weise er mir behilflich sein könne. Seine Abreise von Largamenia war von seinen Eltern für den übernächsten Tag angeordnet worden. An sich hätte er sofort starten sollen, aber er hatte seinen Vater davon überzeugen können, daß er von seinem vertrauten Freund, also von mir, noch einige Zeit benötigt wurde. Das hatte sein Erzieher akzeptiert, wahrscheinlich aber nur deshalb, weil der Ehrenwerte Teftenik Gamno zu der Auffassung gekommen war, der Umgang seines Sohnes mit einem ARK SUMMIA-Absolventen könne auf keinen Fall schaden.

»Probier es noch einmal!« forderte mich Tirako auf. Ich trug die weißen, weiten Gewänder, wie sie seit Jahrtausenden beim Empfang der Gehirnaktivierung üblich waren. Sie entlasteten den Körper von unerwünschten Einschnürungen. Ich hob den linken Arm und wollte den Auslöseschalter auf meinem Handballen mit den Fingerspitzen berühren. »Halt, so nicht!« gebot mein Freund. »Du bist doch sonst so geschickt. Weshalb also diese Verkrampfung? Du darfst den Arm nicht wie zum Gruß erheben. Du mußt ihn blitzschnell hochreißen und während dieser Bewegung schon auf den Abzug drücken. Der Energieschuß sollte fallen, sobald deine Hand auf das Ziel weist.«

Ich probierte es erneut. Natürlich war die Waffe gesichert.

»Das ist schon viel besser«, lobte Tirako. »Noch einmal, bitte!« Diesmal riß ich die Hand nach oben. Mein imaginäres Ziel war eine Blumenschale auf dem Eßtisch im Hintergrund unseres gemeinsamen Wohnraums. Wahrscheinlich hätte ich im Ernstfall getroffen. »Gut. Nun wollen wir nur hoffen, daß du deinen bösen Feinden auch tatsächlich begegnest.«

Er lachte leise. Ich schalt mich einen Narren. Wie hatte ich nur auf die Idee kommen können, diesen gescheiten jungen Mann betrügen zu wollen? Er sah mich auffordernd an. Für einen Augenblick war ich verführt, ihm die volle Wahrheit zu gestehen.

Dann unterließ ich es aber, um ihn lieber zu bitten: »Gib mir noch einige Tontas Zeit, Tirako. Nur noch so lange, bis ich wieder aus der Aktivierungsklinik entlassen werde.«

»Ich habe es geahnt«, behauptete er gelassen. »Verlasse dich auf mich, Freund. Ich hätte jedoch noch eine Frage. Wenn du sie nicht beantworten kannst oder willst, so werde ich dir nicht gram sein. Darf ich sprechen?« Ich nickte. »Was kann ich für dich tun, wenn die von dir offenbar befürchteten Schwierigkeiten während des Aktivierungsprozesses akut werden sollten? Diese Prozedur nimmt normalerweise drei bis vier Tontas in Anspruch.«

Er hatte genau erfaßt, worauf es mir ankam. Ich ging aus meiner Reserve heraus. »Da du deine gewohnte Uniform tragen wirst, dürftest du auch bewaffnet sein. Sei mein Wächter! Wenn jemand mich schädigen will, während ich hilflos unter der Aktivierungsglocke liege, so ...«

Ich unterbrach mich. Das Ungeheuerliche meines Verlangens wurde mir bewußt.

»Was – so?« sagte er gefaßt. »Sprich weiter, Freund! Oder hattest du angenommen, ich hätte dir deine Erzählung geglaubt? Dich umgibt ein großes Geheimnis. Es ist wahrscheinlich bedeutungsvoller, als du selbst ahnst.«

Ich verstieß gegen Fartuloons Regeln und gegen mein eigenes Vorhaben. In kurzer Zeit erfuhr Tirako Gamno, wer ich war, oder wer ich nicht war. Er kannte meine Sorgen, meinen seelischen Zwiespalt und all die anderen Dinge, die mich jahrelang beschäftigt hatten. Ich berichtete ihm auch von dem Mädchen Farnathia. Ich fühlte mich wie ein ausgehöhltes Wrack.

»Nein, das bist du nicht«, beruhigte er mich. »Die letzten Tontas wirst du auch noch durchhalten. Du darfst jetzt nicht verzweifeln. Farnathia, die deinem Herzen nahesteht, werden wir eines Tages finden.«

»Wir?«

Er nickte. »Ja, wir. Wenn du gestattest, werde ich an deiner Seite bleiben. Vielleicht brauchst du mich. Nun aber zur Tat! Die Hohe Kommission erwartet dich. Ich werde dein Ehrendiener sein.« Er drehte sich um, ging in seinen Schlafbereich und kam mit umgeschnallter Dienstwaffe zurück.

Ich zögerte, mein offenes Geständnis plötzlich bereuend. *Habe ich nicht zuviel gesagt?* Er ahnte meine Überlegungen. Sein Lächeln milderte meinen Argwohn. Ich ging zur Tür, vor der zwei prächtig ausstaffierte Roboter warteten; das mir zustehende Geleit.

»Tirako Gamno, mein Ehrendiener«, stellte ich den Freund vor. Die Roboter schritten voran. Ich folgte, hinter mir kam Tirako. Jenseits des Wohnblocks bestiegen wir einen Gleiter. Er beförderte uns zu dem großen, prächtigen Gebäude, das wir während der Schulungszeit mehr als einmal betrachtet hatten. Das war die geheimnisumwitterte »Parapsychische Aktivierungsklinik«, ein Bauwerk, das zu den am vortrefflichsten abgesicherten technischen Einrichtungen des Großen Imperiums zählte.

Der Gleiter landete. Wir wurden von einer anderen Robotwache empfangen und durch die erste Strukturschleuse geleitet. Sie gehörte zum äußeren Hochenergieschirm. Der zweite Schutzwall mußte ebenfalls durchschritten werden – Schleusen für Luftfahrzeuge gab es nicht. Wir gelangten zur röhrenförmigen Identifizierungskammer, in der neben einem stationären Robotgehirn zahlreiche Abwehrwaffen eingebaut waren. Hier fanden nur solche Personen Durchlaß, die sich ordnungsgemäß legitimieren konnten. Es dauerte lange, bis wir die peinlich genaue Prozedur überstanden hatten. Meine Luccotschleuder wurde ebenso wie Tirakos Dienstwaffe registriert und akzeptiert.

Dann schauten wir direkt auf den weiten, uralten Komplex der Aktivierungsklinik. Hier wirkten und forschten die hervorragendsten Parawissenschaftler des Großen Imperiums. Hier hatte das Reich bereits enorme Summen investiert, um die »Zwiespältige Wissenschaft«, wie sie seit dem berühmtesten Paraphysiker Belzikaan genannt wurde, zu fördern. Die Gebiete der Parapsychologie und Paraphysik fielen unter die erste militärische Geheimhaltungsstufe. Auch die Maahks forschten in dieser Richtung, das wußten wir.

Eine Ehrenwache, bestehend aus hochgewachsenen Soldaten einer Raumlandeeinheit, war angetreten. Ich wurde offiziell begrüßt, jedoch konnte es der kommandierende Offizier nicht unterlassen, prüfend auf jene ID-Marke zu schauen, die mir kurz zuvor von dem Robotgehirn überreicht worden war. Auch Tirako wurde nochmals begutachtet. Erst danach war der Weg ins Innere der Klinik endgültig freigegeben.

Ich überdachte die Situation: Admiral Tormanac hatte dafür gesorgt, daß ich als erster der neun ARK SUMMIA-Absolventen vorgelassen wurde. Ich wußte, daß die für die Aktivierung des Logiksektors bestimmten Gerätschaften nur in einmaliger Ausfertigung vorhanden waren. Gleiches galt für die vier anderen Welten, auf denen man die Würde empfangen konnte. Das bedeutete für mich einen erheblichen, unter Umständen entscheidenden Zeitgewinn. Wenn ich tagelang zur Behandlung hätte warten müssen, wäre die Möglichkeit, endlich aktiviert zu werden, erheblich geringer gewesen.

Tormanac hatte in meiner hohen Punkteansammlung einen triftigen Grund gefunden, mich zuerst vorzulassen. Das war schon immer üblich gewesen. Jener Schüler, der am vorzüglichsten abgeschnitten hatte, wurde zuerst behandelt. Ich hatte also eine gute Chance, vorausgesetzt, meine vorgetäuschte Identität wurde nicht schneller als erwartet entdeckt. Sollte dies dennoch geschehen sein, so war mit dem plötzlichen Erscheinen schwerbewaffneter Geheimpolizisten des Imperators zu rechnen. In dem Fall würden auch die unter des Blinden Sofgarts Befehl stehenden Jagdkommandos der Kralasenen nicht lange auf sich warten lassen.

Vor uns öffnete sich eine weite Vorhalle. Die Mitglieder der *Kleinen Runde* waren vollzählig erschienen. Ich schaute mich unauffällig um und unterdrückte eine Verwünschung. Die in Antigravfeldern schwebenden Holokameras waren ebenfalls wieder vorhanden. Natürlich hatte Tormanac den von Milliarden Zuschauern erwarteten Brauch der Direktübertragung nicht jählings annullieren können. Er mußte die Anwesenheit der Berichterstatter dulden. Ungeduldig ließ ich die Begrüßungsansprache über mich ergehen. Schließlich wurde ich noch mit den vorgeschriebenen und wohlgesetzten Worten auf meine zukünftigen Pflichten hingewiesen. Es dauerte alles viel zu lange. Tormanac wußte das ebenfalls, aber daran ließ sich nichts ändern.

Endlich kam die zeremonielle Schlußfrage: »Sind Sie bereit, Hertaso Macolon, die hohe Ehre der ARK SUMMIA anzunehmen und die damit verbundenen Vorzüge dem Großen Imperium, sowie Seiner Allessehenden, Alleswissenden Erhabenheit, Imperator Orbanaschol dem Dritten, zur Verfügung zu stellen?«

Ich antwortete mit der vorgeschriebenen Redewendung: »Mein Leben für Arkon, Zhdopanda.«

Damit hatte ich endlich die formellen Phrasen überstanden. Nun begann die Praxis. Ich sah, daß Tormanac einen prüfenden Blick auf Tirako Gamno warf, der von einem Offizier des Wachkommandos auf seine Pflichten als Ehrendiener hingewiesen wurde. Danach hatte Tirako als Beobachter die Prozedur zu überwachen und beim geringsten Verdacht einer fehlerhaften Handlung Einspruch einzulegen. Ferner hatte er dafür zu sorgen, daß es meinem leiblichen Wohl an nichts fehlte. Aufgaben dieser Art überantworteten die ARK SUMMIA-Empfänger grundsätzlich ihren vertrautesten Freunden. Tirako wurde anstandslos akzeptiert. Ich atmete erleichtert auf.

Dreisonnenträger Tormanac geleitete mich durch einige Vorräume. Vor einem meterstarken Schott aus Arkonstahl, abgesichert durch zwei zusätzliche und tödlich wirkende Energiefelder, blieb er stehen.

Er fand Gelegenheit, mir einige Worte zuzuraunen: »Vorsicht! Etliche Spuren deuten darauf hin, daß Sie als Lügner erkannt worden sind. Wir haben bereits zwei Besatzungsmitglieder der ARGOSSO in Schutzhaft genommen. Deren Aussagen zufolge gibt es aber noch mehr Zeugen, die Macolons Tod bestätigen können. Darunter ein Hyperfunker, der bis zum letzten Augenblick mit Macolon in Kontakt gestanden hat. Er ist nicht auffindbar. Entsichern Sie Ihre Luccotschleuder!«

Mir wurde heiß. Also war das Befürchtete doch eingetroffen. »Teilen Sie es Tirako mit!« flüsterte ich rasch zurück. »Ich habe ihn voll eingeweiht. Es gab keine andere Möglichkeit.«

Damit war unser Gedankenaustausch schon wieder beendet. Wissenschaftler in weißen Kombinationen erschienen. Sie desaktivierten die Schutzschirme und öffneten das Panzerschott. Dahinter erblickte ich einen mit automatisch funktionierenden Abwehrwaffen ausgestatteten Vorraum. Eine Bildfläche zeigte den dahinterliegenden Saal. Dort war die Aktivierungsapparatur installiert. Tirako postierte sich hinter einem transparenten Strahlschutzschild. Von dort aus konnte er jeden Vorgang beobachten. Als man mich auf die breite Liege gebettet hatte, war Admiral Tormanac mit den anderen Mitgliedern der *Kleinen Runde* gegangen. Tirako war der letzte Mann innerhalb dieses großen Raumes, der über mich und die mir drohenden Gefahren informiert war.

Über meinem von breiten Klammern eingespannten Kopf schwebte eine Metallhaube, die sich weiter oberhalb konisch verjüngte. Dort mündeten die Energiezuleitungen. Ich durfte und konnte mich nicht bewegen. Der Schädel hatte genauso liegenzubleiben, wie er von den Wissenschaftlern ausgerichtet worden war. Ich wußte nur, daß ein scharfgebündelter Lichtbalken jenen Sektor markierte, in dem die Hyperstrahlung wirksam werden sollte. Im Gegensatz zu den allgemein bekannten Gerätschaften einer hypnosuggestiven Unterrichtung war die Aktivierungsglocke, wie sie genannt wurde, anders konstruiert. Sie hatte dem Unterbewußtsein und auch dem von gesteuerten Willen relativ unabhängigen Erinnerungsbereich *keine* Wissensgüter zu vermitteln. Ihre Aufgabe war es, im Verlauf eines fünfdimensional-energetischen Aufladungsprozesses die in fast allen arkonidischen Gehirnen brachliegenden Sektoren zu wecken. Im Falle der ARK SUMMIA geschah das nicht in Form einer einzuschaltenden Empfangsbereitschaft für äußere Eindrücke aller Art, sondern hier wurde der bislang ungenutzte Sektor mit 5-D-Impulsen zum Erwachen angeregt.

Unsere Parawissenschaftler hatten schon vor Jahrtausenden festgestellt, daß dieses Hirnfragment, der sogenannte Logiksektor oder Extrasinn, in Urzeiten selbständig »operiert« hatte. Er war für die als tierische Instinkte und Begabungen bekannten Eigenschaften zuständig gewesen; für das ausgeprägte Witterungsvermögen, das voraussehende Ahnen, für die Erfassung von Gefahren, sowie für Dinge, die infolge eines noch fehlenden Erfahrungsschatzes nur mit einer unbewußt einsetzenden Logikauswertung gemeistert werden konnten. Alle diese verlorengegangenen Fähigkeiten konnten nicht mehr aktiviert werden; aber ein Teil davon war regenerierbar. Es handelte sich vor allem um die logische Erfassung von Gegebenheiten aller Art.

Unsere Fachleute waren davon überzeugt, daß diese Gabe die ursprünglich wertvollste gewesen war. Wahrscheinlich hatten wir ihr unser Emporsteigen aus dem Steinzeitdasein zum hochtechnisierten Volk zu verdanken. Die Theorie war etwas fragwürdig; aber an der Tatsache eines brachliegenden Hirnsektors war nicht zu zweifeln. Das bewiesen die ARK SUMMIA-Träger.

Arkoniden, die auf diesen aktivierten Sektor zurückgreifen konnten, waren ihren Zeitgenossen weit überlegen. Sie verstanden und erfaßten Vorkommnisse jeder Art wesentlich schneller als andere Personen. So konnten beispielsweise Wissenschaftler mit aktivierten Logiksektoren wesentlich bessere Erfolge nachweisen, als ihre »normalen« Kollegen. Flottenkommandeure mit der ARK SUMMIA kalkulierten schneller und folgerichtiger.

Mir war völlig klar, warum Fartuloon so großen Wert auf die Erweckung meines Extrasinns legte. Zu welchem Zweck aber? Wie sollte ich, der stets Verfolgte, jemals in die Lage kommen, diese großartige Gabe nutzbringend anzuwenden? Wie sollte ich jemals ein anerkannter Wissenschaftler, Wirtschaftler oder Politiker werden, wenn sogar ein hochintelligenter Mann wie Fartuloon die größte Mühe hatte, mich vor den Häschern abzuschirmen? Etwas an seinem Vorhaben erschien mir unlogisch. Ich hatte meinen wachsenden Unmut nur deshalb zügeln können, weil mir mein Instinkt immer wieder zum Abwarten geraten hatte. Fartuloon gehörte nicht zu den Arkoniden, die etwas grundlos in die Wege leiteten.

Nun lag ich schon beinahe vier Tontas lang auf diesem Lager. Außer einem beständigen Summen und dem hier und da aufklingenden Gemurmel der ausführenden Wissenschaftler hatte ich nichts gehört. Über den Aktivierungsprozeß hatten wir uns, die Hertasonen, die phantastischsten Vorstellungen gemacht. Die wirklich Wissenden hatten geschwiegen und gelächelt. Ich hatte mit einem spontanen Aufflackern bislang ungekannter Geistesenergien gerechnet, mit dem Ertönen von unwirklichen Stimmen und leiser Musik. Nichts dergleichen war geschehen. Das, was die Aktivierungsglocke ausstrahlte, war unhörbar, unfühlbar und auch nicht optisch sichtbar. *Hat man nicht immer von diesem Logiksektor gesprochen? Bei Arkon – was haben wir uns in unseren Träumen darunter vorgestellt!*

Wenn ich aber geglaubt hatte, schon nach wenigen Tontas zu einer Geistesgröße zu werden, die im Kopf mathematische Aufgaben löste, die man normalerweise in ein Robotgehirn speiste, so hatte ich mich geirrt. Ich war enttäuscht, zutiefst enttäuscht. Etwas, gleichgültig was, hätte wenigstens geschehen können; gewissermaßen als Zeichen für den Erfolg. Wenn ich meine Augen so weit in den Höhlen drehte, daß sie zu schmerzen begannen, konnte ich Tirako sehen. Er stand immer noch hinter dem Strahlschutz.

Schließlich war es so weit. Die Wissenschaftler erschienen in meinem begrenzten Blickfeld. Das Summen verstummte, die große Glockenhaube schwenkte zur Seite. Man löste die Metallklammern über meinem Schädel und richtete mich behutsam auf. Jemand hatte die Tür aufgleiten lassen, noch ehe ich befragt werden konnte. Die Behandlung war beendet. »Wie fühlen Sie sich, Erhabener? Übelkeit, Gleichgewichtsstörungen? Ist der Gesichtssinn in Ordnung?«

Oh, jetzt werde ich bereits mit dem Titel angeredet! Ja, ich fühlte mich wohl, und das drückte ich auch aus.

»Erstaunlich«, wurde ich gelobt. »Wir kennen nur wenige Fälle in der langen Geschichte der ARK SUMMIA, daß ein ...« Der Wissenschaftler, ein Paraphysiker, unterbrach sich. Er lauschte nach draußen. Auch ich und Tirako hatten die lautstarke Stimme vernommen. Das war Admiral Tormanac. Jetzt begann er sogar zu schreien. Dann ertönte ein Schuß. Das Krachen des Hochenergieblitzes war unverkennbar.

»Niemand betritt den Aktivierungsraum«, hörte ich Tormanac brüllen. »Ich werde von meinem Hausrecht Gebrauch machen, wenn Sie noch so viele Legitimationen vorweisen. Die Geheimpolizei des Imperators ...« Ich wußte genug. Tormanac wollte mich warnen – er wäre niemals so laut geworden.

Tirako handelte erstaunlich schnell. Er wußte ebensogut wie ich, daß ein Entkommen durch die vordere Stahlpforte nicht mehr möglich war. Dort standen die Häscher der *Tu-Gol-Cel*, der »Politischen Geheimpolizei des Imperators«. Diese Männer besaßen weitreichende Befugnisse, denen sogar eine Persönlichkeit wie Tormanac nicht lange widerstehen konnte.

»Wo ist der hintere Ausgang?« sagte Tirako scharf, die Waffe in seiner Hand. »Nein, fragen Sie nicht lange! Das ist ein Attentat. Woher sind Sie gekommen?«

Ich wartete nicht auf die Aussage der verstörten Wissenschaftler, sondern rannte zu jenem Assistenten hinüber, der diensteifrig das vordere Stahlschott geöffnet hatte. Davor lag der Sicherheitsstollen mit den Abwehrwaffen. Ich stieß den älteren Mann zur Seite und drückte auf den Verschlußknopf des meterstarken Schotts. Während es langsam zuschwenkte, bemerkte ich die in den Vorraum eindringenden Männer der Tu-Gol-Cel. Sie waren berühmt und berüchtigt für ihr skrupelloses Verhalten und ihre technisch perfektionierten Verhörmethoden. Seitdem Orbanaschol III. an der Macht war, hatte die Tu-Gol-Cel erhebliche Vollmachten erhalten.

Ich eilte zurück, zerrte den widerstrebenden Wissenschaftler mit mir und riß den linken Arm nach oben. Meine beiden mittleren Finger berührten den Feuerknopf. Die entsicherte Luccotschleuder schnellte mit dem Lauf aus dem weiten Ärmel hervor, und schon fiel der Schuß. Er traf! Der Energiestrahl schlug in die Öffnungsschaltung der Panzertür ein und erzeugte dort eine Detonation. Die Wissenschaftler gingen schreiend in Deckung. Die TGC war um einige Millitontas zu spät eingetroffen. Wahrscheinlich war der Chef des Kommandos von Tormanac so lange wie möglich aufgehalten worden.

»Tirako, der zweite Ausgang liegt rechts hinter dem Schaltpult!« rief ich dem Freund zu. Er handelte wirklich schnell. Er riß bereits die einfache Tür auf und spähte hinaus, als ich noch durch den großen Saal rannte. Jenseits des von mir geschlossenen Schotts vernahm ich die Abschüsse starker Waffen. Wenn man damit den dicken Arkonstahl bezwingen wollte, mußte man sich einige Mühe geben. So schnell zerschmolz dieses Material nicht. Ich erreichte die Türöffnung; dahinter lag ein Gang.

»Wohin?« rief Tirako. »Du bist dir doch darüber klar, daß wir aus dieser Falle nicht mehr herauskommen, es sei denn, jemand hat hier Hilfskräfte stationiert.«

Das war auch meine Hoffnung. Wenn man mir etwas mehr Zeit gelassen hätte, wäre ich unbeschadet aus der Klinik entlassen worden. Nun erschien es aussichtslos. Ich rannte den Gang hinunter. Tirako folgte. Vor uns gabelte sich der Flur. Die hinweisenden Leuchtschriften waren mir willkommen.

»Links, der Transmitterraum!« keuchte Tirako. »Wenn wir ihn erreichen und wenn es gelingt, ein Gerät ...«

Das Dröhnen einer Schußsalve ließ ihn verstummen. Vor uns wurde ebenfalls gekämpft. Da ich mir nicht vorstellen konnte, daß die ahnungslosen Wissenschaftler der Klinik der eindringenden TGC Widerstand entgegensetzten, blieb nur die Schlußfolgerung, daß Admiral Tormanac dort einige Wachen postiert hatte. Sie mußten Sonderbefehle erhalten haben. Wir rannten erneut. Die Gänge schienen kein Ende zu nehmen. Je weiter wir vordrangen, um so heftiger wurde der Gefechtslärm. Er schien aus der Richtung des Transmitterraums zu kommen. Es wurde allmählich heißer. Das Gellen der Feueralarm-Pfeifen war nicht mehr zu überhören. Dort wurde mit Hochenergiewaffen geschossen; die Hitzeentwicklung war unausweichlich.

Vor uns lag eine andere Tür, diesmal wieder ein starkes Schott aus Arkonstahl. Als ich auf den Öffnungsschalter drücken wollte, schwang sie bereits auf. Jemand mußte uns mit Hilfe der Überwachungsanlage rechtzeitig gesehen haben.

Ein Lautsprecher dröhnte auf; die Stimme des Sprechers kannte ich nicht, aber er kannte meinen richtigen Namen: »Endlich, Atlan! Sie können hier ohne Schutzanzug nicht eindringen. Wir haben aber keine Zeit mehr zu verlieren. Verzichten Sie darauf und begeben Sie sich sofort in den Transmittersaal. Das Dreimanngerät Nummer fünf ist für Ihre Zwecke programmiert worden. Der Empfänger läuft und gibt Violettsignal. Durchschreiten Sie den Vorraum und benutzen Sie die rechte Tür! Nur nicht die linke nehmen, dann kämen Sie zu uns. Wir haben uns in dem gepanzerten Vorraum verbarrikadiert. Zweitausend Grad Hitze. Atlan, Vorsicht! Die Schutzschirme der Kampfanzüge halten nicht mehr lange stand. Gehen Sie nach rechts. Ich ...«

Wieder dröhnte eine Salve. Die TGC verwendete moderne Intervall-Luccots mit einer Feuergeschwindigkeit von 250 Energiestößen pro Millitonta. In dem Vorraum konnte man ungeschützt nicht mehr existieren. Ich rief in das Mikrofon. Der Mann, der mir die Hinweise gegeben hatte, antwortete nicht mehr. Die automatischen Feuerlöschanlagen arbeiteten. Wenn jedoch weiterhin geschossen wurde, würde dieses Gebäude stark im Mitleidenschaft gezogen werden. Dem Kommandeur der eingedrungenen TGC-Einheit schien das gleichgültig zu sein.

Wir durchschritten die Panzerschleuse. Selbst hier herrschten schon beachtliche Temperaturen. Die Sicherheitseinrichtungen in diesem Gebäudeteil kannte ich nicht einmal von Hörensagen. Sie mußten jedoch sehr gut sein, oder die ständig freiwerdenden Atomgluten hätten das Bauwerk längst in Asche verwandelt. Außerdem war es auch in weniger wichtigen Anlagen als in jenen der Paraklinik üblich, Transmittersäle durch Energieschirme und Panzerschleusen abzuschirmen. Das schien besonders beachtet worden zu sein.

Ich drückte auf den Öffnungsschalter der von dem Unbekannten bezeichneten Tür. Tirako schloß das Haupt-Eingangsschott. Er wollte den Schalter zerschießen, unterließ es aber klugerweise. Es war schon heiß genug. Die weiten Gewänder störten mich. Sie reichten fast bis zu den Füßen und hinderten mich in meiner Bewegungsfreiheit. Vorsichtig spähte ich hinter der aufgleitenden Tür hervor. Vor uns lag ein riesiger Saal; die Transmitterstation der Klinik. An der verschiedenartigen Größenordnung der Geräte erkannte ich, daß man von hier aus sogar Fernreisen unternehmen konnte. Damit waren die Sicherheitsmaßnahmen erklärt. Ferntransmitter wurden wegen der Kämpfe mit den Methans generell stark gesichert.

»Ist jemand anwesend?« fragte Tirako. Er schien die personifizierte Ausgeglichenheit zu sein.

Ich schüttelte den Kopf, trat zur Seite und ließ ihn ein. Ein Knopfdruck schloß das Schott. »Den Mechanismus zerschießen«, drängte ich. »Wir müssen uns den Rücken freihalten. Auf Feinstrahl stellen.«

Ich ging rasch in den Saal hinein und suchte nach dem Dreimanntransmitter mit der Nummernbezeichnung »fünf«. Hinter mir dröhnte Tirakos Schuß auf. Für einen Augenblick war der Saal in blendende Helligkeit getaucht. Eine heiße Druckwelle erfaßte mich. Sie verlief sich sofort, denn hier gab es noch genug kalte Luftmassen zur sofortigen Absorption der Glut. Nummer fünf stand weit hinten. Über dem käfigartigen Entmaterialisator blinkte eine violette Lampe. Das Gerät war tatsächlich programmiert und auf Sendung geschaltet. Das konnten nur jene Männer veranlaßt haben, die zur Zeit einen aussichtslosen Kampf gegen einen übermächtigen Gegner austrugen.

Warum taten sie das? Nur deshalb, weil sie – wahrscheinlich von Tormanac – eine Anweisung erhalten hatten? Oder besaßen sie tiefergehende Gründe? Ich kam nicht mehr dazu, meinen Gedankengang zu Ende zu denken. Vor uns, etwas zwanzig Meter entfernt, flammte plötzlich das Rematerialisierungsfeld eines größeren Transmitters auf. Er konnte die Masse von fünf Personen auf einmal befördern. Ich erblickte dunkelrote Uniformen. Das war die verhaßte und gefürchtete Farbe der Tu-Gol-Cel ...

Das filigranartige Flimmern verdichtete sich. Die Körper rematerialisierten und wurden stofflich stabil. Sie trugen Kampfanzüge, aber noch hatten sie ihre Individual-Schirmfelder nicht eingeschaltet. Das war bei einem Transmittersprung unmöglich. Tirako rief etwas, was ich nicht verstehen konnte. Es genügte mir auch völlig, daß er augenblicklich das Feuer eröffnete. Ich schoß ebenfalls. Die Luccotschleuder bewährte sich hervorragend, obwohl ich nur über den ausgestreckten Arm hinweg zielen konnte. Bei dem breitgefächerten Energieschuß eines Impulsstrahlers spielte der genaue Auftreffpunkt auch keine Rolle. Er wirkte immer zerstörend. Die fünf Körper flammten noch innerhalb des Transmitterkäfigs auf und brachen zusammen.

Nur ein TGC-Mann kam noch zur Gegenwehr. Seine Schußsalve aus einem Impulsstrahler fauchte über mich hinweg, fuhr in ein hinter mir stehendes Schaltgerät und brachte es zur Explosion. Weißglühende Metall- und Kunststoffmassen spritzten umher. Ich kauerte in der Deckung eines Umformers. So entging ich der flüssigen Glut mit Mühe und Not.

»Bist du verletzt?« schrie mir Tirako zu.

Meine Antwort war ein gezielter Schuß auf den Justierungsschalter des Empfängerteiles. Er zerbarst flammensprühend. Das schemenhafte Energiefeld des Transmitters brach in sich zusammen und erlosch. Eine Hitzewelle durchflutete den großen Raum. Hier durfte nicht mehr geschossen werden, oder wir würden uns selbst dem Flammentod ausliefern. Ein schneller Rundblick überzeugte mich davon, daß die anderen Transportgeräte nicht eingeschaltet waren. Durch sie konnten keine Geheimpolizisten eindringen. Tirako stand bereits vor dem Gitterkäfig mit der Nummer fünf. Er hielt sich außerhalb des roten Gefahrenkreises, schien die Schaltungseinstellung aber gut ablesen zu können. Ich rannte zu dem Transmitter hinüber, durch den soeben die Polizisten eingedrungen waren. Ich wollte versuchen, eine der schweren Waffen zu erbeuten. Es gelang mir nicht mehr, da die Robotsteuerung der Klimaanlage in diesem Augenblick Vollalarm gab und die automatischen Löscher in Betrieb setzte. Ein weißer Schaumregen ergoß sich von der Decke herab auf den brennenden Transmitter. Er deckte die Toten und auch die Waffen zu. Hier und da zuckten grellweiße Flammenzungen aus dem glühenden Gerät.

»Zurück, du riskierst dein Leben!« schrie Tirako. »Die Strahler können explodieren, wenn es die Löschanlage nicht schnell genug schafft.«

Ich folgte seinem Rat und lief zu ihm. Hier war die Hitze nicht mehr so unerträglich. »Die Luccotschleuder ist für dieses Kampfgeschehen untauglich«, sagte ich hastig. »Der Lauf schnellt nach jedem Schuß in die Ausgangsstellung zurück.«

»Du wirst sie wahrscheinlich bald nicht mehr brauchen.« Er deutete auf die Justierungsschaltung des Transmitters. Da bemerkte ich ebenfalls, daß er keine automatische Zeitauslösung besaß. Er mußte von der nahen Schaltstation aus bedient werden. Deren Besatzung war jedoch verschwunden.

Ich sprang hinüber, spähte durch die dicken Panzerplastscheiben und zog dann die dicke Stahltür auf. Es war niemand zu sehen. Tirako stand plötzlich hinter mir. Ich überlegte schnell. Unvermittelt geschah etwas, das mich erschreckt zusammenfahren ließ. Tirako drehte sich rasch um und ließ sich mit schußbereiter Waffe zu Boden fallen. »Nein, nein, es kommt niemand, noch nicht!« wehrte ich ab. »Wir haben noch Zeit. Tirako – mein Kopf ...«

Er richtete sich auf und stützte mich. Sein Atem kam stoßweise. »Was spürst du? Einen Impuls? Atlan, denke an die Aktivierung. Sie wird wirksam, vielleicht schneller als gedacht. Ist es ...? Die Ereignisse ...«

»Ja, ich weiß«, unterbrach ich ihn. »Schweig, bitte!«

Ich lauschte in mich hinein. Da vernahm ich die eigentümlich wispernde Stimme erneut. Mir war, als spräche ein Unsichtbarer direkt in mein Ohr. Dennoch war es keine akustische Geräuschaufnahme, sondern eine Art telepathischer Impuls, der tief aus meinem Unterbewußtsein kommen mußte. Ich fragte ungewollt mit lauter Stimme. Tirko umklammerte meinen Arm.

Schüsse, Kampfhandlung, wisperte etwas. Es konnte sich nur um meinen aktivierten Logiksektor handeln. *Also noch lebende Freunde. Holen, retten. Jemand muß schalten.* Damit war die erste hinweisende Äußerung meines erwachten Gehirnteils vorüber.

»Phantastisch!« flüsterte Tirako fasziniert. »Das ist phantastisch.«

»Woher weißt du ...«

»Du hast laut mitgesprochen. Natürlich, draußen wird noch geschossen. Jemand hält für uns den Kopf hin. Wieso bin ich nicht darauf gekommen?«

Ich begann mit der Schnelligkeit eines Roboters zu handeln. Dabei war ich innerlich völlig ausgeglichen. War das ebenfalls auf den aktivierten Sektor zurückzuführen? »Tirako, deck mir den Rücken. Es gibt hinter uns nur eine Tür, jene, durch die wir gekommen sind. Der Haupteingang ist hier. Er führt durch die Schaltzentrale, die gleichzeitig eine letzte Kontrollmöglichkeit darstellt. Ich hole jenen Mann, der draußen noch feuert.«

»Du wirst verbrennen.«

Ich deutete wortlos auf die schweren Schutzanzüge. Sie hingen in einem großen Wandschrank, den ich aber erst jetzt bemerkt hatte. Ich schien meine Umgebung plötzlich mit anderen Augen zu sehen. Tirako half mir in den Kampfanzug hinein. Er besaß ein kräftiges Energieaggregat zur Erzeugung eines wirkungsvollen Hochenergieschirms. Damit konnte ich Gluten von dreitausend Grad problemlos absorbieren. Ich riß die hintere Stahltür auf. Davor lag ein kurzer, gepanzerter Gang. Er endete vor einer Strahlschutzschleuse. Dahinter fielen noch immer Schüsse.

Die Decke könnte durchbrochen werden, wisperte es in meinem Gehirn. Ich fuhr erneut zusammen, doch diesmal stellte ich keine überflüssigen Überlegungen an. Dieser Logiksektor schien die Eigenart zu besitzen, sich jederzeit melden zu können, auch dann, wenn man es nicht wünschte.

»Tirako, auf die Decke des Saales achten! Ich würde an Stelle der

TGC von oben her durchbrechen. Eine Zermürbungssprengung genügt. Sie erzeugt keine Druckwelle und ist fast lautlos.«

Der Freund starrte mich verblüfft an. Ich grinste. Da verstand er. In meinem Kopf ertönte Gelächter. »Ruhe!« gebot ich.

»Bitte? Ich verstehe nicht, was – ach so, doch, ich habe verstanden. Bei der Kristallwelt, ich habe noch nie jemand angesichts solcher Gefahren lachen sehen.«

»Ich grinse, Examensbruder.«

»Gehst du nun endlich? Halte die TGC nicht für dumm! Man wird alles aufbieten, um dich zu fassen.«

»Und dich mit mir, Freund. Willst du nicht aussteigen? Behaupten, ich hätte dich gezwungen, mich zu begleiten? Die Toten reden nicht mehr.«

Er schaute mich entsetzt an. »Ist diese Feststellung auch auf einen Rat deines Logiksektors zurückzuführen?«

In mir lachte etwas. Ich antwortete nicht mehr, sondern öffnete das Schott der Schleuse. Das Dröhnen der Schüsse wurde lauter. Die Tür schloß sich wieder. Tirako verschwand aus meinem Sichtbereich. Ich ließ den Mikroreaktor innerhalb des Rückentornisters anlaufen und drückte auf die Justierungsschaltung des Schutzschirms. Knisternd legte er sich über meinen Körper und wurde zur Konturblase mit dem Prallfeldgradienten, der einer straff gespannten Haut glich. Von den verschiedenartigen Polen sprangen helle Entladungsblitze über. Ich zögerte einen Augenblick in banger Ungewißheit, ehe ich es wagte, auf den Öffnungsknopf der zweiten Schleusentür zu drücken. Wenn sie sich infolge einer extremen Hitzeeinwirkung nicht mehr öffnen ließ, waren wir verloren. Jemand mußte den Transmitter von der Schaltstation aus bedienen.

Keine Sorge, raunte mein neuer Partner. *Arkonstahl ist widerstandsfähiger als ein leichter Energieschirm. Da dein Freund noch schießt, kann es nicht zu heiß sein.*

Ich wollte mir vor die Stirn schlagen, traf aber nur die Scheibe des Schutzhelms. Allmählich verstand ich, warum die Aktivierung das bedeutsamste Ereignis im Leben eines Arkoniden war. Das Schott glitt nach außen auf. Ich war auf einiges gefaßt gewesen, darauf aber nicht. Ein Glutorkan heulte mir entgegen. Weißglühend erhitzte Gase fauchten in die noch normal temperierte Schleusenkammer hinein. Sie schleuderten mich gegen die Eingangstür und wirbelten mich anschließend auf dem Boden umher. Wenn die hier verwendeten Materialien nicht ausschließlich aus Arkonstahl bestanden hätten, wäre dieser Teil des Klinikgebäudes längst in sich zusammengebrochen. Normale Steine hätten diesen thermischen Gewalten nicht standhalten können.

Das Chaos mäßigte sich ebenso schnell, wie es über mich hereingebrochen war. Der Druckausgleich war beendet. Ohne den schützenden Energieschirm wäre ich jetzt nicht nur zerschmettert, sondern schon zu Asche verbrannt gewesen. Ich richtete mich auf, unterdrückte den Schmerz und schritt nach vorne. Rennen konnte ich nicht. Dafür war die Schutzkleidung zu hinderlich. In dem grellen Glühen bemerkte ich einen Körper. Sein blaßgelb schimmernder Schutzschirm hob sich farblich gut von den erhitzten Luftmassen ab. Der Mann schien völlig erschöpft zu sein. Vielleicht war er sogar verwundet. Er lag dicht vor dem äußeren Schott, so als hätte er versucht, diese Tür zu öffnen. Die Waffe war seinen Händen entfallen. Sie glühte dunkelrot und war unbrauchbar geworden.

Die Kontrollanzeigen in meinem Helm schnellten auf Gefahrenwert. Die Temperatur lag bereits dicht unter der maximalen Belastungsgrenze. Ich zögerte nicht. Hinter der transparenten Helmscheibe des Fremden bemerkte ich ein schmales Gesicht. Unsagbare Qualen hatten es gezeichnet. Als er mich sah, rang er sich ein Lächeln ab. Ich stellte keine Fragen. Seine Funksprechanlage mußte längst ausgefallen sein. Ich zerrte ihn mit den Schultern voran in die Schleuse, schloß die noch funktionierende Tür und drückte auf den Belüftungs- und Absorptionsschalter. Schleusen dieser Art waren dafür vorgesehen, geschädigt ankommende Transmitterreisende zu entgiften. Zu diesem Begriff zählte auch eine Überhitzung nichtorganischer Güter.

Für mein Gefühl schien es Tontas zu dauern, bis der von außerhalb bezogene Frischluftstrom endlich die heißen Gasmassen verdrängt hatte. Als die Temperatur auf plus siebzig Grad gefallen war, öffnete ich die innere Schleusentür. Wieder zog ich den offenbar total erschöpften Unbekannten mit dem Kopf voran hinaus. Im Transmittersaal ließ ich ihn vorsichtig zu Boden sinken, desaktivierte mein Individualfeld und klappte den Helm zurück.

Tirako war da. Er wartete, bis auch unser Helfer seinen flackernden Schutzschirm abgeschaltet hatte. Gemeinsam öffneten wir seinen Schutzhelm. Der erste Laut war ein qualvolles Stöhnen. Wir zogen ihm in aller Eile den angekohlten Kampfanzug vom Körper. Da bemerkten wir die Ursache seiner Leiden. Er war viel zu schwer verbrannt worden, als daß wir ihm noch hätten helfen können. Dieser Mann war dem Tode geweiht! Anscheinend war sein Schutzfeld für den Bruchteil einer Millitonta undicht geworden – und das hatte ausgereicht, daß die glühenden Gase trotz des Anzugs seinen Körper total verbrühten.

»Atlan ...«

»Der bin ich. Schweigen Sie, mein Freund. Wir werden versuchen, Ihnen ...«

»Nein«, lehnte er röchelnd ab. »Die ... die anderen sind gefallen. Schirmversagen. Ich ... ich habe den Zugang verschweißt. Trotzdem Beeilung. Bringen Sie mich zu den Transmitterschaltungen! Schnell, schnell.«

Er hat recht! erklärte mein Logiksektor. *Keine Hilfe mehr möglich. Worauf wartest du?*

Ich faßte ihn unter den Armen. Tirako half. So transportieren wir den Mann zum Schaltpult. »Mit dem Oberkörper auf die Verkleidung legen«, stöhnte er. »Nein, nicht setzen! Schnell, drüberlegen! Ich muß die grünmarkierte Einheit erreichen können.«

Tirako schluchzte. Von Mitleid überwältigt, sah er auf den tödlich Verwundeten. Wir legten ihn wunschgemäß auf das halbrunde Schaltpult. »Gut so. Gehen Sie in den Transmitter Nummer fünf. Schnell, ich kann nicht länger durchhalten. Atlan – mein Leben für Sie! Helfen Sie unserem Volk! Schnell!«

Tirako und ich rannten. Über uns begann die Decke zu bröckeln. Ich entriß Tirako die Dienstwaffe und feuerte einige Hochenergieschüsse nach oben. Jemand stürzte schreiend durch das plötzlich entstehende Loch. Dann standen wir in dem Transmitterkäfig. Unser Helfer war hinter den dicken Panzerscheiben nur undeutlich zu erkennen.

»Er schafft es nicht mehr!« behauptete Tirako bebend. »Das kann niemand aushalten. Nie hätte ich geglaubt, daß ...«

Das entstehende Entmaterialisierungsfeld ließ ihn verstummen. Unser Freund hatte es doch noch geschafft. Weiter vorn schwebte der erste Polizeiroboter aus dem Loch in der Decke. Ehe die Maschine jedoch auf unser Transportgerät schießen konnte, spürte ich bereits den Schmerz der Entmaterialisierung. Tirako war nur noch schemenhaft erkennbar. Dann verließen mich die Sinne.

Ich taumelte in Fartuloons Arme. Neben ihm stand Eiskralle. Hinter den beiden alten Freunden gewahrte ich einige Männer, die ich nie zuvor gesehen hatte. »Ruhig, Junge, ganz ruhig«, sprach Fartuloon leise. »Du hast es wirklich überstanden. Ah, dein Freund Tirako Gamno. Willkommen in meinem Stützpunkt. Sie sind sich hoffentlich darüber klar, daß es für Sie kein zurück mehr gibt? Man wird Sie jagen wie Atlan. Ich werde jedoch dafür sorgen, daß Ihr Herr Vater unangefochten bleibt. Er hatte ja auch wirklich keine Ahnung von dem Fehltritt seines Sohnes.«

Fartuloon lachte tief und dunkel. Ich sah hinunter in das breite Gesicht des relativ kleinen, aber ungeheuer starken Mannes. Fartuloons gelbliche, zwischen starken Wülsten liegende Augen schienen wie im inneren Triumph zu leuchten. Ich wußte, warum. Er hatte sein Ziel erreicht. Ich hatte die ARK SUMMIA errungen, und außerdem war es mir noch möglich gewesen, meinen Häschern im letzten Augenblick zu entkommen. Ja, er hatte alles erreicht. Ich aber – was hatte ich gewonnen?

Ich löste mich aus seinen starken Armen und stieß mich dabei an seinem Brustpanzer. Also trug er dieses alte, scheußliche Ding immer noch. Natürlich baumelte an seinem Gürtel das breite Kurzschwert, dem er die geheimnisvoll klingende Bezeichnung Skarg verliehen hatte. Er war schon ein seltsamer Mann, mein verehrter Erzieher und Lehrmeister.

Eiskralle kam auf mich zu und lächelte gläsern. Ich hatte den kleinen Chretkor, der immer befürchtete, in extremer Hitze zerschmelzen und bei zu großer Kälteeinwirkung zersplittern zu müssen, vermißt und legte beide Hände auf seine Schultern. Tirako wich vorsichtshalber zurück, von Eiskralles völlig transparentem Körper, der einem anatomischen Phantombild glich, verblüfft.

»Atlan, willkommen! Es tut mir leid, daß ich nicht bei dir sein konnte. Fartuloon, dieser Widerling, verbot es mir.«

»Freue dich!« Ich lächelte und holte tief Luft. Allmählich wich die Schwäche von mir. »Freue dich, Kleiner! In der Halle wärest du tatsächlich zerschmolzen.«

»Chrekt bewahre mich«, schrie er und erhob abwehrend die Hände.

Tirako hüstelte. Wie gebannt starrte er auf Eiskralles Kopf. Das Gehirn war deutlich erkennbar. Ich schaute mich um. Der Raum war mittelgroß. Der Empfangstransmitter, ein kleines Zweimanngerät, beanspruchte den größten Teil des Platzes.

»Wo sind wir?« erkundigte ich mich.

»Auf Largamenia, Junge. Tief unter den Felsmassen eines Gebirges, das seinerseits von einer Energiekuppel der Simulationsanlage überwölbt wird und die Anpeilung des Transmitters verhindert. Wenn das kein gutes Versteck ist.« Fartuloon lachte und rückte seinen Harnisch zurecht.

Ich löste die Magnetverschlüsse des Schutzanzugs. Mein weißes Gewand wurde sichtbar. Fartuloon trat zurück. Seine Augen schienen zu leuchten. Oh – diesen »feierlichen« Gesichtsausdruck kannte ich!

»Nein, nicht das«, wehrte ich entsetzt ab. »Bitte keine schönen Worte und Lobreden. Ich habe genug davon gehört.«

»Darum geht es nicht, *Euer Erhabenheit!*« sagte einer der Männer, die ich nie zuvor gesehen hatte. Er preßte die Rechte gegen die Stirn und verbeugte sich. Seine Begleiter knieten nieder und legten die Fingerspitzen über die Augen.

Das ist eine traditionelle Geste, die ... Es war mir nicht möglich, den Gedanken zu Ende zu spinnen. Ich fühlte, wie sich in mir jeder Muskel versteifte. *Die Anrede und ... Das – das ist doch nicht möglich!*

Doch! meldete sich mein Logiksektor mit der ihm eigenen Gelassenheit. *Doch! So werden nur der Imperator und der Kristallprinz des Reiches begrüßt.*

Die momentane Starre wich von mir. Vor meinen Augen erschienen rote Ringe. Sie verdichteten sich zu Feuerrädern. Ich vernahm aufgeregte Stimmen und das Zischen einer Hochdruckspritze. Mein Arm begann zu schmerzen, aber der Schwächeanfall wurde augenblicklich beseitigt. Ich konnte auch wieder klar sehen. Die drei Männer knieten noch immer. Der ältere Arkonide, jener, der mich mit diesem für mich unfaßlichen Titel angesprochen hatte, schaute mich prüfend an.

»Ich bin Arctamon, ehemals persönlicher Sachberater in Fragen der Innenpolitik Seiner Erhabenheit, des Imperators Gonozal des Siebenten von Arkon. Mir gelang es ebenfalls, den Häschern des Brudermörders Orbanaschol zu entkommen. Ich begrüße Euer Erhabenheit in Freude, Dankbarkeit und Demut.«

Nun kniete er auch noch nieder! »Bitte, stehen Sie auf, mein Herr, ich bitte Sie, Erhabener! Das – das sollten Sie nicht tun. Das steht mir nicht zu. Ich verstehe überhaupt nicht ...«

Ich fühlte Fartuloons Hand meinen Oberarm umspannen. Er drückte zu. Seine enorme Kraftentfaltung entlockte mir ein Stöhnen. »Du mußt zu dir finden«, vernahm ich seine Stimme. »Die Tonta der Wahrheit ist gekommen, Atlan. Das hatte ich dir versprochen. Deine wissenschaftliche Ausbildung ist abgeschlossen, die Mannbarkeits-Reifeprüfung hast du mit der Erringung der ARK SUMMIA überaus verdient bestanden. Laß mich dein Erster Diener sein. Ich werde in dir stets den hilflosen Jungen sehen, den ich vor vierzehn Jahren arkonidischer Zeitrechnung in Sicherheit brachte. Der von seinem verbrecherischen Bruder ermordete Imperator Gonozal der Siebente war dein gütiger und mit glänzenden Fähigkeiten ausgestatteter Herr Vater. Du bist der rechtmäßige Kristallprinz des Reiches, dein wahrer Name lautet Mascaren, du bist der kommende Herrscher über das Große Imperium und durch das Ableben deines Vaters jetzt schon der vom Gesetz bestimmte

Zhdopanthi Gonozal der Achte. Ich grüße und ehre Euer Erhabenheit!«

»Fartuloon ... Nicht niederknien. Nicht! Ich bitte die ehrenwerten Herren aufzustehen, bitte. Sie beschämen mich.«

Jener alte Mann, der sich als Arctamon vorgestellt hatte, sah mich an, wie mich noch nie ein Arkonide angeschaut hatte. Welch eine Freude und Verehrung; aber auch welch eine Erleichterung war aus dieser Mimik herauslesbar. Mir wurde schon wieder elend. Ich sah mich hilfesuchend nach dem Freund um. Tirako war da – natürlich war er da. Aber wie er da war. Er stand in steifer Haltung hinter mir; vorschriftsmäßig die Beine gespreizt und die rechte Hand gegen die linke Brustseite gepreßt. So begrüßten arkonidische Offiziere ihre höchsten Kommandeure und natürlich auch den Höchstedlen des Reiches, der als *Begam* der Oberkommandierende der Flotte war. Wahrscheinlich wollte er durch mich »Hindurchstarren«, wie es der Brauch gebot, aber das gelang ihm glücklicherweise nicht. Seine Lippen bebten, und die rechte Hand zitterte, obwohl sie auf der Brustplatte einen guten Halt fand. Eigentlich war es Tirako Gamno, der mir ungewollt meine innere Fassung zurückgab.

Ich trat auf ihn zu und zerrte an seinem zerzausten Haar. »Dummkopf«, schalt ich ihn. »Hast du das nötig? Stellt man sich so vor einem Freund auf, mit dem man Leid und Gefahren geteilt hat?«

»Euer Erhabenheit ...«

Ich trat ihm kräftig auf den Fuß. Da konnte er einen Laut des Schmerzes nicht unterdrücken. Ich grinste ihn an. »Ah, wird man wieder vernünftig? Fartuloon ...« Der Bauchaufschneider von Gortavor dachte nicht daran, sein aufgewühltes Seelenleben ebenfalls so bloßzustellen wie Tirako Gamno. »Ich bin zu erregt und zu überrascht, um mich jetzt vernünftiger äußern zu können, als ich es bereits versuchte.«

»Oh, das klingt aber ziemlich vernünftig«, behauptete mein Lehrmeister.

Arctamon schmunzelte. Er schien gleich Tirako ein guter Beobachter und glänzender Psychologe zu sein. Wahrscheinlich hatte er lange auf mein Erscheinen gewartet. Ein Mann von seinem Rang hatte sich naturgemäß fragen müssen, in welcher Weise sich der Kristallprinz des Reiches entwickeln würde. Das waren berechtigte Vorbehalte gewesen. Ich hätte nach der Flucht und bei Fartuloons unkonventionellen Erziehungsmethoden durchaus zu einem widerborstigen und unausstehlichen Mann werden können. Nunmehr, nach der Eröffnung über meine wahre Herkunft, hätte sich ein bislang in meinem Unterbewußtsein verborgener Dünkel bemerkbar machen können. Es waren überhaupt viele Möglichkeiten zur negativen Bewertung meiner Person denkbar gewesen.

Ich verstand schon, warum mich der alte Mann so eigentümlich angeblickt hatte. Nicht jeder Sohn war seinem Vater gleichzustellen. So war auch aus Tirako Gamno kein kaltherziger Geschäftsmann geworden, sondern ein körperlich schwächlicher, schöngeistiger Jüngling, der von der Handelsraumschiffsflotte seines Erziehers so gut wie nichts wissen wollte.

»Ich bin müde, abgespannt und fast nicht mehr bei Sinnen. Ich bitte um einige Tontas der Ruhe. Fartuloon, gibt es hier ein Bad?«

Nach der für mich noch immer unvorstellbaren Eröffnung über meine Herkunft vergingen sieben Pragos nach Arkon-Zeitmaß: Fast ununterbrochen saß ich mit Fartuloon, Arctamon und den drei anderen Herren seiner Begleitung zusammen, um mir über meinen Lebensweg und über das grausame Schicksal meines Vaters berichten zu lassen. Fartuloon war in der Nähe gewesen, als Imperator Gonozal VII. während einer Jagdexpedition auf dem Urweltplaneten Erskomier »verunglückte«. Es war jedoch kein Unfall gewesen, wie die »offizielle Sprachreglung« lautete, sondern ein wohlvorbereiteter Mord!

Filmaufnahmen, geheime Staatsdokumente, abgehörte Gespräche und Fartuloons Bericht bewiesen mir, daß er rechtzeitig genug das trügerische Spiel um die Macht durchleuchtet und sich darauf vorbereitet hatte. Mein Vater hatte seinem Bauchaufschneider bereits zu seinen Lebzeiten ungeheure finanzielle Mittel und Ausrüstungsgüter aller Art zur Verfügung gestellt. Er hatte immer mit einem Attentat gerechnet – die arkonidische Geschichte belegte, daß die wenigsten Herrscher sanft eines natürlichen Todes starben. Er hatte Fartuloon voll und ganz vertraut, was sich als sehr weise erwiesen hatte, denn Fartuloons Vertraute saßen überall, und als sie erfuhren, daß Gonozal VII. tot war, begannen sie zu handeln. Naturgemäß gab es in allen wichtigen Institutionen des Reiches, besonders in der Flotte, zahlreiche Personen, die Gonozal treu ergeben gewesen waren. So hatte Fartuloon weitere Verbündete gewonnen.

Falsche Spuren wurden gelegt, die sich wieder im Sande verloren, und einer dieser Männer löschte meine Individualdaten aus dem großen Zentralgehirn auf der Kristallwelt. Von da an war ich, das hilflose Kind, aufgrund solcher Unterlagen nicht mehr auffindbar. Nicht einmal die TGC hatte diese Löschung verhindern können. Fartuloon und seine Freunde waren stets etwas schneller gewesen.

»Nachdem es praktisch keine Unterlagen mehr über dich gab«, sagte Fartuloon, »konnte ich deine Erziehung in die Hand nehmen. Mit Erfolg, obwohl ich als Versteck die Randwelt Gortavor wählte. Es gelang uns auch, die Ereignisse in jenen Pragos weitgehend zu rekonstruieren, die dem 17. Tarman 10.483 da Ark vorausgingen. Die Schilderung mag manche Lücke enthalten, anderes beruht auf Indizien, aber im großen und ganzen entspricht alles den Tatsachen – sieh und hör selbst, wie die Verschwörer von Arkon vorgingen ...«

14.

Der Bauchaufschneider Fartuloon:

Ein neuer Morgen brach an. Auf Arkon I gab es keine richtige Nacht. Mit Einbruch der Dämmerung erschienen die zahllosen Sonnen des Kugelsternhaufens Thantur-Lok am Himmel, in dessen Mitte sich das Arkonsystem befand. Dicht an dicht standen sie am Firmament, und ihr Licht war hell genug, um den Bewohnern der Kristallwelt – Gos'Ranton – eine mühelose Orientierung zu ermöglichen. Viele von ihnen waren sogar tagsüber zu erkennen. Nun ging wieder die Sonne auf, ein riesiger weißer Stern, der den Planeten trotz der relativ großen Entfernung von rund 620 Millionen Kilometern ausreichend erwärmte und ihm ein fast paradiesisches Klima gab. Zwei weitere Welten, beim Projekt Tiga Ranton auf Befehl des Imperators Gonozal III. künstlich auf die gleiche Umlaufbahn gebracht, kreisten mit Arkon I zusammen in der exakten Formation eines gleichseitigen Dreiecks um diese Sonne; der Abstand von einer Welt zur anderen betrug etwas mehr als eine Milliarde Kilometer.

Arkon II war die Handelswelt, Mehan'Ranton, auf der riesige Mengen von Gütern erzeugt, umgeschlagen und überallhin in das Imperium geliefert wurden. Bei Arkon III, als Gor'Ranton – Kampfwelt – umschrieben, handelte es sich um einen ausgesprochenen Industrieplaneten, dessen Oberfläche fast ein einziger, riesiger Raumhafen war. Die planetare Kruste war bis in große Tiefe ausgehöhlt, überall gab es gewaltige Raumschiffswerften, unzählige Fertigungsbetriebe für alles nötige Zubehör, außerdem ausgedehnte Wohnstädte für die darin Beschäftigten und für die Besatzung der Kampfflotten des Tai Ark'Tussan. Während Arkon III, die Welt des Siedlungsbeginns, im Laufe der Zeit eine »Totalverbauung« erfuhr, blieb Arkon I, ursprünglich der zweite Planet, ein ausgesprochener Wohnplanet, wie er es schon vor seiner Neupositionierung auf der Bahn des dritten Planeten gewesen war.

Es war eine schöne Welt, auf der es keine großen Städte gab, die ihre Oberfläche verschandelt hätten. Hier lebte die Oberschicht der Arkoniden, vor allem Adel und Hochadel, der großen Wert auf ein exklusives Dasein legte, und entsprechend hatte man das Äußere der Kristallwelt gestaltet. Die Kontinente Laktranor und Shargabag waren wie die Großinseln Vuyanna und Krasaon von ausgedehnten Parklandschaften bedeckt, über die sich in gebührenden Abständen die Wohngebäude erhoben – in Trichterform ausgeführte Bauten, die sich von der Basis des Fundamentstiels her nach oben erweiterten und deren Räumlichkeiten auf Terrassen an den Innenseiten der Trichter lagen.

Alle waren prächtig und aufwendig ausgestattet, doch sie wurden bei weitem von den Baulichkeiten des Regierungszentrums übertroffen, das sich auf dem Hügel der Weisen befand, dem Thek-Laktran, einem Hochplateau, das von mehreren Gipfeln überragt wurde. Zwischen diesen lagen riesige Trichtergebäude, bis zu 500 Meter hoch, und in ihnen wohnten die Spitzen der arkonidischen Gesellschaft, sowie die Gesandten und Botschafter der Völker, die mit dem Imperium befreundet waren oder zumindest politische Beziehungen zu ihm unterhielten.

Den Mittelpunkt aber bildete der Kristallpalast, in dem der jeweilige Herrscher über das Große Imperium, seine Familie, seine Berater und höchsten Offiziere wohnten. Er trug seinen Namen zurecht, denn seine Außenfassade war mit einer Schicht von funkelnden Kristallen bedeckt – ein funkelndes Juwel vom Aussehen eines gewaltigen Kelches, der Gos'Khasurn. Doch seine Schönheit hatte auch ihre Schattenseiten. Kein Gebäude auf ganz Arkon I war auch nur annähernd so stark gesichert wie er. Niemand konnte ihn betreten, ohne zuvor ausgiebigen Kontrollen durch Wachen und positronische Identifikationsautomaten unterzogen worden zu sein. Schon die Wachen waren streng, aber wer von ihnen beim unberechtigten Eintritt ertappt wurde, konnte noch von Glück reden. Die unsichtbar angebrachten Automatiken waren mit Waffen aller Art gekoppelt, die sofort in Tätigkeit traten, wenn ihnen jemand zu nahe kam, der keine ID-Marke mit sich führte, die ihn als berechtigten Bewohner oder Besucher auswies.

An all das mußte Fartuloon denken, als er seinen Antigravschweber auf einem der Landeplätze vor dem Kristallpalast niedergehen ließ. Die Strahlen der weißen Sonne umfingen das Gebäude und ließen die Kristallwände leuchten und glitzern, doch Fartuloon hatte keinen Blick dafür. Sein Herz war von großer Sorge erfüllt, und diese galt seinem

Herrscher, Gonozal VII. Fartuloon war der Leibarzt des Höchstedlen aus dem Großen Khasurn derer von Gonozal und eine Kapazität auf allen Gebieten der Medizin, wurde aber, wie es die Sitte war, auch als Hofmediker mit der Bezeichnung Bauchaufschneider belegt.

In Wirklichkeit war er weit mehr als nur der Leibarzt: Erst vor kurzem hatte ihn der Imperator zum Gos-Laktrote bestellt, zum Kristallmeister und »Oberaufseher der Privaträume des Höchstedlen«, der von Amts wegen in die Sicherheitsmaßnahmen eingebunden war. Noch war die Ernennung nicht offiziell verkündet und nur wenige Eingeweihte wußten von ihr.

Durch einige Eigenheiten, die Fartuloon absichtlich hervorkehrte, hatte er dazu beigetragen, den Ruf eines etwas schrulligen Wissenschaftlers zu wahren. Über welche besondere Eigenschaften er wirklich verfügte, war nur seinen engen Freunden und Vertrauten bekannt. Fartuloon hatte es in den Jahren seines Wirkens am Herrscherhof verstanden, eine ganze Anzahl solcher zu gewinnen, die zum Teil höchste Positionen innehatten. Ihnen allen war gemeinsam, daß sie Gonozal VII. treu ergeben waren, so wie auch der Arzt selbst.

Mit einigen von ihnen hatte er sich in der vergangenen Nacht getroffen, und sie hatten ihm bestürzende Nachrichten überbracht. Es gab eine Konspiration gegen den Herrscher, das stand mit großer Sicherheit fest! Nicht von außen her, sondern direkt im Kristallpalast, in seiner unmittelbaren Umgebung. Fartuloon hatte aufgrund von vielen kleinen Anzeichen schon seit längerer Zeit etwas Derartiges vermutet, aber nie schlüssige Beweise dafür erhalten. Nun besaß er wichtige Hinweise, nur wußte er nicht, wie er sie seinem Herrn beibringen sollte. Denn die Männer, um die es sich drehte, besaßen ebenfalls Gonozals volles Vertrauen.

Der massige Mann im schlichten Gewand des Hofarztes gähnte, als er seinen Schweber verließ, weil er in dieser Nacht kaum Schlaf gefunden hatte. Langsam schritt er auf einen der Eingänge im Sockel des riesigen Trichtergebäudes zu und holte automatisch seine Kennmarke hervor. Die dort stehenden Wachen kannten ihn zwar seit langem, aber ausweisen mußte er sich trotzdem. Fartuloon passierte die Wachen, schritt an den Kontrollautomaten vorbei, die ihn gründlich abtasteten, und betrat endlich den Kristallpalast.

In den unteren Stockwerken des fast tausend Meter hohen Gebäudes herrschte trotz der frühen Tonta schon ein reges Treiben. Hier befanden sich die Räume für die zahlreichen Bediensteten, die bereits eifrig dabei waren, ihre Vorbereitungen für den Tag zu treffen. Sie mußten zur Stelle sein, wenn ihre Herren sich von der Nachtruhe zu erheben geruhten. Bedienungsroboter waren in dieser vornehmen Umgebung verpönt. Da man am Hofe des Imperators naturgemäß nichts von synthetischen Nahrungsmitteln hielt, gab es in der Basis des Kristallpalastes zahlreiche große Küchenräume, in denen Köche und Feinbäcker rund um die Uhr ihren Tätigkeiten nachgingen.

Der Leibarzt mied die belebten Gänge und die Hauptantigravschächte, in denen zu dieser Zeit ein wahres Gewimmel herrschte. Er erwiderte den devoten Gruß einiger vorübereilender Lakaien nachlässig und bog dann in einen schmalen Seitengang ein, der ihn an der Peripherie des Palastsockels entlangführte und der verlassen dalag. Er nahm diesen Weg an jedem Morgen, er führte ihn zu einem wenig benutzten Sicherheits-Antigravschacht, durch den er direkt zu den Gemächern des Imperators kam. Seine Aufgabe war es, den Herrscher gleich nach dem Aufstehen gründlich zu untersuchen, wie es das Gesetz vorschrieb. Ein im Grunde überflüssiger Akt, denn Gonozal VII. stand in der Blüte seiner Jahre und war kerngesund.

Fartuloon ging an diesem Morgen langsamer als gewöhnlich, auf seiner Stirn lagen dicke Sorgenfalten. Trotz seiner Nachdenklichkeit sah er die kaum merkliche Bewegung etwa zwanzig Meter vor sich, wo dicht vor dem Antigravschacht eine Abzweigung des Ganges über eine Treppe in die Kellergewölbe führte. Es war nur ein vager Schatten gewesen, mehr zu ahnen als zu sehen. Der Gang war zwar hell erleuchtet, aber nicht voll zu übersehen, da er der leichten Krümmung der Außenwandung des Palastes folgte. Irgend jemand schien sich dort aufzuhalten und sich sofort in die Abzweigung zurückgezogen zu haben, als Fartuloon in Sicht gekommen war – warum?

Mit einem Schlag war der Arzt aus seinen Gedanken gerissen. Er ließ sich nichts anmerken und ging weiter wie bisher, aber er war auf der Hut. Noch drei Meter bis zur Abzweigung. Nichts war mehr zu sehen, nichts zu hören, nur seine eigenen Schritte. Sollte er sich doch getäuscht haben? Vielleicht hatten ihm nur seine Sinne einen Streich gespielt, bedingt durch die nervliche Anspannung, der er seit der letzten Nacht unterlag? Fartuloon erreichte den Nebengang und wollte sich schon entspannen, da waren sie plötzlich über ihm! Drei Männer waren es, die ihn aus dem Gang heraus ansprangen. Alle drei waren groß und kräftig, trugen neutrale dunkle Kleidung, vor ihre Gesichter waren dunkle Tücher mit schmalen Augenschlitzen gebunden.

Sie waren keine Neulinge in diesem Geschäft, das bemerkte der Arzt sofort. Obwohl sie alle gleichzeitig auf ihn losgingen, behinderte doch keiner den anderen; einer griff von rechts an, der andere von links, der dritte frontal. Alle drei waren mit Impulsstrahlern bewaffnet, aber sie benutzten sie nicht, um zu schießen. Mit erhobenen Waffen griffen sie an und es konnte keinen Zweifel daran geben, daß sie beabsichtigten, ihm damit den Schädel einzuschlagen.

Fartuloon reagierte mit verblüffender Schnelligkeit. Er duckte sich, um den Schlägen der Angreifer zu entgehen, und wich gleichzeitig in einer fließend-geschmeidigen Bewegung an die Wand des Ganges hinter sich zurück. Nun hatte er den Rücken frei, und er ließ seine kräftigen Arme wirbeln, traf die seitlich von ihm befindlichen Gegner mit harten Schlägen in die Magengegend.

Er hatte gut getroffen, denn die beiden Männer gingen sofort zu Boden und ließen ein unterdrücktes Stöhnen hören. Für den Moment waren sie ausgeschaltet, und der Arzt hatte es nur noch mit einem Angreifer zu tun, doch dieser war ihm fast ebenbürtig. Geschickt wich er einem Fußtritt gegen sein Schienbein aus und ging sofort wieder zum Angriff über. Der spiralige Lauf seines Luccots stach gegen Fartuloons Kopf, und dieser konnte ihn nur mit einer Reflexbewegung abwehren. Die Waffe rutschte ab und traf voll gegen seine linke Schulter. Ein stechender Schmerz zuckte durch seinen ganzen Körper. Für Augenblicke war der Arzt fast gelähmt, doch nun sah er aus den Augenwinkeln, daß die beiden niedergeschlagenen Männer sich bereits wieder aufzuraffen begannen. Wenn er jetzt seiner Schwäche nachgab, war es um ihn geschehen, das stand fest!

Fartuloon schüttelte kurz den Kopf, und plötzlich packte ihn eine rasende Wut auf diese Meuchelmörder. Unvermittelt war der Schmerz fort und vergessen, neue Schläge zur Seite rissen die beiden Männer wieder zu Boden, die sich eben erhoben hatten. Sie waren keine echten Gegner für ihn, nur der eine, der nun erneut auf ihn eindrang.

Warum schießen sie eigentlich nicht? fragte sich Fartuloon verwundert, während er aus schmalen Augen den Mann vor sich beobachtete. *Warum wollen sie mich unbedingt erschlagen?*

Er hatte keine Zeit mehr, eine Antwort darauf zu finden, denn nun ging sein Gegenüber zu einer Attacke über. Wieder versuchte er, den Arzt über den Kopf zu schlagen, und das war ein Handikap für ihn. Er verfolgte ein bestimmtes Ziel, Fartuloon hingegen kannte keine Rücksichtnahme, und das entschied diesen Zweikampf zu seinen Gunsten. Mit einem wohldosierten Gegenhieb wehrte er die niedersausende Waffe ab, die polternd zu Boden fiel. Gleichzeitig machte er einen Ausfall nach vorn und bekam den Gegner an der Kleidung vor der Brust zu packen. Mit einem Ruck riß er ihn zu sich heran, dann breitete er beide Arme aus und setzte zu einem Dagorgriff an. Mit einem hörbaren Knirschen brachen die Nackenwirbel des Vermummten, schlaff sank sein Körper in Fartuloons Armen zusammen. Er war tot, das wußte der Arzt sofort; er ließ seinen ausgeschalteten Gegner fallen und bereitete sich darauf vor, es mit den beiden anderen aufzunehmen. Doch diese wandten sich zur Flucht und stürmten wie von Dämonen gehetzt davon. Nun wäre es Fartuloon nicht schwergefallen, sie mit dem Strahler des Toten zu erschießen.

»Nein!« flüsterte der Arzt vor sich hin. »Ein Toter ist genug, und diese beiden werden es nicht wieder versuchen, das steht für mich fest. Jetzt bin ich gewarnt, ein zweites Mal wird mir so etwas nicht mehr passieren.«

Mit müden Schritten ging er zum Antigravschacht vor und drückte auf den Knopf der Alarmanlage. Fartuloon lehnte sich an die Wand und wartete auf das Eintreffen eines Kommandos der Palastgarde.

»Das ist ja Tertavion«, sagte der Anführer des Kommandos verblüfft, als er dem Toten die Maske abgestreift hatte.

»Sie kennen ihn?« fragte Fartuloon interessiert.

Der Arbtan nickte und schüttelte gleich darauf den Kopf. »Das begreife ich nicht«, knurrte er konsterniert. »Was sollte einen Obersten Diener unserer Herrscherin wohl dazu bewegen, zum Mörder zu werden?«

Der Leibarzt lächelte müde und rieb den Daumen am Zeigefinger. »Geld, Arbtan, was sonst wohl? Vermutlich steckt sogar jemand mit viel Geld dahinter, denn es waren immerhin drei Mörder, die er in seinem Sold hatte.«

»Warum haben Sie die beiden anderen entkommen lassen, Erhabener?«

Fartuloon zuckte mit den Achseln. »Gewiß, ich hätte sie erschießen können, aber was hätte mir das eingebracht? Tote können nichts mehr aussagen.«

»Da haben Sie allerdings recht. Nun, vielleicht können sie doch noch gefaßt werden; die Identität des Toten kennen wir nun, und durch intensive Nachforschungen über seinen Bekanntenkreis und Umgang müßte sich einiges herausfinden lassen. Das wird die Tu-Gol-Cel besorgen, denn diesen Vorfall müssen wir natürlich melden.«

Die TGC war die Politische Geheimpolizei des Imperators, der sich ihrer allerdings nur dann bediente, wenn es unumgänglich war. Gonozal VII. hielt nicht viel von ihren oft anrüchigen Methoden, doch in Kriegszeiten war eine solche Institution eine Notwendigkeit. Auch dem Leibarzt war sie ein Dorn im Auge, denn er ging oft seine eigenen Wege, teilweise sogar im Auftrag des Herrschers, dessen Vertrauter er war. Doch er hütete sich, dieser Abneigung Ausdruck zu geben.

Der Kommandoführer gab seinen zurückgekehrten Männern, die vergeblich nach den Flüchtigen gesucht hatten, den Befehl, den Toten fortzuschaffen, salutierte vor Fartuloon und folgte ihnen dann. Der Arzt setzte seinen Weg fort und schwebte im Antigravlift nach oben. Unterwegs dachte er intensiv nach.

Wer konnte wohl ein Interesse daran haben, mich aus dem Weg räumen zu lassen? Niemand wußte davon, daß er mehr als der bloße Leibarzt des Imperators war, dessen war er sicher. *Zumindest niemand, der es nicht wissen darf*, korrigierte er sich selbst. *Oder hat doch einer der Intriganten am Hofe etwas über das besondere Vertrauensverhältnis herausgefunden – schließlich haben ich und meine Freunde Informationen über die Konspiration gegen den Herrscher erhalten.*

Fartuloon beschloß, in Zukunft besser aufzupassen und seine Freunde entsprechend zu instruieren. Der Anschlag gegen sein Leben hatte ihm deutlich gezeigt, wie ernst die Lage bereits war. Geschickt schwang er sich aus dem Antigravschacht auf den Korridor vor den Gemächern des Imperators, drückte seine Kennmarke gegen den Aufnahmesensor der positronischen Türkontrolle und wartete geduldig, bis seine Identifizierung erfolgt war. Dann schwang der Türflügel vor ihm auf, und er konnte eintreten.

Gonozal VII. hielt sich in seinem Badezimmer auf, das die Ausmaße eines kleinen Saales hatte. Er war bereits dem Badebecken entstiegen und hatte sich auf einer Konturliege ausgestreckt, wo ihn Servomechanismen trockneten, massierten und mit duftenden Essenzen einrieben. Wie die meisten Arkoniden war er groß und schlank, aber doch gut proportioniert. Sein schmales Gesicht war edel geformt und ebenmäßig, seine Augen verrieten seine wache Intelligenz. Im Gegensatz zur herrschenden Mode trug er das weißblonde Haar nur schulterlang. An ihm war nichts von der Dekadenz zu bemerken, die sich allmählich in der Oberschicht der Arkoniden bemerkbar zu machen begann. Fartuloon verneigte sich vor seinem Herrscher.

»Du kommst heute spät, Fartuloon«, bemerkte Gonozal mit gespielter Strenge. »War deine Gefährtin der Nacht so feurig, daß sie dich die Pflichten gegenüber deinem Herrn vergessen ließ?«

»Ihr habt es erraten, Erhabener Imperator«, gab der Leibarzt mit zerknirschter Miene zurück und verneigte sich abermals, doch nur, um sein Grinsen zu verbergen.

»Alter Gauner, der du bist!« Gonozal lachte rauh auf. »Vermutlich war deine einzige Gefährtin der Nacht eine große Flasche voll von süßem Wein, ich kenne dich doch.«

Die Servoanlage hatte ihre Aufgabe beendet, der Imperator erhob sich elastisch und schlang ein Tuch um seine Lenden. Dann erst sah er Fartuloon voll an, und mit einem Schlag verschwand das Lächeln von seinen Lippen. Der Arzt hatte aufgehört zu grinsen, nur noch Ernst und tiefe Besorgnis sprachen aus seinen Zügen, und der Imperator fragte knapp: »Ist etwas Besonderes geschehen?«

Fartuloon nickte schwer. »Fast wäre ich heute überhaupt nicht mehr gekommen. Mein Imperator – man hat unterwegs versucht, mich zu ermorden!«

»Hier im Palast?« Gonozal sah ihn ungläubig an.

Fartuloon nickte abermals. »Ja, Euer Erhabenheit, unten in dem Seitengang, den ich immer benutze, um zu dem Nebenlift zu kommen. Es waren drei maskierte Männer, die dort auf mich lauerten, alle mit Impulsstrahlern bewaffnet. Eigentümlich war nur, daß sie nicht auf mich schossen, sondern darauf aus waren, mir den Schädel einzuschlagen.«

»Sie haben es nicht geschafft, das sehe ich«, stellte Gonozal lakonisch fest. »Wie bist du mit ihnen fertig geworden?«

Der Arzt berichtete kurz, und dann schwiegen beide Männer für eine Weile, bis der Imperator mit sorgenvollem Gesicht fragte: »Was folgerst du daraus, Fartuloon?«

Fartuloon lächelte düster. »Sie hatten zweifellos den Auftrag, dieser Tat den Anschein eines Unfalls zu geben. Später hätte man mich dann mit zertrümmertem Schädel und gebrochenen Gliedern am Grunde des Antigravschachts gefunden und die Schuld natürlich in einem Versagen dieser Anlage gesucht. Wahrscheinlich waren die drei darauf vorbereitet, den Antigrav entsprechend zu manipulieren, so daß die Kontrollen diese Annahme noch erhärtet hätten.«

Gonozal VII. nickte. »Vermutlich hast du recht. Doch warum wollte man das tun? Wer kann einen Nutzen von deinem Tod haben?«

»Wahrscheinlich dieselben Männer, die eine Verschwörung gegen Euch planen, Euer Erhabenheit«, gab der Arzt finster zurück.

Rekonstruktion: Diese Männer saßen zur gleichen Zeit, nur wenige hundert Kilometer vom Kristallpalast entfernt, zusammen. Ihr Treffpunkt war eine schlichte, unauffällige Sommerresidenz am Ostufer des Sha'shuluk-Sichelbinnenmeeres, die innen allerdings mit allem Prunk ausgestattet war, wie er vornehmen Arkoniden zukam. Einzelheiten in dieser Ausstattung verrieten einem kundigen Betrachter, daß es mehr ein Liebesnest war, obwohl es meist als solches fungierte. Hier verlebte Orbanaschol, der Bruder des Imperators, seine Nächte mit immer wechselnden Schönen. Orbanaschol war auch jetzt anwesend. Allerdings nicht als Liebhaber, sondern als Initiator der Verschwörung gegen seinen Bruder, den Herrscher über das Große Imperium der Arkoniden.

Auf den ersten Blick hätte ihm niemand seine enge Verwandtschaft zu Gonozal VII. geglaubt. Orbanaschol war in allem das Gegenteil zu seinem Halbbruder. Er war einen Kopf kleiner und ungewöhnlich gedrungen für einen Arkoniden, beinahe schon fett. Sein Gesicht war feist und rundlich, die kleinen listigen Augen verschwanden fast unter den dicken Tränensäcken. Seine ganze Person wirkte unangenehm und verschlagen, und dieser Eindruck verstärkte sich noch, sobald er den Mund auftat.

Seine Stimme klang dünn und fistelnd und schlug über, sobald er in Erregung geriet. Das war im Augenblick der Fall, als er fragte: »Wie konnte das nur geschehen? Du hast mir doch versichert, daß nichts schiefgehen könnte, Sofgart! Deinen Worten nach müßte Fartuloon jetzt längst tot sein.«

Er wies mit der Rechten, an deren dicken Fingern klobige und protzige Ringe saßen, auf den Mann, der ihm gegenüber saß. Sofgart war Oberbeschaffungsmeister am Hofe des Imperators, also einer der höchsten Zivilbeamten im Berlen Than, dem Zwölferrat. Er saß an der Quelle zu allen Dingen im Kristallpalast, die gut und teuer waren, und das nutzte er auch weidlich aus. Es gab keine Lieferung, an der er nicht mitverdiente, und so mancher Transport verschwand schon auf dem Weg spurlos. Die Schuld daran wurde gewöhnlich irgendwelchen Rebellen gegen das Imperium zugeschoben, und so wuchsen der Reichtum und Einfluß dieses Mannes immer weiter an. Nach außen hin gab er sich korrekt und unbestechlich, getreu seiner herausragenden Position, in die die Zuständigkeit für Finanzen, Wirtschaft, Steuern, Sektorenaufsicht und fast die gesamte zivile Logistik des Tai Ark'Tussan fielen.

Wer ihn sah, erschrak zumeist, denn er mußte glauben, einem lebenden Toten gegenüberzustehen. Sofgart war groß, aber unheimlich dürr. Er schien nur aus Haut und Knochen zu bestehen und sein mageres Gesicht machte den Eindruck eines Totenschädels. Seine rötlichen Augen schienen stets wie in einem unheimlichen Feuer zu glühen, das spärliche Haar hing unordentlich um seinen Kopf. Er war ein Einzelgänger und hatte am Hof keinen einzigen Freund. Niemand mochte ihn, doch das war weniger seinem Aussehen zuzuschreiben, sondern vor allem seiner betont hochmütigen Art; als einer der mächtigsten Männer des Großen Imperiums ließ er niemanden an sich heran. Auch mit den anwesenden Verschwörern verband ihn nur eine reine Zweckgemeinschaft.

Er lehnte sich lässig zurück und ignorierte die anklagend ausgestreckte Hand Orbanaschols. Er hob nur leicht die Schultern und entgegnete dann mit seiner eigentümlich heiseren Stimme: »Der Plan stammte von Ihnen, und alle hier wissen, daß ich von Anfang an gegen ihn war. Wären Sie auf meinen Vorschlag eingegangen, einen Unfall mit Fartuloons Schweber zu inszenieren, wäre diese Panne nicht passiert.«

»Das stimmt, Erhabener«, warf der jüngste der Anwesenden ein.

Er hieß Amarkavor Heng, hatte ein asketisch wirkendes Gesicht und war Kommandeur eines von insgesamt zehn Wachgeschwadern im Raumsektor von Arkon I. Die hervorstechendste Eigenschaft des Dreiplanetenträgers war der geradezu brennende Ehrgeiz, möglichst bald Admiral zu werden, und dazu waren ihm alle Mittel recht. In diesem Bestreben war er allerdings über das Ziel hinausgeschossen, als er versuchte, seinen Vorgesetzten Admiral Tormanac da Bostich in Schwierigkeiten zu bringen. Der Admiral genoß das unbedingte Vertrauen Gonozals VII. und hatte diesem beweisen können, daß die ihm angelasteten Fehldispositionen eindeutig auf das Konto Hengs gingen. Dieser wäre unweigerlich vor ein Kriegsgericht gestellt worden, aber eine Intervention Orbanaschols bei seinem Bruder hatte ihn gerade noch davor bewahrt. Mit der angestrebten Karriere war es für ihn allerdings vorbei. Das konnte sich aber schnell ändern, wenn Gonozal VII. nicht mehr Imperator war!

Kein Wunder also, daß Vere'athor Amarkavor Heng sich nun an Orbanaschol hielt – und genau das hatte dieser bezweckt, als er für ihn eingetreten war. Seit langem schon hatte er geplant, seinen Bruder zu stürzen, um selbst die Macht über das arkonidische Imperium zu erlangen. Zur Verwirklichung dieser Pläne brauchte er die Hilfe von Männern wie Sofgart und Heng, die hohe und höchste Positionen inne hatten und selbst dennoch nach noch mehr Macht und Reichtum strebten. Er hatte auch schon Anhänger innerhalb der TGC, die es ihm später ermöglichen sollte, eine lückenlose Kontrolle zunächst über das Arkonsystem und später über das gesamte Sternenreich aufzubauen. Im Moment war er allerdings äußerst mißmutig. Der Anschlag auf Fartuloon hatte der erste Schritt auf dem Weg zur Machtergreifung werden sollen.

Der Bauchaufschneider war ihm im Weg, denn er hielt sich stets in der unmittelbaren Umgebung Gonozals auf, und natürlich hatte Orbanaschol bemerkt, auf welch vertrautem Fuß der Arzt mit diesem stand, unbestechlich, absolut loyal, jemand, für den der Ausspruch: »Mein Leben für Arkon!« keineswegs eine leere Floskel war. Also war es eine logische Konsequenz gewesen, ihn aus dem Weg zu räumen. Daß der Anschlag mißglückt war, hatte Orbanaschol bereits durch einen scheinbar vollkommen unverfänglichen Anruf erfahren. Daß man die Attentäter finden würde, war nicht zu befürchten, denn der für die Nachforschungen zuständige Orbton der Geheimpolizei stand in seinem Sold. Dafür würde es nun andere Schwierigkeiten geben …

»Alle seid ihr gegen mich!« behauptete Orbanaschol mit weinerlicher Stimme. »Sie auch, Psollien?«

Der Angesprochene räusperte sich, und seine unsteten Augen wichen dem Blick Orbanaschols geflissentlich aus. Er war kein reinrassiger Arkonide, das konnte jeder auf den ersten Blick erkennen. Sein dunkler Teint stach auffallend gegen die Hautfärbung der anderen ab, sein Haar war fast schwarz und ringelte sich in wirren Locken um den Kopf. Psollien stammte vom Kolonialplaneten Erskomier, einer nur dünn besiedelten Welt, die sich im frühen Entwicklungsstadium befand. Eine Urwelt also, voll von Sumpfwäldern und riesigen wilden Tieren. Dort konnten die hochgestellten Arkoniden ihren Jagdleidenschaften frönen und in der Konfrontation mit den urweltlichen Ungeheuern einen Nervenkitzel erleben, ohne dabei in wirkliche Lebensgefahr zu geraten. Daß das nicht geschah, dafür sorgten besondere Jagdspezialisten, zu denen auch Psollien gehörte.

Orbanaschol hatte ihn vor einiger Zeit anläßlich einer Jagdexpedition kennengelernt, und ihm war sofort die geradezu krankhafte Geldgier dieses Mannes aufgefallen. Er hatte ihn sofort als potentiellen Helfer bei seinen Vorhaben eingestuft und auf Umwegen Verbindung zu ihm gehalten. Nun stand der Zeitpunkt dicht bevor, an dem er ihn brauchen konnte, und so hatte er ihn nach Arkon I kommen lassen.

Psollien ging gern den Weg des geringsten Widerstands, und so wich er einer direkten Antwort aus. »Ich habe mit diesen Angelegenheiten nichts zu tun«, erklärte er in seiner schnellen, abgehackt wirkenden Sprechweise. »Ihr könnt aber immer auf mich zählen, Zhdopanda, das wißt Ihr.«

»Solange ich gut zahle«, fistelte Orbanaschol. »Gut, lassen wir das jetzt ruhen. Wir müssen es auch schaffen, obwohl Fartuloon …« Er unterbrach sich, denn ein fünfter Mann betrat den Raum: Es war Offantur, Orbanaschols Erster Diener und zugleich engster Vertrauter, der schon viele schmutzige Geschäfte für seinen Herrn erledigt hatte.

Er war ein gut aussehender Arkonide im besten Alter, mit einem angenehmen Gesicht und ausgesucht guten Manieren. Doch hinter dieser Fassade verbarg sich der Charakter eines Mannes, der notfalls über Leichen ging. »Was gibt es, Offantur?«

Der Diener verneigte sich und lächelte leicht. »Neue Nachrichten von unseren Männern aus dem Palast, Erhabener. Der Anschlag auf Fartuloon ist fehlgeschlagen, weil es dem Bauchaufschneider gelang, Tertavion zu töten; die beiden anderen ergriffen daraufhin die Flucht. Die TGC ist inzwischen mit der Untersuchung beauftragt worden, doch trotz des Einsatzes von Infrarot-Spürgeräten ist es nicht gelungen, den Fluchtweg und die Herkunft der beiden anderen Attentäter zu ermitteln.«

Orbanaschols Gesicht zeigte ein hämisches Lächeln. »Dabei wird es auch bleiben, dafür wird Orbton Belkanor schon sorgen. Die beiden Entkommenen aber ...« Er machte eine bezeichnende Handbewegung, und alle anderen verstanden sie. Orbanaschol konnte es sich nicht leisten, diese Mitwisser am Leben zu lassen.

»Kommen wir zur Sache«, sagte Amarkavor Heng ungeduldig.

Orbanaschol warf ihm einen verweisenden Blick zu, entsprach aber dann seiner Aufforderung. »Wir hatten zwar keinen guten Start, unsere Pläne werden aber trotzdem nicht wesentlich geändert«, erklärte er. »Der Vorfall mit dem Bauchaufschneider wird Gonozal keinesfalls davon abhalten, sich auf den geplanten Jagdausflug nach Erskomier zu begeben, und das allein ist wichtig. Fartuloon wird ein Störfaktor bleiben, aber im entscheidenden Augenblick werde ich selbst es übernehmen, ihn auszuschalten. Offantur und ich werden immer in der Nähe meines Bruders sein, und Sofgart wird dafür sorgen, daß uns niemand in die Quere kommen kann. Und nun zu den Einzelheiten ...«

»Was sagst du da, Quacksalber?« fragte Gonozal VII. entgeistert.

Fartuloon nickte nachdrücklich. »Es gibt eine Konspiration gegen Euch, Imperator! Ihr wißt, daß ich eine ganze Anzahl absolut vertrauenswürdiger Freunde habe, die Euch treu ergeben sind. Nur mit ihrer Hilfe konnte ich jene Vorkehrungen treffen, die im Notfall die Sicherheit Eurer Person und Eurer engsten Familienmitglieder garantieren. Von ihnen habe ich auch die Informationen, die eindeutig darauf hinweisen, daß dunkle Elemente Euren Sturz, wenn nicht sogar Eure Ermordung planen.«

Der Imperator kniff die Augen zusammen. »Ich kann es trotzdem nicht glauben, Fartuloon«, entgegnete er nach einer kurzen Pause.

»Ausgerechnet jetzt? Das Imperium befindet sich im harten Kampf gegen die kompromißlos angreifenden Methanatmer – wer könnte es unter diesen Umständen riskieren, durch einen Umsturz die Grundfesten unseres Reiches zu erschüttern?«

Eine Tür im Hintergrund öffnete sich, und einer der Leibdiener Gonozals erschien. »Die Erlauchte Merikana schickt mich, höchstedler Imperator. Ich soll Euch daran erinnern, daß in einer halben Tonta drei Flottenchefs mit Admiral Sakàl im Kristallpalast eintreffen werden, um Euch Bericht über die Kriegslage im Labadon-Sektor zu erstatten.«

»Es ist gut, ich werde kommen«, beschied ihm sein Herr, und der Diener zog sich mit einer tiefen Verneigung zurück. Gonozal VII. wandte sich wieder seinem Leibarzt und Kristallmeister zu: »Auch ich bin nicht Herr meiner Zeit, wie du siehst, Fartuloon. Beginne also mit deinen üblichen Untersuchungen, inzwischen können wir reden.«

Er ging in einen Nebenraum, in dem eine Medo-Positronik stand, und der Arzt folgte ihm. Der Imperator streckte sich auf der dazugehörigen Liege aus, und mit geschickten Händen stellte Fartuloon die erforderlichen Anschlüsse her.

»Ihr solltet meine Warnungen nicht so leicht in den Wind schlagen, mein Imperator! Den Anschlag gegen mich will ich ganz aus dem Spiel lassen, obwohl er genau in dieses Konzept passen würde. Tatsache ist aber, daß einer meiner Freunde im Nachrichtenzentrum einige Gespräche abhören konnte, die zwar über reguläre Verbindungen gingen, aber von Stellen aus erfolgten, die nirgends als Anschlüsse registriert sind. Es gelang deshalb nicht, ihre Teilnehmer festzustellen, aber er war nun mißtrauisch geworden. Er konnte Teile dieser Gespräche aufzeichnen und stellte beim Abhören derselben fest, daß diese von auffälligen Störgeräuschen begleitet waren. Das erschien ihm verdächtig, und so ließen er und seine Mitarbeiter die Kristalle von einer Kontrollpositronik prüfen. Dabei stellte sich dann heraus, daß die geführten harmlosen Gespräche nur der Tarnung dienten – die wirklich übermittelten Nachrichten waren in den scheinbaren Störgeräuschen verborgen! Es handelte sich um geraffte und zerhackte Kodeimpulse, die so kompliziert verschlüsselt waren, daß die Positronik nur einen kleinen Teil davon entziffern konnte, aber der reichte schon aus, um meine Vertrauten zu alarmieren.«

Gonozal VII. zeigte sich nun doch beeindruckt. »Und was besagten diese Teile der Nachrichten?«

Fartuloon sah ihm besorgt in die Augen. »Zu wenig, um genaue Anhaltspunkte zu gewinnen, aber doch genug, um die Richtung erkennen zu können, in die sie zielen, Euer Erhabenheit. In ihnen war mehrfach von Euch und von Eurem bevorstehenden Jagdausflug nach Erskomier die Rede, und zweimal wurden die Worte *Unfall* und *Tod des Imperators* gebraucht. Auch ein Name fiel in diesem Zusammenhang – der Eures Bruders Orbanaschol …«

Erregt fuhr der Imperator von der Liege auf. Diese Bewegung erfolgte so hastig, daß ein großer Teil der Sensoren von seinem Körper gerissen wurde. »Was willst du damit sagen oder andeuten?« fragte Gonozal scharf. »Bist du oder jemand unter deinen Freunden etwa der Ansicht, daß mein Bruder Veloz etwas mit dieser Angelegenheit zu tun haben könnte?«

Fartuloon hielt seinem Blick ruhig stand. »Durchaus nicht, Euer Erhabenheit. Wie schon gesagt, sind die entschlüsselten Teile der Nachrichten viel zu dürftig, um daraus etwas Schlüssiges folgern zu können.«

»Das war dein Glück, Bauchaufschneider«, sagte der Herrscher. »Veloz-Orbanaschol steht für mich über jedem Verdacht, merke dir das! Falls es wirklich Verschwörer gegen mich geben sollte, könnten sie höchstens die Absicht haben, ihn ebenfalls umzubringen. *Falls*, sage ich, denn ich glaube auch jetzt noch nicht daran, daß es stimmt.«

Der Leibarzt hob die breiten Schultern, las von den Monitoren die ermittelten Körperdaten des Imperators ab und schaltete dann die Positronik aus. »Alles in Ordnung, Zhdopanthi«, sagte er dann, »Euer Gesundheitszustand ist nach wie vor ausgezeichnet. Ich habe aber noch eine weitere Neuigkeit, die auch Euch zu denken geben dürfte: In der letzten Nacht wurden aus dem Sektor der Sonne Altaschonak drei Funk-Kurzimpulse über Nadel-Richtstrahl direkt in den Kristallpalast gesendet! Das geschah in Abständen von drei Zentitontas, und etwa eine Drittel Tonta später registrierte mein Freund in der Funküberwachung einen gleichartigen Impuls, der eindeutig aus dem Palast kam. Sofort angestellte Nachforschungen ergaben, daß die Antwort nicht von der Funkzentrale des Palastes kam, sondern von einem offenbar mobilen Hyperfunksender abgestrahlt wurde. Da es aber niemandem gestattet ist, im Kristallpalast andere als die offiziellen Nachrichtenmittel zu benutzen, kann es wohl keinen Zweifel daran geben, daß hier in Ihrer unmittelbaren Umgebung dunkle Kräfte am Werk sind, Euer Erhabenheit!«

Für eine Weile herrschte Schweigen in dem Raum. Gonozal VII. begann, die Gewänder anzulegen, die sein Leibdiener für ihn bereitgelegt hatte, und die steile Falte auf seiner Stirn zeigte, daß er intensiv nachdachte und vermutlich auch den Logiksektor seines Extrahirns zu Rate zog. »Hat man diese Impulse entschlüsseln können?« fragte er schließlich.

Fartuloon schüttelte den Kopf. »Das ist bei einer Sendung über Nadel-Richtstrahler nicht möglich, Zhdopanthi. Der Fokus eines Nadel-Strahlers durchmißt nicht mehr als zwei Meter, und nur ein Empfangsgerät, das genau in diesem Bereich steht, kann die Impulse auffangen. Außerhalb dieser Zone kann man lediglich eine schwache Streustrahlung wahrnehmen, die aber nichts über die Natur der Sendung aussagt.«

»Das ist allerdings höchst verdächtig. Dir aber sage ich dennoch eines, Bauchaufschneider: Nie mehr ein Wort gegen meinen Bruder Veloz, oder du bist die längste Zeit mein Leibarzt gewesen! Er mag seine Eigenheiten haben, will nur ›Orbanaschol‹ genannt werden, aber er ist ein Mitglied meiner Familie. Er wird nie etwas tun, was dem Imperium schaden könnte.«

Fartuloon verneigte sich leicht. »Ich gehorche, Euer Erhabenheit. Wäre es nicht aber vielleicht besser, den Jagdausflug nach Erskomier abzusagen oder wenigstens zu verschieben? Ich denke an die abgefangenen Nachrichten, die sich mit Eurer Person in höchst verdächtiger Art befaßt haben. Der Aufenthalt auf diesem wilden Planeten könnte Verschwörern eine willkommene Gelegenheit bieten, ihre dunklen Pläne zu verwirklichen.«

Gonozal VII. schlang die goldverzierte Schärpe um die Hüften und kontrollierte im Spiegel noch einmal den Sitz seiner Uniform. Dann wandte er sich lächelnd zu dem Arzt um. »Es ist rührend, wie du um mich besorgt bist, Fartuloon. Doch was soll mir auf Erskomier schon zustoßen? In dem betreffenden Jagdgebiet wird sich außer meinem Gefolge und den Jagdspezialisten niemand aufhalten, die gesamte Umgebung wird hermetisch abgeriegelt und der Raum um den Planeten von einem Wachgeschwader umkreist. Und im Notfall bist du ja schließlich immer noch da, um mich zu beschützen ...«

Die Eingangstür ging auf, und in ihr erschien Yagthara, die Gemahlin des Imperators. Sie war zehn Jahre jünger als dieser, eine strahlende schöne Frau, und an ihrer Hand ging ein Junge von vier Jahren. Es war Mascaren, ihr einziger Sohn, Kristallprinz und künftiger Imperator des arkonidischen Imperiums. Als er seinen Vater erblickte, riß er sich los und rannte auf ihn zu, sein kleines Gesicht strahlte vor Freude. Gonozal VII. beugte sich zu ihm nieder und nahm ihn auf die Arme.

»Merikana hat mir keine Ruhe gelassen, mein Gemahl«, sagte Yagthara leicht vorwurfsvoll. »Die Flottenkommandeure werden bald erscheinen, und du hast noch nichts zu dir genommen.«

Der Herrscher gab seinem Sohn einen Klaps und setzte ihn auf den Boden zurück. »Ein Glück, daß ich nicht mit deiner Schwester verheiratet bin«, seufzte er mit gespielter Verzweiflung. »Sie ist schön und nett, aber ihre Pedanterie kann einen manchmal zur Verzweiflung bringen. Gut, gehen wir.«

Er winkte Fartuloon noch einmal zu, der Arzt verneigte sich und sah dem Davongehenden mit sorgenvoller Miene nach. Er hatte getan, was er konnte, aber im Grunde doch nichts erreicht. Gonozal VII. war ein Mann, dem Ränke und Winkelzüge fremd waren. Er stand als Oberster Befehlshaber der Imperiumsstreitkräfte voll seinen Mann und versuchte, angesichts des riesigen Reiches die Imperiale Regierungsebene nach besten Kräften in den Griff zu bekommen, die Tagespolitik auf untergeordneter Ebene dagegen überließ er weitgehend seinen Beratern und den dafür ernannten Regierungsmitgliedern. Ob diese ihn aber immer gut berieten oder ihrer Aufgabe gerecht wurden, stand auf einem anderen Blatt ...

Fartuloon beeinflußte ihn aufgrund seiner Vertrauensstellung oft positiv und war so etwas wie ein väterlicher Freund, obwohl er seinem Aussehen nach eher als Gleichaltriger einzustufen war. Daneben galt seine Fürsorge vor allem Mascaren, dem jungen Kristallprinzen, der mit seiner Hilfe zur Welt gekommen war. Dieser Knabe schien alle guten Anlagen seines Vaters geerbt zu haben und konnte bei entsprechender Anleitung vielleicht ein noch besserer Imperator werden, als Gonozal VII. es war. Gleich nach seiner Geburt hatte es den ersten und einzigen Streit zwischen dem Herrscherpaar gegeben, als es um die Namensgebung ging, und schließlich hatte der Wille des Imperators gesiegt. In ihrer Enttäuschung und Wut hatte Imperatrix Yagthara dem Bauchaufschneider ihre Privatlog-Aufzeichnungen gezeigt; Fartuloon entsann sich genau des Textes:

... trotz leichter Geburt am frühen Morgen von Gonozals Starrsinn sehr deprimiert und verärgert! Bauchaufschneider Fartuloons letzter Versuch eines Zuspruchs half ebenfalls nicht; mein Gatte besteht kategorisch auf der Namensgebung »Mascaren«, ich dagegen möchte den Jungen weiterhin »Atlan« nennen, weil ich fest davon überzeugt bin – nur Wunschtraum einer glücklichen Mutter? Oder mehr? Im Zhy liegen Kraft und seherische Weisheit! –, daß er wie der Heroe aus den Sagen ein besonderes Schicksal haben wird, wichtig für Arkon und das gesamte Imperium! Den Fetten erfreut unser Streit natürlich; kann so weitere Giftspritzen schleudern. Warum erkennt Gonozal nicht den schlechten Charakter seines Bruders Veloz? Schwager Upoc jedenfalls hat sich schaudernd abgewandt; will sich nur noch seiner Musik widmen ...

Der Arzt schmunzelte, als er daran dachte, daß die Mutter trotzdem meist den von ihr bevorzugten Namen gebrauchte, wenn der Vater nicht anwesend war. Für die Erziehung des Prinzen sorgte, neben Kristallmarschall Selamon da Quertamagin, Merikana, die jüngere Schwester Yagtharas, bei der er in guten Händen war. *Was wird aus dem Knaben, falls es den Verschwörern wirklich gelingt, Gonozal VII. zu ermorden?*

Fartuloon hegte in dieser Hinsicht die schlimmsten Befürchtungen. Er kannte Orbanaschol besser als der eigene Bruder und war davon überzeugt, daß sein Name nicht nur rein zufällig in den verdächtigen Gesprächen aufgetaucht war. Gonozal war selbstverständlich nicht so naiv, keinen gewaltsamen Tod in Erwägung zu ziehen – seit der Geburt des Thronfolgers ließ er Fartuloon umfangreiche Vorkehrungen treffen, um die Khasurnlinie zu sichern –, aber was die eigene Familie betraf, schien er auf beiden Augen blind und von unverständlicher Nachsicht geprägt.

»Veloz, dieser hinterlistige Bursche, hätte seine eigene Mutter umgebracht, wäre ihm dadurch die Macht über das Imperium zugefallen«, murmelte Fartuloon grimmig vor sich hin. »Und diese Machtgierige, die ihn ihr Leben lang beeinflußte, hätte ihn wahrscheinlich sogar noch dabei bestärkt! Die She'Huhan seien ihrer Seele gnädig.«

Er beschäftigte sich mit der Medo-Positronik, entnahm ihr die Kristalle mit den aufgezeichneten Körperdaten Gonozals und reihte sie in die Kartei ein. Mehr war im Augenblick nicht zu tun, er wusch sich die Hände und schlenderte dann zum Frühstück. Die Gespräche mit anderen Hofbeamten – unwichtige Dinge und der übliche Klatsch – lenkten ihn für einige Zeit von seinen trüben Gedanken ab. Er konnte nur immer wieder darüber staunen, wie seicht die Gedankengänge der Höflinge waren, wie klein ihr geistiger Horizont, der selten weiter als bis zu den Feinheiten von Protokoll und korrekter Sitte reichten. Und das in einer Zeit, in der das Große Imperium in den schwersten Kämpfen seiner Geschichte seit den Attacken der bewußtseinstauschenden Vecorat und dem kulturellen Rückfall der Archaischen Perioden stand! Trotz des heißer werdenden Krieges ließ sich Gonozal VII. nicht davon abbringen, den alljährlichen Jagdausflug zu unternehmen, an dem auch ein großer Teil seines Hofstaats teilnahm. Orbanaschol würde dabeisein, und in seinem Gefolge zweifellos auch Sofgart, der Oberbeschaffungsmeister. Auch der aalglatte Offantur würde nicht fehlen.

»Ein prächtiges Dreigespann«, murmelte Fartuloon. »Denen traue ich alles zu. Aber ich werde auch dabeisein und gut auf sie achten!«

15.

Der Bauchaufschneider Fartuloon:

Die nächsten Pragos brachten keine besonderen Ereignisse. Alles konzentrierte sich auf die bevorstehende Jagdexpedition, die Vorbereitungen dafür liefen mit Hochdruck. Die Kriegslage war im Moment günstig, die Schlacht im Labadon-Sektor hatte den Methanatmern eine umfassende Niederlage gebracht. Gonozal VII. war gutgelaunt, und unter diesen Umständen traute Fartuloon sich nicht, ihm weiter von der Jagd abzuraten. Fast erschien es ihm nun, als wären alle seine Sorgen gegenstandslos gewesen. Es gab keine neuen Anhaltspunkte, seine Freunde hatten trotz aller Aufmerksamkeit nichts weiter herausfinden können. Sogar die Tu-Gol-Cel hatte keine Erfolge zu verzeichnen.

Dieser Zustand scheinbarer Ereignislosigkeit zerrte an den Nerven des Bauchaufschneiders. Er wußte mit fast absoluter Sicherheit, daß etwas Verhängnisvolles im Gange war, aber es blieb wesenlos und ungreifbar. Deshalb begrüßte er es sehr, daß ihm der Imperator einige geheime Aufträge gab. Gonozal glaubte zwar nicht daran, daß ihm auf Erskomier etwas zustoßen würde, aber sein Unterbewußtsein – oder vielleicht auch der Logiksektor – veranlaßte ihn trotzdem, gewisse Vorsichtsmaßnahmen zu ergreifen. Fartuloon war viel unterwegs, unternahm längere Reisen auf ganz Arkon I und im Arkonsystem insgesamt; eine Generalvollmacht des Herrschers ebnete ihm alle Wege. Nach fünf Pragos hatte er alles erledigt und kehrte zurück, müde, aber zufrieden.

Für den nächsten Morgen war die Abreise des Imperators und seines Gefolges nach Erskomier angesetzt. Neben Orbanaschol und einer Anzahl hochgestellter Arkoniden sollten auch Yagthara und der Kristallprinz ihn begleiten. Fartuloon sah das nicht gern, denn wenn es den Verschwörern gelingen sollte, Gonozal VII. zu ermorden, waren sie in größter Gefahr. Sogar Fartuloons Einfluß reichte aber nicht aus, seinem Herrn dies auszureden. Der Imperator fieberte bereits förmlich vor Jagdleidenschaft und konzentrierte sich ganz auf die Vorbereitungen – er fand selten genug Gelegenheit, aus dem starren Schema auszubrechen, das sein Leben in festem Griff hielt. Als Herrscher eines Staates wie dem gewaltigen Tai Ark'Tussan mit Zehntausenden Welten bestimmte Pflichtbewußtsein und Verantwortung nahezu jede Millitonta des Tagesablaufes. Selten genug waren die wenigen Augenblicke für Besinnung und Privatleben.

Dann war es soweit. Die glitzernde Lichterfülle des Sternenhaufens verblaßte leicht, die Sonne ging auf, und bald darauf startete eine wahre

Prozession von Schwebefahrzeugen zum Raumhafen, der sich knapp zwanzig Kilometer südlich des Kristallpalastes ausbreitete. Für diese Zeit ruhte jeder Luftverkehr in weiter Umgebung. Nur ein Rhagarn schneller Raumjäger kreuzte über diesem Sektor und riegelte ihn hermetisch ab. Auf dem Hafen stand die TONDON bereit, das Prunkschiff des Imperators. Sie war ein Kugelraumer von 800 Metern Durchmesser, dem besonders starke Triebwerke einen fast unbegrenzten Aktionsradius verliehen. Eine vorzügliche Bewaffnung und superstarke Schutzschirme boten die Gewähr dafür, daß sie selbst gegen eine größere Anzahl von Angreifern bestehen konnte.

Auch der Hafen war abgesperrt und von allen sonstigen Schiffen geräumt worden. Flugpanzer bildeten einen weiten Kordon um das Schiff, und zwischen ihnen befand sich als zusätzliche Sicherung eine dichte Postenkette von Naats. Die Einschiffung der Expeditionsteilnehmer vollzog sich auf Gonozals Anordnung ohne jedes Zeremoniell. Bereits eine Viertel Tonta später schlossen sich die Schleusen, die Umgebung der TONDON wurde geräumt. Dann hob das Schiff mit Hilfe der Antigravfelder sanft vom Boden ab und raste mit flammenden Triebwerken ins All hinaus. Dort wurde es bereits von zwanzig Schlachtkreuzern erwartet, die zu ihm aufschlossen, um seinen Geleitschutz zu übernehmen. Die Geschwindigkeiten wurden genau koordiniert, und gemeinsam strebten die Schiffe dem Transitionspunkt zu.

Erskomier war der zweite Planet einer kleinen roten Sonne, rund zwölf Lichtjahre vom Arkon-System entfernt. Die Sonne besaß drei weitere Planeten, die aber ungeeignet waren, Leben zu tragen. Die 21 Schiffe kamen geschlossen aus der Transition, aber nur die TONDON flog direkt den Jagdplaneten an. Die übrigen Raumer verteilten sich in seiner Umgebung und flogen Patrouille, während sich das Führungsschiff des Schlachtkreuzergeschwaders absonderte, denn es hatte eine Spezialaufgabe. Die PERKANOR war ein Raumer von 500 Metern Durchmesser und mit den modernsten Waffen des Imperiums bestückt. Sie ging über Erskomier in einen stationären Orbit, so daß sie exakt über dem Hauptkontinent flog, auf dem die Jagden stattfinden sollten.

Als sie ihre Position erreicht hatte, wurden zwanzig Beobachtungssonden ausgeschleust, die in fünf Kilometern Höhe Position bezogen. Ihre Aufgabe war es, die lange zuvor festgelegten Expeditionsziele zu überwachen, die zum Teil in beträchtlicher Entfernung vom Raumhafen lagen. Sie wurden ferngesteuert und lieferten mittels Weitwinkelkameras dreidimensionale Bilder in das Schiff. Dort war eine besondere Überwachungszentrale eingerichtet worden, in der auf zwanzig Monitoren alle Vorkommnisse bei der Jagd beobachtet und aufgezeichnet werden konnten.

Auf diese Weise war alles getan, um die Sicherheit der hochedlen Jäger zu garantieren. Für den Fall, daß auf Erskomier etwas Unvorhergesehenes geschah, standen in den Hangars der PERKANOR drei 60-Meter-Kugel-Beiboote sowie zwanzig Leka-Disken bereit. Sie konnten das Schiff im Alarmstart verlassen und schon kurz darauf dort sein, wo sie benötigt wurden. Alle diese Maßnahmen galten der Sicherheit des Imperators, dessen Leben es unter allen Umständen zu schützen galt. Und doch hatten sie einen beträchtlichen Schönheitsfehler: *Der Befehlshaber des Wachgeschwaders und Kommandant der PERKANOR hieß Amarkavor Heng ...!*

Fartuloon stand vor dem Holoschirm in seiner Kabine und beobachtete darauf die Annäherung der TONDON an Erskomier. Viel lieber wäre er in der Nähe Gonozals VII. geblieben, aber das ließ die Etikette nicht zu. Der Herrscher tafelte mit seinen hochgestellten Jagdgästen und seiner Gemahlin, und in dieser erlesenen Gesellschaft war für den Bauchaufschneider kein Platz.

An mich wird man erst dann wieder denken, wenn sich einer der hohen Herren den Magen verderben sollte ... Fartuloon verzog das Gesicht, als er daran dachte, wie Orbanaschol die Delikatessen nur so in sich hineinschaufeln würde. *Ich sollte einmal für einige Pragos der Imperator sein!* dachte er grimmig. *Dann würde ich den Dicken dorthin schicken, wohin er eigentlich gehört – an die Front gegen die Methans! Er ist zwar nominell Flottenkommandeur und Träger des Sonnenordens, aber wie ein Schwerer Kreuzer oder gar ein Schlachtschiff von innen aussieht, weiß er eigentlich nur vom Hörensagen.*

Das war zwar etwas übertrieben, entsprach aber insofern der Wirklichkeit, als Veloz-Orbanaschol ein Leben im höchsten Luxus führte und es bisher stets elegant vermieden hatte, eine seiner Stellung entsprechende Verantwortung zu übernehmen, die dem Tai Ark'Tussan diente.

Draußen an der Kabinentür waren kratzende und klopfende Geräusche zu hören, und sofort zeigte sich auf dem Gesicht des Arztes ein Ausdruck höchster Wachsamkeit. Er griff in eine Lade und holte daraus einen winzigen Nadelstrahler hervor, den er mühelos in seiner großen Hand verbergen konnte. Mit einem Fingerdruck entsicherte er die Waffe, dann schlich er zur Tür und blieb lauschend stehen. Wollte man ihm vielleicht noch einmal ans Leben? Für eine Weile blieb es still, dann wiederholten sich die Geräusche. Fartuloon riß die Tür mit einem Ruck auf, bereit, sein Leben so teuer wie möglich zu verkaufen. Im nächsten Moment jedoch fiel seine Hand mit dem Nadler herab, und sein Gesicht nahm einen nicht besonders geistreichen Ausdruck an.

»Du, Atlan ...?«

Das Gesicht des kleinen Kristallprinzen zeigte ein halb verlegenes, halb verschmitztes Lächeln. »Ich wollte zu dir, aber die dumme Tür wollte nicht aufgehen, Onkel Fartuloon. Vater und Mutter haben mich allein gelassen, und die dumme Lesena ist eingeschlafen, statt mit mir zu spielen, und da dachte ich ...«

Fartuloon zog ein gespielt strenges Gesicht. »Trotzdem hättest du nicht einfach weglaufen dürfen, Atlan. Wenn das jemand merkt, wird man darauf kommen, daß Lesena eingeschlafen ist, und dann wird man sehr mit ihr schimpfen! Du solltest auch nicht immer *dumme Lesena* sagen, das gehört sich nicht.«

Das Gesicht des Jungen verzog sich unter diesem Tadel, doch sofort hellte es sich wieder auf, als er altklug behauptete: »Du sollst ja auch nicht Atlan zu mir sagen, Onkel Fartuloon, Vater will das nicht! Das darf nur meine Mutter, wenn es niemand hört, denn ich heiße ja Mascaren.«

Triumphierend sah er zu dem Arzt auf, der vor so viel kindlicher Logik kapitulieren mußte. Fartuloon griff nach der Hand des kleinen Prinzen. »Komm, wir gehen jetzt zurück in deine Kabine. Das Bankett wird bald beendet sein, und dann kommen deine Eltern zurück. Wenn du dann nicht da bist, wird man nicht nur mit Lesena schimpfen, sondern auch mit dir.«

Sie hatten nur zwanzig Meter zu gehen, niemand begegnete ihnen, und wenig später hatte eine sehr erschrockene Hofdame den Kristallprinzen wieder in ihre Obhut genommen, so daß Fartuloon in seine Kabine zurückkehren konnte. Normalerweise hätte ihn diese kleine Episode erheitert, doch unter den gegebenen Umständen vertiefte sie seine Sorgen nur noch. *Was wird aus dem Jungen, falls Gonozal wirklich etwas zustößt? Yagthara ist den Ränken und Intrigen der Verschwörer nicht gewachsen, und nach einem eventuellen Tod des Imperators besitzt sie keinerlei Machtbefugnisse mehr. Der Sohn des Herrschers ist noch klein, folglich muß ein Regent eingesetzt werden, denn die Regierung des Imperiums benötigt eine Männerhand. Und dafür kommt in der Erbfolge nur einer in Frage: Orbanaschol.*

Der Bauchaufschneider stöhnte unterdrückt auf, als er an die möglichen Folgen dachte. Für ihn gab es plötzlich keinen Zweifel daran, daß dieser Mann alles daransetzen würde, die Macht zu erlangen. Alle Anzeichen wiesen darauf hin, daß die Konspiration gegen Gonozal VII. von ihm ausging. War er aber erst einmal über die Leiche seines Bruders gegangen, würden noch viele andere folgen! Er selbst, Fartuloon, würde mit Sicherheit unter diesen sein, das bewies ihm der mißglückte Anschlag auf sein Leben. Und auch der Kristallprinz würde mit auf der Liste stehen, ganz weit oben sogar …

Soweit darf es nie kommen! schwor sich der Arzt. *Ich werde den Imperator keinen Augenblick aus den Augen lassen.*

Eine gewaltige Energieglocke spannte sich über den Raumhafen des Urplaneten. Dieser Schutzschirm war auch in normalen Zeiten notwendig. Er bewahrte den Hafen und die ihn umgebenden Gebäude vor dem Eindringen der riesigen wilden Tiere, die es auf Erskomier in reicher Auswahl gab. Dutzende dieser Geschöpfe verkohlten Tag für Tag an der Energiesperre, doch immer wieder folgten andere nach. Jedes Verlassen dieses gesicherten Areals war ein Wagnis, bedeutete höchste Lebensgefahr! Und doch fanden sich genügend Hochedle, die sich aufmachten, um die gewaltigen Tiere mit vergleichsweise primitiven Mitteln zu erlegen. Sogar der Imperator machte darin keine Ausnahme …

Mit glänzenden Augen sah Gonozal VII. auf die umlaufende Panoramagalerie in der Zentrale der TONDON. »Dort wartet das Abenteuer auf uns, Bonaschaga«, sagte er zu einem der Männer, die hinter ihm standen. Der Angesprochene, Botschafter eines kleinen halbautonomen Fürstentums am Rande des Tai Ark'Tussan, in dem Kolonialarkoniden und einheimische Intelligenzen eine Föderation bildeten, nickte bedächtig.

»Vermutlich sogar eine Kette von Abenteuern, Imperator. Ich kenne das, denn in meinem Heimatsystem gibt es eine ganz ähnliche Welt, die ich einige Male besucht habe. Damals war ich Kommandant eines Kolonistenraumers, als wir versuchten, auf dem Planeten Fuß zu fassen, weil er reiche Bodenschätze besaß.«

»Ist es Ihnen gelungen?« fragte Gonozal interessiert.

Der Botschafter schüttelte den Kopf. »Unsere Leute konnten sich nur einige Jahre dort halten, dann mußte das Unternehmen aufgegeben werden. Die Todesrate lag bei vierzig Prozent, woran die urtümliche Tierwelt und die planetaren Krankheitserreger, die sich mit bestürzender Schnelligkeit auf unseren Metabolismus einstellten, etwa zu gleichen Teilen partizipierten.«

»Vermutlich haben Sie es nicht richtig angefangen«, klang neben ihm die heisere Stimme Sofgarts auf.

»Meinen Sie, Erhabener? Was hätten Sie denn getan, wenn ich fragen darf?«

Der Oberbeschaffungsmeister lachte heiser auf. »Wenn man etwas haben will, darf man kein Mittel scheuen, um es zu bekommen, Botschafter. Ich hätte dafür gesorgt, daß die wilden Bestien zur Gänze ausgerottet werden. Anschließend wären auf den Planeten gezielt mutierte Bakterien abgeregnet worden, die dafür gesorgt hätten, daß die einheimischen Erreger vernichtet werden, selbst aber nach einiger Zeit wieder absterben. Innerhalb eines einzigen Jahres wäre der Planet nahezu steril und könnte mühelos besiedelt und ausgebeutet werden.«

Der Botschafter nickte bedächtig. »Gewiß, so hätte man es anfangen können, Erhabener«, gab er zu. »Dieses Vorgehen hätte allerdings zur Folge gehabt, daß die natürliche Evolution auf dieser Welt für alle Zeiten beendet gewesen wäre. Für *alle Zeiten*, verstehen Sie? Der Planet wäre dann im kosmischen Sinne nur noch eine völlig nutzlose Kugel aus Stein und Wasser gewesen, auf der sich nie mehr intelligentes Leben hätte entwickeln können! Ob der momentane Nutzen diesen nicht wiedergutzumachenden Schaden aufwiegen kann, Erhabener?«

Das war eine deutliche Zurechtweisung, und alle Umstehenden begriffen das. Auch Sofgart, der seine schmalen Lippen zusammenpreßte und rasch die Lider über seine Augen sinken ließ, um die mörderische Wut zu verbergen, die in ihnen stand. Wie die meisten vornehmen Arkoniden verachtete er die Hinterwäldler vom Rand des Großen Imperiums. *Koloniale, die tiefer standen als die Essoya des einfachen Volkes!* Doch er durfte es nicht wagen, das zu zeigen, weil der Imperator anwesend war. Gonozal VII. besaß die für ihn unangenehme Eigenschaft, absolut objektiv und gerecht zu sein; in seinen Augen waren alle Arkoniden gleich, ganz egal, woher sie stammen mochten.

»So kann man es auch sehen«, preßte Sofgart hervor, um sein Gesicht zu wahren. Dann wandte er sich brüsk ab und verließ die Schiffszentrale. Ein unbehagliches Schweigen begleitete seinen Abgang. Sein Gesinnungsbruder Orbanaschol verfluchte im stillen die Ungeschicklichkeit seines Mitverschwörers, doch er überbrückte die Situation geschickt und wandte sich nun an den Botschafter.

»Dann werden Sie wohl auf Erskomier reiche Beute machen«, meinte er jovial. »Ihre Erfahrungen werden Ihnen bestimmt dabei behilflich sein. Um Ihr Leben brauchen Sie dort selbstverständlich nicht zu fürchten, unsere Jagdmeister verstehen ihr Handwerk.«

»Gewiß, Erhabener«, gab der Mann von der Außenwelt zurück.

Gonozal VII., der das Geschehen mit einem kaum sichtbaren Lächeln in seinen Mundwinkeln verfolgt hatte, wollte etwas sagen, doch in diesem Moment dröhnten die Lautsprecher unter einer Durchsage des Schiffskommandanten auf: »Achtung, an alle: Die TONDON wird in einer Zehntel Tonta auf dem Raumhafen von Erskomier niedergehen. Ich bitte Seine Erhabenheit und die erhabenen Gäste, sich auf die Ausschiffung vorzubereiten. Ende der Durchsage.«

Der Imperator warf einen letzten Blick auf den Panoramaschirm, in dessen Mitte nun die Energiekuppel des Hafens größer wurde. So entging ihm der gehässige Ausdruck, der sich für einen Augenblick auf dem Gesicht seines Bruders zeigte.

Nur vom Antigravpolster getragen, sank die TONDON langsam dem Raumhafen entgegen. Er befand sich in der gemäßigten Zone von Erskomier, denn nur dort war das Klima für Arkoniden einigermaßen erträglich. Es war später Nachmittag, die kleine rote Sonne senkte sich bereits dem Horizont entgegen. Im Oberteil des Schutzschirms wurde eine Strukturlücke geöffnet, durch die der Raumer passieren konnte. Sanft setzte er auf dem Landefeld auf, auf dem noch zwei Leichte Kreuzer und einige Beiboote standen. Gleich darauf öffneten sich die unteren Polschleusen des Schiffes, Rampen wurden ausgefahren, und dann verließ der Imperator mit seinem Gefolge die TONDON.

Im gleichen Augenblick erklangen laute Kommandos, und dann setzte ein ohrenbetäubender Lärm von Musikinstrumenten ein. Drei Hundertschaften riesiger Naats waren angetreten, dazu ein Orchester, das zu Ehren des Herrschers von Arkon aufspielte. Die seltsamsten Instrumente waren vertreten, und die Musiker bearbeiteten sie mit voller Kraft ihrer Arme und Lungen. Was da erklang, war der *Marsch der Imperatoren*, allerdings so verfremdet, daß seine Melodie kaum noch zu erkennen war. Gonozal VII. beeilte sich verständlicherweise, die Stelle zu erreichen, an der die arkonidischen Befehlshaber dieser Truppe ihn erwarteten. Als er dort angelangt war, verstummte die disharmonische Musik, und der Kommandant des Raumhafens trat vor, salutierte und erstattete dem Imperator Meldung.

Gonozal dankte kurz und begann dann, die Front der Naats abzuschreiten. Neue Kommandos erklangen und dann rissen die dreiäugigen Riesen ihre Impulsstrahler in Präsentierstellung vor die Brust. Es waren riesige Waffen, die ein normaler Arkonide kaum heben konnte, aber sie handhabten sie mit einer Leichtigkeit, als ob es Spielzeuge wären. Sogar die feuchte, stickige Atmosphäre von Erskomier schien ihnen nichts auszumachen, obwohl Naat eine Wüstenwelt war. Um so mehr machte sie dem Imperator zu schaffen, der seine Prunkuniform angelegt hatte, die für normale Verhältnisse gedacht war. Natürlich war sie atmungsaktiv, aber die hohe Luftfeuchtigkeit des Dschungelplaneten machte sich trotzdem unangenehm bemerkbar. Der Herrscher mußte den Kopf weit in den Nacken legen, um die Gesichter der dreiäugigen Naats sehen zu können. Die zyklopischen Wesen hatten kugelförmige Köpfe, keine Nasen, dafür aber sehr breite Münder. Unbeweglich standen sie da, nur ihre Augen folgten dem vorbeigehenden Imperator.

Gonozal VII. atmete auf, als er dieses Zeremoniell hinter sich gebracht hatte, und wandte sich nun dem ihn begleitenden Kommandanten zu. »Danke, Orbton Binoschol«, sagte er knapp. »Ihre Truppe ist vorzüglich in Schuß. Ist sonst auch alles in Ordnung?«

Der Offizier salutierte. »Jawohl, Euer Erhabenheit«, schnarrte er. »Unsere Jagdspezialisten haben ihr Bestes getan, die Hohen Herren werden nicht enttäuscht sein.«

Der Imperator nickte ihm dankend zu und ging dann zu seinem Gefolge zurück, das regungslos gewartet hatte. Neue Kommandos hallten auf, die Naats setzten sich in Bewegung und marschierten in Richtung ihrer Unterkünfte davon. Die Besatzung der TONDON hatte inzwischen mehrere Gleiter ausgeschleust, die nun den Herrscher und seine Jagdgäste aufnahmen und zum Prominentenhotel flogen, das sich etwa zwei Kilometer vom jenseitigen Rand des Raumhafens erhob. Es war ein sechsstöckiges Gebäude in schlichter Kastenform, das aber in seinem Innern jeden Luxus barg, den sich ein verwöhnter Arkonide nur wünschen konnte. Zur Zeit stand es leer, alle »gewöhnlichen« Jäger waren schon Tage zuvor abgereist, um dem Herrscher Platz zu machen.

Dankbar sog Gonozal die kühle Luft in der Klimakabine seines Fahrzeuges ein. Yagthara und der Kristallprinz waren vorerst an Bord der TONDON geblieben, nur Fartuloon begleitete ihn. Die beiden Männer schenkten der Umgebung kaum einen Blick, denn sie waren schon oft auf dem Planeten gewesen und kannten die Gegebenheiten genau. Der Arzt griff in die kleine Reisetasche, die er bei sich trug, und reichte dem Imperator unaufgefordert ein Erfrischungstuch. Gonozal nickte ihm dankend zu und wischte sich den Schweiß von Gesicht und Nacken. Fartuloon nahm es ihm anschließend wieder ab und warf es in den Abfallvernichter, dann überreichte er ihm eine kleine rötliche Kapsel aus dem Medikamentenvorrat, den er mit sich führte. Der Imperator nahm und schluckte sie.

Er lächelte leicht. »Du sorgst für mich wie ein Vater für seinen ungeratenen Sohn«, scherzte er. »Manchmal glaube ich, daß du mein einziger wirklicher Freund bist, Bauchaufschneider.«

Fartuloon lächelte zurück, doch sofort wurde sein Gesicht wieder ernst. Er überzeugte sich davon, daß die Sprechverbindung zur Pilotenkabine unterbrochen war, dann gab er zurück: »Leider wollt Ihr trotzdem nicht auf meinen Rat hören, mein Imperator. Es wäre entschieden besser gewesen, diesen Jagdausflug zumindest zu verschieben, bis meine Freunde oder die TGC etwas über die seltsamen Gespräche herausgefunden hätten, die mir nach wie vor Sorgen bereiten.«

Gonozal VII. krauste die Stirn und winkte ab. »Die Jagd auf Erskomier ist nahezu die einzige Freude und Entspannung, die es für mich gibt, das weißt du genau, Fartuloon. Eine Verschiebung hätte dazu führen können, daß sie für dieses Jahr ganz ausgefallen wäre, und ich hätte keinen Grund gewußt, den ich offiziell dafür hätte angeben können. Du weißt, daß diesmal die Sicherheitsvorkehrungen noch verschärft wurden, und ich selbst werde das Hafengebiet nie verlassen, ohne einen Impulsstrahler zu tragen. Da außerdem die Jagdgebiete streng abgesichert und überwacht werden, dürfte es für einen Attentäter vollkommen unmöglich sein, etwas gegen mich zu unternehmen. Beruhigt dich das?«

Fartuloon wiegte den Kopf; wirklich überzeugt war er nicht.

Fast übergangslos war die Dunkelheit hereingebrochen. Kleine, von starken Prallfeldern gebändigte Atomsonnen strahlten auf und übergossen die Umgebung des Hotels mit ihrem hellen Schein. Gleichzeitig wurde auch eine indirekte Illumination eingeschaltet, die bunte Lichterkaskaden über die Wände des Gebäudes fließen ließ. Sie waren mit auf dem Jagdplaneten gefundenen seltenen Kristallen verziert, die unter dem Einfluß der Beleuchtung in allen Farben des Spektrums schimmerten und glitzerten.

»Das ist neu«, sagte der Imperator anerkennend. »Die Männer von Erskomier haben sich etwas ganz besonderes einfallen lassen. Auf seine Art übertrifft es beinahe den Kristallpalast.«

Auch der Arzt gab sich beeindruckt, aber er sah diese Einrichtung mit anderen Augen. Seinem streng analytischen Verstand entging nicht, daß diese Kristalle bei längerem Hinsehen einen fast hypnotischen Einfluß auf ihn ausübten. Sie suggerierten Zufriedenheit, Glück und Sorglosigkeit. Fartuloons trainiertem Gehirn gelang es rasch, sich von dem Bann zu befreien, doch Gonozal VII. blieb stehen und starrte wie verzückt zu den Wänden hoch. Er schien wie aus einem Traum zu erwachen, als der die Posten vor dem Hotel befehligende Arbtan auf ihn zukam und salutierte.

Ist das Arrangement nur ein Zufall – oder ist es Absicht? fragte sich Fartuloon. Eventuell hatten sich seine Schöpfer wirklich nichts dabei gedacht. Ebensogut war es aber auch möglich, daß es eigens dazu angebracht worden war, um dem Imperator gleich bei seiner Ankunft psychisch zu beeinflussen! *Vielleicht hinterläßt dieses Spiel der Farben und Lichter sogar so etwas wie eine posthypnotische Wirkung, die dann zu einer gewissen euphorischen Sorglosigkeit führen soll, wenn Gonozal gefährlichen Tieren oder anderen Gegnern gegenübertritt ...?*

Die Antwort auf diese bohrende Frage erhielt Fartuloon schon Augenblicke später. Die anderen Gleiter waren gelandet, und nun watschelte Orbanaschol auf seinen Bruder zu. »Gefällt es dir, Mascudar?« erkundigte er sich mit übertriebener Freundlichkeit. »Eine kleine Aufmerksamkeit von mir, die mich einige Chronners gekostet hat! Du hast einmal gesagt, daß die Fassade dieses Hotels zu trist wäre – jetzt ist sie es nicht mehr!«

Der Imperator lachte leise auf und schlug ihm auf die Schulter. »Die Überraschung ist dir gut gelungen, Bruder! Ich danke dir.«

Der Arzt wandte sich ab und knirschte in ohnmächtiger Wut mit den Zähnen. Nun waren ihm die Hände gebunden, denn wenn Orbanaschol sich öffentlich zu dieser Einrichtung bekannte, mußte er sicher sein, daß ihm niemand auf die Schliche kommen konnte. *Kann ich etwas dagegen unternehmen?* Nicht ohne sich lächerlich zu machen, das war Fartuloon schon nach kurzem Überlegen klar. Gonozal VII. hätte ihn bereits nach den ersten warnenden Worten schallend ausgelacht, denn er hing auf unerklärliche Weise an seinem ungleichen Halbbruder. Jetzt standen beide da und sahen zu den glitzernden Kristallen hoch, und wieder zeigte das Gesicht des Imperator jenen Ausdruck von Verzauberung wie zuvor ...

Gleich darauf zuckten jedoch alle zusammen, die sich auf dem Landeplatz vor dem Hotel befanden. Hoch über ihren Köpfen waberte eine grelle Leuchterscheinung auf, die mehrere Millitontas lang anhielt. Gleichzeitig erklang das schaurige Gebrüll eines Wesens in höchster Todesnot. Es endete abrupt wieder, und nur noch ein knisterndes Prasseln war zu hören, das aber zugleich mit der Leuchterscheinung wieder abebbte.

»Was ist das?« keuchte Orbanaschol erschrocken auf und sah sich mit bleichem Gesicht nach einer Deckung um.

Gonozal VII. lachte laut auf und hielt ihn am Arm zurück. »Nur nicht so schreckhaft, Bruder! Das war nur einer der hiesigen Flugsaurier, der leichtsinnig genug war, genau in die Energiesperre über uns zu fliegen und das mit seinem Tode bezahlen mußte. Das solltest du eigentlich wissen, du bist doch nicht zum erstenmal hier.«

Orbanaschol nickte und zwang sich ein krampfhaftes Lächeln ab, obwohl ihm der Schreck noch in allen Gliedern saß. Diese panikerfüllte Reaktion auf ein relativ harmloses Ereignis war seinem Ansehen nicht gerade förderlich. »Natürlich weiß ich es – aber ich war so versunken in den Anblick der Kristalle, daß mich dieser Vorfall vollkommen überraschte«, rechtfertigte er sich schwach.

Der Imperator half ihm aus der Verlegenheit, indem er sich umwandte und die Order zum Einzug ins Hotel gab. Im Hintergrund atmete Fartuloon auf. Dieser Zwischenfall kam ihm sehr gelegen, denn der hatte den Herrscher davon abgehalten, noch länger in das Leuchten der Kristalle zu starren. Fartuloon hoffte, daß Gonozal nicht zu sehr von ihnen beeinflußt worden war. Ob diese Hoffnung berechtigt war, konnte allerdings erst die Zukunft erweisen. Fartuloon nahm sich vor, bei der Untersuchung des Herrschers am kommenden Morgen besonders sorgfältig vorzugehen. Es war durchaus möglich, daß der Extrasinn Gonozals die vermutete Einwirkung registrierte und von sich aus neutralisieren konnte.

Im Hotel gab es natürlich ebenfalls eine hochwertige Medo-Positronik, die für die Gesundheitskontrolle zur Verfügung stand. War Gonozal VII. irgendwie hypnotisch beeinflußt, würde sie die kaum merklichen Abweichungen in den Individualschwingungen unweigerlich registrieren, und dann konnte Fartuloon korrigierend eingreifen, ohne daß der Imperator davon wußte. Die Jagdgesellschaft zerstreute sich und suchte ihre Räumlichkeiten auf. Nur wenige Männer begaben sich noch in den Speisesaal, denn in jedem Appartement gab es Automaten, die ihnen Erfrischungen lieferten. Erskomier benötigte für eine Rotation knapp 14,5 Tontas, und die Nacht würde kaum fünf Tontas dauern. Am nächsten Morgen begannen die Jagden, und dann wurden ausgeruhte Teilnehmer mit guten Nerven benötigt. Auch Fartuloon ging früh zu Bett und schlief trotz seiner Sorgen rasch ein.

Nicht so Orbanaschol und zwei weitere Männer …

Rekonstruktion: Es war nicht ihr schlechtes Gewissen, das die Verschwörer nicht zur Ruhe kommen ließ. Sie hatten sich seit der Zusammenkunft in Orbanaschols Sommerresidenz nicht mehr getroffen und angesichts der Aktivität der TGC nach dem Anschlag auf Fartuloon auch nicht gewagt, Funkgespräche zu führen. Das Risiko war zu groß gewesen, denn die meisten Mitglieder der Politischen Geheimpolizei hielten treu zu Gonozal VII. Es kam ihnen zustatten, daß das Hotel zwar von außen her gut bewacht, in seinem Innern aber nicht kontrolliert wurde.

Nur vor den Eingängen zu den Räumlichkeiten des Imperators waren Überwachungsautomaten installiert worden, aber das war mehr eine Routinemaßnahme. Das Bedienungspersonal war sorgfältig gesiebt und zusätzlich mit Mitgliedern der Tu-Gol-Cel besetzt worden, von ihm drohte also kaum Gefahr, und Gonozals Jagdgäste standen automatisch über jedem Verdacht.

Zwei Tontas waren seit der Ankunft vergangen, und auch die letzten Besucher hatten den Speisesaal längst verlassen. Alles schlief im Hotel, als Orbanaschol seine Räume verließ, sich hastig nach allen Seiten umsah und dann eilig dem nächsten Antigravschacht zustrebte. Er wohnte im fünften Stock, der sechste war ganz für seinen Bruder reserviert. Rasch schwang er sich in den Schacht und ließ sich von der Minussphäre hinunter ins Erdgeschoß tragen. Dort waren die »weniger bedeutenden« Gäste untergebracht, zu denen auch der Oberbeschaffungsmeister zählte, in dessen Zimmern das Treffen der Verschwörer stattfinden sollte. Der Korridor war leer und verlassen und nur von einer schwachen Nachtbeleuchtung erhellt. Trotzdem verhielt Orbanaschol lauschend vor dem Schacht, bis er seiner Sache vollkommen sicher war. Erst dann watschelte er hastig weiter und klopfte in einem bestimmten Rhythmus an eine Tür, die auch sofort geöffnet wurde und sich hinter ihm schnell wieder schloß.

Sofgart, der dürre Mann mit dem Totenschädel, erwartete ihn bereits. In seiner Gesellschaft befand sich schon Offantur, der Erste Diener Orbanaschols. Die beiden restlichen Konspiranten fehlten, denn Amarkavor Heng kreiste mit der PERKANOR im Orbit um Erskomier, während Psollien zusammen mit den anderen Jagdspezialisten in einer besonderen Unterkunft schlief. Stöhnend ließ sich Orbanaschol in einen Sessel fallen und wischte sich die Stirn. »Ich brauche etwas zu trinken – etwas mit viel Alkohol!« fistelte er dann. Sein Diener verneigte sich lässig und ging zu der Zimmerautomatik, die auf einen Knopfdruck hin das Gewünschte lieferte.

Hastig griff der Mann, der dem eigenen Bruder nach dem Leben trachtete, nach dem Glas und nahm einen tiefen Zug. Erst dann entspannte er sich etwas, sah auf und begegnete dem ausgesprochen spöttischen Blick aus Sofgarts glühenden Augen.

»Sie sollten etwas für Ihre Nerven tun, anstatt soviel zu trinken«, meinte der Oberbeschaffungsmeister in verächtlichem Tonfall. »Daß sie nicht die besten sind, hat sich ja gezeigt, als der Flugsaurier in den Energieschirm flog, Veloz!«

»Wie können Sie es wagen, mich so anzureden?« keifte dieser.

»Lassen wir doch diesen Unsinn«, sagte Sofgart mit seiner heiseren

Stimme. »Wir alle verfolgen das gleiche Ziel, wenn auch aus etwas unterschiedlichen Motiven, und damit werden alle Förmlichkeiten von selbst hinfällig. Was nützt es Ihnen, wenn ich Sie *Erhabener* nenne, obwohl Sie nicht besser sind als ich? Und ist Ihr wahrer Name nicht Veloz?«

Orbanaschols kleine Äuglein begannen zu funkeln. »Ich bestehe auf Orbanaschol und der angemessenen Anrede!« schrie er mit überschnappender Stimme. »Als der künftige Regent oder Imperator von Arkon kann ich es nicht gestatten, daß Sie sich mir gegenüber solche Vertraulichkeiten erlauben.«

Sofgart verneigte sich übertrieben höflich und erwiderte spöttisch: »Wie Sie wünschen, *Erhabener und kommendes Oberhaupt von Arkon.* Das ändert allerdings nichts an der Tatsache, daß Sie sich vor allen Jagdgästen eine Blöße gegeben haben, die Ihrem Ansehen nicht gerade förderlich ist.«

Orbanaschol lachte meckernd auf. »Das müssen gerade Sie mir sagen! Sie haben sich doch selbst unsterblich blamiert, als Sie sich auf die Kontroverse mit dem Botschafter Bonaschaga einließen, bei der Sie um viele Längen geschlagen wurden!«

In den Augen des Oberbeschaffungsmeisters glomm es drohend auf, und seine knochigen Hände ballten sich zu Fäusten, als er an seine eigene Niederlage erinnert wurde. Es sah aus, als wolle er sich auf seinen Auftraggeber stürzen, doch Offantur griff nun ein: »Erhabene Herren, wir sind nicht zusammengekommen, um uns zu streiten, sondern um unser weiteres Vorgehen abzusprechen – nur das allein ist wichtig!« Seine sonst so glatten Züge zeigten einen Ausdruck offener Mißbilligung, und das brachte die beiden Kampfhähne wieder zur Vernunft. »Bitte!«

»Offantur hat recht«, sagte Orbanaschol nach einer Weile unbehaglichen Schweigens. »Wir spielen um einen hohen Einsatz ein gefährliches Garrabo, das erzeugt naturgemäß Spannungen und Fehlreaktionen. Wir müssen es verstehen, sie auszugleichen und zu überwinden, sonst werden wir unser Ziel nie erreichen: Das müssen Sie einsehen, Sofgart.«

»Ich sehe es ein, Erhabener«, nickte der Mann mit dem Totenschädel ernüchtert.

Orbanaschol setzte ein befriedigtes Lächeln auf. Er trank sein Glas leer und stellte es mit einem harten Ruck auf dem Tisch vor sich ab. »Kommen wir also zur Sache«, ergriff er wieder das Wort. »Kurz vor unserer Ankunft auf Erskomier erhielt ich eine Funknachricht von Heng aus der PERKANOR über Geheimwelle. Er teilte mir mit, daß er alles wie besprochen arrangieren konnte, ohne Verdacht zu erregen. Seine Mithilfe ist also sicher, und das ist viel wert. Doch wie steht es um unseren Mann auf Erskomier – werden wir uns auch auf ihn verlassen können, Offantur?«

Sein Diener verneigte sich leicht. »Mit Bestimmtheit, Erhabener. Ich habe gleich nach unserer Ankunft unauffällig mit ihm reden können, als sich die allgemeine Aufmerksamkeit auf die Kristalle am Hotel richtete. Er sagte, daß alle Vorbereitungen abgeschlossen seien – morgen würde noch nichts geschehen, erst übermorgen sei der entscheidende Tag.«

»Warum erst übermorgen?« fragte Sofgart unwillig, aber Orbanaschol winkte ab.

»So ist es besser, das dürfen Sie mir glauben. Am ersten Tag passen alle Jäger besonders gut auf und begehen erfahrungsgemäß kaum Fehler. Am zweiten Tag läßt die Aufmerksamkeit schon nach, und die Hitze zeigt ihre Auswirkungen, was sich erfahrungsgemäß in einem Ansteigen der Unfallquoten bemerkbar macht. Wenn mein Bruder gleich am ersten Tag einem Unfall zum Opfer fiele, wäre das viel zu auffällig und würde unweigerlich Argwohn erregen.«

»Dieser Meinung ist auch Psollien«, warf Offantur ein. »Im Vertrauen gesagt: Ich glaube, daß er so etwas nicht zum ersten Mal arrangiert! In den letzten Jahren hat es mehrere ›Unfälle‹ gegeben, bei denen er und seine Jagdhelfer die einzigen Zeugen waren ...«

Orbanaschol kicherte. »Das weiß ich, und gerade deshalb ist er für uns der richtige Mann. Was kann er schließlich dafür, wenn er einen Jagdgast auf einen Gurbosch ansetzt, den man ohne Mühe mit einer Lanze erledigen kann, und dann plötzlich ein Tischtan auf der Bildfläche erscheint, dem man nur mit einem schweren Kampfschwert beikommen kann?«

»Sie sagen es, Erhabener«, stimmte ihm Offantur zu, ohne eine Miene zu verziehen. »Vermutlich würde er selbst den eigenen Vater so zu Tode kommen lassen, wenn er nur anständig dafür bezahlt wird. Diesmal wird es aber ausreichend Zeugen geben – uns drei! Psollien hat es so eingerichtet, daß wir in der unmittelbaren Nachbarschaft des Imperators jagen werden, damit wir notfalls nachhelfen können, falls nicht alles wie vorgesehen ablaufen sollte.«

Orbanaschol sah auf die kleine Uhr in einem seiner protzigen Ringe. »Es ist spät, beenden wir diese Zusammenkunft. Falls sich irgendwelche neuen Gesichtspunkte ergeben sollten, werde ich Sie durch Offantur unterrichten lassen, Sofgart; er wird auch weiter die Verbindung zu Psollien halten. Ich zweifle aber nicht daran, daß wir unser Ziel erreichen werden. Ich habe nicht vergebens dafür gesorgt, daß mein Bruder durch den Anblick der Psycho-Kristalle entsprechend *eingestimmt* ist. Davon kann auch der mißtrauische Bauchaufschneider nichts ahnen, den ich uns beizeiten durch einen Trick vom Hals schaffen werde. Übermorgen werde ich die Macht über das arkonidische Reich übernehmen. Tod dem Imperator!«

»Tod dem Imperator!« antworteten die anderen Verschwörer wie aus einem Munde.

Am nächsten Morgen erwachte das Jagdhotel zu einem geschäftigen, fast hektischen Leben. Unbarmherzig wurden alle, ob Langschläfer oder nicht, durch gellende Alarmpfeifen aus dem Schlaf geschreckt, kaum daß die Sonne aufgegangen war. Eine halbe Tonta später wurde im großen Speisesaal das Frühstück aufgetragen, während sich vor dem Gebäude bereits die Jagdspezialisten versammelten, die den einzelnen Gästen zugeteilt worden waren. Sie hatten zu berichten, welche Arten von Tieren sich in den von ihnen betreuten Gebieten befanden, und die Jäger konnten dann darunter ihre Auswahl treffen. Am ersten Tag beschränkten sie sich meist auf kleinere und weniger gefährliche Tiere, um erst einmal in Übung zu kommen.

Der Reiz – und zugleich die Gefahr, die einen guten Teil desselben ausmachte – lag darin, daß keiner der vornehmen Herren moderne Waffen verwenden durfte. Weder Impulsstrahler noch Nadler waren erlaubt, nicht einmal Waffen, die ihre Projektile mittels chemischer Treibladungen verschossen. In der Waffenkammer des Hotels gab es statt dessen eine reichhaltige Auswahl archaischer Waffen aller Art: Lanzen, Schwerter, Wurfmesser und -seile, Armbrust, Pfeil und Bogen und Fangnetz waren die gebräuchlichsten, und jeder konnte sich das aussuchen, was am besten zum Einsatz gegen das zu jagende Tier geeignet war. Daß das Risiko trotzdem nicht zu groß wurde, dafür sorgten die Jagdspezialisten mit ihren Helfern.

Sie hatten nicht nur das Wild auszumachen und dem Jäger zuzutreiben, sondern auch über sein Wohlergehen zu wachen und einzugreifen, sofern das nötig war. Zu diesem Zweck waren sie mit schweren Strahlwaffen und sonstigen Hilfsmitteln ausgerüstet, mit denen sie eingriffen, sobald für den oder die von ihnen betreuten Jäger akute Gefahr bestand. Daß es trotzdem immer wieder zu tödlichen Zwischenfällen kam, lag nicht an ihnen, sondern an der Wildheit und Unberechenbarkeit der urtümlichen Riesengeschöpfe des Planeten – oder am Leichtsinn der Hochedlen.

Für den Imperator galt ein Teil der Beschränkungen, denen die anderen Jäger unterlagen, allerdings nicht. Sein Leben als Oberhaupt des Tai Ark'Tussan war zu wertvoll, um leichtfertig aufs Spiel gesetzt zu werden. Zwar trat auch er mit primitiven Waffen gegen seine Jagdbeute an, aber er genoß das Privileg, einen Impulsstrahler mit sich führen zu dürfen. Gonozal VII. hatte diesen allerdings noch nie benutzt. Er war ein leidenschaftlicher Jäger, aber auch ein vorzüglicher Kämpfer, dem es bisher noch stets gelungen war, die Tiere mit primitiven Waffen zu erlegen.

Er nahm auch nicht an dem allgemeinen Frühstück teil, sondern speiste in seinen Räumen. Da er keine Leibdiener mitgebracht hatte – »Irgendwann werden sie unerträglich, diese lautlos herumschleichenden, auf Protokoll und Etikette pochenden, dennoch rückgratlosen, grauen Schatten wahrer Arkoniden!« –, übernahm es Fartuloon, für seine Bedürfnisse zu sorgen. Er nahm seine Morgenmahlzeit zusammen mit dem Herrscher ein und beobachtete diesen verstohlen. Doch sein Verdacht erhielt keine Nahrung,

Gonozal benahm sich wie immer und zeigte lediglich die leise Ungeduld, die erkennen ließ, daß er der Jagd entgegenfieberte. Sie war es auch, die ihn ungehalten werden ließ, als ihn der Leibarzt an die tägliche Überprüfung seines Gesundheitszustandes erinnerte, als das Frühstück beendet war.

»Muß das auch heute sein?« knurrte er mißmutig. »Bei allen She'Huhan – du weißt doch genau, daß ich kerngesund bin, Bauchaufschneider! Wozu also die Umstände?«

Der Arzt lächelte verstohlen, denn diese Szene wiederholte sich mit schöner Regelmäßigkeit, und nicht nur vor jeder Jagd auf Erskomier. Auch seine Antwort war fast wörtlich die gleiche: »Es muß sein, Euer Erhabenheit! Die von Ihrem früheren Vorgänger Berlimor dem Vierten erlassene Vorschrift besagt, daß sich der herrschende Zhdopanthi jeden Prago untersuchen lassen muß, ungeachtet besonderer Umstände. Darf ich Euch bitten, mir in das Medo-Zentrum des Hotels zu folgen, mein Imperator?«

Gonozal VII. zog eine Grimasse. »In Ordnung, Bauchaufschneider, gehen wir! Du gibst ja doch keine Ruhe, ehe du nicht dein Ziel erreicht hast.«

Das Medo-Zentrum des Jagdhotels nahm eine ganze Reihe von Räumen im Erdgeschoß ein. Doch nur ein kleiner Teil davon war zur Behandlung normaler Krankheiten bestimmt, denn die Hauptaufgabe der hier stationierten Mediker war es, Verletzungen zu behandeln, die sich die Gäste, Jagdspezialisten oder Helfer im Gelände zugezogen hatten. Dementsprechend gab es fünf erstklassig eingerichtete Operationssäle, und eine ganze Schar von Chirurgen und Assistenten stand ständig zum Einsatz bereit. Zu dieser frühen Tonta waren sie allerdings noch nicht anwesend, ihre Zeit kam gewöhnlich erst gegen Mittag. Nur der Bereitschaftsarzt erwartete sie, grüßte den Imperator devot und ging in den Raum voran, in dem die zentrale Medo-Positronik stand. Er schaltete sie ein, nickte Fartuloon zu und entfernte sich dann, während Gonozal VII. auf der Liege Platz nahm, über der die Kontaktkabel der Maschine baumelten.

Der Leibarzt justierte die Positronik, legte dem Herrscher die Sensoren an und sah dann mit wachsamen Blicken auf die Monitoren, auf denen die Meßergebnisse erschienen. Er richtete sein besonderes Augenmerk auf die Anzeigen der Individualschwingungen, die die verschiedenen Frequenzen in unterschiedlichen Farben als Kurven, Zackenmuster und Linien erscheinen ließen. Fartuloon kannte die Hirndaten seines Herrn auswendig und las sie flüssig ab. Schon nach wenigen Augenblicken entspannte sich sein Gesicht, und er atmete befreit auf. Es gab keinerlei Anzeichen dafür, daß der Imperator einer fremden Beeinflussung unterlag! Alle Anzeigen waren vollkommen normal, nur die Erregungskurve lag etwas höher als sonst. Doch das war hier auf Erskomier immer so, die bevorstehende Jagd warf ihre Schatten voraus.

Fartuloon entfernte die Kontakte wieder, nahm die Datenfolien an sich, und die beiden Männer verließen das Medo-Zentrum. Sie gingen hinaus vor das Hotel und sahen den Gästen zu, die sich mit ihren Spezialisten auf die Fahrt in die Jagdgebiete begaben. Es wurden schwere gepanzerte Gleiter benutzt, stabil genug, um selbst den Zusammenstoß mit einem Großsaurier ohne Schaden zu überstehen. Dazu kam es aber kaum, denn das Jagdterrain lag auf einer trockenen Hochebene, die nur mäßig bewaldet war. In den ausgesprochenen Dschungelbereichen zu jagen, war unmöglich, weil dort der Boden zu sumpfig war und von Giftvipern und anderem heimtückischen Kleingetier nur so wimmelte. Außerdem wäre es ohnehin sinnlos gewesen, gegen die riesigen Saurier oder Panzerechsen mit altertümlichen Handwaffen angehen zu wollen. Mochten die hochgestellten Arkoniden auch passionierte Jäger sein, dieses Risiko war ihnen nun doch zu groß.

Einer nach dem anderen erschienen sie und strebten den Gleitern zu, gefolgt von ihren Bediensteten, die ihre Waffen trugen. Sie grüßten den Imperator zwanglos und dieser grüßte zurück, in diesen Tagen wurde auf alle Förmlichkeit verzichtet. Als einer der letzten erschien dann Orbanaschol, der seine Leibesfülle in einen Klimaanzug gezwängt hatte. Arkoniden waren im allgemeinen groß und schlank, und trotz seiner

Maßanfertigung gab er eine lächerliche Figur ab, und er wußte es. Im Grunde war es nur reines Prestigedenken, das ihn trotzdem zur Jagd gehen ließ. Er war schließlich der Bruder des Imperators und mochte sich nicht die Blöße geben, den Jagden fernzubleiben. Dicht hinter ihm ging sein Erster Diener Offantur. Dieser war hochgewachsen, bewegte sich mit lässiger Geschmeidigkeit und trug Orbanaschols Waffen: eine Armbrust, ein kurzes Schwert und eine lange Lanze, deren Spitze messerscharf geschliffen war. Die beiden zogen alle Blicke auf sich, denn ein ungleicheres Paar konnte man sich kaum vorstellen, und selbst Gonozal VII. mußte unwillkürlich lächeln, als er die beiden sah.

Fartuloon dagegen, der der geborene Spötter war, blieb ungewöhnlich ernst, und sein Herr warf ihm einen erstaunten Blick zu. »Bist du krank, Bauchaufschneider?«

Dieser schüttelte den Kopf. »Das nicht, mein Imperator, aber ich fühle mich nicht wohl. Ich denke immer noch an die mysteriösen Gespräche vor ein paar Tagen, und im Gegensatz zu Euch mag ich sie nicht auf die leichte Schulter nehmen. Wenn es nach mir ginge ...«

Gonozal unterbrach ihn mit einer entschiedenen Handbewegung. »Kein Wort mehr darüber, Fartuloon! Ich denke nicht daran, mir die wenigen Pragos hier verderben zu lassen. Und jetzt komm, für uns wird es auch langsam Zeit, uns auszurüsten. Irgendwo wartet schon ein großer Kepar darauf, von mir erlegt zu werden. Auf diese Jagd freue ich mich wie noch nie zuvor, Fartuloon! Ich fiebere förmlich danach.«

Der Arzt zuckte bei diesen euphorischen Worten zusammen und hatte Mühe, den Anschein äußerer Unbefangenheit zu wahren. *Dieses Benehmen Gonozals ist einfach nicht normal! Mag sich der Herrscher noch so sehr auf die Jagden freuen, es ist trotzdem noch nie zuvor geschehen, daß er sein Herz derart auf der Zunge getragen hat! Etwas stimmt nicht! Unterliegt er doch einem Einfluß der Kristalle Orbanaschols, obwohl sein Hirndiagramm keinerlei Abweichungen gezeigt hat?*

Ehe sich Fartuloon in Bewegung setzte, um dem Imperator zu folgen, warf er einen schnellen Blick auf die Fassade des Gebäudes. Im trüben Licht der kleinen roten Sonne besaßen die Kristalle nichts von dem seltsam hypnotischen Glanz, den sie am Abend zuvor gezeigt hatten. Jetzt waren sie nur bunte Flecken, die sich kaum von der Wand abhoben; offenbar entfalteten sie ihre Wirkung nur unter dem Einfluß der Lichtkaskaden. Sie mußten es aber gewesen sein, die Gonozal VII. in seinen gegenwärtigen Zustand versetzt hatten – der Arzt fühlte förmlich noch die überwältigende Wirkung, die von ihnen ausgegangen war. Doch Gefühle waren kein Beweis!

Fartuloon preßte die Lippen in ohnmächtigem Grimm zusammen

und folgte seinem Herrn ins Hotel. *Jetzt heißt es, doppelt wachsam sein!* Für ihn gab es keinen Zweifel daran, daß hier eine Teufelei im Gange war, die von den Verschwörern ausging, zu denen Orbanaschol gehören mußte. *Eine besonders raffinierte Teufelei, bei der Mittel eingesetzt werden, die mir trotz meines umfangreichen Wissens noch unbekannt sind. Was läßt sich dagegen tun?*

Er konnte es mit seinen Medikamenten versuchen, aber er fühlte instinktiv, daß sie in diesem besonderen Fall nichts nutzen würden. Ihm blieb nichts weiter übrig, als ständig bei dem Imperator zu bleiben und jeden seiner Schritte zu überwachen, wie es seine Pflicht war. Ob das aber genügen würde? Die Vorbereitungen bewiesen, daß die Feinde Gonozals VII. gewillt waren, aufs Ganze zu gehen! Erstmals begann Fartuloon zu zweifeln, aber dann riß er sich zusammen. Dem Imperator durfte nichts geschehen, und wenn es sein eigenes Leben kosten sollte.

Wie viele der anderen Jagdgäste hatte auch Gonozal ein Sortiment seiner eigenen Waffen mitgebracht. Sie hatten ihm schon oft gute Dienste geleistet, an ihnen hingen die Erinnerungen an viele Jagdabenteuer. Prüfend flogen seine Blicke darüber hinweg, und er begann mit der Auswahl. »Eigentlich müßte ein kurzes Schwert genügen«, überlegte er halblaut. »Ein Kepar ist zwar groß und stark, aber plump und nicht besonders schnell. Bisher habe ich immer eine Lanze verwendet und nur auf Distanz gekämpft, aber auf die Dauer wird das langweilig. Man sollte dem Tier auch eine Chance geben – meinst du nicht auch, Fartuloon?«

Die Kepars gehörten zu den am höchsten entwickelten Tieren von Erskomier. Sie waren Säuger und hatten die Gestalt von Urbären, besaßen aber kein Fell, sondern eine zähe Lederhaut, die bei den Arkoniden zur Anfertigung von Luxuskleidungsstücken besonders beliebt war. Normalerweise liefen sie auf allen vieren, beim Kampf aber richteten sie sich auf die Hinterbeine auf und hatten dann in ihren krallenbewehrten Vorderpranken gefürchtete Waffen.

Fartuloon zuckte mit den Schultern. »Wie Sie meinen, mein Imperator.«

Mochte Gonozal vielleicht psychisch beeinflußt sein, ein Kepar stellte jedoch selbst beim Kampf mit dem Schwert keine Gefahr für ihn dar. Der Imperator lachte kurz auf. »Du bist heute wirklich kein angenehmer Gesellschafter, Bauchaufschneider«, bemerkte er launig. »Gut, nehmen wir vorsichtshalber auch eine Lanze mit, damit du beruhigt bist.«

Er entledigte sich seiner Oberkleidung und legte dann einen Jagdanzug aus dem Leder eines selbst erlegten Kepars an. Natürlich war dieser durch raffiniert eingenähte Mikroaggregate zu einem Klimaanzug gemacht worden; anders ließ sich die schwüle Luft von Erskomier nicht für Tontas ertragen. Auch Fartuloon traf seine Vorbereitungen. Es war selbstverständlich seine Pflicht, den Herrscher bei allen Jagdexpeditionen zu begleiten, damit im Notfall sofort ärztliche Hilfe zur Stelle war. Doch darauf hatte er es noch nie ankommen lassen – sobald sein Herr einmal in Bedrängnis geriet, griff er tatkräftig ein und stand voll seinen Mann.

Als Gonozal VII. seinen Waffengurt umgeschnallt hatte, an dem das Schwertgehänge und das Luccothalfter baumelten, drehte er sich zu seinem Leibarzt um. Ein Ausdruck der Verblüffung erschien auf seinem Gesicht, und dann lachte er auf. »Diesmal übertreibst du aber, alter Quacksalber! In deiner Verkleidung siehst du aus, als wolltest du zum Maskenball gehen, und nicht zu einer Jagd.«

Fartuloon bot wirklich einen seltsamen Anblick. Er hatte seinen gewichtigen Körper in das Oberteil einer altertümlichen Rüstung gezwängt, die zwar spiegelblank war, aber zahlreiche Einbeulungen wie von Schwerthieben aufwies. Seinen Kopf zierte ein seltsam geformter Metallhelm, und an seiner Seite trug er ein kurzes, auffallend breites Schwert.

Der Imperator schüttelte den Kopf. »Mußt du mir das antun, Fartuloon?« fragte er gespielt vorwurfsvoll. »Ich kenne deine Dagorkünste, *Großmeister* – aber jetzt siehst du lächerlich aus, alter Freund!« Im nächsten Moment wandelte sich sein Gesichtsausdruck, und seine Miene zeigte Anerkennung. Mit einem fließenden Griff hatte der Arzt das Schwert blankgezogen, machte einen Ausfallschritt und stand kampfbereit vor ihm. Ein breites Grinsen lag auf seinem Gesicht, und Gonozal VII. winkte resigniert ab. »Schon gut, Bauchaufschneider, ich will nichts gesagt haben. Gehen wir, unsere Begleitung wartet längst.«

Fartuloon schob das Schwert wieder in die Scheide, nahm den Behälter mit seinen ärztlichen Utensilien auf, und dann verließen die beiden ungleichen Männer das Jagdhotel. Jetzt stand nur noch ein einzelner Gleiter auf dem Platz, der mit den Insignien des Imperators versehen war – den Drei Synchronwelten vor Thantur-Lok mit der Beschriftung ARKON und TAI MOAS. Als Gonozal sich ihm näherte, nahmen die Posten vor dem Gebäude Haltung an, ein scharfer Ruf erklang, und dann sprangen vier Gestalten aus dem Fahrzeug und bauten sich stramm davor auf. Drei davon waren Naats in der einfachen Kleidung der Jagdhelfer, deren drei Meter hohe Gestalten den vierten Mann klein und unscheinbar erscheinen ließen. Dieser war jedoch der eigentliche Jagdspezialist, dessen Aufgabe es war, den Standort des zu jagenden Wildes auszumachen, es durch die Verabreichung von Futter an diesem zu halten und dann den Jäger heranzuführen.

Anschließend mußte er mit den speziell geschulten Naats dafür sorgen, daß es nicht ausbrach, wozu verschiedene technische Hilfsmittel zur Verfügung standen. Geriet ein Jagdgast in Lebensgefahr, hatte er gleichfalls einzugreifen und das Tier unschädlich zu machen, was allerdings nicht immer gelang, wie die Unfallziffer bewies. Verwundert sah Gonozal VII. auf den Spezialisten, denn er hatte an seiner Stelle einen anderen Mann erwartet. »Wo ist denn Haschrin, der mich sonst immer begleitet hat?«

Der dunkelhäutige Mann mit den schwarzen Locken verneigte sich devot. »Haschrin lebt leider nicht mehr, Euer Erhabenheit – er wurde vor einem halben Jahr von einem Tischtan getötet, als er einsprang, um das Leben eines Jagdgastes zu retten. Man hat mich an seine Stelle gesetzt. Mein Name ist Psollien, Euer Erhabenheit.«

Der Imperator nickte ihm zu. »Es ist gut, Psollien, ich bin davon überzeugt, daß Hamkar einen guten Mann für mich ausgesucht hat. Komm, Fartuloon, wir wollen starten, ehe unser Kepar ungeduldig wird.«

Er schritt auf den Gleiter zu, und der Arzt folgte ihm zögernd. Irgend etwas störte ihn an dem dunkelhäutigen Mann. Seine koloniale Herkunft hatte nichts zu besagen. Es lag an etwas anderem, und gleich darauf hatte er es herausgefunden. *Psollien kann niemandem voll in die Augen sehen, sein Blick ist unstet! Dieser Mann ist nicht ehrlich!* erkannte der Arzt mit seinem allzeit wachen sechsten Sinn. *Ist er ein weiterer Unsicherheitsfaktor?* Nach kurzem Überlegen verwarf Fartuloon diesen Gedanken wieder. Psollien war als Jagdspezialist persönlich für das Leben des Herrschers verantwortlich. Er wurde überprüft und konnte es sich einfach nicht leisten, daß diesem etwas zustieß, denn es hätte schwerwiegende Folgen für ihn selbst gehabt.

Diensteifrig riß Psollien die Tür der Passagierkabine auf, die sich hinter dem Fahrersitz befand, und ließ den Imperator und den Arzt einsteigen. Er selbst setzte sich ans Steuer, während die drei Naats ihre Zyklopengestalten auf die hinten angebrachte Ladefläche wuchteten. Mit summendem Antrieb nahm der Gleiter Fahrt auf, umkurvte das Jagdhotel und nahm Kurs auf den Rand der Energiekuppel. Ein kurzer Impuls aus dem Funkgerät verständigte die Techniker und öffnete über der Ausfallstraße eine Strukturlücke in dem Schutzschirm. Der Gleiter schoß hindurch und flog hinaus in die ungebändigte Natur, dem Jagdabenteuer entgegen.

16.

Der Bauchaufschneider Fartuloon:

Zu jener fernen Zeit, da das sagenhafte Land Arbaraith von fürchterlichen Bestien heimgesucht wurde, machte Tran-Atlan, der Schwertkämpfer und Barde, als einer der zwölf Heroen von sich reden und ging als mythischer Gründer der ersten arkonidischen Dagor-Schule in die Sage ein:

Im Kampf gegen die Bestien zunächst besiegt, zog sich der Heroe für lange Zeit in die Einsamkeit zurück, meditierte beim Lyraspiel, so daß es die Kristallobelisken zum Mitschwingen brachte, und entwickelte die Grundtechniken des Da-Gor – meist als »All-Kampf« übersetzt –, bis er sich ausreichend gerüstet sah, den Kampf erneut aufzunehmen. Andere Heroen und Schüler, vom Klingen der Obelisken angelockt, ließen sich von Tran-Atlan unterweisen und setzten die Dagor-Tradition fort, nachdem der Heroe die Bestien zwar vertrieben hatte, in dieser gewaltigen Schlacht aber schwer verwundet worden war.

Im Mitgefühl für den mit dem Tod Ringenden läuteten die Kristallobelisken von Arbaraith so laut und grell, daß sie den Heroen samt dem Land Arbaraith auf eine »Oberton-Oktave« anhoben, somit entrückten und für immer unzugänglich machten. Tran-Atlans Schüler aber gelangten nach Arkon, lebten fortan als ruhmreiche Dagoristas, begründeten das traditionsreiche Arkon-Rittertum, und der Tag Tran-Atlans Entrückung wurde zum Beginn der Arkon-Zeitrechnung …

Rekonstruktion: Orbanaschol schwitzte wie selten zuvor in seinem Leben. Zwar liefen die winzigen Kühlaggregate seines Klimaanzugs mit voller Leistung, doch sie kamen nicht richtig zur Wirkung, denn der schwergewichtige Mann hatte seit der letzten Anpassung um einiges zugenommen. Der Körper füllte den nun zu engen Anzug vollkommen aus, so daß keine geregelte Luftzirkulation mehr zustande kommen konnte. Nur die Beine machten eine Ausnahme, und daraus ergab sich der kuriose Tatbestand, daß Orbanaschol kalte Füße und Unterschenkel hatte, während sein Oberkörper ausgiebig transpirierte. Auch die feuchtheiße Atmosphäre, die er ständig einatmen mußte, trug ihren Teil zu diesem Zustand bei. Das Tragen eines Schutzhelms oder wenigstens einer Atmungsmaske war auf Erskomier verpönt. Eine andere Alternative gab es nicht, und so mußte Orbanaschol notgedrungen schwitzen …

Die Hitze hatte ihn förmlich angesprungen, als er die Klimakabine des Jagdgleiters verlassen hatte, und schon kurz darauf war er bis hinunter zu den Knien klatschnaß gewesen. Mühsam versuchte er sein Gesicht zu wahren, doch immer öfter kamen Flüche und Verwünschungen über seine Lippen, während er hinter dem Jagdspezialisten und den Naats dem vorgesehenen Jagdgebiet entgegen stapfte. Diese waren an die Verhältnisse gewöhnt, und auch Offantur ging neben ihm her, als machte ihm das Ganze gar nichts aus.

Kunststück! dachte Orbanaschol wütend. *Er steckt in einem gut passenden Klimaanzug, und nur sein Kopf ist der Brühe ausgesetzt, die man hier Luft nennt...*

Doch es half ihm alles nichts, und bald war er so erschöpft, daß er sogar das Fluchen vergaß. Mechanisch setzte er einen seiner kalten Füße vor den anderen, wich unbeholfen den Unebenheiten des Bodens aus und schreckte zuweilen zurück, wenn eine der riesigen Panzerspinnen oder andere unangenehme Kerbtiere seinen Weg kreuzten. Eine Weile ging es so durch grasbewachsenes, mit Büschen voller lanzettförmiger Blätter und vereinzelten hohen Farnbäumen bestandenes Gelände. Dann hob der Führer den Arm, und der kleine Zug hielt an.

»Wir sind am Ziel, Erhabener«, erklärte er. Burkotsch war der älteste Jagdspezialist von Erskomier, und es war durchaus kein Zufall, daß ausgerechnet er den Bruder des Imperators begleitete. Er tat es seit Jahren, und Orbanaschol wußte, was er an ihm hatte. Der aalglatte Offantur hatte Burkotsch am Abend zuvor heimlich aufgesucht, und eine beträchtliche Summe hatte ihren Besitzer gewechselt.

Dieser hatte in Voraussicht der kommenden Dinge seine Vorbereitungen schon Tage zuvor getroffen, und so war garantiert, daß die Jagd, auf die Orbanaschol nun ging, nur eine Farce war. Der Gurbosch, den er »erlegen« sollte, war in Wahrheit schon so gut wie tot! Der Jagdspezialist hatte nach bewährtem Muster auf seinem Wechsel eine gut getarnte Fallgrube angelegt, und die Naats hatten das Tier dann dort hineingetrieben. Nun befand es sich schon einen Tag lang in der Grube und hatte darin herumgetobt. Das und der Mangel an Nahrung hatten den Gurbosch völlig ermattet. Apathisch stand er am Grund der Fallgrube und hob kaum den Kopf, als sich die drei Männer und die Naats näherten. Ein klagendes Gebrüll kam aus seinem Maul, das war seine einzige Reaktion.

Gegen einen Gurbosch in freier Wildbahn und im Vollbesitz seiner Kräfte hätte der unbeholfene und untrainierte Orbanaschol schwerlich eine Chance gehabt. Diese büffelartigen, etwa anderthalb Meter großen und zweieinhalb Meter langen Tiere, an deren Köpfen lange geschwungene Hörner saßen, waren für ihre Angriffslust bekannt. Wie ein Rammbock stürmten sie auf ihre Gegner los, und es gehörten Geschick und Wendigkeit dazu, ihnen zu entgehen. Orbanaschol hätte nie die Geistesgegenwart besessen, dem Tier geschickt auszuweichen und gleichzeitig mit der langen Lanze zuzustechen, die gegen diesen Gegner die einzig angebrachte Waffe war. Traf man dann den richtigen Punkt zwischen Kopf und Schultern, war der Kampf entschieden, anderenfalls wiederholte sich dieses Spiel bis zur Entscheidung. Ein geübter Jäger benötigte im allgemeinen aber nur einen Stoß, und so galt ein Gurbosch als relativ leichte Jagdbeute, gerade gut zum Einüben für den ersten Tag.

Angewidert sah Orbanaschol auf den riesigen Bullen in der Grube, der nun aus rot unterlaufenen Augen zu ihm aufsah. Das ganze Elend einer gequälten Kreatur lag in diesem Blick, und er hielt ihm nicht lange stand, so daß er mit heiserer Fistelstimme befahl: »Offantur, die Lanze!«

Sein Diener reichte ihm die Waffe, und Orbanaschol trat nahe an die Fallgrube heran. Er wußte, daß ihm nichts geschehen konnte, und das gab ihm die notwendige Sicherheit. Ein letztes Aufbäumen gegen sein Schicksal ging durch den Gurbosch. Trotzig bewegte er sich bis an den Rand der Grube, brüllte noch einmal auf und senkte dann den Kopf, um mit seinen Hörnern gegen einen Feind anzugehen, den er nie erreichen konnte.

»Jetzt, Erhabener!« zischte Burkotsch.

Orbanaschol hatte die Lanze mit beiden Händen gepackt und stieß blindlings zu. Die Waffe traf das linke Horn des Bullen, glitt daran ab und bohrte sich in das ungeschützte Genick des Tieres. Sie durchtrennte die Verbindung zwischen den Halswirbeln und dem Gehirn und beendete seine Leiden. Der Gurbosch bäumte sich auf und brach tot zusammen. Aufatmend trat Orbanaschol zurück, während die Naats pflichtgemäß in einen Hochruf auf den »mutigen Jäger« ausbrachen, wogegen Offantur und Burkotsch nur schwer ein verächtliches Lächeln verbergen konnten.

Alles weitere ging schnell: Der Jagdspezialist holte den Gleiter mittels Fernsteuerung heran, die drei Naats stiegen in die Fallgrube und hoben das schwere Tier mühelos heraus. Sie luden es auf die Ladefläche, während Orbanaschol sich fast fluchtartig in die Kabine begab, die ihm endlich wieder wohltuende Kühlung spendete. Alles war viel zu schnell abgelaufen, eine reguläre Jagd erforderte meist erheblich mehr Zeit. Burkotsch trug auch diesem Umstand Rechnung und wartete noch fast eine Tonta, ehe er die Motoren des Gleiters anlaufen ließ und den Rückweg zum Jagdhotel antrat.

Orbanaschol aber kehrte wieder einmal als erfolgreicher Jäger ins Hotel zurück …

Auch Botschafter Bonaschaga versuchte sein Jagdglück, wenn auch auf gänzlich andere Weise. Als er schon am Abend zuvor bei Jagdleiter Hamkar seine Wünsche angemeldet hatte, war dieser sehr verblüfft gewesen. »Einen Tischtan gleich am ersten Tag, Erhabener?« hatte er mit gerunzelter Stirn gefragt. »Ich weiß nicht, ob das angebracht ist – haben Sie sich das auch gut überlegt, Erhabener?«

»Doch, das habe ich«, hatte der Botschafter gelächelt. »Sie brauchen sich keine Sorgen zu machen, Hamkar, obwohl ich das erste Mal auf Erskomier bin. Ich habe schon genügend Tiere ähnlicher Gattung erlegt und werde mit ihm fertig.«

Die Warnung des Jagdleiters war berechtigt gewesen: Die Tischtans waren große Raubechsen, die zwar hauptsächlich in den Sumpf- und Dschungelgebieten lebten, aber auch in den Randzonen der relativ trockenen Hochebenen zu finden waren. Sie waren im Durchschnitt etwa fünfzehn Meter lang, liefen auf vier kurzen säulenförmigen Beinen und hatten eine dicke grünbraune Panzerhaut. Ihre ovalen Körper durchmaßen in der Mitte etwa zwei Meter, und vom Kopf aus lief über den Rücken ein hoher Zackenkamm bis zum Schwanz, der ein Drittel der Körperlänge einnahm. Ihre Köpfe waren zwei Meter lang und anderthalb breit und bildeten praktisch ein einziges großes Maul, das mit zwei Doppelreihen unterarmlanger Reißzähne dicht bestückt war. Da ihre Panzerhaut sie fast unverwundbar machte, fanden sich nur wenige Jäger, die sie sich als Opfer auserkoren, und nicht wenige davon hatten dieses Wagnis schon mit ihrem Leben bezahlt. Die Echsen waren ungeheuer wendig, und wer ihrem gefräßigen Rachen entgehen konnte, wurde nur zu leicht eine Beute des nach allen Richtungen hin beweglichen Schwanzes, dessen gewaltige Schläge tödlich waren.

Den Tieren war nur beizukommen, wenn man ihr Gehirn zerstörte, und dafür gab es drei Ansatzpunkte. Zwei davon waren die oben an den Schmalseiten des Kopfes sitzenden tellergroßen Augen, der dritte jene Stelle, an der der Zackenkamm begann. Dort befand sich ein kaum mehr als handgroßer, wenig gepanzerter Fleck, der naturgemäß nur schwer zu treffen war. Traf man ihn oder eines der Augen mit einer geeigneten Waffe, drang diese in das Gehirn ein und führte zum Tode des Tischtan. Diese griffen nicht blindlings an wie ein Gurbosch, sondern eher bedächtig. Das gab geschickten Jägern Gelegenheit, auf seinen Kopf zu springen, wo sie dann versuchten, den tödlichen Hieb zu führen.

Dazu wurde meist ein extrem scharfes Kampfschwert aus Arkonstahl verwendet, das allein imstande war, die dicke Panzerhaut am Hinterkopf oder die zähen Nickhäute der Reptilienaugen zu durchschlagen. Kaum eine Millitonta verblieb dem Wagemutigen für diese Attacke, dann mußte er schleunigst die Flucht ergreifen. Hatte er gut getroffen, begann der Todeskampf des Tischtan, der sich dann wie rasend umherwarf und den Jäger unweigerlich unter sich begrub, wenn er noch nicht weit genug entfernt war. Hatte er es nicht geschafft, war das Resultat fast das gleiche, denn die gereizte Echse konnte ihn leicht einholen. Zwar standen für diesen Fall der begleitende Jagdspezialist und seine Naathelfer mit Fesselfeldprojektoren und Strahlwaffen bereit – doch sie konnten diese erst dann einsetzen, wenn sich der Jäger außerhalb ihres Bereiches befand. So war und blieb die Jagd auf einen Tischtan stets ein gewagtes Spiel, aber der Botschafter von der Randwelt ging dieses Risiko ein.

Der ihm zugeteilte Jagdspezialist machte große Augen, als er die einzige Waffe sah, die Bonaschaga mit auf die Jagd nahm: Es war eine riesige Armbrust, die seiner Ansicht nach höchstens ein Naat handhaben konnte, doch der Botschafter trug sie mit einer Leichtigkeit, die Krumbar verblüfft den Kopf schütteln ließ. Bonaschaga sah es und grinste ihn vertraulich an. »Wundern Sie sich nicht, Krumbar, es geht alles mit rechten Dingen zu. In diese Armbrust ist nicht etwa ein Mikro-Antigrav eingebaut, also ein verbotenes technisches Hilfsmittel. Sie ist lediglich aus einem seltenen Leichtmetall, das es nur auf meiner Heimatwelt gibt. Hier, heben Sie sie selbst einmal.«

Der Jagdspezialist tat es und nickte dann anerkennend. Die großen Bolzen und die starke Sehne der Waffe trugen ihren Teil dazu bei, ihn zu überzeugen. »Sie haben recht, Erhabener. Mit dieser ungewöhnlichen Waffe dürfte ein Tischtan zu töten sein. Es kommt nur darauf an, daß Sie genau eines seiner Augen treffen, so daß der Bolzen unmittelbar in sein Gehirn eindringt. Für einen zweiten Schuß wird er Ihnen vermutlich keine Gelegenheit mehr geben ...«

Bonaschaga lächelte zuversichtlich. »Ich werde gut treffen, Krumbar, darauf können Sie sich verlassen. Brechen wir auf!«

Sie hatten einen weiten Weg und mußten fast zwei Tontas lang fliegen, bis sie den Rand der trockenen Zone erreicht hatten. Eine weitere Vierteltonta verging, bis sie von dem hoch fliegenden Gleiter aus einen Tischtan gesichtet hatten und in seiner Nähe landen konnten. Die

Mühe, sich an ihn heranzupirschen, ersparte ihnen die Raubechse, denn sie sah das unbekannte Gefährt und die ihm entsteigenden Gestalten als leichte Beute an und kam brüllend auf sie zu. Alles ging sehr schnell: Kaum hatten Krumbar und seine Helfer die Fesselfeldprojektoren ins Freie gebracht, als das Untier auch schon bis auf fünfzig Meter herangekommen war. Es brach durch das Buschwerk, das die Lichtung umgab, auf der der Gleiter niedergegangen war; sein Rachen war weit aufgerissen, tückisch glänzten die rötlichen, riesigen Augen. Bewundernd sah der erfahrene Jagdspezialist auf den Botschafter, der unbeweglich dastand und keinerlei Anzeichen von Furcht erkennen ließ.

Langsam hob Bonaschaga die riesige Waffe, in die der Bolzen bereits eingelegt war. Mühelos spannten seine trainierten Muskeln die Sehne, seine Augen suchten das Ziel – aber noch immer wartete er. Erst als die Raubechse bis auf zehn Meter herangekommen war, löste er den Schuß. Der Bolzen sirrte durch die Luft und traf das rechte Auge des Tischtan. Ein fetzendes Geräusch erklang, als er die Nickhaut durchschlug, in den Kopf eindrang und sich in das Gehirn des Tieres bohrte. Im nächsten Augenblick schien auf der Lichtung die Hölle loszubrechen!

Die Raubechse zuckte wie unter einem Blitzschlag zusammen, ein wahrhaft urweltliches Gebrüll brach aus ihrem Rachen hervor. Sie blieb abrupt stehen, als ob sie gegen eine Wand gelaufen wäre, ihre Kiefer schnappten zu, die Säulenbeine knickten ein. Jetzt aber begann ihr Körper zu zucken, und sie warf sich wild umher, in den unberechenbaren Bewegungen des Todeskampfes. Der weiche Boden wurde aufgewühlt, der peitschende Schwanz warf Krumen und Grasbüschel weit umher. Der Botschafter trat zurück, um ihnen auszuweichen, und beobachtete zusammen mit Krumbar und den Naats schweigend das Geschehen. Schnell war alles vorbei. Regungslos lag der Körper des toten Tischtan auf der Lichtung, und nun brüllten die Naats den Hochruf auf Bonaschaga nur so heraus. Auch der Jagdspezialist brüllte unwillkürlich mit und kam erst wieder zur Besinnung, als ihm der Botschafter herzhaft auf die Schulter klopfte.

»Verzeihen Sie, Erhabener!« stammelte er dann. »So etwas habe ich noch nie erlebt. Noch nie ist es einem Jäger gelungen, einen Tischtan so leicht zu erlegen. Ihr Beispiel wird die anderen Hohen Herren anspornen, es Ihnen gleichzutun – die Jagden auf Erskomier werden einen neuen Höhepunkt erleben!«

Bonaschaga lächelte. »Davon bin ich nicht so ganz überzeugt, Krumbar. Wie ich schon vorher sagte, ist meine Armbrust aus einem recht seltenen Material gefertigt, und niemand kann uns da draußen zwingen, es an das Imperium zu liefern! Da wir halbautonom sind, können wir gewisse Forderungen stellen, und das könnte sehr teuer werden ...«

Es dauerte eine geraume Zeit, bis die Naats den toten Tischtan mit Hilfe von Antigravprojektoren auf die Ladefläche des Jagdgleiters geschafft und in verkrümmtem Zustand verstaut hatten. Anschließend hatte Krumbar erhebliche Mühe, das überlastete Fahrzeug zu steuern, und so traf die Expedition des Botschafters erst weit nach dem planetaren Mittag wieder beim Jagdhotel ein. Trotzdem lieferte sie die absolute Sensation des ersten Jagdtages. Gegen die erlegte Raubechse verblaßte selbst die Beute des Imperators, ein außergewöhnlich großer Kepar, der ihm einige Schwierigkeiten bereitet hatte. Bonaschaga war der Mittelpunkt des abendlichen Banketts im Hotel, an dem auch die Gemahlin des Herrschers teilnahm, die bisher zu einem Schattendasein in der TONDON verurteilt war. Gonozal VII. kehrte mit ihr in das Raumschiff zurück und verbrachte die Nacht darin.

Als er am anderen Morgen Abschied von Yagthara nahm, ahnte er nicht, daß es ein Abschied für immer war ...

Rekonstruktion: Zur gleichen Zeit faßte sich Orbanaschol stöhnend an seinen Kopf, in dem sich ein ganzer Schwarm wild gewordener Rieseninsekten zu tummeln schien, und fistelte schwach: »Offantur!«

»Sofort, Erhabener«, antwortete sein Diener aus dem Baderaum und übertönte das Plätschern von einlaufendem Wasser. Dann erschien Offantur selbst. Er wirkte frisch und ausgeruht, im Gegensatz zu seinem Herrn, dessen feistes Gesicht von ausgesprochen ungesunder Farbe war.

»Sie wünschen, Erhabener?« sagte er mit neutraler Stimme. Nur in seinen Augen nistete ein unverkennbarer Hauch von Verachtung, doch das konnte Orbanaschol nicht bemerken, weil er die seinen geschlossen hielt.

»Mir ist schlecht, Offantur«, jammerte er vor sich hin.

Der Diener nickte ungerührt und bemerkte kühl: »Das ist verständlich, Erhabener. Sie hätten sich gestern abend beim Bankett etwas zurückhalten sollen, wenn Sie mir diese Bemerkung gestatten.«

»Ich gestatte nicht!« fuhr der Bruder des Imperators auf. »Willst du den zukünftigen Herrscher des Imperiums etwa kritisieren, du Bastard?« Aufstöhnend sank er wieder auf sein Lager zurück, denn die unbedachte Bewegung hatte seinen Kopfschmerz noch weiter verstärkt.

Offantur wandte sich mit einem verächtlichen Lächeln ab und holte aus einem Schrankfach ein kleines Fläschchen hervor. Von der darin befindlichen Flüssigkeit ließ er einige Tropfen in ein Glas fallen, füllte es mit Wasser auf und hielt es dann Orbanaschol an die Lippen. Dieser trank wie ein Verdurstender, ließ sich wieder zurückfallen und schloß erneut die Augen. Das Mittel wirkte rasch, sein Kopf wurde wieder klar, seine Züge entspannten sich. Schließlich setzte er sich auf und lächelte schwach. »In Ordnung, Offantur – das vorhin war nicht so gemeint … Natürlich hast du recht, ich habe gestern wieder zuviel getrunken, aber irgendwie mußte ich meinen Ärger überwinden. Oder soll ich mich nicht ärgern, wenn dieser Bonaschaga einen *Tischtan* erlegt, während ich selbst nur einen armseligen Gurbosch aufzuweisen hatte?«

Offantur entzog sich einer Antwort, ging hinüber zum Fenster und drückte auf einen Knopf an dessen Rahmen. Die doppelt polarisierten Scheiben klärten sich, und der Schimmer der bereits aufgegangenen roten Sonne drang in den Raum, während gleichzeitig die Beleuchtung erlosch. Sie hatten sich gegenseitig in der Hand, und beide wußten es. Nur so war zu erklären, weshalb ein weltgewandter und gebildeter Mann wie Offantur die Launen seines Herrn ertrug – und ein Arkonide von höchstem Rang wie Orbanaschol die unverhohlene Arroganz seines Dieners.

»Hast du mit Psollien gesprochen?« erkundigte sich Orbanaschol, während er ächzend aus dem Bett kugelte.

Der Diener nickte. »Ich konnte mit ihm sprechen, während sich aller Aufmerksamkeit auf das Bankett richtete, Erhabener. Gonozal hat ihm aufgetragen, ihn heute morgen auf die Spur eines *Werans* zu führen, und das ist günstig für uns. Psollien wird es so einrichten, daß wir ganz in seiner Nähe sind, ohne daß man uns bemerken kann. Er selbst und die Naats werden wie üblich zurückbleiben, nur dieser Bauchaufschneider ist dann noch im Weg.«

Orbanaschol grinste eisig. »Den übernehme ich, den Plan dafür habe ich mir schon zurechtgelegt. Wenn mein Bruder erst einmal allein ist, wird er alle Vorsicht vergessen, dafür wird die Wirkung der Hypnokristalle schon sorgen, die speziell auf Inhaber eines Extrasinns modifiziert wurde. Wir müssen Heng verständigen, damit er im richtigen Moment bereit ist.«

Er watschelte in den Baderaum, während Offantur sich um sein Frühstück kümmerte. Nach der Mahlzeit holte er sein geheimes Funkgerät hervor und sah auf die Uhr. Er mußte noch etwas bis zur verabredeten Zeit warten. Dann nahm er Verbindung zum Kommandanten der PERKANOR auf, in dessen Kabine sich das Gegengerät befand. Es wurden nur wenige kurze Sätze gewechselt, aus denen ein Außenstehender nichts entnehmen konnte, selbst wenn er noch so mißtrauisch gewesen wäre.

Anschließend nickte Orbanaschol befriedigt. »Jetzt muß nur noch Sofgart unterrichtet werden – mit ihm werde ich mich *ganz zufällig* auf dem Gleiter-Startplatz treffen. Nur noch drei oder vier Tontas, und ich werde der Herrscher von Arkon sein!«

»Fang schon an, alter Quacksalber«, sagte Gonozal VII. ungeduldig und ließ sich auf der Liege der Medo-Positronik nieder, um die obligatorische Morgenuntersuchung über sich ergehen zu lassen. »Gibt es etwas Neues hier im Hotel? Du hörst ja bekanntlich eine Mikrobe wachsen.«

Fartuloon grinste respektlos und stellte die Anschlüsse zur Positronik her. »Das liegt an meinen großen Ohren, Euer Erhabenheit«, gab er ungerührt zurück. »Schon mein Vater sagte immer ...«

Der Imperator winkte müde ab. »Diesen Spruch kenne ich auswendig, du solltest dir mal etwas Neues einfallen lassen. Aber bitte nicht jetzt«, setzte er hinzu, weil der Leibarzt offensichtlich sofort damit beginnen wollte. »Ich hatte dich nach etwas anderem gefragt.«

Fartuloon nickte. »Ich habe vorhin mit einem der Ärzte gesprochen. Der erste Jagdtag ist bemerkenswert ruhig verlaufen, lediglich drei unserer Gäste wurden verletzt, aber zwei von ihnen können heute schon wieder hinausgehen. Nur einer ist von dem als Beute ausersehenen Kepar etwas zu heftig umarmt worden und liegt mit eingedrückter Brustplatte im Krankenbett. Für ihn dürfte die Jagd vorbei sein. Es ist Genarron, der Oberrichter der Raumbehörde auf Arkon Drei.«

Gonozal zog eine Grimasse. »Den kann ich ohnehin nicht ausstehen, er verhängt für meinen Geschmack viel zu viele Todesurteile. Er selbst war noch nie draußen im All, wo gekämpft wird – ein Mann wie er dürfte gar nicht über Raumfahrer zu Gericht sitzen! Was weiß er davon, wie es im Kampf zugeht, wie schnell man einen Fehler begeht, wenn einem die Situation über den Kopf wächst? Gut, wir werden ihn durch einen besseren Mann ersetzen, seine jetzt zweifellos angegriffene Gesundheit gibt mir einen guten Vorwand.«

»Ein guter Gedanke«, stimmte der Bauchaufschneider zu und löste die Kontakte der Maschine. Auch an diesem Morgen konnte er an Gonozals Individualmustern nichts Auffälliges feststellen, alles schien normal zu sein. Allerdings hatte er ebenso dafür gesorgt, daß sich der Herrscher kein zweites Mal einer Betrachtung der Kristalle an der Hotelfassade hingab.

Sie verließen das Medo-Zentrum und schlenderten in den Nachrichtenraum des Jagdhotels. Sogar hier im Urlaub auf Erskomier mußte der Imperator jeden Tag mindestens einmal Verbindung zum Flottenzentralkommando auf Arkon III aufnehmen, um sich über die Kriegslage informieren zu lassen. Er atmete erleichtert auf, als er erfuhr, daß es im Augenblick keinen Grund zur Besorgnis gab. Die Niederlage im Labadon-Sektor schien die Methans so geschwächt zu haben, daß sie zu neuen Angriffen nicht sofort imstande waren. Leutselig winkte er den Thek'pama zu und verließ die Funkzentrale. Draußen boxte er Fartuloon übermütig vor die Brust.

»Auf zu neuen Taten, Quacksalber! Heute muß ein Weran daran glauben, das bin ich meinem Ruf schuldig. Dieser Bonaschaga ist mir ohnehin ein gutes Stück voraus, nachdem er schon am ersten Tag einen Tischtan erlegt hat. Ein bemerkenswerter Mann, dieser Botschafter von den Randwelten. Man sollte ihm eine Chance auf Arkon geben, denke ich.«

Fartuloon nickte zu den Worten Gonozals nur zerstreut. Wieder einmal kam ihm zu Bewußtsein, wie sehr das Benehmen seines Herrn seit dem ersten Abend auf Erskomier von der Norm abwich. Das Verhältnis zwischen dem Imperator und ihm war schon seit langem von einer ungewöhnlichen Vertraulichkeit geprägt, aber so leger hatte er ihn noch nie erlebt. *Und in dieser Verfassung will er zur Jagd auf einen Weran gehen?* Diese Tiere waren in den trockenen Gebieten von Erskomier selten zu finden, ihr hauptsächliches Aufenthaltsgebiet waren die Dschungelsümpfe. Nur die Weibchen kamen zur Eiablage auf die Hochebene und blieben dann für eine Arkonperiode, bis ihr Nachwuchs ausgeschlüpft war.

In dieser Zeit waren sie extrem gefährlich, weil ihr Mutterinstinkt sie dazu trieb, die Eier oder die frisch geschlüpften Jungen gegen alle Lebewesen zu verteidigen, die in ihre Nähe kamen. Ein Weran wurde bis zu zwanzig Meter lang, durchmaß im Mittel anderthalb Meter und gehörte vom zoologischen Standpunkt zur Gattung der Bandwürmer. Wie alle Mitglieder der Spezies besaß er weder Augen noch Ohren, dafür aber einen unwahrscheinlich gut entwickelten Spürsinn. Er lebte unter der Erde und grub sich dort seine Gänge mittels der direkt an der Vorderseite des Kopfes sitzenden Schaufelzangen. Diese waren zugleich seine gefährlichste Waffe: Sie waren mehr als zwei Meter lang und aus Chitin, nach allen Richtungen hin beweglich und an den Innenseiten messerscharf. Oft genug war beobachtet worden, wie sie riesige Echsen oder Saurier angriffen und fast immer die Oberhand behielten. Sie lauerten in ihren Gängen, nahmen jede Bodenerschütterung wahr und gruben sich blitzschnell nach oben durch, wenn ihr Opfer nahe genug war. Dann schnappten ihre Zangen zu, durchtrennten dessen Beine und brachten es so zu Fall. War das erst einmal geschehen, war es rettungslos verloren – es wurde regelrecht in Stücke geschnitten und verschwand in dem gefräßigen Maul des Weran.

Die aufs trockene Land gekommenen Weibchen brauchten zwar in dieser Zeit keine Nahrung, griffen aber trotzdem jedes Lebewesen an, das sich ihrem Gelege näherte. Dieses befand sich stets in einer trichterförmig ausgegrabenen Mulde von etwa zwei Metern Tiefe und sechs Metern Durchmesser, in deren Mittelpunkt die bis zu einem halben Meter langen Eier ruhten. Dort wurden sie durch die Sonne und die warme Luft ausgebrütet, während das Weibchen in einem direkt daneben gelegenen Gang dicht unter der Bodenkruste wachte. Zeigte eine Erschütterung an, daß ein anderes Tier in die Nähe kam, wurden diese sonst tagelang regungslos ausharrenden Geschöpfe schlagartig lebendig. Mit rasender Geschwindigkeit wühlten sie sich ins Freie und reckten ihre Greifzangen dem Gegner entgegen, der dann meist schnellstens das Weite suchte. Selbst die gefräßigen Flugsaurier verzichteten im allgemeinen darauf, ein solches Gelege anzugreifen, denn die Werans spürten selbst die durch die Lederschwingen hervorgerufene Luftbewegung und schnappten im richtigen Moment zu, wenn eine der Flugechsen auf das Gelege niederstieß.

Die Jagd auf ein solches Wesen war naturgemäß eine der schwierigsten auf Erskomier. Die Mulden der Gelege waren von einem Luftgleiter zwar leicht auszumachen, da sie sich stets in freiem Gelände befanden, das den Sonnenstrahlen ungehinderten Zugang bot. Aber es war um so schwerer, sich einem dieser Nester zu nähern. Mochte der Jäger sich noch so vorsichtig bewegen, das Weranweibchen spürte seine Annäherung, brach sofort aus dem Boden hervor und ging in Angriffsstellung. Ergriff der Gegner nicht sofort die Flucht, schoß das Tier mit seinen kurzen Stummelbeinen auf ihn zu und ging zum bedingungslosen Angriff über. Nur ein schneller Läufer konnte ihm dann entkommen. Er mußte um sein Leben rennen und zwanzig Meter innerhalb weniger Augenblicke zurücklegen können, sonst war er verloren. Gelang ihm das, war er fürs erste in Sicherheit, denn diese grauweißen Riesenwürmer entfernten sich nie mehr als eine eigene Körperlänge von ihrem Gelege.

Doch ein Jäger kam, um zu töten, nicht um zu fliehen: Für ihn kam es darauf an, sich so geräuschlos wie möglich an das Nest heranzubewegen und sofort stehenzubleiben, wenn sich das Weranweibchen in der Mündung seines Ganges zeigte. Die kritische Distanz lag bei zehn Metern und gab dem Angreifer kaum Zeit, das Tier zu töten. Dazu wurden meist Pfeil und Bogen verwendet, zuweilen auch Armbrüste. Das Geschoß mußte genau in das Maul des Werans treffen, denn direkt dahinter saß der Hauptnervenknoten, den diese Gattung anstelle eines richtigen Gehirns hatte. Wurde dieser verletzt, war das Tier augenblicklich bewegungsunfähig und starb innerhalb einer Zehntel Tonta. Doch es gehörte großes Geschick dazu, dieses sich schnell bewegende Ziel zu treffen, das die einzig verletzliche Stelle der sonst vollkommen mit Chitin gepanzerten Geschöpfe war. Traf man es nicht, half nur die rasche Flucht; die Chance für einen zweiten Schuß gab es nicht.

Gonozal VII. war ein geschickter Jäger, der fast bei jedem Aufenthalt auf Erskomier auch einen Weran zur Strecke gebracht hatte. Trotzdem erschien es Fartuloon zweifelhaft, ob er es diesmal ohne Komplikationen schaffen würde. Er befand sich in einem Zustand der Euphorie, was gleichbedeutend mit einem Hang zum Leichtsinn war, zur Unterschätzung der Gefährlichkeit des Kontrahenten. Das Bedenklichste dabei war aber, daß ihm in diesem besonderen Fall niemand zu Hilfe kommen konnte, nicht einmal der Arzt. Damit das Tier nicht vorzeitig aufgeschreckt wurde, mußte der Jagdgleiter mindestens zweihundert Meter von dem Gelege entfernt landen. Das gesamte Begleitkommando hatte dort zurückzubleiben, und der Imperator würde sich allein anschleichen. Nur dieses Vorgehen gab ihm die Chance, bis auf Schußweite an das Nest heranzukommen.

Fartuloon kniff die Lippen zu einem dünnen Strich zusammen, als er mit seinem Herrn das Waffendepot verließ und hinaus zum Jagdgleiter ging. Wieder waren sie die letzten, und erneut mißfiel dem Leibarzt der unstete Blick des Jagdspezialisten. *Ist dieser Psollien doch einer von den Verschwörern, die sich Gonozals Tod zum Ziel gesetzt haben?* Er schob diesen Gedanken wieder beiseite, weil er ihm übertrieben erschien. Genau wie er würde auch Psollien während des Alleinganges Gonozals VII. zweihundert Meter vom Schauplatz des Geschehens entfernt sein, hatte also keine Gelegenheit, auf dieses irgendwelchen Einfluß zu nehmen. Und selbst, wenn dort etwas schiefging, hatte der Imperator immer noch seinen Impulsstrahler, mit dem er sich gegen den Weran zur Wehr setzen konnte. Weitgehend beruhigt stieg Fartuloon mit ihm in den Gleiter, der sich gleich darauf in Bewegung setzte. Seine Sorgen waren auch tatsächlich unberechtigt, zumindest in der Richtung, in die sie zielten. Die Gefahr für Gonozal VII. sah ganz anders aus …

Rekonstruktion: Vere'athor Amarkavor Heng betrat die Kommandozentrale der PERKANOR, und ein lauter Ruf ertönte: »Breheb-Toor!«

Die in dem großen runden Saal diensttuenden Männer sprangen auf und nahmen Haltung an. Der Geschwaderchef grüßte zurück, nahm die Meldung des Stellvertretenden Kommandanten entgegen und sah sich prüfend um. Es schien alles in Ordnung zu sein. Heng gab seinen Leuten einen Wink, und diese nahmen ihre Routinetätigkeit wieder auf. Solange sich das Schiff im Orbit um Erskomier befand, gab es praktisch kaum etwas zu tun, aber sie mußten selbstverständlich trotzdem auf ihren Posten sein. Der Kommandant nickte seinem Stellvertreter zu. »Ich mache jetzt den üblichen Inspektionsgang durch das Schiff, Karmach. Sollte sich etwas Ungewöhnliches ereignen, können Sie mich jederzeit über die Sprechanlage erreichen, klar?«

Der Orbton bestätigte, Heng wandte sich um und verließ die Zentrale wieder. Als das Schott hinter ihm zugeglitten war, verschwand die zur Schau getragene Gleichmütigkeit von seinem asketischen Gesicht. Er sah auf seine Uhr und hatte es plötzlich sehr eilig, ein bestimmtes Ziel zu erreichen; der Inspektionsgang war nur ein Vorwand. Er schwang sich in den nächsten Antigravschacht und ließ sich in den nächsthöheren Sektor tragen, in dem die Überwachungszentrale für die Jagden eingerichtet war. Der ihm von Orbanaschol genannte Zeitpunkt war fast erreicht, und er mußte sich in diesem Raum aufhalten, wenn alles so ablaufen sollte, wie es die fünf Verschwörer geplant hatten. Nur ein Mann tat Dienst, ein besonders bewährter Techniker im Rang eines Arbtan, dessen Erfahrung ihn befähigte, praktisch alle zwanzig Monitoren gleichzeitig im Auge zu behalten. Dieser Mann war Heng nun im Weg, und er suchte nach einem Vorwand, um ihn für die entscheidenden Zentitontas aus dem Raum entfernen zu können, ohne daß dadurch Aufsehen erregt wurde. Dieser Vorwand fand sich schneller, als Heng geglaubt hatte.

Als er sich eilig durch den leeren Schiffskorridor bewegte, vernahm er schon aus einiger Entfernung die Stimme des Beobachters, der sich mit jemand zu unterhalten schien. Das Schott zur Überwachungszentrale stand offen, Heng ging auf leisen Sohlen bis zu ihm vor und spähte verstohlen in den Raum. Doch er sah darin keine zwei Männer, wie er vermutet hatte – der Arbtan war allein. Er hatte den neben seinem Sitz befindlichen Interkom eingeschaltet und unterhielt sich mit einem anderen Soldaten irgendwo im Schiff. Das war eine eindeutige Pflichtverletzung, denn der Beobachter hatte strenge Anweisung, sich durch nichts von der Überwachung der Jagden ablenken zu lassen. Schließlich konnte das Leben eines Jägers davon abhängen, daß er rasch genug reagierte, wenn es zu Zwischenfällen kam.

»Schade, daß dieser Botschafter heute keinen zweiten großen Auftritt liefert«, sagte er gerade. »Heute begnügt er sich mit der Jagd auf einen Kepar – aber gestern die Sache mit dem Tischtan, die hättest du sehen sollen! Mann, das war wirklich eine Glanzleistung. Wenn ich dagegen an das Theater denke, das der dicke Orbanaschol mit dem halbtoten Gurbosch in der Fallgrube geliefert hat ... Ich kann dir sagen ...«

»Gar nichts werden Sie mehr sagen, Arbtan!« donnerte Amarkavor Heng und betrat den Beobachtungsraum. Der Techniker erschrak so sehr, daß er zu keiner Reaktion mehr fähig war. Steif blieb er in seinem Sitz hocken und sah aus panikerfüllten Augen zu seinem Kommandanten auf. Sein Gesprächspartner dagegen reagierte sofort. Blitzschnell schaltete er sein Bildgerät aus, ehe Heng seine Identität erkannt hatte, aber auf ihn kam es Heng auch gar nicht an. Sein Zorn entlud sich allein über dem pflichtvergessenen Arbtan. »Stehen Sie auf, Mann!« herrschte er diesen an, der zitternd den Befehl befolgte. »Pflichtverletzung höchsten Grades!« fuhr der Kommandant mit gefährlich leiser Stimme fort. »Sie haben ein Privatgespräch geführt, statt über das Wohlergehen des Imperators und der anderen Erhabenen auf Erskomier zu wachen. Darauf steht sofortige Degradierung und strenger Arrest bis zu dem Zeitpunkt, an dem ein Kriegsgericht Sie für diese Tat bestrafen wird! Melden Sie sich sofort bei Ihrem Sektionsoffizier zum Arrestantritt! Bis auf weiteres übernehme ich selbst Ihren Posten – hinaus!«

»Gnade, Erhabener!« wimmerte der Techniker und warf sich vor Heng auf den Boden, doch ein Fußtritt brachte ihn rasch wieder auf die Beine.

»Gnade – für Sie?« fragte der Geschwaderkommandeur verächtlich. »Sie haben nicht nur ein todeswürdiges Vergehen begangen, sondern gleich zwei! Sie haben den Erhabenen Orbanaschol, den Bruder Seiner Erhabenheit, in höchstem Grade verächtlich gemacht. Die einzige Gnade, die Ihnen noch widerfahren wird, wird ein schneller Tod durch ein Exekutionskommando sein. Verschwinden Sie schnellstens, ehe ich Sie eigenhändig erschieße!«

Der Mann wankte aus dem Raum und vergaß sogar die unerläßliche Ehrenbezeigung, doch Amarkavor Heng war das im Augenblick gleichgültig. Für ihn drängte die Zeit. Er ließ das Eingangsschott zugleiten und verriegelte durch einen Tastendruck das positronische Schloß, um nun vollkommen ungestört sein. Er warf sich in den Beobachtersitz, und sein Blick glitt über die Monitoren, auf denen die von den Beobachtungssonden gelieferten Bilder wechselten: Die Sonden folgten automatisch dem Objekt, auf das sie justiert waren, aber den Kommandanten interessierte nur eines davon – der Gleiter des Imperators.

Er fand ihn unschwer in der Mitte der Bildschirme, denn auf seinem Dach prangten unübersehbar die Sonnen-Insignien des Gonozal-Khasurn. Er setzte gerade zur Landung an, und in seiner Nähe war der unverkennbare Trichter eines Weran-Geleges zu sehen. Heng nickte befriedigt, und ein häßliches Grinsen huschte über seine strengen Züge. Jetzt konnte es nicht mehr lange dauern, bis Gonozal VII. sterben würde – und dann war auch für ihn der ersehnte Weg zur Macht frei ...

»Gehen Sie keinerlei Risiko ein, Erhabener«, warnte Fartuloon noch einmal, als der Imperator den Gleiter verließ.

Gonozal warf ihm einen belustigten Blick zu. »Deine Fürsorge rührt mich fast zu Tränen, Fartuloon, aber ich fühle mich bereits alt genug, um gut auf mich aufpassen zu können. Anderenfalls hätte ich wohl die früheren Jagden kaum überlebt.«

»Auch ein Imperator ist nicht unfehlbar«, konterte der Leibarzt, der wieder seine verbeulte Rüstung trug.

Sein Herr winkte ab. »Schluß jetzt mit dem unnützen Gerede, du hältst mich auf. Schließlich verfüge ich ja noch über meinen Extrasinn, der mich warnen wird, wenn es darauf ankommt. In einer halben Tonta ist die Sache ausgestanden und der Weran tot – wollen wir wetten?«

»Wie Sie meinen, Euer Erhabenheit«, knurrte Fartuloon. Gonozal VII. winkte ihm noch einmal zu und ging mit vorsichtigen Schritten davon. An diesem Morgen trug er Spezialstiefel mit besonders präparierten Sohlen, die seine Schritte so gut wie unhörbar machten. Der Arzt stieg in den Gleiter zurück und richtete die Spezialoptik ein, durch die er den Imperator beobachten konnte. Vor dem Pilotensitz befand sich ein gleichartiges Gerät, so daß auch der Jagdspezialist jede Bewegung des Imperators verfolgen konnte, als ginge er direkt hinter ihm.

Hinten auf der Ladeplattform warteten die Naats und benutzten die Zeit zu einem zweiten Frühstück, denn ihre riesigen Körper, an 2,8fache Standardgravitation angepaßt, benötigten große Mengen von Nahrung. Sowohl Fartuloon als auch Psollien schwiegen und taten, als sei der andere nicht vorhanden. Der Bauchaufschneider, weil er den Jagdspezialisten instinktiv nicht leiden konnte, Psollien dagegen, weil er sich mit angespannten Nerven ganz auf das konzentrierte, was gleich kommen mußte.

Dieser Morgen war relativ kühl, und Gonozal begrüßte das dankbar. Er trug den riesigen Bogen aus Kunststoff und Glasfiber griffbereit in der Rechten, über der linken Schulter hing der Köcher mit den Pfeilen aus bestem Arkonstahl, rechts an seinem Waffengurt der bereits entsicherte Impulsstrahler. Obwohl das Gelände hier fast eben war und außer einigen Buschgruppen keine Hindernisse aufwies, bewegte er sich außerordentlich vorsichtig. Die dicke Humusschicht auf dem Boden enthielt auch Äste und Zweige. Ein unvorsichtiger Tritt nur, und schon konnte das Knacken eines brechenden Astes und die damit verbundene Erschütterung das Weranweibchen warnen, und dann war die Jagd für ihn vorbei, ehe sie begonnen hatte.

Tiere, die sein Nahen durch ihre Flucht verraten konnten, gab es hier nicht. Irgendein unbegreiflicher Instinkt hielt alles kleine Bodengetier in weitem Umkreis von den Gelegen der Werans fern, obwohl es von den Riesenwürmern kaum etwas zu befürchten hatte. Nur einige unterarmlange Hornlibellen schwirrten durch die Luft, doch ihr Interesse galt ausschließlich den riesigen Trichterblüten in den Büschen, deren Nektar ihnen als Nahrung diente.

Gonozal VII. hatte etwa siebzig Meter zurückgelegt, als ihn ein schrilles Krächzen warnte. Sofort blieb er bewegungslos stehen, nur seine Blicke verfolgten den Pulk von fünf großen Flugechsen, der gleich darauf in Sicht kam. Sie sahen nicht besonders gut und konnten nur Ziele erkennen, die sich bewegten, also war er vor ihnen sicher, solange er sich ruhig verhielt. Er wartete ab, bis sich die Geräusche ihrer ledernen Schwingen in der Ferne verloren, und setzte seinen Weg fort. Es wurde wärmer, je höher die Sonne stieg, und so regulierte er die Kühlanlagen des Klimaanzugs auf höhere Leistung ein.

Als er hundert Meter zurückgelegt hatte, konnte er bereits den Erdwall des Werangeleges erkennen. Er nickte befriedigt, da er die Richtung genau eingehalten hatte. Noch einmal blieb er stehen, um sich den Schweiß von der Stirn zu wischen, bewegte sich weiter, auf die Lücke zwischen zwei Buschgruppen zu, die er passieren mußte. Nun hieß es, besonders vorsichtig zu sein, denn in dieser Passage gab es zweifellos mehr abgebrochene Äste als anderswo. Doch all seine Vorsicht konnte das Verhängnis nicht aufhalten. Plötzlich begann unter ihm der Boden zu schwanken und brach ein! Nicht nur unter ihm, sondern in der ganzen Ausdehnung der Lücke zwischen den Büschen – die Falle hatte ihr Opfer ...

Der Imperator handelte mit der besonderen Reaktionsschnelligkeit, über die er seit der Aktivierung seines Extrasinnes verfügte. Er verzichtete auf den Versuch, sich durch einen Sprung rückwärts in Sicherheit zu bringen, weil auch dort das Erdreich nachgab. Statt dessen riß er nur den Bogen quer vor seine Brust und ließ sich nach vorn fallen, und seine Rechnung ging auf. Naturgemäß wurde die nicht belastete Bodendecke rechts und links seines Körpers erheblich langsamer in den Fall in die Tiefe einbezogen, und auf ihr fand der Bogen und mit ihm Gonozal selbst Halt. Nur für einen Augenblick vielleicht, aber dadurch wurde sein Sturz doch erheblich gemildert, wenn er auch nicht aufzuhalten war: Mit einer Lawine von Ästen, Humus und Sand fiel er in die Tiefe. Wie tief, konnte er nicht erkennen, denn der nachrutschende Boden umfing ihn und nahm ihm die Sicht, aber es mußten einige Meter sein. Dann gab es einen harten Aufprall, und in Höhe seiner Gürtelschnalle traf ihn ein harter, spitzer Gegenstand, der seitlich abglitt.

Ein jäher Schmerz durchzuckte den Imperator und nahm ihm fast die Besinnung, aber sein Lebenswille war stärker. Er arbeitete mit Händen und Füßen, um sich zu befreien. Seine Lungen rangen nach Luft, doch Mund und Nase waren mit Sand und Humus gefüllt, und so zwang er sich, den Atem anzuhalten, obwohl bald rote Ringe vor seinen Augen zu kreisen begannen. Er wollte überleben, und er schaffte es! Es gelang ihm in einer gewaltigen Anstrengung, die Beine unter den Leib zu ziehen und sich mit Armen und Beinen zugleich in die Höhe zu stemmen. Die Masse über ihm war weich und locker, gab nach – ein jäher Ruck, dann konnte er sich aufrichten und sah das Tageslicht wieder. Gonozal würgte und spuckte, bis sein Mund wieder so weit frei war, daß er seine keuchenden Lungen mit Luft füllen konnte. Er sah fast nichts und schwankte hin und her, bis seine umhertastenden Hände eine Stütze fanden, an der er sich festhalten konnte. Unbestimmte Zeit verging, bis sich seine Verfassung soweit normalisiert hatte, daß er Interesse für seine Umgebung und Lage zu zeigen begann.

Als erstes fiel sein Blick auf den Gegenstand, an dem er sich festhielt, und dann wurden seine Augen groß. Es war ein zwölf Zentimeter dicker Holzpfahl, der ihn weit überragte und oben mit einer scharfen Spitze aus Arkonstahl versehen war, und ringsum ragten weitere dieser Pfähle auf! Auf einen davon war er aufgeschlagen, und nur das Metall seiner Gürtelschnalle hatte verhindert, daß er von dem Pfahl glatt durchbohrt worden war.

Eine wunderbare Falle! sagte sein Logiksektor sarkastisch. *Eine Fallgrube, die man genau hier errichtet hat, wo du auf dem Weg zu dem Werannest vorbeikommen mußtest, und in der du dich zu Tode stürzen solltest. Hatte Fartuloon doch recht?*

Laute Geräusche lenkten Gonozals Aufmerksamkeit ab. Der Imperator sah nach oben, wo am Rand der etwa fünf Meter breiten und tiefen und zehn Meter langen Grube die Gestalten der Naat-Jagdhelfer in Sicht kamen. Der Gleiter war da, und Augenblicke später erschienen auch Fartuloon und Psollien.

Für einen Augenblick standen sie wie erstarrt da, dann kam Leben in den Arzt. »Den Zugprojektor her, schnell!« herrschte er den Jagdspezialisten an. »Die Naats können nicht hinuntersteigen, sonst bricht noch mehr Erdreich nach. Den She'Huhan sei Dank – der Imperator lebt!«

Psollien wirkte wie entgeistert, aber er gehorchte. Kurz darauf arbeitete der Projektor und hob Gonozal VII. zusammen mit einem Kubikmeter Boden aus der Fallgrube, um ihn auf sicherem Grund wieder abzusetzen. Fartuloon war sofort bei ihm. »Seid Ihr verletzt?« erkundigte er sich, doch sein Herr schüttelte den Kopf.

»Nichts Ernstes, Bauchaufschneider, aber fast wäre es tödlich ausgegangen! Wäre nicht meine Gürtelschnalle gewesen, hätte mich einer dieser Pfähle durchbohrt, und dann hättest sogar du mir nicht mehr helfen können.«

Der Arzt fuhr herum und deutete auf Psollien, seine Rechte griff nach seinem Schwert. »Dort steht der Schuldige – soll ich ihn auf der Stelle niedermachen?«

»Gnade, Euer Erhabenheit!« winselte der Jagdspezialist und warf sich vor dem Imperator zu Boden. »Ich bin an diesem Vorfall vollkommen unschuldig, bitte, glaubt mir! Ich habe die Fallgrube nicht bauen lassen, und ich wußte auch nichts von ihr. Sie muß noch aus der Zeit meines Vorgängers stammen und wurde vergessen, als er so plötzlich starb. Ihr wißt doch selbst, wie wenig man sich auf die Naats verlassen kann, Euer Erhabenheit.«

»Faule Ausreden!« grollte Fartuloon mit funkelnden Augen, und einen Wimpernschlag lang stand Psolliens Leben auf Messers Schneide. Dann aber griff Gonozal VII. zu seinen Gunsten ein.

»Der Logiksektor akzeptiert Psolliens Aussage«, versicherte er. »Diese Fallgrube muß tatsächlich alt sein, sonst hätte mein Körpergewicht die Decke nicht zum Einsturz bringen können, die für ein großes Tier berechnet war. Du kannst selbst sehen, wie morsch die Äste sind, die sie gehalten haben. Leider stimmt auch das, was Psollien über die Naats gesagt hat: Sie tun nichts, was ihnen nicht ausdrücklich befohlen wird.« Er wies auf die drei Jagdhelfer, die mit ausdruckslosen Mienen herumstanden, wie um seine Worte zu unterstreichen. »Wir haben nicht den geringsten Beweis dafür, daß Psollien die Schuld an diesem Zwischenfall trägt, und ich werde nie dulden, daß er deswegen getötet wird. Verstanden, Fartuloon?«

Der Leibarzt war längst nicht überzeugt, aber er kannte den absoluten Gerechtigkeitssinn seines Herrn. Er knurrte nur etwas vor sich hin und stapfte zu dem Gleiter zurück, während der Imperator dem Jagdspezialisten ein Zeichen gab, sich zu erheben. Psolliens Gesicht war aschfahl, er stammelte einige Dankesworte, doch Gonozal wehrte unwillig ab. »Sorgen Sie dafür, daß die Naats den Projektor in den Gleiter bringen, wir kehren zum Jagdhotel zurück. Sie sind bis auf weiteres von Ihrem Posten entbunden, ich werde die Fallgrube sorgfältig untersuchen lassen. Wehe, wenn Sie doch nicht so ganz unschuldig sind!«

Ehe er in die Gleiterkabine stieg, warf er noch einen bedauernden Blick zum Gelege des Werans zurück, den er nun nicht mehr erlegen würde. Der Gleiter stieg auf und machte sich auf den Rückweg.

Weit über Erskomier, im Beobachtungsraum der PERKANOR, knirschte Amarkavor Heng erbittert mit den Zähnen. Welchen Triumph hatte er empfunden, als der Imperator in die Grube gestürzt war – und wie groß war seine Enttäuschung gewesen, als dann der Totgeglaubte unverletzt geborgen worden war …

»Und er wird doch sterben«, murmelte er ingrimmig vor sich hin.

»Es ist kaum zu fassen«, meinte Fartuloon kopfschüttelnd und sah auf die völlig deformierte Gürtelschnalle in seiner Hand. Sie hatte das Leben des Herrschers gerettet, die unscheinbare Platte aus vergoldetem Arkonstahl. Gonozal VII. lag auf der Liege neben der Medo-Positronik, eine Anzahl Ärzte stand dabei, und ihre Augen hingen erwartungsvoll an den Anzeigen. Doch die Maschine konnte nicht mehr feststellen als schon zuvor der Leibarzt. Es gab lediglich eine etwa handtellergroße gerötete und leicht geschwollene Stelle am Bauch des Imperators, keinen sonstigen Befund. Für die arkonidische Medizin stellte sie kein Problem dar und war schon eine Zehntel Tonta später spurlos verschwunden.

»Ihr seid vollkommen gesund, Euer Erhabenheit«, sagte der Oberarzt anschließend. »Wenn Ihr wollt, könnt Ihr heute nachmittag schon wieder zur Jagd gehen.«

Gonozal lächelte, schwang sich elastisch von der Liege und verkündete in bester Laune: »Genau das habe ich vor!«

Fartuloon sah ihn entgeistert an und wollte etwas sagen, aber im gleichen Moment klangen draußen Alarmpfeifen auf. Ein Jagdgleiter mit Verwundeten war angekommen, und der Diagnoseraum mußte schleunigst geräumt werden. Als sie das Medo-Zentrum verließen, kamen ihnen Pfleger mit einer Antigravtrage entgegen. Auf ihr lag die blutüberströmte Gestalt des Kristallmarschalls, und Fartuloon sah sofort, daß diesem Mann nicht mehr zu helfen war. Semalon da Quertamagin würde sterben, und mit ihm ein Vertrauter Gonozals, dem die Aufsicht über die Zeremonienmeister ebenso unterstand wie die Ausbilder und Erzieher des Kristallprinzen.

Fartuloon schüttelte sich unwillkürlich und wandte sich seinem Herrn zu: »So könntet Ihr jetzt auch daliegen, mein Imperator, wenn Euch die Sternengötter nicht beigestanden hätten! Ihr seid davongekommen, aber heute nochmals zur Jagd zu gehen, hieße wirklich, die Götter versuchen.«

Das Gesicht des Imperators verdüsterte sich. »Deine Bevormundungen werden mir allmählich lästig, Bauchaufschneider«, knurrte er. »Ich *werde* heute noch einmal hinausgehen, und wenn du dich auf den Kopf stellst. Ein echter Jäger kapituliert nicht vor der Gefahr, aber das kannst oder willst du wohl nicht verstehen.«

Fartuloons Gesicht rötete sich, aber ehe er noch etwas entgegnen konnte, erklangen draußen auf dem Korridor laute Stimmen, aus denen unverkennbar die keifende von Orbanaschol herauszuhören war: »Wo ist der Imperator? Ich will zu meinem Bruder, ich will wissen, wie es ihm geht! Vielleicht stirbt er gerade, ohne daß ich ihn noch einmal gesehen habe – geht mir aus dem Weg . . .!«

Die Eingangstür wurde aufgestoßen, und Orbanaschol stürmte herein. Seine verfettete Gestalt bewegte sich in ungewohnter Eile, seine Hängebacken waren gerötet, die kleinen Äuglein im Zorn verkniffen. Als er seinen Bruder plötzlich vor sich sah, blieb er stehen, als wäre er gegen eine Wand gerannt. »Du . . . du . . . Mascudar?« stotterte er erbleichend. »*Du lebst?* Ich hörte von deinem Unfall und bin daraufhin sofort hierher geeilt, um nach dir zu sehen.«

Es fiel ihm schwer, sich zu beherrschen, denn er hatte fest damit gerechnet, den Imperator nur noch als Leiche vorzufinden. Die Enttäuschung überwältigte ihn fast, aber schon nach wenigen Augenblicken gewann die ihm angeborene Veranlagung zur Heuchelei die Oberhand. Er watschelte auf Gonozal zu, umarmte ihn und brachte es fertig, einige Tränen zu vergießen, die aber wahrscheinlich aus der Wut über das Mißlingen seiner Pläne geboren waren. Sein Bruder half ihm ungewollt, denn er lachte kurz auf und schlug ihm auf die Schulter. »Fasse dich, ich bin gesund und munter, wie du siehst. So munter sogar, daß ich heute nochmals zur Jagd gehen werde, obwohl mein Leib-Quacksalber lautstark protestiert hat.«

»Du willst tatsächlich …?« dehnte Orbanaschol, und in seinem Kopf formten sich bereits neue Mordgedanken.

Gonozal nickte. »Allerdings, wenn auch mehr aufs Geratewohl, denn Psollien habe ich vom Dienst entbunden. Ich denke dabei an die Teufelsfelsen, in deren Umgebung es ja von Panzerechsen nur so wimmelt. Einige davon kann ich bestimmt erlegen, und bis morgen wird man wohl einen anderen Weran für mich ausfindig gemacht haben.«

»Ich werde dich begleiten«, bot ihm sein Bruder eilfertig an. »Ich bin heute morgen ebenfalls leer ausgegangen, denn die Nachricht von deinem Unfall erreichte mich gerade, als ich einen Kepar beschlich, und den habe ich daraufhin natürlich verschont, um zu dir zu eilen.«

Der Imperator wiegte den Kopf. »Warum eigentlich nicht? Wir beide und Fartuloon, dazu dein Diener – wir wären zu viert und könnten darauf verzichten, Naats mitzunehmen, die ohnehin schwer zu dirigieren sind. Einverstanden!«

In Orbanaschols Kopf überschlugen sich die Gedanken geradezu. Dieses Angebot war für ihn förmlich ein Geschenk, und wenn er seinen ursprünglichen Plan etwas modifizierte … Er war ganz in der Nähe gewesen, als Gonozal in die Fallgrube stürzte, aber seine Feigheit hatte ihn davon abgehalten, sich dem Schauplatz zu nähern, wie es ursprünglich seine Absicht gewesen war. Nun war er jedoch gewillt, aufs Ganze zu gehen und nichts mehr dem Zufall zu überlassen. Er selbst brauchte die Tat ja nicht auszuführen – wozu hatte er schließlich Offantur? Der mußte es auch übernehmen, den Bauchaufschneider aus dem Wege zu schaffen. Ein geübter Schauspieler hätte es nicht besser machen können!

Orbanaschol legte sein Gesicht in betrübte Falten und sagte in weinerlichem Ton: »Auf Offantur werden wir leider verzichten müssen, er hat sich den Fuß verknackst und kann deshalb nicht mitkommen. Doch wir haben ja deinen Ritter-Leibarzt bei uns – was kann uns da schon geschehen?«

Der Imperator lachte dröhnend. »Siehst du, Fartuloon, hier ist jemand, der deine Person und die Macht deines geheimnisumwitterten Schwerts voll zu würdigen weiß! In Ordnung, nach dem Mittagsmahl brechen wir auf.«

Die ungleichen Bruder trennten sich.

Gonozal suchte zusammen mit dem Arzt seine Gemächer auf, Orbanaschol dagegen eilte zu seinem Jagdgleiter, in dem sein Erster Diener auf ihn wartete. Burkotsch und die Naats wurden fortgeschickt, einige hastig hingeworfene Worte unterrichteten Offantur. Dieser humpelte gleich darauf getreu seiner Rolle in das Jagdhotel, suchte aber nicht das

Medo-Zentrum auf, sondern begleitete seinen Herrn in dessen Räume. Von dort aus führte er ein kurzes Funkgespräch, und kurz darauf fand sich auch Sofgart bei ihnen ein. Als Orbanaschol zum Mittagessen watschelte, war er in bester Laune. Der neue Plan der Verschwörer war fertig und wies nach ihrem Ermessen keine Lücke auf.

17.

Der Bauchaufschneider Fartuloon:

Die Arkongesellschaft war aristokratisch geprägt, und die Mitglieder der großen Familien – die Gonozal, Ragnaari, Zoltral, Quertamagin, Orcast, Monotos, Orbanaschol, Tutmor, Tereomir, Anlaan, Metzat, Thetaran, Arthamin, Ariga und viele mehr – kontrollierten die politischen, wirtschaftlichen und militärischen Schlüsselfunktionen. Zum Teil handelte es sich hierbei um Familienverbände von mehreren hunderttausend Einzelmitgliedern.

Von Zeiten tyrannischer oder absolutistischer Herrschaft abgesehen, handelte es sich bei der Regierungsform des Tai Ark'Tussan um eine parlamentarische Monarchie, in der allerdings dem jeweiligen Imperator als Staats- und Regierungschef sowie Begam-Oberbefehlshaber der Flotte stets eine starke Rolle zugewiesen war. Wie stark ein Imperator tatsächlich werden konnte, hing weitgehend von dem Gegengewicht ab, das ihm seine direkte Regierungsmannschaft – der Zwölferrat –, der Große Rat sowie das frei vom Volk gewählte Parlament des Hohen Rates entgegenstellten.

Neben dem Imperator an der Spitze war der Berlen Than als Unterausschuß des Tai Than maßgebliches Regierungsgremium – einem Kabinett mit seinen Ministern vergleichbar –, in dem die Entscheidungen vorbereitet und diskutiert wurden. Im erweiterten Kreis des Großen Rates mit seinen 128 ex-officio-Mitgliedern als »untergeordnete Minister« folgte die weitere Debatte. Überall hatte der Imperator zwar Vetorecht, konnte aber überstimmt werden. Bei eklatantem Versagen war sogar seine Absetzung möglich. Im umgekehrten Fall konnte ein Imperator durch Einsetzung und Förderung von Günstlingen, durch Korruption und dergleichen und mit Bezug auf »Notstandsgesetze« diktatorische Macht an sich ziehen.

Die Ratsmitglieder waren laut Verfassung grundsätzlich zwar wissenschaftlich ausgebildet, stammten aber aus Flotte, Kristallpalast, Diplomatie, Geheimdienst, Wirtschaft und Verwaltung. Zudem repräsentierten sie die wichtigsten Khasurn, so daß sie, mit dem Imperator als Vorsitzendem, in den »Rats-Ausschüssen« wie beispielsweise dem »Medizinischen Rat« oder dem »Thektran« des Flottenzentralkommandos das oberste Exekutivgremium im Großen Imperium darstellten. Zweimal je 36-Tage-Periode waren Sitzungen anberaumt, in denen der Imperator Rechenschaft abzulegen, Sorgen, Nöte und Probleme zu besprechen hatte, während die Ratsmitglieder im Gegenzug Vorschläge, Anträge und Ausführungsberichte lieferten. Die ersten drei Pragos einer jeden der zehn Perioden des Arkonjahres waren überdies der Generaldebatte von Großem und Hohem Rat vorbehalten; für Entschlüsse zu Richtlinien seiner Politik benötigte der Imperator qualifiziert-absolute Mehrheiten von 51 Prozent. Die endgültige Verabschiedung von Gesetzen erfolgte im Thi Than.

Vor diesem Hintergrund war auch der verfassungsmäßig verankerte Grundsatz der Erbmonarchie zu sehen: Zwar war als Kristallprinz jeweils der erstgeborene leibliche Sohn eines Imperators designierter Nachfolger, doch im Todesfall ohne Nachkommen bestimmte der Große Rat aus den Reihen der Adelsfamilien einen neuen Imperator.

Weiterhin war – schon unter dem Aspekt der immensen Größe des Arkon-Imperiums! – zu berücksichtigen, daß der Imperator zwar letztlich über Besitzansprüche, Handelsrechte, Autarkiebestrebungen und dergleichen entschied. Aber hierbei war als Entscheidungsträger die Imperiale Ebene – mit Imperator, Tai und Thi Than, Thektran, dem Präsidium der Justiz von Celkar sowie die Kontrollfunktion der Medien – von der der Planetaren Selbstverwaltung autonomer Welten und Ökoformsphären ebenso zu unterscheiden wie die der Herzogtümer völlig autarker Habitate der Raumnomadenclans oder der Lehen des Adels, welche eines bis mehr als hundert Sonnensysteme umfaßten. Sogar mit bester positronischer Unterstützung war es nicht möglich, sich um alle Einzelheiten zu kümmern.

Die Stimmung beim Mittagessen war zwiespältig. Einesteils herrschte Freude über die Rettung des Imperators, andererseits aber Trauer um Kristallmarschall Semalon, der bei allen in hohem Ansehen gestanden hatte. Doch alle Anwesenden waren passionierte Jäger, und so konnte sie nichts davon abhalten, am Nachmittag wieder hinauszufahren, zumal einigen am Morgen kein Jagdglück beschieden gewesen war.

»Du scheinst nicht sonderlich begeistert zu sein, Fartuloon«, meinte Gonozal VII., als beide daran gingen, sich für die Ausfahrt zu den Teufelsfelsen zu rüsten.

Der Arzt zog eine Grimasse, verzichtete aber auf eine Entgegnung.

Er billigte das Vorhaben seines Herrn zwar nicht, aber es bot ihm wenigstens die Gelegenheit, Orbanaschol unter Kontrolle zu halten, dem er nach wie vor nicht traute. Er allein hatte dessen Erschrecken beim Anblick des gesunden Imperators richtig gedeutet und sich seine eigenen Gedanken gemacht.

Die Teufelsfelsen waren etwa 200 Kilometer vom Hotel entfernt, es dauerte mehr als eine Tonta, bis der Bauchaufschneider und seine beiden Begleiter dort eingetroffen waren. Die Felsen lagen im Vorfeld einer ausgedehnten Vulkankette, deren Ausbrüche ständig dunkle Wolken in den Himmel von Erskomier warfen, und waren ebenfalls vulkanischen Ursprungs. Ihre wie von Zyklopenhand unregelmäßig verstreuten Blöcke waren schwarz und speicherten die Sonnenhitze besonders gut, was sie zu einem Anziehungspunkt für die wärmeliebenden Landechsen machte, die meist in ganzen Scharen zwischen ihnen anzutreffen waren. Sie ähnelten im Aussehen den Tischtans, waren aber bedeutend kleiner, allerdings ebenso gefräßig. Trotzdem stellte es für einen geübten Jäger kein Problem dar, sie zu erlegen, denn ihre Panzerung war nicht besonders stark.

Fartuloon ließ den Gleiter am Rand der Felsenzone auf einem kleinen Plateau niedergehen, auf dem es keine Echsen gab. Durch die Sichtgeräte beobachteten der Imperator und sein Bruder eine Weile die Umgebung, und dann nickte Gonozal zufrieden. »Dort drüben, etwa einen Kilometer von hier, hat sich eine ganze Echsenfamilie versammelt und liegt faul in der Sonne. Mich reizt besonders der Urgroßvater. So ein kräftiges Exemplar bekommt man nur selten zu sehen. Wollen wir gehen, Orbanaschol?«

Dieser warf verstohlen einen Blick auf seine Ringuhr und nickte dann. »Einverstanden, Bruder. Ich werde eine Armbrust nehmen, die Bolzen schlagen am besten durch.«

»Unsinn!« knurrte der Imperator ablehnend. »Die einzig richtige Waffe sind Pfeil und Bogen. Ein Pfeil ist schnell wieder aufgelegt, aber bis du die Armbrust nachgeladen und neu gespannt hast, vergehen wertvolle Sekunden. Diese Biester sind sehr flink, vergiß das nicht!«

Orbanaschol grinste innerlich, doch sein Gesicht blieb ernst. Er wußte, daß sich Sofgart, der Oberbeschaffungsmeister, für den Start Zeit gelassen hatte, um als letzter vom Jagdhotel abzufliegen. So fiel niemandem auf, daß sich der angeblich lahme Offantur in seiner Gesellschaft befand. Und natürlich hatte es Orbanaschol nicht versäumt, seinen Spießgesellen Heng in der PERKANOR zu verständigen. Alle Weichen waren für den Tod des Imperators gestellt!

Orbanaschol mußte noch Zeit herausschinden, bis Sofgart in der Nähe eingetroffen war. Deshalb versteifte er sich darauf, eine Armbrust mitnehmen zu wollen, und der ahnungslose Gonozal versuchte ihn vom Gegenteil zu überzeugen. Fartuloon hörte ergeben zu und machte sich seine eigenen Gedanken über Orbanaschols Qualitäten als Urweltjäger. Er merkte erst auf, als plötzlich das Funkgerät des Gleiters ansprach. Das kam nicht oft vor, denn es wagte kaum jemand, den Herrscher bei der Jagd zu stören. Wenn es doch geschah, mußte es gewichtige Gründe dafür geben, und so beeilte sich der Arzt, das Gerät einzuschalten. Der Anruf kam über die Notfunkfrequenz.

»... bitte dringend um Hilfe!« quäkte es aus dem Lautsprecher. »Mein Jagdführer ist von einem Tischtan getötet worden ... Die Naats sind geflohen ... Jetzt greift das Biest den Gleiter an! Hilfe, um der Götter willen ...«

Gonozal VII. reagierte sofort: »Hier spricht der Imperator«, sagte er hastig. »Wer ruft? Geben Sie uns Namen und Standort an, damit wir Ihnen zu Hilfe kommen können.«

Aus dem Lautsprecher klangen polternde Geräusche, dann das Zischen eines abgefeuerten Impulsstrahlers und ein erstickter Aufschrei. Danach herrschte eine Weile Stille, dann kam die Stimme eines total erschöpften Mannes durch: »Hier spricht Sofgart, Euer Erhabenheit. Es ist mir gelungen, das Untier mit dem Strahler meines toten Führers zu erlegen, ich bin nur unwesentlich verletzt. Sie brauchen sich also nicht um mich zu bemühen, ich werde aushalten, bis andere Hilfe bei mir eintrifft. Weg kann ich nicht, mein Gleiter ist defekt.«

»Unsinn!« gab der Imperator energisch zurück. »Bis dahin kann einige Zeit vergehen, und der Kadaver der Echse wird bestimmt andere Raubtiere anlocken. Geben Sie mir Ihren Standort durch, ich lasse Sie abholen, klar?«

Einige gepreßte Atemzüge und ein neuerliches Stöhnen waren zu hören, dann meldete sich Sofgart wieder. Er spielte den Verletzten vollkommen überzeugend, versicherte aber nochmals, er sei außer Gefahr. Trotzdem gab er die Koordinaten durch.

Gonozal VII. sah auf die im Gleiter angebrachte Karte. »Er ist kaum fünfundzwanzig Kilometer von uns entfernt«, stellte er fest. »Nicht der Rede wert. Fartuloon, das ist eine Aufgabe für dich! Wir steigen jetzt aus und beginnen mit der Jagd, du wirst zu Sofgart fliegen und ihn herholen. Das erfordert nicht viel Zeit, und so lange kannst du uns getrost allein lassen.«

»Ausgeschlossen, Euer Erhabenheit!« protestierte der Leibarzt lautstark. »Ich habe den Posten des Jagdführers übernommen, und falls Euch während meiner Abwesenheit etwas zustößt ...«

Orbanaschol, der seinen Bruder kannte, verhielt sich passiv, Gonozal dagegen wurde ärgerlich. »Keine Widerrede, Bauchaufschneider! Wir beide sind Manns genug, um zwei Zehntel Tontas lang auf uns aufzupassen, und notfalls werde ich mit dem Impulsstrahler mit einem ganzen Rudel Echsen fertig. Beeil dich, sonst bist du die längste Zeit mein Leibarzt gewesen. Von der Ernennung zum Kristallmeister ganz zu schweigen.«

Fartuloon nahm diese schon öfter gehörte Drohung zwar nicht ernst, gehorchte aber trotzdem. Er traute Orbanaschol wohl nicht über den Weg, wußte aber, daß dieser viel zu feige war, um persönlich etwas gegen seinen Bruder zu unternehmen. Offantur schied im Moment ohnehin aus, denn er befand sich, wie Fartuloon annahm, mit seinem kranken Fuß im Jagdhotel, und Sofgart war selbst in Not. Die Hauptverdächtigen in seinen Augen fielen also aus, und so sah er keine Gefahr für seinen Herrn. Der Imperator und sein Bruder nahmen ihre Waffen an sich, der Arzt schloß die Gleiterkabine, ließ das Fahrzeug aufsteigen und nahm Kurs auf die angegebene Position.

Hastig stolperten Sofgart und Offantur über die Lavafelsen auf jene Stelle zu, an der sie ihr Opfer wußten. Sie waren kaum fünfhundert Meter davon entfernt gelandet, nachdem sie ihren Jagdspezialisten und die Naats dazu gebracht hatten, an einer völlig unwegsamen Stelle auf halbem Weg auszusteigen. Diese hatten sich zu dieser Zeit unter der Einwirkung eines Narkotikums befunden und wären ohne weiteres freiwillig in den Tod gegangen, wenn man es von ihnen verlangt hätte. Sie waren auch schon so gut wie tot, denn aus dieser Gegend würden sie ohne Hilfsmittel nicht mehr lebend in die bewohnte Zone von Erskomier zurückfinden.

Doch das störte die beiden Verschwörer nicht, denn sie wußten, daß sie dafür niemand zur Rechenschaft ziehen würde. War Gonozal VII. erst einmal tot, würde niemand mehr nach diesen Opfern fragen – und der Imperator würde sterben, das stand für sie fest! Es war Sofgart gelungen, ihn zu täuschen und Fartuloon fortzulocken. Er war Arzt, also würde er nichts unversucht lassen, um den vermeintlich Verletzten aufzufinden. Bis er bemerkte, daß er und sein Herr nur düpiert worden waren, war es längst zu spät ...

Amarkavor Heng fieberte förmlich, seit ihn der Funkspruch Orbanaschols erreicht hatte. Es kostete ihn sämtliche Selbstbeherrschung, seine dienstlichen Obliegenheiten wie sonst abzuwickeln. Zum Glück wurde er in der PERKANOR nicht wirklich gebraucht, denn das meiste lief ohnehin unter Aufsicht seiner Orbtonen ab. So fiel es auch nicht auf, als er sich in die Beobachtungszentrale begab, als die ihm von Orbanaschol genannte Zeit gekommen war. Eine kurze Anweisung von ihm genügte, um den jetzt dort sitzenden Techniker, dem das Schicksal seines Vorgängers bekannt war, aus dem Raum zu weisen. Bebend vor Aufregung warf sich der Geschwaderkommandeur in den Kontursessel und starrte auf die Bildfläche, auf der der soeben gelandete Jagdgleiter des Imperators zu sehen war. Vere'athor Heng justierte das Aufnahmegerät der betreffenden Sonde auf stärkste Vergrößerung ein und atmete auf, als Gonozal und sein Bruder das Fahrzeug verließen, das gleich darauf abhob und mit hoher Fahrt nach Norden davonschoß.

»Es hat geklappt«, murmelte er. »Jetzt kann es nur noch Zentitontas dauern ...«

Natürlich muß der Bauchaufschneider später unbedingt beseitigt werden, damit der einzige Zeuge aus der Welt geschafft ist, dachte Orbanaschol.

Andere konnte es nicht geben, denn die Funksendung aus Sofgarts Gleiter war mit so geringer Energie abgestrahlt worden, daß sie nur in der nächsten Umgebung empfangen werden konnte. Die Verschwörer hatten an alles gedacht, das meiste hatte Orbanaschol persönlich ersonnen. Er fühlte sich nun sehr unbehaglich, als er mit seinem Bruder langsam auf die einige hundert Meter entfernten ersten Felsen zuging. Immer wieder blieb er stehen und wischte sich den Schweiß ab – es war Angstschweiß, denn sein Klimaanzug war inzwischen nach seinen neuen Maßen geändert worden. Gonozal warf ihm einen ungehaltenen Blick zu.

»Komm doch endlich! Kurz vor dem Felsen trennen wir uns, und wir nehmen die Echsen in die Zange. Im Falle einer Gefahr brauchst du nur auf den nächsten Felsen zu klettern, dorthin folgen sie dir nicht.«

Orbanaschol nickte schwach und beschleunigte seine Schritte. Er war sicher, daß seine Mitverschwörer inzwischen ihren vorgesehenen Posten erreicht hatten, einen Engpaß, der beiderseits von hohen Lavafelsen flankiert wurde. An dieser Stelle sollte der Mord begangen werden. Die niedrige, schachtelhalmähnliche Vegetation wurde immer spärlicher, der nackte Fels trat zutage. Panzerspinnen und andere seltsam geformte Kriechtiere, die sich auf den warmen Steinen sonnten, huschten rasch beiseite, und in Orbanaschol kroch Ekel. Doch er nahm sich zusammen, folgte seinem Bruder und spähte verstohlen nach links, wo sich Offantur und Sofgart befinden mußten. Natürlich sah er sie nicht, denn sie hatten sich gut versteckt. Sie hatten die Felsen seitlich der Enge erklommen und waren damit beschäftigt, große Steine zu lockern, um sie auf den Imperator zu stürzen, wenn er diese Stelle passierte. Obwohl sie einen Impulsstrahler besaßen, dachten sie nicht daran, ihn zu benutzen. Gonozal VII. durfte nur durch einen »Unfall« sterben, nur ein solcher konnte Orbanaschol eine reibungslose Machtübernahme gewährleisten!

Je näher die beiden ungleichen Brüder dem Engpaß kamen, um so nervöser wurde Orbanaschol. Er wünschte sich weit weg, aber er mußte bei Gonozal bleiben, denn offiziell würde er der einzige Zeuge beim Tode des Imperators sein, wogegen Sofgart und Offantur sich schleunigst entfernen mußten, sobald alles vorüber war. Seine Worte konnten dann später von Amarkavor Heng bestätigt werden, der völlig unverdächtig war, aber eine gewichtige Rolle in diesem Drama zu spielen hatte.

Der entscheidende Augenblick war da: Der Weg führte nun leicht abwärts und war mit kleinem Geröll und Kieseln bedeckt. Hier hatte sich das Wasser ein Bett gegraben, das während der Regenzeit von dem Plateau abfloß und seinen Weg durch die Felsenge nahm. Jetzt war alles trocken und mit feiner Flugasche überpudert, die sich von den Rauchkegeln der Vulkane aus auf die gesamte Umgebung senkte.

Gonozal VII. bewegte sich mit leichten, lockeren Schritten. Die Teufelsfelsen trugen ihren Namen nur der bizarren Form und der schwarzen Farbe wegen, wirkliche Gefahren gab es hier normalerweise nicht. Er achtete also nicht auf die unmittelbare Umgebung, sondern spähte durch die etwa zehn Meter breite Lücke zwischen den Felsen nach vorn, wo er die Echsen wußte. Der Angriff kam für ihn vollkommen überraschend. Er schrak zusammen, als plötzlich von dem etwa zwanzig Meter hohen Buckelfelsen zu seiner Linken ein polterndes Geräusch zu hören war. Instinktiv sprang Gonozal einige Schritte zurück, legte gleichzeitig einen Pfeil auf die Sehne und hob den Bogen, denn er glaubte an die Bedrohung durch einen tierischen Feind. Wie sehr er sich getäuscht hatte, bemerkte er erst, als drei große Felsbrocken durch die Luft trudelten und sich genau auf die Stelle niedersenkten, an der er sich befand.

Hastig wich er zurück, aber es war bereits zu spät. Einer der Brocken streifte ihn an der linken Schulter, zertrümmerte das Gelenk und warf ihn zu Boden. Ein glühender Schmerz durchraste den Körper des Imperators, doch er blieb bei Besinnung und rollte sich schwerfällig zur Seite ab. Ein erneutes Poltern verkündete den Fall weiterer Gesteinsbrocken. Diese verfehlten ihn, denn er hatte inzwischen die andere Seite des Engpasses erreicht. Keuchend stemmte er sich mit der gesunden Rechten an den Felsen hoch und kam taumelnd auf die Beine. Vor seinen Augen kreisten rote Ringe, aber als er nun einen Blick nach oben warf, sah er deutlich den Kopf und Oberkörper eines Mannes, der einen weiteren Stein über die Oberkante der Felsen wälzte. Sein Gesicht lag voll im rötlichen Sonnenlicht, und Gonozal erkannte Sofgart. Plötzlich war ihm alles klar.

Fartuloon hatte recht! wisperte ihm der Logiksektor zu. *Schon die Fallgrube befand sich nicht zufällig direkt auf deinem Weg zum Werangelege, und nun folgt der zweite Mordanschlag. Man hat Fartuloon weggelockt: Sofgart ist hier und will dich töten …*

Orbanaschol! schoß es durch Gonozals Kopf. *Er muß hinter allem stecken! Wo ist er, der Verräter und Brudermörder?*

Doch er fand keine Zeit mehr, sich nach diesem umzusehen, denn Sofgart wuchtete einen besonders großen und schweren Felsbrocken über die Kante. Rasender Zorn erfaßte den Imperator, er riß seinen Impulsstrahler hoch und schoß auf den Attentäter. Von oben herab erklang ein gellender Schrei, aber Gonozal blieb keine Zeit, die Wirkung seines Schusses festzustellen. Mühsam bewegte er sich weiter zur Seite, der Brocken fiel, sprang noch einmal auf und krachte dann nur einen halben Meter neben ihm gegen den Felsen. Die Gefahr schien vorbei zu sein. Mit höllischer Glut zuckte aufs neue der Schmerz auf und zwang den Imperator auf die Knie. Doch er stemmte sich gegen die drohende Bewußtlosigkeit, mußte er doch noch immer mit Orbanaschol rechnen. Er wußte zwar, wie feige sein Bruder war, aber gegen einen Wehrlosen vorzugehen, hätte durchaus seiner Natur entsprochen.

»Fartuloon!« stöhnte der verwundete Mann auf und krümmte sich. »Wo bleibt er nur …«

Bunte Schleier und Sternchen wallten vor seinen Augen, ein Brausen in den Ohren kündete die nahende Ohnmacht an. So vernahm Gonozal nicht, wie erneut ein Stein heransauste, geworfen von Offantur, den er noch nicht zu Gesicht bekommen hatte. Der Brocken war nicht besonders groß, aber er traf voll und zerschmetterte die Schädeldecke Gonozals.

Die Zeit verging, der Imperator ging ahnungslos seinem Tod entgegen. Heng sah die beiden Attentäter auf den Felsen. Seine Fäuste ballten sich, als die Felsbrocken durch die Luft flogen. Doch sie trafen schlecht, und der verräterische Offizier zuckte zusammen, als Gonozal schoß und Sofgart wie tot auf die Felsen prallte. Sollte doch alles umsonst gewesen sein? Dann warf Offantur den letzten Stein, und das Schicksal des Imperators war besiegelt.

Hengs Hand fiel auf die Taste des Interkoms und gleich darauf hallte seine Stimme durch das ganze Schiff: »Ein schreckliches Unglück – der Imperator wurde durch einen Felssturz in den Teufelsfelsen von Erskomier getötet! Achtung, Beiboothangar: Leka Eins klar zum Alarmstart, ich komme an Bord und werde mit an die Stelle des Unglücks fliegen.«

Wenig später startete der Diskus und schoß dem Planeten entgegen. Ein bleicher Techniker wankte in den Beobachtungsraum zurück und sank verstört in seinen Sitz. Er war zutiefst erschüttert, wie eigentlich alle Raumfahrer in der PERKANOR, die ihren Herrscher geliebt und bewundert hatten. Der Monitor in der Mitte zeigte ihm deutlich die halb von Gestein bedeckte Gestalt des Imperators, über die sein Bruder gebeugt stand und sich bemühte, ihn davon zu befreien. Sonst war weit und breit niemand zu sehen – wo war der Jagdgleiter des Herrschers, wo der Bauchaufschneider? Neugier stieg in Romikur auf und gewann die Oberhand über sein Entsetzen. Kurz vor dem Eintreten Hengs hatte er das Speichergerät eingeschaltet, um sich später nochmals den Kampf des Imperators gegen die wilden Tiere von Erskomier ansehen zu können. Es lief immer noch, und nun wollte Romikur es genau wissen. Er stoppte das Gerät, stellte es dann auf Wiedergabe. Ungläubig starrte er auf die Szene, die auf dem Schirm vor ihm erschien – *Gonozal VII. ist nicht verunglückt!*

Er war ermordet worden, und Vere'athor Heng hatte es genau gesehen! Wenn er trotzdem von einem »schrecklichen Unglück« gesprochen hatte, konnte das nur bedeuten, daß er mit den Mördern unter einer Decke steckte. Ebenso Orbanaschol, der trauernde Bruder, der nun zweifellos mit gieriger Hand nach der Krone von Arkon greifen würde!

Im gleichen Moment wußte Romikur, was er zu tun hatte. Wenn man herausfand, daß er eine Aufzeichnung von den Vorkommnissen besaß, war er so gut wie tot! Für ihn gab es nur eine Möglichkeit – der verräterische Beweis mußte verschwinden! Mit fliegenden Fingern entfernte der Techniker den Speicherkristall, schob ihn in seine Tasche und setzte an seiner Stelle einen leeren ein. Er wollte ihn später vernichten, verschob es dann aber immer wieder, denn schließlich war er ein unersetzliches Dokument.

Romikur besaß ihn noch Perioden später, als er nach einem Unfall aus dem Flottendienst entlassen wurde, und so gelangte der Kristall schließlich auf Umwegen in die Hände jener Männer um Fartuloon, die über die Geschicke des jungen Kristallprinzen wachten. Er enthüllte ihnen die ganze schreckliche Wahrheit...

Von all dem ahnte der Geschwaderkommandeur nichts, als sein Beiboot mit Höchstgeschwindigkeit durch die im Prallschirm aufglühende Atmosphäre des Dschungelplaneten schoß. Der Pilot brachte es dicht neben der »Unfallstelle« zu Boden, und dann stieg Amarkavor Heng aus, um dem Bruder des Toten sein Beileid zu bezeigen. Niemand sah die Blicke des Einverständnisses, die beide tauschten. Kurz darauf liefen die Sender an und übermittelten Erskomier und der Wachflotte die Trauerbotschaft. Auf allen Bildschirmen erschien das versteinert wirkende Gesicht Hengs, und Worte der Trauer kamen aus seinem Mund. Abschließend verkündete er, daß nun der Bruder des Verstorbenen die Regentschaft über das Reich von Arkon übernehmen würde, der sich zwar kurz zeigte, aber »aus tiefster Erschütterung« nicht imstande war, ein einziges Wort zu sagen.

Um so mehr sagte er, als er schließlich mit dem Kommandeur allein war, während seine Männer die Leiche des Imperators bargen. »Heng, wir müssen alles tun, um unsere Position zu sichern! Die Verwirrung wird groß sein, und das müssen wir ausnutzen. Ich selbst werde in nächster Zeit nicht dazu kommen, mich um alle Dinge zu kümmern, erledigen Sie das für mich. Hier ist der Plan für unsere Männer innerhalb der Flotte und der TGC. Er enthält auch die Namen aller mißliebigen Subjekte, die kaltzustellen sind. Noch können wir es uns nicht leisten, rigoros vorzugehen, aber die Ausgangspositionen müssen geschaffen werden. Einer aber muß auf alle Fälle sofort unauffällig unschädlich gemacht werden: Fartuloon, der Bauchaufschneider! Sie wissen, warum!«

Heng verneigte sich tief. »Jawohl, Euer Erhabenheit!«

Fartuloon bebte vor Wut und Sorge. Er hatte nicht lange gebraucht, um festzustellen, daß an der von Sofgart angegebenen Position nur Dschungel war, in dem ein Gleiter nie hätte landen können. Er fluchte grimmig, als er den Jagdgleiter wieder auf Gegenkurs brachte, aber er ahnte bereits, daß er zu spät kommen würde. Er war nur noch zwei Kilometer von den Teufelsfelsen entfernt, als das Funkgerät des Gleiters ansprach und ihm die Ansprache Hengs übermittelte. Eisiger Schrecken überfiel ihn bei dessen Worten, und der Arzt schämte sich, daß er es nicht riskieren konnte, sich jetzt am Ort dieser schändlichen Tat zu zeigen. Ihm drohte zumindest die Verhaftung unter einem fadenscheinigen Vorwand – dann aber war er ausgeschaltet. Es gab aber noch viel für ihn zu tun, um das Vermächtnis seines toten Herrn zu erfüllen!

Fartuloon wendete den Gleiter und schoß mit höchster Geschwindigkeit auf den Raumhafen zu. Orbanaschol und seine Helfershelfer waren jetzt noch bei den Teufelsfelsen, und diese Zeit galt es zu nutzen. Die Verwirrung bot dem Bauchaufschneider die vermutlich einzige Gelegenheit, den kleinen Kristallprinzen in Sicherheit zu bringen, ehe er in die Hände Orbanaschols fiel! Er flog den Jagdgleiter des Imperators, und man öffnete ihm bereitwillig eine Strukturlücke im Energieschirm. Der Arzt ließ das Jagdhotel links liegen und raste zum Hafen, landete vor der TONDON und stürmte an Bord.

Der Posten in der Luftschleuse wollte ihn aufhalten, trat aber zurück, als er Fartuloon erkannte, und fragte mit zuckenden Lippen: »Ist ... Ist es wahr, Erhabener?«

Der Arzt nickte müde. »Der Kommandant ist in der Zentrale?«

»Jawohl.«

Er warf sich in den Hauptantigravschacht und schwebte nach oben. Noch immer trug er Helm, Harnisch und Schwert, doch das war jetzt nebensächlich. Äußerste Eile war geboten. Kommandant Teschkon stand mit seinem Stellvertreter und dem Piloten vor einem großen Monitor. Amarkavor Heng hatte Minisonden aktiviert, die übertrugen, wie der tote Herrscher auf einer Antigravbahre langsam in das Beiboot gebracht wurde. Für einen Moment war seine Gestalt in Großaufnahme zu sehen, und die Männer schraken zusammen.

Als Orbanaschol ins Bild kam, der der Bahre mit trauervoller Miene folgte, wandte sich Teschkon brüsk ab. »Schalten Sie ab!« befahl er dem Piloten mit brüchiger Stimme. »Dieser Fette ist der letzte, den ich jetzt sehen möchte. Wenn ich daran denke, daß wir in Zukunft mit ihm fliegen sollen ...«

Erst jetzt entdeckte er den Arzt und kam mit großen Schritten auf ihn zu. »Wie konnte das geschehen, Fartuloon?« fragte er vorwurfsvoll »Waren Sie denn nicht bei ihm?« Fartuloon legte die Finger auf die Lippen, und der Kommandant verstand. »Wir gehen in meine Kabine«, unterrichtete er seinen Stellvertreter, und beide verließen die Zentrale.

Draußen zog ihn der Arzt in eine Nische. »Keine Fragen mehr,

Teschkon. Manchmal ist es besser, wenn man nicht alles weiß! Ich kann Ihnen nur sagen, daß der Imperator *keinem* Unfall zum Opfer gefallen ist...«

»Dachte ich es mir doch!« stieß der grauhaarige Offizier heiser hervor »Wie können Sie dazu schweigen, Fartuloon, ausgerechnet Sie? Wir müssen etwas tun, alle Welt muß erfahren...«

»Gar nichts werden wir tun, Teschkon!« fiel Fartuloon ihm brüsk ins Wort. »Diese Sache ist zu groß für uns beide, hier wurde bis ins kleinste Detail vorausgeplant, und wir wären schneller verhaftet, als wir reden könnten. Teschkon, sind die Beiboote der TONDON einsatzbereit? Vermutlich werde ich eines davon stehlen müssen – verstehen Sie?«

Der Kommandant begriff sofort. »TON Zwei wird am besten sein; voll verproviantiert und startbereit. Was haben Sie vor, Fartuloon?«

»Kümmern Sie sich nicht darum, Kommandant!« empfahl ihm der. »Für etwas, von dem Sie nichts wissen, kann man Sie später auch nicht zur Rechenschaft ziehen. Sie haben keine Ahnung, wohin ich von hier aus gegangen bin, klar?«

Teschkon nickte halb widerstrebend, und Fartuloon eilte davon. Jetzt kam es auf jede Millitonta an, denn zweifellos würde das Beiboot bald von den Teufelsfelsen abfliegen, um die Leiche des Imperators an Bord der TONDON zu bringen. Bis dahin aber wollte Fartuloon längst unterwegs sein – aber nicht allein! Im Wohntrakt des Herrscherpaars herrschte eine fast beängstigende Stille. Fartuloon traf auf den Gängen niemanden, und das war ihm sehr recht. So kam er ungesehen bis in die Suite der Witwe Gonozals VII.: Yagthara saß vor einem Tischchen und starrte blicklos vor sich hin, ihre Schwester Merikana leistete ihr Gesellschaft. Sie reagierten kaum, als Fartuloon ihr mit wenigen behutsamen Worten seine Anteilnahme aussprach, aber sie fuhr heftig zusammen, als er anschließend seine Forderung aussprach.

»Nein!« gellte ihre Stimme auf. »Mascudar ist tot, und jetzt wollen Sie mir auch noch mein Kind nehmen – niemals!«

Der Arzt war sehr überrascht, daß Merikana für seinen Plan eintrat; hastig sprach sie auf ihre Schwester ein: »Glaube mir, Yagthara, es ist am besten so. Orbanaschol ist jetzt Regent, und ihm wird Mascaren immer im Wege sein. Bei Fartuloon wäre dein Sohn in Sicherheit und könnte nicht gleichfalls einem *Unfall* zum Opfer fallen!«

Erst jetzt begriff Yagthara. Aus schreckgeweiteten Augen sah sie auf den Arzt, der nur stumm nickte und dann die Augen niederschlug. Merikana aber eilte bereits hinaus und kam gleich darauf mit dem kleinen Kristallprinzen an der Hand zurück.

»Fein, daß du wieder da bist, Onkel Fartuloon«, strahlte der Junge.

»Ich muß immer nur in dem dummen Schiff herumsitzen und komme nie heraus. Bist du gekommen, um mich zu meinem Vater zu bringen?«

In Fartuloons Kehle würgte es, er konnte nur stumm nicken, Merikana sprach für ihn: »Ja, Onkel Fartuloon bringt dich zu ihm. Gib deiner Mutter schnell noch einen Kuß, ihr müßt euch sehr beeilen, verstehst du?«

Der Arzt wandte sich ab, um nicht den Schmerz in Yagtharas Gesicht sehen zu müssen, als sie ihren Sohn zum letzten Mal umarmte. Doch sie hatte inzwischen begriffen, wie ernst die Lage war – und sie kannte Orbanaschol; sie kannte ihn viel zu gut ...

Gleich darauf schwebten Fartuloon, Merikana und Mascaren-Atlan in einem Neben-Antigravschacht zum Hangardeck hinunter. Der Arzt bewunderte die junge Frau, die so zielstrebig zu handeln wußte. Anscheinend hatte Teschkon Befehl gegeben, die Mannschaft aus diesem Teil des Schiffes zurückzuziehen, denn nirgends war jemand zu sehen. Unangefochten erreichten sie das 60-Meter-Kugelbeiboot, dessen Polschleuse offenstand, und Fartuloon war sehr verwundert, als Merikana mit ihm und dem Prinzen einstieg.

»Sie wollen mitfliegen, Erlauchte?« sagte er verblüfft.

Die junge Frau nickte und zwang sich ein leichtes Lächeln ab. »Natürlich will ich das!« bekräftigte sie. »Sie mögen ein guter Arzt sein, aber in bezug auf Kindererziehung traue ich Ihnen nicht allzuviel zu. Außerdem wird es meine Schwester beruhigen, wenn ich bei dem Gos'athor bin – und vermutlich wird man sich hüten, auf dieses Boot zu schießen, wenn man erfährt, daß ich mit an Bord bin!«

Fartuloon konnte nur noch staunen, aber dann entwickelte er eine hektische Betriebsamkeit. Mit geübten Griffen aktivierte er Aggregate des Schiffes und justierte sie auf Einmannsteuerung, ein Funkimpuls öffnete die Hangarschleuse. Die Teleskopstützen fuhren ein, die Kugel schwebte auf ihrem Antigravpolster in die Schleuse. Es schien Ewigkeiten zu dauern, bis die Außenpforten aufglitten – dann schwebte die Kugel von der TONDON fort, stieg in den Himmel Erskomiers.

Der eigentlich kritische Moment kam: Würde man vom Kontrollturm aus dem Beiboot eine Strukturlücke für den Ausflug aus der Energieglocke öffnen – oder hatten Orbanaschol und seine Handlanger schon gehandelt und jeden Start untersagt? Fartuloon konnte es nicht riskieren, sich per Bildfunk zu erkennen zu geben. Er sendete nur die kurze Kodegruppe des Imperators, die die Hafenmannschaft anwies, eine Lücke für den kleinen Kugelraumer zu schaffen, und dann vergingen bange Augenblicke. *Wenn sich der Schirm nicht öffnet, hat meine*

Flucht mit dem Kristallprinzen ihr Ende gefunden, ehe sie noch richtig begann!

»Worauf wartest du noch, Onkel Fartuloon?« rief der Junge in die atemlose Stille. »Flieg doch schon los, sonst schimpft mein Vater noch, weil wir so spät kommen.«

Am Steuerpult glomm ein violettes Licht auf – die Strukturschleuse im Energieschirm war offen! Mit einem befreiten Aufatmen schaltete Fartuloon die Triebwerke hoch, das Boot machte förmlich einen Satz und schoß mit wachsender Beschleunigung in den Weltraum über Erskomier. Es trug weithin sichtbar die Insignien des Imperators und strahlte dessen Hochrang-Kodeimpulse aus, und das wirkte auch jetzt noch, obwohl Gonozal VII. tot war. Offenbar hatten die Wachschiffe über dem Planeten noch keine neuen Anweisungen erhalten, denn sie ließen das Beiboot unbehelligt passieren.

Fartuloon holte alles aus den Triebwerken heraus und ging sofort in Transition, als der erforderliche Abstand von Erskomier und die Sprunggeschwindigkeit erreicht waren. Vieles war verloren, die Verschwörer hatten ihr Ziel erreicht, aber das Leben des Kristallprinzen von Arkon war gerettet!

Kurz nach dem Abflug des Bootes traf das Beiboot mit den sterblichen Überresten des Imperators auf dem Raumhafen ein. Die feierliche Überführung in die TONDON dauerte eine halbe Tonta, ein Trivid-Aufnahmeteam sorgte dafür, daß diese Zeremonie in alle Teile des Großen Imperiums übertragen wurde. Anschließend hielt der neue Regent Orbanaschol, in die Uniform eines Flottenkommandeurs gezwängt, eine erste kurze Rede als Nachruf.

Dann erst konnte er sich um andere Dinge kümmern, und erlitt gleich darauf einen Tobsuchtsanfall: Mit allem hatte er gerechnet, nur nicht damit, daß Fartuloon derart schnell und besonnen handeln würde! Er hatte ihn ausgespielt und Mascaren vor seinem Zugriff in Sicherheit gebracht.

In diesem Moment faßte der Brudermörder endgültig den Entschluß, seinen Neffen töten zu lassen, sobald er irgendwo gefunden wurde ...

Epilog

Wof Marl Starco und Riarne Riv-Lenk:

AUFSTIEG UND NIEDERGANG DES ARKONIDISCHEN IMPERIUMS

(bibliophile Kostbarkeit; aus dem Arkonidischen Anno 2114 n.Chr. ins Interkosmo übersetzt und veröffentlicht; nachbearbeitet von Cyr Aescunnar, Gäa, für die ANNALEN DER MENSCHHEIT, 3565 n.Chr.)

Vor etwa fünfzig Jahrtausenden: Nach dem erbitterten Krieg der galaxisbeherrschenden Lemurer gegen die Haluter flüchtete ein Großteil der Lemurer mit Hilfe von Sonnentransmittern nach Andromeda. Aus den zurückbleibenden Lemurern gingen Sternenvölker wie Terraner oder Akonen hervor: Im neunzehnten Jahrtausend vor der Zeitenwende erreichten akonische Auswanderer den Kugelsternhaufen M 13, 34.000 Lichtjahre vom Solsystem entfernt, in dessen Zentrum siebenundzwanzig Planeten um eine weiße Riesensonne rotierten. Der dritte Planet, Arkon, wurde zur Urheimat der Arkoniden; später erhielt der Kugelsternhaufen den Namen »Thantur-Lok«, also »Thanturs Ziel«.

Aus der Vorgeschichte Arkons, weit vor der Gründung des Großen Arkonidischen Imperiums, sind nur Legenden bekannt: etwa die Sage von Caycon und Raimanja, dem »welterschaffenden Liebespaar«. Raimanja gebar auf der Welt Perpandron einen Sohn, den sie Akon-Akon nannten, das »wache Wesen«. Sein Embryo wurde von akonischen Genetikern manipuliert. Akon-Akon sollte den Sieg der Akonen im Großen Bruderkrieg sichern helfen; mit hypnosuggestiver Macht sollte er, nach Arkon eingeschleust, den Arkoniden seinen Willen aufzwingen.

Während des Unternehmens änderten sich die galaktischen Machtverhältnisse. Die Arkoniden durchquerten weite Strecken der Galaxis, besiedelten viele Planeten und festigten die Macht des Imperiums. Die Akonen zogen sich zurück, schützten – und isolierten – sich durch eine Energieblase im sogenannten Blauen System.

Das arkonidische Imperium erreichte im neunten Jahrtausend v. Chr. eine Blütezeit. Arkons zwei Nachbarplaneten nahmen Positionen auf der Bahn Arkons, des dritten Planeten, ein. Arkon I, die Kristallwelt, der Wohnplanet, Arkon II, Handels- und Industriewelt und Arkon III, die Kriegswelt, waren von einem Festungsring schwerstbewaffneter Raumforts geschützt.

Die Jahrhunderte waren gekennzeichnet durch permanente Intrigen des feudalistischen Herrschaftssystems, den Krieg gegen die methanatmenden Maahks und bizarre Kabalen des Hofstaates um den Imperator.

Der Sohn des Imperators Gonozal VII. und der Imperatrix Yagthara, Kristallprinz Mascaren Gonozal, wurde am 35. Dryhan 10479 da Ark (entspricht dem Jahr 8045 v.Chr.) als designierter Nachfolger des Imperators geboren. Erst später erhielt er auf Wunsch seiner Mutter den Namen Atlan. Vier Arkonjahre danach, nach der Ermordung des Vaters Gonozal VII. durch dessen Bruder Orbanaschol III., rettete Fartuloon, der sogenannte Bauchaufschneider des Imperators, den jungen Prinzen, sorgte dafür, daß er offiziell »Atlan« genannt wurde und löschte die Individualdaten Mascarens aus den Speichern des Robotgehirns der Kristallwelt. Fartuloons intensive Erziehung des jungen Prinzen gipfelte im dritten Grad der ARK SUMMIA auf der Prüfungswelt Largamenia (Atlans Tarnname: Macolon).

In den ersten Jahren auf Gortavor, Fartuloons »Exilplanet«, Endpunkt der Flucht, übernahm Imperatrix Yagtharas jüngere Schwester Merikana Atlans Erziehung. Über ihr Schicksal existieren keinerlei Aufzeichnungen; als 10.496 da Ark der Blinde Sofgart auf Gortavor erscheint, lebte Merikana nicht mehr auf diesem Planeten.

Atlan wurde von den Schergen Orbanaschols ebenso gnadenlos wie erfolglos gehetzt und verfolgte gleichzeitig seinerseits die Mörder mit erbitterter Hartnäckigkeit ...

Fartuloon hatte mich mit Hilfe hochstehender Flottenoffiziere in Sicherheit gebracht. Einer von ihnen war Admiral Tormanac da Bostich gewesen, Erzfürst im *Schneeflöckchen* genannten Kugelsternhaufen Cerkol. Er hatte die Verfolgungsraumschiffe der TGC gnadenlos abschießen lassen. Allerdings hatte man ihm niemals eine staatsgefährdende Manipulation nachweisen können. Wenn er nicht so mächtig und beliebt gewesen wäre, hätte er zweifellos sein Leben eingebüßt. So aber hatte es selbst ein Orbanaschol damals in den Wirren nicht wagen können, diesen vom arkonidischen Volk verehrten Flottenadmiral zu beseitigen.

Tormanac war unter Hinweis auf seine beiden Beinprothesen, die ihn im Fronteinsatz niemals gestört hatten, aus dem aktiven Dienst entlassen und zum Prüfungsplaneten Largamenia abgeschoben worden. Die Folgen dieser Handlungsweise hatte mein Oheim nun zu spüren bekommen. Ein Mann wie Tormanac gab niemals auf! Er hatte die Flucht aus der Klinik arrangiert. Die Techniker der Transmitterzentrale hatten zu seinen Vertrauten gezählt.

Fartuloons Beweise zeigten, daß der Bruder meines Vaters, der heutige Imperator Orbanaschol III., die Untat nicht persönlich begangen hatte. Es stand aber eindeutig fest, daß mein Vater im Auftrag seines jüngeren Bruders getötet worden war. Der Zeitpunkt für dieses Verbrechen war günstig gewesen. Ich, der Kristallprinz des Reiches, einziger Sohn des Herrschers, war minderjährig gewesen. Mein Oheim hatte die günstige Gelegenheit beim Schopf erfaßt und die vom Volke freigewählten Mitglieder des Hohen Rates von Arkon davon überzeugen können, daß er, Orbanaschol, bis zum Zeitpunkt meiner Reifeprüfung die Regentschaft im Sinne meines verunglückten Vaters, zu meinen Gunsten und im Interesse des Großen Imperiums, ausüben müsse.

Nur wenige Perioden nach Antritt seiner Regentschaft ergriff Orbanaschol die absolute Macht. Der Hohe Rat wurde wegen angeblich verwerflicher Machenschaften und Unfähigkeit aufgelöst. Die Kreaturen des Orbanaschol nahmen die freigewordenen Plätze im Parlament des Reiches ein. Er wurde offiziell zum Imperator bestimmt. Damit war mein Leben nichts mehr wert gewesen. Orbanaschol III., wie sich mein Oheim Veloz nunmehr nannte, hatte jedoch Fartuloons Geschicklichkeit und die Vorsorge meines Vaters unterschätzt.

Selbstverständlich hatten die Attentäter allesamt Karriere gemacht: Sofgart hatte Glück, denn der Strahlschuß traf nicht ihn selbst, sondern den Felsbrocken, den er werfen wollte. Er erlitt allerdings Verbrennungen im Gesicht und verlor das Augenlicht, so daß er später eine Sehhilfe tragen mußte. Orbanaschol machte ihn zum Anführer der berüchtigten Kralasenen, und er kam schließlich auch auf meine Spur. Offantur, der den letzten Stein warf, befehligte die Tu-Gol-Cel, die sich unter ihm so entwickelt hatte, daß sie fast so schlimm wie die Kralasenen war. Psollien wurde Tato von Erskomier, während Heng im höchsten Offiziersrang stand. Der *Mascant* war dafür berüchtigt, daß er Schiffe sinnlos opferte, weil sein taktisches Geschick mit seinem Ehrgeiz nicht Schritt halten konnte. Doch Orbanaschol konnte es sich nicht leisten, ihn abzusetzen, sie hatten sich gegenseitig in der Hand.

Mein weiterer Lebensweg war von Fartuloon bestimmt worden; ich hatte auf Largamenia bewiesen, daß seine Schulung erstklassig gewesen war. Jetzt kam es darauf an, die mir zustehende Position zu gewinnen. Das mußte zwangsläufig den Sturz des amtierenden Imperators bedeuten. Das Vorhaben war rechtlich einwandfrei, und es klang auch gut; nur hatte mir mein Logiksektor spöttisch zugeraunt, Orbanaschol würde wohl etwas gegen seine Entmachtung einzuwenden haben. Das wußte auch Fartuloon. Unsere vordringlichste Maßnahme mußte jetzt darin bestehen, das auf einige zehntausend besiedelte Planeten verteilte Volk der Arkoniden über die Tatsachen zu informieren.

Ich hatte nach der Erringung des dritten Grades der ARK SUMMIA einen völlig neuen Status gewonnen. Vorher hätte ich mich zurückhalten müssen. Ohne die ARK SUMMIA wären meine Chancen gleich null gewesen. Nun aber war mein Logiksektor aktiviert. Ich war öffentlich anerkannt worden. Das war die Voraussetzung gewesen. Nun konnte ich als Kristallprinz auftreten und handeln. Der verbrecherische Imperator hatte seine beste Möglichkeit um Augenblicke verpaßt, obwohl er gewußt hatte, daß ich am leichtesten und am besten auf einem der fünf Prüfungsplaneten zu fassen gewesen wäre. Dank Tanictrop hatte ich die Rolle eines gefallenen Offiziers spielen können. Jetzt konnte ich sie aufgeben.

Ich erhob mich von dem Krankenlager und betrachtete mich im Spiegel. Fartuloon und zwei der mir vorher unbekannten Männer, fähige Chirurgen und Biochemiker, hatten mir mein echtes Gesicht operativ wiedergegeben. Jetzt war ich wieder jener Atlan, mit dessen Gesicht ich niemals zur ARK SUMMIA zugelassen worden wäre. Der Wundschmerz war vorüber; die Einschnitte hatten sich unter der Einwirkung eines synthobiologischen Plasmas innerhalb von wenigen Tontas narbenlos geschlossen. Ich war wieder ich selbst. Aber wer war ich wirklich? Jener Atlan, der seine Jugend auf der Randwelt verbracht hatte, oder *Mascaren*, der designierte Gos'athor aus dem Gonozal-Khasurn? Ich dachte an den Wunsch meiner Mutter und entschloß mich, *Atlan der Kristallprinz* zu sein, dessen Namenspatron einer der Zwölf Heroen war.

Diese Entscheidung wurde davon bestärkt, daß vor einer halben Tonta eine niederschmetternde Nachricht eingetroffen war: Der Wissenschaftler Tanictrop, mein »Ersatzvater«, war von den Kralasenen des Blinden Sofgart kurz vor seiner vorbereiteten Flucht gefaßt worden. Sie hatten ihn unter einem fadenscheinigen Vorwand *erschossen*. Tanictrops Tod hatte mich zutiefst aufgewühlt. Ohne die selbstlose Hilfeleistung dieses Mannes wäre ich nie zu den Prüfungen vorgelassen worden.

Dann, vor nur wenigen Zentitontas, hatten wir eine zweite bedauerliche Information erhalten. Admiral Tormanac da Bostich war inhaftiert worden, und zwar vom Chef der TGC höchstpersönlich, Mascant Offantur. Dieser Mörder hatte sich nicht gescheut, den beliebten Flottenchef der Beihilfe zu meiner gelungenen Flucht zu bezichtigen. Wenn ich meinen Oheim Orbanaschol abgrundtief verachtete und ihm den verdienten Tod wünschte, so empfand ich für Offantur unstillbaren Haß.

Er war eine Bestie in Menschengestalt. Orbanaschol hätte kein willfährigeres Werkzeug finden können als ihn, den Beherrscher der Politischen Geheimpolizei des Imperators. Fartuloon hatte mir an Hand von Filmaufnahmen beweisen können, daß dieser Mann, der vor vierzehn Jahren Erster Diener meines Oheims gewesen war, meinen Vater während der Jagdexpedition ermordet hatte.

Offantur war nur einen Tag nach meiner Flucht aus der Paraklinik auf Largamenia angekommen. Er hatte sofort eine totale Blockade über den Planeten verhängt. Der Transmitterverkehr war eingestellt worden. Die Flotteneinheiten vom Wachsektor Orbys-Nukara – Largamenia gehörte zu diesem Raumgebiet, das den gesamten Cerkol-Sternhaufen umfaßte – standen in Alarmbereitschaft. Offantur war intelligent genug, um zu wissen, daß dies alles auf den Unmut der Bevölkerung stoßen mußte – und nicht nur darauf! Das arkonidische Trivid hatte wegen der Feierlichkeiten mindestens dreißig Aufnahmemannschaften zu der Prüfungswelt geschickt. Dazu gehörten nicht nur Kameraleute und ein beachtlich großer Technikerstab, sondern auch die bekanntesten Berichterstatter des Großen Imperiums. Diese Frauen und Männer machten sich natürlich ihre eigenen Gedanken über die Vorkommnisse. *Mir kann es recht sein! Der Geheimdienstchef erweist seinem Imperator damit keinen Gefallen.*

Fartuloon trat ein. Er trug einen modernen Kampfanzug der Arkonflotte und darüber seinen verbeulten Harnisch. »Fertig, Atlan? Willst du es wirklich riskieren?«

Ich winkte ab. Tirako reichte mir ebenfalls einen Kampfanzug. Die Magnetverschlüsse waren bereits geöffnet.

»Der Planet gleicht einem aufgestörten Insektennest. Zwanzigtausend Mann der TGC sind gelandet. Mindestens tausend Schiffe des Orbys-Nukara-Geschwaders riegeln den Raum ab. Oder warum, glaubst du wohl, habe ich auf einen sofortigen Start verzichtet?« Ich lauschte auf einen Impuls meines Logiksektors. Langsam gewöhnte ich mich an die innere Stimme; sie schwieg jedoch. »Meine Gründe sind klar. In den nächsten Perioden werden wir nicht mehr eine so glänzende Gelegenheit finden, die bekanntesten Berichterstatter des Imperiums auf einem Fleck vereint anzutreffen. Ich muß mit ihnen sprechen.«

»Akzeptiert. Die Begründung ist erstklassig, die Gefahren sind es aber auch. Ich habe während deiner ARK SUMMIA-Schulungszeit knapp hundert zuverlässige Leute auf Largamenia zusammenziehen können. Von einem Feuerschutz kann im Notfall also keine Rede sein.«

»Wir werden ihn nicht benötigen. Wir kommen, legen die Beweise vor und verschwinden wieder. Falls dieser Stützpunkt so sicher und unauffindbar ist, wie du glaubst, können wir uns anschließend so lange verbergen und Ruhe bewahren, bis man auf der anderen Seite die Geduld verliert.«

Fartuloon musterte mich aus verkniffenen Augen. »Na schön. Seine Erhabenheit haben befohlen. Verdammt – bisher war ich der Mann, der die Anordnungen gegeben hat.«

»Das wirst du auch wieder sein«, besänftigte ich ihn. »Glaube nicht, ich würde deinen Erfahrungsschatz mißachten. Meine Gründe sollten jedoch einleuchtend sein.«

»Sind sie auch. Also gut, dann starten wir. Ich werde jedoch froh sein, wenn wir wieder sicher in diesem Bau angekommen sind.«

Tirako schloß die Halterungen meines Kampfanzugs. Ich ließ probeweise das Energieaggregat anlaufen. Die Kontrollen zeigten zufriedenstellende Werte an. »Wir werden zurückkommen. Sorge du nur dafür, daß wir nicht angepeilt werden.«

Er nickte. Der Chef der einzigen Ortungsstation, die für eine solche Anpeilung in Frage gekommen wäre, stand auf seiner – nein, auf meiner Seite! Wie schön, daß ich das nun endlich sagen konnte.

Eine halbe Tonta später wurden wir von dem Transmitter abgestrahlt. Wir kamen in den unübersehbaren Kellergewölben eines Vertrauensmannes heraus. Ich kannte ihn noch nicht, aber er war das krasse Gegenteil von Morenth. Kurz darauf kamen Tirako Gamno und Arctamon aus dem Transmitter. Weiter hinten erschienen schwerbewaffnete Männer. Sie grüßten ehrfurchtsvoll. Ich bedankte mich bei ihnen für ihre Hilfe und hörte mir ihre persönlichen Sorgen an. Fartuloon hatte dazu geraten: Er meinte, Dinge dieser Art gehörten nun einmal zum Aufgabenbereich eines Kristallprinzen und kommenden Imperators.

Bei Anbruch der Nacht waren die Vorbereitungen abgeschlossen. Mestacian, der mit uns verbündete Händler und Inhaber dieser riesigen, uralten Gewölbe, kam soeben von einem Erkundungsflug zurück. »Die Bevölkerung Tiftorums ist in Aufruhrstimmung, Gos'athor«, berichtete er. »Die TGC erlaubt sich Übergriffe, die man hier, so weit vom Dreigestirn der Arkonwelten entfernt, nicht widerspruchslos hinnimmt.«

»Bitte, nennen Sie mich Atlan, Freund.«

Der ältere Mann lachte mich an. »Ich erlaube mir die Freiheit. Danke, Atlan. Sie werden überall Hilfe finden. Meine Männer haben Gerüchte über seltsame Vorkommnisse ausgestreut. Die Berichterstatter sind bereits aufmerksam geworden. Man fragt immer eindringlicher. Die Damen und Herren ahnen längst, daß hier etwas nicht stimmt. Wir haben Ihren Namen und Ihren hohen Rang oftmals flüsternd genannt.«

»Hatten Sie Verluste?« fragte Fartuloon mit seiner erschreckenden Sachlichkeit.

»Nein. Wir waren vorsichtig. Die gedruckten Flugblätter mit Atlans Lebensgeschichte und der Wahrheit über Gonozals Tod sind verteilt worden. Hunderttausend Exemplare! Wir haben sie aus Gleitern abregnen lassen. Ich habe gehört, daß viele davon im Pressezentrum aufgetaucht sind. Offantur soll rasen.«

»Hoffentlich zerplatzt er«, knurrte Fartuloon. »Atlan, es wird Zeit.«

Wir streiften die vorbereiteten Gewänder über die Kampfanzüge und machten uns auf den Weg. Das Altstadtviertel von Tiftorum hatte nach Anbruch der Nacht wieder seine eigene Lebensform entwickelt. Wir verzichteten auf Luftfahrzeuge und benutzten die Rollbänder der Nahverbindungen. Nahe dem alten Patrium, einer historischen, mindestens zehntausend Jahre alten Arena, trafen wir auf den ersten von Mestacian aufgestellten Posten.

»Alles ruhig, Euer Erhabenheit«, meldete er gedämpft. »Fünfzig Mann sind außer mir anwesend. Drei schnelle Gleiter stehen für einen Notfall an verschiedenen Orten bereit. Einer davon ist mit einem Kleintransmitter bestückt. Wenn Sie ihn benutzen müssen, soll der letzte Ihrer zu transportierenden Begleiter die eingebaute Sprengladung aktivieren. Der Zeitzünder läuft nur wenige Millitontas lang. Die Maschine darf auf keinen Fall in die Hände der TGC fallen.«

»Sie dürfte dennoch vermißt werden.«

»Wir haben vorgesorgt. Wenn Sie die Maschine brauchen, wird der Eigentümer im gleichen Augenblick eine offizielle Diebstahlsanzeige abgeben.«

Wir gingen weiter. Tirako und Arctamon hielten sich seitlich hinter mir. Ihre schweren Beidhand-Luccots waren entsichert. Ich hielt meine gleichartige Waffe in der Armbeuge. Das weite Rund der uralten Kampfstätte war wie ausgestorben. Hier sollten wir einige Vertreter des Trivids treffen. Mestacian hatte behauptet, sie wären zuverlässig. Ich schob die Infrarotbrille über die Augen und schaute mich um. Die Nacht wurde zum Tage.

Wenig später entdeckte ich acht bis zehn Personen, die unter einer herabgebrochenen Empore in Deckung gegangen waren. Sie hatten Robotkameras mit Direktübertragungssender mitgebracht. Wenn es gelang, deren Aufnahmen in das Verteilernetz von Largamenia und von dort aus über die Richtstrahler der großen Hyperfunkstation an die nächste Weltraumbasis der Kommunikationsanstalten durchzugeben, hatte ich einen ungeheuren Sieg errungen.

Fartuloon ging vor. Ich vernahm gedämpfte Stimmen. Dann winkte er. Augenblicke später stand ich vor den Berichterstattern. Sie hatten viel riskiert, indem sie hier erschienen waren. Fartuloon hatte bereits die nötigen Erklärungen zur Einführung abgegeben. Einer der Berichterstatter sprach aufgeregt in sein Mikrofon.

»Sie riskieren Ihren Kopf, meine Damen und Herren«, begann ich meine Ansprache. »Die Gewaltdiktatur meines Oheims, Orbanaschol des Dritten, läßt solche Freiheiten nicht zu. Ihr öffentlicher Sprecher wird zwar nicht auf den Bildschirmen auftauchen, aber die TGC wird seine Stimme leicht identifizieren können. Wenn Sie einverstanden sind, bringe ich Sie in Sicherheit.«

Diese Worte waren von Milliarden Arkoniden gehört worden. Jemand hatte mir nämlich zugeflüstert, die zur Zeit laufende Direktsendung aus dem Faehrl sei von den Übertragungstechnikern der Hyperfunkstation rigoros unterbrochen worden. Ich mußte daher völlig überraschend auf den Bildschirmen der Zuschauer erscheinen – auch überraschend für die TGC.

»Das ist nicht nötig, Atlan«, sagte der Sprecher. »Ich vertraue auf meine Immunität. Niemand soll es wagen, mich wegen meiner objektiven Handlungsweise zu inhaftieren oder gar zu verurteilen. Atlan, ich darf Sie nach verschiedenen Dingen fragen?«

»Eine Zehntel Tonta, nicht länger. Dann ist die TGC hier. Man wird Ihren Aufnahmestandort leicht ermitteln. Bringen Sie bitte sofort das Beweismaterial in Sicherheit, das Ihnen mein Erzieher und Lebensretter, der Leibarzt meines Vaters, soeben überreichte.«

»Das ist bereits geschehen. Sie werden verstehen, wenn wir an Ihren Erklärungen zweifeln. Zwar wissen wir sehr gut, daß der Kristallprinz seinerzeit spurlos verschwand, aber ...«

Er sprach weiter. Ich wurde ungeduldig. Fartuloon winkte bereits den von unserem Verbindungsmann genannten Gleiter herbei. Tirako handelte eigenmächtig, aber überlegt. Er ließ den eingebauten Transmitter anlaufen. Die Kamera fing die Maschine ein. Ich erklärte, sie hätte zu meinen Bedauern vorübergehend entwendet werden müssen. Ich stellte mich vor und beantwortete alle Fragen wahrheitsgetreu. Fartuloon untermauerte meine Erklärungen durch dreidimensionale Farbfotografien aus meiner Jugendzeit. Allmählich wurden die Berichterstatter fassungslos. Die Stimme des Sprechers überschlug sich.

Als er mich erneut ansprach, fiel weit entfernt ein Energieschuß. *Das ausgemachte Signal!* Ich verabschiedete mich in aller Eile und sprang in den Gleiter. Augenblicke später war ich schon abgestrahlt und kam im Stützpunkt heraus. Nach mir erschienen Fartuloon, Tirako und Arctamon. Die Maschine war inzwischen explodiert. Dann standen wir gemeinsam vor dem großen Bildschirm des Aufenthaltsraumes.

Zusammen mit den Truppen der TGC war auch deren Chef Offantur erschienen. Er wurde soeben befragt. Er stritt meine Eröffnungen als Lüge ab und stellte mich als Schwindler hin. Die Beweise erklärte er für gefälscht. Zu meiner Erleichterung wagte er es nicht, die mutigen Berichterstatter inhaftieren zu lassen. Er verwarnte sie lediglich in scharfer Form. Schon diese Bemerkung war unklug, denn die Männer des arkonidischen Trivids verwahrten sich noch schärfer gegen die Einschränkung ihrer gesetzlich verankerten Freiheiten.

Ich begann zu lächeln. *So einfach, wie sich Offantur die Angelegenheit vorstellt, ist sie nicht – oder nicht mehr!* Ich hatte mich der Öffentlichkeit vorgestellt und meinen Lebensweg preisgeben. Die Sendung dauerte noch Tontas, Archivmaterial wurde gezeigt, frühere Fragen erneut aufgeworfen. Die Kommentare wollten kein Ende nehmen.

»Die Schicksalskugel rollt«, sagte Fartuloon plötzlich. »Freunde, jetzt beginnt der eigentliche Kampf: auf Leben und Tod! Für Atlan und Arkon!«

Ich ging hinüber in meine Unterkunft. Fartuloons Ausspruch hatte etwas zu melodramatisch geklungen; aber er barg in sich den vollen Wahrheitsgehalt. Wir schrieben den 24. Prago des Messon 10.497 da Ark – für mich begann ein ganz neues Leben!

ENDE

ATLAN-Band 18

Die Folterwelt

erscheint im Frühjahr 2001

Kleines Arkon-Lexikon

Arbaraith: sagenhaftes Land mit Kristallobelisken, von Bestien bedroht; verschwand mit der Entrückung des Heroen Tran-Atlan – häufig als eigentliche Urheimat der → Arkoniden gedeutet.

Arbtan(en): Mannschaft(en) – Soldaten, Unteroffiziere/Sergeanten.

Arkanta: Titel der Hohepriesterin der Totenwelt Hocatarr – weitere Anreden: Ihre Heiligkeit, Ehrwürdige Große Mutter.

Arkon: Die große weiße Sonne liegt fast genau im Zentrum des Kugelsternhaufens → Thantur-Lok. Sie wird von 27 Planeten begleitet. Als Besonderheit gilt, daß sich drei Arkon-Planeten mit gleicher Geschwindigkeit und auf derselben Umlaufbahn bewegen, als Eckpunkte eines gleichseitigen Dreiecks angeordnet. Die Sonnenentfernung der drei Planeten → Arkon I, II und III beträgt 620 Millionen Kilometer → Tiga Ranton.

Arkon I: Der Wohnplanet der Arkoniden wird von ihnen selbst auch als »Kristallwelt« → Gos'Ranton bezeichnet. Durchmesser: 12.980 Kilometer, Schwerkraft: 1,05 g. Die Oberfläche des Planeten wird von Außenstehenden als eine einzige große Parklandschaft betrachtet.

Arkon II: Die Welt von Wirtschaft und Handel → Mehan'Ranton; vollindustrialisiert und Stätte subplanetarischer Fabriken; ein Planet der Großstädte und Sitz der mächtigsten Konzerne der erforschten Galaxis. Alle bekannten Völker geben sich hier ein Stelldichein, über Jahrtausende wurden die berühmten Laden- und Silostraßen der Städte von einem Vielvölkergemisch durchstreift; es gibt Handelsniederlassungen von etwa vierhundert Fremdvölkern.

Arkon III: Der ursprünglich dritte Planet des Arkonsystems ist der Schwerindustrie des Raumschiffbaus vorbehalten: Großstädten gleich reihen sich Forschungs- und Entwicklungszentren aneinander, unterbrochen von Landefeldern und angegliederten Riesendepots. Durchmesser: 13.250 Kilometer, Schwerkraft: 1,3 g. Eine technisierte Welt, deren Oberfläche maßgeblich von Plastbeton, Arkonstahl und Kunststoffen bestimmt wird – ein militärisch-industrieller Komplex, der seinesgleichen in der Galaxis sucht → Gor'Ranton. In ihrer Urform erhalten sind nur die Meere, so daß der Planet von vielen Besuchern als »ökologischer Alptraum« umschrieben wird: Riesige Ökokonverter sind notwendig, um die Atmosphäre aufzubereiten und halbwegs erträgliche Umweltbedingungen zu generieren.

Arkoniden: Im 19. Jahrtausend vor Beginn der christlich-terranischen Zeitrechnung entwickelte sich auf dem dritten Planeten der Sonne → Arkon im Kugelsternhaufen → Thantur-Lok das Volk der Arkoniden. Es stammte von akonischen Auswanderern ab (→ Arbaraith); diese wiederum sind direkte Nachfolger der → Lemurer, der sogenannten *Ersten Menschheit*. Streng genommen sind die Arkoniden also Nachfahren der ursprünglichen terranischen Menschheit. Sie sind von der äußeren Gestalt her auch absolut menschenähnlich; meist sind sie mit 1,8 bis 2 Metern Körpergröße recht hoch gewachsen und weisen einen vergleichsweise langen Schädel auf. Anatomisch gesehen weisen sie im Vergleich zu Terranern einige weitere Besonderheiten auf: Statt Rippen verfügen sie im Brustbereich über massive Knochen- und Knorpelplatten, die Haarfarbe ist im allgemeinen weiß oder weißblond und die Augenfarbe rötlich bis rotgolden. Bei starker Erregung sezernieren die Arkoniden aus den Augenwinkeln ein Sekret, ohne daß es allerdings zu einer Einschränkung der Sicht käme. Die weit verbreitete Behauptung, bei den Arkoniden handle es sich grundsätzlich um Albinos, ist mit Vorsicht zu genießen: Weißes Haar und (scheinbar) farblose Iris allein sind kein ausreichendes Merkmal, berücksichtigt man, daß außerhalb der Kultivierung möglichst bleicher Haut in Adelskreisen normale Hautbräunung ebenso auftritt, wie die Haarfarbe auch im Sinne bestmöglicher Reflexion der starken Sonnenstrahlung → Arkons angesehen werden kann.

arkonoid: äußerlich einem → Arkoniden entsprechend.

ARK SUMMIA: Bez. der elitären Reifeprüfung im → Großen Imperium, unterteilt in drei Stufen oder Grade; die beiden ersten betreffen in erster Linie theoretische Examina und entsprechen ihrem Abschluß nach einem → Laktrote (Meister) bzw. → Tai-Laktrote (Großmeister). Die Zulassung durch die → Faehrl-Kommission der »Kleinen Runde« zur Teilnahme an den abschließenden Prüfungen (charakterliche Eignung, Anwendung des erlernten Wissens in der Praxis unter Extrembedingungen usw.) ist auf wenige → Hertasonen eines jeden Jahrgangs beschränkt, von denen wiederum noch weniger den dritten Grad bestehen – dies ist dann gleichbedeutend mit Aktivierung des → Extrasinns in den Paraphysikalischen Aktivierungskliniken der jeweiligen → Faehrl-Institute. Im Großen Imperium gibt es insgesamt nur fünf ARK SUMMIA-Prüfungswelten: → Iprasa ist die älteste, → Largamenia die bedeutendste, hinzu kommen noch Goshbar, Soral und Alassa.

Athor: allgemein ein Kommandeur/Kommandierender/Befehlshaber, jemand in führender/bevorzugter Stellung; Abstufung je nach Präfix (z. B. → Has'athor = Admiral).

Begam: höchster Offiziersrang, der nur dem Imperator zusteht → Tai Moas.

Berlen Than: wörtl. »Zwölf(er)-Rat«; Regierungsgremium des → Großen Rates (→ Tai Than).

Bmerasath: blauschimmernder Halbedelstein von z. T. beachtlichen Ausmaßen, nur auf wenigen Welten zu finden; aus einem solchen wurde der Konferenztisch des Zwölferrates (→ Berlen Than) im Kristallpalast geschliffen.

Breheb-Toor: »Achtung, Stillgestanden«.

Celkar: Gerichtswelt des Großen Imperiums; erster von fünf Planeten der Sonne Monhor, 102,14 Lichtjahre von → Arkon entfernt.

Cerkol: wörtl. »Schneeflöckchen«, Bez. für den → Thantur-Lok benachbarten Kugelsternhaufen, ca. 4820 Lichtjahre von → Arkon entfernt (Durchmesser 85 Lichtjahre, 330.000 Sonnenmassen), auch als »Wachsektor Orbys-Nukara« umschrieben; nur geringe Anzahl von Planeten; Hauptwelten u. a. → Largamenia und Goshbar (ARK SUMMIA-Prüfungsplaneten), → Bak Jimbany, Tuglan. Die terranische Bez. von Cerkol lautet M 92 bzw. NGC 6341.

Chretkor: Bez. für ein Volk, dessen → arkonoide, wenn auch zwergenhaft kleine Körper (im Schnitt 1,35 Meter groß) bis auf innere Organe, das Skelett und einen Teil der Muskelfasern völlig transparent sind und über ebenfalls transparentes Blut verfügen. Die Eigenart ihres Metabolismus bedingt, daß die Körper einerseits rasch auskühlen und bei Außentemperaturen von unter 20°C träger werden (Koma-Gefahr bei 0°C), andererseits bei höheren an Reaktionsschnelligkeit gewinnen, jedoch in Gefahr laufen »innerlich zu überhitzen«. Chretkor leben ständig in der Angst, entweder kristallin zu »erstarren« oder zu »schmelzen«; i. a. verzichten sie auf Kleidung, primäre oder sekundäre Geschlechtsmerkmale sind nicht zu erkennen (Vermutung: eingeschlechtliche Lebensform). Zu Recht gefürchtet ist die Fähigkeit ihrer Krallenhände, auf paranormalem Wege Wärme abrupt abzuleiten (wenige Sekunden Berührung reichen, um ein Lebewesen völlig gefrieren zu lassen). Die Heimat der Chretkor ist unbekannt, im → Großen Imperium leben sie nur als seltene Einzelgänger, die ein hohes Alter erreichen können und keine Eigennamen besitzen. Sie nehmen jene an, die ihnen verliehen werden, wie z. B. Atlans Freund *Eiskralle*.

Chronner(s): Währungseinheit auf imperialer Ebene; Unterteilung: 1 Chronner = 10 → Merkons = 100 → Skalitos.

da: Präp. (zeitlich) = »von«; Bez. des Adels/Adelstitel; als Präfix = »all/alles« (→ Arkonzeitrechnung, Dagor).

da Ark: Arkonzeitrechnung – Jahreszahl »von Arkon«; das Jahr 10.497 da Ark, in dem Atlan seine wahre Herkunft erfährt, entspricht dem Jahr 8023 vor Christus.

Dagor: meist als »All-Kampf« übersetzt; i. e. S. die waffenlose Kampfkunst der Arkoniden (angeblich vom legendären Heroen Tran-Atlan geschaffen → Arbaraith), i. w. S. die damit verbundene Philosophie/Lebenseinstellung – vervollkommnet beim Arkon-Rittertum (→ Dagorista).

Dagorcai: Übungsvortrag im Dagor, einer *Kata* vergleichbar.

Dagorista: Arkon-Rittertum auf der Basis von → Dagor.

Dagoristas: Mitglieder des Arkon-Rittertums.

Dagor-Zhy: Meditationsform: »Ringen oder Kampf ums allesbestimmende übersinnliche Feuer«, abgeleitet von → Dagor, Zhy.

De-Keon'athor: Admiral Zweiter Klasse = Dreisonnenträger; »Vize-Admiral«.

Dor'athor: (Raumschiff-)Kommandant Vierter Klasse (bis 200 m); entspricht i. a. einem Dreimondträger.

Echodim: arkonidische Gebetsschlußformel.

Eiskralle: → Chretkor.

Erskomier: Zweiter von vier Planeten der Sonne Erskom, 12 Lichtjahre von → Arkon entfernt; eine als Jagdplanet dienende Urwelt, auf der Imperator Gonozal VII. tödlich verunglückt.

Essoya: nichtadlige Arkoniden, benannt nach einer grünen Blätterfrucht.

Extrasinn: Im Verlauf eines fünfdimensional-hyperenergetischen Aufladungsprosesses als dritter Grad der → ARK SUMMIA aktivierbarer Gehirnbereich der → Arkoniden, mit dessen Hilfe Dinge erfaßt werden, die infolge eines noch fehlenden Erfahrungsschatzes nur mit einer unbewußt einsetzenden Logikauswertung gemeistert werden können (deshalb auch die Zweitbezeichnung → Logiksektor). Verbunden damit ist die Ausbildung eines photographisch exakten Gedächtnisses. Arkoniden, die auf einen aktivierten Extrasinn (auch Extrahirn) zurückgreifen können, sind ihren »normalen« Zeitgenossen überlegen: Sie erfassen, verstehen und kalkulieren Vorkommnisse deutlich schneller und folgerichtiger, als Wissenschaftler erzielen sie z. B. wesentlich bessere Erfolge. Bis zu einem gewissen Grad entwickelt der Extrasinn ein eigenständiges, wenn auch mit seinem Träger permanent verbundenes Bewußtsein (mitunter wird als Vergleich eine gezielt herbeigeführte und kontrollierte »Bewußtseinsspaltung« verwendet); die Kommunikation zwischen beiden erfolgt per Gedankenkontakt und ist für den Extrasinn-Inhaber mit dem Gefühl verbunden, ein Unsichtbarer spreche in sein Ohr. Die Eigenständigkeit des Extrasinns bedingt, daß er seine Kommentare selbständig abgibt und sich nicht »abschalten« läßt; mit wachsender Lebensdauer besteht die Gefahr, daß Schlüsselreize das photographische Gedächtnis anregen und die Assoziationen zum gefürchteten »Sprechzwang« auswachsen, bei dem die gespeicherten Informationen detailgetreu erneut durchlebt und dabei berichtet werden.

Faehrl (-Institut): → ARK SUMMIA. Elitäre Schule, an der die drei Stufen oder Grade der Reifeprüfung abgelegt werden und für die erfolgreichen → Hertasonen in der Aktivierung des → Extrasinns gipfelt.

Fama: Leben.

Famal Gosner: Grußformel: »Lebt wohl!«.

Garrabo: imperiales Strategiespiel der → Arkoniden, dem Schach vergleichbar; weit verbreitet und beliebt, wird sogar an den Raumakademien gelehrt; daraus abgeleitet geflügelte Worte wie Garrabozug, Garrabofigur usw.

Gor: Kampf/ringen um.

Gor'Ranton: Kampf-/Kriegswelt, Bez. für → Arkon III; abgeleitet von → Gor, Ranton.

Gortavor: wörtl. »(der) Kampf Tavors«; Name des mondlosen zweiten von acht Planeten der Sonne → Gortavors Stern – benannt nach dem Entdecker Tavor, der 9326 → da Ark das System katalogisierte und bei der Berührung der Silberstränge in der Spinnenwüste starb. Durchmesser: 16.467 Kilometer, Schwerkraft: 1,03 g, Umlaufdauer: 617,77 Tage zu 11,41 → Tontas (16,2 Stunden), Neigung der Polachse: 14°, Durchschnittstemperatur: 31°C. Hauptkontinent: → Taigor.

Gortavors Stern: G1V-Sonne in der Milchstraßenhauptebene, 25.753 Lichtjahre von → Arkon entfernt. Insgesamt acht Planeten mit 34 Monden sowie zwischen dem ersten und zweiten Planeten ein Asteroidengürtel; vier der Planeten sind Gasriesen → Gortavor.

Gos: das Wohlgestaltete/Makellose, i. a. im Sinne von Kristall.

Gos'athor: (der) Kristallprinz, abgeleitet von → Gos, Athor.

Gos'Khasurn: wörtl. »Kristallkelch«, Bez. des Kristallpalastes, abgeleitet von → Gos, Khasurn.

Gos-Laktrote: Kristallmeister, abgeleitet von → Gos, Laktrote; von Amts wegen in die Sicherheitsmaßnahmen für den Imperator eingebunden, Zweitbezeichnung auch »Oberaufseher der Privaträume des → Zhdopanthi«.

Gos'Ranton: Kristallwelt, Bez. für → Arkon I, abgeleitet von → Gos, Ranton.

Großer Rat: → Tai Than.

Großes (Altes) Volk: Nur aus Legenden und vager Überlieferung oder Ruinen und Artefakten auf vielen Welten bekanntes Volk, das mehrere Jahrzehntausende vor der Blütezeit der → Arkoniden die Milchstraße besiedelte (→ Lemurer).

Großes Imperium: Sternenreich der → Arkoniden, → Tai Ark'Tussan; umfaßt um 10.500 → da Ark mehrere zehntausend besiedelte Planeten und noch mehr rein industriell genutzte Welten. Kerngebiet sind die Welten im Kugelsternhaufen → Thantur-Lok, allerdings sind auch viele im Bereich der galaktischen Hauptebene zu finden, wo der Durchmesser des Verbreitungsgebiets mehr als 30.000 Lichtjahre erreicht hat.

Has'athor: allg. ein Admiral; i. e. S. einfachster Admiralsrang = Einsonnenträger, Admiral Vierter Klasse → Athor.

Hertaso(ne/n): Teilnehmer/Kandidaten der → ARK SUMMIA.

-i-: Binde-/Verknüpfungsvokal, entspricht der Konj. »und«; ist abgeleitet vom Bindewort *ian*, das anstelle eines Kommas verwendet wird.

-ii: verdoppelter Binde-/Verknüpfungsvokal als Suffix = Pluralkennzeichnung (i. a. bei Personen verwendet → z. B. bei Zhy-Famii = Feuerfrauen).

Iprasa: wörtl. »Wanderschaft, Nomadentum«, davon abgeleitet der Name des 6. Planeten der Sonne → Arkon.

Kanth-Yrrh: mit dem Kräften des Gegners arbeitende Verteidigung im → Dagor.

Katsugo: i. e. S. Übungsschwert aus Holz; auch Bez. für den Schwertkampf der → Dagoristas/Arkonritter insgesamt, dem jap. *Kendo* vergleichbar.

KAYMUURTES: fast heilige, alle drei Arkonjahre stattfindende Wett- und Ausscheidungskämpfe in Arenen.

Keon'athor: Admiral Dritter Klasse = Zweisonnenträger; »Flottenadmiral«.

Kergone(n): pseudoamphibische Intelligenzwesen des Planeten Kergon, → arkonoider, aber dunkel geschuppter Körper, der entfernt an eine Schildkröte erinnert.

Khasurn: wörtl. »Kelch« (Bez. des arkonidischen Riesenlotos), abgeleitete Bez. für Adel insgesamt, auch im Sinne von »Haus, Geschlecht« verwendet.

Khasurn-Laktrote: Kelchmeister, abgeleitet von → Khasurn, Laktrote; Hauptbevollmächtigter in allen Fragen das Adels und maßgeblich beteiligt bei der Vergabe von Titeln; von Amts wegen auch der Sprecher der im → Tai Than vertretenen Adeligen.

Kristallmarschall: entspricht etwa einem Hofmarschall als oberstem Beamten des imperialen Hofes; von Amts wegen Vorgesetzter der Zeremonienmeister und Ausbilder/Erzieher des jeweiligen Kristallprinzen (→ Gos'athor).

Kur: Sektorenbeauftragter/-Statthalter (mehr als ein Sonnensystem).

Lakan: Gruppe von zehn Raumschiffen.

Laktrote: Bez. für einen überlegenen Rang im Sinne von Weiser, Meister; abgeleitet davon z. B. Laktran in → Thek-Laktran (= Hügel der Weisen); je nach Zusammenhang auch im Sinne von Doktor oder Professor verwendet.

Larga: K0V-Sonne nahe dem Zentrum des Kugelsternhaufens → Cerkol, 4837 Lichtjahre von Arkon enfernt. Insgesamt fünf Planeten mit 16 Monden sowie einem Asteroidengürtel zwischen dem vierten und fünften Planeten; zwei der Planeten sind Gasriesen → Largamenia.

Largamenia: Name des zweiten von fünf Planeten der Sonne → Larga. Durchmesser: 12.145 Kilometer, Schwerkraft: 1,05 g, Umlaufdauer: 314,18 Tage zu 15,49 → Tontas (22 Stunden), Neigung der Polachse: 26°,

Durchschnittstemperatur: 13°C. Grundsteinlegung der Siedlung Tifto durch Imperator Quertamagin IV. im Jahr 2550 → da Ark; um 3460 da Ark dann Hauptstadt Tiftorum. Hier wird 4050 da Ark nach → Iprasa und Goshbar das dritte → Faehrl-Institut gegründet, der Planet entwickelt sich in den folgenden Jahrtausenden zum bedeutendsten der fünf → ARK SUMMIA-Prüfungswelten.

Lemurer: von der ursprünglich Lemur genannten Erde stammendes Volk der *Ersten Menschheit*, von dem nach seiner Vertreibung nach Andromeda um 50.000 v.Chr. nur Artefakte und Legenden berichten (→ Großes Altes Volk).

Lerc: Einheit der »Intelligenzstufenskala«.

Logiksektor: → Extrasinn.

Lok: Ziel.

Luccot: arkonidische Bez. für einen Hochenergie-Impulsstrahler.

Maahks: Auch wenn die Maahks und ihnen ähnelnde Völker von den → Arkoniden als »Methanatmer« oder kurz »Methans« bezeichnet werden, ist dieser Begriff irreführend: Die bis zu 2,20 Meter großen und bis zu 1,50 Meter breiten Wesen atmen in erster Linie Wasserstoff (und ein bißchen Methan) ein und atmen Ammoniak aus; dieses Gas ist unter dem auf Maahk-Welten herrschenden Druck sowie den Temperaturen von 70 bis 100 Grad Celsius noch nicht flüssig geworden. Die Maahks entwickelten sich vor mehr als 50.000 Jahren in Andromeda. Als dort die → Lemurer auftauchten, wurden die Maahk-Völker in die Milchstraße vertrieben, wo es in Atlans Jugendzeit zum kriegerischen Kontakt mit den Arkoniden kommt – sog. Methankrieg(e) in mehrfach wechselnden heißen und kalten Phasen.

Mannax: Kodexformen/Regeln der → Dagoristas für Kampf und Duell.

Manoler: grünhäutige, vierarmig-zwergenwüchsige Intelligenzwesen des Planeten Manol.

Mascant: Admiral Erster Klasse, höchster Admiralsrang = »Reichsadmiral« = ein Dreisonnenträger mit bes. Auszeichnung.

Mehan: Handel.

Mehandor: wörtl. »Händler«, Eigenbez. der »Springer«.

Mehan'Ranton: Handelswelt, Bez. für → Arkon II, abgeleitet von → Mehan, Ranton.

Merkon(s): 1/10 → Chronner.

Methanatmer: → Maahks.

Methans: → Maahks.

Mirkandol: wörtl. »Ort der Begegnung«.

Naats: Die schwerfällig wirkenden Wesen leben vor allem auf → Naat, → Naator und den anderen Monden des fünften Planeten der Sonne → Arkon. Sie sind drei Meter hoch, weisen kurze, stämmige Säulenbeine, überlange Arme und Kugelköpfe mit drei Augen, einem sehr schmalen Mund und einer kleinen Nase auf; die Hautfarbe ist schwarzbraun, sie verfügen über keinen Haarwuchs; häufig gehen sie auf allen vieren. Seit Jahrtausenden sind sie ein Hilfsvolk der → Arkoniden, oftmals nicht mehr wert als Sklaven, aber auch bevorzugte Mitglieder der Leibgarde des Imperators. Trotz ihrer hohen Intelligenz werden sie aufgrund ihres erschreckenden Äußeren von vielen arroganten Arkoniden nur als dumme Wesen betrachtet.

Oberbeschaffungsmeister: Für Finanzen, Wirtschaft, Steuern, Sektorenaufsicht und die zivile Logistik zuständiges Mitglied im → Berlen Than.

Öde Insel: Bez. der → Arkoniden für die Milchstraße.

Omir-Gos: ein aus dem Zhy Bewußten Seins materialisierter Kristall, gekennzeichnet durch seine 1024 Facetten und ein goldenes Lumineszenzleuchten; Atlans Ziehvater u. Lehrmeister Fartuloon (»der letzte Calurier«) verwendete offenbar verschiedene, technisch oder paramechanisch genutzte Sonderformen von OMIRGOS, u. a. bei der Flucht vom Planeten → Gortavor.

Orbton(en): Offizier(e) ab einfachem Mondträger.

Pal'athor: (Raumschiff-)Kommandant Zweiter Klasse (bis 500 m); i. a. ein Zweiplanetenträger.

Periode: Bez. für den arkonidischen Monat zu 36 → Pragos; → Zeitrechnung.

Prago(s): = Arkon-Tag zu 20 → Tontas.

Ranton: wörtl. »Welt(en)«.

Satron: Abk. *Same Arkon trona* = »hört Arkon sprechen«; Bez. für die *lingua franca* im → Großen Imperium: als *Satron* = klassisches Interkosmo, als *Satron-I* = Interkosmo (ab Verleihung des Handelsmonopols an die Springer im Jahr 6050 vor Christus), als *Arkona-I* = Hofsprache (vor allem auf → Arkon I).

Sek'athor: (Raumschiff-)Kommandant Dritter Klasse (bis 300 m); i. a. ein Einplanetenträger.

SENTENZA: ark. »Mafia«.

She'Huhan: Sternengötter; je 12 Frauen und Männer.

Siima-Ley: Grifftechniken im Dagor.

Skalitos: 1/100 → Chronner.

Skorgon: wörtl. der »Verschleierte«.

Spentsch: Kodexformen/Regeln der → Dagoristas für Kampf und Duell.

Tai: groß/großes/großer

Tai Ark'Tussan: Großes Arkon-Imperium, meist nur als Großes Imperium übersetzt; umfaßt neben den Kugelsternhaufen → Thantur-Lok und → Cerkol große Bereiche der als → Öde Insel umschriebenen Milchstraßenhauptebene mit insgesamt mehreren zehntausend von → Arkoniden besiedelten Welten.

Taigor: wörtl. »Großer Kampf« – Name des Hauptkontinents von → Gortavor.

Tai Moas: wörtl. »groß eins« – in der Bedeutung »Erster Großer von Arkon« = Imperator (als Oberfehlshaber der Arkonflotten im Rang eines → *Begam*, dem höchsten Offiziersrang überhaupt – nur einmal vergeben, genau wie die Umschreibung *Höchstedler* → Zhdopanthi).

Tai Than: Großer Rat mit insgesamt 128 Mitgliedern (Unterausschüsse z. B. der Zwölferrat, der Medizinische Rat usw.), abgeleitet von → Tai, Than.

Tai Zhy Fam: Große Feuermutter, abgeleitet von → Fam, Tai, Zhy.

Tai-Laktrote: Großmeister, abgeleitet von → Laktrote, Tai.

Tato: (Planeten-)Gouverneur (bis zu einem Sonnensystem).

Than: Rat.

Thantan: höchster Offiziersrang im Gardedienst (→ Than: Rat) unterhalb eines Admirals = Dreiplanetenträger; entspricht einem → Vere' athor.

Thantur-Lok: wörtl. »Thanturs Ziel«, nach dem Flottenadmiral Thantur (urspr. Talur) bezeichneter Kugelsternhaufen (Durchmesser 99 Lichtjahre, etwa 100.000 Sterne). Die terranische Bez. lautet M 13 bzw. NGC 6205. → Lok.

Tharg'athor: (Raumschiff-)Kommandant Sechster Klasse (unterhalb 100 m); i. a. ein Einmondträger.

Thark(s): sternförmige Wurfscheiben der Dagoristas.

Thek: Hügel, auch Gipfel; abgeleitet davon → z. B. Thek-Laktran, Thek'athor.

Thek'athor: Admiral im Stab (Flottenzentralkommando → Thektran) = Dreisonnenträger; wörtl. »Kommandeur auf dem Hügel/ Gipfel«, abgeleitet von → Thek, Athor.

Thek-Laktran: *Hügel der Weisen*, abgeleitet von → Laktrote, Thek.

Thek'pama: Beamte im Flottenzentralkommando → Thektran.

Thektran: Flottenzentralkommando auf → Arkon III, abgeleitet von → Laktrote, Thek.

Thi: hoch/höchst; Bez. z. B. bei → Thi-Laktrote (Hochmeister), Zhdopanthi (Höchstedler, Bez. für den Imperator).

Thi-Laktrote: Hochmeister, abgeleitet von → Laktrote, Thi.

Thi Than: Hoher Rat, eine Art Volksparlament – im Gegensatz zum Großen Rat (→ Tai Than) frei gewählt.

Thos: wörtl. »Eis«, Phonemableitung von → Gos.

Thos'athor: »Eisjunker«, abgeleitet von → Gos, Thos, Athor; i. w. S. auch Bez. für Offiziersanwärter.

tiga: drei → Tiga Ranton.

Tiga Ranton: wörtl. »Drei Welten« – Umschreibung für Arkons Synchronsystem von → Arkon I bis III, abgeleitet von → Ranton, tiga.

Tonta(s): ark. »Stunde« = 1,42 Erdstunden (85,2 Minuten bzw. 5112 Sekunden); Unterteilung in Zehntel, Hundertstel, Tausendstel, also Dezitonta (8,52 Minuten bzw. 511,2 Sekunden), Zentitonta (0,852 Minuten bzw. 51,12 Sekunden), Millitonta (5,112 Sekunden).

Tu-Gol-Cel (TGC): ark. Akronym von *Tussan Goldan Celis*, frei übersetzt »(die) Argusaugen des Imperiums« – die »Politische Geheimpolizei des Imperators«.

Tu-Ra-Cel (TRC): ark. Akronym von *Tussan Ranton Celis*, frei übersetzt »(die) Augen der Imperiums-Welten« – der Geheimdienst im → Großen Imperium.

Tussan: ark. Imperium, (Sternen-)Reich.

Verc'athor: (Raumschiff-)Kommandant Fünfter Klasse (bis 100 m); i. a. ein Zweimondträger.

Vere'athor: (Raumschiff-)Kommandant Erster Klasse; i. a. ein Dreiplanetenträger.

Voolyneser: intelligente plasmatische Lebensform des Planeten Voolynes; bis zu einem gewissen Grad in der Lage Pseudopodien auszubilden, die diverse äußere Formen annehmen können.

Zeitrechnung: Ein Arkonjahr entspricht dem siderischen Umlauf von 365,22 Arkontagen (→ Prago) zu exakt 28,37 (Erd-) Stunden. Gerechnet wird mit 365 Arkontagen je Arkonjahr: Alle 50 Arkonjahre ergibt sich somit ein Schaltjahr, in dem 11 Arkontage angehängt werden (diese 11 Schalttage entsprechen den 11 Heroen, die Schaltperiode selbst wird nach dem mythischen 12. Heroe »Pragos des Vretatou« genannt). Das Arkonjahr ist unterteilt in 10 → Perioden (= »Monate«) zu je 36 Arkontagen, hinzu kommen die 5 Pragos der »Katanen des Capits« (Feiertage, die auf uralte Riten zurückgehen; früher wurden damit die Fruchtbarkeitsgötter geehrt, mit der Zeit verloren die Katanen an Bedeutung). Folgende Namen/Reihenfolge gilt: 1. der Eyilon, 2. die Hara, 3. der Tarman, 4. der Dryhan, 5. der Messon, 6. der Tedar, 7. der Ansoor, 8. die Prikur, 9. die Coroma, 10. der Tartor, dazu die Katanen des Capits vor dem Jahreswechsel. Umrechnung: 0,846 Arkonjahre = 1 Erdjahr; 1 Arkonjahr = 1,182 Erdjahre.

Zhdopan: Erhabene(r), Hohe(r) – Ausdruck der Hochachtung; Anrede für alle Adligen und höher gestellte Personen, i. e. S. jene der Edlen Dritter Klasse (= Barone).

Zhdopanda: wörtl. »Hochedle/Hochedler« – Anrede der Edlen Erster Klasse (= Fürsten, Herzöge), abgeleitet von → da, Zhdopan.

Zhdopandel: wörtl. »Edle/Edler« – Anrede der Edlen Zweiter Klasse (= Grafen), abgeleitet von → Zhdopan.

Zhdopanthi: Höchstedler; Bez. für den Imperator, abgeleitet von → Thi, Zhdopan.

Zhoyt: Planet, zu dem Atlan, Fartuloon und Eiskralle am 27. Prago der Coroma 10.496 da Ark von der Welt → Gortavor aus fliehen, indem sie einen → OMIRGOS durchschreiten. Zhoyt ist 10.367 Lichtjahre von Gortavor und 21.872 Lichtjahre von → Arkon entfernt. Von hier aus wird Atlans Teilnahme unter dem Tarnnamen Macolon an der → ARK SUMMIA auf → Largamenia vorbereitet.

Zhy: zentraler Begriff der → Dagor-Philosophie, vergleichbar dem *Satori* im Zen; »transzendentales Licht« oder »übersinnliches Feuer«.

Zhy-Fam: allg. Feuerfrau, je nach Satzzusammenhang auch Feuertochter/-mutter → Fam, Zhy.

Zhym: Feuer, abgeleitet von → Zhy.

Zhym'ranton: Feuerwelt, 1. Planet der Sonne → Arkon; abgeleitet von → Ranton, Zhym.

ÜBERSICHT THANTUR-LOK
um 10.500 da Ark

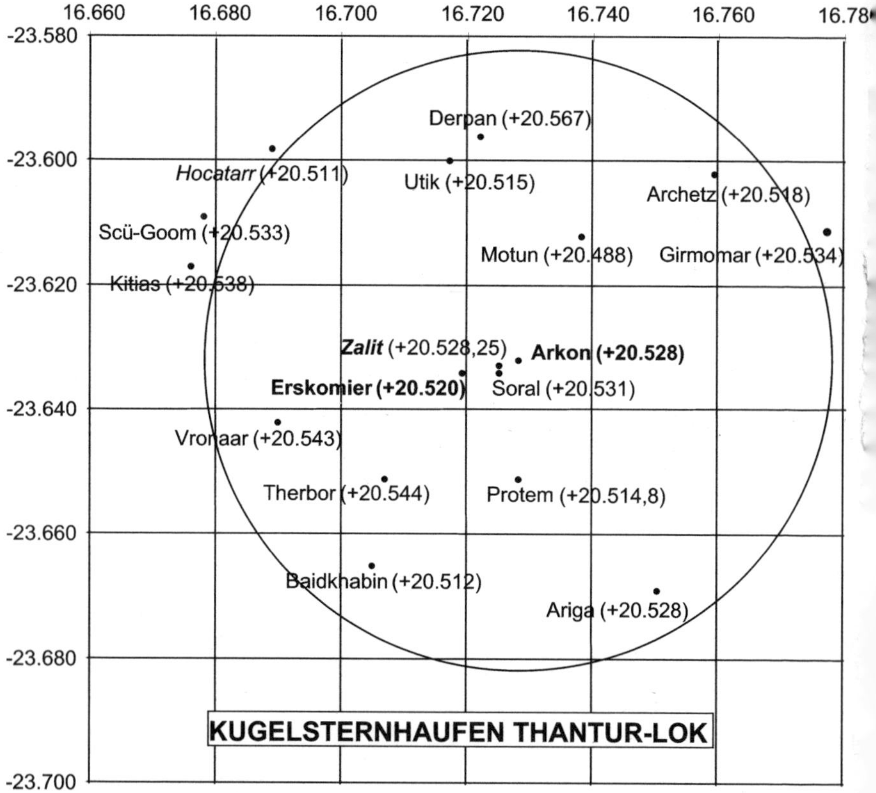